HEYNE <

Das Buch

An einem stürmischen Septembermorgen wird auf der Themse die Leiche eines Mannes entdeckt. In dem grünen Samtumhang und an einen Stechkahn gefesselt bietet sie einen merkwürdigen Anblick – sie wirkt wie eine bewusst arrangierte Parodie des berühmten »Ophelia«-Gemäldes von dem zeitgenössischen Maler Millais. Der erste Verdacht, dass es sich bei dem Toten um einen vermisst gemeldeten französischen Diplomaten handelt, bestätigt sich nicht. Die weiteren Ermittlungen führen Oberinspektor Pitt ins Zentrum der Londoner Boheme, zum Theater, wo die wunderschöne Cecily Antrim mit einem kühnen Porträt Anstoß in der Gesellschaft erregt, und in Ateliers, in denen mit der neuen Kunst der Fotografie experimentiert wird. Genau hier, in der distinguierten Sphäre der Schauspieler, Dichter und Künstler, macht Pitt eine Entdeckung, mit der er nicht gerechnet hatte.

Die Autorin

Anne Perry, 1938 in London geboren, lebt und schreibt in Portmahomack, Schottland. Ihre historischen Kriminalromane um Oberinspektor Pitt und seine kluge Ehefrau Charlotte zeichnen ein lebendiges und hintergründiges Bild des spätviktorianischen London.

Weitere Inspektor-Thomas-Pitt-Romane im Heyne Taschenbuch: *Das Mädchen aus der Pentecost Alley*, *Der blaue Paletot*, *Mord im Hyde Park*, *Belgrave Square*, *Schwarze Spitzen*, *Der weiße Seidenschal*, *Ein Mann aus bestem Hause*, *Das Geheimnis der Miss Bellwood*, *Eine geschlossene Gesellschaft* und *Schatten über Bedford Square*.

ANNE PERRY

Nebel über der Themse

Roman

Aus dem Englischen von
K. Schatzhauser

WILHELM HEYNE VERLAG
MÜNCHEN

Titel der Originalausgabe
HALF MOON STREET

Für Carol Ann Lee in Dankbarkeit

Umwelthinweis:
Das Buch wurde auf chlor- und
säurefreiem Papier gedruckt.

Taschenbuchausgabe 10/2004

Printed in Germany 2004
Umschlaggestaltung: Hauptmann und Kampa
Werbeagentur, München - Zürich
Satz: Schaber Satz- und Datentechnik, Wels
Druck und Bindung: GGP Media GmbH, Pößneck

ISBN 3-453-72035-0

http://www.heyne.de

Kapitel eins

DUNSTSCHLEIER STIEGEN TRÄGE vom silbergrauen Wasser der Themse auf, das im ersten Sonnenlicht schimmerte. Im Hintergrund zeichneten sich vor dem perlmuttfarbenen Himmel die düsteren roten Bogen der Brücke ab, die zum südlich der Themse liegenden Stadtteil Lambeth hinüberführte. Sofern schon Schleppzüge mit dem Tidenstrom zum Londoner Hafen unterwegs waren, verbarg sie der Septembernebel.

Schutzlos dem Wind ausgesetzt stand Oberinspektor Thomas Pitt auf der obersten Stufe der nassen Steintreppe und sah auf den unten angebundenen Kahn hinab, der mit dem sachten Wellenschlag gegen den Fähranleger von Horseferry stieß. Er war eineinhalb Stunden zuvor einem Streifenbeamten aufgefallen, der ihn im Wasser hatte treiben sehen. Doch nicht dem Kahn galt die Aufmerksamkeit des Leiters der Polizeiwache von Bow Street, sondern dem, was darin lag und auf ihn wie eine groteske Parodie von Millais' Gemälde der ertrunkenen Ophelia wirkte.

Der Streifenbeamte wandte den Blick ab und sah Pitt viel sagend an.

»Ich habe gedacht, wir sollten Ihnen das besser melden, Sir.«

Pitt sah auf die Leiche im Kahn, deren Handgelenke ebenso wie die Fußgelenke an die Bordwände gekettet waren. Die Knie waren leicht gespreizt und der Kopf wie in Ekstase nach hinten geworfen. Das lange grüne

Gewand, in das sie gehüllt war, sah aus wie ein Kleid, war aber so zerfetzt und verheddert, dass sich unmöglich hätte sagen lassen, wie es ursprünglich ausgesehen hatte. Obwohl auch die Körperhaltung wie die einer Frau wirkte, handelte es sich unverkennbar um einen Mann. Er war blond, dürfte um die Mitte dreißig sein, hatte ein angenehm geschnittenes Gesicht und trug einen sauber gestutzten Schnurrbart.

»Warum denn?«, fragte Pitt. »Was hat das mit der Bow Street zu tun? Das hier gehört doch gar nicht zu meinem Revier.«

Mit schmatzendem Geräusch schlug das Wasser an die Stufen des Anlegers, vielleicht die Wellen eines vorüberfahrenden Bootes, das man im Nebel nicht sehen konnte.

Voller Unbehagen trat der Polizist von einem Fuß auf den anderen. »Die Sache könnte Kreise ziehen, Mr. Pitt.« Er vermied es nach wie vor, zu dem Kahn und dem Mann darin hinzusehen. »Vielleicht gibt es einen Skandal. Deshalb habe ich gedacht, es wäre das Beste, wenn Sie das von Anfang an in die Hand nehmen würden.«

Äußerst vorsichtig, um nicht auf den nassen Stufen auszugleiten, ging Pitt zu dem Kahn hinab. Schwermütig dröhnte ein Nebelhorn über das Wasser, und von irgendeinem Schleppkahn hörte man den Warnruf eines Mannes. Die Antwort wurde vom Nebel verschluckt. Erneut sah Pitt auf den Mann im Kahn. Aus diesem Winkel ließ sich unmöglich erkennen, auf welche Weise er ums Leben gekommen war. Weder eine Wunde noch eine Waffe waren zu sehen, doch sofern er einem Schlaganfall oder Herzinfarkt erlegen war, hatte jemand anschließend mit Bedacht dies groteske Bild gestellt. Seine Angehörigen, wer auch immer sie sein mochten, würden ab heute in einem Albtraum leben, und womöglich würde das Leben dieser Menschen ab sofort nie mehr sein wie zuvor.

»Ich nehme an, dass Sie nach dem Polizeiarzt geschickt haben?«, erkundigte sich Pitt.

»Gewiss, Sir. Er müsste eigentlich jeden Augenblick hier sein.« Der Mann schluckte und trat von einem Fuß auf den anderen, wobei die Sohlen seiner Stiefel auf den Steinen scharrten. »Mr. Pitt – Sir.«

»Ja?« Pitt hielt nach wie vor den Blick auf den Kahn gerichtet, dessen Bug gegen die Stufen stieß und mit den Wellen ein wenig auf und ab tanzte.

»Ich habe Sie nicht nur gerufen, weil das so merkwürdig aussah.«

Etwas in seiner Stimme erregte Pitts Aufmerksamkeit, und so hob er den Blick zu dem Mann. »Sondern warum?«

»Nun ja, Sir. Ich glaube, ich weiß, wer das ist, und deswegen nehme ich auch an, dass die Sache großes Aufsehen erregen wird.«

Pitt spürte, wie ihm die Kälte des Flusses in die Knochen drang. »Aha. Und um wen handelt es sich Ihrer Ansicht nach, Konstabler?«

»Entschuldigung, Sir, aber das könnte Mussjöh Bonnard sein, der seit vorgestern vermisst gemeldet ist. In dem Fall würden die Franzosen mächtig Wirbel schlagen.«

»Die Franzosen?«, fragte Pitt argwöhnisch.

»Ja, Sir. Er ist in der Botschaft angestellt.«

»Und Sie meinen also, das könnte er sein?«

»Ich habe den Eindruck, Mr. Pitt. Man sieht, dass er ein feiner Herr ist, und die Personenbeschreibung passt auch auf ihn: ungefähr einsfünfundsiebzig, schlank, helle Haare, gut aussehend, kleiner Schnurrbart. Es sieht ganz so aus, als wäre er ein bisschen überkandidelt – er geht gern auf Gesellschaften, ins Theater und so weiter.« In seiner Stimme schwangen unüberhörbar Verständnislosigkeit und Abscheu mit. »Er verkehrt in den Kreisen von so genannten Schöngeistern ...«

Hufgeklapper und das Rattern von Rädern auf der Straße über ihnen ersparte es Pitt, auf diese Äußerungen eingehen zu müssen, und schon bald kam der ihm wohlbekannte Polizeiarzt, dem der Hut ein wenig schief auf dem Kopf saß, mit seiner Tasche in der Hand die Stufen herab. Er sah an Pitt vorüber auf die im Kahn liegende Leiche und hob die Brauen.

»Ist das wieder einer von Ihren Skandalfällen, Pitt?«, fragte er trocken. »Um die Aufgabe, den zu lösen, beneide ich Sie nicht. Wissen Sie, wer das ist?« Er seufzte tief auf, als er den Fuß der Treppe erreicht hatte und nur zwei Handbreit über dem an die Stufen klatschenden Wasser stand. »Da sieht man es wieder. Ich hatte immer gedacht, es gibt nicht mehr viel, was ich nicht über die Menschennatur weiß, aber ich schwöre Ihnen, ich werde nie begreifen, wie weit manche Leute in ihrem Bestreben gehen, sich zu amüsieren.« Mit größter Vorsicht setzte er einen Fuß in den Kahn und zog das andere Bein nach. Als das flachbödige Gefährt zu schwanken anfing, kniete er sich rasch nieder und begann mit der Untersuchung des Toten.

Obwohl es nicht wirklich kalt war, sondern nur feuchtkühl, überlief Pitt unwillkürlich ein Schauer. Sein Mitarbeiter Tellman, nach dem er geschickt hatte, war noch nicht eingetroffen. Er wandte sich erneut dem Streifenbeamten zu.

»Wer hat den Mann gefunden, und wann war das?«

»Ich, Sir. Das hier gehört zu meiner Streife. Ich wollte mich gerade einen Augenblick auf die Stufen setzen und einen Happen essen, als ich den Kahn entdeckte. Das war gegen halb sechs, Sir. Natürlich kann er schon eine ganze Weile da gewesen sein, ohne dass ihn in der Dunkelheit jemand entdeckt hat.«

»Aber Sie haben ihn gesehen? War es da nicht noch ziemlich dunkel?«

»Ich habe gehört, wie der Kahn an die unterste Stufe stieß, und bin hingegangen, um nachzusehen. Wie ich mit meiner Laterne hineingeleuchtet habe, hätte mich fast der Schlag getroffen. Ich verstehe die feinen Leute nicht, ehrlich nicht.«

»Und Sie meinen also, dass er so einer ist?« Unwillkürlich fühlte sich Pitt ein wenig belustigt.

Der Mann verzog das Gesicht. »Woher sollte denn jemand, der von seiner Hände Arbeit lebt, solche Sachen kriegen, wie der sie anhat? Das ist echter Samt. Und sehen Sie sich nur seine Hände an. Mit denen hat er noch nie gearbeitet.«

Zwar befand Pitt, dass in den Äußerungen des Mannes Vorurteile mitschwangen, doch hatte er mit seiner Beobachtung vermutlich Recht, und das sagte Pitt ihm auch.

»Vielen Dank, Sir«, erwiderte der Streifenpolizist erfreut. Es war sein Ziel, eines Tages zur Kriminalpolizei versetzt zu werden.

»Jetzt sollten Sie sich am besten zur französischen Botschaft aufmachen und zusehen, dass Sie da jemanden finden, der den Mann identifizieren kann«, fuhr Pitt fort.

»Wer – ich, Sir?« Der Beamte war verblüfft.

Lächelnd bestätigte Pitt: »Ja, Sie. Schließlich haben Sie die Ähnlichkeit mit dem Vermissten entdeckt. Aber warten Sie ruhig noch ab, was der Arzt zu sagen hat.«

Eine Weile herrschte völlige Stille, bis der Kahn wieder leicht schaukelte und sich knirschend an der steinernen Ufermauer rieb. »Er hat einen Schlag auf den Kopf bekommen, und zwar mit einem sehr harten, abgerundeten Gegenstand. Das könnte beispielsweise ein Polizeiknüppel oder ein Nudelholz gewesen sein«, sagte der Arzt bestimmt. »Um einen Unfall dürfte es sich kaum handeln. Mit Sicherheit hat er sich nicht selbst so gefesselt.« Er schüttelte den Kopf. »Weiß der Himmel, ob er sich selbst oder jemand anders ihn so verkleidet hat. Meiner Einschätzung nach müsste er es gewesen sein, denn es ist verflucht schwer, einer Leiche etwas anzuziehen.«

Obwohl Pitt mehr oder weniger vermutet hatte, dass es sich so verhielt, traf ihn diese Erklärung hart. Am liebsten wäre es ihm gewesen, wenn es sich um einen Unfall gehandelt hätte – zwar wäre das unangenehm und hässlich, aber kein Verbrechen. Jetzt hoffte er inständig, es möge sich bei der Leiche nicht um den vermissten französischen Diplomaten handeln.

»Am besten sehen Sie sich den Mann selbst einmal an«, sagte der Arzt. Schwerfällig kletterte Pitt in den auf und ab tanzenden Kahn und beugte sich über den Toten, um ihn aufmerksam zu betrachten. Im Licht der inzwischen vollständig aufgegangenen Sonne konnte er alle Einzelheiten erkennen.

Der Mann schien gepflegt und gut genährt, ohne dick zu sein. Seine Gliedmaßen wirkten weich, eher von Fettgewebe als von Muskeln bedeckt. Auch seine feingliedrigen Hände waren weich. An der Linken trug er einen goldenen Siegelring. Man sah weder Schwielen noch Tintenflecke, wohl aber eine dünne Narbe am linken Zeigefinger, wo er sich mit einem Messer geschnitten haben mochte. Sein im Tode ausdrucksloses Gesicht ließ keine Rückschlüsse auf irgendwelche Wesensmerkmale zu. Das dichte Haar war ordentlich geschnitten, weit besser, als es Pitts je gewesen war. Unwillkürlich hob er seine Hand und schob sich die Haare aus der Stirn. Sie fielen sofort wieder nach vorn. Sie waren sicher an die fünfzehn Zentimeter länger als die des Mannes, der da auf dem Rücken im Kahn vor ihm lag.

Pitt hob den Blick zu dem wartenden Streifenbeamten.

»Verhalten Sie sich diplomatisch. Sagen Sie einfach, wir haben eine Leiche gefunden und sähen es gern, wenn man uns bei der Identifizierung behilflich sein könnte. Stellen Sie die Sache als dringend dar.«

»Soll ich sagen, dass es sich um Mord handelt, Sir?«

»Nur, wenn es sich nicht vermeiden lässt – aber lügen Sie auf keinen Fall. Und behalten Sie um Himmels willen alle Einzelheiten für sich. Vermutlich werden Sie den Botschafter nicht selbst zu sprechen bekommen, aber sehen Sie zu, dass nicht irgendein kleiner Angestellter mitkommt, sondern ein höherrangiges Mitglied der Botschaft, wie zum Beispiel ein Attaché. Die Sache muss mit Umsicht behandelt werden.«

»Ja, Sir. Meinen Sie nicht, dass möglicherweise Wachtmeister Tellman da hingehen sollte, Sie wissen schon... wegen dem Kleid und so?«, fragte der Beamte hoffnungsvoll.

Pitt, der Tellman bestens kannte, sagte: »Nein, das glaube ich nicht.«

»Er ist da.«

»Gut. Schicken Sie ihn runter. Und nehmen Sie eine Droschke. Hier!« Er warf ihm einen Shilling Fahrgeld zu. Der Beamte fing die Münze auf und dankte Pitt. Er verharrte noch ein wenig in der vergeblichen Hoffnung, dieser werde es sich anders überlegen, tat dann aber zögernd, was man ihm aufgetragen hatte.

Allmählich löste sich der Nebel über der Themse auf. Hier und da sah man silbern ein Stück der Wasserfläche aufblitzen, und allmählich wurden die dunklen Umrisse der Schleppkähne, die Waren für aller Herren Länder an Bord hatten, verschwommen sichtbar. Weiter flussaufwärts machten sich jetzt in Chelsea Dienstmädchen daran, Frühstückstische zu decken, Küchenmädchen trugen ihren Herrschaften Badewasser nach oben, und Kammerdiener und Zofen legten ihnen Kleidungsstücke heraus. Weiter flussabwärts, bis zur Isle of Dogs, waren Schiffsbesatzungen und Hafenarbeiter wahrscheinlich dabei, Waren an Bord zu hieven, Schiffe an Liegeplätze zu verholen und Kräne zu dirigieren. Und auf den Märkten in Bishopsgate herrschte schon seit Stunden lebendiges Treiben.

Tellman, dessen Haare glatt nach hinten gekämmt waren, kam langsam die Stufen des Anlegers herab. Auf seinem hohlwangigen Gesicht lag unübersehbar der Ausdruck von Abscheu.

Pitt wandte sich erneut der Leiche zu und nahm die ungewöhnliche Bekleidung des Mannes etwas genauer in Augenschein. Das grüne Gewand war an mehreren Stellen beschädigt, doch ließ sich unmöglich sagen, ob das erst kürzlich geschehen war. Das Oberteil wies einen Riss auf, der von den Schultern bis zur Ärmelnaht ging, und der dünne Rock war vorn eingerissen.

Mehrere Girlanden aus künstlichen Blumen umgaben den Leichnam. Eine davon lief ihm schräg über die Brust.

Pitt sah sich die feste metallene Fessel am rechten Handgelenk des Mannes an und schob sie ein wenig beiseite. Auf der Haut waren keine Abschürfungen oder sonstige Verletzungen zu sehen. Auch am anderen Handgelenk wie an den Fußgelenken fanden sich keine Verletzungen.

»Hat man ihn vorher umgebracht?«, fragte er.

»Entweder das oder er hat sich freiwillig fesseln lassen«, gab der Arzt zur Antwort. »Genau kann ich das nicht sagen. Wenn Sie aber mit einer Vermutung zufrieden sind, würde ich sagen, dass man ihm die Fesseln nach dem Tod angelegt hat.«

»Und das Kleid?«

»Keine Ahnung. Falls er es sich selbst angezogen hat, ist er damit nicht gerade pfleglich umgegangen.«

»Wie lange ist er Ihrer Ansicht nach tot?« Pitt rechnete nicht mit einer genauen Auskunft und bekam auch keine.

»Ich kann nicht mehr sagen, als Sie sich wahrscheinlich selbst denken können. Nach der Totenstarre zu urteilen, muss es irgendwann im Verlauf der Nacht passiert sein. Lange kann er nicht so auf dem Fluss getrieben sein, sonst wäre das irgendeinem Schleppkahnführer aufgefallen.«

Damit hatte er Recht. Pitt war zu dem Ergebnis gekommen, dass die Tat irgendwann nach Einbruch der Dunkelheit begangen worden sein musste. Am Vorabend hatte kein Nebel über der Themse gelegen, und an einem schönen Abend flanierten Menschen am Ufer und bevölkerten Ausflugsboote den Fluss bis weit in den späten Abend.

»Gibt es irgendwelche Hinweise auf einen Kampf?«, fragte er.

»Nicht, soweit ich sehen kann.« Der Arzt richtete sich auf und kletterte auf die Stufen des Anlegers zurück. »An seinen Händen lässt sich nichts erkennen, aber ich vermute, dass Ihnen das auch schon aufgefallen ist. Tut mir Leid, Pitt. Ich seh ihn mir natürlich noch genauer an, aber im Augenblick sieht es so aus, als wäre das eine unangenehme Sache, die ich Ihnen vermutlich nur noch unangenehmer machen werde. Einstweilen guten Morgen.« Ohne auf eine Antwort zu warten, ging er zur Uferstraße empor, wo sich Menschen angesammelt hatten, die neugierig hinabspähten.

Mit finsterer Miene sah Tellman zugleich verständnislos und verächtlich auf den Kahn. Er rückte sich den Uniformrock ein wenig zurecht und fragte: »Franzose, was?« Dem Klang seiner Stimme war zu entnehmen, dass damit alles gesagt war.

»Möglich«, gab Pitt zur Antwort. »Armer Teufel. Aber wer das getan hat, kann ohne weiteres ein Engländer sein wie Sie.«

Ruckartig hob Tellman den Kopf und funkelte seinen Vorgesetzten an.

Pitt erwiderte den Blick mit einem unschuldigen Lächeln.

Mit fest zusammengekniffenen Lippen wandte sich Tellman ab und sah flussaufwärts, wo das Licht silbrig auf der großen Wasserfläche tanzte, über der sich der Nebel gehoben hatte, so dass jetzt die dunklen Umrisse der Schleppkähne deutlich sichtbar waren. Der Tag versprach schön zu werden. »Ich setz mich mal mit den Leuten von der Wasserpolizei in Verbindung«, sagte er voll Ingrimm. »Die sollen feststellen, wie weit er getrieben sein kann, nachdem man ihn in den Kahn gelegt hat.«

»Der Zeitpunkt ist nicht bekannt«, teilte ihm Pitt mit. »Man sieht kaum Blut. Eine solche Kopfwunde müsste eigentlich stark bluten, es sei denn, jemand hat eine Art Decke oder Segel untergelegt und anschließend beiseite geschafft, oder man hat den Mann woanders getötet und erst später in den Kahn gelegt.«

»In dem Aufzug?«, fragte Tellman ungläubig. »Das war wohl irgendeine Gesellschaft von feinen Pinkeln in Chelsea oder dergleichen? Da ist vermutlich etwas … nicht so gelaufen, wie es sollte … und dann mussten sie ihn loswerden. Gott steh uns bei, das wird eine ganz üble Sache.«

»Das ist es schon. Trotzdem halte ich es für einen guten Gedanken, die Wasserpolizei hinzuzuziehen, damit wir erfahren, wie weit er getrieben sein kann, wenn man ihn gegen Mitternacht oder eine Stunde davor oder danach auf dem Fluss ausgesetzt hat.«

»Ja, Sir«, sagte Tellman diensteifrig. Dazu war er gern bereit, denn es war weit besser, als herumzustehen und auf einen Mitarbeiter der französischen Botschaft zu warten. »Ich versuche so viel herauszufinden, wie ich kann.« Mit geschäftiger Miene machte er sich auf den Weg, immer zwei Stufen auf einmal nehmend – was angesichts der glatten und nassen Steine nicht ungefährlich war.

Pitt wandte seine Aufmerksamkeit erneut dem Kahn und dem Mann darin zu. Er lag ziemlich tief im Wasser, was ihm bisher noch gar nicht aufgefallen war, und Pitt nahm ihn näher in Augenschein. Als er das Holz berührte, merkte er, dass es alt und ein Teil der Beplankung verrottet war und sich mit Wasser voll gesogen hatte. Der Kahn hatte sich nicht am Anleger verfangen, sondern war sozusagen auf dessen unterste Stufe gesunken, die unter Wasser lag. Ganz offenkundig war er bereits länger nicht mehr für Ausfahrten auf der Themse benutzt worden, sondern hatte schon eine ganze Weile irgendwo gelegen.

Erneut sah Pitt auf den Leichnam mit den angeketteten Händen und Füßen in seiner sonderbaren Lage. Die Fesselung war ebenso Bestandteil des Verbrechens wie der Akt des Tötens und wohl nur dadurch zu erklären, dass ein übersteigertes Gefühl den Täter angetrieben hatte, sei es Liebe, Hass, Angst oder Panik. Sicher war er ein großes Wagnis damit eingegangen, den Toten in dies zerfetzte Samtkleid zu stecken, in seiner grotesken Lage im Kahn anzuketten und diesen dann ins Wasser zu stoßen. Das dürfte nicht nur viel Zeit gekostet haben, sondern der Täter war dabei vermutlich auch nass geworden. Wozu der große Aufwand?

Wenn er eine Antwort auf diese Frage bekäme, hätte er unter Umständen auch die Antwort auf alle anderen.

Pitt stand hinten im leicht schaukelnden Kahn und bemühte sich, auf den Beinen zu bleiben, als die Heckwelle eines Schleppzugs herankam. Hatte der Mörder das grüne Kleid, die Handschellen und die Ketten mitgebracht und die künstlichen Blumen um sein Opfer verstreut? Oder hatte sich all das am Tatort befunden? Den Kahn hatte er bestimmt nicht eigens herbeigeschafft – man hätte ihn unmöglich über eine größere Entfernung transportieren können. Also konnte er nur wenige Kilometer zurückgelegt haben.

Das Geräusch einer Kutsche, die sich auf der Uferstraße näherte, der Hufschlag von Pferden auf Pflastersteinen und Schritte oben auf der Treppe unterbrachen ihn in seinen Gedanken.

Er ging zur untersten Stufe hinüber, deren glatter Algenbewuchs jetzt freilag, da das Wasser mit der Ebbe abgelaufen war. Er hob den Blick und sah einen ausgesprochen besorgten, untadelig gekleideten Herrn, dessen auf Hochglanz polierte Schuhe im Licht der Morgensonne blitzten. Er hielt den Kopf gesenkt, sein Gesicht war sehr bleich.

»Guten Morgen, Sir«, sagte Pitt und ging ihm entgegen.

»Guten Morgen«, antwortete der Mann mit kaum wahrnehmbarem ausländischem Akzent. »Gaston Meissonier«, stellte er sich vor, wobei er den Blick fest auf Pitt gerichtet hielt und es vermied, die Gestalt im Kahn anzusehen.

»Oberinspektor Pitt. Es tut mir Leid, Sie so früh am Morgen zu belästigen, Monsieur Meissonier«, sagte Pitt. »Aber unglücklicherweise passt die Beschreibung eines Mitarbeiters Ihrer Botschaft, dessen Verschwinden man uns gemeldet hat, auf eine von uns aufgefundene männliche Leiche.«

Meissonier sah zu dem Kahn hin. Seine Gesichtshaut spannte sich, seine Lippen wurden schmal. Eine Weile sagte er nichts.

Pitt wartete.

Als die letzten Dunstfetzen über dem Fluss verschwanden, wurde das gegenüberliegende Ufer deutlich sichtbar. Der Verkehr auf der Uferstraße über ihnen nahm zu und wurde lauter.

»›Unglücklich‹ dürfte kaum der treffende Ausdruck sein, Oberinspektor«, sagte Meissonier schließlich. »Was für eine äußerst bedrückende Situation.«

Pitt trat beiseite, und der Franzose ging vorsichtig die Stufen hinab. Kurz oberhalb des Wasserspiegels blieb er stehen und sah in den Kahn.

»Das ist nicht Bonnard«, sagte er mit Nachdruck. »Ich kenne diesen Mann nicht. Bedauerlicherweise kann ich Ihnen nicht helfen.«

Pitt sah ihn aufmerksam an und erkannte auf den Zügen des Mannes nicht nur Abscheu, sondern auch eine gewisse Anspannung, die auch nicht schwand, nachdem er erklärt hatte, den Toten nicht zu kennen. Selbst wenn er nicht unbedingt log, sagte er auf keinen Fall die volle Wahrheit.

»Sind Sie sicher, Sir?«, drang Pitt in ihn.

Meissonier wandte sich zu ihm um. »Ganz sicher. Zwar ähnelt er Bonnard ein wenig, aber er ist es nicht. Ich hatte das auch nicht wirklich angenommen, wollte aber völlige Gewissheit haben.« Er sog die Luft ein. »Es tut mir Leid, dass man Sie falsch informiert hat. Bonnard wird nicht vermisst, sondern hat Urlaub. Ein übereifriger Angestellter hat wohl die Unterlagen nicht vollständig gelesen und voreilige Schlüsse gezogen. Ich werde feststellen, wer das war, und ihm einen Verweis erteilen, weil er unnötig Unruhe gestiftet und – wie ich sehe – Ihre Zeit vergeudet hat.« Er verbeugte sich höflich und wandte sich zum Gehen.

»Und wohin ist Monsieur Bonnard in seinem Urlaub gereist, Sir?«, erkundigte sich Pitt mit leicht erhobener Stimme.

Der Franzose blieb stehen. »Ich weiß es nicht. Wir verlangen von rangniederen Diplomaten keine solchen Auskünfte. Vielleicht hat er Bekannte hier im Lande, es ist allerdings auch möglich, dass er allein irgendwo hingefahren oder zu seinen Angehörigen nach Paris gereist ist.«

»Aber sind Sie nicht gekommen, um sich den Toten anzusehen?«, beharrte Pitt.

Meissonier hob die Brauen leicht, um anzudeuten, dass er die Frage für überflüssig hielt.

»Ich wollte mich vergewissern, dass er nicht auf dem Weg in den Urlaub einen Unfall hatte. Das war zwar unwahrscheinlich, aber nicht unmöglich. Überdies wollte ich mich nicht der Unhöflichkeit gegenüber den Beamten Ihrer Majestät schuldig machen, zu deren Regierung wir denkbar gute Beziehungen pflegen und deren Gäste wir sind.« Es war ein ebenso höflicher wie unübersehbarer Hinweis auf seinen Status als Diplomat.

Pitt blieb nichts anderes übrig, als ihm beizupflichten. »Vielen Dank, Monsieur Meissonier. Es war äußerst zuvorkommend von Ihnen herzukommen, noch dazu um diese Uhrzeit. Ich freue mich zu hören, dass es sich nicht um Ihren Landsmann handelt.« Das zumindest entsprach der Wahrheit. Internationale Verwicklungen waren das Letzte, woran Pitt lag. Sofern es sich um den Leichnam eines französischen Diplomaten gehandelt hätte, wären sie trotz aller Mühe kaum zu vermeiden gewesen. In dem Fall hätte sich Pitt in einer alles andere als beneidenswerten Lage befunden.

Meissonier wiederholte seine leichte Verbeugung, ging nach oben und entschwand Pitt aus den Augen. Kurz darauf hörte man seine Kutsche davonfahren.

Der Leichenwagen kam, und Pitt sah zu, wie man dem Toten die Handfesseln löste, ihn aufhob und fortbrachte, damit ihn der Polizeiarzt im Leichenschauhaus gründlich untersuchen konnte.

Tellman kehrte mit einem Angehörigen der Wasserpolizei zurück, dessen Aufgabe es sein würde, den Kahn an eine Stelle der Themse zu bringen, die so seicht war, dass er nicht vollständig unterging.

»War es der Franzmann?«, erkundigte sich Tellman, als er mit Pitt allein an der Uferstraße stand. Starker Verkehr brauste in beiden Richtungen an ihnen vorüber. Der Wind hatte ein wenig aufgefrischt und trug den Geruch von Salz, Schlamm und Fischen herüber. Obwohl die Sonne schien, war es ziemlich kalt.

»Er sagt nein«, gab Pitt zur Antwort. Er war hungrig und sehnte sich nach einer Tasse heißen Tee.

Tellman brummte etwas. »Das war wohl nicht anders zu erwarten, oder?«, sagte er. »Können wir es beweisen, falls er lügt? Ich meine, was können wir tun, wenn es doch ein Franzose ist und die gesamte Botschaft das bestreitet? Wir können kaum sämtliche Bewohner von Paris herholen, damit sie ihn sich ansehen!« Angewidert verzog er das Gesicht.

Auch in Pitt waren bereits Zweifel aufgekeimt. Der Gedanke wurde immer unangenehmer.

»Es wird schwer genug sein festzustellen, wer der Täter war«, fuhr Tellman fort, »zumal wir nicht wissen, wer das Opfer ist.«

»Nun, entweder ist es Bonnard oder jemand anders«, sagte Pitt trocken. »Am besten nehmen wir an, dass es sich um einen anderen handelt und fangen an, uns umzusehen. Der morsche Kahn kann kaum mehr als ein paar Kilometer flussabwärts gekommen sein.«

»Das sagen die von der Wasserpolizei auch«, stimmte ihm Tellman zu. »Irgendwo aus der Gegend von Chelsea.« Er rümpfte die Nase. »Ich bin immer noch überzeugt, dass es der Franzmann ist und die das einfach nicht zugeben wollen.«

Pitt hatte keine Lust, gegen Tellmans Vorurteile anzugehen, jedenfalls noch nicht. Er zog die Möglichkeit, dass es sich um einen Engländer handelte, bei weitem vor. Die Sache würde auch noch schlimm genug, wenn keine ausländische Botschaft in sie verwickelt wäre.

»Es dürfte das Beste sein, wenn Sie den Mann von der Wasserpolizei begleiten und sich ansehen, wo der Kahn in zwei bis drei Kilometern Entfernung von Chelsea gelegen haben könnte. Außerdem könnten Sie feststellen, ob ihn jemand zufällig auf dem Wasser gesehen hat …«

»Im Dunkeln?«, fragte Tellman entrüstet. »Bei dem Nebel? Die Schleppkähne, die vor Sonnenaufgang weiter flussaufwärts fahren, sind doch sowieso längst hinter der Towerbrücke.«

»Das weiß ich selbst!«, sagte Pitt scharf. »Probieren Sie es am Ufer. Immerhin ist es möglich, dass jemand den üblichen Liegeplatz des Kahns kennt. Ganz offensichtlich war er eine ganze Zeit lang im Wasser.«

»Ja, Sir. Wo finde ich Sie?«

»Im Leichenschauhaus.«

»Der Polizeiarzt ist bestimmt noch nicht so weit. Er ist gerade erst abgefahren.«

»Ich gehe erst einmal frühstücken.«

»Ach so.«

Pitt lächelte. »Sie können sich an dem Stand da drüben eine Tasse Tee holen.«

Tellman warf ihm einen Seitenblick zu und ging dann mit durchgedrücktem Kreuz und straffen Schultern davon.

Es war heller Tag, als Pitt die Tür aufschloss und ins Haus trat. Alles war still. Er legte den Mantel ab und hängte ihn auf, zog die Schuhe aus, ließ sie in der Diele stehen und ging auf Socken zur Küche. Das Feuer im Herd war erloschen. Er holte die kalte Asche heraus und versuchte die letzte Glut wieder anzufachen. Oft hatte er Gracie bei dieser Tätigkeit zugesehen, so dass er sich zutraute, mit den Eigenheiten des Herdes fertig zu werden, doch lag eine gewisse Trostlosigkeit über einer Küche, in der sich keine Frau zu schaffen machte. Mrs. Brady kam jeden Morgen, um die groben Arbeiten, die Wäsche und das Putzen zu erledigen. Auch wenn sie eine Seele von Mensch war und ihm oft ein wenig Pastete oder ein schönes Stück Roastbeef mitbrachte, war all das kein Ersatz für seine abwesende Familie.

Charlotte war von ihrer Schwester Emily und deren Mann Jack für drei Wochen nach Paris eingeladen worden. Es wäre Pitt schäbig erschienen, ihr die Reise zu verwehren oder sein Missvergnügen so offen zu zeigen, dass sie keine Freude mehr daran gehabt hätte. Wohl wäre Charlotte die Erste gewesen zuzugeben, dass sie durch die Eheschließung mit einem finanziell und gesellschaftlich weit unter ihr stehenden Mann ein großes Maß an Freiheit gewonnen hatte, das vieles ermöglichte, was für Damen in der Stellung ihrer Mutter oder Schwester undenkbar war, doch musste sie gerade wegen dieser Ehe auch auf so manches verzichten. Pitt war klug genug zu erkennen, dass es ihrem Eheglück nur förderlich sein konnte, wenn er sich ihrem Besuch bei Schwester und Schwager nicht widersetzte, ganz gleich, wie sehr sie ihm fehlte oder wie gern er seinerseits mit ihr nach Paris gereist wäre.

Das vor siebeneinhalb Jahren im Alter von dreizehn Jahren zu ihnen ins Haus gekommene Hausmädchen Gracie, inzwischen in seinen Augen fast so etwas wie ein Mitglied der Familie, war mit den Kindern, Jemima und Daniel, für zwei Wochen an die See gefahren. Alle drei waren schrecklich aufgeregt gewesen, hatten voller Begeisterung alles Mögliche eingepackt und sich über all das unterhalten, was sie tun und besichtigen wollten. Da es ihre erste Reise ans Meer war, war es für sie ein richtiges Abenteuer. Gracie war sich der Verantwortung voll und ganz bewusst und sehr stolz, dass man sie ihr übertrug.

So kam es, dass sich Pitt jetzt allein im Hause befand. Seine einzige Gesellschaft waren die beiden Katzen Archie und Angus, die behaglich zusammengerollt in dem großen Waschkorb mit der frischen Bettwäsche lagen.

Da Pitt auf einem großen Landsitz aufgewachsen war, wo sein Vater Wildhüter gewesen war und seine Mutter eine Zeit lang in der Küche ausgeholfen hatte, konnte er durchaus für sich selbst sorgen, wenn er auch seit seiner Eheschließung aus der Übung gekommen war. Mehr als das Fehlen der vielen kleinen Annehmlichkeiten des Zusammenlebens mit Charlotte bedrückte ihn die Einsamkeit. Mit keinem Menschen konnte er reden, keinem Menschen seine Empfindungen mitteilen, mit keinem Menschen lachen oder sich einfach über die Ereignisse des Tages unterhalten.

Auch die Kinder fehlten ihm. Niemand rannte durchs Haus, lachte, stellte unaufhörlich Fragen und verlangte nach Aufmerksamkeit oder Bestätigung. Niemand unterbrach ihn bei dem, was er tat, damit er hinsah, etwas erklärte, niemand wollte wissen »Was heißt das?« oder »Warum ist das so?«. Ruhe und Frieden waren nicht einfach Ruhe und Frieden, sondern schlichte Lautlosigkeit.

Es dauerte eine ganze Weile, bis der Herd richtig zog, und noch einmal zehn Minuten, bis das Wasser im Kessel siedete, so dass er sich seinen Tee aufgießen und Brot zum Frühstück rösten konnte. Er überlegte, ob er nicht auch zwei Bücklinge braten sollte, verwarf dieses Vorhaben aber gleich wieder, als er an den Fischgeruch und die Mühe des Abwaschens dachte.

Mit der ersten Post kam lediglich eine Rechnung des Metzgers. Insgeheim hatte er auf einen Brief von Charlotte gehofft. Vielleicht war es dafür noch zu früh, doch merkte er überrascht, wie enttäuscht er war. Zum Glück würde er am Abend mit seiner Schwiegermutter Caroline Fielding ins Theater gehen. Nach dem Tode von Charlottes Vater Edward Ellison und einer angemessenen Trauerzeit hatte sie einen Schauspieler kennen gelernt, der bedeutend jünger war als sie, und sich in ihn verliebt. Zum Entsetzen von Edwards Mutter Mariah war sie mit ihm eine neue Ehe eingegangen und offensichtlich sehr glücklich, was ihre Schwiegermutter als ausgesprochen peinlich empfand. Caroline führte ein deutlich freizügigeres Leben als zuvor, und auch das bot Anlass zu Reibereien. Da sich Mrs. Ellison kategorisch geweigert hatte, mit ihr und ihrem neuen Mann unter einem Dach zu leben, hatte sie zu Emily ziehen müssen, deren Gatte Jack Radley als Unterhausabgeordneter eine weit geachtetere gesellschaftliche Stellung hatte als ein Schauspieler, der charmanter war, als ihm gut tat, aber weder ein Adelsprädikat noch einen sonstwie bemerkenswerten Familienhintergrund aufzuweisen hatte.

Meist brachte Emily die Kraft auf, ihre Großmutter zu ertragen, trat ihr aber bisweilen ebenso unverblümt gegenüber wie sie ihr, woraufhin sich die alte Dame in eine kalte Wut hüllte, bis es ihr langweilig wurde und sie zum nächsten Angriff überging.

Jetzt aber lebte die Großmutter vorläufig wieder bei Caroline, da sich Emily und Jack in Paris aufhielten und ihre Abwesenheit dazu nutzten, die sanitären Anlagen im Hause erneuern zu lassen. Pitt hoffte inständig, sie werde sich nicht hinreichend wohlfühlen, um am Abend mit ihnen ins Theater zu gehen. Er hätte sich keine Sorgen zu machen brauchen: Die alte Mrs. Ellison sah in der Art von Stücken, die Caroline mittlerweile besuchte, keine ihr angemessene Unterhaltung, und trotz ihrer brennenden Neugier war ihr der Gedanke unerträglich, ein Bekannter könne sie beim Besuch einer solchen Veranstaltung sehen.

Am späten Vormittag hörte sich Pitt im Leichenschauhaus an, was der Polizeiarzt festgestellt hatte. Es war herzlich wenig.

»Es ist genau, wie ich es gesagt habe. Man hat ihm mit einem schweren runden Gegenstand einen Schlag auf den

Kopf versetzt. Dieser Gegenstand hatte einen größeren Durchmesser als ein Schürhaken und war regelmäßiger geformt als ein Baumast.«

»Könnte es ein Bootsriemen oder die Stange eines Stocherkahns gewesen sein?«, wollte Pitt wissen.

»Möglich.« Der Arzt dachte kurz darüber nach. »Durchaus möglich. Haben Sie einen solchen Gegenstand gefunden?«

»Wir wissen noch nicht, wo er getötet wurde«, gab Pitt zu bedenken.

»Der Täter könnte das Tatwerkzeug natürlich auch in den Fluss geworfen haben.« Der Arzt schüttelte den Kopf. »Wahrscheinlich werden wir es nie finden, falls aber doch, wird längst alles Blut abgewaschen sein. Sie können dann Vermutungen anstellen, aber nichts beweisen.«

»Wann ist der Tod eingetreten?«

»Spät in der Nacht. Genauer kann ich es nicht eingrenzen.« Er zuckte die schmalen Schultern. »Als ich ihn zum ersten Mal untersucht habe, war er bestimmt seit fünf oder sechs Stunden tot. Wenn Sie erst einmal herausbekommen haben, um wen es sich handelt, lässt sich die Tatzeit sicher genauer bestimmen.«

»Was wissen Sie über ihn?«

»Er dürfte zwischen dreißig und fünfunddreißig Jahre alt sein.« Der Arzt überlegte einen Moment. »Sehr guter Allgemeinzustand. Äußerst gepflegt und sauber, keine Schwielen an den Händen. Keine Körperteile, die der Sonne ausgesetzt waren.« Er schürzte die Lippen. »Er hat mit Sicherheit nicht mit seinen Händen gearbeitet. Entweder verfügte er über ein Einkommen aus Kapitalvermögen oder er war Kopfarbeiter. Er könnte natürlich auch irgendeine Art Künstler oder Schauspieler gewesen sein.« Er warf Pitt einen Seitenblick zu. »Aber vielleicht denke ich das auch nur wegen des Aufzugs, in dem man den armen Kerl gefunden hat.« Er seufzte. »Lachhaft.«

»Ist es möglich, dass er erst im Kahn einen Schlag auf den Kopf bekommen hat?«, fragte Pitt, obwohl ihm die Antwort klar war.

»Nein«, sagte der Arzt entschieden. »Der Schlag hat ihn auf den Hinterkopf getroffen. Im Kahn wäre das nur möglich gewesen, wenn er gesessen hätte, aber das kann nicht sein, denn dafür sind die Fesseln zu kurz und die Beine waren zu weit gespreizt. So hätte er nie und nimmer sitzen können. Wenn Sie mir nicht glauben, probieren Sie es selbst. Außerdem müsste dann mehr Blut da sein.«

»Sind Sie sicher, dass er das Kleid nicht anhatte, als man ihn tötete?«, drang Pitt in ihn.

»Absolut.«

»Woher können Sie das wissen?«

»Weil es weder blaue Flecken noch Hämatome gibt, die man sehen würde, wenn man ihn mit Gewalt festgehalten hätte«, erklärte der Arzt geduldig. »Wohl aber finden sich winzige Kratzer auf der Haut. Das könnten Spuren von Fingernägeln sein, die entstanden sind, als jemand versucht hat, ihm das Kleid über den Kopf und an seinem Körper glatt zu ziehen. Es ist verdammt schwer, einer Leiche etwas anzuziehen, vor allem für eine einzelne Person.«

»Es war also ein Einzeltäter?«, fragte Pitt ruhig.

Der Arzt sog die Luft durch die Zähne. »Ich denke schon«, räumte er ein. »Sie haben Recht. Das war eine Spekulation von mir, weil ich mir einfach nicht vorstellen kann, dass mehrere gemeinsam diese Art von … Wahnsinnstat begehen. Eine Manie ist etwas, das ein Mensch ganz allein für sich empfindet, und diese Tat ist manisch geprägt, weiß Gott. Vermutlich ist auch eine andere Möglichkeit denkbar, aber das müssten Sie mir beweisen, bevor ich daran glaube. Meiner Ansicht nach war ein abartig veranlagter einzelner Mann der Täter, dessen Liebe oder Hass alle Schranken der Vernunft niedergerissen und sogar den

Selbsterhaltungstrieb ausgeschaltet hat. Nicht nur hat er das Opfer niedergeschlagen und getötet, er sah sich auch gezwungen, es anschließend in Frauenkleider zu stecken und auf dem Fluss auszusetzen.« Er drehte sich zu Pitt um und sah ihn fragend an. »Ich kann mir keinen vernünftigen Grund dafür vorstellen. Sie etwa?«

»Er hat damit die Identität des Opfers verschleiert ...«, sagte Pitt nachdenklich.

»Unsinn!«, entfuhr es dem Arzt. »Dazu hätte es genügt, ihn auszuziehen und in eine Decke zu wickeln. Auf keinen Fall hätte er ihn wie Ophelia oder die Lady of Shalott aufs Wasser setzen müssen, die umkommt, während sie Sir Lancelot in einem Boot nach Camelot folgt.«

»Ist nicht Ophelia aus eigenem Antrieb ins Wasser gegangen?«, fragte Pitt.

»Na schön – dann eben die Lady of Shalott«, knurrte der Arzt. »Auf ihr ruhte ein Fluch. Passt Ihnen das besser?«

Pitt lächelte. »Ich suche nach einem Element, das auf den Menschen hinter der Tat verweist. Sie können mir wohl nicht sagen, ob er Franzose war, oder?«

Die Augen des Arztes öffneten sich weit. »Natürlich nicht! Was erwarten Sie – einen Nationalitätsstempel unter den Fußsohlen?«

Pitt schob die Hände in die Taschen. Es ärgerte ihn, dass er gefragt hatte. »Hinweise auf Reisen, Krankheiten, chirurgische Eingriffe ...«

Der Arzt schüttelte den Kopf. »Nichts, was uns weiterhelfen würde. Seine Zähne sind in glänzendem Zustand, und er hat einen kleinen Kratzer an einem Finger. Es handelt sich schlicht und einfach um einen ganz gewöhnlichen Toten, der ein grünes Kleid trägt und gefesselt ist. Tut mir Leid.«

Pitt sah ihn lange ausdruckslos an, dankte ihm und ging.

Am frühen Nachmittag suchte Pitt die französische Botschaft auf, nachdem er in einer Gaststätte ein belegtes Brot gegessen und dazu einen halben Liter Apfelwein getrunken hatte. Ihm lag nicht daran, erneut mit Meissonier zusammenzutreffen, denn dieser würde nur wiederholen, was er am Anleger von Horseferry gesagt hatte. Pitt jedoch war keineswegs davon überzeugt, dass der Mann im Kahn nicht der Diplomat Bonnard war. Bisher besaß er keine weiteren Hinweise, und Meissonier hatte sich erkennbar unwohl in seiner Haut gefühlt. Zwar war bei genauerer Betrachtung der Leiche Erleichterung auf seine Züge getreten, dennoch war seine Besorgnis nicht vollständig von ihm gewichen. Hatte es lediglich damit zu tun, dass sich keine Verbindung zu ihm nachweisen ließ und er daher bestreiten konnte, dass es sich um Bonnard handelte?

Wie hätte Pitt ihn jetzt erneut befragen können? Das hätte lediglich den Anschein erweckt, dass er Meissonier für einen Lügner hielt, was angesichts von dessen Diplomatenstatus – er hatte ausdrücklich darauf hingewiesen, dass er Gast des Landes sei – genügen würde, einen unangenehmen Zwischenfall zu provozieren, an dem man Pitt mit Recht die Schuld zuweisen würde.

Also musste er für seinen Besuch einen anderen Vorwand finden. Doch welchen? Meissonier hatte jede Verbindung zwischen der Botschaft und dem Leichnam bestritten. Also gab es keine weiteren Fragen zu stellen.

Pitt stand bereits vor der Tür. Er musste entweder anklopfen oder seinen Weg fortsetzen. Er klopfte.

Ein livrierter Lakai öffnete.

»Sie wünschen?«

»Guten Tag«, sagte Pitt rasch. Er gab dem Mann seine Karte und fuhr fort: »Einer der Botschaftsangehörigen wurde als vermisst gemeldet, und zwar irrtümlich, wenn ich Monsieur Meissonier richtig verstanden habe. Bevor ich die Akte entsprechend abändere, würde ich gern mit demjenigen Mitarbeiter der Botschaft sprechen, der die Vermisstenmeldung aufgegeben hat. Es wäre besser, wenn er selbst diese Meldung zurückzieht …«

»Ach ja? Und wer soll das sein, Sir?«, fragte der Lakai mit unbewegtem Gesicht.

»Das weiß ich nicht.« Der Vorwand war ihm gerade erst eingefallen. Er hätte den Streifenbeamten am Anleger von Horseferry fragen sollen, doch da war die Sache nicht wichtig gewesen. »Der Vermisste soll ein gewisser Monsieur Bonnard sein. Ich vermute, dass ein Kollege oder persönlicher Bekannter die Meldung gemacht hat.«

»Das dürfte Monsieur Villeroche sein, Sir. Nehmen Sie bitte einen Augenblick Platz, ich werde feststellen, ob er Zeit für Sie hat.« Er wies auf eine Reihe lederbezogener Sitzbänke und ging.

Nach wenigen Minuten kehrte er wieder.

»Monsieur Villeroche ist bereit, Sie in einer Viertelstunde zu empfangen, Sir. Im Augenblick ist er mit einem anderen Besucher beschäftigt.« Die Entscheidung, ob er warten wollte oder nicht, wurde Pitt abgenommen, denn es zeigte sich, dass Monsieur Villeroche früher als vorgesehen frei war. Er kam selbst in den Vorraum, um Pitt abzuholen. Irgendetwas schien den gut aussehenden, mit ausgesuchter Eleganz gekleideten, südländisch wirkenden jungen Mann zu beunruhigen. Er sah flüchtig um sich, bevor er auf Pitt zutrat.

»Inspektor Pitt? Gut. Ich habe etwas zu erledigen. Würde es Ihnen etwas ausmachen, mich zu begleiten? Vielen Dank.« Er ließ Pitt keine Zeit abzulehnen. Ohne auf den Lakaien zu achten, ging er zum Ausgang, so dass Pitt ihm wohl oder übel folgen musste. »Wirklich sehr freundlich von Ihnen«, sagte er im Hinausgehen.

Pitt musste kräftig ausschreiten, um mit ihm Schritt zu halten, doch kaum waren sie um die nächste Straßenecke gebogen, als Villeroche stehen blieb.

»Es … es tut mir Leid.« Er spreizte die Hände mit entschuldigender Gebärde. »Ich wollte nicht sprechen, wo man mich hören könnte. Es handelt sich um eine heikle Angelegenheit. Ich möchte niemandem Ungelegenheiten bereiten, doch mache ich mir Sorgen …« Er hielt inne, offensichtlich unsicher, wie er fortfahren sollte.

Pitt wusste nicht, ob dem Mann der Leichenfund bekannt war. Zwar hatte der Bericht darüber in den Mittagszeitungen gestanden, aber möglicherweise war noch keine davon in die Botschaft gelangt.

Schließlich sagte der Mann: »Ich bitte um Entschuldigung, Monsieur. Ich habe Ihrer ausgezeichneten Polizei berichtet, mein Freund und Kollege Henri Bonnard sei verschwunden … Das heißt, er befindet sich nicht dort, wo wir ihn vermuteten. Er ist nicht an seinem Arbeitsplatz und auch nicht in seiner Wohnung. Keiner seiner Bekannten hat ihn in den letzten Tagen gesehen, und er hat berufliche wie auch gesellschaftliche Verabredungen nicht eingehalten.« Er schüttelte rasch den Kopf. »Das entspricht in keiner Weise seiner Art. Er tut so etwas nicht. Ich habe Angst, dass ihm etwas zugestoßen sein könnte.«

»Und daher haben Sie ihn als vermisst gemeldet«, schloss Pitt. »Monsieur Meissonier hat uns gesagt, dass er einen Urlaub angetreten hat. Ist es denkbar, dass er aufgebrochen ist, ohne Ihnen das mitzuteilen?«

»Möglich ist es natürlich«, stimmte Villeroche zu, ohne den Blick von Pitts Gesicht zu wenden. »Aber seine Pflichten hätte er nie und nimmer vernachlässigt. Er ist ehrgeizig und auf seine Karriere bedacht. Die würde er … die würde er nie und nimmer wegen irgendeiner Kleinigkeit gefährden. Es ist natürlich denkbar … äh …« Es war zu sehen, dass er nicht recht wusste, wie er fortfahren sollte. Von der Sorge um den Freund getrieben, wollte er die Situation erklären, ohne zu viel preiszugeben.

»Was für ein Mensch ist er?«, fragte Pitt. »Wie sieht er aus? Was sind seine Gewohnheiten, womit verbringt er seine Freizeit? Wo wohnt er? Zu welchen gesellschaftlichen Verabredungen ist er nicht erschienen?« Vor sein inneres Auge trat das Bild des Mannes im Kahn in dem sonderbaren grünen Samtkleid. »Geht er gern ins Theater?«

Villeroche fühlte sich sichtlich unbehaglich. Er nahm den Blick nicht von Pitts Zügen, als erwarte er von diesem, dass er ihn ohne weitere Worte verstand.

»Ja, er hat Gefallen an den schönen Dingen des Lebens… Manches davon würde nicht unbedingt den Beifall des Herrn Botschafters finden. Das heißt aber nicht etwa, dass er…«

Um ihm zu helfen, fragte Pitt: »Wissen Sie schon, dass wir heute Morgen am Anleger von Horseferry in einem Kahn, der auf der Themse trieb, einen Toten gefunden haben, auf den die Beschreibung von Henri Bonnard passt? Monsieur Meissonier war so freundlich, hinauszufahren und ihn sich anzusehen. Seiner Aussage nach ist es nicht Bonnard. Er schien seiner Sache ziemlich sicher zu sein. Bei dieser Gelegenheit hat er mir zu verstehen gegeben, dass sich Monsieur Bonnard im Urlaub befinde.«

Villeroche sah kläglich drein. »Davon wusste ich nichts. Das tut mir sehr Leid. Ich hoffe nur… Ich hoffe von ganzem Herzen, dass es sich nicht um Henri handelt, aber zugleich bin ich sicher, dass er keine Urlaubsreise unternimmt.« Er sah Pitt unverwandt an. »Er hatte eine Einladung zu einem Stück von Monsieur Oscar Wilde und sollte anschließend mit ihm und seinen Freunden dinieren. Er ist nicht hingegangen. Das würde er nie ohne eine ausführliche Entschuldigung und eine Erklärung tun, die jeden Untersuchungsrichter zufrieden stellen würde, ganz zu schweigen von einem Dramatiker!«

Pitt spürte ein sonderbares Gefühl in der Magengrube. »Wären Sie bereit, mich zum Leichenschauhaus zu begleiten und sich den Toten anzusehen, damit wir wissen, ob es sich um Bonnard handelt – auch zu Ihrer eigenen Beruhigung?«, bot er an.

»Zum Leichenschauhaus!«

»Ja. Es ist die einzige Möglichkeit, Gewissheit zu erlangen.«

»Ich… ich vermute, dass das unumgänglich ist.«

»Für mich nicht. Monsieur Meissonier hat gesagt, dass Bonnard nicht vermisst wird. Damit muss ich mich zufrieden geben. Er kann es also eigentlich gar nicht sein.«

»Gewiss. Ich komme. Wie lange wird das dauern?«

»Mit einer Droschke können wir in weniger als einer Stunde zurück sein.«

»Dann sollten wir uns beeilen.«

Mit aschgrauem Gesicht und zutiefst unglücklich sah Villeroche auf den Toten hinab und sagte, es handele sich nicht um Henri Bonnard.

»Er sieht ihm sehr ähnlich, aber ich kenne ihn nicht.« Er hustete und hielt sich das Taschentuch vor das Gesicht. »Ich bedaure sehr, Ihre Zeit beansprucht zu haben. Sie waren äußerst zuvorkommend. Bitte erwähnen Sie unter keinen Umständen Monsieur Meissonier oder sonst jemandem gegenüber, dass ich hier war.« Er wandte sich ab, verließ das Leichenschauhaus fast im Laufschritt, stieg eilends in die Droschke und sagte dem Fahrer, er solle zurück zur Botschaft fahren. Wenn Pitt nicht noch schnell hineingesprungen wäre, wäre er ohne ihn abgefahren.

»Wo wohnt er?«, fragte er und warf sich in den Sitz, während die Droschke schon fuhr.

»Am Portman Square«, gab Villeroche zurück. »Aber dort ist er nicht...«

»Geht es etwas genauer?«, ließ Pitt nicht locker. »Und könnten Sie mir den Namen von einem oder zwei Freunden oder Bekannten sagen, die mehr wissen?«

»Nummer vierzehn, zweiter Stock. Nun, vielleicht könnte man Charles Renaud oder Jean-Claude Aubusson fragen. Ich gebe Ihnen ihre Anschrift. Sie... sie arbeiten nicht in der Botschaft. Außerdem hat er natürlich englische Bekannte, beispielsweise George Strickland und Mr. O'Halloran.« Er suchte in seinen Taschen nach etwas zu schreiben, fand aber nichts.

Pitt, der zur Verzweiflung seiner Vorgesetzten gewöhnlich allerlei Krimskrams in seinen Taschen mit sich herumtrug, zog ein Stück Bindfaden, ein Taschenmesser, Siegelwachs, einen Bleistift, drei Shilling-Münzen und sieben Pence hervor, zwei gestempelte französische Briefmarken, die er für Daniel aufgehoben hatte, eine alte Quittung für ein Paar Socken, einen Zettel, der ihn daran erinnern sollte, dass er die Schuhe zum Schuster bringen und Butter einkaufen musste, zwei Pfefferminzbonbons voller Staubflocken und einen kleinen Notizblock. Den gab er mitsamt dem Bleistift Villeroche und stopfte den Rest wieder in die Taschen.

Villeroche schrieb ihm die Namen und Adressen auf, ließ den Kutscher eine Straßenecke von der Botschaft entfernt anhalten, verabschiedete sich, eilte über die Straße und verschwand die Treppe hinauf.

Pitt suchte jeden der Männer auf, die ihm Villeroche genannt hatte. Zwei waren zu Hause und bereit, ihm Auskünfte zu erteilen.

»Doch, er ist ein feiner Kerl«, sagte O'Halloran lächelnd. »Aber ich habe ihn schon über eine Woche nicht gesehen, wirklich eine Schande. Er war am vorigen Samstagabend zu Wylies Gesellschaft eingeladen, und ich hätte mein letztes Hemd darauf verwettet, dass er am Montag ins Theater kommen würde. Wilde war selbst da, und wir haben uns einfach köstlich amüsiert.« Er zuckte die Achseln. »Ich kann freilich nicht beschwören, dass ich mich noch an alles erinnere.«

»Aber Henri Bonnard war nicht dort?«, fasste Pitt nach.

»Da bin ich ganz sicher«, sagte O'Halloran. Er sah Pitt aus munteren blauen Augen aufmerksam an. »Haben Sie gesagt, Sie sind von der Polizei? Stimmt da was nicht? Warum erkundigen Sie sich nach Bonnard?«

»Weil zumindest einer seiner Bekannten vermutet, dass er verschwunden ist«, sagte Pitt.

»Und dann lassen die ihn durch einen Oberinspektor suchen?«, fragte O'Halloran spöttisch.

»Nein. Aber man hat heute Morgen am Anleger von Horseferry eine Leiche in der Themse gefunden, auf die seine Beschreibung passte. Allerdings haben zwei Angehörige der französischen Botschaft gesagt, dass er es nicht ist.«

»Gott sei Dank«, sagte O'Halloran. Es klang aufrichtig. »Armer Kerl. Sie vermuten ja wohl nicht, dass Bonnard dahintersteckt? Ich kann mir das nicht vorstellen. Er könnte keiner Fliege etwas zuleide tun. Vielleicht hat er etwas überdrehte Vorlieben, er genießt das Leben nun mal gern in vollen Zügen, ist aber in keiner Weise bösartig.«

»Das hat nie jemand angenommen«, versicherte ihm Pitt.

Diese Aussage schien O'Halloran zu beruhigen. Da er keine weiteren nützlichen Auskünfte geben konnte, dankte ihm Pitt und verabschiedete sich.

Der andere Mann, der bereit war, ihn zu empfangen, war Charles Renaud.

»Eigentlich war ich fest überzeugt, dass er sich in Paris aufhält«, sagte er überrascht. »Ich meine mich zu erinnern, dass er gesagt hat, er müsse packen, und dass er auch die Uhrzeit genannt hat, zu der sein Zug nach Dover abging. Ich habe allerdings nur mit halbem Ohr zugehört und mir vielleicht was Falsches zurechtgereimt. Es hat mich nicht besonders interessiert. Tut mir Leid.«

Bereitwillig suchte Tellman den Wasserpolizeiposten auf, nicht, weil er sich besonders dort hingezogen gefühlt hätte, sondern weil er sich weit lieber um den Gezeitenkalender kümmerte als den Versuch unternahm, von Ausländern, die diplomatische Immunität genossen, peinliche Wahrheiten zu erfragen. Er konnte und wollte sich nicht vorstellen, wodurch der Mann im Kahn den Täter dazu herausgefordert hatte, ihn umzubringen. Tellman waren die erbärmlichen und tragischen Aspekte des Lebens alles andere als fremd. Er war in äußerster Armut aufgewachsen und kannte nicht nur das Verbrechen, sondern auch Not und Elend, die oft der Auslöser dafür waren. Außerdem gab es noch dies und jenes, was so genannte Herren taten, vor allem solche, die in Verbindung mit dem Theater standen; Dinge, an die anständige Menschen keinen Gedanken verschwendet hätten und deren Zeugen sie schon gar nicht werden wollten.

Zu ihnen rechnete er Männer, die grüne Samtkleider trugen. Man hatte Tellman in der Überzeugung erzogen, dass es zwei Arten von Frauen gab: anständige wie Gattinnen, Mütter und Tanten, die keinerlei Leidenschaften zeigten und vermutlich nicht einmal wussten, was das war, und die anderen, die solche Leidenschaften nicht nur besaßen, sondern sie auch in peinlicher Weise öffentlich zur Schau stellten. Dass sich ein Mann als eine Angehörige dieser Kategorie verkleiden konnte, überstieg sein Verständnis.

Beim Gedanken an Frauen und Liebe fiel ihm Gracie ein. Ganz ohne sein Zutun trat ihm ihr fröhliches kleines Gesicht vor das innere Auge, die Form ihrer Schultern, ihre Art, sich rasch zu bewegen. Sie war sehr klein – all ihre Kleider mussten gekürzt werden – und nach dem Geschmack der meisten Männer zu dürr; ihre Rundungen waren nur angedeutet. Er hatte selbst nicht gewusst, dass ihm eine solche Frau gefallen könnte. Sie besaß Witz, Geist und Mut und hatte eine scharfe Zunge.

Tellman wusste nicht, was sie von ihm hielt. Während er im Pferde-Omnibus die Uferstraße entlangfuhr, erinnerte er sich mit einem sonderbar schmerzenden Gefühl der Einsamkeit an den Blick, der in ihren Augen gelegen hatte, als sie von dem jungen irischen Kammerdiener gesprochen hatte. Er bemühte sich, nicht weiter auf den Schmerz zu achten, den er spürte. Er wollte lieber nicht genau wissen, worum es sich dabei handelte.

Er würde sich auf das konzentrieren, was er die Männer von der Wasserpolizei fragen musste: Einzelheiten über die Gezeiten und die Uhrzeit, zu der man den Kahn vermutlich ins Wasser gelassen hatte, damit er im Morgengrauen den Anleger von Horseferry erreichte.

Am Spätnachmittag berichtete er Pitt in dessen Haus in der Keppel Street, was er herausbekommen hatte. Zwar war es dort warm und sauber, doch schien das Haus ohne die Frauen in der Küche oder den oberen Räumen sehr leer zu sein. Man hörte keine Kinderstimmen, keine leichten Schritte eilten durch das Gebäude, niemand sang. Tellman vermisste sogar Gracies übliche Mahnungen, nicht mit schmutzigen Stiefeln hereinzukommen, keine Unordnung zu machen und nichts anzustoßen.

Er saß Pitt am Küchentisch gegenüber, trank seinen Tee und fühlte sich sonderbar leer.

»Nun?«, fragte Pitt.

»Das bringt uns wohl nicht recht weiter«, sagte Tellman. Auf dem Tisch stand statt eines selbst gebackenen Kuchens eine Dose gekaufter Kekse. Das war nicht annähernd vergleichbar. »An der London Bridge war um drei Minuten nach fünf Niedrigwasser und weiter flussaufwärts entsprechend später, bei Battersea also gegen Viertel nach sechs.«

»Und Flut?«, wollte Pitt wissen.

»An der London Bridge gestern Abend um Viertel nach elf.«

»Das heißt, in Battersea eine Stunde und zehn Minuten danach…«

»Nein… eben nicht, nur zwanzig Minuten danach, also etwa fünf nach halb zwölf.«

»Und mit welcher Geschwindigkeit konnte der Kahn treiben?«

»Das ist auch so eine Sache«, erklärte Tellman. »Die Ebbe dauert mehr oder weniger sechsdreiviertel Stunden, die Flut aber nur fünfeinviertel. Der Kollege hat mir gesagt, dass der Kahn bis zu vier Kilometern pro Stunde zurücklegen konnte, doch muss man die Möglichkeit bedenken, dass er bei Ebbe an einer Schlamm- oder Sandbank hängen geblieben ist…«

»Das ist aber nicht der Fall«, machte Pitt geltend, »denn sonst wäre er erst mit der Flut wieder flott geworden.«

»Auch ein Lastkahn oder sonst etwas kommt als Hindernis infrage«, fuhr Tellman fort. »Beispielsweise ein Brückenpfeiler. Dann wäre er erst wieder weitergetrieben, wenn ihn etwas anderes angestoßen hätte… Was weiß ich, dafür kommt ein Dutzend Sachen infrage. Das Einzige, was sie sicher sagen können, ist, dass er höchstwahrscheinlich von stromaufwärts gekommen ist. Dafür gibt es zwei Gründe: Kein Mensch hätte das Gewicht gegen den Ebbstrom ziehen können, und außerdem gibt es für einen solchen Kahn nirgendwo stromabwärts vom Fähranleger einen Liegeplatz, denn dort ist das ganze Ufer bebaut, voller Hafenanlagen und so weiter.«

Mehrere Minuten lang dachte Pitt schweigend über das Gesagte nach.

»Aha«, sagte er schließlich. »Das heißt, weder Uhrzeit noch Gezeiten helfen uns wirklich weiter. Der Liegeplatz könnte sich in zwanzig oder eineinhalb Kilometern Entfernung befinden, je nachdem, wo ein Haus in Ufernähe steht. Oder sogar noch näher, wenn jemand den Kahn irgendwo einfach am Flussufer vertäut hat. Man muss der Sache nachgehen und sich erkundigen.«

»Das Ganze wäre einfacher, wenn man wüsste, wer der Tote ist«, sagte Tellman. »Ich bin nach wie vor der Ansicht, dass es der Franzose sein könnte und es denen peinlich ist, das zuzugeben. Wenn ein Engländer so was in Frankreich täte, würde ich ihn auch verleugnen.«

Pitt sah ihn mit feinem Lächeln an. »Ich habe mit einem Bekannten von ihm gesprochen, der der Ansicht war, dass er über Dover nach Paris reisen wollte. Ich wüsste gern, ob das stimmt.«

»Über den Kanal?«, fragte Tellman mit erkennbar gemischten Gefühlen. Er war nicht darauf erpicht, ins Ausland zu reisen, andererseits wäre es ein richtiges Abenteuer, mit einem Dampfer oder Postschiff nach Calais überzusetzen und vielleicht sogar bis Paris zu fahren. Dann hätte er Gracie etwas zu erzählen! »Ich kann mich ja mal darum kümmern«, sagte er hoffnungsvoll. »Wenn er nicht das Opfer ist, könnte er der Täter sein.«

»Sofern er nicht das Opfer ist, gibt es nicht den geringsten Grund anzunehmen, dass er in die Sache verwickelt ist«, gab Pitt zu bedenken. »Aber Sie haben Recht, wir müssen unbedingt feststellen, wer der Tote ist. Wir haben keinen weiteren Anhaltspunkt.«

Tellman erhob sich. »Dann fahre ich also nach Dover, Sir. Die Leute von der Reederei müssten wissen, ob er nach Frankreich gefahren ist oder nicht. Ich sehe zu, dass ich das herausbekomme.«

Kapitel zwei

Die letzte Post des Tages kam gerade, als Tellman das Haus verließ. Freudig erregt erkannte Pitt auf einem dicken Brief die Handschrift seiner Frau. Ohne die restliche Post zu beachten, kehrte er in die Küche zurück, wobei er den Umschlag aufriss und die Blätter herausnahm. Dann setzte er sich an den Tisch und las:

Mein liebster Thomas,
Paris ist wunderschön. Was für eine herrliche Stadt! Du fehlst mir zwar, trotzdem genieße ich es, hier zu sein. Es gibt so vieles zu sehen, zu hören und zu entdecken. Noch nie im Leben war ich an einem Ort so voller Leben und Ideen. Sogar die Plakate an den Mauern stammen von richtigen Malern und sind ganz anders als die in London. Mit ihrer Farbenpracht fordern sie geradezu auf, sie zu betrachten – selbst wenn es sich nicht um die Art Abbildung handelt, die man gern im Hause hätte.

Zu beiden Seiten der ungewöhnlich breiten Straßen, die man ›Boulevards‹ nennt und die alle relativ neu und einfach großartig sind, stehen Unmengen von Bäumen. Das Licht, das sich in den Wasserstrahlen der Springbrunnen bricht, tanzt in alle Richtungen. Das hat Elizabeth Barrett Browning sehr treffend mit den Worten beschrieben: »Und so weht hin der Silberhauch der Träume, senkt in die Zukunft des Denkens Samen und zählt den Ablauf ihrer Feierstunden.«

Jack will mit uns ins Theater gehen, aber es ist gar nicht so einfach, sich zu entscheiden, was wir sehen wollen. Angeblich besitzt die Stadt über zwanzig Theater, und dabei ist die Oper natürlich noch nicht mitgezählt. Ich würde zu gern Sarah Bernhardt sehen – ganz gleich in welchem Stück. Sie soll sogar schon den Hamlet gespielt haben oder beabsichtigen, das zu tun.

Unsere Gastgeber sind ganz reizend und tun alles, um uns das Leben so angenehm wie möglich zu machen. Trotzdem fehlt mir das eigene Heim. Niemand hat hier eine Vorstellung davon, wie man eine ordentliche Tasse Tee macht, und es ist einfach abscheulich, morgens als Erstes Schokolade zu trinken.

Man redet hier viel über einen jungen Mann, der unter Mordanklage vor Gericht steht. Er beteuert, dass er sich zu dem Zeitpunkt anderswo befunden habe, und sagt, er könne das auch beweisen, wenn sich der Freund meldete, mit dem er zusammen war. Niemand glaubt ihm. Das Pikante an der Sache ist, dass er sagt, er sei zu der Zeit im Moulin Rouge *gewesen, einem berühmten oder, genauer gesagt, berüchtigten Vergnügungslokal. Ich habe Madame danach gefragt, aber das Thema schien ihr recht peinlich zu sein, und so bin ich der Sache nicht weiter nachgegangen. Jack sagt, dass dort Cancan getanzt wird und die Tänzerinnen keine Unterwäsche tragen. Ein sonderbarer Maler namens Henri Toulouse-Lautrec hat für das* Moulin Rouge *fantastische Plakate geschaffen. Ich habe gestern eins auf der Straße gesehen. Zwar war es ziemlich anstößig, aber so voll prallem Leben, dass ich es mir einfach ansehen musste. Es kam mir vor, als könnte ich dabei die Musik hören.*

Morgen wollen wir uns den von Monsieur Eiffel erbauten Turm ansehen, der wirklich enorm ist. Ganz oben soll es ein WC geben, aus dessen Fenstern man den allerbesten Blick über Paris hätte – wenn man hinaussehen könnte!

Ihr fehlt mir alle, und jetzt, da Ihr nicht bei mir seid, merke ich erst richtig, wie sehr ich Euch liebe. Wenn ich zurückkomme, werde ich mich Euch hingebungsvoll widmen und ganz reizend zu Euch sein – mindestens eine Woche lang!

Stets die Deine
Charlotte

Lächelnd hielt Pitt den Brief in der Hand. Ihre Worte zu lesen, die sie voll Begeisterung quer über die Seiten geschrieben hatte, war fast so, als könnte er ihre Stimme hören. Wieder musste er daran denken, wie richtig es gewesen war, sie bereitwillig reisen zu lassen, statt Unmut zu zeigen. Schließlich waren es nur drei Wochen. Auch wenn sich jeder einzelne Tag dahinschleppte, war doch ein Ende abzusehen. Erschrocken merkte er, wie spät es schon war. Es wurde höchste Zeit, sich für den Theaterbesuch mit Caroline umzuziehen. Er faltete den Brief zusammen, steckte ihn in den Umschlag zurück und schob diesen in seine Jacketttasche. Dann ging er nach oben, um sich zu waschen und für das Theater umzuziehen. Er besaß einen Abendanzug, dessen Kauf unumgänglich gewesen war, als er sich einmal längere Zeit dienstlich auf Emilys Landsitz Ashworth Hall aufhalten musste.

Er gab sich große Mühe, gepflegt auszusehen, um seine Schwiegermutter Caroline, die er gut leiden konnte, nicht in Verlegenheit zu bringen. Er war voller Bewunderung für den Mut, den es sie gekostet haben musste, ohne Rücksicht auf ihre gesellschaftliche Stellung die Ehe mit Joshua einzugehen. Charlotte hatte sich bei der Eheschließung mit ihm ähnlich verhalten, und er gab sich keinen Täuschungen darüber hin, dass damit für sie wirkliche Opfer verbunden gewesen waren.

Er betrachtete sich im Spiegel. Was er sah, befriedigte ihn nicht restlos. Sein Gesicht war eher klug, als dass es gut aussah. Seine Haare ließen sich nicht bändigen, ganz gleich, was er mit ihnen anstellte. Sicher sähe er um den Kopf herum ordentlicher aus, wenn ein guter Friseur sie ein gutes Stück gekürzt hätte, aber mit kurzen Haaren fühlte er sich unwohl, ganz davon abgesehen, dass er immer wieder vergaß, zum Friseur zu gehen. Sein Hemdkragen war ausnahmsweise glatt, wenn auch etwas höher, als es die Mode vorschrieb, und das blendende Weiß der Hemdbrust schmeichelte seiner Erscheinung. Das würde reichen müssen.

Raschen Schritts ging er zum Bedford Square, von wo er eine Droschke zur Shaftesbury Avenue nahm, an der das Theater lag. Sie war voller Menschen, die Herren in fantasielosem Schwarz und Weiß, die Frauen in leuchtenden Farben und mit blitzendem Schmuck. Gelächter vermischte sich mit dem Hufschlag von Pferden und dem Klirren ihrer Geschirre, während sich die Kutscher ihren Weg zu bahnen versuchten. Die Gaslaternen leuchteten hell, und riesige Plakate am Eingang des Theaters kündigten die Vorstellung an, wobei der Name der Hauptdarstellerin noch über dem des Stückes stand. Keiner von beiden sagte Pitt etwas, dennoch fühlte er sich unwillkürlich von der aufgeregten Atmosphäre um ihn herum angesteckt. Sie knisterte förmlich, wie die Kälte in einer mondhellen Nacht.

Alle drängten dem Eingang entgegen, wollten sehen und gesehen werden, riefen Bekannten etwas zu, suchten ihre Plätze und freuten sich auf die Vorstellung.

Pitt hatte sich mit Caroline und Joshua im Foyer verabredet. Sie sahen ihn, vielleicht wegen seiner Größe, bevor er sie entdeckte, und Joshua rief ihm mit seiner Bühnenstimme zu: »Thomas! Links von dir, an der Säule.«

Pitt wandte sich um und sah ihn sogleich. Joshua Fieldings Gesicht eignete sich in idealer Weise dazu, Empfindungen auszudrücken: Er hatte wandelbare Züge, dunkle

Augen mit schweren Lidern und einen Mund, der Fröhlichkeit wie Trauer gleichermaßen auszudrücken vermochte. Es war unübersehbar, dass er sich freute, einen guten Bekannten zu treffen.

Caroline an seiner Seite sah bemerkenswert gut aus. Sie hatte den gleichen warmen Teint wie Charlotte und hielt den Kopf stolz erhoben. Abgesehen davon, dass sich Grautöne in ihr kastanienfarbenes Haar mischten, war die Zeit gnädig mit ihr gewesen, auch wenn deutliche Spuren des Schmerzes zu sehen waren. Pitt wusste sehr wohl, dass das Leben sie durchaus nicht geschont hatte.

Er begrüßte beide mit ungeheuchelter Freude und folgte ihnen die Treppe empor und durch einen langen, geschwungenen Gang. Aus der Seitenloge, die Joshua für sie reserviert hatte, fiel der Blick über die Köpfe aller anderen hinweg ungehindert auf die Bühne, die sie in ihrer ganzen Breite überblicken konnten.

Joshua schob Caroline den Sessel zurecht, dann nahmen die beiden Herren Platz.

Pitt berichtete von Charlottes Brief, wobei er den Mordprozess gegen den jungen Mann und die Hinweise auf Orte wie das *Moulin Rouge* mit Stillschweigen überging.

»Hoffentlich kommt sie nicht mit radikalen Gedanken nach Hause«, sagte Caroline lächelnd.

»Die Welt ändert sich«, antwortete Joshua. »Stets gibt es neue Ideen. Die jeweils nachwachsende Generation erwartet vom Leben anderes als die frühere und hofft auf eine andere Art von Glück.«

Mit fragendem Blick wandte sich Caroline ihm zu. »Warum sagst du das?«, wollte sie wissen. »Du hast schon beim Frühstück so sonderbar geredet.«

»Ich frage mich, ob ich dir nicht etwas mehr über das Stück von heute Abend hätte sagen sollen. Es ist sehr… avantgardistisch.« Auf seinem freundlichen Gesicht, das teilweise im Schatten der Logenvorhänge lag, erkannte man im warmen Schein der Kronleuchter einen Ausdruck, der um Entschuldigung zu bitten schien.

»Es ist doch nicht von Ibsen, oder?«, fragte Caroline unsicher.

Mit breitem Lächeln gab Joshua zurück: »Nein, meine Liebe, aber es ist ebenso umstritten, als wäre es von ihm. Cecily Antrim würde keinesfalls in einem Stück eines unbekannten Autors auftreten, wenn es nicht ziemlich radikale Ansichten vertreten würde und sie ihre eigenen darin nicht wiederfinden könnte.« Er sagte das mit warmer Stimme, wobei ihm ein herzlicher Blick in die Augen trat.

Es kam Pitt vor, als sehe Caroline etwas unsicher drein, doch bevor sie das Thema weiter verfolgen konnten, zogen die Besucher in einer der gegenüberliegenden Logen ihre Aufmerksamkeit auf sich; es waren Bekannte.

Nachdem man einander über die Entfernung hinweg begrüßt hatte, setzte sich Pitt wieder und ließ die Farben und die Erregung im Raum auf sich wirken, den Anblick der modisch gekleideten Damen, die hoch erhobenen Hauptes einherschritten, von ihren Geschlechtsgenossinnen aufmerksamer gemustert als von irgendeinem der Männer. Der Grund dafür war aber nicht etwa Wohlwollen, sondern blanke Rivalität. Pitt dachte an Charlotte und stellte sich vor, wie gut sie das Verhalten dieser Frauen gedeutet und die feineren Nuancen verstanden hätte, die er lediglich beobachten konnte. Nach ihrer Rückkehr aus Paris würde er versuchen, ihr zu beschreiben, was er gesehen hatte, vorausgesetzt, sie machte eine hinreichend lange Pause in ihrem Bericht, damit sie ihm zuhören konnte.

Die Lichter erloschen langsam, und Stille legte sich über den Raum. Alle reckten die Hälse und sahen zur Bühne.

Der Vorhang hob sich, und man sah eine häusliche Szene in einem hochherrschaftlich eingerichteten Salon, in dem sich ein halbes Dutzend Menschen befanden. Doch der Lichtkegel des Scheinwerfers erfasste eine einzelne Frau, im Vergleich zu deren Lichtgestalt die anderen düster wirkten. Sie war gertenschlank und ungewöhnlich groß. Sogar wenn sie stand, ohne sich zu bewegen, wirkte sie überaus anmutig. Das Licht brach sich in ihrem blonden Haar, und die kräftigen, klaren Züge ihres Gesichts waren alterslos.

Sie fing an zu sprechen, das Stück begann.

Pitt hatte damit gerechnet, dass ihn das Ereignis des Theaterbesuchs vielleicht ebenso sehr unterhalten würde wie das Stück. Doch damit hatte er sich geirrt – er fühlte sich vom ersten Augenblick an ganz vom Bühnengeschehen gefesselt, kaum dass er Cecily Antrim sah. Sie drückte mit geradezu unvorstellbarer emotionaler Kraft das Gefühl von Einsamkeit und ein so verzehrendes Bedürfnis nach Zuwendung aus, dass es ihn schmerzte und er seine Umgebung vergaß. Für ihn war der Salon auf der Bühne Wirklichkeit. Die Menschen, die dort ihr Leben vorführten, waren von außerordentlicher Bedeutung.

Die von Cecily Antrim dargestellte Frau war mit einem Mann verheiratet, der deutlich älter war als sie, rechtschaffen, anständig, aber unfähig zur Leidenschaft. Er liebte sie im Rahmen seiner Möglichkeiten, war treu und besitzergreifend. Obwohl sie ihm überaus wichtig war und er sie nie im Leben hätte betrügen können, tötete er nach und nach etwas in ihr ab, das vor den Augen der Zuschauer um sein Daseinsrecht zu kämpfen begann.

Ein jüngerer Mann trat auf, begeisterungsfähiger als er und mit mehr Vorstellungskraft begabt, dessen Seele nach etwas hungerte. Vom Augenblick ihrer ersten Begegnung an war es unvermeidlich, dass sie sich zueinander hingezogen fühlten. Doch nicht das wollte der Autor herausarbeiten, und es war auch nicht das, was den größten Teil der Zuschauer beschäftigte. Es ging um die Frage, was die Personen im Stück in Bezug auf diese Situation tun würden. Ganz gleich ob der Ehemann, seine Frau, der junge Mann, dessen Verlobte oder ihre Eltern, sie alle wurden von ihren Befürchtungen und Grundsätzen gelenkt, von Hemmungen, welche die Wahrheit verzerrten, die sie sonst womöglich ausgesprochen hätten, von Erwartungen, die ihnen das Leben und die Gesellschaft um sie herum auferlegt hatten. Vor allem aber hieß die Frage: Gab es einen Ausweg für die Ehefrau, der die Möglichkeit einer Scheidung nicht offenstand, im Gegensatz zu dem Mann, falls er das wünschte?

Pitt merkte, dass er, während er der Handlung folgte, seine eigenen Annahmen in Bezug auf Männer und Frauen überdachte, die Erwartungen, mit denen sie einander gegenübertraten, und das Glück, das die Ehe einem schenken – oder verweigern – konnte. Er selbst hatte Leidenschaft und Erfüllung erwartet und gefunden. Natürlich gab es Zeiten der Einsamkeit, des Missverstehens und der Verzweiflung, aber im Großen und Ganzen fühlte er sich zutiefst und dauerhaft glücklich. Doch wie viele andere Menschen empfanden ebenso? Durfte man das erwarten? Wichtiger und quälender: Hatte ein Mann das Recht zu erwarten, dass eine Frau seine Unzulänglichkeiten ertrug und verheimlichte, wie es jener auf der Bühne von seiner Gattin verlangte? So deutlich die Zuhörerschaft die Einsamkeit dieser Frau wahrnahm, die Last seiner Unfähigkeit, die sie erdrückte, so wenig schienen die Gestalten auf der Bühne sie zu spüren, mit Ausnahme des jungen Liebenden, doch auch er verstand sie nur zum Teil. Auch für ihn war die Flamme zu groß, die in der Frau loderte, und so war zu befürchten, dass sie ihn schließlich verzehren würde.

Die Frau hatte ihrem Mann gegenüber Pflichten zu erfüllen, auf körperlicher Ebene bei den wenigen Gelegenheiten, da er das wünschte, und sie musste ihm gehorchen, taktvoll sein, Verantwortung im Haushalt übernehmen und sich stets zurückhaltend und mit Anstand aufführen.

Dem Gesetz nach hatte der Mann ihr gegenüber keine solchen Verpflichtungen – wie aber stand es mit der moralischen Ebene? Selbstverständlich wurde von ihm erwartet, dass er ihr ein Heim bot, solide und ehrenhaft war und seinen Vergnügungen, wie auch immer sie geartet sein mochten, mit angemessener Diskretion nachging. Aber war er zu physischer Leidenschaft verpflichtet? Oder gehörte sich ein solches Bedürfnis für eine anständige Frau nicht? Genügte es, dass er ihr zu Kindern verholfen hatte?

Mit jeder Bewegung ihres Körpers, mit jeder Nuance ihrer Stimme zeigte Cecily Antrim, dass das nicht genug war. Sie verging an einer inneren Einsamkeit, die ihr ganzes Wesen verzehrte. Verlangte sie zu viel, war sie unvernünftig, selbstsüchtig oder gar zuchtlos? Oder verlieh sie lediglich einem Bedürfnis Stimme, das eine Million anderer Frauen stumm empfanden?

Es war ein beunruhigender Gedanke. Als sich der Vorhang senkte und die Lichter wieder angingen, sah Pitt zu Caroline hinüber.

Zwar hatte der erste Akt sie ebenso verstört wie Pitt, doch auf andere Weise. Ihr ging es nicht in erster Linie darum, dass die Fragen nach dem seelischen Hunger und der Treue eine Antwort verlangten, sondern dass sie überhaupt gestellt wurden. Solche Dinge gehörten in die Intimsphäre der Menschen, es waren Gedanken, die man für sich behielt, die einen in den dunkleren Augenblicken der Verwirrung und des Selbstzweifels heimsuchten und die man von sich wies, sobald man wieder über seinen klaren Alltagsverstand verfügte.

Sie vermied es, zu Joshua hinüberzusehen; offenbar wäre es ihr peinlich gewesen, seinem Blick zu begegnen, und auch Pitt wollte sie nicht ansehen. Dadurch, dass Cecily Antrim ihre Empfindungen so unverhohlen auf der Bühne gezeigt hatte, hatte sie im Grunde genommen allen Frauen das züchtige Gewand aus Sittsamkeit und Schweigen vom Leibe gerissen. Das konnte ihr Caroline nicht ohne weiteres verzeihen.

»Glänzend!«, sagte Joshua leise neben ihr. »Ich habe noch nie einen Menschen gesehen, der solche Einfühlsamkeit mit solcher Kraft des Empfindens verbinden konnte. Findest du nicht auch?«

Caroline spürte die Bewegung, als er zu ihr hersah.

»Sie ist außergewöhnlich«, sagte sie. Sie meinte es ehrlich. Sie zweifelte keinen Augenblick daran, dass er Cecily Antrim meinte. Niemandem im Saal hätte man das zu erklären brauchen. Sie hoffte, dass ihre Stimme nicht so kühl klang, wie sie empfand. Er hatte kein Geheimnis daraus gemacht, wie tief er Cecily bewunderte. Jetzt fragte sich Caroline, ob die Gründe dafür rein beruflicher oder auch privater Natur waren. Bei diesem Gedanken überlief sie ein Kälteschauer, den sie am liebsten verleugnet hätte.

»Ich war sicher, dass sie dir gefallen würde«, fuhr er fort. »Ihr moralischer Mut ist einzigartig. Nichts kann sie davon abhalten, für ihre Überzeugungen einzutreten und zu kämpfen.«

Caroline zwang sich zu lächeln. Sie dachte nicht im Traum daran, ihn zu fragen, wie diese Überzeugungen aussahen. Nach allem, was sie im ersten Akt des Stückes mitbekommen hatte, wollte sie das lieber gar nicht wissen.

»Du hast ganz Recht«, sagte sie, bemüht, Begeisterung in ihre Worte zu legen, doch war an ihr keine große Schauspielerin verloren gegangen. »Ich bewundere Mut grundsätzlich … fast noch mehr als jede andere Tugend … außer vielleicht Güte.«

Es klopfte an der Logentür, und da Joshua aufstehen musste, um zu öffnen, konnte er ihr nicht antworten. Ein hoch gewachsener, schlanker Mann von Ende vierzig mit einem freundlich blickenden asketischen Gesicht trat ein. Die Frau an seiner Seite sah durchaus gut aus. Sie hatte regelmäßige Züge und große, tief liegende blaue Augen. Möglicherweise wäre der von ihr ausgehende Zauber vollkommen gewesen, wenn sie nicht so humorlos gewirkt hätte.

Es handelte sich um Mr. Marchand und seine Gemahlin Hope. Caroline kannte beide seit über einem Jahr, genoss ihre Gesellschaft häufig und freute sich, dass sie gekommen waren. Zweifellos würden sie ihre Empfindungen teilen, was das Stück betraf. Eigentlich war sie überrascht, dass sie gekommen waren, um es sich anzusehen. Sicherlich hatten sie gleich ihr nichts von dessen Inhalt gewusst.

Die ersten Äußerungen, die sie taten, nachdem sie Pitt vorgestellt worden waren, bewiesen, dass Caroline richtig vermutet hatte.

»Außergewöhnlich!«, sagte Ralph Marchand mit einem Gesicht, das Verwirrung zeigte. Er vermied es, Caroline anzusehen, als habe er die peinlichen Empfindungen über das Thema noch nicht überwunden und könne in Gegenwart einer Frau nicht ohne weiteres darüber sprechen.

Joshua bot Mrs. Marchand seinen Sessel an, und sie setzte sich dankend.

»Eine bemerkenswerte Frau«, fuhr Mr. Marchand fort, womit er ganz offensichtlich Cecily Antrim meinte. »Natürlich ist mir klar, dass sie lediglich spielt, was der Autor geschrieben hat, und ich finde es schade, dass sich eine so begabte Frau dafür hergibt. Offen gestanden finde ich es erstaunlich, dass der Lordkämmerer das Stück für die Bühne freigegeben hat.«

Mit den Händen in den Taschen lehnte sich Joshua nachlässig an die Wand neben der mit rotem Plüsch bezogenen Brüstung. »Es würde mich sehr überraschen, wenn sie sich nicht ziemlich stark mit ihrer Rolle identifizierte«, gab er zur Antwort. »Ich glaube, sie hat sie mit Bedacht gewählt.«

Mr. Marchand wirkte überrascht und, wie Caroline dachte, auch enttäuscht.

»Tatsächlich... ach...«

»Auch mir erscheint das Verhalten des Lordkämmerers unverständlich«, sagte Mrs. Marchand betrübt, wobei sie die Augen weit aufriss. »Man sollte glauben, dass er seine Pflichten vernachlässigt, wenn er dieses Stück nicht verbietet. Immerhin berechtigt ihn sein Amt nicht nur dazu, es ist auch seine Aufgabe, uns zu schützen. Oder etwa nicht?«

»Gewiss, Liebling«, versicherte ihr der Gatte. »Es sieht ganz so aus, als sei ihm nicht klar, welchen Schaden seine Nachlässigkeit anrichten kann.«

Caroline sah zu Joshua hinüber. Da sie seine Ansichten zur Theaterzensur kannte, fürchtete sie zwar, er könne etwas sagen, was die Marchands kränken würde, wusste aber nicht, wie sich das verhindern ließe, ohne ihn zu verletzen. »So etwas richtig abzuwägen ist nicht einfach«, sagte sie unverbindlich.

»Wahrscheinlich verlangt das Mut«, gab Mrs. Marchand ohne Zögern zurück. »Aber wenn er die Aufgabe übernommen hat, dürfen wir auch erwarten, dass er seine Pflicht tut.«

Caroline konnte sich gut vorstellen, was sie meinte. Instinktiv begriff sie ihre Befürchtungen und war zugleich sicher, dass das bei Joshua nicht der Fall war. So überraschte es sie, wie gemäßigt seine Antwort ausfiel.

»Schutz ist ein zweischneidiges Schwert, Mrs. Marchand.« Er verharrte in seiner entspannten Pose, doch sah Caroline, wie sich seine Muskeln spannten.

Mrs. Marchand sah ihn aufmerksam an. »Inwiefern?«, fragte sie.

»Wovor möchten Sie beschützt werden?«, fragte Joshua mit gleichbleibend freundlicher Stimme.

Mr. Marchand verlagerte mit einer kaum spürbaren Bewegung sein Gewicht von einem Bein auf das andere.

»Vor dem Sittenverfall«, gab seine Frau mit einer Stimme zur Antwort, in der Zorn und Selbstsicherheit mitschwangen. Unwillkürlich streckte sie ihrem Mann eine Hand entgegen. »Davor, dass die Verherrlichung von Unmoral und Selbstsucht unsere Lebensweise untergräbt. Davor, dass man leicht beeinflussbaren jungen Menschen den Eindruck vermittelt, Zügellosigkeit lasse sich hinnehmen, wenn sie nicht gar etwas Gutes sei. Davor, dass Empfindungen und Verhaltensweisen öffentlich zur Schau gestellt werden, die in den privaten Bereich gehören. Auf diese Weise wird herabgesetzt und entwürdigt, was heilig sein müsste...«

Caroline verstand, was Mrs. Marchand meinte, und stimmte ihr weitgehend zu. Die Marchands hatten einen etwa sechzehnjährigen Sohn. Caroline konnte sich erinnern, wie es war, als ihre Töchter in diesem Alter waren, und wie sehr sie sich darum bemüht hatte, sie zu leiten und zu beschützen. Damals war es weniger schwierig gewesen als heute.

Sie sah zu Joshua hinüber. Ihr war klar, dass er widersprechen würde. Allerdings hatte er auch nie Kinder gehabt, und darin lag der ganze Unterschied. Er brauchte niemanden auf eine Weise zu beschützen, die alle Hingabe und Opferbereitschaft forderte.

»Ist Selbstverleugnung besser als Zügellosigkeit?«, fragte Joshua.

Mrs. Marchands dunkle Brauen hoben sich. »Selbstverständlich. Wie können Sie das nur fragen?«

»Aber ist nicht die Selbstverleugnung eines Menschen das Gegenstück zur Zügellosigkeit eines anderen oder, wenn Sie so wollen, geradezu die Erlaubnis dazu?«, fragte er. Er beugte sich ein wenig vor. »Nehmen Sie beispielsweise das Stück hier. Hat nicht die Frau, indem sie sich selbst verleugnete, es ihrem Mann erst ermöglicht, sich etwas vorzumachen und seinen Begierden nachzugeben?«

»Ich…«, setzte Mrs. Marchand an und verstummte. Sie war überzeugt, Recht zu haben, wusste aber nicht, wie sie das erklären sollte.

Caroline begriff, was sie meinte. Das Leiden des Mannes war öffentlich, das seiner Frau fand im stillen Kämmerlein statt, gehörte zu den vielen Dingen, über die man nicht sprach.

»Sie ist ihm untreu«, schlug sich Mr. Marchand auf die Seite seiner Frau. Er hob die Stimme nicht im Mindesten, doch schwang in ihr eine unerschütterliche Überzeugtheit. »Untreue lässt sich unter keinen Umständen rechtfertigen. Es ist völlig unmöglich, sie als solche hinzustellen und dann auch noch um Verständnis für sie zu werben. Wer das tut, verwirrt lediglich Menschen, die sich über ihre Gefühle nicht im Klaren sind. Frauen könnten den Eindruck gewinnen, dass das Verhalten der Gattin im Stück entschuldbar ist.«

Das Lächeln wich nicht von Joshuas Zügen. »Auf der anderen Seite könnte es Männer dazu bringen, sich zu fragen, ob nicht ihre Frauen womöglich ein ebenso großes Bedürfnis nach Glück wie sie selbst haben, wenn nicht gar ein Anrecht darauf«, hielt er dagegen. »Unter Umständen merken sie sogar, dass beider Leben besser wäre, wenn sie verstehen würden, dass man eine Frau nicht heiraten und danach als rechtmäßig erworbenes Eigentum betrachten kann, dessen man sich nach Wunsch bedient, als wäre sie ein mechanischer Teppichbesen oder eine Wäschemangel.«

Mr. Marchand sah verwirrt drein. »Eine was?«

»Eine Wäschemangel«, antwortete Joshua in munterem Ton. »Eine Maschine, mit der man das überschüssige Wasser aus Wäschestücken herausdrückt.«

»Ich habe keine Ahnung, wovon Sie reden.« Marchand sah zu Caroline hin.

Aber Pitt erläuterte es ihm. »Ich glaube, Mr. Fielding will damit sagen, dass etwas, was manche Menschen als Schutz empfinden, für andere Einengung bedeutet, oder dass etwas, was ein Mensch als Freiheit ansieht, in den Augen eines anderen ein Übermaß an Freizügigkeit bedeutet«, erklärte er. »Wenn wir nicht bereit sind, die Qualen anderer zur Kenntnis zu nehmen, weil sie sich von unseren eigenen unterscheiden und uns der Anblick Unbehagen bereitet – oder weil es die gleichen sind und uns das peinlich ist –, darf man unsere Gesellschaft weder als großzügig noch als liberal bezeichnen und wir werden nach und nach ersticken.«

»Gott im Himmel!«, sagte Mr. Marchand leise. »Sie sind ja wirklich radikal.«

»Eigentlich halte ich mich für eher konservativ«, gab Pitt überrascht zurück. »Auch mir hat das Stück durchaus Unbehagen bereitet.«

»Aber sind Sie der Ansicht, dass man es verbieten sollte?«, fragte Joshua rasch.

Pitt zögerte. »Das wäre ein schwer wiegender Schritt…«

»Es untergräbt Anstand und Familienwerte«, gab Mrs. Marchand zu bedenken und beugte sich mit über ihren Taftrock gefalteten Händen vor.

»Es stellt Werte infrage«, korrigierte Joshua. »Soll man das etwa nie tun? Wie können wir uns dann weiter entwickeln? Ohne ein solches Verhalten werden wir nie etwas lernen oder besser machen als zuvor. Schlimmer noch, wir werden nie andere Menschen verstehen und uns selbst womöglich auch nicht.« Auf seinem Gesicht lag jetzt Begeisterung. Er schien die Absicht, sich zu mäßigen, ganz vergessen zu haben. »Wenn wir das tun, verdienen wir kaum die ehrenvolle Bezeichnung ›Mensch‹ und werden weder unserer Intelligenz noch unserer Willensfreiheit oder Urteilskraft gerecht.«

Caroline merkte, dass die Unterhaltung eine unangenehme Wendung nehmen und sie eine Freundschaft kosten konnte.

»Es kommt darauf an, in welcher Weise man sie infrage stellt«, sagte sie rasch.

Joshua sah sie ernsthaft an. »Nur ein Bild, das die Macht hat, uns aufzustören, trägt die Kraft zur Veränderung in sich. Wachstum verursacht oft Schmerzen, aber wer nicht wächst, hat den ersten Schritt auf dem Weg zum Tode getan.«

»Wollen Sie damit sagen, dass alles früher oder später zugrunde geht?«, fragte Mr. Marchand. Auch wenn es fast beiläufig klang, zeigte die starre Haltung seiner Hände und seines Körpers, wie angespannt er war. »Das kann ich nicht glauben. Ich bin fest davon überzeugt, dass es so etwas wie ewige Werte gibt.«

Joshua richtete sich auf. »Selbstverständlich«, stimmte er zu. »Es geht nur darum, sie richtig zu verstehen, und das ist schon schwieriger. Man muss die Wahrheit oft auf die Probe stellen, sonst wird sie durch Unwissenheit und falschen Gebrauch verdorben.« Er lächelte, aber seine Augen blickten ernst. »Es ist wie das Staubwischen in einem gut geführten Haushalt. Man muss es jeden Tag tun.«

Hope Marchand sah verwirrt drein. Sie sah zu Caroline hin und dann wieder beiseite.

Ihr Mann bot ihr den Arm. »Ich glaube, wir müssen allmählich zu unserem Platz zurück, Liebling, wenn wir nicht andere nach Beginn der Vorstellung stören wollen.« Er verabschiedete sich von Caroline. »Schön, Sie wiederzusehen, Mrs. Fielding.« Zu Pitt und Joshua gewandt fügte er hinzu: »Und Sie kennen gelernt zu haben, Mr. Pitt. Ich wünsche Ihnen einen angenehmen Abend.« Dann verließen sie die Loge.

Caroline holte tief Luft und stieß den Atem langsam wieder aus.

Joshua lächelte ihr zu. Sein Gesicht leuchtete dabei voll Wärme, und ihre Furcht schwand dahin. Eigentlich hatte sie ihn darauf hinweisen wollen, dass er beinahe andere verwirrt und verletzt hätte, ihm erklären, warum diese Leute Angst empfanden, aber ihr Zorn schwand dahin, und so erwiderte sie einfach sein Lächeln.

Wieder erloschen die Lichter, der Vorhang hob sich zum zweiten Akt.

Caroline richtete ihre Aufmerksamkeit auf die Bühne, wo sich die Handlung des Stücks weiter entwickelte, die nur in einer Tragödie enden konnte. Die von Cecily Antrim dargestellte Person hungerte nach mehr Leidenschaft im Leben, als ihr die Gesellschaft, in der sie lebte, zu geben oder zuzugestehen bereit war. Sie saß in der Falle, umgeben von Menschen, die sich von ihr in immer stärkerem Maße verstört fühlten und sie immer mehr fürchteten.

Ihr Mann war nicht bereit, sich von ihr scheiden zu lassen, und für sie gab es weder eine Möglichkeit, die Scheidung zu verlangen, noch eine Rechtfertigung, ihn zu verlassen. Nicht einmal die Ursache ihres Kummers konnte sie Menschen erläutern, die ihn nicht teilten.

Zwar war die Frage, ob sie überhaupt die Möglichkeit gehabt hätte, sich anders zu verhalten, noch nicht angesprochen worden, doch stellte Caroline sie sich, während die Szene vor ihr ablief. Sie dachte nicht daran, sich mit Cecily Antrim zu identifizieren, einem launenhaften, taktlosen Geschöpf, das seine Emotionen nicht zu beherrschen vermochte und zuließ, dass andere weit mehr über sie erfuhren, als gut tat, womit sie die geheimsten Gedanken aller Frauen öffentlich preisgab.

Caroline ärgerte sich über die damit verbundene Peinlichkeit. Sie wollte sich abwenden, wie man das gewöhnlich tut, wenn man jemanden in einer intimen Situation überrascht. Man bewahrt Stillschweigen, und beide Seiten tun so, als wäre nichts vorgefallen. Es war die einzige Möglichkeit, in zivilisierter Weise zu leben. Es gibt nun einmal Dinge, die man nicht sieht und über die man nicht spricht, und ein Mensch, dem solch unbedachte Worte doch in einem Augenblick der Erregung entschlüpfen, wiederholt sie nie. Geheimnisse sind unerlässlich.

Und da kam diese Schauspielerin, riss den Schleier der Diskretion von ihrer Seele und gab jedem, der das Geld für die Eintrittskarte aufbringen konnte, ihre innere Not und Qual preis, ließ ihn an ihrem Lachen und ihrer Verletzlichkeit teilhaben.

Zwar wurde der Ehemann gut gespielt, doch bestand seine Aufgabe ausschließlich darin, sich von ihr zerfetzen zu lassen. Er diente letztlich als Stichwortgeber für ihre Wut und Enttäuschung und sollte am Ende, das war Caroline klar, auch dafür sorgen, dass man Mitleid mit der Frau hatte.

Auch die Verlobte forderte zu einem gewissen Mitgefühl heraus. Dies ganz normale junge Mädchen war sichtlich außerstande, gegen die fast doppelt so alte Frau zu kämpfen, die voll Raffinement und innerem Feuer den Mann umgarnte, den sie für sich gewonnen zu haben glaubte. Dem Publikum war klar, dass die Verlobte nicht die geringsten Aussichten hatte, den Kampf zu gewinnen.

Interessanter war der Bruder der Verlobten, nicht als Gestalt im Stück, sondern weil der Schauspieler, der die kleine Rolle verkörperte, eine beachtliche Ausstrahlung hatte. Das Alter des hoch gewachsenen jungen Mannes ließ sich nur schwer schätzen, doch dürfte er kaum mehr als fünfundzwanzig Jahre alt sein. Er wirkte hoch sensibel, man spürte, was er empfand, auch wenn er nur wenig Text hatte. Von ihm ging eine geballte innere Energie aus. Obwohl er in keiner Weise um die Gunst des Publikums buhlte, würde sich wohl jeder Zuschauer an ihn erinnern.

Als es nach dem zweiten Akt im Saal wieder hell wurde, sah Caroline weder zu Joshua noch zu Pitt hinüber. Ihr lag nicht daran zu erfahren, was die beiden gedacht oder empfunden hatten, vor allem aber wollte sie ihre eigenen Gefühle nicht preisgeben, von denen sie fürchtete, dass man sie ihr nur allzu deutlich an den Augen ablesen konnte.

Wieder klopfte es an die Tür der Loge, und Joshua ging hin, um zu öffnen.

Caroline sah vor der Tür Charles Leigh, einen Schauspieler, den sie flüchtig kannte. Neben ihm stand ein Mann, der größer und ein wenig kräftiger gebaut war als er und auf dessen Zügen eine Klugheit und Lebensfreude lag, die seine Augen leuchten ließen, bevor er den Mund auftat. Doch was Caroline den Atem raubte, war seine verblüffende Ähnlichkeit mit ihrem ersten Mann.

»Ich würde Ihnen gern einen Besucher aus Amerika vorstellen, Samuel Ellison«, sagte Leigh. »Mr. und Mrs. Fielding sowie…«, er stockte. »…Mr. Pitt«, ergänzte Joshua. »Guten Abend.«

»Guten Abend, Sir«, antwortete Samuel Ellison mit einer angedeuteten Verbeugung und einem flüchtigen Blick auf die beiden Männer. Zu Caroline gewandt sagte er, wobei er sie aufmerksam ansah: »Bitte entschuldigen Sie mein Eindringen, Ma'am, aber als Mr. Leigh sagte, dass Ihr früherer Name Ellison war, wollte ich Sie unbedingt kennen lernen.«

»Ach ja?«, sagte Caroline unsicher. Es war lächerlich, aber sie empfand eine innere Unruhe, die an Besorgnis grenzte. Dieser Mann sah Edward so ähnlich, dass er mit ihm verwandt sein musste. Nicht nur war er von gleicher Größe, auch seine Gesichtszüge wiesen eine unverkennbare Ähnlichkeit auf. Wie Edward hatte der Besucher blaue Augen, Nase und Kiefer waren ganz ähnlich den seinen. Sie wusste nicht, was sie sagen sollte. Vom Geschehen auf der Bühne ohnehin schon aus der Fassung gebracht, reagierte sie nicht mit ihrer üblichen Gelassenheit.

Der Fremde lächelte freundlich, aber zurückhaltend. Nur ein Dummkopf hätte sich davon gekränkt gefühlt.

»Ich fürchte, ich nehme mir zu viel heraus«, entschuldigte er sich. »Aber wissen Sie, ich hoffe, dass wir miteinander verwandt sind. Meine Mutter hat England wenige Wochen vor meiner Geburt verlassen, und ich habe erfahren, dass mein Vater später wieder geheiratet hat.«

Es war Caroline klar gewesen, was er sagen würde. Die Ähnlichkeit war zu offensichtlich. Doch ihr war von der Existenz eines solchen Menschen nichts bekannt, nie hatte sie von einer früheren Ehe ihres Schwiegervaters gehört. Wild wirbelten ihr die Gedanken durch den Kopf – hatte ihre Schwiegermutter etwas davon gewusst, oder würde diese Mitteilung ihre Welt in Stücke gehen lassen, immer vorausgesetzt, dass ihr Caroline von dieser Sache berichtete?

Ein Anflug von Besorgnis legte sich auf Joshuas Züge.

Samuel sah nach wie vor Caroline an. »Mein Vater war Edmund Ellison aus King's Langley in der Grafschaft Hertfordshire ...«

Caroline räusperte sich. »Das ist der Vater meines ersten Mannes«, sagte sie. »Dann müssen Sie und er ... Halbbrüder sein.«

Samuel strahlte vor unverhohlener Freude. »Wie wunderbar! Da komme ich von New York in die größte Stadt der Welt und treffe schon nach einem Monat Sie, und das ausgerechnet im Theater.« Er sah sich um. »Da muss man doch einfach annehmen, dass das Schicksal seine Hand im Spiel hat. Ich kann gar nicht sagen, wie glücklich ich bin, Ihnen begegnet zu sein, Ma'am. Ich hoffe, Sie gestatten mir, Sie im Laufe der Zeit näher kennen zu lernen und dass wir Freunde werden, wenn Sie an meinem Verhalten keinen Anstoß nehmen. Verwandte können einem ja recht lästig werden, aber hat man je zu viele Freunde?«

Unwillkürlich musste Caroline lächeln. Die Begeisterung dieses Mannes war ansteckend, und schon die bloße Höflichkeit verlangte, dass sie ihm keine abweisende Antwort gab.

»Das hoffe ich auch, Mr. Ellison. Haben Sie die Absicht, länger in London zu bleiben?«

»Ich habe keine festen Pläne«, erwiderte er leichthin. »Ich bin Herr meiner Zeit und tue, was mir gefällt, so wie es die Gelegenheit ergibt. Bisher geht es mir hier glänzend, so dass ich keinen Grund sehe, die Stadt zu verlassen.« Wieder ließ er den Blick durch das gut besuchte Theater gleiten. »Es kommt mir vor, als wäre die ganze Welt mit all ihren Ideen hier versammelt und als brauchte ich nur darauf zu warten, dass ich früher oder später alle zu sehen bekomme.«

Caroline lächelte. »Ich habe sagen hören, man brauche sich nur lange genug an den Piccadilly Circus zu stellen, um jeden vorüberkommen zu sehen, der Rang und Namen hat.«

»Das will ich gern glauben«, stimmte er zu. »Aber wahrscheinlich würde man mich dann wegen Herumlungerns festnehmen. Viel lieber suche ich die Menschen auf, als dass ich warte, bis sie zu mir kommen.«

»Leben Sie in New York, Mr. Ellison?«, erkundigte sich Joshua. Er trat beiseite, um den Besuchern Platz zu machen, und bot Samuel seinen Sessel an.

»Ich habe an allen möglichen Orten gelebt«, antwortete dieser, nahm Platz und schlug die Beine übereinander. »Geboren bin ich in New York. Dort ist meine Mutter an Land gegangen, und es hat ziemlich lange gedauert, bis sie Fuß gefasst hatte. Da sie auf sich allein gestellt war und ein Kind erwartete, war das Leben anfangs nicht einfach für sie. Sie war tapfer und umgänglich und hat gute Freunde gefunden, die sich nach meiner Geburt um sie gekümmert haben.«

Caroline versuchte sich die Situation vorzustellen – ohne Erfolg. Sie überlegte, was sie über ihren Schwiegervater wusste.

Warum mochte ihn Samuels Mutter verlassen haben? Trotz allen Bemühens konnte sie sich nicht erinnern, je von ihr gehört zu haben. Sie war sich völlig sicher, dass ihre Schwiegermutter mit keinem Wort von einer früheren Gattin ihres Mannes gesprochen hatte. War sie mit einem anderen Mann durchgebrannt?

Aber Samuel hatte gesagt, dass sie allein in New York angekommen war. Hatte er sie verlassen? Hatte Edmund Ellison ihr wegen irgendeines unverzeihlichen Verhaltens die Tür gewiesen?

»Es muss grässlich gewesen sein«, sagte sie und meinte es aufrichtig. »Wie ist sie überhaupt zurecht gekommen? Gab es denn keine …«

»Sie meinen Verwandte, Angehörige?« Samuel schien belustigt. Er lehnte sich entspannt zurück. »Zunächst nicht, aber so viele Leute haben damals ein neues Leben begonnen, bei null angefangen, da war das nichts Besonderes. Außerdem gab es viele Möglichkeiten. Sie sah gut aus und war bereit, schwer zu arbeiten.«

»Als was?«, fragte Caroline und errötete wegen ihrer Unbeholfenheit. Vielleicht war ihm das Thema unangenehm. »Ich meine … sie musste sich doch um ein Kleinkind kümmern …«

»Ach, man hat mich von einer Hand zur anderen weitergereicht«, erwiderte Samuel munter. »Als ich zwei Jahre alt war, hätte ich in einem Dutzend Sprachen ›Mama‹ oder ›Ich hab Hunger‹ sagen können.«

»Eine mutige Frau«, sagte Joshua ruhig. »Sie müssen so manches Bemerkenswerte erlebt haben, Mr. Ellison.«

»Da haben Sie Recht«, stimmte Samuel mit Nachdruck zu. »Und ich habe auch gesehen, wie Geschichte gemacht wurde. Aber das gilt bestimmt für Sie hier ebenfalls. Außerdem sind Sie Zeugen gewesen, wie bedeutende Ideen diskutiert wurden, und haben viele schöne Dinge gesehen, die ich noch nicht kenne.« Er sah sich um. »Bestimmt gibt es in dieser Stadt alles, was dem Menschen je in den Sinn gekommen ist. Sie ist ja der Kreuzungspunkt, an dem sich alle Völker der Welt begegnen. Hier komme ich mir richtig wie ein Hinterwäldler vor. Dabei hatte ich angenommen, New York habe nach all unseren Abenteuern eine gewisse Kultur entwickelt.«

»Abenteuer?«, fragte Caroline, nicht nur, weil sich das so gehörte, sondern weil sie es auch gern gewusst hätte.

Er lächelte. »Ja, nach dem Krieg war New York völlig anders als vorher, Ma'am. So eine Stadt haben Sie im Leben noch nicht gesehen! Früher war das kein Aufenthaltsort für eine Dame, jetzt aber geht es dort ganz zivilisiert zu, jedenfalls verglichen mit früher. Wenn Sie allerdings wirklich feine Leute treffen wollen, müssten Sie wohl eher nach Boston gehen.«

»Waren Sie schon weiter im Westen, Mr. Ellison?« Pitt richtete zum ersten Mal das Wort an ihn.

Samuel sah ihn interessiert an. »Ja, schon – Sie meinen im Indianergebiet? Ich könnte Ihnen da ein paar Geschichten erzählen, von denen ich allerdings die meisten ziemlich traurig finde. Aber vielleicht teilt in dieser Hinsicht nicht jeder meine Meinung.«

»Wer sollte das nicht tun?«, fragte Joshua interessiert.

Ein Schatten legte sich auf Samuels Gesicht. »Zeuge des Fortschritts zu werden ist nicht immer angenehm. Oft zieht er eine schreckliche Spur des Todes hinter sich her und kostet bisweilen den größten Teil eines Volkes das Leben. Dabei geraten viele der mit Fortschritt verbundenen schönen Träume unter die Räder. Schon möglich, dass sich das Stärkste durchsetzt, aber das Schwächere kann sehr schön sein, und so empfindet man bei seinem Verschwinden eine innere Leere, die nichts von dem anfüllen kann, was noch da ist.«

Caroline sah zu Pitt hinüber. Da er sich vom Licht abgewandt hatte, traten seine Gesichtszüge im Halbdunkel wie gemeißelt hervor. Bei Samuels Worten war das Bild eines schmerzlichen Verlusts vor sein inneres Auge getreten, das ließ sich deutlich erkennen.

»Sie sprechen mit aufrichtiger Empfindung, Mr. Ellison«, sagte Joshua ruhig. »Das erweckt in uns den Wunsch, mehr zu hören und zu erfahren, was Sie so tief bewegt. Ich hoffe, dass wir Ihre nähere Bekanntschaft machen werden.«

Samuel erhob sich. »Sie sind sehr großzügig, Mr. Fielding. Ich werde bestimmt darauf zurückkommen. Aber ich glaube, das war jetzt das Stichwort, in meine Loge zurückzukehren, bevor das Licht ausgeht. Nicht nur, weil es ein Gebot der Höflichkeit ist, sondern es handelt sich hier auch um ein Stück, dessen Ende niemand verpassen sollte. Diese Hauptdarstellerin kann ja ein Feuer entzünden, wenn sie ein Stück trockenes Holz nur ansieht!« Er wandte sich an Caroline. »Ich bin entzückt, Sie kennen gelernt zu haben, Ma'am. Man kann sich seine Freunde aussuchen, aber nicht seine Angehörigen. Es ist eine seltene Gnade, wenn das, womit uns die Umstände bedenken, dem entspricht, was wir uns selbst ausgesucht hätten.« Dann verabschiedeten Leigh und er sich von den Anwesenden, gingen hinaus und schlossen die Tür leise hinter sich.

Joshua sah Caroline an. »Ist das möglich?«

»Aber ja!«, rief sie aus und sah ihrerseits Pitt an.

Pitt nickte. »Er sieht Edward Ellison so erstaunlich ähnlich, dass es sich dabei um keinen Zufall handeln kann.« Er runzelte leicht die Stirn. »Wusstest du von einer früheren Ehe deines Schwiegervaters?«

»Nein, ich bin wie vor den Kopf gestoßen«, gab sie zu. »Ich habe nie auch nur ein Wort darüber gehört. Ich bin nicht einmal sicher, ob Mrs. Ellison etwas davon weiß.« Die Erinnerung an jahrelange unter der Oberfläche mit der alten Dame ausgetragene Kämpfe kehrte wieder, an die kritischen Äußerungen, die sie der Schwiegertochter gegenüber getan hatte, an Vergleiche der Gegenwart mit der Vergangenheit, die stets zu Carolines und ihrer Töchter Ungunsten ausfielen. Unwillkürlich empfand sie eine gewisse Befriedigung, während sie sich wieder der Bühne zuwandte, bereit, mit anzusehen, wie das Drama dort seinem Höhepunkt entgegenstrebte.

Die Tragödie fing sie sogleich wieder ein. Cecily Antrim spielte ihre Rolle mit solcher Leidenschaft, dass es unmöglich war, nicht davon gefesselt zu werden. Caroline vergaß darüber sogar das plötzliche Auftreten Samuel Ellisons und spürte die Qual der Frau mit einer Eindringlichkeit, als ginge es um ihr eigenes Leben.

Ein Teil von ihr wehrte sich dagegen, Gefühle in ihr aufdecken zu lassen, die sie lieber nicht bewusst zur Kenntnis genommen hätte. Ein anderer Teil empfand es als eine Art Erlösung, sie nicht länger verheimlichen zu müssen und zu wissen, dass sie nicht allein war. Andere Frauen schienen die gleiche Sehnsucht und Ernüchterung zu empfinden, waren ebenfalls überzeugt, ihre Träume verraten zu haben, und lebten mit der Erkenntnis, dass ein Teil ihres Lebens aus einer Enttäuschung bestand, die sie nicht wahrhaben wollten, weil sie nicht wussten, wie sie damit umgehen konnten.

Aber sollte man so etwas öffentlich sagen? War es nicht gewissermaßen anstößig, solch intime Empfindungen vor aller Augen auszubreiten? So etwas von sich selbst zu wissen, war eine Sache, zu begreifen, dass es auch anderen so ging, eine völlig andere. Es war, als stehe man vor den Augen aller nackt da.

Gewöhnlich sah sie oft zu Joshua hinüber, wenn sie mit ihm ins Theater ging, wollte mit ihm lachen oder das Empfinden des Tragischen mit ihm teilen. Das machte einen großen Teil des Reizes solcher gemeinsamer Theaterbesuche aus. Jetzt aber wollte sie für sich bleiben. Sie fürchtete sich vor dem, was sie unter Umständen in seinem Gesicht zu sehen bekäme, und noch mehr vor dem, was er auf ihren Zügen erkennen würde. Sie war zu diesem Ausmaß von Nähe noch nicht bereit, würde es möglicherweise auch nie sein. Noch in der zutiefst empfundenen Liebe musste es Rückzugsmöglichkeiten geben, mussten Geheimnisse ausgespart bleiben, durfte man nicht alles wissen wollen. Es gehörte zur Achtung vor dem anderen; jeder Mensch brauchte einen Bereich für sich selbst.

Als die Tragödie ihren Lauf genommen hatte und der Vorhang zum letzten Mal niederging, merkte Caroline, dass ihre Wangen feucht waren, und sie spürte einen Kloß im Hals. Reglos saß sie da und sah auf die Falten des Bühnenvorhangs. Die Schauspieler hatten sich zum letzten Mal verbeugt, man hatte ihnen Blumensträuße übergeben, der Beifall war verhallt.

»Alles in Ordnung?«, fragte Pitt, der dicht neben ihr saß, mit leiser Stimme.

Sie drehte sich mit einem Lächeln zu ihm um, wobei sie zwinkerte, während ihr die Tränen über das Gesicht liefen. Sie war froh, dass er und nicht Joshua gefragt hatte. Im Augenblick fühlte sie sich Theatermenschen fern, Schauspielern, die dergleichen mit kühler Berufsmäßigkeit als Kunstform betrachten konnten. Dafür schien ihr das hier zu wirklich, war zu sehr der Stoff, aus dem das Leben besteht.

»Ja ... ja, danke, Thomas. Natürlich. Es war nur ... sehr bewegend.«

Er lächelte. Auch wenn er nichts weiter sagte, sah sie in seinen Augen, dass er verstand, welche Gedanken all das hervorrief, die Fragen und den Wirrwarr der Gefühle, die noch lange nach diesem Abend nicht zur Ruhe kommen würden.

»Fantastisch!«, stieß Joshua hervor. Sein Gesicht leuchtete. »Ich schwöre, dass sie noch nie so gut war wie heute! Nicht einmal Sarah Bernhardt hätte das besser gekonnt. Caroline, Thomas, wir müssen unbedingt nach hinten gehen und ihr das sagen. Ich darf mir diese Gelegenheit nicht entgehen lassen. Kommt!« Ohne auf eine Antwort zu warten, ging er zur Logentür, so im Rausch der Begeisterung gefangen, dass er nicht auf den Gedanken kam, die beiden könnten anders empfinden als er.

Caroline sah zu Pitt hin.

Er zuckte lächelnd die Achseln.

Gemeinsam folgten sie Joshua, der ihnen vorausgeeilt war, durch eine Tür mit der Aufschrift PRIVAT. Es ging durch einen kahlen Gang, eine Treppe hinab, die von einer einzelnen Gasflamme erhellt wurde, und durch eine weitere Tür in einen von Garderoben gesäumten Gang. Aus der halb geöffneten Tür des Raumes, an der CECILY ANTRIM stand, hörte man Stimmen.

Nach kurzem Anklopfen ging Joshua hinein, von Caroline und Pitt gefolgt.

Cecily, noch im Kostüm des letzten Aktes, aber ohne Perücke, stand an einem Garderobentisch mit einem großen dreiflügeligen Spiegel und davor stehenden und liegenden Schminkutensilien. Sie war gertenschlank und für eine Frau recht hoch gewachsen – etwa so groß wie

Joshua. Aus der Nähe sah man, dass sie nicht, wie man aus ihrer Erscheinung auf der Bühne hätte schließen können, Anfang dreißig war, sondern eher zehn Jahre älter. Auf den ersten Blick erkannte Caroline, dass sie zu den Frauen gehörte, denen das Alter nichts anhaben kann. Ihre Schönheit lag in ihrem Körperbau, ihren herrlichen Augen, vor allem aber in ihrem inneren Feuer.

»Joshua! Wie lieb!«, rief sie erfreut und breitete die Arme zur Begrüßung weit aus.

Er trat auf sie zu, umarmte sie und küsste sie auf beide Wangen. »Du hast dich selbst übertroffen!«, sagte er begeistert. »Du hast es uns ermöglicht, alles mitzuempfinden. Jetzt dürfen wir es als ganz sicher ansehen…«

Ohne die Arme von seinem Nacken zu lösen, trat sie einen Schritt zurück. Ihr Gesicht glänzte vor Freude. »Ist das dein Ernst? Meinst du, wir schaffen es?«

»Aber natürlich«, gab er zur Antwort. »Wann hätte ich dir je die Unwahrheit gesagt? Wenn es nichts weiter als gut gewesen wäre, hätte ich das auch gesagt…« Er verzog das Gesicht ein wenig. »Na ja, ich hätte kunstvoll um den heißen Brei herumgeredet. Ob wir es schaffen oder nicht… diese Entscheidung liegt im Schoß der Götter.«

Sie lachte. »Tut mir Leid, mein Lieber. Ich hätte nicht an deinen Worten zweifeln sollen. Aber die Sache liegt mir wirklich am Herzen. Könnten wir doch nur erreichen, dass die Leute den Standpunkt der Frau begreifen!« Sie machte eine weit ausholende Handbewegung. »Freddies Gesetzesentwurf könnte dann im Unterhaus durchkommen. Erst muss man die Stimmung im Lande verändern, dann die Gesetze. Ibsen hat bereits Wunder gewirkt. Darauf werden wir aufbauen. Die Leute werden verstehen, dass man auch der Frau das Recht auf eine Scheidung zubilligen muss. Ist es nicht herrlich, in einer Zeit zu leben, die uns solche Aufgaben stellt, solche Möglichkeiten eröffnet, in einer Zeit, in der wir solche Schlachten schlagen können?«

»Unbedingt«, stimmte er zu, ohne den Blick von ihr zu nehmen. Dann schien er sich mit einem Mal an seine Begleiter zu erinnern. »Cecily, du kennst meine Frau Caroline noch nicht, und das hier ist ihr Schwiegersohn, Thomas Pitt.«

Cecily begrüßte beide mit einem bezaubernden Lächeln. Es war deutlich zu sehen, dass sie Pitt einen Augenblick länger musterte als Caroline. Dann wandte sie sich wieder Joshua zu.

Caroline sah sich in dem winzigen Raum um. Unmittelbar hinter Cecily saß der Mann, den sie Freddie genannt hatte. Er schien sehr entspannt und sogar ein wenig belustigt. Seine Züge wirkten kraftvoll, mit breitem Nasenrücken und sinnlichem Mund.

Im zweiten Sessel saß der junge Mann, der Caroline auf der Bühne aufgefallen war. Aus der Nähe ähnelte er Cecily, und so überraschte es Caroline nicht, dass er gleich darauf als Orlando Antrim vorgestellt wurde; offenbar war er Cecilys Sohn. Außer den bereits Genannten befanden sich noch ein Mann und eine Frau im Raum, die als Harris und Lydia angesprochen wurden.

Der von Cecily als Freddie bezeichnete Mann war Lord Frederick Warriner. Seine Anwesenheit hing teilweise mit einer von ihm im Unterhaus eingebrachten Gesetzesvorlage zusammen, die zum Ziel hatte, das Scheidungsrecht dahingehend zu liberalisieren, dass auch Frauen die Möglichkeit hatten, von sich aus die Scheidung einzureichen.

Joshua und Cecily sprachen immer noch miteinander und sahen nur gelegentlich zu einem der anderen hin. Auch wenn es nicht ihre Absicht sein mochte, sie aus ihrem Gespräch auszuschließen, wurden sie wohl von ihrem Überschwang mitgerissen. Vermutlich lag ihre durch den gemeinsamen Beruf geprägte Einschätzung des Stücks auf einer anderen Verständnisebene als bei den bloßen Zuschauern.

»Ich habe die Szene bei den Proben auf mindestens drei verschiedene Weisen anzulegen versucht«, sagte Cecily ernsthaft. »Man hätte sie beispielsweise als eine Art hysterischen Ausbruch darstellen können, bei dem sich die Empfindungen gewaltsam Bahn brechen, mit schriller Stimme und abgehackten Bewegungen.« Sie deutete mit einigen Gesten an, was sie meinte. »Oder tragisch«, fuhr sie fort. »Als wäre der Frau das Unausweichliche bereits im tiefsten Inneren klar. Meinst du, dass sie es wusste, Joshua? Wie hättest du sie gespielt?«

»Als ob es ihr nicht bewusst wäre«, sagte er, ohne zu zögern. »Über solche Gedanken war sie längst hinaus. Wenn du den Autor fragen würdest, bin ich sicher, er würde dir sagen, dass ihre Empfindungen offen und ehrlich waren. Sie war schon viel zu sehr in die Enge getrieben, als dass sie sich dessen, was letzten Endes geschehen würde, hätte bewusst sein können.«

»Stimmt«, gab sie ihm Recht und wandte sich Orlando zu.

Dieser sagte mit breitem Lächeln: »Ich denke nicht daran, mich mit dir darüber zu streiten, Mutter. Das gehört nicht zu meiner Rolle.«

Sie sah ihn in gespieltem Zorn an, warf dann die Hände in die Luft und lachte. Sie wandte sich zu Caroline und fragte: »Hat Ihnen das Stück gefallen… Caroline? Ja – Caroline. Was halten Sie davon?« Der Blick ihrer großen graublauen Augen mit den dunklen Wimpern ruhte fest auf ihr. Es war unmöglich, diese Frau zu belügen.

Caroline fühlte sich in die Enge getrieben. Am liebsten hätte sie gar nichts gesagt, doch sahen alle zu ihr her, auch Joshua. Was sollte sie der Frau nur zur Antwort geben? Ihr höflich schmeicheln? Oder versuchen, einfühlsam einiges von den Empfindungen zusammenzufassen, die das Stück in ihr hervorgerufen hatte? Nur allzu gern hätte sie gewusst, was die anderen von ihr zu hören wünschten.

Oder sollte sie unumwunden sagen, dass das Stück Anstoß erregte, sich auf gefährliches Gebiet vorwagte und Fragen stellte, die man ihrer Ansicht nach besser nicht gestellt hätte? Dass es andere Menschen verletzen, wenn nicht gar in ihnen Gefühle der Unzufriedenheit wecken könnte, die man besser ruhen ließe, weil es keine Möglichkeit gab, etwas gegen die Situation zu unternehmen, auf die sie zurückgingen? Das Stück hatte tragisch geendet. Wäre es richtig, wenn die Dinge im wirklichen Leben einen ebensolchen Lauf nahmen? Dort konnte niemand einfach den Vorhang herunterlassen, nach Hause gehen und sich anderen Dingen zuwenden.

Welche Aussage würde Joshua von ihr erwarten? Sie durfte ihn auf keinen Fall ansehen, als ob sie sich von ihm ein Stichwort erhoffte. Weder wollte sie ihn verletzen noch in Verlegenheit bringen. Sie merkte, mit einem Mal überwältigt, wie wichtig ihr das alles war und wie wenig sie diesen Menschen das Wasser reichen konnte. Von Cecily Antrim ging ein geradezu strahlendes Leuchten aus, sie war ihrer Gedanken und Gefühle völlig sicher. Die Kraft ihrer Empfindung verstärkte ihre Schönheit. Das Publikum hatte ihr zumindest zur Hälfte allein schon deshalb wie gebannt zugesehen.

Cecily lachte. »Meine Liebe, haben Sie Bedenken, etwas zu sagen, das meine Empfindungen verletzen könnte? Ich versichere Ihnen, das kann ich ertragen!«

Schließlich fand Caroline ihre Sprache wieder. Sie erwiderte das Lächeln und sagte: »Davon bin ich überzeugt, Miss Antrim. Aber man kann das Stück nicht ohne weiteres mit wenigen Worten zusammenfassen, und ehrlich gesagt vermute ich, dass Sie auch keine einfache Antwort erwarten. Selbst wenn das der Fall wäre, täte man dem Stück damit Unrecht...«

»Bravo!«, sagte Orlando aus dem Hintergrund und hielt die Hände erhoben, als wolle er Beifall klatschen. »Bitte sagen Sie uns, was Sie denken, Mrs. Fielding. Vielleicht brauchen wir die ehrliche Meinung eines Außenstehenden, eines Menschen, der nicht betriebsblind ist, weil er dem Theater angehört.«

Im Raum herrschte völlige Stille.

Caroline merkte, wie sich ihr die Kehle zusammenschnürte. Sie schluckte. Alle sahen sie erwartungsvoll an. Ihr blieb nichts anderes übrig; sie musste etwas sagen.

»Ich denke, das Stück stellt viele Fragen«, begann sie mit trockenen Lippen. »Die Antwort auf einige davon wissen wir wohl, bei anderen aber bin ich mir nicht so sicher. Mit manchem Kummer muss man einfach leben, und erträglich macht ihn überhaupt nur der Gedanke, dass er im stillen Kämmerlein entstanden ist.«

Cecily sah verblüfft drein. »Ach je. Ist das der Aufschrei eines wunden Herzens, Joshua?« Es war klar, was sie damit meinte, auch wenn sie das in neckendem Ton sagte.

Joshua errötete ein wenig. »Um Himmels willen, das will ich nicht hoffen.«

Außer Pitt lachten alle.

Caroline merkte, wie ihr Gesicht flammend rot wurde. Eigentlich hätte auch sie imstande sein müssen, darüber zu lachen, brachte es aber nicht über sich. Sie kam sich schwerfällig vor, ein schlichtes Gemüt, wusste nicht, wohin mit Händen und Füßen wie früher als Schulmädchen. Dabei war sie die Älteste von allen Anwesenden. Lag es daran? Wäre sie drei oder vier Jahre älter, hätte sie Cecily Antrims Mutter sein können. Immerhin war Joshua siebzehn Jahre jünger als sie. Sicher war er sich dessen bewusst, wie er so neben Cecily stand.

Wie konnte sie erreichen, dass sie nicht lächerlich wirkte und er sich ihrer schämen musste, wie könnte sie wenigstens den Anschein von Würde wahren? Bestimmt fragten sich diese Theaterleute, wie um alles in der Welt Joshua darauf verfallen war, eine verglichen mit ihnen so farblose und blutleere Frau zu heiraten, die völlig fremd in ihrer Welt war, zu keiner geistreichen Äußerung imstande war und sich schon gar nicht wie sie mit einer Aura von Glanz und Zauber umgeben konnte.

Alle warteten darauf, dass sie etwas sagte. Sie durfte sie auf keinen Fall enttäuschen. Da sie nicht schlagfertig genug war, sich etwas Geistreiches einfallen zu lassen, blieb ihr nichts anderes übrig als zu sagen, was sie dachte.

Sie sah Cecily an, als gäbe es in dem Raum voller Menschen niemanden außer ihnen beiden.

»Ich bin sicher, dass Sie als Schauspielerin daran gewöhnt sind, für viele Menschen zu sprechen und die Empfindungen von Frauen zu spüren, die sich deutlich von Ihnen unterscheiden.« Zwar formulierte sie das als Aussage, brachte es aber in halb fragendem Ton vor.

»Wie scharfsinnig, Mrs. Fielding«, bemerkte Orlando sogleich. »Sie hat dich ertappt, Mama. Wie oft denkst du auch an verletzliche und nicht nur an leidenschaftliche Menschen, an solche mit Zweifeln oder mit Wunden, die man besser vor dem Blick der Öffentlichkeit verbirgt? Vielleicht haben so geartete Menschen Anspruch auf eine Privatsphäre?«

Der Mann namens Harris machte ein entsetztes Gesicht. »Reden Sie etwa der *Zensur* das Wort, Orlando?« Das Wort klang in seinem Mund wie ›Verrat‹.

»Natürlich nicht«, gab Cecily scharf zurück. »Es ist widersinnig! Orlando hat für Zensur ebenso wenig übrig wie ich. Wir beide kämpfen bis zum letzten Atemzug für die Freiheit, die Wahrheit zu sagen, Fragen zu stellen, neue Gedanken vorzutragen oder alte aufzugreifen, die niemand hören möchte.« Sie schüttelte den Kopf. »Großer Gott, Harris, das weißt du doch selbst. Was der eine als Blasphemie ansieht, ist dem anderen Religion. Wenn man es übertreibt, wird man zum Schluss noch Menschen auf dem Scheiterhaufen verbrennen, weil sie andere Götter verehren als wir – wenn nicht gar den unseren, nur mit anderen Worten.« Sie hob übertrieben die Schultern. »Wir wären dann wieder im finsteren Mittelalter und bei der Inquisition.«

»Irgendeine Art von Zensur muss es aber doch geben, meine Liebe«, sagte Warriner, der zum ersten Mal das Wort ergriff. »Niemand sollte in einem voll besetzten Theater ›Feuer‹ rufen – vor allem nicht, wenn es nicht brennt. Aber sogar bei einem Brand führt Panik zu nichts, denn dann werden mehr Menschen zu Tode getrampelt als im Feuer umkommen.« Er sprach mit leicht belustigtem Gesichtsausdruck, doch in seinen Augen lag kein Lächeln.

Blitzartig schlug Cecilys Stimmung um. »Natürlich!«, sagte sie lachend. »In der Kirche kann man ruhig ›Feuer‹ rufen, wenn man unbedingt möchte, aber nie und nimmer im Theater – jedenfalls nicht, solange die Vorstellung läuft.«

Jetzt lachten auch alle anderen.

Caroline sah zu Joshua hin.

Pitt ergriff das Wort.

»Vielleicht sollten wir uns aber vor übler Nachrede hüten? Es sei denn, man wäre Theaterkritiker …«

»Ach je!« Cecily sog den Atem scharf ein und drehte sich rasch zu ihm um. »Großer Gott! Mir war gar nicht klar, dass Sie so aufmerksam zuhören. Ich hätte besser auf Sie achten sollen. Sie sind doch nicht etwa Kritiker?«

Er lächelte. »Nein, Ma'am, Polizist.«

Sie riss die Augen weit auf. »Grundgütiger! Stimmt das tatsächlich?«

Pitt nickte.

»Wie ganz und gar entsetzlich. Und nehmen Sie Leute wegen Taschendiebstahls fest oder weil sie in eine Schlägerei verwickelt waren?«, fragte sie leichthin.

»Leider ist es meist etwas so Schwerwiegendes wie Mord«, erwiderte er. Jede Munterkeit war aus seiner Stimme verschwunden.

Orlando erhob sich. »Wahrscheinlich hat Mrs. Fielding genau das mit Fragen gemeint, die wir nicht stellen sollten, weil wir nicht bereit sind, uns die Antworten darauf anzuhören«, sagte er in das Schweigen hinein, das daraufhin eintrat. »Zur Freiheit des Wortes muss auch die Freiheit gehören, nicht zuzuhören, wenn man nicht will. Das ist mir erst in den letzten Tagen aufgefallen.« Er ging zur Tür. »Ich geh jetzt was essen, denn ich hab entsetzlichen Hunger. Gute Nacht allerseits.«

»Guter Gedanke«, sagte Cecily rasch. Zum ersten Mal schien sie ansatzweise ihre Haltung zu verlieren. »Sind alle für ein Champagnersouper zu haben?«

Joshua lehnte höflich ab, entschuldigte sich und Caroline und zog sich mit ihr zurück, nachdem sie Cecily erneut beglückwünscht hatten.

Pitt dankte noch einmal und verabschiedete sich ebenfalls. Auf dem Heimweg unterhielten sich Caroline und Joshua höflich und ziemlich steif über das Stück und sprachen über die verschiedenen Darsteller, ohne auch nur ein einziges Mal von Cecily Antrim zu reden. Caroline hatte mehr denn je das Gefühl, in jener Welt eine Außenseiterin zu sein.

Am nächsten Vormittag verließ Joshua schon früh das Haus, um einen Theaterautor zu besuchen, und so war Caroline bei ihrem späten Frühstück allein. Während ihr nachdenklicher Blick auf der Tasse ruhte, in welcher der Tee kalt geworden war, kam Mariah Ellison herein, schwer auf ihren Stock gestützt. In jungen Jahren war sie schön gewesen, doch Alter und Griesgrämigkeit hatten Spuren in ihrem Gesicht hinterlassen. Jetzt sah sie Caroline mit schwarzen Augen an, in denen unverkennbar Missfallen lag.

»Du siehst aus wie jemand, der ein Geldstück verloren und nicht wieder gefunden hat«, sagte sie schroff. »Du machst ein Gesicht, als hättest du Essig getrunken.« Sie sah auf die Teekanne. »Ist der frisch? Wahrscheinlich nicht.«

»So ist es«, gab Caroline zurück und hob den Blick.

»Was nützt es mir, wenn du sagst, dass ich Recht habe?«, knurrte die alte Dame missgelaunt, rückte einen Stuhl an den Tisch und setzte sich ihr gegenüber. »Tu was dagegen! Kein Mann mag eine Frau, die mit einem griesgrämigen Gesicht herumläuft, schon gar nicht, wenn sie älter ist als er selbst. Bei jungen und hübschen Frauen ist schlechte Laune schlimm genug, wenn sie aber erst einmal die besten Jahre hinter sich haben, ist sie unerträglich.«

Ihr ganzes Erwachsenenleben hindurch hatte sich Caroline bemüht, der Schwiegermutter gegenüber ihre Zunge im Zaum zu halten. Diese jüngste Unverschämtheit aber war zu viel für sie, zumal sie der Wahrheit gefährlich nahe kam, und sie verlor ihre Selbstbeherrschung.

»Danke, dass Sie mich an Ihren Erfahrungen teilhaben lassen«, gab sie zurück. »Bestimmt wissen Sie, wovon Sie reden.«

Die alte Dame war verdattert. So unverblümt hatte Caroline noch nie mit ihr gesprochen.

»Ich nehme an, das Stück war nicht gut«, sagte sie in der Absicht, sie zu provozieren.

»Ganz im Gegenteil«, widersprach Caroline. »Ehrlich gesagt, war es sogar glänzend.«

Mrs. Ellison sah die Teekanne finster an. »Und warum sitzt du dann hier mit einem Ausdruck wie drei Tage

Regenwetter ganz allein vor deiner Tasse Tee?«, wollte sie wissen. »Könntest du nicht nach einem Dienstboten klingeln, der dir frischen Tee macht? Mir ist klar, dass wir uns hier nicht auf einem adligen Landsitz befinden, aber ich hoffe doch sehr, dass der junge Schauspieler, auf den du dich da eingelassen hast, genug verdient, um für die Grundbedürfnisse deines Lebens aufkommen zu können.«

Caroline war so wütend und so tief verletzt, dass sie nun kein Blatt mehr vor den Mund nahm.

»Ich habe gestern einen ausgesprochen interessanten und reizenden Amerikaner kennen gelernt.« Sie sah die alte Dame an, ohne mit der Wimper zu zucken. »Er ist nach England gekommen, weil er hofft, hier Verwandte zu entdecken.«

»Soll das etwa eine Antwort sein?«, fragte Mrs. Ellison.

»Wenn Sie Tee haben wollen, läuten Sie einfach nach dem Mädchen«, gab Caroline zurück. »Sag Sie ihr, was Sie möchten. Ich habe Ihnen das deshalb nicht erklärt, weil ich annahm, Sie würden von selbst darauf kommen. Mr. Ellison habe ich erwähnt, weil ich dachte, dass Sie das gern wüssten. Immerhin ist er näher mit Ihnen verwandt als mit mir.«

Die alte Dame erstarrte. »Wie bitte?«

»Mr. Ellison ist näher mit Ihnen verwandt als mit mir«, wiederholte Caroline laut und deutlich.

»Behauptet dieser…«, sie riss die Augen weit auf, »dieser Mensch – etwa, dass er zu meiner Familie gehört? Du bist keine Ellison mehr. Du hast dich entschieden, eine… eine… na ja, was auch immer zu sein!«

»Fielding«, sagte Caroline zum wer weiß wievielten Mal. Es gehörte zu den Kränkungen, welche ihr die alte Dame zufügte, so zu tun, als könne sie sich Joshuas Nachnamen nicht merken. »Ja, genau das behauptet er. Übrigens sieht er Edward so bemerkenswert ähnlich, dass ich nicht im Geringsten daran zweifle.«

Die alte Dame saß reglos da. Sie schien sogar vergessen zu haben, dass sie nach dem Mädchen klingeln wollte.

»Tatsächlich? Und was für ein Mann ist er? Wer behauptet er zu sein?«

Inzwischen war Caroline nicht mehr sicher, ob es richtig gewesen war, diese Enthüllung zu machen. Sie hatte nicht ganz die erhoffte Wirkung, doch blieb ihr jetzt nichts anderes übrig, als fortzufahren.

»Es sieht so aus, als wäre Schwiegerpapa früher schon einmal verheiratet gewesen… bevor er Sie kennen lernte.«

Das Gesicht der alten Dame war reglos wie Stein.

»Samuel ist sein Sohn«, beendete Caroline die Erklärung.

»Tatsächlich?«, gab die alte Dame zur Antwort. »Das werden wir ja sehen. Du hast meine Frage nicht beantwortet… Was für ein Mensch ist er?«

»Er ist nicht nur reizend und klug, er kann sich auch gut ausdrücken und dürfte, nach seiner Kleidung zu urteilen, in besten finanziellen Verhältnissen leben«, gab Caroline zur Antwort. »Ich habe einen äußerst günstigen Eindruck von ihm und hoffe, dass er uns seine Aufwartung machen wird.« Sie holte tief Luft. »Offen gestanden werde ich ihn einladen.«

Wortlos griff Mrs. Ellison nach der Klingel und schwang sie heftig.

Kapitel drei

AM NÄCHSTEN MORGEN war Pitt schon früh in seinen Amtsräumen in der Bow Street. Es machte kein Vergnügen, allein zu Hause zu sein, und da mit der ersten Post kein Brief von Charlotte gekommen war, hatte er gleich nach dem Frühstück die Katzen versorgt, das Haus in der Keppel Street verlassen und sich auf den Weg gemacht.

Es war noch zu früh für irgendwelche Nachrichten von Tellman aus Dover, außerdem glaubte Pitt nicht, dass er dort etwas finden konnte, was sie weiterbringen würde. Handelte es sich bei der in grotesker Weise in den Kahn gelegten Leiche um den französischen Diplomaten oder irgendeinen anderen unglückseligen Exzentriker, der bei seinen Praktiken ein wenig zu weit gegangen war? Pitt hoffte inständig, dass Letzteres der Fall war. Nicht nur wäre ein Skandal, in den die Botschaft Frankreichs verwickelt war, mehr als unangenehm, er würde sich auch unter Umständen nicht geheim halten lassen, was dazu führen konnte, die Beziehungen zwischen beiden Ländern zu belasten.

Die durch das Theaterstück am Vorabend ausgelösten heftigen Gefühle hatten ihn aufgewühlt, auch wenn ihn die Darstellung der Bedürfnisse einer Frau, deren Mann ihre Leidenschaften oder Träume nicht zu befriedigen vermochte, nicht so mitgenommen hatte wie Caroline. Nicht nur war er eine ganze Generation jünger als sie, er gehörte auch einer Gesellschaftsschicht an, in der man, anders als in der ihren, seine Empfindungen offener äußerte. Hinzu kam, dass er auf dem Lande aufgewachsen und damit den natürlichen Dingen des Lebens viel näher war als sie.

Dennoch hatten ihn die auf der Bühne vorgeführten unverhüllten Emotionen zu tiefem Nachdenken veranlasst und zu einer neuartigen Wahrnehmung dessen gebracht, was sich hinter Gesichtern zu verbergen vermag, die nach außen hin gelassen erscheinen. Er wünschte, Charlotte wäre daheim, dann hätte er diese Dinge mit ihr besprechen können. Das leere Haus verursachte ihm fast körperliche Schmerzen, und um sich davon abzulenken, beschäftigte er sich nur allzu gern mit dem ungelösten Fall der Leiche im Kahn.

Um die Mitte des Vormittags – er ging gerade Vermisstenmeldungen durch – klopfte es an seiner Tür. Auf sein »Herein« trat ein Wachtmeister mit ausgesprochen selbstzufriedener Miene ein.

»Was gibt es, Leven?«, fragte Pitt.

»Hier is 'ne Frau, die ihren Arbeitgeber als vermisst melden will, Sir. Sie sagt, er wär schon 'n paar Tage nich nach Hause gekommen und das würde gar nich zu seiner Art passen. Er wär immer mit allem ganz zuverlässig gewesen, weil das zu sei'm Beruf gehört. Er hat wohl mit feinen Leuten zu tun, die man nich warten lassen darf, weil die sonst nich wiederkommen.«

»Nehmen Sie die Einzelheiten auf, Leven«, sagte Pitt ungeduldig. »Viel können wir ohnehin nicht tun. Machen Sie Inspektor Brown Meldung, wenn Ihnen der Fall schwer wiegend genug erscheint.«

Leven ließ sich nicht abweisen. »Nein, Sir, das is es nich. Sie hat uns gesagt, wie er aussieht, und die Beschreibung passt ziemlich genau auf den armen Kerl, den Sie am Fähranleger gefunden ham. Deswegen dachte ich, Sie würden lieber selber mit ihr reden und ihn ihr vielleicht sogar zeigen.«

Pitt ärgerte sich, dass er nicht gleich richtig geschaltet hatte.

»Ja, das werde ich tun, Leven, vielen Dank. Bringen Sie sie bitte herauf.«

»Jawohl, Sir.«

»Und, Leven…«

»Ja, Sir?«

»Sie haben richtig gehandelt. Ich werde es Sie wissen lassen, falls Sie mit Ihrer Vermutung Recht haben sollten.«

»Danke, Sir.« Vor Zufriedenheit strahlend verließ Leven den Raum und schloss die Tür leise hinter sich.

Fünf Minuten später war er mit einer kleinen, drallen Frau zurück, deren Gesicht von Sorge gezeichnet war. Sie begann zu sprechen, kaum dass sie Pitts ansichtig wurde.

»Sind Sie der Herr, mit dem ich reden soll? Wissen Sie, er is seit zwei Tagen weg… Also, heute is der zweite Tag… und alle möglichen Leute wollen wissen, wo er sich aufhält.« Sie schüttelte den Kopf. »Dabei hab ich doch keine Ahnung. Ich weiß nur, dass das nich zu ihm passt, denn ich arbeite schon seit Jahren für ihn und weiß, dass er berufliche Sachen nie vernachlässigt. Da is er eigen. Ich hab schon miterlebt, wie er sich um Leute gekümmert hat, obwohl er selber kaum auf den Beinen stehen konnte. Immer anderen zu Diensten. Damit is er dahin gekommen, wo er jetzt is.«

»Nämlich wohin, Mrs.…?«, fragte Pitt.

»Das sag ich ja grade – kein Mensch weiß das! Verschwunden. Deswegen bin ich doch hier. Irgendwas ist passiert, da beißt keine Maus ’nen Faden von ab.«

Pitt setzte erneut an. »Nehmen Sie doch bitte Platz, Mrs.…?«

»Geddes… Mrs. Geddes.« Sie setzte sich ihm gegenüber und ordnete ihre Röcke. »Danke. Wenn man seit fast zehn Jahren für jemand putzt und alles Mögliche andere macht, kennt man ihn schon ziemlich genau. Irgendwas is da faul.«

»Wie heißt Ihr Arbeitgeber, Mrs. Geddes?«

»Cathcart… Delbert Cathcart.«

»Können Sie mir Mr. Cathcart bitte beschreiben?«, fragte Pitt. »Wo wohnt er übrigens?«

»In Battersea«, gab sie zur Antwort. »Gleich unten am Fluss. Ein prächtiges Haus, das schönste von allen, in denen ich arbeite. Was hat das mit seinem Verschwinden zu tun?«

»Möglicherweise nichts, Mrs. Geddes. Könnten Sie mir bitte sagen, wie Mr. Cathcart aussieht?«

»Na ja, er is mittelgroß«, gab sie zur Antwort, »und nich dick. Eher schlank.« Nach kurzem Überlegen fuhr sie fort: »Er sieht gut aus. Blond, mit Schnurrbart, aber ohne Koteletten. Immer piekfein angezogen. Würden Sie ihn nach dieser Beschreibung überhaupt erkennen?«

»Das weiß ich nicht, Mrs. Geddes.« Zwar hatte Pitt schon zahllose Male Menschen von Todesfällen in Kenntnis setzen müssen, doch machte das die Sache weder leichter noch angenehmer. Zumindest hatte er es hier nicht mit einer Verwandten zu tun. »Bedauerlicherweise haben wir gestern Morgen auf der Themse einen Toten in einem kleinen Kahn gefunden. Wir wissen nicht, wer es ist, doch könnte es sich Ihrer Beschreibung nach um Mr. Cathcart handeln. Es tut mir Leid, Sie darum bitten zu müssen, Mrs. Geddes, aber könnten Sie mitkommen, sich den Mann ansehen und uns sagen, ob Sie ihn kennen?«

»Ach je…« Sie sah ihn eine Weile ausdruckslos an. »Ja, das sollte ich wohl tun. Besser ich wie eine von den feinen Damen der Gesellschaft, die er kennt.«

»Kennt er viele?«, fragte Pitt. Obwohl er nicht einmal wusste, ob jener Cathcart der Mann im Kahn war, wollte er gern möglichst viel über ihn in Erfahrung bringen, bevor Mrs. Geddes der Leiche ansichtig wurde. Möglicherweise brachte der Anblick sie so durcheinander, dass sie anschließend keinen zusammenhängenden Gedanken mehr fassen konnte.

»Selbstverständlich«, sagte sie mit weit aufgerissenen Augen. »Immerhin is er der beste Fotograf von ganz London.«

Mit Ausnahme dessen, was Pitt in Gesprächen aufgeschnappt hatte, wusste er nichts über das Gebiet der Fotografie. Irgendjemand hatte sie ihm gegenüber als die neue Porträtkunst bezeichnet.

»Das war mir nicht bekannt«, gab er zu. »Ich würde gern mehr über ihn erfahren.«

»Seine Bilder sind richtig schön. So was ham Sie noch nie gesehn. Die Leute waren ganz hingerissen davon.«

»Aha.« Pitt erhob sich. »Es tut mir Leid, Mrs. Geddes, aber uns bleibt keine andere Möglichkeit, als im Leichenschauhaus festzustellen, ob es sich bei dem Toten um Mr. Cathcart handelt. Natürlich hoffe ich, dass er es nicht ist.« Er sagte das aus Rücksicht auf sie, doch ging ihm sogleich auf, dass es keineswegs der Wahrheit entsprach. Alles wäre weit einfacher, wenn sich herausstellte, dass es sich bei der Leiche nicht um einen französischen Diplomaten, sondern um einen englischen Gesellschaftsfotografen handelte.

»Ja«, sagte sie ruhig. Sie erhob sich und strich ihre Jacke glatt. »Selbstverständlich. Ich komm mit.«

Die Entfernung zum Leichenschauhaus ließ sich ohne weiteres zu Fuß zurücklegen, doch der Lärm auf der Straße machte eine Unterhaltung fast unmöglich. Droschken, Pferdeomnibusse, Fuhrwerke und Brauereiwagen ratterten an ihnen vorüber. Fliegende Händler priesen mit lauter Stimme ihre Waren an, Männer und Frauen stritten miteinander, und ein Grünkramhöker lachte schallend über einen Witz, den ihm ein alter Mann erzählt hatte.

Im Leichenschauhaus herrschte eine völlig andere Atmosphäre. Die Feuchtigkeit, die in alles kroch, legte sich ebenso lastend auf sie wie die Stille, so dass die Welt der Lebenden mit einem Mal weit entfernt zu sein schien.

Man führte sie ins Eishaus, wo die Leichen aufbewahrt wurden. Als man dem Toten das Laken vom Gesicht zog, hielt Mrs. Geddes einen kurzen Augenblick den Atem an und stieß ihn dann keuchend wieder aus.

»Ja«, sagte sie mit stockender Stimme. »Ach je… das is der arme Mr. Cathcart.«

»Sind Sie ganz sicher?«, wollte Pitt wissen.

»Ja, das is er.« Sie wandte sich ab und legte sich eine Hand vor das Gesicht. »Was is denn mit ihm passiert?«

Es gab keinen Grund, ihr etwas von dem grünen Samtkleid oder den Fesseln zu sagen, jedenfalls noch nicht – vielleicht würde es überhaupt nicht nötig sein.

»Er hat einen Schlag auf den Kopf bekommen«, gab Pitt zur Antwort.

Sie riss die Augen auf. »Sie meinen, man hat ihn mit Absicht umgebracht?«

»Ja.«

»Warum sollte jemand das tun wollen? Hat man ihn beraubt?«

»Das ist äußerst unwahrscheinlich. Kennen Sie jemanden, mit dem er Streit gehabt haben könnte?«

»Nein«, sagte sie ohne Umschweife. »So einer war er nich.« Sie hielt das Gesicht weiterhin abgewandt. »Das muss ein sehr boshafter Mensch gewesen sein.«

Pitt nickte zu dem Angestellten hinüber, und dieser deckte die Leiche erneut zu.

»Danke, Mrs. Geddes. Ich wäre Ihnen sehr verbunden, wenn Sie mich jetzt zu seinem Haus begleiten und mir gestatten würden, mich dort gründlich umzusehen. Wir nehmen eine Droschke.« Er wartete, bis sie sich gefasst hatte, und verließ dann mit ihr das Leichenschauhaus. Als sie wieder im Sonnenschein auf der Straße standen, fragte er beim Anblick ihres aschfahlen Gesichts: »Fehlt Ihnen auch nichts? Sollen wir uns eine Weile irgendwo hinsetzen? Oder wollen Sie einen Schluck trinken?«

»Nein, vielen Dank«, sagte sie ganz ruhig. »Das is sehr freundlich von Ihnen, aber ich mach uns lieber 'ne ordentliche Tasse Tee, wenn wir im Haus sind. Jetzt is nicht der Augenblick zum Hinsetzen und Ausruhen. Sie müssen die Leute finden, die das getan haben, und dafür sorgen, dass sie aufgehängt werden.«

Ohne darauf zu antworten, ging er neben ihr her, bis er eine Droschke sah und dem Kutscher winkte. Er bat sie um die Adresse, sagte sie dem Mann und stieg dann ein. Er hätte die Frau gern weiter über Cathcart befragt, unterließ es aber, als er sah, wie sie mit im Schoß verkrallten Händen dasaß und den Blick starr vor sich gerichtet hielt, wobei sie gelegentlich leise aufseufzte. Sie brauchte Zeit, das Geschehene zu verarbeiten und auf ihre Weise damit fertig zu werden.

Der Wagen rumpelte über die Brücke von Battersea, ein Stück am gegenüberliegenden Themseufer entlang, bog nach links in die George Street ein und blieb vor einem sehr ansehnlichen Haus stehen, dessen Grundstück bis an die Themse reichte. Pitt sprang aus der Droschke und half Mrs. Geddes beim Aussteigen. Er entlohnte den Kutscher und gab ihm eine kurze Mitteilung für die zuständige Polizeiwache mit, damit man von dort einen Beamten schickte.

Mrs. Geddes schniefte vor sich hin, während sie ihm mit leichtem Kopfschütteln die lange Auffahrt zum Hause entlang vorausging. Sie nahm einen Schlüssel aus der

Tasche und schloss ohne das geringste Zögern die Haustür auf. Offensichtlich entsprach das ihrer Gewohnheit.

Kaum hatte Pitt das Haus betreten, als er sich erstaunt umsah. Seitlich des großen Vorraums führte eine Treppe empor. Erhellt wurde er durch ein Fenster, das die ganze Höhe des Treppenhauses einnahm. An einer Wand hingen mehrere Gruppenaufnahmen von Menschen – ein halbes Dutzend zerlumpte Kinder, die auf den Straßen spielten, daneben Damen der Gesellschaft beim Pferderennen in Ascot, wunderhübsche Gesichter unter einem Meer von Hüten.

»Ich hab Ihnen ja gleich gesagt, dass die gut sind«, sagte Mrs. Geddes betrübt. »Der Ärmste. Ich weiß gar nich, was Sie hier finden wollen. Soweit ich sehn kann, is hier nix gestohlen worden. Bestimmt hat man ihn auf der Straße überfallen. Solche Leute sind ihm nie ins Haus gekommen.«

»Was für Leute sind denn gekommen?«, fragte Pitt und folgte ihr in den für ein solches Haus erstaunlich kleinen Salon, der aber mit erlesener Eleganz eingerichtet war und Tisch und Stühle von Sheraton enthielt, deren Holz auf Hochglanz poliert war. Pitt vermutete, dass der Buchara-Teppich mindestens eins seiner Jahresgehälter gekostet hatte.

Die Fenster gingen auf eine mit Bäumen bestandene große Rasenfläche, die zur Themse hin abfiel. Eine Weide bildete über dem kaum von der Strömung bewegten Fluss eine Höhle aus Grün und spiegelte sich mit einem Muster wie geklöppelte Spitze im Wasser. Die durchbrochenen Bögen einer Pergola schimmerten weiß durch das Laub der sie umrankenden Rosen.

Mrs. Geddes sah ihn aufmerksam an.

»Mit dem Hintergrund hat er ziemlich oft gearbeitet.« Sie seufzte. »Die Leute lassen sich gern an schönen Orten fotografieren. Vor allem Damen. Das sieht irgendwie romantisch aus… Herren haben es lieber würdevoll und werfen sich dafür in Uniform.« Der Klang ihrer Stimme zeigte, was sie von Menschen hielt, die sich mit Hilfe von Kleidungsstücken ein bedeutenderes Aussehen gaben. »Einer war sogar so bekloppt, dass er sich als Julius Cäsar ausstaffiert hat!«, stieß sie mit verächtlichem Schnauben hervor. »Wie finden Sie das?«

»Und Mr. Cathcart hatte nichts dagegen?« Pitt versuchte es sich vorzustellen.

»Natürlich nich. Er hat dem sogar noch dabei geholfen. Schließlich war das sein Beruf, nich? Menschen so fotografieren, dass sie aussehen, wie sie's wollen. Ich find das blöd. Aber wen interessiert das schon? Ich weiß nich, was Sie sehen wollen – das is alles, was es hier gibt.«

Pitt sah sich um. Er wusste selbst nicht recht, was er fragen wollte. Hatte man Cathcart hier getötet? Die Antwort auf diese Frage konnte von großer Bedeutung sein. Das Haus lag sehr günstig an der Themse, so dass ein Kahn ohne weiteres von dort flussabwärts bis zum Anleger von Horseferry treiben konnte. Aber das galt natürlich auch für Dutzende anderer Häuser, deren Grundstücke ans Wasser stießen.

»Hat er hier Gesellschaften gegeben?«, wollte er wissen. »Hat er Gäste eingeladen?«

Sie sah ihn verständnislos an.

»Ja oder nein?«, fasste er nach. Angesichts der Ordnung in allen Räumen, die er bisher gesehen hatte, konnte er sich dort so recht keine Gesellschaften vorstellen, bei denen man Kostüme wie das grüne Samtkleid getragen hatte, es sei denn, Mrs. Geddes hätte anschließend gründlich geputzt und aufgeräumt.

»Nicht, dass ich wüsste.« Sie schüttelte den Kopf, nach wie vor verwirrt.

»Sie mussten nie aufräumen oder viel Geschirr waschen?«

»Nein, nie. Nie mehr als für drei oder vier Leute. Wozu wollen Sie das wissen, Mr. Pitt? Sie haben gesagt, man hat ihn umgebracht. So was passiert doch nich bei ’ner Gesellschaft. Worauf wollen Sie hinaus?«

Er versuchte sie mit einer Halbwahrheit abzuspeisen. »Er war wie zu einer Art... Maskenball gekleidet. Ich kann mir nicht recht vorstellen, dass er in diesem Aufzug über die Straße gegangen sein soll.«

»Seine Kundschaft hat sich so verrücktes Zeug angezogen«, gab sie hitzig zurück. »Er nie. Dazu war er zu fein. Er hat nur den schlechten Geschmack der anderen ertragen.«

Pitt vermutete, dass es vieles gab, was Mrs. Geddes nicht über Mr. Cathcart wusste, doch unterließ er es, ihr das mitzuteilen.

»Besitzt er möglicherweise einen Kahn, der am unteren Ende des Gartens vertäut ist?«, fragte er stattdessen.

»Keine Ahnung.« Ein bekümmerter Ausdruck trat auf ihre Züge. »Sie ham vorher was von ’nem Kahn gesagt, dass man ihn in so einem gefunden hat, nich wahr?«

»In der Tat. Haben Sie aufgeräumt, als Sie gestern hier waren?«

»Da gab es nix aufzuräumen. Ich hab nur sauber gemacht, wie immer. ’n bisschen Wäsche gewaschen. Alles war wie immer... Nur dass im Bett niemand geschlafen hat, is mir aufgefallen. Is aber auch schon früher vorgekommen.« Sie kniff die Lippen ein wenig zusammen.

Pitt deutete das als Missbilligung.

»Heißt das, dass er die Nacht gelegentlich außer Haus verbracht hat? Gibt es da vielleicht eine Beziehung?« Angesichts des grünen Kleides wählte er einen geschlechtsneutralen Ausdruck.

»Ich kann mir nich vorstellen, dass die ihn umgebracht hat«, sagte Mrs. Geddes erzürnt. »Das soll nich heißen, dass ich in Ordnung finde, was die treiben, ganz im

Gegenteil! Aber sie is kein schlechter Mensch. Sie is nich hinter seim Geld her und auch nich putzsüchtig, wenn Se verstehn, was ich meine.«

»Kennen Sie die Dame?«

»Sie heißt Lily Monderell. Fragen Se mich nich, wie man das schreibt, ich hab keine Ahnung. Man wird es ihr wohl sagen müssen.«

»Und wo finde ich Miss Monderell?«, fragte er.

»Drüben, in Chelsea. Wahrscheinlich hat er die Adresse irgendwo aufgeschrieben.«

»Es wäre mir recht, wenn Sie mich durch die übrigen Räume des Hauses begleiten und mir sagen könnten, ob irgendetwas anders ist als sonst«, bat er sie.

»Ich weiß nich, was Sie da finden wollen«, sagte sie heftig zwinkernd. Die Vorstellung, dass ein Polizist durch das Haus ging, als gehöre es seinem Besitzer nicht mehr, schien ihr Cathcarts Tod erst richtig zu Bewusstsein kommen zu lassen. Sie würden alles durchgehen, in seiner Abwesenheit und ohne ihn um Erlaubnis zu bitten. »Wenn was nich in Ordnung wär, hätt ich das gesehn«, fügte sie hinzu und rümpfte die Nase.

»Sie haben sich unter dem Aspekt ja noch gar nicht alles angesehen«, beschwichtigte er sie. »Wir fangen hier unten an und gehen dann nach oben.«

»Sie vergeuden Ihre Zeit«, gab sie zurück. »Da draußen müssen Sie suchen.« Sie wies mit dem Kopf hinaus. »Da finden Sie die Mörder und alles, was dazu gehört.« Dennoch ging sie ihm ins Nachbarzimmer voraus.

Die Räume des Hauses waren gut geschnitten und außergewöhnlich geschmackvoll eingerichtet, als hätte Cathcart bei der Auswahl der Vorhänge und Dekorationsgegenstände an ihre mögliche Verwendung als Hintergründe von Fotografien gedacht. Das Ganze wirkte vornehm und machte den Eindruck ausgesuchter Schönheit.

Hier bildete eine ägyptische Katze mit klaren Linien einen Gegenpol zu einer in Rot-, Schwarz- und Goldtönen bemalten russischen Ikone, dort zeigte das Gemälde eines präraffaelitischen Kleinmeisters einen vor einem Altar im Gebet versunkenen Ritter. Mit seiner Umrahmung aus lanzettförmigen Blättern wirkte das Gemälde ausgesprochen eigenwillig, und Pitt bekam einen Eindruck von Persönlichkeit und Geschmack des Mannes, von seinen Träumen und Vorstellungen, wenn er darin nicht sogar einen Teil des Lebens ablesen konnte, das Cathcart geprägt hatte. Sonderbarerweise traf ihn das, was er da sah, tiefer als der Anblick der Leiche im Kahn am Anleger oder später im Leichenschauhaus, als er mehr an Mrs. Geddes und die Notwendigkeit gedacht hatte, den Toten zu identifizieren.

Sie führte ihn nacheinander in alle Räume, und jeder erwies sich als untadelig. Alles war an seinem Platz, weder Stühle noch Tische waren verrückt, keine Kissen waren eingedellt, bei keinem Vorhang war auch nur eine Falte verschoben. Alles war sauber. Man konnte sich unmöglich vorstellen, dass dort ein Maskenball stattgefunden hatte, bei dem es zu der Art von Ausschweifungen gekommen war, die der Anblick des grünen Samtkleids nahe legte, und ganz bestimmt zu keiner gewalttätigen Auseinandersetzung zwischen zwei Männern, die einen von ihnen das Leben gekostet hatte.

Der letzte Raum, in den sie kamen, befand sich im obersten Stockwerk und nahm die ganze Länge des Hauses ein. Das durch Fenster und Oberlichter hereinfallende Licht ließ ihn ungewöhnlich hell erscheinen. Es war sogleich klar, dass es sich um das Atelier handeln musste, in dem Cathcart viele seiner Aufnahmen gemacht hatte. Ein Teil des Raumes, dessen Fenster auf die Themse gingen, war als eleganter Salon eingerichtet. Wer dort saß, hatte, wie es aussah, lediglich den Himmel im Rücken.

Das gegenüberliegende Ende schien als eine Art Lagerraum zu dienen und war mit allen möglichen Gegenständen angefüllt, die auf den ersten Blick nicht viel miteinander zu tun hatten.

»Ich komm hier nich oft rauf«, erklärte Mrs. Geddes ruhig. »›Es reicht, wenn Sie hier ausfegen‹, sagt er immer. ›Aber fassen Sie nix an.‹«

Interessiert betrachtete Pitt die verschiedenen Gegenstände, ohne etwas von seinem Platz zu verrücken. Er erkannte einen Wikingerhelm mit Hörnern, ein halbes Dutzend Bestandteile einer Ritterrüstung, zahllose Stücke Samtstoff in den verschiedensten Farben – satte Rot-, Lila- und Goldtöne, aber auch helle Pastellfarben und erdiges Braun. Weiterhin waren da ein Fächer aus Straußenfedern, zwei ausgestopfte Fasane, ein runder keltischer Schild mit metallenen Buckeln, mehrere Schwerter, Speere, Piken und Uniformteile von Heer und Marine. Was unter all diesen Gegenständen verborgen liegen mochte, konnte er nicht einmal raten.

Als beantworte sie seine unausgesprochene Frage, sagte Mrs. Geddes: »Wie gesagt, manche ziehen sich gern verrückt an.«

Obwohl sich Pitt gründlich umsah, fand er nichts, was auf irgendeine Beziehung zu Cathcarts Tod hinwies. Ein großer Kleiderschrank enthielt viele weitere mehr oder weniger prunkvolle Kleider, doch da Cathcart häufig Frauen fotografierte, war das nicht weiter verwunderlich. Außerdem gab es eine ganze Anzahl Männerkleidungsstücke aus vielen Epochen, die teils der Fantasie entsprungen sein mochten, teils historisch getreu wirkten.

Vier Kameras mit schwarzen Tüchern standen auf Stativen. Noch nie hatte Pitt Studiokameras aus solcher Nähe gesehen und betrachtete sie daher aufmerksam, wobei er darauf achtete, sie nicht zu berühren. Es waren kompliziert aussehende mit Leder bezogene Kästen von etwa dreißig Zentimetern Kantenlänge, deren Objektive sich vor- und rückwärts verschieben ließen. Die Messingbeschläge an zwei der Kameras glänzten wie frisch poliert.

Außerdem standen mehrere Bogenlampen auf dem Boden. Man sah keine Gasleitung, wohl aber dicke Gummikabel.

»Elektrisch«, erläuterte Mrs. Geddes voll Stolz. »Er hat seine eigene Maschine, die den Strom macht. Er nennt sie Dynamo. Er sagt, nur im Sommer kann er im Haus das richtige Licht für Aufnahmen kriegen, und deshalb braucht er das künstliche.«

Pitt betrachtete die Lampen interessiert. Es war deutlich zu erkennen, dass sich Cathcart mit großem Aufwand und viel Nachdenken bemüht hatte, seine Arbeit in den Rang einer Kunst zu erheben. Dabei hatte er weder an Zeit noch an Geld gespart.

»Natürlich macht er alles selber«, sagte Mrs. Geddes. »Dafür hat er unten im Keller 'n eigenes Zimmer. Voll Chemiezeug. Riecht abscheulich. Da darf ich aber nie rein, damit mir nix passiert. Wenn man da was verschüttet, kann das schreckliche Folgen haben.«

»Hat er irgendwelche Bilder hier aufbewahrt?«, fragte Pitt und sah sich neugierig um. »Solche aus jüngster Zeit?«

»In den Schubladen da.« Sie wies auf eine große Kommode links von ihm.

»Danke.« Er zog eine Schublade auf und betrachtete die darin liegenden Abzüge einen nach dem anderen. Der erste zeigte eine berückend aussehende Frau mit mehreren Perlenketten um den Hals. Sie trug ein äußerst exotisch wirkendes Kleid, und zu ihren Füßen ringelte sich aus einem herrlich gearbeiteten Bastkorb eine durchaus lebendig wirkende Schlange. Das Bild war faszinierend, nicht in erster Linie, weil es an das antike Ägypten erinnerte, was es vermutlich sollte, sondern wegen der Lichtführung, welche die Ausdruckskraft und Sinnlichkeit des Gesichts hervorhob.

Auf einem weiteren Bild posierte ein junger Mann in schimmernder Rüstung mit Schwert und Schild wohl als Sankt Georg. Der Helm stand auf einem Tisch neben ihm. Das Licht, das sich in den Unebenheiten und Rundungen des Brustpanzers brach, spiegelte sich in seinen blassen Augen und seinem hellen Haar, so dass es aussah, als hätte er einen Heiligenschein. Das war nicht das Porträt eines Ritters, sondern das eines Träumers, der Seelenkämpfe ausficht.

Ein drittes Bild fing die Eitelkeit eines Gesichts ein, ein viertes die Lieblichkeit, ein fünftes die Hemmungslosigkeit, doch war all das von den äußeren Merkmalen des Reichtums oder der Fantasie so sehr verdeckt, dass ein weniger aufmerksames Auge es nicht wahrgenommen hätte. Inzwischen empfand Pitt Hochachtung vor der Kunst dieses Fotografen. Ihm war klar, dass sich jemand, der das Wesen eines Menschen so gekonnt zu erfassen und darzustellen vermochte, möglicherweise nicht nur Freunde schuf, sondern auch Feinde.

Während er die Schublade schloss und sich wieder Mrs. Geddes zuwandte, klingelte es an der Haustür.

»Ich geh wohl besser nachsehen«, murmelte Mrs. Geddes und sah zu ihm hin, als warte sie auf seine Erlaubnis. »Soll ich sagen, dass Mr. Cathcart tot ist?«

»Vorerst bitte noch nicht«, erwiderte er rasch. »Doch ich hoffe, dass es ein Beamter von der örtlichen Polizeiwache ist. Die Höflichkeit gebietet, dass ich die Kollegen von dem Vorgefallenen in Kenntnis setze. Sollte sich zeigen, dass der Mord auf ihrem Gebiet stattgefunden hat, fällt er ohnehin in ihre Zuständigkeit.« Wenn Pitt Glück hatte, würde es ihm auf diese Weise erspart bleiben, den Fall weiter zu bearbeiten. Inzwischen hielt er es für ganz und gar sicher, dass die französische Botschaft in keiner Weise darin verwickelt war, und so sah er keinen Grund, warum er sich weiter damit beschäftigen sollte.

Tatsächlich war der Beamte von der Revierwache an der Tür, ein Mann in mittleren Jahren namens Buckler. Er hatte ein Dutzendgesicht und machte einen umgänglichen Eindruck. Pitt setzte ihn mit knappen Worten von dem Vorfall in Kenntnis, teilte dann Mrs. Geddes mit, er brauche sie im Augenblick nicht, und erläuterte nach ihrem Weggang die peinlicheren Einzelheiten, die Buckler auf jeden Fall kennen musste, wenn er an der Aufklärung des Falls mitwirken sollte.

»Das überrascht mich, Sir, ehrlich«, sagte er, als Pitt geendet hatte. »Mr. Cathcart war Künstler, zwar ’n bisschen überspannt, aber immer hochanständig. Gut, er gehörte nicht den ersten Kreisen an, war kein Mann der Kirche oder so, war aber so rechtschaffen wie die meisten von denen, wenn nicht sogar mehr als so mancher feine Herr. ’ne ganz üble Geschichte, das muss ich sagen.«

»So ist es«, stimmte Pitt zu. Er war noch nicht sicher, ob er Bucklers Einschätzung von Cathcarts Wesen Glauben schenken durfte. »Mrs. Geddes hat mir das ganze Haus gezeigt. Sie sagt, dass alles an seinem Platz ist und es keine Hinweise auf die Anwesenheit anderer Menschen gibt, mit Ausnahme von Miss Lily Monderell, die wohl Cathcarts Geliebte ist.«

»Na ja, bei ’nem Künstler rechnet man mit so was«, räumte Buckler ein. Er sah sich um. »Glauben Sie, dass man ihn hier umgebracht hat? Ich kann mir nämlich nicht gut vorstellen, dass jemand in dem Aufzug, wie Sie ihn beschrieben haben, über die Straße geht, nicht mal im Dunkeln. Höchstwahrscheinlich war es also hier. Dann hat man ihn in den Kahn gelegt und den mit der Strömung treiben lassen. Damit konnte der an jeder beliebigen Stelle zwischen hier und London Bridge anlanden.«

Pitt führte ihn zu einer Seitentür, von wo aus es in den Garten ging. Aus dem Salon rief ihm Mrs. Geddes nach, die ihn durch die offene Tür gesehen hatte: »Passen Sie auf! Der Teppich is am Rand ausgefranst. Da kann man leicht mit dem Schuh hängen bleiben. Ich hab Mr. Cathcart schon ewig gesagt, dass er ihn in Ordnung bringen lassen soll.«

Pitt sah nach unten. Auf dem blank polierten Boden lag nichts.

»Mrs. Geddes!«

»Ja, Sir?«

»Hier liegt kein Teppich.«

»Doch, Sir«, erklang ihre Stimme. »Ein grüner Teppich mit rotem Muster. Der Rand ist ausgefranst, wie ich es gesagt hab.«

»Auf dem Boden liegt aber keiner, Mrs. Geddes. Hier liegt überhaupt nichts.«

Er hörte ihre Schritte, und bald darauf tauchte sie in der Tür auf. Verdutzt sah sie auf den blanken Boden.

»Da müsste aber einer sein, Sir! Er reichte von hier bis zur Treppe.«

»Wann haben Sie ihn zuletzt gesehen?«

»Da muss ich mal überlegen.« Sie sah verwirrt drein. »Ja, am Tag bevor Mr. Cathcart … nun ja … am Tag davor. Da lag er noch da, denn ich weiß, dass ich ihn wieder mal dringend gebeten hab, er soll was unternehmen. Ich hab ihm sogar gesagt, wer solche Arbeiten macht. Der Mann ist zwar Flickschuster, kann aber auch andere Sachen gut reparieren.«

»Könnte Cathcart ihn dort hingebracht haben?«

»Sicher nich, Sir«, sagte sie bestimmt. »So was tut er nich. Das hat er immer mir überlassen. Wahrscheinlich hat ihn jemand gestohlen. Aber ich hab keine Ahnung, warum jemand so ’nen Teppich klauen sollte.« Während sie das sagte, betrachtete sie mit angestrengt gerunzelter Stirn eine blau-weiße Vase auf einem Blumenständer nahe der Wand.

»Was gibt es, Mrs. Geddes?«, fragte Pitt sie.

»Das da is nich die richtige Vase. Sie hat die falsche Farbe. Mr. Cathcart hätte da nie eine blau-weiße hingestellt, weil die Vorhänge dahinter rot sind. Da stand immer 'ne große rot-goldene Vase. Doppelt so groß wie die da.« Sie schüttelte den Kopf. »Mir fehlen die Worte, Mr. Pitt. Wer sollte hergehen und 'ne große Vase wegnehmen und dafür 'ne andere hinstellen?«

»Jemand, der darüber hinwegtäuschen wollte, dass etwas fehlt«, sagte Pitt ruhig. »Jemand, dem nicht klar war, was für ein gutes Gedächtnis Sie haben, Mrs. Geddes.«

Sie lächelte geschmeichelt. »Vielen Dank...« Mit einem Mal weiteten sich ihre Augen. »Wollen Sie damit sagen, dass man ihn hier umgebracht hat?«, fragte sie mit bleichem Gesicht. »Ach je...« Sie schluckte. Ihr war bei dieser Vorstellung sichtlich unwohl. »Ach...«

»Lediglich eine Möglichkeit«, sagte Pitt mit einem Anflug von Bedauern in der Stimme. »Vielleicht sollten Sie den Wasserkessel aufsetzen... Machen Sie sich zur Beruhigung erst mal eine Tasse Tee.« Er kniete sich auf den Boden und ließ seine Finger entlang der Fußleiste sacht über die Dielen laufen. Schon bald spürte er etwas und hob einen winzigen Porzellansplitter auf. Aufmerksam betrachtete er ihn. Eine der beiden glatten Seiten war dunkelrot.

»Haben Sie was?«, fragte Buckler und beugte sich ein wenig zu ihm hinüber, um ebenfalls etwas sehen zu können.

»Ja...«

»Sie glauben, dass man ihn hier umgebracht hat, Sir?«

»Wahrscheinlich.«

»Man sieht aber kein Blut«, gab Buckler zu bedenken. »Haben die das alles weggewaschen? Ohne die geringste Spur zu hinterlassen?«

»Wahrscheinlich war es auf dem Teppich, und deshalb ist er jetzt auch nicht mehr da.«

Buckler sah sich um. »Und womit hat man ihn umgebracht? Haben Sie schon im Garten nachgesehen? Im Komposthaufen? Der Täter muss ja wohl die Waffe mitgenommen haben, wenn ich mir auch nicht vorstellen kann, warum. Welche Rolle könnte das schon spielen? Sie würde uns ja nicht sagen, wer er ist.«

»Nein, im Garten habe ich noch nicht nachgesehen«, gab Pitt zur Antwort und erhob sich schwerfällig wieder. »Falls ich dort etwas finde, wäre es gut, wenn ich jemanden von der zuständigen Revierwache bei mir hätte.«

Buckler strich sich den Uniformrock glatt und atmete aus. »In Ordnung, Sir. Dann sollten wir uns mal an die Arbeit machen, was?«

Pitt öffnete den Nebenausgang und trat in den Garten. Die Bäume waren noch vollständig belaubt, doch färbten sich die Blätter der Kastanien allmählich golden. Man sah eine Fülle von Astern in verschiedenen Lila-, Blau- und Magentatönen, und die Ränder der Beete waren noch von Ringelblumen bestanden. Einige Rosen leuchteten bernsteingelb und rosa. Zwar verblühten sie rascher als im Sommer, schienen dafür aber umso kräftiger zu leuchten.

Hinter den immergrünen Nadelbäumen tanzte das Licht auf der Wasserfläche der Themse. Während er mit Buckler über den Rasen ging, sah Pitt die Stelle, wo die überhängende Weide über Ufer und Wasser eine Art Höhlung bildete, deutlich vor sich.

Sie gingen noch langsamer und hielten, die Augen auf den Boden geheftet, Ausschau nach Fußabdrücken oder sonstigen Hinweisen darauf, dass kürzlich jemand dort gegangen war.

»Hier, Sir«, stieß Buckler durch die Zähne. »Wahrscheinlich hat man hier was geschleppt. Sehen Sie, die

Grashalme sind geknickt, und alles ist zu Boden gedrückt.«

Auch Pitt hatte es gesehen. Etwas Schweres war zu Boden gefallen und dann weitergezerrt worden.

»Vermutlich hat er Cathcart so weit getragen, wie er konnte, und ihn dann fallen gelassen und die restliche Strecke über den Rasen gezogen«, sagte Pitt. Er ging Buckler voraus ans Ufer. Dort lagen die Gräser am Boden, doch das torfbraune Wasser, das in den letzten zwei Tagen mit Ebbe und Flut viermal gestiegen und gefallen war, hatte unterhalb der Hochwassermarke alle Spuren ausgelöscht. Ein Pfahl war in den Flussboden gerammt. Dort hätte man einen Kahn anbinden können, und die Spuren um ihn herum zeigten, dass er auch zu diesem Zweck gedient hatte.

Nachdenklich sah Pitt auf das ans Ufer schlagende Wasser, in dem sich die Sonne spiegelte. Nach einer Weile fiel ihm die weiße Kante eines weiteren Porzellansplitters auf, dann noch eine. Buckler entdeckte den Teppich, der zusammengerollt unter den tief hängenden Weidenzweigen verborgen war. Man hätte ihn für einen treibenden Baumstamm halten können, so dass er anfangs nicht weiter darauf geachtet hatte.

Da Pitt weder Lust hatte, selbst in den Fluss zu waten, noch Buckler darum bitten wollte, holte er einen Rechen aus dem Geräteschuppen. Mit vereinten Kräften gelang es ihnen, damit die dunkle Masse ans Ufer zu ziehen. Sie entrollten den Teppich und untersuchten ihn genauestens, aber er hatte zu lange in Schlamm und Wasser gelegen, als dass man noch hätte sagen können, ob sich Blut darauf befunden hatte oder nicht.

»Es ist also im Haus passiert, dann hat man ihn hier rausgeschleppt und in den Kahn gelegt«, sagte Buckler finster. »Weil die Vase dabei in Stücke gegangen ist, hat der Täter die Reste hier weggeworfen und den Teppich mitgenommen, damit keiner das Blut sah. Vielleicht hatte er gehofft, man würde Cathcart auf die Weise nicht für tot halten, sondern annehmen, er wär einfach irgendwohin verschwunden.«

Pitt, der Ähnliches vermutete, bestätigte die Theorie. Je länger eine Untersuchung hinausgezögert wurde, desto schwieriger ließ sie sich durchführen. Was sie bisher in Händen hatten, lieferte keinen Hinweis darauf, ob es sich um eine Tat im Affekt oder ein geplantes Verbrechen handelte. Sie wussten lediglich, dass der Täter Geistesgegenwart genug besessen hatte, anschließend an seine Sicherheit zu denken.

»Das muss 'n ziemlich kräftiger Bursche gewesen sein«, überlegte Buckler zweifelnd, »wenn er ihn vom Haus bis hierher geschleppt und in den Kahn gelegt hat.«

»Oder er hatte einen Helfer«, gab Pitt zu bedenken. Allerdings glaubte er selbst nicht so recht daran. Die Tat war zu abartig, zu verquer, als dass zwei Personen als Täter infrage gekommen wären – es sei denn, beide waren gleichermaßen geisteskrank.

»Für uns gibt es hier nichts mehr zu tun.« Pitt sah sich im still daliegenden Garten um und richtete den Blick auf den Fluss, der rasch vorüberströmte. Während sie am Ufer standen, war der Wasserspiegel ein ganzes Stück gestiegen. »Wir gehen besser zu Ihrer Wache. Dieser Fall gehört in Ihre Zuständigkeit.«

Oberinspektor Ward aber wollte nichts mit der Sache zu tun haben und gab Pitt klipp und klar zu verstehen, dass er den Fall weiter bearbeiten solle. Immerhin sei die Leiche am Anleger von Horseferry aufgefunden worden und Pitt habe bereits mit den Nachforschungen begonnen.

»Außerdem«, fügte er mit Nachdruck hinzu, »war Delbert Cathcart ein außerordentlich bedeutender Lichtbildner. Er hat Angehörige der höchsten Gesellschaftskreise fotografiert. Die Sache verlangt äußerste Diskretion, damit sie sich nicht zu einem handfesten Skandal auswächst.«

Tellman, der erhitzt und abgekämpft aus Dover zurückgekehrt war, suchte, nachdem er sich am Bahnhof eine Tasse Tee und ein belegtes Brot gegönnt hatte, unverzüglich die Wache in der Bow Street auf, um Pitt Bericht zu erstatten.

»In Dover war der Mann nicht zu finden«, sagte er. Er war teils erleichtert, weil er keinen französischen Diplomaten hatte festnehmen müssen, teils enttäuscht, denn er wäre gern nach Frankreich gefahren. »Aber er war da. Er hat eine Überfahrt nach Calais gebucht, ist allerdings zur Abfahrt des Schiffes nicht aufgetaucht. Ich habe jeden gefragt, der damit zu tun haben könnte, und alle waren ihrer Sache absolut sicher. Wo immer er sich aufhält, er muss noch in England sein.«

Pitt lehnte sich in seinem Sessel zurück, sah Tellman an und erkannte in dessen mürrischem Gesicht Besorgnis.

»Bei der Leiche im Kahn handelt es sich nicht um Bonnard«, sagte er, »sondern um einen Gesellschaftsfotografen namens Delbert Cathcart. Er hatte in Battersea gleich hinter der Themsebrücke ein sehr hübsches Haus, dessen Grundstück an den Fluss stößt.« Pitt berichtete Tellman von der Entdeckung der Stelle, von der aus man Cathcart zum Kahn geschleppt hatte, von der zerbrochenen Vase und dem vermutlich mit Blut befleckten Teppich.

Tellman verzog das Gesicht. »Und wo ist dann Bonnard? Warum ist er nach Dover gefahren und dann verschwunden? Glauben Sie, dass er diesen… wie hieß er noch… Cathcart auf dem Gewissen hat?«

»Es gibt keinen Grund, eine Verbindung zwischen den beiden anzunehmen«, sagte Pitt mit leicht spöttischem

Lächeln. Er wusste, was Tellman von Ausländern hielt. »Wir werden heute Abend Lily Monderell aufsuchen und mit ihr sprechen.«

»Seine Geliebte?« Tellman stieß das Wort mit beträchtlichem Abscheu hervor. Er empfand einen tief verwurzelten Zorn auf allerlei Dinge, die seiner Ansicht nach nicht in Ordnung waren, wie Vorrechte, Ungerechtigkeit, Habgier, Herablassung oder Geringschätzung, war aber, auch wenn er das mit allem Nachdruck bestritten hätte, ein Mann von äußerst gefestigten moralischen Grundsätzen. Seine Vorstellungen von der Ehe waren ebenso konservativ wie die von Frauen.

»Irgendwo müssen wir anfangen«, sagte Pitt. »Es gibt keinen Hinweis darauf, dass ein Einbruch verübt worden wäre, also müssen wir annehmen, dass Cathcart den Täter kannte und ihn selbst ins Haus gelassen hat. Offenbar hatte er vor ihm keine Angst. Mrs. Geddes sagt, dass sie nicht ahnt, um wen es sich dabei handeln könnte. Vielleicht weiß Miss Monderell mehr darüber.«

»Gibt es weitere Dienstboten im Hause?«, fragte Tellman. »Oder macht diese Mrs. Geddes alles, was anfällt?«

»Wie es aussieht, vermutlich Letzteres. Er hat oft außerhalb gegessen und auf die Dienste eines Kammerdieners verzichtet. Zweimal die Woche kam eine Zugehfrau für die groben Putzarbeiten, außerdem gibt es einen Gärtner, aber niemand kannte Cathcart besser als Mrs. Geddes.«

»Dann sollten wir uns einmal diese Geliebte ansehen«, räumte Tellman widerwillig ein. »Ist vorher noch Zeit für ein anständiges Abendessen?«

»Ein guter Gedanke«, sagte Pitt bereitwillig. Es war ihm weit lieber, mit Tellman in einer behaglichen, belebten Gaststube zu essen, als in die Stille der Keppel Street zurückzukehren und allein am Küchentisch zu sitzen. Der Anblick des vertrauten Raums mit dem polierten Kupfergeschirr, dem Geruch nach Weißzeug und frisch gescheuertem Holz rief ihm Charlottes Abwesenheit nur um so nachdrücklicher in Erinnerung.

Tellman hatte sich bereits ein Bild von Lily Monderell gemacht. Es dürfte sich bei ihr um die Art Frau handeln, mit der ein Mann ins Bett ging, ohne sie zu heiraten. Wahrscheinlich war sie ziemlich ordinär und bestimmt habgierig. Vermutlich sah sie gut aus, denn sonst könnte sie diesen Lebenswandel nicht führen, schon gar nicht mit einem Mann, der eine Art Künstler war. Ohne einen Grund dazu zu haben, hatte er sie sich als blond und von eher üppiger Figur vorgestellt, außerdem war er überzeugt, dass sie sich extravagant kleidete.

Als er und Pitt in ihren Salon in Chelsea geführt wurden, geriet er ein wenig außer Fassung, ohne dass er so recht hätte sagen können, warum. Einmal davon abgesehen, dass sie brünett war, entsprach sie seiner Vorstellung recht genau. Sie sah außergewöhnlich gut aus, hatte einen kühnen Blick, einen großen, sinnlichen Mund und eine Fülle leuchtenden dunkelbraunen Haars. Ihr Hauskleid zeigte, dass sie eine durchaus ansehnliche Figur hatte. Er fand das Kleid übermäßig auffällig, doch mochte das daran liegen, dass sie so viel zu zeigen hatte. Wahrscheinlich hätte es an einer weniger fülligen Frau unauffälliger gewirkt.

Ihn verwirrte vor allem, dass er sie durchaus anziehend fand. Ihr Gesicht war fröhlich, als wisse sie einen Witz, den sie erzählen wollte. Kaum hatten sie den warmen Raum mit den rosa Lampenschirmen betreten, als sie mit Pitt zu flirten begann.

»Mein tiefes Beileid«, sagte Pitt, nachdem er ihr die Nachricht von Cathcarts Tod überbracht hatte, wobei er ihr die Einzelheiten ersparte.

Sie setzte sich auf das Sofa. Ihre rosenroten Röcke bauschten sich um sie herum. Als sie sich zurücklehnte, wohl weniger aus Berechnung als aus Gewohnheit, erkannte man die Rundungen ihres Leibes.

»Ach, der arme Delbert«, sagte sie. Es klang aufrichtig. Sie schüttelte den Kopf. »Ich kann mir nicht vorstellen, wer einer solchen… boshaften Handlungsweise fähig wäre.« Sie seufzte. »Natürlich hatte er Feinde. Das ist in seinem Beruf nur normal, wenn jemand seine Sache versteht, und er war einfach glänzend. Eigentlich konnte ihm niemand das Wasser reichen.«

»An welche Art von Feinden denken Sie, Miss Monderell?«, wollte Pitt wissen. »Berufskollegen?«

»Von denen hätte ihn keiner umgebracht, mein Bester«, sagte sie mit spöttischem Lächeln.

Tellman hörte in ihrer Stimme einen leichten nordenglischen Tonfall. Er war nicht sicher, woher sie kam, vermutete aber, aus der Grafschaft Lancashire. Er kannte sich außerhalb Londons nicht besonders gut aus.

Pitt hielt unverwandt den Blick auf sie gerichtet. »Und welche Art Feinde waren es dann?«, wollte er wissen.

»Haben Sie schon mal Bilder von ihm gesehen?« Sie sah ihn an, ohne seinem Blick auszuweichen.

»Ein paar. Ich halte sie für ausgesprochen gut. War der eine oder andere seiner Auftraggeber mit ihm unzufrieden?«

Ihr Lächeln wurde breiter, so dass sie ihre herrlichen Zähne entblößte. »Nun, vermutlich kennen Sie die Auftraggeber nicht«, gab sie zur Antwort. »Haben Sie die Dame gesehen, die als Kleopatra auftritt… mit der Schlange?«

»Ja.«

Tellman war verblüfft, sagte aber nichts.

»Was halten Sie davon?«, fragte sie, Pitt nach wie vor ansehend.

Er schien einen Augenblick lang unsicher zu sein.

Tellman war gefesselt. Zu gern hätte auch er die Bilder gesehen. Unwillkürlich fragte er sich, ob die Dame wohl vollständig bekleidet gewesen war.

»Raus mit der Sprache! Was halten Sie davon?«, wiederholte Lily Monderell. »Sagen Sie ruhig die Wahrheit, das hat der arme Delbert wirklich verdient.«

»Es scheint mir sehr ausdrucksstark«, sagte Pitt, wobei ihm eine leichte Röte in die Wangen stieg.

Lily Monderell warf den Kopf in den Nacken und lachte laut und herzlich.

Tellman war entsetzt. Sie hatte vor wenigen Augenblicken erfahren, dass man vor kurzem ihren Liebhaber umgebracht hatte, und sie lachte! Er versuchte ein finsteres Gesicht zu machen, um seine Missbilligung auszudrücken, merkte aber, dass ihm das nicht gelang. Von dieser Frau ging eine Wärme aus, die ihn unwillkürlich einhüllte.

Bei seinem Anblick schwand ihre Heiterkeit dahin.

»Sehen Sie mich nicht so strafend an, mein Guter«, sagte sie freundlich. »Soll ich etwa ein Gesicht machen, als wäre mir die Petersilie verhagelt? Er würde erwarten, dass wir weitermachen… vor allem ich. Ich hab ihn gekannt, müssen Sie wissen. Sie nicht.«

Tellman wusste nicht, was er ihr darauf antworten sollte. Zwar sah sie in jeder Hinsicht aus, wie er sich Frauen ihres Schlages stets vorgestellt hatte, aber innerlich war sie anders, lebendiger, beunruhigender, und das verwirrte ihn.

Sie aber war mit Tellman fertig. Belustigt und interessiert wandte sie sich nunmehr wieder Pitt zu.

»Ausdrucksstark?«, fragte sie neugierig. »Wie sorgfältig Sie Ihre Worte wählen, Oberinspektor. Ist das alles?«

Tellman sah zu Pitt hin und wartete, was dieser wohl sagen würde. Vermutlich hatte er in dem Bild weit mehr gesehen.

»Nur zu, sagen Sie die Wahrheit«, drängte ihn Lily. »Was für eine Frau ist das?«

Der Anflug eines Lächelns legte sich um Pitts Mund. »Auf dem Bild – sinnlich und selbstsüchtig«, gab er zur

Antwort. »Impulsiv, rücksichtslos und äußerst selbstsicher. Als Freundin vermutlich unzuverlässig und als Feindin fürchterlich.«

Sie nickte langsam. Befriedigung leuchtete in ihren Augen. »Sehen Sie? All das sagt das Bild aus. Sie sehen nur einmal hin und wissen mehr über die Frau, als sie preisgeben möchte.« In ihrer Stimme schwang unüberhörbarer Stolz mit. »Darin lag sein Genie. Er hat es immer wieder fertiggebracht, solche Dinge herauszuarbeiten. Ein Lichtreflex hier, ein Schatten da, eine Kleinigkeit in der Umgebung verändert. Sie würden sich wundern, wenn Sie wüssten, wie oft Menschen ausgesprochen gern etwas sehen, was ihr wahres Wesen zeigt. Sie vergessen, dass eine solche Aufnahme zwar an einem sehr privaten Ort entsteht, anschließend aber überall gezeigt werden kann.«

Pitt beugte sich ein wenig vor. »Und was für Dinge waren das, die er hinzufügte?«

Tellman konnte sich nicht vorstellen, warum er das fragte, und nahm an, Pitt wolle es aus reiner Neugier wissen.

»Nun, bei Kleopatra natürlich die Schlange«, überlegte sie. »Dann fallen mir noch ein paar Schmetterlinge bei einer jungen Dame der Gesellschaft ein. Sie fand sie wunderschön… und das waren sie auch. Außerdem haben sie ihr Wesen nur allzu treffend gespiegelt.« Bei diesen Worten lächelte sie. »In anderen Fällen hat er einen Spiegel hinzugefügt, Messer, Obst, Weingläser, ausgestopfte Tiere, allerlei Blumen… dies und jenes. Von ganz besonderer Bedeutung war die jeweilige Anordnung der Beleuchtung. Ein von unten angestrahltes Gesicht sieht völlig anders aus, als wenn das Licht von oben oder der Seite darauf fällt.«

Nachdenklich wollte Pitt wissen: »Und mit diesem Scharfblick hat er sich Feinde geschaffen?«

»Wenn Sie das fragen müssen, haben Sie keine Vorstellung von der Kraft der Eitelkeit«, sagte sie kopfschüttelnd.

»Wissen Sie denn gar nichts über die Menschen? Sie sind doch Kriminalbeamter.«

»Wie Sie vorhin schon gesagt haben, Miss Monderell, Sie haben Mr. Cathcart gekannt, ich nicht.«

»Da haben Sie natürlich Recht, mein Bester.« Einen Augenblick lang merkte man, dass sie von Trauer erfüllt war, und verblüfft sah Tellman Tränen in ihren Augen. Das gefiel ihm, ohne dass er hätte sagen können, warum. Es gehörte zum menschlichen Anstand, im Angesicht des Todes zu trauern.

Unvermittelt kam Pitt auf etwas völlig anderes zu sprechen. »Hat er seinen Reichtum ererbt oder mit der Fotografie verdient?«

Sie sah einen Augenblick lang überrascht drein. »Darüber hat er nie gesprochen. Er war großzügig, aber dafür habe ich ihn nicht gebraucht.« Obgleich sie das beiläufig sagte, kam es Tellman so vor, als sei es ihr wichtig, dass ihnen das klar war.

»Sie waren also finanziell nicht von ihm abhängig?«, fragte Pitt und sah dabei auf seine Hände. »Waren Sie nur befreundet oder hatten Sie eine intimere Beziehung?«

Lächelnd schüttelte sie leicht den Kopf, während ihr die Tränen über die Wangen liefen. »Ich weiß, was Sie damit sagen wollen, aber Sie irren sich. Es war das, was Sie eine ›intimere Beziehung‹ nennen. Er hatte eine Schwäche für Frauen, und ich habe mir nie eingebildet, für ihn die Einzige zu sein… Doch für mich war es anders. Es war nie eine heiße Liebesaffäre, aber wir waren einander zugetan… Es war schön, mit ihm zusammenzusein, und das kann man nicht von allen Leuten sagen. Er wird mir fehlen.« Sie wischte sich über die Wangen. »Ich… ich hoffe nur, dass es schnell ging… und er nicht leiden musste…«

»Ich nehme an, er hat es nicht einmal gemerkt«, gab Pitt sanft zurück.

Sie sah zu Tellman hin. Seiner Vermutung nach befürchtete sie, es entspreche nicht der Wahrheit und Pitt sage das lediglich ihr zuliebe.

»Ein Hieb auf den Hinterkopf«, bestätigte Tellman. »Wahrscheinlich war er sofort tot.« Es erstaunte ihn, dass er den Wunsch verspürte, sie zu trösten. Sie verkörperte alles, was er missbilligte, und unterschied sich in jeder Hinsicht von Gracie. Gracie war klein und zierlich, hatte große Augen, ein lebhaftes kleines Gesicht und war so widerspenstig wie nur je ein Mensch, dem er begegnet war. Zugleich war sie klug und äußerst tapfer. Eigentlich war sie das genaue Gegenteil der Art Frau, zu der er sich sonst hingezogen gefühlt hatte und von der er sich vorstellen konnte, eines Tages eine zu heiraten. Es war nicht schwer, Gracie zu mögen, er konnte sie auch ohne weiteres achten, aber ihre Ansichten wichen auf so vielen Gebieten von seinen ab, in wichtigen Angelegenheiten wie der Frage der Gerechtigkeit oder der Gesellschaftsordnung, dass es lachhaft gewesen wäre, an etwas anderes als eine freundschaftliche Verbindung zu denken.

Natürlich war es lachhaft! Gracie mochte ihn nicht einmal. Sie duldete ihn, weil er mit Pitt zusammenarbeitete, das aber war auch schon alles. Wahrscheinlich hätte sie ihn aus freien Stücken nicht einmal geduldet, doch wenn Pitt sie darum gebeten und sie geglaubt hätte, dass es ihm bei der Aufklärung eines Falles helfen würde, hätte sie wohl auch dem Teufel persönlich Tee und selbst gebackenen Kuchen auf den Tisch gestellt.

Pitt sprach nach wie vor mit Lily Monderell und fragte sie nach Einzelheiten aus Delbert Cathcarts Leben, seiner Kleidung, seinen Theaterbesuchen, seinen Gesellschaften, nach der Art von Menschen, mit denen er seine freie Zeit verbrachte.

»Natürlich ist er auf Gesellschaften aller Art gegangen«, sagte sie lebhaft, »aber am liebsten war er im Theater. Es war fast ein Bestandteil seiner Arbeit.«

»Hat er sich verkleidet?«

»Sie meinen für Bälle und dergleichen? Wahrscheinlich. Das tun ja die meisten.« Sie runzelte fragend die Brauen. »Warum wollen Sie das wissen? Was hat das mit der Suche nach seinem Mörder zu tun?«

»Er trug… ein Kostüm«, gab Pitt zur Antwort.

Sie sah verwundert und ein wenig verwirrt drein.

»Das entsprach nicht seiner Art. Er war lieber… er selbst. Er hat immer gesagt, dass eine Verkleidung, die man wählt, zu viel von dem preisgibt, was man wirklich ist.«

»Und als was würde er sich Ihrer Ansicht nach verkleidet haben… wenn er so etwas getan hätte?«, fragte Pitt.

Sie überlegte kurz. »Ich kann mich an ein einziges Mal erinnern. Da ging er ganz in Schwarz mit einer Schreibfeder und einer Lupe in der Hand. Ich nahm an, er wollte eine Art Clown darstellen. Was hatte er an, als er starb?«

Pitt zögerte.

Ihr Gesicht verdüsterte sich. »Was?«

Pitt hob den Blick und sah sie an. »Ein grünes Samtkleid«, antwortete er.

»Ein Kleid? Was meinen Sie damit?« Offensichtlich verstand sie ihn nicht.

»Ich meine ein Frauenkleid«, erläuterte Pitt.

Sie sah ihn ungläubig an. »Das ist… doch Blödsinn! So etwas würde er nie und nimmer anziehen. Das hat ihm jemand angetan… nachdem…« Ein Schauer überlief sie, und sie musste heftig zwinkern.

»Ich hatte gehofft, Sie könnten uns sagen, wer dafür infrage käme«, setzte Pitt nach.

Ihre Stimme klang schriller und schärfer als zuvor. »Das kann ich nicht! Seine Bekannten sind zwar ein buntscheckiger Haufen, schlagen auch gern über die Stränge und verbringen viel Zeit damit, sich zu amüsieren, aber so etwas tun sie nicht. Der arme Delbert.« Mit trübem Blick sah sie an Pitt vorbei. Vermutlich ruhte ihr Blick auf etwas, was sie vor ihrem inneren Auge sah. »Ich würde Ihnen gern helfen, wenn ich das könnte, aber das war bestimmt nicht die Tat eines seiner Bekannten, mit denen ich zu tun hatte.« Sie sah Pitt wieder an. »Ich möchte, dass Sie ihn finden, Mr. Pitt. Das hat Delbert nicht verdient. Manchmal hat er sich mit seiner übergroßen Schläue selbst ein Bein gestellt, und er wusste nicht immer, wann er für sich behalten musste, was er begriffen hatte... und damit kann man sich Feinde machen. Sein Blick war in der Tat sehr scharf... doch er war kein schlechter Mensch. Er hatte Humor, feierte gern und war großzügig. Finden Sie heraus, wer ihm das angetan hat...«

»Ich tue, was ich kann, Miss Monderell«, versprach Pitt. »Wenn Sie mir eine Liste von Mr. Cathcarts Bekannten geben könnten, werden wir feststellen, ob uns noch jemand weiterhelfen kann.«

Sie erhob sich mit einer anmutigen Bewegung und ging mit raschelnden Röcken zum Schreibtisch. Eine Welle von süßlich duftendem Parfüm hüllte Tellman ein und verwirrte ihn erneut völlig.

Kapitel vier

MARIAH ELLISON WAR UNRUHIG. Das ärgerte sie, hatte sie es doch über so viele Jahre hinweg erfolgreich vermieden, dass sie sich schon nicht mehr an das letzte Mal erinnern konnte. Stets hatte sie dafür gesorgt, alle Fäden in der Hand zu behalten, so dass sie nur äußerst selten im Nachteil war. Darin sah sie eins der Vorrechte des Alters.

Schuld an ihrer Unruhe trug ausschließlich Caroline, wie überhaupt an einem großen Teil der Unannehmlichkeiten in ihrem Leben. Wie konnte die Frau nur einen Schauspieler heiraten! Sie musste den Verstand verloren haben. Dabei hatte sie nie besonders viel davon besessen. Damals, als sie Edward, Mariahs einzigen Sohn, geheiratet hatte, schien sie eigentlich ganz vernünftig gewesen zu sein. Der arme Edward. Wie bekümmert er wäre, wenn er sehen könnte, wie tief seine Witwe gesunken war – sie hatte sich mit Theaterleuten eingelassen und dann einen von ihnen geheiratet, der so jung war, dass er ihr Sohn hätte sein können! Die wohlwollendste Erklärung war noch, dass Edwards Tod sie völlig verstört hatte. Sie war zu weich, das war ihr Fehler. Mariah war nicht auf diese Weise zerbrochen, als Edwards Vater gestorben war und sie in etwa dem Alter zur Witwe gemacht hatte, in dem sich Caroline jetzt befand. Aber sie gehörte auch einer anderen Generation an, war aus deutlich härterem Holz geschnitzt.

Wer war eigentlich dieser Samuel, den Caroline so unbedingt zum Tee einladen wollte? Allem Anschein nach hatte sie noch am selben Vormittag eine Einladung geschrieben und mit einem Botenjungen in das Hotel geschickt, in dem Mr. Ellison während seines Aufenthalts in London wohnte. Derselbe Bote hatte gleich die Zusage gebracht, der Herr werde der Einladung gern folgen und um drei Uhr kommen.

Es ließ sich überhaupt nicht ausmalen, was für ein Mensch das sein mochte. Zwar hatte Caroline ihn als reizend beschrieben, doch hatte sie mit ihrer Eheschließung ihre mangelnde Urteilskraft hinreichend bewiesen. Der Himmel mochte wissen, worauf sich ihre Bewunderung zur Zeit noch richtete.

Natürlich hatte Mariah ihre Zofe Mabel aus Ashworth Hall mitgebracht. Das war das Mindeste an Bequemlichkeit, was sie erwarten konnte. Daher legte jetzt Mabel ihr bestes schwarzes Nachmittagskleid heraus – immerhin war sie Witwe und hatte sich wie Königin Victoria in den letzten fünfundzwanzig Jahren geweigert, etwas anderes zu tragen als Schwarz.

Mabel half ihr beim Ankleiden, ohne auf die ständige Flut von Anweisungen und Kritik zu achten, die auf sie herniederprasselte.

»Fertig, Ma'am«, sagte sie schließlich. »Sie sehen großartig aus – so können Sie jedem gegenübertreten.«

Knurrend betrachtete sich die alte Dame ein letztes Mal im Spiegel, strich sich den Spitzenkragen glatt und ging zur Schlafzimmertür.

Wer dieser Samuel Ellison sein mochte? Natürlich war ihr die frühere Ehe ihres Mannes bekannt gewesen, nur hatte sie Caroline nie etwas davon gesagt, weil diese das ihrer Ansicht nach nicht zu wissen brauchte, und mit anderen wollte sie erst recht nicht darüber reden. Dass aber ein Kind aus dieser Ehe hervorgegangen war, hatte sie nicht gewusst. Natürlich war es möglich, dass der Mann ein Hochstapler war. Sollte er aber Edward wirklich so sehr ähneln, wie Caroline sagte, konnte man ihm die Sache wohl glauben. Sie würde es wissen, sobald sie ihn sah.

Sie öffnete die Tür und trat auf den Treppenabsatz. Es gab auch keinen Grund zur Besorgnis, wenn der Mann der war, für den er sich ausgab. Sie würde ihn freundlich behandeln, und es würde ein angenehmer Nachmittag werden. Man durfte nicht vergessen, dass er Amerikaner war – mit diesen Menschen musste man eine gewisse Nachsicht haben, wenn sie sich in Gesellschaft nicht bewegen konnten. Im schlimmsten Fall würde sie sich entschuldigen, jede familiäre Beziehung zu ihm bestreiten und ihn nicht wieder einladen.

Sollte er sich als bezaubernd, interessant und amüsant erweisen, umso besser, wenn er sich aber als Hochstapler herausstellte, würde sie nach dem Butler klingeln und ihn vor die Tür setzen lassen. Es gab in dem Fall keinen Grund, sich zu schämen. Viele Menschen hatten Verwandte, die ihnen zuwider waren – das kam in den besten Familien vor.

Sie ging nach unten und trat ins Gesellschaftszimmer.

Caroline, die am Fenster stand und hinaussah, drehte sich um, als die alte Dame hereinkam. Zwar sah Caroline für ihr Alter gut aus, man konnte sie fast als schön bezeichnen, doch lag heute in ihren Augen ein Glanz und auf ihren Wangen eine Röte, die sich für eine reife Frau nicht ziemten. Es wäre besser, wenn sie zurückhaltender auftreten würde. Außerdem war ihr burgunderfarbenes Kleid viel zu prächtig.

»Du hast dich für die Gelegenheit viel zu sehr aufgedonnert«, mäkelte die alte Dame. »Er wird annehmen, dass er sich auf einer Abendgesellschaft befindet, dabei ist es kaum drei Uhr.«

»Wenn er Sie sieht, wird er glauben, dass es einen Leichenschmaus gibt«, gab Caroline zurück. »Sie sehen aus, als wären Sie auf dem Weg zu einer Beerdigung.«

Die alte Dame richtete sich zu voller Größe auf. »Ich bin Witwe, wie auch du eine warst, bis du diesen Schauspieler geheiratet hast! Ich hätte gedacht, du würdest etwas Passenderes wählen. Vergiss nicht, dass dieser Mann möglicherweise unserer Familie angehört und sein Bruder tot ist.« Entschlossen nahm sie auf dem bequemsten Sessel Platz.

Caroline sah sie aufmerksam an. »Sie haben uns nie gesagt, dass Schwiegerpapa schon einmal verheiratet war.«

Die alte Dame wich ihrem Blick aus. »Das ging euch nichts an«, sagte sie abweisend. »Sie war eine...« Ihr fehlten ausnahmsweise die Worte. Verschwommene Erinnerungen kamen ihr in den Sinn, und sie war nicht bereit, diese näher an sich heranzulassen. »Sie hat ihn verlassen und ist mit irgendeinem nichtsnutzigen Abenteurer durchgebrannt.« Ihre Stimme wurde schärfer. Zwar war das gelogen, doch ließ es sich leichter glauben und verstehen als die Wahrheit. »Natürlich haben wir nie davon gesprochen. Niemand würde das tun.« Damit hatte sie Recht.

»Bestimmt hätte Edward gern gewusst, dass er einen Halbbruder hatte«, sagte Caroline. Es klang nicht unfreundlich.

»Niemand hat etwas davon geahnt«, gab die alte Dame mit ruhigerer Stimme zur Antwort. Das entsprach der Wahrheit. Niemand, nicht einmal Edmund, hatte gewusst, dass Alys zu jener Zeit schwanger gewesen war, sonst hätte er sie bestimmt nicht so ohne weiteres gehen lassen. Einen Sohn gab man nicht so einfach auf.

Mariah löste ihre ineinander verklammerten Hände, die vor Anspannung kalt und feucht waren. Längst vergessene Erinnerungen stiegen in ihr auf, gestaltlose

Schmerzen meldeten sich zurück, die sie so lange von sich geschoben hatte, bis dort nur noch Dunkelheit war. Warum kam denn keiner, damit sie sich nicht so große Mühe geben musste, an nichts zu denken?

Endlich. Ein Wagen fuhr vor. Schritte hallten im Vestibül, man hörte Stimmengemurmel. Gott sei Dank.

Die Tür öffnete sich, und der Butler kündigte Mr. Samuel Ellison an. Der Anblick des Besuchers ließ Mariahs Atem stocken. Er war hoch gewachsen, breitschultrig und trug Weste und Jackett nach der letzten Mode. Doch nicht das nahm ihr den Atem, sondern die Ähnlichkeit mit ihrem Sohn. Sie war so überwältigend, dass das Gefühl des Verlusts sie wie ein körperlicher Schmerz übermannte. Edward und sie hatten einander nicht besonders nahe gestanden und weder Gedanken noch Geheimnisse miteinander geteilt. Die Bindung zwischen ihnen gründete sich schlichtweg darauf, dass sie einander viele Jahre gekannt hatten, auf Erinnerungen an Kindheitserlebnisse und darauf, dass er ein Teil ihres Selbst gewesen war. Doch der Mann, der da ins Zimmer trat und von dessen Existenz sie bis zum Vormittag noch nichts gewusst hatte, besaß die gleichen Augen, die gleiche Kopfform, die gleiche Art, sich zu bewegen.

Caroline bat den Besucher herein und stellte ihn Mariah vor, bevor diese sich gefasst hatte.

Er verbeugte sich mit einem Lächeln vor ihr und sah ihr dann aufmerksam ins Gesicht.

»Wie geht es Ihnen, Mrs. Ellison? Es ist wirklich reizend von Ihnen, mich praktisch ohne jede Voranmeldung zu empfangen. Ich habe es ehrlich gesagt nach so langer Zeit, in der ich gehofft hatte, meine englischen Angehörigen kennen zu lernen, einfach nicht fertig gebracht, noch einen weiteren Tag zu warten.«

»Guten Tag, Mr. Ellison«, gab sie zur Antwort. Es fiel ihr schwer, einen Fremden mit ihrem eigenen Namen anzureden. »Ich hoffe, dass Sie in England einen angenehmen Aufenthalt haben werden.«

»Das ist er jetzt schon«, versicherte er ihr mit einem Lächeln. »Und er wird täglich angenehmer.«

Sie zwang sich zu einer höflichen Antwort, dann nahmen alle Platz, um auf die übliche Weise über unbedeutende Dinge zu plaudern. Doch schon bald nahm das Gespräch eine andere Wendung. Caroline hatte sich nach irgendeiner harmlosen Einzelheit aus Samuels Jugendzeit erkundigt, woraufhin er eine lebhafte Beschreibung der Stadt New York lieferte, in der seine Mutter, wie er sagte, nach ihrer Ankunft aus England Fuß gefasst hatte.

»Etwa allein?«, fragte Mariah verblüfft. »Wie hat sie das nur geschafft?« Ihr kam der Gedanke, er könne diese teils auf Ungläubigkeit, teils auf Mitgefühl zurückgehende spontane Frage als taktlos auffassen und sei möglicherweise nicht bereit, darauf zu antworten.

Er aber sagte unumwunden: »Ach, wissen Sie, da hat es viele gegeben, denen es ebenso ging. Ich habe Mrs. Fielding gestern Abend schon berichtet, dass sie einander geholfen haben.« Er sah mit einem flüchtigen Lächeln zu Caroline hin. »Meine Mutter war eine bemerkenswert tapfere Frau und hat sich nie vor schwerer Arbeit gescheut.«

Mariah bekam kaum etwas von dem mit, was danach gesagt wurde. All ihre Gedanken richteten sich auf die Unbekannte, die Edmunds erste Frau gewesen und mit seinem Kind im Leibe nach Amerika geflohen war, ohne jede Unterstützung von irgendeiner Seite, wie Samuel sagte. Warum war sie auf und davon gegangen, wenn sie keinen Geliebten hatte? Die Antwort darauf lag bedrohlich nahe, doch sie kam nicht darauf.

»Und Sie sind dann in New York geblieben?«, fragte Caroline.

»Aber nein«, gab Samuel mit breitem Lächeln zurück. »Mit zwanzig Jahren bin ich nach Westen gezogen, einfach weil ich sehen wollte, wie es da war, verstehen Sie?«

»Und Ihre arme Mutter haben Sie allein zurückgelassen?«, fragte Mariah nicht ohne Sarkasmus. Es war eine angenehme Vorstellung, dass Alys wieder allein war. Das geschah ihr recht.

»Ach, wissen Sie, Ma'am, meine Mutter war durchaus imstande, für sich selbst zu sorgen«, versicherte er ihr und lehnte sich behaglicher in seinem Sessel zurück. »Sie hatte inzwischen eine hübsche kleine Damenschneiderei und beschäftigte mehrere junge Frauen. Sie hatte Freunde gefunden und kannte viele Menschen. Natürlich hoffe ich, dass sie mich vermisst hat, aber es hat ihr nichts ausgemacht, als ich meine Sachen gepackt habe und nach Westen gezogen bin, erst nach Pittsburgh und dann nach Illinois.«

Anschließend beschrieb er in glühenden Worten die großen amerikanischen Ebenen, die sich über Tausende von Kilometern westwärts bis zu den Vorbergen der Rocky Mountains erstreckten.

Allmählich fand Mariah ihre Gelassenheit wieder. Immerhin waren es nur Erzählungen. Wie bei Männern üblich, stand er gern im Mittelpunkt der Aufmerksamkeit, aber anders als die meisten hatte er eine große Begabung zum Geschichtenerzählen und einen ausgeprägten Humor. Caroline schien förmlich an seinen Lippen zu hängen; ihre Wangen waren gerötet.

Das Mädchen brachte den Tee. Die Sache ließ sich gar nicht so schlecht an, wie sie befürchtet hatte. »Aber Sie sind doch nach New York zurückgekehrt?«, fragte Caroline.

»Ja, als meine Mutter krank wurde«, gab Samuel zur Antwort.

»Ich verstehe.« Sie nickte. »Natürlich. Selbstverständlich wollten Sie sich um sie kümmern. Sie hat nicht wieder geheiratet?«

Ein sonderbarer Ausdruck huschte über Samuels Gesicht. Es war eine Mischung aus Mitleid und möglicherweise Zorn.

Mariah spürte, wie ein Schauer sie überlief. Die Sache war noch nicht ausgestanden. Sie wollte etwas sagen, um Carolines aufdringliche Fragen abzuschneiden, doch fiel ihr ausgerechnet in dieser Situation nichts ein, was die Sache nicht womöglich noch schlimmer gemacht hätte.

»Ich hoffe, dass sie sich wieder erholt hat«, sagte Caroline aufrichtig. »Sie war zu jener Zeit doch wohl noch ziemlich jung.«

»Ja«, gab Samuel mit einem Lächeln zurück. »Gott sei Dank war die Sache nicht weiter schlimm.«

»Sie und Ihre Mutter haben einander wohl recht nahe gestanden?«, erkundigte sich Caroline freundlich. »Immerhin haben Sie ja so manches miteinander durchgemacht.«

Seine Züge wurden weich, und ein Ausdruck großer Zärtlichkeit trat in seine Augen. »Da haben Sie Recht. Zwar wollte ich unbedingt meine englischen Verwandten ausfindig machen, doch hätte ich Amerika wohl nicht verlassen, solange sie lebte. Ich habe nie einen Menschen kennen gelernt, ob Mann oder Frau, der mehr Mut und Willenskraft besessen hätte, seinen eigenen Vorstellungen zu folgen und ihnen gemäß zu leben, ganz gleich, um welchen Preis.«

Caroline lächelte. Ihr Gesicht war von einem Glanz erhellt, der den Eindruck erweckte, als bedeuteten ihr diese Worte ungeheuer viel.

»Ja, so etwas hat seinen Preis«, stimmte sie zu und sah ihn aufmerksam an. »Man ist so leicht einsam, unsicher und voller Zweifel und weiß oft nicht, welchen Weg man gehen soll. Bisweilen ist es zu spät, bevor man überhaupt merkt, welchen Preis man gezahlt hat.«

Samuel sah sie voll Anerkennung an, als hätte sie ihm ein großes Kompliment gemacht.

»Ich sehe, Sie verstehen, was ich meine, Mrs. Fielding. Ich glaube, meine Mutter und Sie hätten einander gut leiden können. Sie scheinen ebenso zu denken wie sie.«

Mariah erstarrte. Wovon redete der Mann da eigentlich? Alys hatte ihren Mann sitzen lassen und war nach Amerika verschwunden, und er tat so, als wäre das eine Art Tugend. Wie viel mochte er wissen? Bestimmt hätte sie nie im Leben – auf keinen Fall… das würde keine Frau tun! Sie erstarrte wie vor Eiseskälte. Qualvolle Erinnerungen an Ereignisse kehrten zurück, die sie vor Jahren vergessen und an den Rand ihres Bewusstseins verdrängt hatte.

Sie musste unbedingt etwas unternehmen, augenblicklich, bevor es zu spät war.

»Vermutlich waren Sie während des schrecklichen Krieges im Lande?«, fragte sie unvermittelt. »Das muss äußerst unangenehm gewesen sein.«

»Mit dem Begriff werden Sie der Sache nicht annähernd gerecht, Mrs. Ellison«, sagte Samuel mit Nachdruck. »Alle Kriege sind entsetzlich, aber schrecklicher als jeder andere sind solche zwischen Angehörigen desselben Volkes, Menschen, die einander nicht nur von Angesicht zu Angesicht kennen, sondern möglicherweise sogar einer des anderen Bruder, Vater oder Sohn sind. Bei solchen Kriegen haftet der Gewalttätigkeit und dem Hass eine Bitterkeit an, die nie verblasst.«

Mariah Ellison verstand nicht, was er meinte, und sie wollte es auch nicht verstehen.

Das merkte er bald. Sein Gesichtsausdruck änderte sich, und mit spöttischem Humor berichtete er über die Ereignisse, wie er sie wahrgenommen hatte.

»Es ist manchmal schon sonderbar, aus was für Gründen man in schwierigen Situationen weitermacht«, sagte er. Seine Stimme war noch leiser als zuvor. »Wer wirklich einmal richtig Angst hatte, so dass sich der Magen wie eine Faust zusammengezogen hat, wird das verstehen.«

Eine fliegende Hitze überlief Mariah, während über ihr Wellen der Erinnerung zusammenschlugen, die sie schon vor Jahren dem endgültigen Vergessen anheimgegeben hatte. Auf die Hitze folgte eine so starke Kälteempfindung, dass sie zitterte, als hätte sie Eis geschluckt. Wie konnte er es wagen, aus dem Nichts aufzutauchen, die Vergangenheit wachzurufen und sie einem solchen Wechselbad der Gefühle auszusetzen?

Als Caroline schließlich das Schweigen brach, kehrte Mariah mit ihren Gedanken in den behaglich eingerichteten Raum mit den leicht verwohnten, aber bequemen Möbeln zurück, durch dessen Fenster das Licht der Nachmittagssonne auf den Teppich fiel.

»Sie schildern das so eindrucksvoll, dass wir einen Teil dessen, was Sie empfinden, mitfühlen können«, sagte sie leise.

Samuel wandte sich ihr zu und machte eine Bewegung, als wolle er sie berühren. Gerade noch rechtzeitig fiel ihm ein, dass man eine solche Geste als zu vertraulich auffassen würde.

Mariah hätte gern gewusst, ob er je verheiratet gewesen war, und falls nein, warum nicht. Doch sie wollte seinen Aufenthalt im Hause nicht dadurch verlängern, dass sie die Frage stellte. Sie hatte ohnehin nicht den geringsten Wunsch, Interesse an ihm zu bekunden.

»Wie hat Ihre Mutter die Zeit überstanden?«, fragte Caroline sanft. Am liebsten hätte Mariah ihr einen Tritt versetzt.

Der weiche Ausdruck, der jetzt auf Samuels Züge trat, veränderte sein Gesicht vollständig. Zum ersten Mal war die Selbstsicherheit verschwunden, ließ sich erkennen, dass dieser Mann auch eine verletzliche Seite hatte, seine eigenen Nöte kannte und auch wusste, dass ein großer Teil seiner Kraft aus einer anderen Quelle stammte. Dafür hätte Mariah ihn sympathisch finden können, doch brachte sie es nicht über sich, weil sie Angst vor dem hatte, was er sicherlich sagen würde.

»Meine Mutter hat sich nicht nur um sich selbst gekümmert, Ma'am«, sagte er mit unüberhörbarem Stolz, »sondern auch um viele andere Menschen. Sie war unglaublich tapfer und hat nie gezögert, sich für das einzusetzen, was sie für richtig hielt – ganz gleich, ob sie den Kampf gewann oder verlor.« Er reckte das Kinn ein wenig. »Von ihr habe ich gelernt, wie man einem Gegner gegenübertritt, ohne darauf Rücksicht zu nehmen, wie man sich fühlt, oder für wie aussichtsreich man die Sache hält. Oft habe ich in den schlimmsten Augenblicken meines Lebens gedacht, dass ich mich ihrer würdig erweisen möchte. Ich denke, dass es so manch anderem Mann ähnlich geht.«

Mariah spürte, wie sich das Unbehagen in ihr gleich einer stählernen Klammer zusammenzog, der sie nie wieder entkommen würde. Der Teufel sollte diesen Mann holen! Warum nur hatte er in ihr Haus kommen müssen? Der Teufel sollte Caroline holen, weil sie ihn hergebracht hatte! Von Mut und Kampf zu reden, wenn es um ehrenvolle Dinge geht und jeder Verständnis hat, ist nicht schwer. Was aber, wenn es um Dinge geht, bei denen man sich so schämen muss, dass man am liebsten sterben würde?

Wovon sprach er da eigentlich? Vermutete er etwas oder wusste er gar Bescheid? Suchend sah sie auf das freundliche Gesicht mit dem humorvollen Ausdruck, das dem ihres Sohnes so sehr ähnelte, vermochte jedoch nichts darin zu erkennen. An niemanden konnte sie sich um Hilfe wenden, schon gar nicht an Caroline. Die durfte auf keinen Fall etwas wissen. Wie oft hatten sie über die

Jahre hinweg miteinander gestritten, in jüngster Zeit sogar noch öfter als sonst, wenn sie Caroline gesagt hatte, was für eine Närrin sie war. Wie konnte sie aber auch einen Mann heiraten, der um ein Drittel jünger war als sie selbst, statt sich mit Würde in den Witwenstand zu fügen? Sie hatte ihr von Anfang an klar gemacht, dass das in einer Katastrophe enden musste, und das war nichts als die Wahrheit. Wenn Caroline jetzt erfahren würde, was für finstere Geheimnisse da seit vielen Jahren vergraben lagen, wäre das unerträglich. Mariah könnte das auf keinen Fall überleben. Am liebsten würde sie sterben und irgendwo begraben liegen... und wäre es neben Edmund. Wahrscheinlich würde man sie auch dort beisetzen, denn schließlich hatte sie allen gesagt, dass das ihr Wunsch war. Was hätte sie denn auch sagen können?

Aber niemand stirbt, nur weil er das möchte. Das war ihr durchaus bekannt. Wieder sprachen Caroline und der Besucher miteinander. Die Worte summten ihr in den Ohren. Es kam ihr vor, als wäre sie mit Fliegen in einem Marmeladenglas eingesperrt.

»Hat sich New York durch den Krieg sehr verändert?«, fragte Caroline. Sie beugte sich aufmerksam vor, wobei sich die burgunderrote weiche Seide ihres Kleides auf den Schultern straffte. Anfangs hatte die alte Dame die Schwiegertochter, eine intelligente und willensstarke Frau, mit ihrem ungewöhnlich geformten Mund schön gefunden. Inzwischen kannten sie einander zu gut, als dass sie das von ihr hätte denken können. Ohnehin, fand sie, war Schönheit etwas für junge Leute.

»In geradezu unvorstellbarer Weise«, gab Samuel zur Antwort. Dabei legte sich ein sonderbarer Ausdruck auf seine Züge. Seine Augen schienen zu lachen, wirkten erregt, aber um seinen Mund lagen Trauer und Ekel. »Der Krieg hat alles ins Schwimmen gebracht.« Dann beschrieb er, was damit einherging – Gewalttätigkeit, Korruption,

Aufregung und wildes Durcheinander –, und er tat es in so fesselnder Weise, dass wider Willen sogar die alte Dame zuhörte.

»Vermutlich können Sie sich nicht in die Empfindungen eines jungen Mannes hineinversetzen, der aus dem Krieg zurückkehrt, gezeichnet von der Angst und den Entbehrungen, die er mitbringt, Zeuge seiner Tragödien, die uns weit bitterer schmeckten, als wir uns hätten träumen lassen.«

Nachdem er das Leben im Nachkriegs-New York beschrieben hatte, wandte er sich seinen Abenteuern im Westen zu.

»Die Männer und Frauen, die da mit Planwagentrecks aufbrachen, gehörten zu den besten und tapfersten, die ich je kennen gelernt habe«, sagte er voll rückhaltloser Bewunderung. »Was sie durchgemacht haben, ohne zu klagen, könnte unsereinem die Tränen in die Augen treiben. Sie stammten aus allen Ländern dieser Erde: Deutsche, Italiener, Schweden, Franzosen, Spanier, Iren und Russen, aber viele waren auch von hier. Ich habe eine Gruppe von Engländern getroffen, die all ihr Hab und Gut bis zum Tal des Großen Salzsees auf Handwagen transportierten. Von den Frauen, die neben ihnen gingen, hatten manche einen Säugling auf dem Arm. Gott allein weiß, wie viele dieser Menschen unterwegs umgekommen sind.«

»Es ist mir unvorstellbar, wie Menschen diesen Mut aufbringen können«, sagte Caroline leise.

Sie sah Samuel aufmerksam an und überlegte, wie anders er ihr am Vorabend im Theater erschienen war. Deutlich sah sie Cecily Antrims lebenspralle Gestalt im hellen Licht der Bühne vor sich, deren Haar wie ein Heiligenschein schimmerte, jede Geste voll Leidenschaft und beherrschter Verzweiflung. Diese Frau wollte weit mehr als sie hatte. Würde sie sich je vorstellen können, wie es war, wenn man alle Kräfte aufbieten musste, um auch nur am Leben zu bleiben? Oder ähnelten die Empfindungen einander, änderte sich nur der Gegenstand der Begierde? Sehnte man sich mit derselben Leidenschaft nach Liebe und der Freiheit, unbehindert von den Erwartungen der Gesellschaft man selbst sein zu dürfen, wie man sich auf der Suche nach religiöser oder politischer Freiheit zu Fuß in ein riesiges und unbekanntes Land aufmachte, in dem fremde Stämme wohnten, die jeden, der kam, als Eindringling betrachteten?

Cecily Antrim kämpfte gegen eine komplexe und hoch entwickelte Gesellschaft, um die Freiheit zu erringen, alles sagen zu dürfen, was sie wollte. Caroline fühlte sich von ihr bedroht. Während sie hier saß und Samuel ansah, wobei sie nur halb auf seine Worte hörte, konnte sie sich das eingestehen. Sie war an eine Welt gewöhnt, in der man bestimmte Dinge ungesagt ließ, weil das sicherer war. Es gab Dinge, die sie nicht wissen wollte – weder über andere noch über sich selbst. Es gab Gefühle, von denen sie nicht annehmen wollte, dass andere sie verstanden. Sie käme sich dabei auf gefährliche Weise entblößt und viel zu verletzlich vor.

Cecily Antrim war sehr tapfer. Nichts schien sie so zu ängstigen, dass sie sich davon abschrecken ließ. Das gehörte zu den Dingen, die Joshua so sehr bewunderte – das und ihre Schönheit. Dabei ging es keineswegs um äußerliches Hübschsein; sie drückte sich vielmehr in ihrer Leidenschaftlichkeit und ihrer Kompromisslosigkeit aus. Man konnte ihr Gesicht aus jeder Richtung betrachten – immer wirkte es symmetrisch, harmonierte der Knochenbau mit ihren großen Augen, deren Blick niemandem auswich. Sie bewegte sich mit äußerster Anmut. In ihrer Gegenwart fühlte sich Caroline ausgesprochen durchschnittlich, irgendwie grau und alt, eher so wie ein Nachtfalter als wie ein Tagschmetterling.

Das Schlimmste aber war, dass sich das Ganze nicht nur auf der körperlichen Ebene abspielte. Cecily war voll Mut und bereit, leidenschaftlich für ihre Überzeugungen zu kämpfen, während Caroline immer unsicherer wurde, wenn sie nachzudenken begann, was richtig oder falsch war. Gern hätte sie Joshuas Ansicht zugestimmt, Zensur sei etwas Schlechtes. Es gab nur eine Möglichkeit zu gewährleisten, dass die Menschen unter gleichen Voraussetzungen frei leben und sich entfalten durften, und die bestand darin, dass man Gedanken ausdrücken und Fragen stellen konnte, ganz gleich, ob sie angenehm waren oder nicht. Wer Gesetze ändern wollte, musste Gefühle in den Menschen wecken, ihr Verständnis für Empfindungen und Vorstellungen, die außerhalb ihres eigenen Erfahrungsbereichs lagen.

Das sagte ihr der Verstand. Doch in der Tiefe ihres Wesens war sie der festen Überzeugung, dass man über manche Dinge nie sprechen, sie vielleicht nicht einmal wissen durfte. War das Feigheit?

Sie war überzeugt, dass Cecily Antrim ihre Haltung als feige ansehen und sie dafür verachten würde. Das bedeutete ihr nicht besonders viel, wohl aber lag ihr an Joshuas Urteil. Würde er auch denken, dass sich eine Kluft zwischen ihnen auftat, eine Kluft zwischen den Beherzten und Mutigen, denen, die stark genug waren, allem ins Auge zu sehen, was Leben ausmachte, und solchen wie Caroline, die auf sicherem Boden verharren wollten, wo hässliche Dinge im Verborgenen blieben und man bestritt, dass sie existierten?

Samuel redete nach wie vor, sah aber meist auf Caroline. Mariah Ellison saß aufrecht da, den Blick ihrer schwarzen Augen geradeaus vor sich gerichtet, das Gesicht so betont gefasst, dass man hätte glauben können, sie kämpfe gegen einen Schmerz.

Zum ersten Mal fragte sich Caroline, wie viel die alte Dame wohl über die erste Frau ihres Mannes wusste. Ihr musste klar gewesen sein, dass sie eine Vorgängerin gehabt hatte. Immerhin waren in einem solchen Fall bestimmte Dinge zu regeln, die teils das Gesetz und teils die Kirche vorschrieb. Was für eine Art Frau war Samuels Mutter gewesen, dass sie nicht nur ihren Mann, Edmund Ellison, sondern auch das Land verlassen hatte und auf eigene Faust nach Amerika gegangen war?

Vom gesellschaftlichen Standpunkt aus musste das einer Katastrophe gleichgekommen sein. Man sah es in England im Jahre 1828 als Verbrechen an, wenn eine Frau ihren Mann verließ, ganz gleich, was er ihr angetan oder unterlassen haben mochte, gleichgültig, wie ihre eigenen Vorstellungen aussahen. Hätte er die Gerichte um Hilfe gebeten, hätten ihm deren Beauftragte die Frau mit Gewalt zurückbringen können. Vermutlich hatte er das nicht gewünscht, war womöglich sogar froh gewesen, sie loszuwerden. Doch nach allem, was Samuel gesagt hatte, war sie eine vortreffliche Mutter gewesen – die Liebe, die er für sie empfand, leuchtete ihm förmlich aus dem Gesicht, sobald er von ihr sprach. War es denkbar, dass er nichts von den näheren Umständen wusste? Oder hatte sie ihm die Dinge so geschildert, wie sie sich ihr darstellten, ohne dass das zwangsläufig der Wahrheit entsprach?

Als er von seiner Überfahrt mit dem Dampfer, seiner Ankunft in Liverpool und seinem ersten Eindruck von London berichtete, sah er Caroline wieder an. In seinen Augen tanzte die Begeisterung über alles Erlebte, und sie erwiderte unwillkürlich sein Lächeln.

In seiner Gesellschaft fühlte sie sich bemerkenswert wohl. Was er sagte, hörte sich ausgesprochen fesselnd an, er hatte so vieles gesehen und sprach lebendig und anschaulich darüber. Dennoch fühlte sie sich nicht bedroht wie am Vortag in Cecily Antrims Garderobe. Ihr war der Unterschied zwischen gutem Benehmen und Freundschaft hinreichend klar, und sie begriff, dass sie ihm gefiel – ein äußerst angenehmes Gefühl. Seine Augen ruhten voll Bewunderung auf ihr, und ihr wurde endlich wieder warm ums Herz. Er würde ihre Gedanken weder langweilig noch abgedroschen finden. In seiner Gegenwart hatte sie nicht den Eindruck, hinter kühneren, rascheren, wendigeren und – erst jetzt gestand sie es sich ein – jüngeren Geistern zurückzubleiben.

War das der Kern des Ganzen? Hatte es nicht nur mit intellektueller Raffinesse und körperlicher Schönheit zu tun, sondern auch mit dem Lebensalter? Sie war siebzehn Jahre älter als Joshua. Sich das einzugestehen war so, als rühre sie an eine Wunde, die nie vollständig verheilt war. War es töricht von ihr gewesen, einen Mann zu heiraten, in den sie sich geradezu rasend verliebt hatte, der sie zum Lachen und Weinen brachte, ohne, wenn es darauf ankam, verhindern zu können, dass er sie langweilig fand? Hatte die alte Frau mit den rachsüchtigen Augen, die alles sahen, etwa Recht?

Das wäre der schlimmste Schmerz: zu wissen, er sei ihr treu, weil er Mitleid mit ihr hatte.

»... und natürlich hat mir der Herr, der mich gestern ins Theater eingeladen hat, von seiner Bekanntschaft mit Mrs. Fielding berichtet«, sagte Samuel gerade, »und hinzugefügt, sie habe bis vor ihrer Eheschließung den Namen Ellison getragen. Sie können sich vorstellen, wie das auf mich gewirkt hat! Ach nein ... das können Sie nicht«, fügte er hinzu. »Ich habe den Eindruck, dass ich in gewissem Sinne an meinen Ursprung zurückgekehrt und heimgekommen bin.«

»Es freut mich, dass Sie London so unterhaltsam finden«, sagte Mariah schroff. »Bestimmt wollen Ihnen Ihre neuen Freunde alles Mögliche zeigen, den Tower, vielleicht Kew Gardens und mit Ihnen in Rotten Row reiten? Es gibt so vieles zu sehen, ganz zu schweigen von den vielen Menschen, die man kennen lernen kann. Allerdings fürchte ich, dass wir niemanden mehr kennen.« Sie warf einen Seitenblick auf Caroline und sah dann wieder zu Samuel hin. Mit diesen Worten hatte sie den Besuch für beendet erklärt. Zugleich hatte ihm die Formulierung hoffentlich deutlich gemacht, dass er mit einer weiteren Einladung nicht zu rechnen brauchte. Sie hatte ihre Pflicht getan.

Caroline war empört und zugleich unverhältnismäßig enttäuscht. Der Teufel sollte Mrs. Ellison holen. Als Samuel aufstand, wandte sie sich ihm mit strahlendem Lächeln zu.

»Haben Sie ganz herzlichen Dank. Ich kann mich nicht erinnern, je auf so wunderbare und interessante Weise einen Nachmittag lang unterhalten worden zu sein«, sagte sie voll Wärme. »Es war eine Reise in ein anderes Land ohne die Gefahren und die Unbequemlichkeiten, die es bedeutet, sich selbst dorthin zu begeben. Mir ist klar, dass Sie bestimmt tausend Dinge sehen wollen, dennoch hoffe ich sehr, dass Sie wiederkommen. Immerhin können wir gewisse Ansprüche auf Sie anmelden, denn wir gehören derselben Familie an und dürfen einander nicht wieder aus den Augen verlieren.«

»Sei nicht albern!« Die alte Dame fuhr herum und blitzte sie wütend an. »Mr. Ellison hat uns einen Besuch abgestattet, mehr können wir auf keinen Fall von ihm erwarten. Wie könnten wir annehmen, dass ein Mann, der in einem Krieg gekämpft hat und mit Wilden geritten ist, es unterhaltsam findet, mit alten Damen in einem Gesellschaftszimmer Tee zu trinken?«

»Ich beurteile niemanden nach seinem Alter, Mrs. Ellison«, gab Samuel sogleich zurück. »Einige der außergewöhnlichsten Menschen, die ich im Leben kennen gelernt habe, waren schon weit über siebzig und mit einer Weisheit gesegnet, die meine weit überstieg. Es ist ein Fehler der Jugend anzunehmen, nur sie besitze Leidenschaft oder Schönheit, und ich selbst bin inzwischen viel zu alt, als dass ich diesem Irrtum noch erliegen könnte. Ich hoffe sehr, dass man mich erneut einlädt.« Er warf Caroline einen kurzen Blick zu. Was er meinte, war klar.

Mrs. Ellison verzog wortlos das Gesicht, und ihre Lippen wurden schmal.

Jetzt erhob sich auch Caroline und ging auf die Tür zu, um den Besucher nach der Verabschiedung zumindest bis ins Vestibül zu begleiten. »Seien Sie versichert, dass Sie uns jederzeit willkommen sind«, sagte sie voll Gefühl.

Er nahm die Einladung sofort an und ging.

Als Caroline ins Gesellschaftszimmer zurückkehrte, erfuhr sie von dem Mädchen, die alte Dame habe sich in ihr Zimmer zurückgezogen. Sie tauchte den ganzen Abend nicht wieder auf und ließ auch nichts von sich hören.

Kapitel fünf

Am Vormittag kehrten Pitt und Tellman nach Battersea zurück, um sich in der Nähe von Cathcarts Haus umzusehen. Es war ein trüber Tag, und Pitt hatte den Mantelkragen hochgeschlagen, um sich gegen die von der Themse herüberwehende feuchte Kälte zu schützen. Mit gesenktem Kopf stapfte Tellman neben ihm her, das Gesicht missbilligend verzogen.

»Ich weiß nicht, was wir Ihrer Meinung nach finden könnten«, sagte er verdrießlich. »Wahrscheinlich war es irgendwann mitten in der Nacht, als alle anständigen Menschen schliefen.«

Zwar teilte Pitt diese Ansicht, doch da ihn Tellmans Halsstarrigkeit ärgerte, war er nicht bereit, ihm Recht zu geben.

»Hier in dieser Gegend hat Cathcart gewohnt«, gab er zur Antwort. »Wir kennen weder die genaue Tatzeit noch den Täter oder sein Motiv – haben Sie einen besseren Vorschlag?«

Tellman knurrte. »Wie geht es Mrs. Pitt in Paris?«, fragte er, um seinen Vorgesetzten ein wenig zu ärgern. Er warf einen Seitenblick auf Pitts Züge und sah dann rasch wieder vor sich hin. Er konnte in seinem Gesicht wie in einem offenen Buch lesen.

»Es gefällt ihr«, sagte Pitt. »Sie findet die Stadt großartig und schrecklich aufregend. Die Frauen wissen sich zu kleiden und sind äußerst elegant. Es sieht aus, als schafften sie das ohne die geringste Mühe. Sie sagt, es sei richtig aufreizend.«

»Sind ja auch Französinnen«, gab Tellman zurück. »Von denen erwartet man es doch nicht anders, oder?«, fügte er hinzu.

Wider Willen musste Pitt lächeln.

»Wenn Cathcart nur halb so schlau war, wie die Frau gesagt hat«, wandte sich Tellman erneut ihrer Aufgabe zu, »ist er womöglich bei jemandem zu weit gegangen und hat ihn unter Umständen zu erpressen versucht. Letzten Endes geht es Fotografen so wie Dienstboten: Sie bekommen viel mit. Vielleicht nehmen die feinen Leute an, sie müssten sich vor ihnen nicht zusammennehmen und sagen ungeniert Dinge, die sie vor den Ohren anderer nie und nimmer äußern würden. Er hat in vielen hochherrschaftlichen Häusern verkehrt, hat irgendwie dazugehört und wiederum auch nicht, verstehen Sie? Vielleicht ist er nur durch Zufall auf etwas gestoßen, hat aber die Gelegenheit genutzt, als sie sich ihm bot.«

Feuchtigkeit bedeckte den Boden, schwere Tautropfen glänzten in den Hecken. Der Ton eines Nebelhorns wehte vom Fluss herüber.

Pitt stieß die Hände tief in die Taschen. »Für uns gibt es eine Unzahl von Punkten, an denen wir ansetzen könnten«, sagte er nachdenklich. »Ich wüsste gern, wie viel er mit seinen Bildern verdient hat und wie viel er ausgegeben hat.«

Tellman fragte ihn gar nicht erst, warum er das wissen wollte.

»Und ob er das Haus und die Einrichtung ganz oder teilweise geerbt hat«, fuhr Pitt fort. Dabei dachte er vor allem an die Kunstwerke, die er gesehen hatte. Er versuchte, deren Wert in etwa zu schätzen.

Tellman sah ihn an. »Sind die viel wert?«, fragte er. Er kannte sich mit gefälschten Banknoten und Kreditbriefen aus und wusste, auf welchen Wegen lichtscheues Gesindel Tafelsilber und gewöhnliche Haushaltsgegenstände zu Geld macht, doch von Kunstwerken dieser Kategorie verstand er nichts.

Pitt zweifelte nicht im Geringsten daran, dass die Gegenstände, die er in Cathcarts Haus gesehen hatte, echt waren. Das galt wahrscheinlich sogar für die zerbrochene Vase und nahezu mit Sicherheit für den einst sehr schönen Teppich, den sie aus dem Wasser der Themse gezogen hatten.

»Ja...«

»Mehr, als man damit verdienen könnte, die feinen Leute zu fotografieren?«

»Das würde mich nicht wundern.«

Tellman hob das Kinn mit einem Ruck. »Gut!«, sagte er etwas munterer. »Dann sollten wir zusehen, was wir über diesen Mr. Cathcart herausbekommen können.«

Sie trennten sich. Tellman nahm sich die Läden in der näheren Umgebung vor und fragte ganz allgemein herum, während Pitt in das Haus des Toten zurückkehrte und sich unter Mrs. Geddes' misstrauischen Blicken bemühte, den Wert der Kunstgegenstände, die er sah, überschlägig zu ermitteln. Dann durchsuchte er Cathcarts Schreibtisch, wobei sein besonderes Augenmerk Rechnungen und Quittungen galt. Die Belege, die er fand, stammten mehr oder weniger aus den vergangenen drei Monaten. Es hatte ganz den Anschein, als hätte Cathcart nicht geknausert, wenn es darum ging, sich Wünsche zu erfüllen. Seine eindrucksvollen Schneiderrechnungen hatte er jeweils innerhalb von drei Tagen nach Vorlage beglichen. In seinem Terminkalender waren Fahrten an mehrere Orte eingetragen, die von London aus bequem mit der Bahn zu erreichen waren: Bath, Winchester, Tunbridge Wells, Brighton und Gloucester. Es gab keinen Hinweis darauf, ob er sie zum Vergnügen oder aus beruflichen Gründen unternommen hatte.

In den eleganten Sessel zurückgelehnt, ging Pitt die Liste der Auftraggeber durch, die Cathcart im zurückliegenden halben Jahr fotografiert hatte, und notierte die Namen derer aus den letzten fünf Wochen. Es sah ganz so aus, als habe Cathcart die Vorbereitungen vor der eigentlichen Aufnahme mit großem Aufwand betrieben. Er hatte viel Zeit dafür aufgewendet, die zu Porträtierenden gründlich kennen zu lernen und ihnen verschiedene Möglichkeiten vorzuschlagen.

Als Nächstes ging Pitt die Quittungen für Cathcarts Arbeitsmaterial durch, das erstaunlich kostspielig war, und ermittelte, dass die Gewinnspanne nicht annähernd so groß war, wie er vermutet hatte. Hinzu kamen all die Kostüme, die der Fotograf verwendete, ganz zu schweigen von dem Stromgenerator.

Er musste unbedingt feststellen, ob Cathcart das Haus und die darin befindlichen großartigen Teppiche, Bilder, Möbel und Vasen mit eigenen Mitteln erworben oder geerbt hatte. Selbst in letzterem Fall hätte er den größten Teil seines Einkommens für seine Ausgaben benötigt, es sei denn, ihm standen noch andere Geldquellen zur Verfügung.

Außerdem musste er unbedingt herausfinden, ob Cathcart ein Testament hinterlassen hatte. Immerhin war der Nachlass beachtlich. Er durchsuchte den Schreibtisch erneut, um zu sehen, wer als Testamentsvollstrecker und Nachlassverwalter eingesetzt war, denn gewiss wären diesem Einzelheiten bekannt.

Kaum war er fündig geworden, als Tellman zurückkehrte. Er schien nicht besonders zufrieden.

»Hier in der Gegend hat er nicht viel eingekauft«, sagte er und nahm vorsichtig auf einem Sheraton-Stuhl Platz, als fürchte er, dessen zierliche Beine könnten unter ihm zerbrechen. »Offenbar hat Mrs. Geddes fast alle Besorgungen gemacht, die für den Haushalt nötig waren. Er hat seine Wäsche aus dem Haus gegeben, Bettwäsche, Kleidung, alles. Teuer.« Er knurrte. »Aber vermutlich hätte es auch eine ganze Menge gekostet, sich Personal zu halten, und vielleicht wollte er lieber nicht ständig Leute um sich haben.«

»Und was hört man so an Klatsch?« Pitt lehnte sich wieder zurück.

»Eigentlich nicht viel«, gab Tellman zurück. »Höchstens, dass er Geld hatte und ein bisschen seltsam war. Manche verwenden dafür einen unfreundlicheren Ausdruck, aber es läuft wohl auf dasselbe hinaus. Ein Mann aus der Nachbarschaft kümmert sich zweimal die Woche um den Garten, doch es sieht so aus, als hätte Cathcart es gern ein bisschen zugewuchert und malerisch gehabt. Er konnte es nicht leiden, wenn alles in Reih und Glied stand, und Gemüse oder sonstige Nutzpflanzen haben ihm nichts bedeutet.«

»Vielleicht sind in seinem Beruf Blumen und Bäume nützlicher?«, gab Pitt zu bedenken. »Rosen, die an Bögen und Pergolen emporranken, die Weide, die über dem Wasser hängt.«

Tellman verkniff sich, dazu etwas zu sagen. »Haben Sie was gefunden?« Da er Pitt nie gern mit »Sir« angeredet hatte, unterließ er es schon seit einer ganzen Weile, außer wenn er in sarkastischer Stimmung war.

»Er hat offensichtlich mehr Geld ausgegeben, als er mit seinen Fotografien verdienen konnte«, teilte ihm Pitt mit, »oder er hat seine Bücher gefälscht. Ich muss unbedingt wissen, ob er das Haus und die darin befindlichen Kunstgegenstände geerbt hat… denn wahrscheinlich sind die deutlich mehr wert als das Haus selbst.«

Tellman sah sich mit gerunzelten Brauen um. »War das das Motiv? Man hat Menschen schon für viel weniger umgebracht, sie aber dann nicht wie ihn verkleidet und gefesselt. Dahinter steckt wohl… eine persönliche Abrechnung.«

»Ist mir klar«, gab Pitt gelassen zurück. »Trotzdem müssen wir uns darum kümmern.«

»Und was machen wir jetzt?«, fragte Tellman, während er seinen Blick unauffällig über die chinesische Vase auf dem Kaminsims und weiter zu einem blau glasierten Tonrelief mit tanzenden Kindern gleiten ließ. Pitt nahm an, dass es aus der italienischen Renaissance stammte und entweder aus der Werkstatt Della Robbias stammte oder eine gute Kopie war. Etwas Ähnliches hatte er einmal gesehen, als man die Beute aus einem Einbruch zurückgebracht hatte.

»Ist das wirklich viel wert?«

»Ich denke, ja. Wir werden also feststellen, ob er es geerbt hat und wer es jetzt erbt.« Pitt faltete seinen Notizzettel zusammen und steckte ihn in die Tasche zu den vielen anderen Dingen, die sich wie üblich darin befanden. Dann erhob er sich. »Wir werden Mr. Dobson von der Kanzlei Phipps, Barlow and Jones aufsuchen. Er müsste imstande sein, uns weitere Fragen zu beantworten.«

Mr. Dobson war ein sanftmütiger Mann mit einem langen, vornehmen Gesicht, in das sich die Falten des für seinen Beruf unerlässlichen gewichtigen Ausdrucks auf ganz natürliche Weise eingegraben zu haben schienen.

»Sie sind also von der Polizei?« Er sah zweifelnd auf Pitts unordentlichen Aufzug. Offenbar stand nicht nur der stellvertretende Polizeipräsident Cornwallis, der bei der Marine gewesen war, bevor er seine gegenwärtige Stellung antrat, Pitts Hang zur Unordnung skeptisch gegenüber. In Bezug auf Tellman schien er keine Bedenken zu haben.

Pitt nahm seine Karte heraus und gab sie ihm.

»Ach so!« Dobson stieß einen Seufzer aus. Offensichtlich war er befriedigt. »Kommen Sie, meine Herren.« Er wies auf eine Tür, folgte ihnen und schloss sie hinter sich. »Bitte nehmen Sie Platz. Was kann ich für Sie tun?«

»Wir würden Ihnen gern einige Fragen zu Mr. Delbert Cathcart stellen. Ich nehme an, dass es sich um einen Ihrer Mandanten handelt«, sagte Pitt.

»So ist es«, stimmte Dobson zu, setzte sich und wies erneut auf einen Stuhl. »Aber natürlich sind wir gehalten, seine Angelegenheiten vertraulich zu behandeln, und soweit mir bekannt ist, handelt es sich um einen Ehrenmann von untadeligem Ruf.«

»Sie wissen also noch nicht, dass er seit kurzem tot ist?«, fragte Pitt und sah ihn aufmerksam an.

»Tot?« Dobson war offensichtlich erschüttert. »Sind Sie Ihrer Sache sicher?«

»Bedauerlicherweise ja«, erwiderte Pitt.

Dobson kniff die Augen zusammen. »Und was führt Sie dann zu mir, Sir? Gibt es im Zusammenhang mit diesem Todesfall irgendwelche fragwürdigen Umstände?«

Allem Anschein nach hatte man den Zeitungen noch nicht mitgeteilt, dass der Tote vom Fähranleger inzwischen identifiziert war, doch das konnte nur noch eine Frage der Zeit sein. Pitt teilte ihm knapp das Wesentliche mit.

»Ach je. Wie betrüblich.« Dobson schüttelte den Kopf. »Womit kann ich Ihnen helfen? Mir ist das völlig neu, und ich weiß auch nichts, was in diesem Zusammenhang von Bedeutung sein könnte. Irgendein Verrückter muss dahinterstecken. Auf der Welt geht es immer schlimmer zu.«

Pitt entschloss sich zu vollständiger Offenheit. »Die Tat ist in seinem eigenen Haus begangen worden, Mr. Dobson, weshalb wir annehmen müssen, dass er den Täter kannte.«

Dobsons Gesicht drückte Bedenken aus, aber er fiel ihm nicht ins Wort.

»Hat Mr. Cathcart das Haus in Battersea geerbt?«, fragte Pitt.

Was auch immer Dobson erwartet haben mochte, auf seinem Gesicht ließ sich ablesen, dass diese Frage nicht dazu gehörte. »Nein, Grundgütiger – warum wollen Sie das wissen?«

»Hat er es selbst gekauft?«

»Aber ja. Vor etwa, lassen Sie mich überlegen, acht Jahren, ja, im August 83. Ich kann Ihnen versichern, dass dabei alles mit rechten Dingen zugegangen ist, denn ich habe die Angelegenheit selbst abgewickelt.«

»Und die Kunstwerke im Haus, die Möbel?«

»Ich habe keine Ahnung. Gibt es an ihrer Herkunft … irgendwelche Zweifel?«

»Soweit ich weiß, nicht. Wer erbt das Ganze, Mr. Dobson?«

»Verschiedene wohltätige Einrichtungen, Sir, keine Einzelperson.«

Das überraschte Pitt, auch wenn er wie Tellman nicht wirklich damit gerechnet hatte, dass man Cathcart wegen seines Besitzes getötet hatte. Aber es warf doch ein neues Licht auf seine Einkommenssituation, dass er das Haus wie auch die Kunstgegenstände darin selbst erworben hatte. Pitt merkte, dass Tellman unruhig auf seinem Stuhl hin und her rutschte.

»Danke.« Seufzend sah er zu Dobson hin. »Hat er Ihres Wissens irgendwelche Zuwendungen bekommen oder ist er in einem Testament bedacht worden – vielleicht von einem verstorbenen Verwandten oder einem dankbaren Auftraggeber?«

»Ich wüsste nicht. Warum fragen Sie, Sir?«

»Um gewisse Möglichkeiten im Hinblick auf das Tatmotiv auszuschließen«, sagte Pitt geheimnisvoll. Er wollte Dobson seinen Verdacht bezüglich Cathcarts Einkommensquellen nicht mitteilen.

Da es nicht viel mehr zu erfahren gab, verabschiedeten sie sich fünf Minuten später. »Glauben Sie, dass das ganze Zeug gestohlen sein könnte?«, fragte Tellman, als sie auf die Straße hinaustraten. »Wenn er in die Häuser all dieser feinen Pinkel gekommen ist und mit ihnen geredet hat, bevor er sie fotografierte, hatte er natürlich ideale Möglichkeiten auszukundschaften, was sie besaßen und wo sie es aufbewahrten.«

»Und wenn sie zu ihm ins Atelier gekommen sind, um sich fotografieren zu lassen, hatten sie die ideale Möglichkeit, das alles wiederzusehen«, gab Pitt zu bedenken und wich einem Haufen Pferdeäpfel aus, da sie die Straße überquerten.

Tellman sprang auf der gegenüberliegenden Seite auf den Randstein des Gehwegs und knurrte zustimmend. Er musste sich Mühe geben, mit Pitt Schritt zu halten. Zwar war er daran gewöhnt, dennoch ärgerte es ihn. »Vermutlich kennen die sich alle gegenseitig.«

»Das nehme ich auch an«, stimmte Pitt zu. »Außerdem konnte er auf keinen Fall irgendein Risiko eingehen. Trotzdem sollten wir vielleicht feststellen, ob es irgendwelche Diebstähle gegeben hat. Ich habe eine Liste seiner Auftraggeber.«

Doch wie erwartet blieben die Nachfragen ergebnislos. Auch gab es keine Hinweise darauf, dass irgendwo Kunstwerke oder Möbelstücke fehlten, auf welche die Beschreibung der Stücke passte, die er in Battersea gesehen hatte. So gelangte er erneut zu der Schlussfolgerung, Cathcart müsse neben seiner Lichtbildnerei, so großartig diese war, eine zweite Geldquelle gehabt haben, die vermutlich ergiebiger sprudelte.

In einer Gaststätte nahe seiner Wohnung nahm Pitt ein gutes Abendessen zu sich, ohne es recht zu genießen, und kehrte dann nach Hause zurück, wo er sich eine Weile dem Herd gegenüber an den Küchentisch setzte. Aus

Paris war kein Brief gekommen. Er ging früh zu Bett und schlief überraschend gut.

Die nächsten beiden Tage brachten er und Tellman damit zu, Einzelheiten aus Cathcarts Leben zu ermitteln und die Auftraggeber aus den letzten sechs Wochen vor seinem Tod aufzusuchen.

Lady Jarvis, der Pitt um die Mitte des Nachmittags seine Aufwartung machte, war eine typische Vertreterin der Kategorie. Sie empfing die beiden Beamten in einem üppig eingerichteten Gesellschaftszimmer. In breiten Bahnen, die Wohlstand demonstrieren sollten, fielen Brokatvorhänge fast von der Decke bis auf den Boden, wo sie sich noch ein Stück weit ausbreiteten. Neidvoll überlegte Pitt, dass sie sich wohl auch glänzend dazu eigneten, im Winter die Zugluft abzufangen, auch wenn sie jetzt einen Teil des goldenen Herbstlichts schluckten. Auf den von Jahrzehnten eifrigen Polierens nachgedunkelten Möbeln aus reich geschnitzter massiver Eiche standen kleine Fotos von Menschen verschiedenen Alters. Alle hielten feierlich still, um in Sepiatönen für die Nachwelt festgehalten zu werden, unter ihnen Herren in knapp sitzenden Uniformen, die ernst ins Leere blickten.

Lady Jarvis, eine Dame um die Mitte dreißig, war auf durchschnittliche Weise hübsch, hatte allerdings eher kräftige Augenbrauen, die wie kleine Flügel aussahen, was ihr Gesicht auf den zweiten Blick interessanter wirken ließ. Sie war aufwändig nach der Mode gekleidet, trug ein exzellent geschneidertes Kleid mit einer nur angedeuteten Tournüre und weiten Ärmeln, die an den Schultern gepufft waren. Liebend gern hätte Pitt für Charlotte ein solches Kleid gekauft, und er war überzeugt, dass sie darin besser ausgesehen hätte als Lady Jarvis.

»Sie sagten, dass es um Mr. Cathcart, den Fotografen, geht?«, fragte sie, offenkundig interessiert. »Hat sich jemand über ihn beschwert?«

»Haben Sie eine Vorstellung, wer das sein könnte?«, fragte Pitt rasch.

Die Verlockung, ein wenig Gesellschaftsklatsch breitzutreten, schien der Dame unwiderstehlich, auch wenn es vielleicht gefährlich sein mochte.

»Möglicherweise Lady Worlingham«, sagte sie in halb fragendem Ton. »Sie war sehr aufgebracht über das Porträt ihrer jüngeren Tochter Dorothea. Ich allerdings fand sie darauf gut getroffen, und sie selbst war ganz begeistert. Aber vielleicht war es ein klein wenig anstößig.«

Pitt wartete.

»All die Blumen«, fuhr Lady Jarvis mit einer leichten Handbewegung fort. »Wahrscheinlich eine Spur zu… üppig. Sie haben ihr Kleid so sehr verdeckt, dass man es sich vorstellen musste… jedenfalls stellenweise.« Fast hätte sie gelacht, nahm sich aber noch rechtzeitig zusammen. »Hat sie sich beklagt? Ich hätte gar nicht gedacht, dass das die Polizei etwas angeht. Für so etwas gibt es doch keine Gesetze, oder?« Sie zuckte die Achseln. »Falls aber doch – ich habe keine Klagen.« Ein flüchtiger sehnsüchtiger Blick legte sich auf ihre Züge als bedaure sie das, und Pitt stellte sich ein Leben voll fortwährender Korrektheit vor, in das ein Fotograf mit vielen Blumen ein wenig Aufregung bringen konnte.

»Nein, dagegen gibt es keine Gesetze, Ma'am«, sagte er ruhig. »Und soweit ich weiß, hat sich Lady Worlingham nicht beklagt. Hat Mr. Cathcart Sie fotografiert?« Er ließ den Blick durch den Raum wandern, um anzuzeigen, dass er ein solches Foto noch nicht entdeckt hatte.

»Ja.« Ihre Stimme klang unverändert. Offensichtlich ging es dabei nicht um Blumen. »Das Bild hängt im Arbeitszimmer meines Mannes. Wollen Sie es sehen?«

Pitt war neugierig. »Sehr gern.«

Wortlos erhob sie sich und ging ihnen durch das ungeheizte Vestibül zu einem Raum voraus, der in jeder Hinsicht zum düsteren Glanz des Gesellschaftszimmers passte. Ein gewaltiger Schreibtisch beherrschte ihn. An einer Wand stand ein Regal voll völlig gleich gebundener Bücher. An einer anderen hing ein ausgestopfter Hirschkopf, dessen Glasaugen ins Leere starrten, etwa so wie die Offiziere auf den Fotos im anderen Zimmer.

An der Wand gegenüber dem Schreibtisch hing eine große Porträtaufnahme, die Lady Jarvis in einem Nachmittags-Ausgehkleid zeigte. Sanftes Licht fiel vom Fenster her darauf, erleuchtete ihre großen Augen und betonte ihre geschwungenen Brauen. Man sah auf dem Foto kein Möbelstück und keinerlei Dekorationsgegenstände; lediglich der Schatten von Butzenscheiben legte ein kreuzförmiges Muster auf Lady Jarvis.

Mit einem Mal überlief Pitt ein kalter Schauder. Ihm ging auf, mit welchen Mitteln es Cathcart gelungen war, durch seine brillante Kunst Angst und Trauer hervorzurufen. Das Bild war großartig, zeigte zerbrechliche Schönheit, eine unendliche Leere, ein Geschöpf, dem allmählich aufging, dass es gefangen war. Dennoch war es nichts weiter als das Porträt einer gut aussehenden Frau, das allem Anschein nach lediglich die charakteristischen Züge ihres Gesichts hervorheben wollte. Man konnte die tiefere Bedeutung, die darin lag, wahrnehmen oder auch nicht. Es gab keinen Grund zur Klage – es war eine reine Frage des Geschmacks.

Plötzlich erfüllte ihn ein tiefes persönliches Bedauern darüber, dass Cathcart tot war und seine Kunst nicht mehr auszuüben vermochte.

Lady Jarvis sah ihn mit neugierig verzogenem Gesicht an.

Was sollte er sagen? Was er wirklich empfand? Das wäre aufdringlich und würde niemandem nützen. War es denkbar, dass zwischen ihr und Cathcart eine Liebesbeziehung bestanden hatte? Zweifellos entsprang der Mord irgendeiner Leidenschaft. Er wandte sich erneut dem Porträt zu. Es war nicht das Bild, das ein Mann von einer Frau schuf, die er liebte. Dafür war der Gegenstand zu kühl beobachtet, das Mitgefühl zu unpersönlich.

»Eine beachtliche Arbeit«, sagte er taktvoll. »Durchaus einzigartig und sehr schön. Er war ein begnadeter Künstler.«

Ihr Gesicht hellte sich freudig auf. Gerade als sie zu einer Antwort ansetzte, fiel die Haustür ins Schloss, und Schritte näherten sich durch das Vestibül. Die Tür hinter ihr öffnete sich. Sie wandten sich automatisch um.

Der Mann, der dort stand, war mittelgroß und sehr schlank. Auf seinen angenehmen, aber eher nichts sagenden Zügen lag ein Ausdruck von Unruhe.

»Ist etwas nicht in Ordnung?«, wollte er wissen und sah von einem zum anderen. »Mein Butler sagt, dass Sie von der Polizei sind. Stimmt das?«

»Ja, Sir«, gab Pitt zur Antwort. »Ich bin hier im Zusammenhang mit dem Tod von Delbert Cathcart.«

»Cathcart?« Seinem Gesichtsausdruck nach sagte Jarvis der Name nichts. Weder Schuldbewusstsein noch Verstörtheit noch Zorn oder auch nur Verständnis waren in seiner Miene zu erkennen. »Wer ist das?«

»Der Fotograf«, erklärte Lady Jarvis.

»Ach so!« Jetzt hatte er verstanden. »Ist er tot? Schade.« Er schüttelte betrübt den Kopf. »Er schien seine Kunst zu beherrschen. War noch gar nicht alt… Und womit können wir Ihnen helfen?« Sein Gesicht verdüsterte sich erneut. Er begriff nicht.

»Er wurde ermordet«, sagte Pitt ohne Umschweife.

»Tatsächlich? Großer Gott. Warum denn? Warum sollte jemand einen Fotografen umbringen?« Er schüttelte den Kopf. »Sind Sie sicher?«

»Absolut.« Pitt wusste nicht, ob er der Sache weiter nachgehen sollte. Er hatte noch nie jemanden gesehen, der weniger schuldig aussah als Jarvis. Doch falls er es unterließ, würde ihn stets das nagende Bewusstsein quälen, etwas unerledigt gelassen zu haben. »Sie haben ihn nicht zufällig am vergangenen Dienstagabend gesehen?«

»Dienstagabend? Ich glaube nicht. Da war ich in meinem Klub. Es muss ziemlich spät geworden sein. Ich habe mich da in ein Spiel... nun ja, hineinziehen lassen.« Er sah Pitt offen an. »Verstehen Sie, wir haben gespielt, und wie ich auf die Uhr sehe, merke ich, dass es zwei Uhr nachts ist. Freddie Barbour. Verdammt guter Kartenspieler. Cathcart habe ich bestimmt nicht gesehen. Der ist dort nicht Mitglied. Ein Traditionsklub, ein bisschen eigen.«

»Ich verstehe, vielen Dank.«

»Keine Ursache. Tut mir Leid, dass ich nichts für Sie tun kann.«

Pitt dankte ihm und ging. Es würde nicht schwer fallen, diese Aussage zu überprüfen, sofern sich das als nötig erwies, aber er hatte nicht den geringsten Zweifel daran, dass es für Jarvis keinen Anlass gab, Cathcart zu töten.

Es wurde allmählich spät, und Pitt war froh, nach Hause gehen zu können. Den Rest der Liste konnte er am nächsten Tag erledigen. Er war nicht nur müde, er war auch nicht wirklich überzeugt, etwas Nützliches erfahren zu können. Außerdem wartete möglicherweise ein weiterer Brief aus Paris auf ihn.

Während er die Haustür öffnete, bemühte er sich, nicht zu viel zu erwarten, und er dämpfte seine Hoffnungen für den Fall, dass nichts da war. Immerhin war der letzte Brief erst vor zwei Tagen gekommen. Charlotte genoss das Leben in einer fremden und aufregenden Stadt, und er wollte, dass sie so viel wie möglich davon mitbekam. Da blieb ihr wohl nicht viel Zeit, ihm zu schreiben, zumal sie ihm nach ihrer Rückkehr alles erzählen konnte.

Er sah zu Boden. Da lag der Brief; er erkannte ihre großzügige Schrift auf den ersten Blick. Mit befriedigtem

Lächeln hob er ihn auf und öffnete den Umschlag, wobei er die Tür mit dem Fuß hinter sich zustieß. Er las:

Liebster Thomas!

Es geht mir hier prächtig. Am Rande des Bois de Boulogne ist alles so schön, so unglaublich modisch und schrecklich französisch. Du müsstest nur die Kleider sehen! [Sie beschrieb sie ausführlich.]

Lass mich zum Beispiel noch einmal auf das Moulin Rouge *zurückkommen [fuhr sie fort]. Man munkelt entsetzliche Dinge darüber. Der Maler Henri Toulouse-Lautrec geht oft dorthin, sitzt an einem der Tische und macht Skizzen von den Frauen. Weißt Du, er ist zwergwüchsig; das heißt, seine Beine sind so kurz, dass er entsetzlich klein ist. Allem Anschein nach ist der Tanz, den die Mädchen dort aufführen, unsagbar ordinär und aufregend. Die Musik ist herrlich, die Kostüme sind üppig, und obwohl die Mädchen keine Unterwäsche tragen, werfen sie die Beine bis über den Kopf in die Luft – jedenfalls erzählt man sich das. Jack sagt, dass wir auf keinen Fall dort hingehen können. Keine anständige Frau nimmt den Namen des Lokals in den Mund. (Dabei sprechen wir alle ständig davon! Wie auch nicht! Wir tun es eben nur, wenn die Herren nicht zuhören – und sie halten es genauso. Ist das nicht töricht? Aber uns bleibt nichts anderes übrig, als das Spiel mitzuspielen. Je weniger wichtige Dinge man zu tun hat, umso komplizierter werden die Regeln.) Hier kann man seinen Ruf ebenso schnell gewinnen wie verlieren.*

Ich denke oft an Dich und frage mich, wie es Dir so geht, wie Gracie an der Küste zurechtkommt und ob die Kinder es dort auch gut haben. Sie haben sich so sehr darauf gefreut, und ich hoffe, dass all ihre Erwartungen erfüllt werden. Für mich gilt das in jeder Hinsicht. Ich bin schon so erfüllt von allem, dass ich gern nach Hause zurückkehre, wenn es so weit ist.

Ich sitze hier am Ende eines langen Tages und überlege, wie Du mit Deiner Leiche im Kahn vorankommst. Vermutlich hat jede Großstadt ihre eigenen Verbrechen und Skandale. Hier redet alle Welt über den Fall, von dem ich Dir schon berichtet hatte – dem jungen Herrn, dem ein Mord zur Last gelegt wird, der aber schwört, dass er woanders war und daher nicht der Täter sein kann. Der Haken an der Sache ist, dass es sich bei diesem ›Woanders‹ um das Moulin Rouge *handelt. Die Tatzeit ist genau der Augenblick, in dem die verrufene La Goulue den Cancan tanzte. Niemand gibt zu, dass er den jungen Mann gesehen hat, denn das käme dem Eingeständnis gleich, dass man das Lokal aufgesucht hat. Vermutlich weiß alle Welt, wie es sich verhält, aber man spricht nicht darüber – das ist der entscheidende Unterschied. Solange man darüber schweigt, dürfen wir ›Damen‹ so tun, als wüssten wir nichts davon, wohingegen wir unbedingt reagieren müssten, wenn wir etwas wüssten. Da wir keinensfalls den Eindruck erwecken dürfen, die Sache zu billigen, müssen wir abfällig darüber urteilen. Ich frage mich, bei wie vielen Dingen das ähnlich gehandhabt wird. Wärest du doch hier, damit ich darüber mit Dir sprechen könnte. Niemandem sonst kann ich mitteilen, was ich denke, niemand sonst ist bereit, mir offen zu sagen, was er denkt.*

Lieber Thomas – Du fehlst mir sehr. Ich werde Dir so viel zu berichten haben, wenn ich nach Hause komme. Ich hoffe, es ist Dir in London nicht zu langweilig. Soll ich Dir einen interessanten Fall wünschen? Oder fordere ich damit das Schicksal heraus?

Jedenfalls wünsche ich Dir, dass es Dir gut geht und Du glücklich bist – ich hoffe aber auch, dass ich Dir fehle! Auf bald!

Ich liebe Dich aufrichtig,
Charlotte

Mit einem Lächeln faltete Pitt das letzte Blatt zusammen und behielt den Brief in der Hand, während er über den Flur zur Küche ging. Sie musste ziemlich lange aufgeblieben sein, um ihm einen so ausführlichen Brief zu schreiben. Sie fehlte ihm, doch wäre es vermutlich töricht, sie wissen zu lassen, wie sehr. In gewisser Weise war er froh, dass sie die Reise unternommen hatte. Es war ein schönes Gefühl zu merken, wie sehr er sie schätzte. Zwar umgab ihn die Stille des Hauses, aber im Geiste konnte er ihre Stimme hören.

Bisweilen schrieben Menschen, die voneinander getrennt waren, ihre tieferen Empfindungen nieder, die sie nicht ausdrückten, solange die Geschäfte des Alltags zwischen ihnen standen. Das war in letzter Zeit ganz offenkundig der Fall gewesen.

Er legte den Brief auf den Küchentisch, während er den Herd anheizte und den Wasserkessel aufsetzte, um sich Tee zu machen. Schnurrend strichen ihm Archie und Angus um die Beine, wobei Katzenhaare am Stoff seiner Hose hängen blieben. Er sprach freundlich mit den Tieren und fütterte sie.

Am nächsten Morgen suchte Pitt ohne Tellman Lord Kilgour auf, einen weiteren Auftraggeber Cathcarts.

»Ja! Ja – es steht in der Zeitung«, sagte Kilgour. Er stand im vollen Sonnenlicht in seinem prachtvollen Gesellschaftszimmer am Eaton Square. Er sah gut aus, war hoch gewachsen und ausgesprochen schlank. Seine blauen Augen wirkten klug und in das scharf geschnittene edle Gesicht mit dem blonden Schnurrbart waren Lachfältchen eingegraben. »Das heißt, dass es fünf oder sechs Tage her sein muss. Was könnte ich Ihnen groß Nützliches sagen? Er hat mich fotografiert. Konnte hervorragend mit der Kamera umgehen. Meinen Sie, dass es ein neidischer Kollege war?« Ein flüchtiges Lächeln trat auf sein Gesicht.

»Halten Sie das für möglich?«, fragte Pitt.

Kilgour hob scharf die Brauen. »Ich habe noch nie davon gehört, dass sich Fotografen gegenseitig umbringen, weil der eine besser war als die anderen. Aber auf jeden Fall würde das die Konkurrenz vermindern. Jetzt, nachdem es den armen Teufel Cathcart erwischt hat, muss künftig jeder, der ein Porträt will, zu Hampton, Windrush oder einem der anderen gehen, zu denen er Vertrauen hat.«

»War Cathcart der beste?« Pitt wollte unbedingt Kilgours Meinung hören.

Die Antwort kam ohne das geringste Zögern. »Zweifellos. Er hatte die Gabe, jeden Menschen auf eine ganz besondere Weise zu sehen.« Er zuckte die Achseln, und wieder trat ein Ausdruck der Belustigung auf seine Züge. »Und zwar so, wie man sich selbst am liebsten sähe – ob einem das nun klar war oder nicht. Er hatte ein Auge für die verborgenen Wahrheiten. Natürlich war das nicht immer schmeichelhaft.« Er sah fragend zu Pitt hinüber, um festzustellen, ob dieser verstand, was er meinte.

Da er das Porträt von Lady Jarvis gesehen hatte, begriff Pitt genau und ließ das Kilgour auch merken.

»Möchten Sie die Aufnahme sehen, die er von mir gemacht hat?«, fragte Kilgour mit blitzenden Augen.

»Gern«, sagte Pitt.

Kilgour führte ihn aus dem Gesellschaftszimmer zu seinem Arbeitszimmer, öffnete die Tür und ließ Pitt einen Blick hineinwerfen.

Sogleich begriff Pitt, warum das Bild dort und nicht in einem der Empfangsräume hing. Es war großartig und von verblüffender Einfühlsamkeit. Kilgour trug ein Kostüm, wenn man das so nennen konnte, nämlich die Paradeuniform und den Umhang eines österreichischen Kaisers aus der Mitte des Jahrhunderts. Gegenüber dem Prunk dieser Uniform trat der zerbrechlich wirkende

Kopf Kilgours mit seiner hellen Gesichtshaut fast vollständig in den Hintergrund. Auf einem Tisch rechts halb hinter Kilgour stand die Krone. Da ihr Rand zum Teil auf einem aufgeschlagenen Buch ruhte, sah es so aus, als könne sie jeden Augenblick auf den Fußboden gleiten. Ein langer Spiegel an der Wand hinter Kilgour zeigte seinen verschwommenen Umriss zusammen mit dem Licht und den Schatten des sonst nicht sichtbaren Raumes. Das Ganze wirkte wie ein Traumbild, sah aus, als schwebe es in unbekannten Sphären. Kilgour blickte unverwandt in die Kamera, ein angedeutetes Lächeln auf den Lippen, als sei ihm völlig klar, wo er sich befand, und als könne er darüber zugleich lachen und weinen. Das Porträt war ein Meisterwerk. Weder ließ es sich mit Worten beschreiben noch bestand dazu die geringste Notwendigkeit.

»Ich verstehe«, sagte Pitt ruhig. »Ein Künstler, der leidenschaftliche Gefühle wachzurufen verstand.«

»O ja«, stimmte Kilgour zu. »Ich könnte Ihnen ein halbes Dutzend andere nennen, die er in ebenso eindrucksvoller Weise abgebildet hat. Manche waren einfach hingerissen, aber die hätten ihm auch im gegenteiligen Fall nichts getan. Ich nehme an, dass sich das von selbst versteht, nicht wahr? Keiner der Lustigen, Gütigen, Tapferen oder Bezaubernden wäre auf den Gedanken gekommen, ihn umzubringen, wohl aber einer von denen, deren Charakter nicht ganz einwandfrei war.«

Pitt lächelte.

»Und seine Konkurrenten?«, ließ er nicht locker.

»Die haben ihn bestimmt gehasst.« Kilgour trat wieder ins Vestibül und schloss die Tür. »Ich habe das Bild da hingehängt, wo ich arbeite. Mein Sinn für das Absurde gestattet es mir, mich daran zu freuen, und immer, wenn ich mich Täuschungen über meine Bedeutung hingebe, dient es mir als heilsame Erinnerung. Meiner Frau gefällt es, weil sie meine Schwächen nicht sieht und in dem Bild auch nicht erkennt, was Cathcart mitteilen wollte. Meine Schwester aber versteht es sehr wohl, und sie hat mir auch geraten, es vor den Blicken der Allgemeinheit verborgen zu halten.« Er zuckte bedauernd die Achseln. »Als wäre mir das nicht selbst klar! Aber sie ist meine ältere Schwester – was kann man da schon erwarten?«

Sie kehrten ins Gesellschaftszimmer zurück und unterhielten sich noch eine Weile. Schließlich verließ Pitt ihn mit mehreren Namen auf seiner Liste, teils Auftraggeber Cathcarts, teils Konkurrenten.

Er verbrachte den Rest des Tages damit, sie aufzusuchen, erfuhr aber weiter nichts über Cathcarts Leben.

Am nächsten Morgen ließ er Tellman zu sich nach Hause kommen und besprach mit ihm die Angelegenheit bei einer Tasse Tee in der Küche.

»Nichts«, sagte Tellman trübselig. Er sah immer wieder zur Tür, als rechne er jeden Augenblick damit, dass Gracie hereinkommen könne. Der rötliche Kater Archie schlich herein und hob hoffnungsvoll den Blick zu Pitt. Als dieser ihn nicht beachtete, lief er zum Wäschekorb hinüber, sprang hinein, legte sich halb auf seinen Bruder Angus und schlief ein.

»Bei mir auch nicht«, gab Pitt zur Antwort. »Der Mann war in seinem Fach glänzend. Das hat auch einer seiner Konkurrenten eingeräumt, bei dem ich war. Allerdings kann er selbst auch nicht über Auftragsmangel klagen.«

»Man bringt keinen Menschen um, weil er etwas kann, was man selber nicht kann«, sagte Tellman düster. »In so einem Fall verbreitet man höchstens Lügen über ihn oder mäkelt öffentlich an seiner Arbeit herum.« Er schüttelte den Kopf und sah auf seine zur Hälfte geleerte Tasse. »Ich würde schwören, dass es hier nicht um Geld ging, sondern um eine persönliche Angelegenheit.«

Pitt goss sich Tee nach. »Ich weiß«, erwiderte er. »Wenn ihn jemand einfach aus dem Weg haben wollte, hätte er das nicht so getan. Aber ich habe nichts in seinem Leben gefunden, das diese Art von Gefühlswallung hätte hervorrufen können. Es liegt auf der Hand, dass wir nicht an der richtigen Stelle suchen.«

»Ich habe mich um seine Alltagsangelegenheiten gekümmert«, führte Tellman zu seiner Verteidigung an und straffte die Schultern ein wenig. »Er hat mit dem Geld ziemlich um sich geworfen und muss weit mehr ausgegeben haben, als er mit seinen Bildern verdienen konnte. Außerdem hat er das Haus gekauft, das wissen wir. Woher kam das Geld? Wenn Sie mich fragen, aus Erpressungen.«

Pitt neigte dazu, ihm Recht zu geben. Die Diebstahlhypothese konnten sie zu den Akten legen, denn keiner von Cathcarts Auftraggebern vermisste etwas.

»Bestimmt haben Sie mit vielen Leuten gesprochen.« Er hob den Blick zu Tellman. »Was haben die über ihn gesagt?«

Tellman griff nach der Teekanne. »Dass er viel Geld ausgegeben, aber alle Rechnungen pünktlich bezahlt hat.« Er seufzte. »Er hat Wert auf Qualität gelegt und wollte immer nur das Beste, war aber nicht schwierig im Umgang. Vieles hat er sich ins Haus kommen lassen und manches sogar regelmäßig. Es sieht ganz so aus, als hätte er hart gearbeitet.«

»Inwiefern?«, wollte Pitt wissen und ging in Gedanken diejenigen von Cathcarts Auftraggebern auf seiner Liste durch, die er bereits kannte.

Tellman sah ihn fragend an.

»Na ja, in Stunden ausgedrückt«, erläuterte Pitt. »Er hatte durchschnittlich nur einen Auftrag pro Woche. Er hat jeden, den er porträtiert hat, zwei- oder dreimal aufgesucht und ihn dann für die Aufnahme in sein Atelier kommen lassen. Das ergibt nie und nimmer zehn Stunden am Tag.«

»Nein.« Tellman runzelte die Stirn. »Mit diesen Dingen konnte er die Zeit, in der er nicht zu Hause war und angeblich arbeitete, wohl nicht füllen. Vielleicht hat er etwas völlig anderes getan. Da wäre er nicht der Erste.«

»Ganz gleich, was es gewesen sein mag, er hat damit Geld verdient«, sagte Pitt finster. »Und wir müssen herausbekommen, worum es dabei ging.« Er leerte seine Tasse und stand auf. »Das ist mehr oder weniger die einzige Spur, die wir haben.«

»Es sei denn, der Tote ist gar nicht Cathcart, sondern der Franzose«, sagte Tellman und erhob sich ebenfalls.

»Bliebe allerdings die Frage, wo sich Cathcart in dem Fall befindet.« Pitt goss den beiden Katern ein wenig Milch ein und stellte ihnen Futter hin. Angus roch die Milch im Schlaf, wachte auf, räkelte sich und schnurrte.

»Aber wenn es tatsächlich Cathcart ist – wo ist dann der Franzose?«, fuhr Tellman fort. »Er war nicht auf der Fähre, ist mit dem Zug von Dover zurückgekommen, befindet sich jedoch nicht in London.«

»Solange die Leute von der französischen Botschaft behaupten, dass sie seinen Aufenthaltsort kennen, geht uns die Sache nichts an.« Pitt sah nach, ob die Hintertür verschlossen war. »Wir wollen noch einmal zu Miss Monderell gehen. Vielleicht weiß die, was Cathcart in der übrigen Zeit getan hat.«

Ein verblüfftes Dienstmädchen öffnete ihnen und teilte ihnen unmissverständlich mit, dass Miss Monderell um diese Zeit keinen Besuch empfange. Sie sei aber gern bereit, sich zu erkundigen, ob es in einer Stunde möglich sei.

Tellman sog die Luft scharf ein. Es kostete ihn Mühe, zu schweigen und abzuwarten, dass Pitt sprach. Es war Viertel vor zehn. Seiner Überzeugung nach hätte jeder, der nicht krank war, längst auf sein müssen.

Der Anflug eines Lächelns spielte um Pitts Mund. »Würden Sie Miss Monderell bitte mitteilen, dass Oberinspektor Pitt sie im Zusammenhang mit Mr. Cathcarts Tod sprechen möchte und unglücklicherweise nicht warten kann, bis es ihr passt.« Der Ton, in dem er das sagte, ließ keinen Zweifel daran, dass es sich um eine Anweisung handelte.

Das Mädchen sah verwirrt drein. Da er von der Polizei war und es um einen Todesfall ging, von dem sie inzwischen wusste, dass es sich um Mord handelte, hatte sie keine Argumente mehr. Trotzdem führte sie die Besucher nicht ins Empfangszimmer, sondern forderte sie auf, im Vestibül zu warten.

Zwanzig Minuten später kam Lily Monderell in einem traumhaften rostroten Morgenkleid mit schwarzer Borte die Treppe herunter, das ihre ansehnliche Figur glänzend zur Geltung brachte. Die Ärmel waren nur leicht gebauscht und der Rock hatte nicht mehr als die Andeutung einer Tournüre. Das Kleid hatte nicht die kleinste Falte und wirkte wie frisch aus dem Laden. Pitt überlegte, ob es wohl neu war, und musste unwillkürlich an die Kleider denken, die Charlotte in ihrem Brief beschrieben hatte.

»Guten Morgen, Mr. Pitt«, sagte sie mit strahlendem Lächeln. Sie blickte zu Tellman, der sich wieder unbehaglich fühlte. »Morgen, mein Lieber. Sie sehen aus, als hätte man sich nicht um Sie gekümmert. Nehmen Sie doch Platz und trinken Sie Tee mit mir. Ist es draußen kalt?«

Unwillkürlich musste Pitt ein Lachen unterdrücken, als er sah, wie Zorn und Bestürzung auf Tellmans Gesicht miteinander im Widerstreit lagen. Ganz offensichtlich hatte er ihr seine Empörung klar machen wollen, doch hatte sie ihm diese Möglichkeit genommen. Sie war nicht bereit, sich einschüchtern oder kränken zu lassen, wollte seine Missbilligung einfach nicht sehen. Sie kam um den Treppenaufgang herum und ging ihnen mit raschelnden

Seidenröcken ins Esszimmer voraus. Der Geruch ihres Parfüms lag schwer in der Luft.

Das eher kleine Esszimmer war ausgesprochen elegant eingerichtet. Die Wände waren in warmem Gelb tapeziert; die Bodendielen waren goldgelb und die Mahagonimöbel stammten entweder aus der Werkstatt des Kunsttischlers Adam oder waren glänzende Kopien. In einer Vase auf der Anrichte standen bronzefarbene Chrysanthemen. Das Mädchen machte sich daran, zwei zusätzliche Gedecke aufzulegen.

Lily Monderell wies einladend auf die Stühle. Pitt folgte ihrer Aufforderung bereitwillig, Tellman zögerlich.

Das Mädchen kam mit einer herrlichen silbernen Teekanne herein, aus deren Tülle es leicht dampfte, und stellte sie ehrfurchtsvoll auf den Tisch. Sie erweckte den Eindruck, als stamme sie aus der Zeit König Georgs, doch hatte Pitt das Gefühl, dass es sich um eine Neuerwerbung handelte.

»Na bitte«, sagte Lily Monderell befriedigt. »Das sieht doch gut aus, oder nicht?«

Pitt vermutete, dass auch eins der Bilder, die ihm beim Warten im Vestibül aufgefallen waren, neu gekauft war, denn es war beim vorigen Mal nicht dort gewesen. Natürlich bestand die Möglichkeit, dass es aus einem anderen Raum umgehängt worden war. Aber würde jemand so exquisite Bilder an einem Ort aufhängen, wo Besucher sie nicht sehen konnten? Seit Cathcarts Tod schien Lily Monderell recht großzügig mit dem Geld umzugehen. War ihr klar, dass sie im Testament nicht bedacht wurde? Stürzte sie sich im Vorgriff auf etwas, womit sie fest rechnete, in Unkosten? Es war lächerlich, dass sie ihm Leid tat, aber genau diese Empfindung hatte er.

Er sah auf die Teekanne. »Ein sehr schönes Stück. Ist sie neu?« Er sah aufmerksam zu seiner Gastgeberin hin, um zu erkennen, ob sie log.

Sie zögerte kaum wahrnehmbar, und er war nicht sicher, ob sie die Wahrheit sagte oder nicht. »Ja.« Lächelnd griff sie danach, um den Tee einzugießen.

»Ein Geschenk?« Er nahm den Blick nicht von ihr.

Sie wusste inzwischen, was sie sagen wollte. »Nein. Man könnte höchstens sagen, ein Geschenk, das ich mir selbst gemacht habe.«

Sollte er sie über die Situation aufklären, damit sie nicht fortfuhr, auf falsche Hoffnungen gegründet Schulden zu machen? Es ging ihn nichts an, wohl aber konnte es ihn etwas angehen, woher sie ihr Geld hatte. Falls Cathcart seine Auftraggeber oder andere Menschen erpresst hatte, wusste sie womöglich etwas davon. Vielleicht fuhr sie sogar damit fort. Es war Pitts Aufgabe, Verbrechen zu verhindern, ganz gleich, ob es sich dabei um Erpressung oder einen weiteren Mord handelte. Die Vorstellung, dass Lily Monderell zur Hälfte entkleidet in einem Kahn lag, der im Morgennebel auf der kalten Themse trieb, war besonders widerwärtig, ganz gleich, was sie getan hatte oder tun mochte. Sie war so voller Lebenskraft, dass es besonders bedauerlich wäre, wenn jemand sie tötete.

Pitt nahm einen Schluck aus der Tasse, die sie ihm gegeben hatte. Der heiße Tee hatte ein kräftiges Aroma. »Ich war bei Mr. Cathcarts Anwalt«, sagte er fast beiläufig.

»Um festzustellen, wann er das Haus gekauft hat?«, wollte sie wissen.

»Unter anderem«, gab er zur Antwort. »Aber auch, um in Erfahrung zu bringen, wie er über das Haus, seine Kunstwerke und sein Geldvermögen verfügt hat.«

Sie hob ihre Tasse und nahm einen winzigen Schluck, denn der Tee war noch sehr heiß. »Es geht alles an wohltätige Einrichtungen«, sagte sie nach einer kurzen Pause. »Jedenfalls hat er das immer gesagt.«

Er empfand erst Überraschung und dann Erleichterung. Eigentlich hätte er enttäuscht sein müssen. Ihre Ausgaben gingen also nicht darauf zurück, dass sie von Cathcarts Tod zu profitieren hoffte, zumindest nicht über das Erbe. Die Möglichkeit einer Erpressung bestand natürlich nach wie vor.

Sie sah ihn wartend an.

»So ist es«, bestätigte er. Er ließ den Blick auf der Teekanne ruhen. »Draußen im Vestibül haben Sie ein hübsches neues Aquarell mit Rindern. Diese Art Bilder hat mir immer gefallen. Rinder wirken so ruhig.«

War es Einbildung, dass sich ihre Schultern unter der Seide strafften?

»Danke«, erwiderte sie. »Ich freue mich, dass es Ihnen gefällt, mein Lieber. Etwas Toast? Haben Sie schon gefrühstückt oder ziehen Sie schon den ganzen Morgen durch die Straßen und fragen Leute aus?« Ihre Stimme war angenehm und volltönend, man konnte glauben, sie erkundige sich aus Fürsorge danach.

Tellman räusperte sich unbehaglich. Er hatte zwar durchaus Hunger, wollte aber ihre Gastfreundschaft auf keinen Fall in Anspruch nehmen. Es würde ihn beunruhigen, ihr verpflichtet zu sein, selbst wenn es dabei nur um eine solche Kleinigkeit ging.

»Vielen Dank«, nahm Pitt an, zum einen, weil es ihm durchaus recht war, zum anderen, weil ihm das die Möglichkeit gab, zu bleiben und mit ihr zu sprechen.

Sie läutete ein Kristallglöckchen, das auf dem Tisch stand, und gab dem eintretenden Mädchen den Auftrag, für alle drei Toast, Butter und Orangenmarmelade zu bringen. An ihren leicht gekräuselten Lippen und dem Funkeln in ihren Augen ließ sich erkennen, dass Tellmans Unbehagen sie belustigte. Nach den gängigen Vorstellungen war sie nicht schön, dazu waren ihre Gesichtszüge zu ausgeprägt, vor allem ihr Mund.

Nichts an ihr wirkte zurückhaltend oder zerbrechlich. Dennoch gehörte sie zu den anziehendsten Frauen, denen Pitt je begegnet war, voll Humor und Lebenskraft. Er bewunderte Cathcarts Geschmack mehr, weil er auf sie verfallen war, als wegen der Schönheit seines Hauses.

»Viel haben wir nicht in Erfahrung gebracht«, sagte er nachdenklich. »Obwohl wir uns mehrere Tage hindurch gezielt umgehört haben, ist fast nichts dabei herausgekommen… außer dass Mr. Cathcart sehr viel mehr Geld ausgegeben hat, als er mit seiner Kunst verdienen konnte.« Aufmerksam hielt er den Blick auf ihre Augen gerichtet, war jedoch nicht sicher, ob er ein leises Aufzucken darin sah oder nicht. Auch hätte er nicht gewusst, wie er es deuten sollte. Hatte sie Cathcart geliebt? Empfand sie Kummer oder lediglich Abscheu wegen der Gewalttätigkeit und seines unnötigen Todes? Ob sie ihn nun geliebt haben mochte oder nicht, auf jeden Fall war sie ihm zugeneigt gewesen.

Sie senkte den Blick. »Er verstand wirklich etwas von der Sache. Er war nicht einfach ein Fotograf, sondern ein wirklicher Künstler.«

»Das weiß ich.« Damit war es ihm ebenso ernst wie ihr. »Ich habe verschiedene seiner Porträts gesehen und glaube nicht, dass das Wort *Genie* übertrieben wäre.«

Sie hob rasch den Blick und lächelte erneut. »Ja, das war er, nicht wahr?« Tränen standen in ihren Augen.

Er durfte sein Urteil weder von Zu- noch Abneigung beeinflussen lassen.

»Er besaß die Gabe, das Wesen eines Menschen zu erfassen und in einem Bild darzustellen, in einem Ausmaß, wie ich es nie zuvor gesehen habe«, fuhr er fort. »Er erblickte außer dem, was sie gern in sich sahen, auch manches, was sie wohl lieber verborgen gehalten hätten. Ich habe nicht nur Gesichter porträtiert gesehen, sondern auch die Eitelkeit oder Leere darin, die Schwächen ebenso wie die Schönheit oder die Stärke.«

»Das ist die Kunst des Porträts«, sagte sie leise.

»Möglicherweise ist sie auch gefährlich«, fuhr Pitt fort. »Nicht alle möchten ihr Wesen vor den Augen Fremder so nackt und bloß dargestellt wissen und vielleicht noch weniger vor den Augen derer, die sie lieben oder denen gegenüber sie verletzlich sind.«

»Glauben Sie, dass ihn einer seiner Auftraggeber getötet hat?« Sie schien verblüfft zu sein.

»Auf jeden Fall muss es jemand gewesen sein, der ihn kannte«, gab Pitt zur Antwort, »und der ihm gegenüber ausgeprägte Gefühle hatte.«

Sie sagte nichts.

»Hatten Sie geglaubt, man habe ihn aus Habgier getötet?«, fragte er sie. »Notwehr dürfte kaum infrage kommen, es sei denn, er hätte jemanden erpresst…« Er hielt inne und wartete auf ihre Reaktion.

Ihre Augen weiteten sich so wenig, dass er schon bald darauf nicht mehr sicher war, ob er überhaupt etwas gesehen hatte. Was war der Grund? Sie hätte verblüfft sein müssen, sogar gekränkt. Er hatte gerade durchblicken lassen, dass er ihren Freund unter Umständen eines der widerlichsten Verbrechen für schuldig hielt.

»Weswegen?«, fragte sie, ihre Worte abwägend. »Was bringt Sie zu der Annahme, dass er etwas über… jemanden wusste?«

»Verhielt es sich denn so?«

»Falls ja, hat er mir nichts davon gesagt…«

»Hätte er das getan?«

Sie fühlte sich jetzt eindeutig unwohl. Zwar verbarg sie es sorgfältig, doch erkannte er es an der Anspannung ihrer Hand auf dem feinen Porzellan der Tasse, deren leichtes Zittern sich dem Tee in einer winzigen Wellenbewegung mitteilte. Ihr musste klar sein, dass er sie als

Nächstes fragen würde, ob ihr das Geheimnis bekannt war, das Cathcart das Leben gekostet hatte, und ob sie es auf die gleiche Weise nutzte wie er, was letzten Endes dazu führen könnte, dass auch sie mit dem Leben dafür bezahlen musste.

»Ich weiß nicht.« Sie zwang sich zu lächeln. »Jedenfalls hat er es nicht getan. Aber ich weiß ja nicht einmal, ob es etwas zu erzählen gab.«

Stimmte das? Woher stammte sein Geld? Woher hatte sie mit einem Mal die Mittel, das Bild im Vestibül und die silberne Teekanne zu erwerben? Für eine einzige Woche waren das recht beachtliche Ausgaben. Hatte sie einen neuen und besonders spendablen Liebhaber gefunden?

Oder hatte sie Mr. Cathcarts Haus aufgesucht und mit oder ohne Mrs. Geddes' Wissen den einen oder anderen Gegenstand an sich gebracht? Es war sogar möglich, dass Mrs. Geddes, der kein Erbe bekannt war, dabei mitgewirkt und das eine oder andere für sich selbst beiseite geschafft hatte. Würde je ein Mensch davon erfahren? Wahrscheinlich nicht, es sei denn, Cathcart hätte irgendwo eine Bestandsliste seiner Besitztümer verwahrt. Soweit Pitt seine Art zu leben einschätzen konnte, war das unwahrscheinlich. Unter seinen Papieren jedenfalls hatte sich eine solche Liste nicht befunden.

Pitt wollte sich nicht vorstellen, dass sich Lily Monderell aus Cathcarts Besitz genommen hatte, was ihr gefiel. Zwar hätte er das gut verstehen können, trotzdem war es kein angenehmer Gedanke.

Sein Schweigen schien ihr unbehaglich zu sein.

»Noch etwas Tee, mein Lieber?«, fragte sie und griff nach der schönen Kanne.

»Danke«, sagte er, den Blick auf deren leichten Schimmer gerichtet. Es war, als provoziere sie ihn dazu, genau die Frage zu stellen, die sie am wenigsten zu hören wünschte.

»Waren Sie nach seinem Tod noch in seinem Haus?«, erkundigte er sich.

Ihre Hand hielt den Griff fester und sie musste mit der anderen hinfassen, um die Kanne ruhig zu halten.

Er wartete.

Selbst Tellman saß reglos da, das Marmeladenbrot verharrte auf halbem Weg zu seinem Mund.

»Ja«, gab sie zu.

»Weshalb?«

Sie goss ihm Tee ein, dann auch Tellman und zum Schluss sich selbst. Als sie die Antwort nicht länger hinauszögern konnte, hob sie erneut den Blick und sah Pitt fest an.

»Er hatte mir einige der Bilder versprochen, die er verkaufen wollte. Die habe ich mir geholt, und von denen stammt das Geld.«

»Sie haben sie bereits verkauft?«

»Warum nicht? Sie waren gut, und ich wusste, wo ich einen vernünftigen Preis dafür bekomme.«

Sie war sichtlich nervös. Er wusste nicht, warum. Er war nicht sicher, ob sie die Wahrheit sagte, aber es klang glaubwürdig. Sie war Cathcarts Geliebte gewesen. Es war nicht ungewöhnlich, dass ein Mann seiner Geliebten Geschenke machte, oft sogar sehr teure. Pitt war überrascht gewesen, dass Cathcart sie in seinem Testament nicht bedacht hatte. Da er keine Angehörigen hatte, gab es weder gesetzliche noch moralische Hinderungsgründe. Es war nicht das Geringste dagegen einzuwenden, dass ihr diese Bilder als Erbe zugedacht waren.

Warum also war sie nervös? Was für Bilder waren das? Hatten sie den Hebel gebildet, den er zu seinen Erpressungen angesetzt hatte? Hatte sie die Aufnahmen an die Opfer zurückverkauft oder als Quelle künftiger Einnahmen in der Hinterhand behalten? Die meisten Menschen würden den letzteren Weg gehen. Es war ein entsetzlicher Gedanke.

Aber Lily Monderell musste leben und sie würde ihr gutes Aussehen nicht auf alle Zeiten behalten. Sie hatte keinen Mann, der sie versorgte, besaß vermutlich keinerlei Fähigkeiten als die einer Geliebten und sicherlich keine, die sie in den Stand gesetzt hätten, ihr den Lebensstil zu ermöglichen, an den sie gewöhnt war.

All das aber waren Entschuldigungen und keine Gründe.

»Bilder von wem?«, fragte er. Er rechnete nicht mit einer aufrichtigen Antwort, wollte lediglich eine Reaktion auf ihrem Gesicht erkennen.

Ihre Augen zuckten nicht. Er sah ihr an, dass sie auf die Frage vorbereitet war.

»Von Leuten, die ihm Modell gesessen haben«, entgegnete sie. »Ich glaube nicht, dass Sie jemanden davon kennen würden. Es waren einfach schöne Bilder, sozusagen Probestücke, die er herstellte, bevor er einen Auftraggeber porträtierte… um festzustellen, ob mit dem Kostüm und der Beleuchtung alles in Ordnung war. Es gibt Menschen, die Gefallen an solchen Bildern finden… Sie sind so gut, dass sie einen recht ordentlichen Preis erzielen.« Seufzend sah sie erneut auf die Teekanne.

Sollte er sie fragen, an wen sie sie verkauft hatte? Und wenn sie es ihm sagte, würde er dann nachprüfen, ob es der Wahrheit entsprach? Konnte er das? Möglicherweise ging es dabei um Bargeschäfte, für die es keinen Beleg gab, einen raschen Gewinn aus dem Werk eines Mannes, der nicht mehr lebte.

Sie konnte sie auch an die Menschen zurückverkauft haben, die Cathcart erpresst hatte, und in dem Fall wären schriftliche Belege ohnehin wertlos.

Darüber hinaus bestand die Möglichkeit, dass sie mit der Erpressung noch mehr Geld eingetrieben hatte.

Wahrscheinlich würde es ihm nie gelingen, etwas in dieser Richtung zu beweisen.

»Miss Monderell«, sagte er ernst. »Sie haben Cathcart nahe gestanden, vielleicht hat er Ihnen Einzelheiten über seine Arbeit oder sogar über seine Auftraggeber anvertraut. Getötet hat ihn jemand, der ihn so sehr hasste, dass er seine Gefühle nicht beherrschen konnte.«

Alle Farbe wich aus ihrem Gesicht.

»Seien Sie auf der Hut, Miss Monderell.« Er senkte die Stimme noch mehr. »Sollten Sie etwas über seinen Tod wissen, was auch immer es sein mag, wäre es ausgesprochen unklug von Ihnen, mir das vorzuenthalten... Sie sollten es mir im Gegenteil in allen Einzelheiten mitteilen. Auf keinen Fall möchte ich in der nächsten oder übernächsten Woche Ihren eigenen Tod untersuchen müssen.«

Sie sah ihn schweigend an. Ihr Busen hob und senkte sich, während sie sich um Fassung bemühte.

Er stand auf. »Ich danke Ihnen für die Bewirtung.«

»Ich weiß nichts über seinen Tod.« Sie sah zu Pitt auf.

Er hätte ihr gern geglaubt, konnte es aber nicht.

Kapitel sechs

Während sich Pitt bemühte, mehr über Delbert Cathcarts Leben in Erfahrung zu bringen, hatte Caroline Samuel Ellison erneut eingeladen und war entzückt, als er annahm. Ihre Freude war unübersehbar, als sie nun, von Samuel auf den Fersen gefolgt, mit zufriedenem Lächeln hereinkam.

»Guten Tag, Ma'am«, sagte Samuel zu Mariah Ellison und neigte den Kopf ein wenig. »Ich freue mich zu sehen, dass es Ihnen gut geht. Es ist sehr gütig von Ihnen, mich nach so kurzer Zeit erneut zu empfangen.«

Nach Ansicht der alten Dame war es viel zu früh für einen weiteren Besuch, doch durfte sie das auf keinen Fall sagen. Dennoch konnte sie es sich nicht verkneifen, ihrem Unmut Luft zu machen.

»Guten Tag, Mr. Ellison«, gab sie kühl zur Antwort. Während sie ihn ansah, konnte sie ein leicht unbehagliches Gefühl nicht unterdrücken. Er sah ihrem Sohn Edward so ähnlich, dass es fast schien, als wäre sein Geist zurückgekehrt. Noch beunruhigender schien ihr, dass er auch seinem Vater ausgesprochen ähnelte. Er konnte das nicht wissen, sie aber wohl. Es kam ihr vor, als gäbe es parallel zu diesem Herbstnachmittag des Jahres '91 Hunderte anderer Nachmittage in anderen Jahren, an denen Edmund Ellison hereingekommen war, ebenso höflich wie dieser Mann, mit einer Stimme, die wie seine klang, während ihm wer weiß was für Gedanken durch den Kopf gingen.

»Bestimmt möchten Sie nach Kräften die Zeit nutzen, die Ihnen hier in London zur Verfügung steht«, fuhr sie fort. Sie durfte keinen Zweifel lassen, dass er keinesfalls immer wieder herkommen durfte. »Gewiss nehmen viele Menschen Sie in Anspruch, zweifellos erwarten Sie in Amerika allerlei Verpflichtungen.«

»Nichts dergleichen«, entgegnete er fröhlich.

»Bitte nehmen Sie doch Platz«, bat ihn Caroline. »In etwa einer halben Stunde gibt es Tee.«

Er setzte sich in den Sessel, auf den sie wies, schlug die Beine übereinander und lehnte sich bequem zurück. Die alte Dame fand, dass er sich in geradezu kränkender Weise wohlzufühlen schien.

»Schade, dass Sie nicht kommen konnten, solange Mr. Fielding noch im Hause war«, sagte sie spitz. Sie wollte Caroline den Eindruck vermitteln, dass es ihrem Mann gegenüber nicht ganz recht war, Samuel, der ihr im Alter weit näher stand und den sie unübersehbar anziehend fand, zu einer Zeit einzuladen, zu der Joshua tat, was auch immer er zu tun hatte. Sie wusste nicht, was das war, und hatte auch nie danach gefragt – vermutlich etwas, das sie ohnehin lieber nicht gewusst hätte. Männer sollten ihre Indiskretionen für sich behalten, und eine Frau, die nur eine Spur von Verstand besaß, stellte keine Fragen. »Bestimmt hätte er Sie auch gern gesehen«, fuhr sie fort, um nicht zu deutlich werden zu lassen, dass sie ihn nicht gern sah. Caroline zu kritisieren, war eine Sache, doch wollte sie nicht den Eindruck der Unhöflichkeit erwecken, wenn sich das vermeiden ließ.

»Ich hatte gehofft, er würde da sein«, gab Samuel mit einem flüchtigen Lächeln zurück. »Deshalb schien mir der Nachmittag eine günstige Zeit zu sein. Offensichtlich war das eine Fehleinschätzung.«

Eine leichte Röte stieg in Carolines Wangen. »Gewöhnlich ist er um diese Zeit da. Er hat einen Bekannten aufgesucht, der ein Theaterstück geschrieben hat und von dem er gern Rat in Bezug auf Regieanweisungen hätte.«

Ein Ausdruck des Interesses trat auf Samuels Gesicht. »Wie aufregend! Wie schön muss es sein, wenn man weiß, mithilfe welcher Anweisungen man die vollkommene Illusion erzeugen und die Empfindungen der Menschen so auf sich lenken kann, dass eine Welt entsteht, die vor den Blicken der Beobachter offen daliegt und dennoch ganz und gar in sich selbst geschlossen ist. Kennen Sie das Stück?«

Das schien der Fall zu sein, und Caroline beschrieb in Einzelheiten Handlung und äußere Umstände. Mariah saß aufrecht in ihrem Sessel und gab durch ihre Körperhaltung zu verstehen, dass sie sich nicht an der Unterhaltung zu beteiligen wünschte. Sie missbilligte, dass sie wieder über das Theater sprachen. Einen Schauspieler zu heiraten, bedeutete eine gesellschaftliche Katastrophe, die keine anständige Frau auch nur erwägen würde, aber nachdem sich Caroline dafür entschieden hatte, musste sie das auch ausbaden. Sie schuldete Joshua ein gewisses Maß an ehelicher Treue, die Art jedoch, wie sie lächelnd dasaß und förmlich an Samuel Ellisons Lippen hing, war alles andere als das.

Samuel sprach ausgerechnet über Oscar Wilde. Caroline hörte aufmerksam und mit leuchtenden Augen zu. Fieberhaft überlegte Mariah, was sie tun könnte, um den Mann aus dem Haus zu schaffen, bevor er etwas sagte, was Carolines Misstrauen erregte, und sie anfing zu überlegen und Fragen zu stellen.

Sie hatte es bereits mit Andeutungen versucht, die so offenkundig waren, dass sie jeder gebildete Mensch beachtet hätte. Man musste kein scharfer Beobachter sein, um zu sehen, dass er sich zu Caroline hingezogen fühlte, und sie genoss das in vollen Zügen. Es war unerträglich.

»Ich habe gerade *Das Bildnis des Dorian Gray* gelesen. Es hat mich gefesselt«, sagte Samuel begeistert. »Der Mann ist einfach brillant. Ihm zu begegnen, wäre die Krönung meines Aufenthalts in London.«

»Tatsächlich?«, erwiderte Mrs. Ellison eisig. Eigentlich hatte sie nicht die Absicht gehabt, sich an der Unterhaltung zu beteiligen, aber das konnte sie nicht einfach stillschweigend übergehen. »Ich hätte nicht gedacht, dass er die Art Mensch ist, dessen Gesellschaft ein achtbarer Mann suchen würde, von einer Frau ganz zu schweigen. Ich glaube, man bezeichnet ihn und seinesgleichen als ›dekadent‹.«

»Das kann schon sein«, stimmte Samuel zu und wandte sich von Caroline ab, um sie anzusehen. »Leider muss ich sagen, dass mich mein Wunsch, vom Leben so viel wie möglich mitzubekommen, an einige sehr fragwürdige Orte geführt hat und gewiss in die Gegenwart so mancher Menschen, die nicht Ihre Billigung fänden, Mrs. Ellison. Dennoch habe ich Ehrgefühl, Mut und Erbarmen an Orten gefunden, von denen Sie vermutlich schwören würden, dass es dort nichts Gutes gibt – vielleicht nicht einmal eine Hoffnung auf Erlösung. Es ist wunderbar, wenn man Schönheit in der Finsternis des scheinbar Verlorenen entdeckt.«

Auf seinem Gesicht lag ein Glanz, der sie herauszufordern schien, mit ihrer Missbilligung fortzufahren. Es verstörte sie zu sehen, wie sehr er Edward ähnelte. Zugleich aber war er auch gänzlich anders, und das verstörte sie ebenfalls. Mit einer Heftigkeit, die sie fast ersticken ließ, wünschte sie, er wäre nie gekommen.

Caroline ersparte ihr die Notwendigkeit, darauf zu antworten.

»Erklären Sie uns doch, was Sie damit meinen«, sagte sie eifrig. »Ich werde nie nach Amerika reisen, und selbst wenn ich es täte, würde ich nie in den Westen kommen.

Ist New York wie London – ich meine, inzwischen? Gibt es dort Theater, Opernhäuser und Konzertsäle? Machen sich die Menschen dort etwas aus gesellschaftlichen Ereignissen und der Mode? Wen sieht man mit wem? Oder ist man dort über solch lächerliche Sorgen hinaus?«

Lachend berichtete er ihr über die Gesellschaft New Yorks. »Die ursprünglichen ›oberen vierhundert‹ der Stadt sind süperb«, sagte er und lachte wieder. »Allerdings heißt es mittlerweile, es seien mindestens fünfzehnhundert, wenn man all denen glaubt, die sich als Abkömmlinge bezeichnen.«

»Ich sehe darin keine Ähnlichkeit mit uns«, entgegnete Mariah bissig. »Ich kenne niemanden, der behauptet, auf einem Schiff von irgendwo gekommen zu sein. Ich könnte mir auch keinen Grund vorstellen, warum jemand den Wunsch haben sollte, das zu tun.« Sie wollte unbedingt, dass er aufhörte, von Amerika und von Schiffen zu sprechen. Wenn es ihr nur mit eisigen Reaktionen möglich war, ihn davon abzuhalten, würde sie das tun.

»Wilhelm der Eroberer!«, sagte Caroline wie aus der Pistole geschossen.

»Wie bitte?«

»Oder, wenn es noch länger her und großartiger sein soll, Julius Cäsar«, erläuterte sie.

Wären sie allein gewesen, hätte die alte Dame so tun können, als verstehe sie nicht, wovon Caroline redete, und begreife den Zusammenhang des ganzen Gesprächs nicht. Aber Samuel Ellison gegenüber konnte sie nicht gut Unwissenheit heucheln. Er würde ihr womöglich glauben, so dass sie ihrerseits ausführliche Erklärungen abgeben musste.

»Ich habe keine Ahnung, ob meine Vorfahren mit Wilhelm dem Eroberer oder mit Julius Cäsar ins Land gekommen sind oder schon hier waren, bevor einer von ihnen gekommen ist«, gab sie zur Antwort und holte tief Luft.

»Ein halbes Dutzend Generationen bekannter Vorfahren müssten jedem genug sein.«

»Da bin ich ganz Ihrer Meinung«, sagte Samuel mit Nachdruck und beugte sich ein wenig zu ihr hin. »Entscheidend ist, wer jemand ist, und nicht, wer sein Vater war. Gute Männer hatten schon schlechte Söhne und schlechte Männer gute Söhne.«

Mariah wollte etwas sagen, um das Thema zu beenden, bevor sich die Unterhaltung zu einer Katastrophe auswuchs, aber mit einem Mal war ihre Kehle wie ausgedörrt und sie brachte kein Wort heraus.

Caroline sah freundlich und besorgt auf Samuel. Sie hatte in seinen Worten eine tiefere Bedeutung gehört. Oder hatte sie sich das eingebildet? Ein Schauer überlief Mariah. Es war entsetzlich. Wie viel wusste er? Womöglich alles! Was würde eine Frau ihrem Sohn erzählen? Eine anständige Frau nichts, wie könnte sie? Es war – buchstäblich – unaussprechlich, ließ sich keinesfalls in Worte fassen. Sie musste diesen Menschen loswerden. Er musste auf immer aus dem Haus! Sie musste dafür sorgen, dass Caroline begriff, wie ungehörig der Kontakt mit ihm war – auf der Stelle.

Doch erst einmal musste sie ihr Herz beruhigen, dafür sorgen, dass sie nicht erstickte. Vielleicht war ihre Sorge überflüssig. Er hatte seine Worte ungeschickt gewählt, sicherlich war es nichts weiter als ein bloßer Zufall gewesen. Sie würde sich ihm stellen.

Caroline und der Besucher setzten ihre Unterhaltung fort. »Fahrräder!«, rief sie begeistert. »Wie herrlich! Sind Sie schon einmal auf einem gefahren?«

»Natürlich! Großartig und unglaublich schnell«, schwärmte er. »Selbstverständlich spreche ich von Herrenrädern.«

»Ich bin sicher, dass man mit einem Damenrad ebenso schnell fahren könnte, wenn man die passende Kleidung anhätte«, hielt sie dagegen. »Ich glaube, man nennt das Pumphosen.«

»Das kann man ja wohl kaum als ›passende Kleidung‹ für irgendetwas bezeichnen!«, sagte die alte Dame. »Also wirklich! Was fällt dir als Nächstes ein? Möchtest du jetzt wie ein Mann Hosen tragen und auf einem Fahrrad durch die Straßen sausen? Als ob deine Theater-Mätzchen noch nicht genügten! Das würde nicht einmal Joshua zulassen.« Ihre Stimme wurde schrill. »Du legst doch hoffentlich Wert auf Joshuas Meinung? Es gab eine Zeit, da warst du so vernarrt in ihn, dass du vom Pier in Brighton ins Meer gesprungen wärest, wenn du angenommen hättest, dass das seinem Wunsch entsprach.«

Caroline sah sie ruhig und gelassen an. Einen Augenblick lang fühlte sich die alte Dame von der Härte in ihren Augen beunruhigt.

»Das könnte an einem heißen Sommernachmittag durchaus angenehm sein – einem langweiligen, wenn alle anderen miteinander tratschen und dabei lauter Unsinn von sich geben«, erwiderte Caroline herausfordernd. »Aber nicht, um Joshua zu gefallen, sondern um mich selbst zu erfreuen.«

Das war so unerhört und abgeschmackt, dass der alten Dame nicht sogleich eine passende Antwort einfiel.

Sie merkte, dass nicht nur die Vorstellung Samuel zusagte, sondern auch, dass Caroline sie offen äußerte. Allerdings brauchte er auch nicht mit ihr unter einem Dach zu leben.

Dann fiel ihr die ideale Antwort ein: »Wenn du Dinge tust, um dich selbst zu erfreuen, Caroline«, sagte sie mit einem wütenden Blick auf ihre frühere Schwiegertochter, »kann es gut sein, dass du irgendwann niemanden mehr erfreust. Das aber wäre für eine Frau in deiner Situation eine Katastrophe.«

Das letzte Wort sprach sie mit großem Behagen aus.

Ein Ausdruck verblüffter Verwundbarkeit trat auf Carolines Züge. Es war fast, als sähe sie, wie sich vor ihr ein Abgrund von Einsamkeit öffnete. Dennoch empfand die alte Dame nicht das erhoffte Ausmaß an Befriedigung. Obwohl sie unmittelbar vor dem Sieg stand, fühlte sie sich isoliert, der Situation nicht gewachsen und schuldig. Auch schämte sie sich. All diese Empfindungen waren ihr nur allzu vertraut, und sie wollte sie für immer hinter sich bringen, so weit von sich schieben, dass sie sie nie wieder wahrnehmen oder an sie denken musste, weder mit Bezug auf Caroline noch auf sonst jemanden. Es war unerträglich, dass ausgerechnet Caroline all diese Erinnerungen in ihr wachrief.

»Es ist ordinär, so viel von sich selbst zu sprechen«, sagte sie rasch und wandte sich Samuel zu. »Wie lange werden Sie noch in London bleiben? Bestimmt wollen Sie auch noch andere Städte im Lande besuchen. Soweit ich weiß, ist Bath nach wie vor sehr sehenswert. Früher jedenfalls war es das; es war ein Ort, den jeder aufsuchte, der dazugehörte. Alle Angehörigen der besseren Gesellschaft haben dort während der Saison ihre Badekur gemacht.«

»Ach ja.« Ihm musste klar sein, dass er damit entlassen war, doch dachte er nicht daran zu gehen. »Das sind doch römische Bäder, nicht wahr?«

»Das waren sie früher einmal. Jetzt sind sie ganz und gar englisch, wenn man das von überhaupt irgendetwas sagen kann.«

»Bitte berichten Sie uns doch noch mehr über Ihr Land.« Caroline goss Tee nach und reichte die Sandwiches noch einmal herum. Sie schien jeden Anstand vergessen zu haben. »Wie weit im Westen waren Sie? Haben Sie tatsächlich Indianer gesehen?«

Betrübnis legte sich auf seine Züge. »In der Tat. Wie weit ich gekommen bin? Bis nach Kalifornien, an der

Barbary Coast. Ich bin Männern begegnet, die den großen Goldrausch von 1849 miterlebt hatten, und solchen, die noch gesehen hatten, wie die riesigen Büffelherden die Prärie verdunkelten und die Erde erbeben ließen, wenn sie vorüberdonnerten.« Sein Blick war in die Ferne gerichtet, auf seinem Gesicht lag tiefe Rührung. »Ich kenne Männer, die dafür gesorgt haben, dass die Wüste blüht, aber auch solche, die die Ureinwohner umgebracht und das Schöne in der Wildnis zerstört haben, das sich nie wieder zum Leben erwecken lässt. In manchen Fällen geschah das aus Unwissenheit, in anderen aus Habgier. Ich war Zeuge des Prozesses, in dessen Verlauf der weiße Mann erstarkte und der rote Mann dahinstarb.«

Caroline holte Luft, um etwas zu sagen, überlegte es sich dann aber anders. Sie hörte ihm schweigend zu, denn sie begriff, dass es nicht der richtige Augenblick war, sich einzumischen.

Lächelnd wandte er sich ihr zu. Das Einverständnis, das zwischen ihnen bestand, ließ sich in dem stillen Raum mit Händen greifen.

»Caroline, gießt du mir noch ein wenig Tee ein?«, meldete sich Mariah zu Wort. Wie ließ sich nur erreichen, dass der Mann ging? Wenn sie sagte, sie habe Kopfschmerzen, würde sie sich zurückziehen müssen, und er wäre möglicherweise ungehobelt genug, trotzdem zu bleiben – allein mit Caroline. Und die brächte es fertig, das zuzulassen. Sie konnte nicht das kleinste Stückchen über ihre Nasenspitze hinaussehen. Seit dem Tod des armen Edward hatte sie eine Katastrophe nach der anderen ausgelöst.

»Gewiss«, sagte Caroline bereitwillig und griff nach der Kanne. »Hätten Sie gern noch ein Sandwich, Samuel?«

Er nahm dankend an. Was Mariah aber weit mehr störte als sein Essen und Trinken, war, dass er so viel redete, sich wie ein Pfau spreizte und das sichtlich genoss. War Caroline so dumm, dass sie das nicht sah? Sie saß da und las ihm jedes Wort von den Lippen ab. Es war, als mache er ihr den Hof. Wahrscheinlich tat er das bei jeder Frau, die töricht genug war, ihm zuzuhören. Joshua wäre angewidert, wenn er das mit ansehen könnte, und dann würde Caroline noch das Wenige verlieren, was sie besaß. Das war jetzt, da alle Welt wusste, dass sie ihn geheiratet hatte, immerhin mehr als nichts. Was aber wäre sie dann? Eine Frau, die sich mit Schimpf und Schande bedeckt hatte! Eine wegen ihres unmoralischen Lebenswandels verstoßene Frau. Und das in ihrem Alter und in ihrer Situation: mittellos und mit zugrunde gerichtetem Ruf.

Erneut sah Caroline Samuel an.

»So, wie Sie darüber sprechen, gewinne ich den Eindruck, dass dahinter eine richtige Tragödie steckt. Ich hatte in dem Zusammenhang immer nur von Abenteuern voller Entbehrungen und Opfer gehört, aber von unehrenhaftem Verhalten war nie die Rede.« Sie hatte das Gefühl, dass ihn etwas verletzt hatte, und wollte verstehen, was es war, und Anteil daran nehmen. Ein Gefühl trieb sie an, über das sie sich keine Rechenschaft ablegte. Sie empfand das Bedürfnis, ihr inneres Gleichgewicht zu finden, suchte nach Gewissheiten und fühlte sich zu Samuels Qualen hingezogen. Wer keinen Trost finden kann, will zumindest Trost spenden. Sie konnte sich nicht erinnern, wann sie sich je so rasch und leicht von jemandem angezogen gefühlt hatte, außer vielleicht bei Joshua. Daran aber wollte sie im Augenblick nicht denken.

Während sie in seinem Gesicht eine Antwort suchte, wich sie Mariahs Blick aus. Die alte Dame befand sich in einer selbst für sie merkwürdigen Gemütsverfassung. Wäre es Caroline nicht von vornherein unmöglich erschienen, hätte sie gesagt, dass sie Angst hatte. Auf jeden Fall war sie verärgert. Das allerdings war nichts Besonderes, denn so lange Caroline sie kannte, hatten in der alten Dame unterschwellig immer Gefühle gelauert, die Caroline jetzt als eine Art Wut erkannte. Stets hatte Mariah an anderen herumgemäkelt, sie kritisiert und geschmäht, als löse sich etwas in ihr, wenn sie anderen Menschen seelischen Schmerz zufügte.

Aber heute war das anders. War es Einsamkeit oder der Kummer, von dem sie so oft sprach, weil sie schon so lange Witwe war? Trauerte sie wirklich nach wie vor um Edmund? War sie wütend auf die anderen Menschen, weil sie ihr Leben weiterlebten, ohne darauf Rücksicht zu nehmen, dass Edmund Ellison tot war?

Auch Caroline hatte ihren Mann geliebt, doch war ihr Kummer nach seinem Tod nicht grenzenlos gewesen; sie hatte nicht im Laufe der Jahre das Bedürfnis nach Zuneigung eingebüßt. Gelegentlich fehlte er ihr immer noch, aber die Wunde war verheilt, so wie auch im Laufe der Zeit das Gefühl nachgelassen hatte, ohne ihn ganz allein dazustehen.

Und jetzt war Joshua da und zeigte ihr eine völlig neue Welt: erregend – bisweilen ein wenig zu sehr –, erheiternd und bedrohlich, angefüllt mit einem Lachen, das tiefer reichte, als sie es je zuvor erlebt hatte, und voll beunruhigender neuer Gedanken – auch wenn nicht alle gut sein mochten, sie nicht allem folgen konnte oder wollte, was er vortrug.

Sie konnte Samuel Ellison wirklich gut leiden. Ihr war nicht klar, ob das an ihm selbst lag oder daran, dass er sie an all das Gute in Edward erinnerte und an eine Vergangenheit, die deutlich weniger bedrohlich war und in der ihre Sicherheit, ihre Selbstachtung sowie die Vorstellungen und Werte, an die sie sich gewöhnt hatte, so viel weniger gefährdet gewesen waren.

Samuel sprach mit leicht besorgtem Gesicht, vielleicht, weil er merkte, dass sie nicht wirklich zuhörte.

»... was Grundbesitz angeht«, sagte er gerade. »Sie müssen wissen, Indianer sehen Grund und Boden nicht wie wir als etwas an, das einzelne Menschen besitzen können. Sie nutzen ihn mit dem ganzen Stamm, jagen und leben auf ihm und bewahren ihn. Sie haben unsere Lebensweise nicht verstanden und wir nicht die ihre; wir wollten das auch gar nicht. Ihre Tragik bestand darin, dass sie uns geglaubt haben, als wir sagten, wir würden sie schützen und ernähren, wenn sie uns gestatteten, uns auf ihrem Boden anzusiedeln.«

»Und das haben Sie nicht getan?«, fragte sie. Sie konnte die Antwort bereits auf seinem Gesicht ablesen.

»Manche hätten das getan.« Er sah sie nicht an, sondern richtete den Blick irgendwo in die Ferne seiner Erinnerung. »Aber immer mehr Menschen zogen nach Westen. Als wir das üppige grüne Land erst einmal gesehen hatten, wollten wir es unbedingt behalten, es einzäunen und niemandem sonst den Zutritt gestatten. Die Geschichte der Indianer ist eine Aneinanderreihung von Tragödien.«

Caroline unterbrach ihn nicht, während er den Verrat am Stamm der Modoc beschrieb. Sie wusste nicht, ob Mariah, die mit halb geschlossenen Augen und fest zusammengekniffenem Mund dasaß, zuhörte oder nicht. Es ließ sich unmöglich sagen, ob ihre Missbilligung den Indianerkriegen galt, Samuel Ellison oder etwas gänzlich anderem.

Erstaunt und tief gerührt sah Caroline Tränen auf Samuels Wangen. Impulsiv streckte sie die Hand aus und legte sie schweigend auf seine. Worte wären sinnlos gewesen, hätten nur mangelndes Verständnis bewiesen, den Versuch bedeutet, mitzuteilen, was sich nicht mitteilen ließ.

Er lächelte. »Entschuldigung. Das war keine Geschichte für einen Nachmittagstee. Ich habe mich vergessen.«

»Es handelt sich hier nicht um einen üblichen Teebesuch«, beteuerte Caroline rasch. »Wenn man nicht einmal zu seinen Angehörigen über Dinge sprechen kann, die wichtig sind, zu wem dann? Soll man etwa mit Fremden darüber sprechen, damit man nicht wieder daran zu denken braucht?«

Samuel lächelte. »Natürlich nicht«, antwortete er. »Aber ich rede zu viel.«

»In England ist es üblich, von weniger persönlichen Dingen zu reden«, sagte Mrs. Ellison mit Nachdruck, »damit man niemanden beunruhigt, in peinliche Situationen bringt oder ihm Kummer bereitet. Der Nachmittagstee soll ein angenehmes, kurzes gesellschaftliches Zwischenspiel im Laufe des Tages sein.«

Samuel sah unbehaglich drein. Es war das erste Mal, dass Caroline ihn verstört sah, und sie empfand sogleich das Bedürfnis, ihn zu beschützen.

»Kritik am Verhalten oder an Äußerungen anderer ist dabei eher unerwünscht«, sagte sie mit Nachdruck.

»Auch sollte man seine Angehörigen nicht in unangenehme Situationen bringen oder ihnen die Achtung verweigern«, gab die alte Dame zurück. »Daher wäre jede Art unziemlichen Verhaltens, ein Übermaß an Vertraulichkeit oder gesellschaftliche Tölpelhaftigkeit tunlichst zu vermeiden.« Dabei sah sie nicht Samuel an, sondern Caroline. »Ein solches Verhalten könnte Menschen annehmen lassen, es wäre besser gewesen, nicht zu kommen, und es kann ihnen den Wunsch eingeben, so früh aufzubrechen, wie es der Anstand zulässt.«

Unsicher sah Samuel von einer zur anderen.

Caroline wusste nicht, was sie sagen sollte. Dieser Ausbruch war sogar nach Mrs. Ellisons Maßstäben ungewöhnlich.

Die alte Dame räusperte sich. Sie saß starr aufgerichtet da. Auf ihren Schultern spannte sich der schwarze Stoff ihres Bombasin-Kleides, und die Jett-Perlen an ihrer Trauerbrosche zitterten leicht. Caroline war hin und her gerissen. Sollte sie die alte Dame verabscheuen oder zu ihr halten? Sie ahnte nicht, was Mrs. Ellison empfand. Obwohl sie einander seit vielen Jahren kannten, hatte sie sie immer nur oberflächlich verstanden, und die Abneigung zwischen ihnen beruhte auf Gegenseitigkeit.

»Ich danke Ihnen für Ihren Besuch, Mr. Ellison«, sagte Mariah jetzt steif. »Angesichts dessen, dass Sie gewiss noch viele andere Verpflichtungen haben, war es überaus freundlich von Ihnen, uns Ihre Zeit zu widmen. Sie dürfen sich aber keinesfalls der Möglichkeit berauben, ins Theater zu gehen und die Sehenswürdigkeiten Londons aufzusuchen oder was auch immer Sie zu tun beabsichtigen.«

Samuel stand auf. »Das Vergnügen ist ganz auf meiner Seite, Mrs. Ellison«, gab er zur Antwort. Er wandte sich Caroline zu und verabschiedete sich von ihr, dann dankte er beiden Damen erneut für ihre Gastfreundschaft und ging.

Bevor Caroline den Mund öffnen konnte, erhob sich auch die alte Dame, stützte sich schwer auf ihren Stock, als könne sie sich ohne ihn nicht aufrecht halten, und kehrte ihr halb den Rücken zu. »Ich habe rasende Kopfschmerzen und gehe nach oben«, verkündete sie. »Du kannst ja das Mädchen bitten, mir das Abendessen auf mein Zimmer zu bringen. Es würde sich empfehlen, wenn du den Rest des Nachmittags über dein Verhalten nachdenkst, wie auch darüber, was du dem Mann schuldig bist, den zu heiraten du dich entschieden hast. Leider hast du nie auf Ratschläge hören wollen. Du hast dich für diese Situation entschieden und solltest lernen, damit zu leben, bevor du nichts mehr hast, wovon du leben kannst!

Du machst dich vollkommen lächerlich. Es ist eine Sache, das in der Zurückgezogenheit des eigenen Hauses zu tun, aber sobald du dich ihm auch in der Öffentlichkeit so an den Hals wirfst, wird das einen Skandal hervorrufen – und das ist nur zu verständlich. Eine Frau, die ihren Ruf verliert, hat alles verloren!«

Sie senkte die Stimme und sah Caroline durchdringend an. »Du kannst nur hoffen, dass dein Mann nichts davon erfährt. Überdenke deine Lage!« Nachdem sie diesen letzten Pfeil aus ihrem Köcher verschossen hatte, verließ sie den Raum. Caroline hörte, wie sie mit schweren Schritten durch das Vestibül zur Treppe ging. In ihrem Inneren empfand sie Kälte … und Wut.

Es gab dazu nichts zu sagen, doch war sie keineswegs sicher, was sie gesagt hätte, falls ihr die alte Dame zugehört hätte. Eigentlich war sie froh, jetzt allein zu sein. Mariahs Worte hatten sie gerade deshalb so tief getroffen, weil sie merkte, dass ihr allerlei durch den Kopf ging, was ihr einige Tage zuvor noch als unmöglich erschienen wäre, Dinge, die nicht nur mit dem zu tun hatten, was Menschen einander schuldig waren, sondern auch mit ihren Überzeugungen und mit ihrem Zugehörigkeitsgefühl.

Als sie sich ein wenig beiseite wandte, sah sie sich im Spiegel über dem Kaminsims. Aus dieser Entfernung sah sie gut aus: leuchtendes dunkles Haar mit nur wenigen grauen Strähnen, ein schlanker Hals, glatte Schultern, die Züge waren fast noch schön zu nennen, wenn auch bei näherer Betrachtung vielleicht eine Spur zu individuell. Aber ihr war klar, dass sie die unverkennbaren Zeichen des Alters sehen würde, wenn sie näher heranginge, die feinen Linien um Augen und Mund, den nicht vollkommenen Schwung der Wangenknochen. Sah auch Joshua das jedes Mal, wenn er sie ansah?

Er würde erst am späten Abend nach Hause kommen. Er musste zur Vorstellung, und sie würde allein zum

Abendessen zu den Marchands gehen. Sie hatte nicht die geringste Lust, auszugehen und über Belanglosigkeiten zu plaudern, aber das war immer noch besser, als allein zu Hause zu sitzen, sich den Kopf über sich und Joshua und darüber zu zerbrechen, wie er sie wohl im Vergleich mit einer Frau wie Cecily Antrim sah.

Hatte sie sich wirklich so zur Närrin gemacht, wie die alte Dame behauptete? Wäre es besser, einfacher und ehrlicher gewesen, wenn sie einen gleichaltrigen Mann geheiratet hätte, jemanden mit denselben Erinnerungen und Überzeugungen wie sie, beispielsweise einen Mann wie Samuel Ellison?

Doch das hatte sie nicht getan. Sie hatte sich in Joshua verliebt und ihm geglaubt, als er sagte, dass er für sie das gleiche empfinde. Sie hatte diese Beziehung so sehr gewollt, es war für sie das Wichtigste auf der Welt gewesen. War sie mit Blindheit geschlagen, wie Mrs. Ellison sagte, benahm sie sich wie ein Schulmädchen? Konnte sie alles verlieren?

Ungeduldig wandte sie sich vom Spiegel ab und ging nach oben in ihr Zimmer, um zu überlegen, was sie zu der Abendeinladung anziehen sollte. Nichts würde ihr den Eindruck vermitteln, dass sie schön, bezaubernd oder jung sei.

Das Ehepaar Marchand begrüßte Caroline voll Freude. Es waren reizende, äußerst kultivierte Menschen, die sich nicht nur Mühe gaben, ihren Besuchern zu zeigen, dass sie willkommen waren, auch die Echtheit ihrer Gefühle war unübersehbar.

»Wie schön, Sie wiederzusehen«, sagte Mrs. Marchand, die in der Nähe eines Blumentischchens im Gesellschaftszimmer stand, und trat auf Caroline zu. Obwohl es nicht kalt war, brannte im Kamin ein heimeliges Feuer, das sich im kupfernen Kamingitter, im Kohleneimer sowie im Messing-Kaminbesteck spiegelte. Vor den Fenstern hingen schwere Vorhänge in Altrosa, und die massiven Möbel wirkten ausgesprochen gemütlich. Bestickte Kissenbezüge, Stickmustertücher an der Wand und ein aufgeschlagenes Buch, in das Postkarten und andere Reiseerinnerungen eingeklebt waren, vermittelten den Eindruck, dass der Raum Lebensmittelpunkt einer Familie war, wenn auch einer eher konservativ eingestellten.

»Ich bin so froh, dass Sie bereit waren, auch ohne Joshua zu kommen«, sagte Mr. Marchand, der gerade aus einem Großvaterstuhl aufgestanden war. Er lächelte Caroline freundlich zu. Für diesen zurückhaltenden Mann war das eine außerordentlich freimütige Äußerung.

Sie fühlte sich von der Wärme des Familienlebens eingehüllt. Solche Menschen verstand sie, denn ihresgleichen hatte sie ihr ganzes Leben hindurch gekannt. Bei ihnen brauchte man sich nicht um kluge Diskussionsbeiträge zu bemühen oder fortschrittliche Gedanken zu äußern, und man brauchte ihnen auch nichts vorzuspielen.

»Ich bin sehr gern gekommen«, sagte sie und meinte es ehrlich. »Es ist so angenehm, mit jemandem reden zu können, ohne ständig daran zu denken, dass es jeden Augenblick zur nächsten Szene klingeln kann, oder zu überlegen, mit wem man eigentlich sprechen müsste.«

»Nicht wahr«, stimmte ihr Mrs. Marchand rasch zu. »Ich gehe durchaus gern ins Theater, zu Konzerten, Abendgesellschaften und dergleichen, ziehe aber das stille Zusammensein mit Freunden all dem vor. Nehmen Sie doch Platz, und erzählen Sie uns, wie es Ihnen geht.«

Caroline folgte der Aufforderung, und sie unterhielten sich eine Weile über Mode, den üblichen Klatsch, gemeinsame Bekannte und andere Nichtigkeiten.

Kurz bevor das Abendessen aufgetragen wurde, öffnete sich die Tür, und ein hoch aufgeschossener Junge von etwa sechzehn Jahren kam herein. Er hatte die großen blauen Augen und das dunkle Haar seiner Mutter. Seine Gesichtshaut war glatt, es würde noch eine ganze Weile dauern, bis er sich rasieren musste. Er schwieg verlegen und wusste offensichtlich nicht, wohin mit seinen Händen, ein deutlicher Hinweis darauf, dass er eher schüchtern war. Darin ähnelte er seinem Vater, und unwillkürlich konnte Caroline sich Ralph Marchand im Alter des Jungen vorstellen.

Er begrüßte Caroline, und sie bemühte sich, ihn in ein Gespräch zu ziehen, damit er nicht nach Worten suchen musste. Was mochte einen Jungen dieses Alters interessieren? Auf der einen Seite durfte sie nicht herablassend oder neugierig wirken, auf der anderen aber auch nicht den Eindruck erwecken, als wolle sie ihn ausfragen.

Er nahm den Blick nicht von ihrem Gesicht, da man ihm wohl beigebracht hatte, dass es sich gehöre, Menschen anzusehen, mit denen man spricht, doch merkte sie, dass ihm dabei ausgesprochen unwohl war und er nur darauf wartete, sich dieser Situation entziehen zu dürfen.

Sie lächelte. Hier half nur vollständige Offenheit.

»Ich freue mich sehr, dass du bei uns bist, Lewis, weiß aber nicht im Geringsten, worüber ich mit dir sprechen soll. Vermutlich liegt dir an den jüngsten Geburten, Todesfällen und Eheschließungen in der Gesellschaft ebenso wenig wie an der Mode. Von Politik verstehe ich so wenig, dass ich nur in äußerst oberflächlicher Weise darüber sprechen kann. Ich fürchte, meine Interessen haben sich in letzter Zeit ziemlich einseitig entwickelt, so dass ich jetzt wohl recht langweilig bin.«

Er holte Luft für die verneinende Beteuerung, welche die Höflichkeit verlangte, doch sie schnitt ihm das Wort ab. »Du brauchst wirklich nicht förmlich zu sein. Sag mir einfach, worüber du am liebsten sprechen würdest, wenn du das Gespräch eröffnen müsstest und nicht ich.«

»Oh!« Er sah verblüfft und zugleich ein wenig geschmeichelt drein. Eine leichte Röte stieg ihm in die Wangen.

»Papa hat mir gesagt, dass Mr. Fielding Schauspieler ist. Stimmt das?«

»Fragst du das aus Höflichkeit?«, erwiderte sie mit leisem Lächeln. »Oder möchtest du wirklich über das einzige Thema sprechen, von dem ich selbst förmlich besessen bin? Bemühst du dich, es mir angenehm zu machen, so wie ich es bei dir versucht habe? Das wäre für einen so jungen Menschen bemerkenswert kultiviert und ich dürfte dir einen beachtlichen Erfolg in der Gesellschaft voraussagen. Die Damen werden dir zu Füßen liegen.«

Er wurde puterrot. Er öffnete den Mund, um etwas zu sagen, doch ganz offensichtlich fiel ihm nichts Passendes ein. Seine Augen leuchteten, und es dauerte eine Weile, bis sie begriff, dass er sich große Mühe gab, ihr ausschließlich ins Gesicht zu sehen und seinen Blick möglichst nicht auf ihrem Hals, ihren Schultern oder gar der glatten Haut über ihrem Busen ruhen zu lassen.

Sein Vater räusperte sich, als wolle er etwas sagen, tat aber nichts dergleichen.

Seine Mutter öffnete und schloss die Augen.

Caroline spürte das lastende Schweigen im Raum. Das Knistern des Feuers klang fast wie eine Detonation.

»Ja, er ist Schauspieler«, sagte sie dann beinahe übergangslos. »Gefällt dir das Theater? Vermutlich lest ihr doch in der Schule Theaterstücke.«

»O ja«, stimmte er zu. »Aber meist sind es die historischen Dramen von Shakespeare, leider nichts Neueres. Letzteres ist alles sehr… nun ja, manches ist recht skandalös. Oh, Entschuldigung. Ich wollte damit nicht sagen, dass Mr. Fielding…«

»Natürlich nicht«, stimmte sie rasch zu. »Vermutlich galt Shakespeare zu seiner Zeit auch als skandalös, jedenfalls in den Augen mancher.«

»Meinen Sie wirklich?« Er sah sie hoffnungsvoll an. »Das kommt mir alles so… so wenig brisant vor. Das ist alles… so sicher… Was da steht, hat stattgefunden… und wir wissen das.«

Sie lachte. »Ich nehme an, dass selbst Ibsen eines Tages als Klassiker und als ebenso ›sicher‹ gelten wird.« Ihr war klar, dass Joshua das auch gesagt hätte. »Und was wirklich in den Geschichten hinter den historischen Stücken steckt, wissen wir nicht. Wir kennen lediglich die Version, die Shakespeare uns dargestellt hat.«

Er war überrascht. »Meinen Sie, dass es nicht stimmt?« Der Gedanke war ihm offensichtlich völlig neu. »Es muss wohl nicht unbedingt stimmen, was? Vielleicht gab es damals noch keine Gesetze gegen Verleumdung.« Er verzog ernsthaft das Gesicht. »Aber so war es natürlich nicht… ich meine, nicht bei Shakespeare. Vielleicht hat damals schon die Zensur vieles unterdrückt…«

»Ich glaube, dass wir den Inhalt seiner Stücke jetzt für Tatsachen halten, weil wir uns so sehr daran gewöhnt haben«, gab sie zur Antwort und fragte sich sogleich, ob sie womöglich zu offen sprach. Immerhin war er noch ein halbes Kind. »Nun ja, vielleicht hast du Recht«, fügte sie hinzu. »Was lest ihr denn gerade?«

»Julius Cäsar«, sagte er sofort.

»Wunderbar«, gab sie zur Antwort. »Das ist meine Lieblingstragödie… nur sind leider alle wichtigen Gestalten darin Männer.«

Er schien überrascht zu sein.

»Wie wäre es mit Hamlet? Das würde dir bestimmt gefallen, und vielleicht würdest du die Figur auch verstehen.« Sie war sicher, dass er die wichtigen Szenen kannte, wenn schon nicht das ganze Stück. »Auf jeden Fall empfindet man doch sicher Mitleid mit Ophelia?«

Er war verblüfft, dann verlegen, und einen flüchtigen Augenblick lang kam es ihr vor, als sehe sie in seinen

Augen Abscheu, ein Eindruck, der aber rasch verflog. »Ach … ja.« Er sah mit blutroten Wangen beiseite. »Selbstverständlich.« Er bemühte sich, noch etwas zu sagen, etwas, was nichts mit dem Thema zu tun hatte, das ihn offensichtlich verwirrte.

Ralph Marchand machte eine leichte Bewegung.

Caroline spürte, dass sie sich auf ein Terrain voll unbekannter Gefahren begeben hatte und es sehr gefährlich werden konnte, das Gespräch mit diesem jungen Mann fortzusetzen, den sie so wenig kannte.

»Vielleicht später«, sagte sie leichthin. Dann wandte sie sich wieder seiner Mutter zu. »Ich habe gehört, dass es eine neue politische Satire gibt. Ich weiß aber nicht, ob ich sie sehen möchte. Manches ist da so offensichtlich, dass man nichts dazu zu sagen braucht, und anderes wieder so abstrus, dass ich keine Ahnung habe, worum es geht.«

Die Spannung löste sich auf. Sie sprachen noch einige Minuten über harmlose Themen. Lewis, der seine Pflicht gegenüber dem Gast erfüllt hatte, entschuldigte sich, und die Erwachsenen setzten sich zu Tisch.

Es war eine sehr herkömmliche Abendmahlzeit ohne irgendwelche Überraschungen, aber glänzend zubereitet. Sie entführte Caroline in die Sicherheit der Vergangenheit, in der so vieles vertraut gewesen war und sie alles verstand, die Fragen und die Antworten kannte und wusste, wohin sie gehörte. Jetzt gab es zahllose Situationen, in denen sie gründlich nachdenken und ihre Antworten sorgfältig abwägen musste. Es kam ihr vor, als bringe sie die Hälfte ihrer Zeit mit dem Versuch zu, etwas Passendes zu sagen, und immer darauf zu achten, dass alles ausgewogen war, sie einerseits nicht von ihren Überzeugungen abwich und andererseits nicht den Eindruck erweckte, uneinfühlsam oder altmodisch zu sein oder genau die Art von Heuchelei an den Tag zu legen, die ihre neuen Freunde so verachteten. Was aber für sie wirklich zählte, war, was Joshua dachte. Inwieweit enttäuschte sie ihn? Er war von Natur aus viel zu gütig, als dass er Kritik geübt oder Mängel bloßgestellt hätte, wenn das einem Menschen schaden konnte. Als sie daran dachte, schnürte es ihr mit einem Mal die Kehle zu, und sie sagte rasch etwas, um das Gefühl zu verdrängen.

Mrs. Marchand sprach von Zensur. Angespannt und mit düsterer Miene hörte ihr Mann zu. »... wir müssen die Unschuldigen vor den finsteren Dingen bewahren, die ihnen so leicht Schaden zufügen können«, sagte sie.

»Finstere Dinge?« Caroline hatte den Anfang nicht gehört und wusste nicht, wovon sie sprach.

Mrs. Marchand beugte sich leicht zu ihr, wobei sich das Licht in der Perlenstickerei ihres Kleides brach. »Nehmen Sie doch nur das Stück von neulich Abend, meine Liebe. Es ist erstaunlich, was man einfach hinnimmt, wenn man es oft genug und noch dazu in der Öffentlichkeit sieht. Das Stück vertritt Gedanken, die Ihnen und mir widerwärtig erscheinen und alle von uns hoch geschätzten Werte untergraben. Im Kreise vertrauter Freunde würde keiner von uns zögern, seine Empörung auszudrücken, wenn sich jemand über diese Werte lustig machte oder sie herabsetzte.« Der Ausdruck ihres Gesichts zeigte, wie ernst es ihr mit dem war, was sie sagte. »Wenn dann aber jemand herkommt und sie verlacht, sieht die Sache ganz anders aus. Niemand möchte humorlos, wichtigtuerisch oder altmodisch erscheinen. Also lachen wir alle mit. Keiner sieht den anderen an. Niemand weiß, wer wirklich verlegen oder gekränkt ist, und früher oder später gewöhnen wir uns an all das, es kränkt uns nicht mehr. Es fällt uns immer schwerer, etwas zu sagen. Wir fühlen uns isoliert, als wäre die Woge dessen, was alle anderen denken, weitergezogen und hätte uns allein zurückgelassen.«

Caroline wusste genau, was sie meinte. Ihre Gastgeberin hatte Recht. Im Laufe der Zeit büßte man seine Empfindlichkeit gegenüber dem Vulgären, dem Gemeinen, dem vergröbernden Denken ein, gewöhnte sich sogar an den Anblick der Qualen anderer. Der ursprüngliche Schock verlor sich, und der Zorn ließ allmählich nach.

Trotzdem hörte sie sich sagen, was Joshua gesagt hätte, wäre er dort gewesen: »Genauso ist es. Deshalb müssen wir immer wieder die Grenzen ausloten und neue Möglichkeiten finden, Dinge zu sagen, gerade damit sich die Menschen nicht daran gewöhnen und abstumpfen.«

Mrs. Marchand runzelte die Brauen. »Ich bin nicht sicher, dass ich verstehe, was Sie damit meinen. Was für neue Dinge gibt es da zu sagen?«

Ihr Mann stellte sein Weinglas auf den Tisch und sagte mit beherrschter Miene und ruhigem Blick: »Ich bekenne mich als altmodisch. Meiner Überzeugung nach haben es die Ideale meines Vaters und meines Großvaters verdient, dass wir sie hochhalten, und ich habe nicht den Wunsch, mit anzusehen, wie man sie infrage stellt, geschweige denn missachtet. Diese Männer waren davon überzeugt, dass es so etwas wie Ehrgefühl gibt, und davon, dass niemand sein einmal gegebenes Wort brechen darf.« Er redete sich in Fahrt. »Die Pflicht war ihnen heilig, der Dienst am anderen das höchste Gut, und an sich selbst durfte man zuletzt denken. Sie behandelten alle Frauen zuvorkommend, und es war nicht nur ihre Pflicht, die weiblichen Familienangehörigen vor jeglicher Unbill oder Herabsetzung, ob in Worten oder Werken, zu bewahren, sondern sie taten das auch gern. Gewiss bedeutet Liebe vor allem den Wunsch, dem anderen das Leben angenehm und lebenswert zu machen, ganz gleich, wie viel Mühe es einen selbst kostet.« Er sah sie mit seinen blauen Augen offen an.

Caroline dachte an Edward, an Samuel Ellison, und sie hörte im Geiste Joshuas Stimme. Sonderbarerweise hörte sie auch Pitt.

»Es ist eine Art Liebe«, gab sie sanft zurück. »Wünschen Sie sich die?«

Ein Schatten legte sich auf seine Züge. »Wie bitte?«

»Ist das die Art Liebe, mit der Sie selbst behandelt werden möchten?«

»Meine Teure, bei uns Männern liegen die Dinge völlig anders«, sagte er geduldig. »Meine Aufgabe ist es zu schützen, nicht beschützt zu werden. Frauen sind äußerst verletzlich. Wenn sie durch das Gemeine und Negative verdorben werden, wenn man der Unschuld den Wert abspricht, die Schönheit nicht mehr als kostbar und verehrungswürdig ansieht, wenn in der Gesellschaft Zurückhaltung und edlere Empfindungen keinen Platz mehr haben, wird all das an unsere Kinder weitergegeben – und was bleibt dann? Es muss doch irgendwo einen Ort geben, an dem man nicht über das Heiligste spottet, zärtliche Fürsorge nicht herabsetzt, einen Ort, an dem man vor Übervorteilung und Kränkung sicher ist, wo das Seelische wichtiger ist als das Fleischliche.«

Caroline empfand ein sonderbares Gemisch aus Beschämung und Enttäuschung, zugleich aber auch ein eigentümliches Wohlbehagen.

»Gewiss«, stimmte sie aus vollem Herzen zu. »Wüsste ich doch, wie ich dafür sorgen könnte, dass es so bleibt, ohne zugleich meine Augen vor allem zu verschließen, was mich beunruhigt und Dinge infrage stellt. Wie kann ich mir die Unschuld bewahren und zugleich erwachsen werden, statt wie ein Kind zu bleiben? Wie kann ich für das Gute kämpfen, wenn ich nicht weiß, was das Böse ist?«

»Sie sollten gar nicht kämpfen«, erwiderte er mit aufrichtiger Empfindung und beugte sich mit ernstem Gesicht zu ihr vor. »Man sollte Sie vor derlei Dingen beschützen! Das ist die Pflicht und das Vorrecht der Gesellschaft, und wenn diejenigen, deren Aufgabe es ist, sich darum zu kümmern, das ernst nähmen, würde sich die

Frage gar nicht erst stellen. Angesichts der Fülle an gefährlichen Entwicklungen, die zur Zeit stattfinden, übt der Lordkämmerer sein Amt als Zensor mit geradezu sträflicher Nachlässigkeit aus.« Eine leichte Röte war auf seine Wangen getreten, und er sah Caroline unverwandt an.

»Sie können sich gar nicht vorstellen, wie entsetzlich manches davon ist, und ich bete zu Gott, dass Ihnen das auch nie aufgeht!« Sein Gesicht verzog sich. »Der Schaden, den solche Entwicklungen anrichten, ist nie wieder gutzumachen.«

»Jedenfalls tut der Lordkämmerer nicht genug«, stimmte Mrs. Marchand zu und sah ihren Mann mit gerunzelten Brauen an. »Ich finde, du solltest ihm schreiben, Liebling, und ihm mitteilen, dass manche von uns sehr besorgt sind über die Art, wie auf der Bühne äußerst private Empfindungen offen gezeigt werden. Immerhin könnte das leicht beeinflussbare Menschen zu der Annahme verleiten, dass Frauen ganz allgemein die Art von... Appetit besitzen, wie ihn Miss Antrims Rolle erkennen lässt...«

»Das habe ich bereits getan, Schatz«, unterbrach er sie.

Sie entspannte sich ein wenig, und ein leichtes Lächeln kehrte auf ihre Lippen zurück. »Das freut mich. Überleg doch nur, wie sich so etwas auf junge Männer wie... wie... Lewis auswirken und was für entsetzliche Vorstellungen das in ihnen hervorrufen könnte! Wie könnten er oder die anderen mit dem Gefühl der Achtung und Zärtlichkeit aufwachsen, die man einer Ehefrau und Tochter schuldet, von einer Mutter ganz zu schweigen?«

Caroline begriff nur allzu gut, was sie meinte. Sie dachte nicht an sich selbst, sondern an ihre eigenen Töchter. Voll Kummer erinnerte sie sich noch jetzt, so viele Jahre später, daran, wie sehr Sarah vor ihrem Tod unter der Angst vor dem Verhalten ihres Mannes und der Enttäuschung darüber gelitten hatte. Jede Zensur war besser als das Elend, das sie damals hatten ertragen müssen.

»Selbstverständlich«, räumte sie ein, und dennoch meldete sich eine leise Stimme in ihrem Kopf, die ihre Feigheit tadelte und ihr mitteilte, sie opfere die Ehrlichkeit der Bequemlichkeit. Sie brachte sie zum Schweigen und aß weiter. Ihr fiel auf, dass sich Mrs. Marchand weit rascher hatte beruhigen lassen als ihr Mann. Aus lauter Zartgefühl hatte er ihr Trost spenden wollen, doch er selbst war keineswegs beruhigt.

Als Caroline nach Hause kam, saß Joshua, ein Buch auf den Knien, im Gesellschaftszimmer in seinem Lieblingssessel. Das Gaslicht, das er so hell aufgedreht hatte, dass er lesen konnte, zeigte die wenigen Silberfäden in seinem braunen Haar und die Ringe unter seinen Augen. Er klappte das Buch zu und erhob sich mit einem Lächeln.

»War es schön bei den Marchands?« Er trat auf sie zu und küsste sie leicht auf die Wange. Sie spürte seine Wärme, einen flüchtigen Hauch von Schminke und die undefinierbare Geruchsmischung des Theaters: Schweiß, Aufregung, Stoff, Farbe. Noch vor zehn Jahren wäre ihr das so unbekannt gewesen wie ein fremdes Land, jetzt war es ihr vertraut, barg eine Fülle von Erinnerungen voll Lachen und Leidenschaft in sich. Verwirrt merkte sie, wie sehr sie nach wie vor in Joshua verliebt war, als wäre sie noch ein junges Mädchen und er ihr erster richtiger Verehrer. Bei einer Frau ihres Alters war das aberwitzig und lachhaft. Es machte sie unerträglich verwundbar.

»Auf jeden Fall«, sagte sie und zwang sich zu einem munteren Lächeln, als handele es sich um eine beiläufige Bemerkung. »Ich habe ihren Sohn Lewis kennen gelernt. Ein sehr schüchterner Junge.« Sie ging an ihm vorüber zum Kamin, in dem ein Feuer brannte. Auch wenn es draußen nicht wirklich kalt war, fröstelte sie ein wenig. Sie war noch nicht bereit, sich in die vertraute Zweisamkeit des Bettes zurückzuziehen, denn ihr gingen noch alle möglichen widerstreitenden Gedanken durch den Kopf: Edward und die Vergangenheit, Samuel Ellisons Lächeln, seine Erzählungen, Hope Marchands Befürchtungen angesichts der sich abzeichnenden neuen Ideen, das leidenschaftlich vorgetragene Plädoyer, man müsse die Jugend vor dem Ansturm von Gewalttätigkeit und der Herabsetzung von Dingen bewahren, an deren Reinheit sie glauben sollte, und Ralph Marchands düstere Zukunftsprophezeiungen und seine tief reichenden Ängste vor Entwicklungen, die ihnen noch bevorstanden. Auf jeden Fall hatte er wohl mit seiner Überzeugung Recht, dass man mit dem Verlust der Fähigkeit, Achtung zu empfinden, fast alles verlor.

Sie dachte an die Jugendzeit ihrer eigenen Töchter. Joshua würde das nicht verstehen; er hatte keine Kinder. Das tief verwurzelte Bedürfnis, sie zu beschützen, war weit elementarer als alles Denken oder alle Vernunft, es stellte den Mittelpunkt des Lebens dar. Es ging dabei um weit mehr als bloß Körperliches... die Notwendigkeit, im Herzen des Menschen das zu entwickeln, was mit Schönheit und Glück zu tun hatte. Wer wollte schon ein Kind haben, das mit den grundlegenden Werten von Liebe, Ehre oder Freude nichts anfangen konnte?

»Caroline?« Joshuas Stimme klang besorgt. Offenbar hatte er gespürt, wie weit sie sich von ihm entfernt hatte.

Als er sich ihr zuwandte, wurde sie von ihren Empfindungen übermannt. Sie sah, dass er verwirrt war und sich um sie sorgte, obwohl er von der geistigen und körperlichen Anstrengung seiner Vorstellung müde sein musste. Welche Bedeutung hatte in diesem Augenblick die Rolle der Zensur oder das, was die Marchands darüber dachten?

Mit den Worten: »Alberne Tischgespräche«, tat sie lächelnd ab, was sie gerade noch beschäftigt hatte, trat einen Schritt vor und legte die Arme um ihn. Das fiel ihr leichter, als ihm in die Augen zu sehen. Sie spürte die Kraft seines schlanken Leibes. Er war sehr sanft. Es war viel zu spät, sich zu überlegen, ob es richtig gewesen war, ihn zu heiraten oder nicht. Sie hatte nur die Möglichkeit, dem Ruf ihres Herzens zu folgen oder sich dagegenzustellen.

Am nächsten Morgen aber spielte die Zensur eine durchaus bedeutende Rolle. Sie sah es auf Joshuas Gesicht, bevor ihr Blick auf die Zeitungen fiel.

»Was gibt es?«, fragte sie, sonderbar beunruhigt. »Was ist passiert?«

Er hob das Blatt hoch. »Sie haben Cecilys Stück abgesetzt! Verboten!« Er wirkte wie betäubt. Seine Stimme klang niedergeschlagen. Rote Flecken lagen auf seinen Wangen.

Sie verstand nicht. »Wie ist das möglich? Der Lordkämmerer hat es doch genehmigt…« Sie verstummte. Irgendetwas an seinem Gesichtsausdruck ließ sie stutzen. »Was?«

»Ganz so… ist es nicht.« Er biss sich auf die Lippe. »Er hätte es nie genehmigt«, räumte er ein und fügte achselzuckend hinzu: »Es gibt Möglichkeiten, die damit verbundenen Schwierigkeiten und Rückfragen zu umgehen. Beispielsweise kann man den Text sehr spät einreichen und hoffen, dass er ihn wegen der Eile nur überfliegt. Aber das funktioniert nur selten, denn er wird misstrauisch, wenn etwas so spät kommt, und liest es dann besonders gründlich. Die andere Möglichkeit besteht darin, ein neues Stück unter dem Namen eines früheren zu spielen, das bereits genehmigt ist. Das hat man diesmal getan…«

»Aber das muss doch jeder gewusst haben!«, begehrte sie auf. »Vor allem die Theaterleitung!«

»Das stimmt. Aber Bellmaine war von dem Stück ebenso begeistert wie Cecily und bereit, das Risiko einzugehen. Notfalls wird er sogar die Strafe bezahlen. Es lohnt sich, Dinge zu sagen, von denen man wirklich überzeugt ist, die verdammte Selbstsicherheit der anderen infrage zu stellen und zu erschüttern! Könnten wir doch nur die Öffentlichkeit wachrütteln! Dann hätten wir die Möglichkeit, viele überholte und ungerechte Gesetze zu reformieren!« Er beugte sich leicht vor, die Röte auf seinen Wangen vertiefte sich. »Mehr noch, wir könnten etwas gegen die Haltung unternehmen, die von den Gesetzen nicht erfasst wird, gegen Vorurteile, die andere Menschen verletzen ... und verkrüppeln. Begreifst du nicht, wie fürchterlich das ist? Bestimmte Maßnahmen der Zensur sind absurd. Wusstest du beispielsweise, dass man nicht einmal einen Geistlichen auf der Bühne auftreten lassen darf? Unter keinen Umständen, nicht einmal in bester Absicht. Wie soll man da Dinge infrage stellen?«

»Wird sich das auf Lord Warriners Gesetzesvorlage auswirken?«, fragte sie leise.

»Du siehst doch immer gleich die praktische Seite«, entgegnete er mit einem trübseligen Lächeln. »Meinst du, dass Frauen die Möglichkeit haben sollen, die Scheidung einzureichen, wenn sie sich vernachlässigt fühlen oder in ihrer Ehe unglücklich sind?« Seinem Gesicht war nicht anzumerken, was er dachte.

»Ich weiß nicht recht«, sagte sie aufrichtig. »Ich habe über die Frage nie nachgedacht, bevor ich das Stück sah. Aber genau darum geht es wohl – vermutlich hätte ich es tun sollen.«

Er legte seine Hand über den Tisch hinweg so leicht auf ihre, dass sie die Berührung kaum spürte. »Ja, darum geht es. Und du hast Recht, wahrscheinlich wird das die Gesetzesvorlage beeinflussen. Es ist gut möglich, dass Warriner nicht mehr den Mut aufbringt, den Antrag zu stellen. Zu viele von denen, die ihn unterstützen, könnten ebenfalls mutlos werden, wenn sie merken, woher der Wind weht, und sich zurückziehen.«

»Das tut mir Leid«, erwiderte sie leise, hob den Kopf und ergriff seine Hand. Sie hielt sie eine Weile fest, zog die ihre dann zurück und nahm die Zeitung auf, die er auf den Tisch hatte fallen lassen.

Unterhalb des Artikels über die Absetzung des Stücks war ein Brief Oscar Wildes abgedruckt, der mit beredten Worten und in geistreicher Weise genau die Empörung spiegelte, die Joshua empfand. Man merkte, dass er wusste, wovon er sprach. Er stellte die Zensur als Unterdrückung des Geistes hin und erklärte, sie werde von Feiglingen ausgeübt, die ebenso viel Angst vor ihren eigenen Empfindungen wie vor der Meinung anderer hatten.

»Mich ärgert weniger die Beschränkung dessen, was ich sagen darf oder nicht sagen darf«, erklärte Joshua, ohne den Blick von ihr zu nehmen, »als dass man mir vorschreibt, was ich mir anhören oder nicht anhören darf! Welch ungeheuerliche Hochnäsigkeit veranlasst den Lordkämmerer zu der Ansicht, er habe das Recht, mir vorzuschreiben, ob ich mir die Meinungen dieses oder jenen Mannes zum Thema Glauben und Religion anhören darf? Immerhin könnte es sein, dass ich derselben Ansicht bin! Woher stammt eigentlich die Vorstellung, man könne Gott lästern?«

»Aus der Bibel«, gab sie ruhig zurück. »Es gibt viele Menschen, die sich verletzt fühlen, wenn jemand spöttisch oder herabsetzend von Gott spricht.«

»Von wessen Gott?«, sagte er und sah ihr fragend in die Augen.

Einen Augenblick lang wusste sie nicht, was sie antworten sollte.

»Ja, von wessen Gott?«, wiederholte er. »Von deinem? Von meinem? Dem des Pfarrers? Dem des Nachbarn? Dem aller anderen?«

Sie atmete tief ein und überlegte. Sie war der Ansicht, sie wisse genau, was sie sagen würde, bis ihr blitzartig aufging, dass das nicht der Fall war. Wahrscheinlich gab es ebenso viele Gottesvorstellungen wie Menschen, die über Gott nachdachten. Auch das war ihr bisher nicht klar gewesen.

»Gibt es nicht... zumindest... eine gewisse Übereinstimmung...« Sie verstummte. Noch nie hatten sie miteinander über Fragen der Religion gesprochen. Wohl kannte sie seine Moralvorstellungen, nicht aber seinen Glauben, wusste nicht, was da wirklich in seinem Herzen wohnte. Noch nie hatten sie über diesen Teil seines Judentums gesprochen, dem er nicht viel Aufmerksamkeit zuzuwenden schien. Aber vielleicht war es doch noch in ihm lebendig, wenn man auf einen Nerv traf?

Als könne er ihre Gedanken lesen, sah er sie mit einem schiefen Lächeln an. »Wurde nicht Jesus wegen Gotteslästerung ans Kreuz geschlagen?«, fragte er leise. »Ich finde, ein Christ sollte Gotteslästerern gegenüber eine gewisse Duldsamkeit an den Tag legen.«

»Du weißt sehr wohl, dass diese Duldsamkeit so gut wie nicht vorhanden ist«, widersprach sie ihm mit stockender Stimme. Mit einem Mal sprachen sie über entsetzlich wirkliche Dinge. »Da wir durchaus bereit sind, uns gegenseitig wegen abweichender Ansichten zu verbrennen, wie soll es da erst Angehörigen einer völlig anderen Religion ergehen?«

»Wahrscheinlich verbrennt ihr euch eher gegenseitig, als dass ihr andere verbrennt«, erwiderte er. »Aber von Zeit zu Zeit finden neue Gedanken durch all das Blutvergießen, den Rauch und den Ruß ihren Weg. Früher galt es als Todsünde, wenn gewöhnliche Menschen die Bibel lasen; jetzt bestärkt man uns darin. Irgendjemand musste den Anfang machen, diese ungeheuerliche Zensur infrage zu stellen. Mittlerweile sind sich alle einig, dass es widernatürlich war, den Menschen Gottes Wort vorzuenthalten.«

»Nun… unter Umständen bin ich in der Frage der Gotteslästerung zu Zugeständnissen bereit«, sagte sie zögernd und musste wieder an die Marchands denken. »Aber was ist mit Anstößigkeiten? Ist es nicht möglich, dass neue Gedanken nicht nur Gutes bewirken, sondern auch Schaden anzurichten vermögen?«

Bevor er darauf antworten konnte, wurde die Tür aufgerissen, und die alte Dame kam herein, den Stock schwer auf den Boden stoßend.

Ganz automatisch sprang Joshua auf. »Guten Morgen, Mrs. Ellison! Wie geht es Ihnen?«

Sie holte tief Luft und stieß hervor: »So gut, wie es unter den Umständen möglich ist.«

Er zog ihr einen Stuhl zurecht und half ihr, Platz zu nehmen, bevor er sich wieder setzte.

Caroline bot ihr Tee und Toast an; beides nahm sie an.

»Über welchen Schaden redet ihr da?« Sie griff nach der Butter und der Sauerkirschkonfitüre. Obwohl sie ein wenig bleicher als gewöhnlich aussah, schien ihr Appetit ausgezeichnet zu sein.

Nach einem kurzen Blick zu Caroline hinüber gab Joshua zur Antwort: »In den Zeitungen steht etwas über die Zensur.«

»Recht so!«, fiel sie ihm ins Wort. Sie schlang ihren Toast rasch hinunter, um sprechen zu können. »Heutzutage wird viel zu viel ohne jede Rücksicht auf Anstand geredet. In meiner Jugend war das anders. Die Welt um uns herum ist voller Vulgarität und erniedrigt uns alle. Ich bin froh, dass ich vor dem Ende meines Lebens stehe.« Sie griff erneut nach der Butter. »Zumindest ist es jemandem die Mühe wert, für ein gewisses Minimum von Maßstäben einzutreten.«

»Es geht um einen Protest gegen die Zensur«, berichtigte Caroline und fragte sich sofort, ob es nicht weit klüger gewesen wäre, das Thema fallen zu lassen.

»Wahrscheinlich geht es um irgendeine Schauspielerin.« Mrs. Ellison hob die Brauen. »Es scheint ja heutzutage nichts zu geben, was Frauen nicht in der Öffentlichkeit sagen oder tun würden.« Sie sah Caroline bedeutungsvoll an. »Die Moral ist überall im Niedergang begriffen – selbst dort, wo man das am wenigsten erwarten würde.«

»Sind Sie für Zensur?« Sofern Joshua entrüstet war, verbarg er das so gut, dass niemand es hätte merken können. Aber er war ja auch Schauspieler, noch dazu ein sehr guter. Daran musste Caroline immer wieder denken.

Die alte Dame sah ihn an, als hätte er an ihrem Geisteszustand gezweifelt.

»Selbstverständlich!«, gab sie empört zurück. »Jeder zivilisierte und vernünftige Mensch weiß, dass man manches nicht sagen kann, ohne damit unsere ganze Art zu leben zugrunde zu richten. Wo es keine Achtung vor unantastbaren Werten gibt, vor Heim, Familienleben und allem, was dazugehört, keinen Ruhepunkt, an dem sich der Mensch festhalten kann, beginnt der Untergang eines Volkes. Hatten Sie dort, woher Sie kommen, keinen Geschichtsunterricht? Sie müssen doch von den alten Römern gehört haben.«

Joshua beherrschte sich in bewundernswerter Weise. In seinen Augen lag sogar eine Spur Belustigung.

»Ich bin in London aufgewachsen«, gab er zur Antwort. »Am anderen Ufer der Themse, acht Kilometer von hier. Natürlich habe ich von den alten Römern gehört, auch von den alten Ägyptern, Babyloniern sowie dem antiken Griechenland und dem Spanien der Inquisition. Soweit ich weiß, hatten die Griechen die besten Theater, und die Ägypter sollen glänzende Gedichte hervorgebracht haben.«

»Das waren Heiden«, tat die alte Dame seine Worte mit einer Handbewegung ab, die sie in gefährliche Nähe des Milchkännchens führte. »Die Griechen hatten alle Arten von Göttern, die sich entsetzlich aufgeführt haben, wenn man den Geschichten glauben kann, die man über sie berichtet. Und die Ägypter waren noch schlimmer. Sie haben Tiere angebetet. Kann man sich so etwas vorstellen?«

»Einer der Pharaonen hat eine eigene neue Religion eingesetzt, die nur einen Gott kannte und verehrte«, teilte ihr Joshua lächelnd mit.

Sie sah ihn verblüfft an. »Ach… nun, ich muss sagen, das ist ein Schritt nach vorn. Es hat aber wohl nicht lange angehalten?«

»Nein«, stimmte er zu. »Man hat ihn der Gotteslästerung beschuldigt und alle Spuren seines Wirkens beseitigt.«

Sie funkelte ihn an. Es dauerte eine Weile, bis sie sich wieder gefasst hatte. »Aber vorhin ging es nicht um Gotteslästerung, sondern um ›Anstößigkeiten‹.«

»Auch das ist eine Frage des Standpunkts«, gab er zu bedenken. »Was dem einen wohlgefällig erscheint, sieht der andere möglicherweise als anstößig an.«

»Unsinn!« Ihr Gesicht war gerötet. »Jeder anständige Mensch weiß, was anstößig ist, womit man die Werte und Empfindungen anderer Menschen herabsetzt, welche Grenzen man unter keinen Umständen überschreiten darf, und nur die verdorbensten und ordinärsten Menschen würden das Bedürfnis haben, so etwas zu tun.«

»Natürlich gibt es…«, begann er.

»Gut!« Das Wort klang wie eine Falltür, die sich schloss. »Damit ist das Thema abgehandelt. Mein Tee ist kalt. Würdest du bitte noch welchen kommen lassen?« Es war ein Befehl, keine Bitte.

Caroline klingelte. Sie konnte sehen, wie sich der Zorn in Joshua aufstaute. Nur die Höflichkeit, die er dem Alter der Dame und dem Umstand schuldete, dass sie einst die Schwiegermutter Carolines gewesen war, in deren Haus sie – wenn auch ungern geduldet – als Gast lebte, hinderte ihn daran, ihm Luft zu machen.

Caroline hörte sich sagen, was Joshua am liebsten gesagt hätte. »Alle Menschen stimmen darin überein, dass es Dinge gibt, die man nicht sagen darf. Uneinigkeit herrscht nur in der Frage, welche das sind.«

»Alles, was die Moral herabsetzt und die anständigen Empfindungen von Männern und Frauen außer Acht lässt«, erwiderte Mariah Ellison sogleich. »Du hast wohl aus den Augen verloren, worum es dabei geht, aber die meisten von uns nicht. Frag deine früheren Freunde. Gott sei Dank kennt der Lordkämmerer diese Werte.«

Caroline brachte es mit Mühe fertig, den Mund zu halten, aber auch nur, weil ihr klar war, wie sinnlos es gewesen wäre, das Streitgespräch fortzusetzen.

Das Mädchen kam und wurde gebeten, frischen Tee zu bringen. Joshua stand auf, entschuldigte sich, gab Caroline einen Kuss auf die Wange und wünschte der alten Dame einen schönen Tag.

Caroline nahm die Zeitung erneut zur Hand, weil sie einen Artikel über Cecily Antrim lesen wollte. Eine Zeichnung der Schauspielerin, die von einem Theaterzettel stammte und sie in voller Schönheit darstellte, hatte ihre Aufmerksamkeit erregt.

Gestern protestierte Miss Cecily Antrim heftig dagegen, dass der Lordkämmerer die weitere Aufführung ihres neuen Stücks *Die Frau und die Liebe* verboten hat. Als Begründung wird angeführt, es verstoße gegen Anstand und Sitte, gefährde die öffentliche Moral und könne allgemeine Empörung hervorrufen.

Da Miss Antrim mit einem Transparent durch die Straße *The Strand* zog und damit öffentliches Ärgernis erregte, wurde die Polizei gerufen, die sie aufforderte, ihr Treiben einzustellen. In einer Erklärung bezeichnete sie das Theaterstück als Kunstwerk, das falsche Auffassungen über die Empfindungen und Vorstellungen von Frauen infrage stelle. Sie hob hervor, durch ein Verbot seiner Aufführung werde Frauen die den Männern eingeräumte Freiheit vorenthalten, zu einem besseren Verständnis ihrer tieferen Wesenszüge zu gelangen, die oft Ursache umstrittener Handlungsweisen seien.

Mr. Wallace Albright erklärte als Vertreter des Lordkämmerers, das Stück sei geeignet, die Grundwerte unserer Gesellschaft zu untergraben, weshalb eine Aufführung nicht im allgemeinen Interesse liege.

Da gegen Miss Antrim keine Anklage wegen Erregung öffentlichen Ärgernisses erhoben wurde, hat man sie wieder auf freien Fuß gesetzt.

Caroline saß da und sah voll irrationalen Zorns auf das Blatt. Sie war verwirrt, schwankte hin und her. Warum hatte ein Einzelner das Recht, darüber zu entscheiden, was die Menschen sehen durften und was nicht? Wer war das? Was für ein Mensch steckte dahinter? Welche Vorurteile hatte er, was verbarg sich in ihm, wie sahen seine Befürchtungen oder Träume aus? Sah er eine Bedrohung, wo es eigentlich nichts gab als eine kluge Infragestellung, eine Herausforderung an die Adresse der Heuchler, wo lediglich die Berechtigung angezweifelt wurde, Menschen über die Gedanken und Vorstellungen anderer bestimmen zu lassen?

Oder beschützte er die Jugend und leicht beeinflussbare Menschen vor den Übergriffen des Pornografischen und der Gewalttätigkeit? Fürchtete er, es könne die feineren Empfindungen verletzen, wenn gezeigt wurde, dass man die Herabsetzung anderer hinnehmen darf, und Werte könnten dadurch untergraben werden, dass man über sie spottete? War er der Ansicht, es werde schließlich mehr Mut kosten, im Umgang mit anderen Achtung und Behutsamkeit aufzubringen, als das Gegenteil?

Sie sah über den Tisch zu der alten Dame hin, deren Gesicht verbittert wirkte. Einen Augenblick lang glaubte sie auf ihren Zügen Angst zu erkennen. Diese Beobachtung beunruhigte sie zutiefst und rief in ihr Befürchtungen wach und ein Gefühl, das große Ähnlichkeit mit Mitleid hatte.

Kapitel sieben

Der Streifenbeamte in Pitts Büro nahm Haltung an.

»Ja, Sir, das hat er gesagt.«

Es war früh am Morgen. Zwar war die Sonne vom aus zahllosen Schornsteinen quellenden Rauch noch ein wenig verhangen, warf aber bereits durch den Frühdunst ihre Wärme auf Mauern und Straßenpflaster. Die trockene, linde Luft trug die Gerüche der Stadt mit sich.

»Er war also Zeuge, wie Orlando Antrim und Delbert Cathcart am Tag von dessen Tod miteinander stritten?«, wiederholte Pitt. »Sind Sie da sicher?«

»Ja, Sir. Das hat er gesagt, und er hat sich davon auch nich abbringen lassen.«

»Wahrscheinlich kennt er beide, dieser… Wie hieß er noch?«

»Hathaway, Sir. Peter Hathaway. Ich weiß nich, Sir. Ich nehm schon an – woher hätte er sonst wissen können, wer die waren? Hätten ja zwei x-beliebige Männer sein können, die sich streiten.«

»Da haben Sie Recht. Wo finde ich diesen Mr. Hathaway?«

»In Hampstead, in der Arkwright Road, Sir. Nummer sechsundzwanzig.«

»Und er hat das auf der Wache in der Bow Street gemeldet?« Pitt war überrascht.

»Nein, in Hampstead. Die haben das an uns weitergegeben… über das Telefon.« Der Beamte hob den Kopf ein wenig höher. Er war stolz auf die neue Technik und überzeugt, dass sie dazu beitragen würde, Verbrecher zu fassen. Vielleicht war sie eines Tages sogar imstande, Verbrechen zu verhindern.

»Aha.« Pitt stand auf. »Nun, dann sollte ich diesen Mr. Hathaway wohl einmal aufsuchen und mit ihm reden.«

»Ja, Sir. Vielleicht ist Mr. Antrim unser Mann, Sir, immerhin sollen sich die beiden mächtig gestritten haben.« Er sah ihn aus munteren Augen hoffnungsvoll an.

»Möglich«, stimmte ihm Pitt zu. Tiefe Enttäuschung erfüllte ihn. Er hatte Orlando Antrim für einen liebenswerten und einfühlsamen Menschen gehalten und wegen seiner Leistung als Schauspieler bewundert. Aber es wäre nicht das erste Mal, dass jemand, dem Pitts Sympathien galten, einen Mitmenschen getötet hatte. »Informieren Sie Wachtmeister Tellman, wohin ich gegangen bin«, sagte er von der Tür aus.

In der Arkwright Road teilte das Hausmädchen Pitt mit, der junge Mr. Hathaway sei nicht zu Hause, sondern habe sich angesichts des schönen Tages entschlossen, in der freien Natur Aufnahmen zu machen, zweifellos mit Angehörigen seines Fotoklubs. Sie wisse nicht, wo, da er ihr darüber gewöhnlich nichts sage. Schließlich gab sie ihm nach einigem Hin- und Herfragen die Adresse des Klubs, von dessen Portier er erfuhr, dass die Klubmitglieder den nahe gelegenen Park aufgesucht hatten, die so genannte Heide, um dort Aufnahmen zu machen.

»Das tun die gern«, fügte er billigend hinzu. »Manche sind wirklich herrlich. Man fühlt sich davon richtig erhoben.«

Pitt dankte ihm und ging zu dem Heidegebiet hinüber, um dort die Mitglieder des Fotoklubs und Mr. Peter

Hathaway zu suchen. Natürlich hatte dessen Beobachtung nicht unbedingt etwas zu bedeuten. Es kam oft vor, dass Menschen miteinander stritten, ohne dass das zu Gewalttätigkeit oder gar Mord führte. Aber das melodramatische Verbrechen im Fall Cathcart konnte nur ein Mensch mit viel Fantasie, starken Gefühlen sowie einer gewissen Vertrautheit mit der Kunst verübt haben, denn immerhin hatte der Täter Millais' Gemälde der ertrunkenen Ophelia einigermaßen getreu nachgestellt. Natürlich war es auch möglich, dass es sich nicht um eine Nachahmung handelte, sondern jemand zufällig die gleiche Leidenschaft auf die gleiche, ziemlich elementare Weise ausgedrückt hatte.

Im Sonnenschein über das trockene Gras zu gehen, das unter den Füßen nachgab, war angenehm. Das Laub raschelte kaum vernehmbar im leichten Wind, und statt Rauch, Pferdedung und Staub auf Steinen roch man die frische Erde. Die Vögel dort waren nicht die sonst in London allgegenwärtigen Spatzen, sondern wohl eher Amseln, deren ausdauernder Gesang angenehm klang.

Pitt sah ein junges Paar auf der Seite im Gras liegen, einen ungeöffneten Picknickkorb zwischen sich. Die Röcke bauschten sich um die Beine der jungen Frau, die sichtlich kokettierte, während er sich ein wenig aufspielte. Sie lachten, hörten aber auf und hoben den Blick, als Pitt näher kam.

»Verzeihung«, entschuldigte er sich. Viel lieber hätte auch er wie diese jungen Leute den letzten Nachhall des Sommers genossen, sich dem Augenblick hingegeben, ohne an gestern oder morgen zu denken, statt darüber nachzugrübeln, wer Delbert Cathcart umgebracht haben mochte und warum.

Wenn Charlotte aus Paris heimkam, würde er sich einen Tag frei nehmen und mit ihr aufs Land hinausfahren, in den Sonnenschein, einfach ohne bestimmtes Ziel herumwandern. Das dürfte nicht schwierig sein, und wenn man mit der Bahn nicht zu weit fuhr, war die Fahrt billig.

»Ja?«, fragte der junge Mann durchaus nicht unhöflich.

»Haben Sie eine Gruppe von Männern mit Fotoapparaten hier vorüberkommen sehen?«, wollte Pitt wissen.

Die junge Frau antwortete. »Vor etwa einer halben Stunde. Sie haben sich ganz ernsthaft miteinander unterhalten.«

»Und in welche Richtung sind sie gegangen?«

Sie musterte ihn, wahrscheinlich um zu sehen, ob auch er einen Fotoapparat bei sich hatte. Sie schien erstaunt, als sie keinen sah.

»Ich suche einen Bekannten«, gab Pitt eine lahme Erklärung ab. »In welche Richtung sind sie gegangen?«

Sie war nicht so interessiert, dass sie ihrer Neugier nachgegeben hätte. »Nach da.« Sie wies über die Grasfläche zu einer Baumgruppe, deren knorrige Wurzeln über dem Erdboden schöne und verwickelte Muster bildeten.

»Danke.« Mit leichtem Nicken schlug er die angegebene Richtung ein.

Er musste noch ziemlich weit gehen und kam dabei ins Schwitzen. Nach zwanzig Minuten stieß er, leicht außer Atem, auf eine Gruppe junger Männer in Westenanzügen, die alle bis auf zwei obendrein einen steifen Hut trugen. Jeder hatte seine Ausrüstung bei sich, unter anderem mehrere lederne Futterale und Kästen, teils mit einer Kantenlänge von vielleicht eineinhalb Spannen bis zu solchen, die ausgereicht hätten, alles an Kleidung aufzunehmen, was man für eine Wochenendreise brauchte, einschließlich der Stiefel. Mit sonderbar eckiger Eleganz standen Stative im Gras. Auf ihnen saßen Fotoapparate, deren Objektive auf Zweige, Äste oder irgendeine interessante Verbindung von Holz und Blättern gerichtet war.

»Guten Morgen«, unterbrach Pitt das Treiben der jungen Herren.

Keiner antwortete.

»Entschuldigung«, rief er ein wenig lauter.

Der ihm zunächst Stehende wandte sich um, wohl über die Störung aufgebracht. »Sir!«, sagte er und hob die Hand, als wolle er den Verkehr anhalten. »Sofern Sie nicht dringend Hilfe brauchen, stören Sie uns jetzt bitte nicht. Das Licht ist gerade richtig.«

Pitt richtete seinen Blick dorthin, wohin alle zu sehen schienen, und tatsächlich leuchteten die Sonnenstrahlen bemerkenswert hell durch das Laub einer großen Eiche. Allerdings bezweifelte er, dass der Effekt ohne das Grün und Gold, das man in der Wirklichkeit sah, großartig wäre. Wie konnte man nur dem einheitlichen Sepiabraun etwas abgewinnen, wenn das Auge diesen Farbenrausch in sich aufgenommen hatte? Trotzdem wartete er, während die Verschlüsse von zwölf Kameras klickten, um den Augenblick einzufangen.

»Jetzt, Sir«, sagte der junge Mann schließlich. »Was können wir für Sie tun? Wollen Sie sich fotografieren lassen? Oder sind Sie selbst ein begeisterter Jünger der Fotokunst und wollen bei uns Mitglied werden? Bringen Sie uns einige Ihrer Arbeiten, und wir werden Ihnen unsere Entscheidung mitteilen. Wir sind sehr großzügig, das darf ich Ihnen versichern. Unser einziges Ziel ist es, unsere Kunst zu fördern und die Grenzen des Machbaren immer weiter hinauszuschieben. Als Nächstes wird man farbig fotografieren, Sie werden es sehen!« Seine Stimme klang erregt. »Ich meine richtige Farben! Rot – Blau – Grün – alles!«

»Tatsächlich?« Einen Augenblick lag gefiel Pitt der Gedanke – erst wegen des zusätzlichen Gewinns an Schönheit der Bilder, dann aber auch wegen der Aussichten, die sich da für die Polizeiarbeit eröffneten. Sofern sich fotografische Farbaufnahmen herstellen ließen, waren die Möglichkeiten unbegrenzt, nicht nur, was die Identifizierung von Menschen anging, sondern auch das Aufspüren von Diebesgut – Gemälde, Kunstwerke, alles, was sich in Delbert Cathcarts Haus befand. Keine Beschreibung wurde solchen Dingen gerecht, und Polizeibeamte waren nun einmal keine Dichter. »Das wird bestimmt großartig«, stimmte er zu. »Aber eigentlich bin ich gekommen, um mit Mr. Hathaway zu sprechen. Er gehört doch zu Ihrer Gruppe, nicht wahr?«

»Aber ja, er ist ein hoch talentierter Fotograf.« Fast hätte er gefragt, was Pitt von ihm wollte, und zügelte seine Neugier erst im letzten Augenblick. Er wies mit dem Kopf auf einen jungen Mann mit recht langen blonden Haaren, der nach wie vor wie gebannt das Lichterspiel auf den Zweigen betrachtete. »Der da drüben ist es.«

Pitt dankte ihm und ging, bevor man ihn weiter in begeisterte Gespräche über fotografische Möglichkeiten der Zukunft verwickeln konnte.

Hathaway hob den Blick, als Pitts Schatten auf seine Kamera fiel.

»Entschuldigung«, sagte Pitt. »Sind Sie Peter Hathaway?«

»Ja. Kann ich etwas für Sie tun?«

»Oberinspektor Pitt von der Polizeiwache in der Bow Street«, erläuterte Pitt und gab ihm seine Karte.

»Oh!« Hathaway machte ein ernstes Gesicht. Er schluckte. »Geht es um meinen Bericht an unser Polizeirevier? Könnten wir vielleicht ein wenig beiseite gehen, um darüber zu reden?« Er machte mit seinem freien Arm eine weit ausholende Bewegung. »Würde es Ihnen etwas ausmachen, so zu tun, als gehe es um eine geschäftliche Besprechung oder dergleichen? Es ist eine… nun ja… eine heikle Sache. Ich möchte nicht für einen Wichtigtuer gehalten werden, der alles herumerzählt, was er weiß. Es ist nur so… nun ja, jetzt, wo Cathcart tot ist und… Sie verstehen?« Ein Ausdruck von Kummer legte sich auf seine Züge. »Er war ein verdammt guter Fotograf. Ich würde fast sagen, der beste. Da kann man doch nicht einfach mit ansehen, wie er umgebracht wird, und die Hände in den Schoß legen… wo ich doch den Streit mitbekommen habe.«

»Sagen Sie mir genau, was Sie gesehen haben, Mr. Hathaway«, ermutigte ihn Pitt. »Zuerst einmal, wo ist es zu dem Vorfall gekommen? Beschreiben Sie mir bitte den Hergang näher.«

»Nun ja. Es war der Dienstag vor seinem Tod, wie ich schon gesagt habe.« Hathaway überlegte und rief sich mit fast vollständig geschlossenen Augen die Situation in Erinnerung. »Wir waren am kleinen See namens Serpentine im Hyde Park. Da wir das Licht des frühen Morgens auf dem Wasser einfangen wollten, waren wir schon gegen acht dort. Sicher, das ist keine besonders günstige Tageszeit, aber man kann der Natur keine Vorschriften machen, sondern muss sich ihr anpassen. Wir haben dabei einige erstklassige Ergebnisse erzielt, wirklich glänzend.« Er sah rasch auf. »Sie haben ja keine Ahnung, wie blind man dem Spiel von Licht und Schatten gegenüber sein kann, den feinen Veränderungen der Gestalt, bis man sie durch ein Objektiv betrachtet. Man sieht die Welt wirklich mit neuen Augen. Sie müssen entschuldigen, wenn ich damit bei Ihnen offene Türen einrenne, aber es stimmt. Sie sollten sich selbst mit der Fotografie beschäftigen, Sir, wirklich! Zwar ist sie ein ziemlich teures Vergnügen, aber das gilt für die meisten Freizeitbeschäftigungen, bei denen dann auch noch der künstlerische Anspruch fehlt, das Erlebnis der Erhabenheit, das sich einstellt, wenn man die Natur in einem ihrer schönsten Augenblicke eingefangen und unsterblich gemacht hat, um allen anderen das Ergebnis zeigen zu können.« Er redete sich immer mehr in

Begeisterung. »Es ist ein Fenster in der Zeit, Sir, wirklich eine Art Unsterblichkeit.«

Pitt begriff ansatzweise, was Hathaway meinte. Es stimmte, ein Foto erfasste den Augenblick besser als jedes Gemälde und verlieh ihm, wenn schon nicht Ewigkeit, so zumindest eine unvorstellbare Dauer. Aber Delbert Cathcart war ein bedeutender Fotograf und ein gewöhnlicher Sterblicher gewesen. Jetzt war er tot. Pitts Aufgabe bestand darin festzustellen, wie das geschehen war, warum und von wessen Hand. Für Erwägungen darüber, auf welche Weise sich Schönheit einfangen ließ, war später noch Zeit.

»Es ist überaus eindrucksvoll«, stimmte er zu. »Vermutlich haben Sie von Mr. Cathcart und Mr. Antrim in jener Situation keine Aufnahmen gemacht?«

Einen Augenblick lang legte sich Enttäuschung auf Hathaways Züge, weil Pitt an etwas so Profanes denken konnte, aber als wahrer Jünger seiner Muse sah er sogleich die Möglichkeiten, die darin steckten. Seine Augen flammten auf und sein Gesicht leuchtete. »Hätte ich doch nur! Wie wunderbar wäre das, nicht wahr? Unwiderlegliches Beweismaterial. Das kommt bestimmt auch noch, Sir! Das kommt! Die Kamera als Zeuge, dessen Aussage niemand in Zweifel ziehen kann. Ja, die Zukunft wird voller Wunder sein, die wir uns kaum vorzustellen vermögen. Überlegen Sie nur…«

»Und was hat Mr. Cathcart dort am See getan?«, unterbrach ihn Pitt. Spekulationen über Wunder der Zukunft konnten unendlich lange dauern, und so faszinierend das Thema war, für diesen Luxus hatte er keine Zeit.

»Äh… ich weiß nicht.« Hathaways Stimme klang überrascht. »Wenn ich es recht bedenke, war es eigentlich eher sonderbar. Soweit ich weiß, macht er ausschließlich Porträtaufnahmen. Er war nicht gekommen, um uns etwas beizubringen… was natürlich grandios gewesen wäre. Er hat überhaupt nicht mit uns gesprochen. Ich vermute, dass er sich umsehen wollte, um passende Hintergründe für seine Aufnahmen zu finden. Alles andere ergäbe keinen Sinn.«

»Aber gesehen haben Sie ihn?«

»Ja, und ganz deutlich.«

»Haben Sie ihn angesprochen?«

»Nein. Nein, das wäre... aufdringlich gewesen. Er ist... war... ein bedeutender Mann... für einen Amateur wie mich eine Art Idol.« Bei diesen Worten errötete er leicht. »Es ist unvorstellbar schrecklich, dass man ihn umgebracht hat, ein Akt der Barbarei. Das macht die Sache so schwer verständlich. Aber große Künstler können sprunghaft sein. Vielleicht ging es um eine Frau?«

»Vielleicht. Was hat Orlando Antrim dort getan? Ist er ebenfalls Amateurfotograf?«

»Ja, und sogar ein ziemlich guter, müssen Sie wissen. Natürlich beschäftigt er sich am liebsten mit lebenden Personen, was bei einem Theatermenschen nicht anders zu erwarten ist.«

»Beschreiben Sie genau, was Sie gesehen haben, Mr. Hathaway.«

Einige junge Männer kamen, laut und angeregt miteinander sprechend, vorüber. Sie versuchten, ihre Aussagen durch Armbewegungen zu unterstreichen, doch da sie Fotoapparate und Stative trugen, war das nicht einfach. Einem saß der Hut schief auf dem Kopf, doch schien er das nicht zu merken. Sie verschwanden im Schatten eines Baumes, stellten ihre Stative auf und begannen sich aufmerksam umzuschauen.

»Ich habe gesehen, wie sie miteinander stritten«, sagte Hathaway mit angespanntem Gesicht. »Antrim schien Cathcart anzuflehen, wollte ihn offenbar zu irgendetwas veranlassen. Es wirkte sehr eindringlich, wie er ihn mit erhobenen Händen förmlich beschwor.«

»Haben Sie seine Worte gehört?«

»Nein.« Er riss die Augen weit auf. »Das ist das Sonderbare. Keiner von beiden hat seine Stimme erhoben. Dass es ein Streit war, konnte ich lediglich am wilden Herumgefuchtel der beiden und am Zorn in ihren Gesichtern erkennen. Offenbar wollte Antrim Cathcart zu etwas bringen, und dieser weigerte sich immer heftiger, bis Antrim schließlich wütend davonrannte.«

»Und Cathcart ist dageblieben?«

»Nicht lange. Er hat dann auch seinen Fotoapparat genommen, sein Stativ zusammengeklappt und ist ebenfalls gegangen.«

»In dieselbe Richtung?«

»Mehr oder weniger. Aber das ging auch gar nicht anders, denn nur so lässt sich von dort aus der Weg erreichen, der aus dem Park hinausführt.«

»Hat sonst jemand diese Auseinandersetzung beobachtet?«

»Das weiß ich nicht. Man ist beim Fotografieren ziemlich in das versunken, was man tut – ich habe wegen meiner Besessenheit schon einige Freunde verloren. Aufgefallen sind mir die beiden nur, weil ich gerade in dem Augenblick einen Hintergrund für die Aufnahme einer jungen Bekannten suchte, einer blonden Dame. Ich stellte mir vor, dass sie weiß gekleidet dort stand…«

Pitt unterbrach ihn lächelnd.

»Ich verstehe. Ihre Aussagen sind sehr hilfreich, Mr. Hathaway. Gibt es sonst noch etwas, was Sie mir über diese Begegnung berichten können? Haben Sie die beiden bei anderen Gelegenheiten miteinander beobachtet? Kennen Sie einen von beiden persönlich – beispielsweise als Mitglieder Ihres Klubs?«

Hathaway zuckte die Achseln. »Leider kann ich Ihnen da nicht weiterhelfen. Ich bin selbst noch nicht lange Mitglied und kenne vielleicht drei oder vier der anderen:

Crabtree, Worthing, Ullinshaw und Dobbs. Das sind mehr oder weniger alle. Dobbs versteht es großartig, die Brechungen von Licht auf Steinen, Zäunen und dergleichen einzufangen, und mit Vögeln kommt er einfach blendend zurecht.« Wieder lag Begeisterung in seiner Stimme. »Er hat mir als Erster gezeigt, dass man nicht nur mit Planfilm oder Platten fotografieren kann, sondern auch mit Rollfilmen – eine neue Erfindung, die einfach großartig ist. Sie stammt von einem gewissen Mr. Eastman aus Amerika. Sechs Meter ist so eine Rolle lang.« Er machte mit seinen Händen eine weit ausgreifende Bewegung. »Mit einer solchen Rolle lassen sich hundert Bilder hintereinander machen. Überlegen Sie nur! Eins nach dem anderen… einfach so. Die Bilder sind rund und haben einen Durchmesser von fast fünf Zentimetern.«

»Rund?«, fragte Pitt. Alle Fotos, die er in Cathcarts Haus gesehen hatte, waren rechteckig gewesen, wie auch die Porträts in den Häusern von dessen Auftraggebern.

»Ja«, erwiderte Hathaway mit einem Lächeln. »Das ist natürlich nur etwas für Amateure. Ich weiß, dass die Berufsfotografen mit rechteckigen Platten arbeiten, aber das runde Format ist auch nicht schlecht. Wenn der Film voll ist, schickt man die ganze Kamera ein, dann wird er entwickelt, und die Kamera kommt mit einem frischen Film zurück. Das Ganze kostet etwa fünf Guineen.« Sein Gesicht nahm einen leicht bedrückten Ausdruck an. »Wie gesagt, Fotografieren ist recht teuer. Aber ich ziehe es jedem anderen Zeitvertreib, den ich kenne, vor.« Er reckte herausfordernd das Kinn, als warte er auf Pitts Vorwurf, dass er sein Geld zum Fenster hinauswerfe.

»Äußerst interessant«, sagte Pitt durchaus aufrichtig. »Ich danke Ihnen für Ihre Offenheit und Ihre Erklärungen, Mr. Hathaway. Sollte Ihnen noch etwas einfallen, lassen Sie es mich bitte wissen. Guten Tag.«

Pitt sprach mit jedem der anderen Klubmitglieder, aber keiner konnte ihm weiterhelfen. Einer der jungen Männer hatte den Streit zwar mit angesehen und konnte die Beteiligten beschreiben, kannte jedoch deren Namen nicht.

»Allerdings«, stimmte er zu. »Er war sehr heftig. Einen Augenblick lang dachte ich, sie würden aufeinander losgehen, aber dann hat der Jüngere den anderen, dessen Gesicht ganz rot angelaufen war, einfach stehen lassen.«

Pitt konnte fragen, was er wollte, er bekam nichts weiter heraus, wohl aber erfuhr er zahlreiche Einzelheiten über die Wunder der Fotografie, die neuesten technischen Fortschritte und Mr. Eastmans staunenswerte Filmrolle, die aber allem Anschein nach lediglich draußen bei Tageslicht verwendet werden konnte, was hinlänglich erklärte, warum Delbert Cathcart, der häufig bei gedämpftem Licht oder im Inneren von Räumen arbeitete, nach wie vor das herkömmliche Material verwendete.

Alle Mitglieder des Klubs waren Männer, und es war ihnen auch nicht weiter erwähnenswert erschienen, dass es unter ihnen keine Frauen gab. Dennoch waren sie voll glühender Bewunderung für Fotografinnen und zögerten nicht im Geringsten, sie als bedeutende Künstlerinnen auf ihrem Gebiet zu bezeichnen, die auch die erforderliche Technik in meisterlicher Weise umfassend beherrschten. Obwohl all das Pitt in seiner Arbeit keinen Schritt weiterbrachte, interessierte es ihn.

Von Hampstead aus suchte Pitt Orlando Antrim auf, um in Erfahrung zu bringen, worum es bei dem Streit gegangen war und wo und wann er Cathcart zuletzt gesehen hatte. Pitt fürchtete den Augenblick, in dem er ihm einen Mord würde vorhalten müssen, aber das gehörte nun einmal zu seinem Beruf.

Er fand Orlando im Theater bei der Probe zu *Hamlet*. Bis zur Premiere war es nur noch eine Woche. Er musste dem Pförtner Erklärungen abgeben und sich ausweisen, bevor er eingelassen wurde.

»Die Leute sind in der Probe«, sagte der alte Mann und sah Pitt durchdringend an. »Unterbrechen Sie die auf keinen Fall! Warten Sie, bis man Sie anspricht. Mr. Bellmaine sagt Ihnen Bescheid, wenn es so weit ist. Man darf Schauspieler nicht stören, das gehört sich nicht und ist nicht recht.«

Pitt beugte sich der Notwendigkeit und schlich auf Zehenspitzen durch die staubigen Gänge, die man ihm beschrieben hatte. Nachdem er sich einige Male verlaufen hatte, landete er in den Kulissen der riesigen Bühne, auf der lediglich zwei bestickte Wandschirme und ein Sessel standen. Ein hoch gewachsener, dürrer Mann stand auf der linken Seite an der Rampe, nur einen oder zwei Schritte vom Orchestergraben entfernt. Sein leichenblasses Gesicht spiegelte tiefe Empfindungen, und er hob einen Arm, als grüße er jemanden in der Ferne.

Dann sah Pitt, wie Cecily Antrim in schlichtem Graublau auf der ihm gegenüberliegenden Seite ins Licht der Bühne trat. Zu einem Rock mit angedeuteter Tournüre trug sie eine Bluse. Obwohl sie das Haar mit wenigen Nadeln unordentlich hochgesteckt hatte, sah sie blendend aus, machte den Eindruck von Jugend, Dynamik und Lässigkeit.

»Ah, meine Liebe«, sagte der hoch gewachsene Mann mit warmer Stimme. »Bereit für Polonius' Tod. Von vorn. Wo ist Hamlet? Orlando!«

Orlando Antrim tauchte aus den Kulissen hinter seiner Mutter auf. Auch er trug kein Kostüm, sondern lediglich Hose, kragenloses Hemd und eine Weste, die zu keinem der beiden anderen Kleidungsstücke passte. Seine ungeputzten Schuhe waren abgestoßen und sein Haar ungekämmt. Tiefe Konzentration lag auf seinen Zügen.

»Gut, gut«, sagte der hoch Gewachsene. Pitt nahm an, dass es sich um den vom Pförtner erwähnten Mr. Bellmaine handelte. »Hamlet von rechts. Gertrude, du und ich von links. Das hier ist der bewusste Wandschirm. Fangen wir an.« Mit auf dem Bretterboden hallendem Schritt ging er den anderen voran und verließ die Bühne. Dann wandte er sich um und betrat an Cecilys Seite erneut die Bühne.

»›Er kommt sogleich‹«, begann er. »›Setzt ihm mit Nachdruck zu…‹« Obwohl seine Stimme nicht lauter war als im normalen Gespräch, füllte sie mühelos die Bühne und den ganzen Zuschauerraum. »›Sagt ihm, dass er zu wilde Streiche macht.‹«

»›Mutter, Mutter, Mutter‹«, rief Orlando aus den Kulissen.

Cecily wandte sich an Bellmaine. »›Verlasst Euch drauf, Sorgt meinetwegen nicht. Zieht Euch zurück. Ich hör ihn kommen.‹«

Mit einer einzigen, sonderbar anmutigen Bewegung für jemanden, der so tat, als wäre er ein alter Mann, glitt Bellmaine hinter den Wandschirm.

Orlando kam auf die Bühne. »›Nun, Mutter, sagt: Was gibt's?‹«

»›Hamlet, dein Vater ist von dir beleidigt‹«, gab Cecily mit klangvoller Stimme zurück.

Orlandos Gesicht war angespannt, seine Augen blickten düster. In ihm war eine so große seelische Spannung, eine so tief empfundene Qual, dass er daran zu zerbrechen schien. »›Mutter, mein Vater ist von Euch beleidigt.‹«

Faszniert sah Pitt zu, wie Menschen, die er zuvor als völlig anders geartete Personen auf der Bühne gesehen hatte, in die jeder Generation seit nahezu dreihundert Jahren vertrauten Rollen schlüpften. Er hatte *Hamlet* beim

Privatunterricht auf dem Gut von Sir Arthur Desmond kennen gelernt und gemeinsam mit dessen Sohn Matthew den großen Monolog gelesen und in seine verschiedenen Bestandteile zerlegt. Jetzt aber erschien vor ihm die Geschichte von Menschen, deren Leben ebenso wirklich war wie sein eigenes. Er wurde Zeuge, wie sich die Königin schuldig machte, nahm Hamlets Qual wahr, und all das entstand aus der bloßen Stimme und den Bewegungen der Schauspieler auf einer leeren Bühne und zerfiel im nächsten Augenblick, wenn sie innehielten, aus der Rolle fielen und wieder sie selbst wurden.

»Zu schnell«, sagte Bellmaine und sah Orlando an. »Deine anklagenden Worte kommen zu undeutlich. Hamlet ist aufgebracht und empört. Trotzdem muss das Publikum verstehen, was er sagt. Du bist zu realistisch.«

Orlando lächelte. »Entschuldigung. Sollte ich eine kleine Pause machen, bevor ich sage: ›des Himmels Antlitz glüht‹?«

»Versuch's«, stimmte Bellmaine bereitwillig zu. Dann wandte er sich an Cecily. »Du klingst zu flehentlich. Wenn einer schuldig ist, liegt in dem, was er sagt, mehr Wut. Du buhlst zu sehr um die Gunst des Publikums.«

Sie zuckte entschuldigend die Achseln.

»Noch mal«, sagte er. »Von Hamlets Auftritt.«

Pitt sah zu, wie sie die Szene ein zweites, ein drittes und schließlich ein viertes Mal spielten. Noch mehr als die Geduld dieser Menschen bewunderte er die seelische Energie, die sie in den Stand versetzte, jedes Mal die gleiche Leidenschaft zu zeigen und ganz in der Sache aufzugehen. Nur zweimal musste jemandem ein Stichwort zugeflüstert werden, dann ging es sofort weiter. Diese Menschen schienen die Fähigkeit zu besitzen, mit der Kraft ihrer Überzeugung eine ganze Welt heraufzubeschwören und sich zugleich an die Worte eines anderen zu erinnern und sie zu sagen, als wären es ihre eigenen.

Endlich gönnte Bellmaine ihnen eine Pause. Erst da merkte Pitt, dass weitere Schauspieler und Schauspielerinnen herbeigekommen waren, um ihre Rollen zu proben. Er versuchte, sie sich in den Kostümen einer weit zurückliegenden Zeit vorzustellen, so wie man sie bei der Aufführung sehen würde. Bei einer jungen Frau mit blondem Haar und einer hohen Stirn kam ihm der Gedanke, sie könne Ophelia sein, und sogleich musste er an Delbert Cathcart denken, der im grünen Samtkleid als obszöne Ophelia-Parodie im Kahn gelegen hatte.

Pitt stand von der Holzkiste auf, auf der er gesessen hatte.

»Verzeihen Sie bitte…«

»Mein guter Freund«, sagte Bellmaine ohne Umschweife. »Ich kann mir jetzt kein Vorsprechen anhören. Gehen Sie zu Mr. Jackson. Er wird sich um Sie kümmern. Sofern Sie pünktlich sind, kommen und gehen, wie man es Ihnen sagt, dafür sorgen, dass Sie immer nüchtern sind, und nur sprechen, wenn man das Wort an Sie richtet, können Sie für eine Guinee die Woche Ihre Laufbahn auf der Bühne beginnen.« Er lächelte und sein ganzes Gesicht strahlte plötzlich. »Man weiß nie, was daraus noch wird. Sie gehen mit uns in der Provinz auf Tournee, bekommen eine kleine Rolle, und wir zahlen Ihnen bis zu fünfundzwanzig Shilling… Im Laufe der Zeit können es auch fünfunddreißig werden. Seien Sie jetzt also brav und gehen Sie zu Jackson. Wahrscheinlich ist er irgendwo hinten und kümmert sich um die Kulissen und die Beleuchtung.«

Unwillkürlich musste Pitt lächeln. »Ich bin nicht auf eine Laufbahn am Theater erpicht, Mr. Bellmaine. Ich komme von der Polizeiwache in der Bow Street… Oberinspektor Pitt…«

Cecily, die am Rand der Bühne saß, hob den Blick. »Großer Gott, das ist doch der Freund von Joshua! Ich versichere Ihnen: Polonius lebt und ist bei bester Gesundheit!« Da Bellmaine zwischen ihnen stand, war das unbestreitbar.

»Ich habe nicht die Absicht, Hamlet zu verhaften, Ma'am«, versprach Pitt. »Die Nation würde mir nie vergeben.«

»Die ganze Welt, Mr. Pitt«, gab sie zur Antwort. »Aber ich bin entzückt von Ihrem Sinn für Prioritäten. Wir haben zwar die eine oder andere Stelle ein bisschen vermasselt, aber ein Verbrechen kann man das kaum nennen.« Sie lehnte sich ein wenig zurück und schlang ihre Arme um ein Knie. »Was führt Sie hierher? Doch wohl nicht mein Protest gegen den Lordkämmerer? Wenn Sie allerdings Gedanken lesen können und wissen, was ich mit dem Halunken am liebsten täte, wäre das unter Umständen ein Grund, mich festzunehmen.«

»Das darf ich erst, wenn Sie die Tat begangen haben, Miss Antrim«, erklärte er und versuchte seine Belustigung zu verbergen. Es war nicht der richtige Augenblick, und sie begriff sofort. Ein strahlendes Lächeln legte sich auf ihre Züge. »Wie freundlich von Ihnen. Ganz herzlichen Dank.«

Bellmaine trat zwischen die beiden. »Sie haben bestimmt einen Grund für Ihr Kommen, Sir. Worum geht es? Wir können uns keine lange Unterbrechung leisten. Ihnen mag das hier nicht besonders großartig erscheinen, aber wir leben davon, und es kostet mehr Mühe, als es den Anschein hat.«

Pitt wandte sich ihm zu. »Es erscheint mir durchaus als mühevoll, Mr. Bellmaine«, entgegnete er aufrichtig. »Ich muss mit Mr. Antrim sprechen. Ich werde es so kurz wie möglich machen. Gibt es eine Szene, die Sie ohne ihn proben können?«

»*Hamlet* ohne den jungen Prinzen? Sie belieben zu scherzen, Sir. Ach… ich glaube schon. Ein bisschen. Laertes, Ophelia! Kommt! Wir haben keine Zeit zu vergeuden. Die dritte Szene, von vorn bitte. Also… ›Mein Reisegut ist eingeschifft‹… aufgepasst!«

Pitt ging über die Bühne zu Orlando, wobei seine Schritte laut und einsam hallten, bis der Auftritt von Laertes und Ophelia sie übertönte. Sogleich begann das Drama mit geschulten Stimmen und voll Leidenschaft, als hätte alles, was dahin führte, gerade erst stattgefunden.

»Was gibt's?«, erkundigte sich Orlando und verzog das Gesicht. »Hat es mit der Zensurgeschichte zu tun? Ich habe protestiert, aber durchaus friedlich.«

»Nein, Mr. Antrim. Damit hat es nicht im Geringsten zu tun. Soweit mir bekannt ist, haben Sie in dieser Angelegenheit gegen kein Gesetz verstoßen.« Er ging mit Orlando ein wenig beiseite und hinter die Bühne, wo nackte Ziegelwände aufragten, bis sie sich in der Dunkelheit verloren, und riesige gemalte Hintergründe für ein Dutzend verschiedener Dramenwelten hingen oder in Schichten aufeinander gestapelt waren.

»Was ist es dann?«, fragte Orlando und stand mit so wohl einstudierter Anmut da, dass er es selbst nicht einmal merkte.

»Gehören Sie einem Fotoklub in der Nähe von Hampstead an?«, fragte Pitt.

»Was?«

Pitt wollte die Frage wiederholen, wurde aber von Orlando unterbrochen. »Ja… das heißt, ich gehe gelegentlich hin, nicht besonders oft, aber ich gehöre dem Klub an. Warum wollen Sie das wissen?«

»Waren Sie am vorigen Dienstag früh am Morgen am See im Hyde Park dabei?« Er sah aufmerksam auf Orlandos Gesicht, konnte aber im schlechten Licht nicht erkennen, ob er erbleichte oder nicht.

»Ja…«, sagte Orlando zurückhaltend. Er schluckte und hüstelte. »Ja. Warum? Soweit ich weiß, ist da nichts Ungewöhnliches vorgefallen.«

»Sie sind dort Mr. Delbert Cathcart begegnet und haben sich heftig mit ihm gestritten.«

»Nein.« Er sah verwirrt drein, als überrasche ihn diese Behauptung. »Sie – Sie meinen den Fotografen, den man umgebracht hat? Falls er da war, habe ich ihn auf keinen Fall gesehen.«

»Aber Sie waren dort?«

»Natürlich war ich dort. Es war ein herrlicher Vormittag, schönes, klares Morgenlicht, und es waren nicht viele Menschen unterwegs. Ich hatte keine Probe und war am Vorabend nicht allzu spät ins Bett gekommen. Wer hat Ihnen gesagt, dass Cathcart da war?«

»Kannten Sie ihn?«

»Nein.« Die Antwort kam sehr schnell. Orlando ließ Pitt nicht aus den Augen, sein Blick war unnatürlich fest. Andererseits wusste er natürlich, dass Cathcart nicht mehr lebte. Jeder andere wäre jetzt nervös geworden. »Nein«, wiederholte er. »Er war Berufsfotograf, einer der besten, das hat jeder gesagt. Ich bin lediglich ein Amateur, fotografiere nur zu meinem Vergnügen. Aber ich werde die Sache wohl an den Nagel hängen müssen, ich habe einfach nicht genug Zeit dafür.«

Das konnte Pitt sich gut vorstellen. Ihm war klar, dass er nicht im Entferntesten ahnte, welches Ausmaß an seelischer Kraft, wie viel Gefühl nötig war, um eine Rolle wie Hamlet zu spielen, von der körperlichen Ausdauer ganz abgesehen.

»Sie haben sich an jenem Morgen mit jemandem gestritten und sind ziemlich wütend fortgegangen. Falls das nicht Cathcart war, wer dann?«, wollte Pitt wissen.

Orlando errötete. Er zögerte einige Augenblicke und sah beiseite, bevor er etwas erwiderte.

»Ein Bekannter«, sagte er ein wenig trotzig. »Ich kannte ihn noch nicht lange und möchte ihn lieber nicht in die

Sache hineinziehen. Es war eine einfache Meinungsverschiedenheit, nichts weiter. Wahrscheinlich hat es schlimmer ausgesehen, als es war. Es ging dabei aber wirklich nur um die Frage, was man in einem bestimmten Zusammenhang tun sollte oder nicht. Es war nicht die Art von Streit, dessentwegen man eine Freundschaft aufs Spiel setzt oder sich gar prügelt.«

Pitt gefiel nicht, was er zu tun hatte, da er Orlando mehr oder weniger glaubte, aber es wäre verantwortungslos gewesen, sich anders zu verhalten.

»Andere haben den Mann als Cathcart identifiziert, Mr. Antrim. Falls er es nicht war, muss ich der Sache nachgehen. Wie heißt Ihr Bekannter?«

Orlando zögerte erneut und entgegnete dann mit entschlossener Miene: »Tut mir Leid.« Er wartete einen Augenblick, um zu sehen, wie Pitt darauf reagierte. Als er sah, dass dieser unnachgiebig blieb, setzte er hinzu: »Er ist im Augenblick ohnehin nicht in London und ich könnte keine Verbindung mit ihm aufnehmen. Es würde also nichts nützen, wenn ich Ihnen seinen Namen… oder seine Anschrift sagte.«

»Falls er sich nicht in London aufhält, Mr. Antrim, wäre es doch nicht weiter schlimm, wenn Sie mir diese Angaben machten, oder?«, fragte Pitt.

»Doch. Es könnte seinem Ruf schaden, und er wäre nicht da, um etwas dagegen zu unternehmen.«

»Mr. Antrim, ich möchte mich lediglich vergewissern, dass er derjenige war, mit dem Sie am Vormittag vor Mr. Cathcarts Tod gestritten haben, nichts weiter.«

»Das geht aber nicht, denn er ist nicht da. Wenn jemand, der so bekannt war wie Cathcart, beim Treffen des Fotoklubs dabei gewesen wäre, könnten ihn doch bestimmt andere Mitglieder identifizieren.«

Damit hatte er zweifellos Recht. Es stimmte aber auch, dass sie imstande sein müssten, ihm zu sagen, wer der

Mann war, mit dem Orlando Antrim so hitzig gesprochen hatte. Warum sollte er das verheimlichen wollen?

»Dann muss ich eben dort nachfragen«, gab Pitt zurück und sah Orlando offen an. »Zweifellos hat man Sie gesehen, und wenn er Mitglied ist, wird man auch seinen Namen kennen. Es wäre auf jeden Fall einfacher, wenn Sie es mir sagten, aber falls ich die Angaben aus anderen herausfragen muss, tue ich das.«

Orlando sah unglücklich drein. »Ich sehe, dass Sie nicht bereit sind, die Sache auf sich beruhen zu lassen. Ich schwöre Ihnen, dass es mit Ihrem Fall nichts zu tun hat. Es handelt sich um einen an der französischen Botschaft tätigen Diplomaten… Es geht um eine delikate Angelegenheit…«

»Henri Bonnard«, sagte Pitt.

Orlandos Augen weiteten sich. Er erstarrte, sein Kinn hob sich ein wenig, doch er sagte nichts.

»Wo hält er sich auf, Mr. Antrim?«

»Das darf ich nicht sagen.« Orlandos Züge verhärteten sich. Er wirkte gequält, aber eisern entschlossen. Es war deutlich zu sehen, dass er nicht bereit war, mehr zu verraten, ganz gleich, wie sehr man ihn bedrängte. »Ich habe mein Wort gegeben.«

Pitt konnte ihn nicht dazu bewegen, es sich anders zu überlegen.

Sei es, dass die Szene zu Bellmaines Zufriedenheit ausgefallen war, sei es, dass er wissen wollte, was Pitt mit seinem Hauptdarsteller zu besprechen hatte, jedenfalls kam er dort hin, wo sie miteinander sprachen. Zuerst sah er auf Orlando, dann auf Pitt.

»Die Kunst ist lang, aber das Leben ist kurz, Oberinspektor«, sagte er mit einem angedeuteten Lächeln. »Falls wir Ihnen irgendwie helfen können, stehen wir Ihnen selbstverständlich zur Verfügung. Sofern die Sache aber nicht dringend oder wichtig ist, könnten wir jetzt vielleicht mit *Hamlet* weitermachen?« Er blickte zu Orlando hin, möglicherweise um abzuschätzen, ob jener so verstört war, dass seine Konzentration darunter leiden könnte. Was er sah, schien ihn zu befriedigen. Er wandte sich erneut Pitt zu und wartete auf dessen Antwort.

Bellmaines Dazwischentreten schien Orlando erleichtert zu haben und er tat, vermutlich unbewusst, einen Schritt auf ihn zu.

Der Ältere legte ihm eine Hand auf die Schulter. »Wir müssen arbeiten, mein Prinz«, sagte er und sah Pitt unverwandt an. »Vorausgesetzt, der Oberinspektor gestattet das.«

Es war Pitt klar, dass er nichts weiter erfahren, sondern lediglich die Schauspieler ohne vernünftigen Grund bei der Arbeit stören würde.

»Selbstverständlich«, sagte er. »Ich danke Ihnen, dass Sie mir Ihre Zeit gewidmet haben.«

Orlando zuckte die Achseln.

Bellmaine breitete in einer charmanten und beredten Geste die Hände aus, dann kehrte er auf die Bühne zurück, wo bereits alle auf ihn und Orlando warteten. Pitt warf einen letzten Blick auf die Schauspieler, die sich wieder in ihre eigene Welt versenkt hatten, dann wandte er sich um und ging.

Bei einer kurzen Besprechung an seinem mit Papieren übersäten Schreibtisch berichtete Pitt Tellman, was er in Erfahrung gebracht hatte.

»Die Leute in der Botschaft verbergen etwas«, sagte Tellman. »Ich bin nach wie vor überzeugt, dass die Sache was mit denen zu tun hat. Nur Mrs. Geddes sagt, dass der Tote Cathcart ist. Vielleicht stimmt das gar nicht, sondern es ist doch der Franzose. Die Sache schmeckt mir sowieso mehr nach Schauspielern und Ausländern.«

»Wohl eher nach Leidenschaft als nach Gier«, antwortete Pitt. »Aber dazu sind alle möglichen Leute imstande, nicht nur Franzosen und verschrobene Charaktere.«

Tellman warf ihm einen Blick stummer Verachtung zu.

»Gleich morgen früh werden wir die Botschaft aufsuchen«, gab Pitt nach. »Wir müssen wissen, was es mit Henri Bonnard auf sich hat, und sei es nur, damit wir ihn bei unseren Nachforschungen ausschließen können.«

»Oder wir müssen wissen, was mit Cathcart geschehen ist«, ließ Tellman nicht locker.

»Ich glaube, das wissen wir«, erwiderte Pitt betrübt. »Man hat ihn in seinem eigenen Hause umgebracht und dann zu einer letzten Reise, deren Gründe undurchsichtig sind, die Themse hinabgeschickt. Nur weiß ich nicht, wer das getan hat, und ich kenne das Motiv nicht.«

Tellman gab keine Antwort.

Von Monsieur Villeroche erfuhr Pitt ebenso wenig wie bei seinem ersten Besuch, nur dass das Gespräch diesmal in den vier Wänden seines Büros stattfand.

»Nein! Wir wissen absolut nichts!«, wiederholte er. »Er ist nicht zurückgekehrt und hat auch, soweit mir bekannt ist, nichts von sich hören lassen. Ich habe nicht die geringste Ahnung, was mit ihm geschehen sein könnte.« Sein Gesicht war gerötet, und er unterstrich seine Hilflosigkeit mit unruhigen Handbewegungen. »Er ist jetzt schon über eine Woche fort, und wir haben nichts erfahren. Seine Arbeit türmt sich zu Bergen, und man sagt mir, ich solle mir keine Sorgen machen. Ich bin verrückt vor Sorgen! Wer wäre das nicht?«

»Haben Sie mit seinen Angehörigen in Frankreich Verbindung aufgenommen?«, erkundigte sich Pitt.

»Nein. Die leben im Süden des Landes, ich glaube in der Provence. Dorthin würde er bestimmt nicht fahren, ohne mir etwas davon zu sagen. In einer schwierigen

Situation wäre es kein Problem, Urlaub zu bekommen. Der Botschafter ist nicht unvernünftig.«

Pitt ging der Sache nicht weiter nach. Tellman hatte bereits festgestellt, dass Bonnard nicht mit der Fähre den Kanal überquert hatte, sondern von Dover nach London zurückgekehrt war.

»Könnte es sich um eine Frauengeschichte handeln?«, fragte er stattdessen.

Villeroche zuckte die Achseln. »Warum sollte er das nicht einfach sagen?«, fragte er. Es klang einleuchtend. »Auf jeden Fall hat er keinen Urlaub beantragt, das ist sicher. Wer würde für eine Liebesbeziehung einfach seinen Arbeitsplatz verlassen, wo man ihn achtet und ihm vertraut, und heimlich verschwinden… Gott weiß wohin… ohne jemandem ein Wort zu sagen.«

»Jemand, der eine Beziehung zu einem Menschen hat, von der keiner erfahren darf«, erwiderte Pitt mit dem Anflug eines Lächelns. »Jemand, den die Leidenschaft so fest in ihren Krallen hat, dass er jegliches Pflichtgefühl gegenüber seinen Kollegen und jeden Sinn für das verliert, was sich gehört.«

»Das täte nur jemand, der nicht an seinem Posten hängt«, gab Villeroche zur Antwort. »Und damit würde er sich zugleich der Möglichkeit berauben, die heimliche Geliebte zu heiraten.« Er biss sich auf die Lippe. »Sie meinen also, wir müssen eine ungehörige Affäre vermuten, mit einer verheirateten Frau oder der Tochter eines Mannes, der in ihm keinen annehmbaren Bewerber um ihre Hand sieht? Oder vielleicht mit einer Frau von geringer Herkunft, die er nicht heiraten könnte? Oder…« Er sprach die letzte Möglichkeit nicht aus, doch Pitt wie Tellman wussten, was er meinte.

»Halten Sie das für wahrscheinlich?«, fragte Pitt, ohne Tellman anzusehen. Das grüne Samtkleid stand ihm deutlich vor Augen.

Villeroche runzelte die Stirn. »Nein!« Es schien ihn zu überraschen, dass man so etwas auch nur denken konnte. »Auf keinen Fall. Mir ist natürlich klar, dass man Menschen nur selten so gut versteht, wie man annimmt, aber Bonnard hat auf mich einen völlig normalen Eindruck gemacht.« Er schüttelte leicht den Kopf. »Es wäre mir wirklich lieb, wenn Sie ihn finden könnten. Er machte einen bekümmerten Eindruck, schien unter etwas zu leiden… Etwas hat ihn wohl bedrückt oder gequält, obwohl ich nicht im Geringsten ahne, was das sein könnte. Ich fürchte, dass ihm etwas zugestoßen ist.«

Villeroche gab Pitt eine Liste von Klubs und anderen Örtlichkeiten, die Bonnard aufzusuchen pflegte und wo man ihn unter Umständen antreffen könnte, falls er sich in London befände. Pitt dankte ihm und verabschiedete sich.

»Und was machen wir jetzt?«, fragte Tellman, als sie wieder auf der Straße standen.

Auf der oberen Plattform eines vorüberratternden Pferdeomnibusses hielten Frauen ihre Hüte fest. Ein Mann auf dem Gehweg drückte sich den seinen fester auf den Kopf, damit ihn der Wind nicht mit sich riss.

Ein Zeitungsjunge rief die Schlagzeilen aus. Obwohl sie nicht besonders aufregend waren, bemühte er sich, sie beachtenswert klingen zu lassen. Es ging um eine Gesetzesvorlage und den bevorstehenden Besuch eines unbedeutenden Herrschers in London. Ein älterer Mann schüttelte den Kopf, kaufte ihm aber mit freundlichem Lächeln eine Zeitung ab und klemmte sie unter den Arm.

»Danke!«, rief ihm der junge Zeitungsverkäufer nach.

Tellman machte ein erwartungsvolles Gesicht.

»Ich denke, dass wir Bonnard mit sehr viel mehr Nachdruck suchen müssen«, sagte Pitt zögernd. »Vielleicht steckt eine Liebesgeschichte dahinter, die er aus irgendeinem Grund vollständig geheimhalten musste.«

»Das glauben Sie doch selbst nicht!« Tellman sah ihn empört an. »Villeroche ist sein Freund. Wenn es um so etwas ginge, wüsste der Bescheid. Welcher Mann lässt um einer Frau willen einfach alles stehen und liegen, ohne dass er es jemandem sagt? Auch wenn er Franzose ist – er ist kein Dichter und kein Schauspieler, sondern arbeitet für seine Regierung.«

Pitt stimmte ihm zu, doch eine andere vernünftige Erklärung fiel ihm nicht ein. Gemeinsam suchten sie die auf Villeroches Liste angegebenen Örtlichkeiten auf und zogen ihre Erkundigungen so diskret wie möglich ein.

Niemand konnte sagen, wo sich Bonnard befand, niemand hatte ihn sagen hören, dass er London verlassen wolle. Niemand wusste etwas von einer Liebesbeziehung. Alle hatten von ihm den Eindruck, dass er die Gesellschaft verschiedener junger Damen zu schätzen wusste, von denen einige einen durchaus zweifelhaften Ruf hatten. Eine Ehe war, wie es aussah, das Letzte, woran er zur Zeit dachte. Solche Dinge schienen für ihn weit in der Zukunft zu liegen.

»Henri doch nicht«, sagte einer der Befragten entschieden und lachte nervös. »Er ist viel zu ehrgeizig, als dass er eine unpassende Ehe schließen würde, und der Frau eines anderen würde er schon gar nicht nachsteigen, nicht einmal im Ausland. Nein, nein.« Er ließ den Blick zwischen Pitt und Tellman hin und her wandern. »Er gehört zu den Menschen, die sich gern vergnügen, vielleicht nicht immer mit der bei einem Diplomaten gebotenen Zurückhaltung, aber lediglich… soweit das nicht mit Schwierigkeiten verbunden ist. Nur keine feste Bindung… Ich weiß nicht recht, wie ich es sagen soll.« Er verstummte.

»Sie meinen, Genuss ohne Reue?«, half ihm Pitt aus.

»Das trifft es genau«, stimmte der andere zu. »Er ist ein Mann von Welt… oder besser gesagt, ein Mann der Stadt, der hellen Lichter und der Musik, und leider nicht so weltklug, wie es wünschenswert wäre.«

Unwillkürlich musste Pitt lächeln. Alle gaben sich die größte Mühe, die Art von Bonnards Vergnügungen mit dem Mantel der Nächstenliebe zuzudecken. »Vielen Dank. Ich glaube, ich verstehe. Sie haben mir sehr geholfen. Guten Tag, Sir.«

Sie suchten noch einige weitere Adressen auf, die ihnen Villeroche genannt hatte, stießen aber nirgendwo auf Neues. Am Abend machten sie die Runde durch verschiedene Klubs, in denen Bonnard zu verkehren pflegte.

Um halb zehn betraten sie müde und mutlos den Gasthof *Ye Olde Cheshire Cheese*, der in einem Seitengässchen zwischen einer Schneiderei und einem Friseurladen lag.

»Ob sich das lohnt?«, sträubte sich Tellman am Eingang und rümpfte angewidert die Nase. Das Licht der Gaslaterne warf ihre langen Schatten über den Gehweg.

»Vermutlich nicht«, gab Pitt zurück. »Allmählich mache ich mich mit der Vorstellung vertraut, dass er entweder aufs Land gefahren ist, weil er eine Frauengeschichte hat, von der nicht einmal seine engsten Freunde etwas wissen, oder dass er in etwas Gesetzwidriges verwickelt ist, vielleicht sogar in den Mord an Cathcart, obwohl ich da keine Verbindung sehe. Kommen Sie, nur noch dies Lokal hier. Wahrscheinlich liegt der Bursche irgendwo mit einer Frau, die gesellschaftlich nicht zu ihm passt, im warmen Bett, während wir uns hier in London die Füße ablaufen und uns fragen, was ihm zugestoßen sein könnte.« Er drückte die Tür auf. Sie traten in einen warmen Raum, in dessen schlechter Luft der Geruch von Wein und Tabak hing. Gläser oder Humpen vor sich, saßen knapp zwei Dutzend vorwiegend junge Männer in Gruppen beieinander und unterhielten sich angeregt.

Mit seiner unordentlichen Kleidung und dem ungeschnittenen Haar musste Pitt wohl selbst ein wenig wie ein Bohemien gewirkt haben, denn niemand wunderte sich über seine Anwesenheit. Er war nicht sicher, ob ihm das recht war oder nicht. Seinen Vorgesetzten würde dieses Auftreten sicherlich nicht gefallen.

Einige fragende Blicke richteten sich auf Tellman, aber da er ganz offensichtlich zu Pitt gehörte, stellte niemand Fragen. Er holte tief Luft, fuhr sich mit den Fingern in den Kragen, als wäre er zu eng und hindere ihn am Atmen, dann trat er ebenfalls ein.

Pitt ging am ersten Tisch vorüber, da man dort so ernsthaft miteinander diskutierte, dass er überzeugt war, man würde ihm eine Unterbrechung des Gesprächs übel nehmen. Die Leute am zweiten Tisch schienen weniger in ihre Unterhaltung vertieft zu sein. Eins der Gesichter kam ihm bekannt vor, ohne dass er gewusst hätte, woher. Der Mann hatte kräftige Züge, dichtes, dunkles Haar und dunkle Augen.

»Kleingeister mäkeln grundsätzlich an allem herum, was sie nicht verstehen«, sagte der Mann heftig. »Nur so können sie zu der Ansicht gelangen, das Thema auf die eine oder andere Weise zu beherrschen, während sie doch in Wahrheit lediglich ihre diesbezügliche Unfähigkeit nachgewiesen haben. Ich werde nie verstehen, warum es manchen Menschen richtig erscheint, anderen ihre angeblichen Fehler umso mehr vorzuhalten, je dümmer sie selbst sind.«

»Aber regt Sie das nicht auf?«, fragte ein blonder junger Mann mit großen, leuchtenden Augen.

Der dunkelhaarige Mann hob die Brauen. »Mein guter Freund, welchen Sinn hätte das? Manche Menschen sehen in dem, was für andere ein Kunstwerk ist, lediglich einen Spiegel, der ihnen ihr eigenes Bild dem entsprechend zeigt, was sie gerade beschäftigt. Sie kritisieren es, so gut oder, besser gesagt, so schlecht sie können, weil ihnen nicht gefällt, was sie da sehen. Beispielsweise ist Mr.

Henley überzeugt, dass ich vor allem die Liebe zur Schönheit propagiere, weil er für sie nichts dergleichen empfindet. Schönheit macht ihm Angst. Sie ist verlockend, aber ungreifbar und verspottet ihn dadurch, dass er sie nicht zu fassen vermag. Indem er *Das Bildnis des Dorian Gray* angreift, sucht er gewissermaßen eine Waffe, mit deren Hilfe er seinen persönlichen Gegner angreifen kann.«

Einen aus der Gruppe schien das zu interessieren. »Bist du davon überzeugt, Oscar? Du könntest ihn doch in der Luft zerreißen, wenn dir danach wäre. Du hast alles, was du dazu brauchst: Wortwitz, Wortgewalt, Klarheit des Denkens…«

»Aber mir ist nicht danach«, gab der mit Oscar Angeredete zurück. »Ich bewundere seine Arbeit. Ich bin nicht bereit zuzulassen, dass er etwas aus mir macht, was ich nicht sein möchte… nämlich einen Künstler, der die Kunst aus den Augen verloren hat und sich dazu herablässt, öffentlich zu kritisieren, was er in Wahrheit insgeheim bewundert, weil er es sich nicht versagen kann zurückzuschlagen. Schlimmer noch wäre es, wenn ich mir das Vergnügen versagte, mich an etwas zu erfreuen, was er geschaffen hat, nur weil er so dumm ist, sich selbst die Freude an dem zu verwehren, was ich gemacht habe. Das, mein Bester, wäre wahrhaft dumm. Wenn mich ein unwissender oder ängstlicher Mensch unmoralisch nennt, schmerzt mich das zwar, aber ich kann damit leben. Würde mich aber ein ehrlicher Mensch als dumm bezeichnen, müsste ich überlegen, ob er Recht hat, und das wäre entsetzlich.«

»Wir leben in einem Zeitalter der Banausen«, sagte ein anderer junger Mann schleppend, wobei er sich eine Stirnlocke aus dem Gesicht schob. »Zensur ist gleichbedeutend mit dem schleichenden Tod; sie frisst die Seele auf. Auf welche andere Weise als durch neue Gedanken kann eine Zivilisation wachsen? Jeder, der einen neuen

Gedanken erstickt, mordet das Denken und ist ein Feind der nachfolgenden Generation, denn er nimmt ihr einen Teil ihres Lebens und vermindert ihre Möglichkeiten.«

»Gut gesagt«, zollte ihm Oscar Beifall.

Der junge Mann errötete vor Freude.

Oscar lächelte ihm zu.

»Entschuldigen Sie bitte, Mr. Wilde…«, nutzte Pitt die Gesprächspause.

Neugierig hob Oscar Wilde den Blick zu ihm. In seinen Augen lag keinerlei Feindseligkeit, nicht einmal ein Misstrauen dem Fremden gegenüber.

»Sind Sie auch unserer Ansicht, Sir?«, fragte er voll Herzlichkeit. Er musterte Pitt aufmerksam, ließ den Blick einen Moment auf seinen ungekämmten Haaren und seinem zerknitterten Hemdkragen ruhen, der in Charlottes Abwesenheit ungepflegter aussah denn je. »Lassen Sie mich raten. Sind Sie ein Dichter, den irgendein engstirniger, hundsgemeiner Kritiker heruntergemacht hat? Oder ein Maler, der seine Vorstellung von der Seele des Menschen auf die Leinwand gebracht hat, und niemand will das Bild öffentlich zeigen, weil es die selbstzufriedenen Vorstellungen der Gesellschaft herausfordert?«

Pitt lächelte breit. »Nicht ganz, Sir. Ich bin Thomas Pitt, ein Polizeibeamter, dem ein französischer Diplomat abhanden gekommen ist und der sich fragt, ob Sie vielleicht wissen, wo er sich befindet.«

Wilde sah verblüfft drein und brach dann in lautes Gelächter aus, wobei er mit der Faust auf den Tisch schlug. Es dauerte eine ganze Weile, bis er sich wieder gefasst hatte.

»Gott im Himmel, Sir, Sie haben wirklich Sinn für das Absurde. Sie gefallen mir. Setzen Sie sich zu uns. Hier, nehmen Sie ein Glas Wein! Er schmeckt grauenhaft, wie Essig mit Zucker, aber das kann unsere Begeisterung nicht trüben, und wenn Sie genug davon trinken, spielt es auch keine Rolle mehr. Ihr schwermütiger Freund ist gleichfalls eingeladen.« Er wies auf einen leeren Stuhl ganz in seiner Nähe. Pitt zog ihn herbei und setzte sich zu den anderen. Tellman folgte seinem Beispiel.

Ein bleicher junger Ire, den die anderen Yeats nannten, sah trübsinnig in die Ferne. Die Einbeziehung der Neuankömmlinge schien ihm zu missfallen.

»Achten Sie nicht auf ihn«, wandte sich Wilde den beiden zu. »Haben Sie persönliche oder berufliche Gründe, wenn ich fragen darf?«

Pitt fühlte sich ein wenig unbehaglich. Er kannte Wildes Ruf und wollte nicht falsch verstanden werden.

Tellman war leicht verwirrt, wie sich an der Rötung seiner Wangen und an der Art ablesen ließ, wie er die Lippen aufeinander presste.

»Beruflich«, sagte Pitt, ohne den Blick von Wildes Gesicht zu nehmen.

»Tut es ein beliebiger französischer Diplomat?«, fragte der junge Mann mit der Stirnlocke und kicherte fröhlich. »Oder muss es ein bestimmter sein?«

Tellman schneuzte sich.

»Ich hätte gern einen bestimmten«, gab Pitt zur Antwort. »Genau gesagt geht es um Henri Bonnard. Einer seiner Freunde hat ihn als vermisst gemeldet, und es sieht ganz so aus, als liefe er Gefahr, seine Stellung zu verlieren, wenn er nicht bald wieder auftaucht. Daher nehme ich an, dass ihm etwas zugestoßen ist.«

»Etwas zugestoßen?« Wilde sah von einem zum anderen, dann wandte er sich wieder Pitt zu. »Ich kenne Bonnard flüchtig, hatte aber keine Ahnung, dass er vermisst wird. Allerdings muss ich gestehen, dass ich ihn schon eine Weile nicht gesehen habe. Ich würde sagen…« Er dachte kurz nach. »Na ja… ein paar Wochen, so in etwa.«

»Man hat ihn zuletzt vor neun Tagen gesehen«, erwiderte Pitt. »Am Vormittag in der Nähe des Serpentine-

Sees im Hyde Park. Dort hat er sich mit einem Freund gestritten und ist ziemlich aufgebracht davongegangen.«

»Woher wollen Sie das wissen?«, fragte Wilde.

»Mehrere Personen haben den Vorfall beobachtet«, erklärte Pitt. »Die Angehörigen eines Fotoklubs waren da, die im frühen Morgenlicht Aufnahmen machten. Beide Männer gehörten dem Klub an.«

Tellman rutschte unruhig auf seinem Stuhl hin und her.

»Ich fasse lieber in Worte, was ich sehe.« Yeats verlor das Interesse an der Unterhaltung und wandte sich ab.

»Ein Dichter von Licht und Schatten«, äußerte der Mann mit der Stirnlocke. »Eine ungeheure Anzahl von Schwarzweiß-Bildern mit vielen Grautönen. Besser als Whistler, was?«

»Aber nicht so gut wie Beardsley«, sagte ein anderer hitzig. »Ein Fotograf erfasst nur, was man sieht, das Äußere. Beardsleys Zeichnungen erfassen die Seele, das Wesen von Gut und Böse, die ewigen Fragen, das Paradox allen Seins.«

Pitt hatte keine Ahnung, wovon der Mann redete. Soweit er nach dem Ausdruck auf Tellmans Gesicht urteilen konnte, bemühte sich dieser nicht einmal mehr, etwas zu verstehen.

»Natürlich«, stimmte der Mann mit der Stirnlocke zu. »Wenn ihm kein heuchlerischer, ängstlicher kleiner Zensor in den Arm fällt, kann das Genie, das den Mut hat zu malen, wonach ihm der Sinn steht, mit dem Pinsel in der Hand nicht nur die Qualen oder den Triumph in der Seele des Menschen darstellen, sondern alles Erdenkliche.«

Ein anderer beugte sich begeistert vor und hätte dabei fast mit dem Ellbogen ein Weinglas vom Tisch gestoßen. »Die Unmittelbarkeit«, rief er mit einem Blick auf Wilde aus. »Deine *Salome* – seine Zeichnungen, das Schwarz, das Rot und das Gold waren brillant! Die Bernhardt hätte es bewundert! Könnt ihr euch das vorstellen? Wir hätten in ein neues Zeitalter des Geistes und der Sinne aufbrechen können. Man sollte den Lordkämmerer an die Wand stellen!«

»Der da ist Polizist!«, sagte ein gut aussehender Mann und wies auf Pitt, dann schlug er mit der Faust auf den Tisch, dass die Gläser tanzten.

»Er wird dich schon nicht verhaften, nur weil du eine zivilisierte Meinung vertrittst«, beruhigte ihn Wilde und sah mit einem Lächeln zu Pitt hinüber. »Er ist ein vernünftiger Mensch, und ich weiß, dass er ins Theater geht, denn jetzt fällt mir ein, wo ich ihn schon einmal gesehen habe. Als dieser elende Richter in seiner Loge ermordet wurde, standen Tamar MacAuley und Joshua Fielding auf der Bühne.«

»Das stimmt«, gab Pitt ihm Recht. »Sie haben mir damals die Angaben geliefert, die auf den wirklichen Täter hindeuteten.«

Wilde war offenbar entzückt. »Tatsächlich? Wie wahrhaft befriedigend. Ich wollte, ich könnte Ihnen auch helfen, den armen Henri Bonnard zu finden. Aber leider habe ich weder eine Vorstellung davon, wo er sich befindet, noch, warum er auf und davon gegangen sein sollte.«

»Aber Sie kennen ihn?«

»Natürlich. Ein bezaubernder Bursche.«

»Von hier oder aus Paris?«, fragte der Mann mit der Stirnlocke.

»Sie kennen ihn aus Paris?«

»Ach was«, tat Wilde Pitts Frage belustigt ab. »Dort habe ich nur eine Stippvisite gemacht und mir dies und das angesehen. Eine herrliche Stadt, wunderbare Menschen … jedenfalls die meisten. Ich habe Proust besucht. Schrecklich!« Er machte eine weit ausholende Armbewegung. »Er hat sich bei unserem Zusammentreffen in seinem eigenen Hause verspätet – und es war das hässlichste Haus, das ich je im Leben gesehen habe. Einfach fürchterlich! Ich weiß nicht, wie jemand auf den Gedanken kommen kann, in einem solchen Haus zu leben. Bonnard jedenfalls kommt nicht aus Paris. Ich glaube, seine Angehörigen leben irgendwo im Süden.«

»Haben Sie eine Vorstellung, warum er London so plötzlich verlassen haben könnte?« Pitt sah von einem der am Tisch Sitzenden zum anderen.

Tellman war wieder ganz Ohr.

Yeats verzog das Gesicht. »Da könnte es ein Dutzend Gründe geben, angefangen von einer Frau bis zu unbezahlten Schulden«, gab er zur Antwort. Er schien noch etwas sagen zu wollen, überlegte es sich dann aber anders.

»Er hatte einen Haufen Geld«, tat der Mann mit der Stirnlocke die letzte Vermutung ab.

»Und er ist nicht der Typ, der wegen einer Frau alles hinwerfen würde«, meldete sich ein anderer zu Wort.

»Wie betrüblich«, murmelte Wilde. »Es sollte im Leben eines Menschen immer mindestens eine Sache geben, für die er bereit ist, alles zu opfern. Das rundet das Leben ab, macht es zu einem Ganzen. Dann verbringt man seine Zeit damit, zwischen der Hoffnung und dem Schrecken hin und her zu schwanken, dass man es nie zu tun braucht. Zu wissen, dass man es auf keinen Fall tun würde, ist ebenso furchtbar wie das Bewusstsein, es auf jeden Fall zu tun. Noch ein Glas Wein, Mr. Pitt?« Er nahm die Flasche zur Hand. »Ich fürchte, wir können Ihnen nicht helfen. Wir sind Dichter, Künstler und Träumer… und gelegentlich Verfasser großer politischer Theorien – selbstverständlich sozialistischer. Nur Yeats nicht; seine Seele ist in den Wirren Irlands gefangen, für die es keinen Namen gibt, den ein Engländer aussprechen könnte. Wir haben keine Vorstellung, wo sich Bonnard aufhält oder warum er dort ist. Ich kann nur eines sagen: Ich hoffe, er kehrt wohlbehalten zurück. Falls Sie ihn aber irgendwo suchen müssen, dann hoffentlich in einer Gegend mit einem angenehmen Klima und wo Menschen leben, die immer neue Gedanken haben, und wo der letzte Zensor vor mindestens hundert Jahren vor Untätigkeit gestorben ist.«

»Vielen Dank, Mr. Wilde«, sagte Pitt liebenswürdig. »Es wäre mir lieb, wenn ich in Paris anfangen könnte, leider wissen wir jedoch, dass er die Fähre von Dover, auf der er eine Überfahrt gebucht hatte, nicht genommen hat. Ich bedaure, dass ich etwas Hässlicheres und Dringlicheres zu tun habe, als diese Sache weiterzuverfolgen.«

»Noch ein Richter?«, wollte Wilde wissen.

»Nein, ein Toter, den man in einem Kahn am Anleger von Horseferry gefunden hat.«

Wilde machte ein betrübtes Gesicht. »Delbert Cathcart. Das tut mir wahrhaft Leid. Wenn Sie herausbekommen haben, wer ihn auf dem Gewissen hat, vergessen Sie auf keinen Fall, ihm außer Mord noch Vandalentum zur Last zu legen. Der unwissende Narr hat ein Genie getötet.«

Tellman zuckte zusammen.

»Diese Art von Vandalentum gilt nicht als Straftat, Mr. Wilde«, erwiderte Pitt gelassen. »Leider.«

»Kannten Sie Mr. Cathcart gut, Sir?« Tellman öffnete den Mund zum ersten Mal. Seine Stimme klang ein wenig rau und gänzlich anders als die der anderen am Tisch.

Verblüfft sahen sie ihn an, als hätte einer der Stühle gesprochen.

Tellman wurde rot, schlug aber die Augen nicht nieder.

Wilde gewann als Erster seine Fassung zurück.

»Nein … Ich bin ihm nur einmal begegnet, bei irgendeiner Gesellschaft. Aber ich habe eine ganze Menge seiner Arbeiten gesehen. Man braucht einem Künstler nicht persönlich zu begegnen, um seine Seele zu kennen. Wenn sie nicht in seinen Werken liegt, hat er die anderen betrogen und, schlimmer, sich selbst.« Er hielt immer noch die Weinflasche in der Hand. »Das und Grausamkeit sind vielleicht die größten Sünden von allen. So, wie Sie es meinen, habe ich nie mit ihm – oder er mit mir – gesprochen.«

Tellman machte einen verwirrten und niedergeschlagenen Eindruck.

Pitt dankte den Männern erneut, schlug den angebotenen Wein aus und verließ mit Tellman das Lokal.

In dem dunklen Gässchen holte Tellman tief Luft und wischte sich mit der Hand über das Gesicht.

»Ich hatte ja schon gehört, dass er sonderbar sein soll«, sagte er ruhig. »Ich weiß wirklich nicht, wie ich den einordnen soll. Glauben Sie, diese Leute haben etwas mit Bonnard und Cathcart zu tun?«

»Ich weiß nicht einmal, ob Bonnard und Cathcart etwas miteinander zu tun haben«, sagte Pitt finster und schlug den Mantelkragen hoch. Tellmans Schritte hallten hohl hinter den seinen durch das Gässchen.

Kapitel acht

NOCH BEIM AUFWACHEN war der Albtraum der alten Dame so wirklich, dass es ihr vorkam, als befinde sie sich in dem Zimmer, in dem sie ihr Leben als Ehefrau zugebracht hatte. Es dauerte eine Weile, bis sie zu sich kam und begriff, dass zu ihrer Linken keine Tür zu Edmunds Zimmer führte und sie keinen Anlass hatte, sich zu ängstigen. Die glatte Wand, auf deren Tapetenmuster sie einen Lichtschimmer liegen sah, würde sich nicht auftun. Die Tapete war in dunklem Rosa gehalten, hätte aber gelb sein müssen. Sie war an Gelb gewöhnt. Wo war sie?

Sie fror an den Füßen. Durch einen Vorhangspalt fiel Licht ins Zimmer. Draußen hörte sie feste, rasche Schritte. Ein Dienstmädchen.

Sie zog sich die Decke bis zum Kinn empor und verbarg sich darunter. Sie sah ihre Hände auf dem Laken. Es waren die blau geäderten Hände einer alten Frau mit angeschwollenen Knöcheln und dunkel gefleckter dünner Haut. Der schmale goldene Trauring drehte sich leicht um den Finger, der einst glatt und schön gewesen war.

Die Vergangenheit versank in der Tiefe. Aber wo befand sie sich? Auf jeden Fall nicht in Ashworth Hall.

Dann kam ihr die Erinnerung zurück. Emily war mit ihrem Mann nach Paris gereist, während die sanitären Anlagen in Ashworth Hall umgebaut wurden. Daher hatte sie zu Caroline ziehen müssen. Es war ihr zuwider, von anderen abhängig zu sein. Das war das Schlimmste am

Witwenstand. In mancher Hinsicht war es eigentlich das Einzige, was wirklich schwer zu ertragen war. Jetzt war sie niemandem mehr Rechenschaft schuldig. Einer Witwe brachte man ein gewisses Maß an Mitgefühl und Achtung entgegen, der letzten überlebenden Frau ihrer Generation in ihrer Familie.

Natürlich konnte sich all das ändern … jetzt, da Samuel Ellison aus Amerika gekommen war. Wer in aller Welt hätte das gedacht? Alys hatte einen Sohn, von dem Edmund nie etwas erfahren hatte. Bestimmt hätte er … Sie hielt inne. Sie konnte sich nicht vorstellen, was für Empfindungen er gehabt hätte. Das spielte jetzt wohl auch keine Rolle mehr. Eigentlich kam es nur noch auf eins an, und das entglitt ihrer Herrschaft immer mehr.

Wo war Mabel? Welchen Sinn hatte es, die eigene Zofe aus Ashworth Hall mitzubringen, wenn sie nicht da war, sowie man sie brauchte? Die alte Dame griff nach dem Glockenzug neben dem Bett und zerrte so heftig daran, dass sie ihn fast heruntergerissen hätte.

Es schien ewig zu dauern, bis Mabel kam, doch schließlich tauchte sie mit einem Teetablett auf. Sie stellte es auf das Tischchen neben dem Bett, öffnete die Vorhänge und ließ den Sonnenschein herein. Endlich war die alte Dame von den beruhigenden Geräuschen des Alltags umgeben: Schritte, Hufschlag auf der Straße, jemand rief, ein Eimer fiel um, irgendwo lachte eine junge Frau.

Vielleicht gäbe es doch noch eine Möglichkeit, die Dinge im Griff zu behalten.

Acht Tage war es her, dass Caroline mit der Mitteilung aus dem Theater gekommen war, Samuel Ellison sei aufgetaucht.

Das Frühstück, vor allem der heiße Tee, befriedigte Mariah Ellison, sofern man das von einer Mahlzeit sagen konnte, die man stumm und, abgesehen von der Anwesenheit seiner Schwiegertochter, allein eingenommen hatte. Caroline schien noch mehr in sich versunken zu sein als sonst. Bisweilen sah sie ziemlich elend aus, was einer Frau ihres Alters nicht gut zu Gesicht stand, die außer guter Laune, dem Wissen, wie man sich in Gesellschaft zu verhalten hat, und der Fähigkeit, einem Haushalt vorzustehen, kaum etwas zu bieten hatte. Da ihre Hausfrauenpflichten nicht der Rede wert waren und sie auch nicht mehr in der Gesellschaft verkehrte, war ihr ausgeglichenes Naturell ihr einziger Pluspunkt.

An diesem Vormittag schien Caroline aufgeregt und von einer unangebrachten Selbstgefälligkeit zu sein, als wisse sie etwas Lustiges, das sie niemandem mitteilen wollte. Das aber stand ihr nach Mariahs Ansicht noch weniger zu Gesicht. Bei jungen Mädchen, die es nicht besser wussten und denen man erst beibringen musste, wie man sich zu verhalten hatte, war das schlimm genug, bei einer Frau mit Enkeln nichts als lachhaft.

Der Grund für Carolines gute Laune zeigte sich um die Mitte des Nachmittags. Samuel Ellison tauchte wieder auf. Trotz allem, was Mariah gesagt hatte, war Caroline nicht bereit, ihn abzuweisen, und er schien nicht einmal eindeutige Hinweise zu verstehen. Diesmal brachte er Blumen und eine Schachtel belgischen Konfekts mit, angeblich für Mariah, doch war ihr klar, dass die Gaben in Wahrheit für Caroline bestimmt waren, nur verbot ihm die Etikette, das offen zu zeigen.

Kühl nahm die alte Dame die Mitbringsel entgegen. Sie überlegte sogar, ob sie nicht das Mädchen bitten sollte, sie nach oben in ihr Zimmer zu bringen, damit Caroline nichts davon hatte, unterließ es aber und ärgerte sich anschließend darüber. Es wäre den beiden nur recht geschehen.

Bevor der Tee aufgetragen wurde, erwog sie, ob sie sich mit einem Hinweis auf Kopfschmerzen oder Unwohlsein entschuldigen und zurückziehen sollte. Nicht nur würde keiner von beiden versuchen, sie zum Bleiben zu bewegen, womöglich wäre es ihnen nur recht, wenn sie den Raum verließ. Würden sie sich ohne die Anwesenheit einer Anstandsdame so verhalten, wie es sich gehörte? Nicht einmal darauf durfte sie sich verlassen. Die Familienehre sowie ein gewisser Selbsterhaltungstrieb verlangten, dass sie blieb. Zumindest konnte sie die Dinge einigermaßen steuern, solange sie dabei war. Samuel würde es kaum wagen, über sie zu sprechen, wenn sie ihm gegenübersaß. So schmerzlich das war, sicherlich war es klüger zu bleiben. Den Luxus davonzulaufen konnte sie sich nicht leisten.

Nach dem üblichen Austausch von Förmlichkeiten fragte Caroline Samuel nach seinen frühen Jahren in New York.

»Ich kann mir gar nicht vorstellen, wie es für Sie und Ihre Mutter gewesen sein muss, völlig allein in einer Stadt voller Einwanderer zu leben, von denen viele nichts besaßen außer ihrer Hoffnung«, sagte sie ernsthaft.

»Hoffnung und den festen Willen zu arbeiten«, gab er zurück. »Den ganzen Tag und einen so großen Teil der Nacht, wie man sich wach halten konnte. Sie sprachen hundert verschiedene Sprachen…«

»Das reinste Babel«, stieß die alte Dame hervor.

»Genauso war es«, stimmte er zu und lächelte dabei. Dann sah er wieder zu Caroline hin. »Aber es ist verblüffend, wie viel man versteht, wenn man das Gleiche empfindet wie die anderen. Wir alle kennen Hoffnung und Angst, bisweilen auch Hunger und Hochgefühl, das Empfinden, entsetzlich weit von allem entfernt zu sein, was einem vertraut ist…«

»Ich dachte, Sie wären dort geboren?«, fragte die alte Dame.

»Das bin ich auch«, erwiderte er. »Aber für meine Mutter war es schrecklich, alles zurückzulassen, woran sie gewöhnt war, und mit leeren Händen unter völlig fremden Menschen ganz von vorn beginnen zu müssen.«

Mariah hätte sich ohrfeigen können. Wie dumm von ihr! Da war sie auf eine gefährliche Situation gestoßen und hatte eine Katastrophe daraus gemacht. In ihrem Magen schien ein Eisklotz zu sitzen. Sie schluckte, von Angst überwältigt. Konnte man es ihrem Gesicht ansehen? Wusste er etwas?

Er saß so behaglich und scheinbar teilnahmslos da wie zuvor. Sie sah ihn lieber nicht an.

Caroline ergriff das Wort. Dies eine Mal war die alte Dame froh darüber.

»Ich kann gar nicht sagen, wie sehr ich Ihren Mut bewundere«, sagte sie voll Mitgefühl. »Von solchen Menschen zu hören ist zugleich bedrückend und erhebend. Ich muss zugeben, dass ich mir dabei vorkomme, als hätte ich selbst in meinem Leben kaum etwas getan.«

Die gute Caroline! Woher mochte sie nur ihre Hellsichtigkeit haben? Wie konnte sie nur in so unnachahmlicher Weise das Band in Worte fassen, das zwischen Alys und anderen Frauen und so auch zwischen Alys und Mariah bestand?

Der Raum schien um Mariah herum zu verschwimmen. Ihr Gesicht fühlte sich heiß an, ihre Hände waren so kalt wie ihr Unterleib.

»Danke«, sagte Samuel leise und ließ den Blick auf Carolines Gesicht ruhen. »Ich fand sie immer großartig ... allerdings habe ich sie ja auch geliebt.« Er zwinkerte rasch. »Aber bestimmt ist auch hier viel Außergewöhnliches und Aufregendes vorgefallen. Es kommt mir so vor, als hätte ich endlos lange von mir gesprochen.« Er schüttelte leicht den Kopf. »Sagen Sie mir doch bitte, was in all diesen Jahren in England geschehen ist. Gewiss haben Sie hier mehr über uns erfahren als wir dort über Sie. Wir Amerikaner neigen dazu, uns eher mit unseren eigenen Angelegenheiten zu beschäftigen. Zwar bin ich dort geboren und aufgewachsen, meine Wurzeln aber liegen hier in England.« Er lehnte sich auf seinem Stuhl zurück und wandte sich an Mrs. Ellison. »Wie hat es hier im Mittelpunkt der Ereignisse ausgesehen, als ich in Amerika am Rande der Welt groß wurde?« Da er auf ihre Antwort zu warten schien, blieb ihr keine Wahl. Sie musste auf die Frage eingehen, sich daran erinnern, was außerhalb ihres Hauses stattgefunden hatte, in London, im Lande.

Sie berichtete ihm alles, was ihr gerade einfiel. Es kostete sie mehr Mühe, als sie gedacht hätte. Er hörte mit sichtlicher Anteilnahme zu.

»Es war im Jahr, bevor der alte König starb und der neue gekrönt wurde«, sagte sie. »Es war das Jahr, in dem auch der Herzog von Wellington zurückgetreten ist.«

»Ich wusste gar nicht, dass Herzöge zurücktreten können«, entgegnete er. »Ich war immer der Ansicht, man ist so etwas sein Leben lang.«

»Nicht als Herzog«, antwortete sie herablassend. »Als Premierminister.«

Samuels Wangen röteten sich. »Ach… natürlich. War er nicht Befehlshaber bei Waterloo gewesen?«

»Gewiss«, bestätigte sie und zwang sich zu einem Lächeln. Zumindest war das ein Thema, bei dem nichts schief gehen konnte. »Die meisten Menschen, die jetzt leben, haben nie einen Krieg miterlebt«, rühmte sie sich. Der Gedanke kam ihr verblüffend vor. Sie merkte, dass sie lächelte, und hob das Kinn ein wenig.

Samuel sah sie voll Interesse an, wartete, dass sie weitersprach.

Aber hier ging es um die Jahre, in denen sie jung gewesen war, und die Erinnerung an diese Zeit verursachte ihr Qualen. Es war ein anderes Leben gewesen, sie ein anderer Mensch, eine junge Frau so voller Hoffnungen und Unerfahrenheit, dass ihr der Rückblick beim

Gedanken an das, was danach kam, unerträglich war. Erst in diesem Augenblick war ihr der Einfall gekommen, sich zu fragen, welch unaussprechliche und schmerzliche Geheimnisse es im Leben anderer Frauen hinter deren gefassten Gesichtern geben mochte. Unter Umständen keine. Vielleicht war sie die Einzige, die solche Empfindungen kannte.

In der lastenden Stille nahm sie die Geräusche wahr, die durch die Fenster hereindrangen, hörte Pferde auf der Straße. Caroline löste die Spannung.

»Alles, was ich über die Regierungszeit Wilhelms IV. weiß, hatte mit den Iren zu tun. Zehntausende haben damals die Insel verlassen, um nach Amerika auszuwandern. Bestimmt haben Sie einige von ihnen kennen gelernt.«

Ein unübersehbarer Ausdruck von Mitgefühl trat in seine Augen. »Natürlich. Unzählige von ihnen sind mit abgezehrten Gesichtern in New York angekommen. Sie waren so klapperdürr, dass ihnen die Kleider am Leibe schlotterten. In ihren Augen lag eine unendliche Müdigkeit. Sie waren krank vor Heimweh, hätten gern gehofft, aber wagten es nicht.«

»Genauso muss sich Ihre Mutter gefühlt haben«, sagte Caroline sanft. Auf ihrem Gesicht ließ sich ablesen, wie sie sich ausmalte, was diese ihr unbekannte Frau empfunden haben mochte, wie sie sich an deren Stelle zu versetzen bemühte, um sie zu verstehen.

Samuel hatte das wohl gemerkt. In sein Lächeln mischte sich Kummer.

Mariah versuchte sich die Situation vorzustellen. Sie wusste nichts von Alys, außer dass sie fortgegangen war. Edmund hatte sie ihr nie näher beschrieben. Sie wusste nichts über ihre Vorlieben oder ihr Wesen, wusste weder, ob sie schön oder unscheinbar gewesen war, schlank oder drall, hell- oder dunkelhaarig.

Nur eines wusste sie: Sie war fortgegangen. Das ragte wie ein Gebirge in ihrem Bewusstsein auf und unterschied sie so sehr von Mariah, als gehörte sie einer anderen Spezies an. Deshalb hatte ihr Mariahs Hass und Neid über die Jahre hinweg gegolten, denn sie bewunderte sie, ohne das zu sagen.

Wollte sie mehr über Alys erfahren? Wollte sie die Möglichkeit haben, sie vor ihrem inneren Auge als Frau aus Fleisch und Blut zu sehen, mit ihrem Gelächter und ihren Schmerzen, verwundbar wie jeder andere Mensch? Nein – dann müsste sie aufhören, sie zu hassen. Sie wäre gezwungen, an die Unterschiede zwischen ihnen beiden zu denken, und sich zu fragen, warum sie selbst geblieben war.

Samuel sprach über sie, weil ihn Caroline darum gebeten hatte. Natürlich, Caroline, immer Caroline!

»... ich würde behaupten, etwas größer als der Durchschnitt«, sagte er. »Helles braunes Haar.« Er lächelte ein wenig verlegen. »Mir ist klar, dass ich voreingenommen bin, aber ich war wirklich nicht der Einzige, der sie für schön hielt. Sie hatte eine Anmut, eine Art innerer Gelassenheit, als zweifelte sie nie an dem, was ihr am Herzen lag, und sie kämpfte wie eine Tigerin, um es zu beschützen. Sie konnte schrecklich wütend werden, aber ich habe nie gehört, dass sie die Stimme erhoben hätte. Ich glaube, sie hat mir mehr als jeder andere beigebracht, was es bedeutet, ein Gentleman zu sein.«

Da sich darauf nichts Passendes antworten ließ, schwieg Caroline.

Die Bitterkeit, die jetzt in Mariah emporstieg, war ihr nur allzu vertraut. Wie hatte Alys nur eine so vollkommene Dame sein können? War sie nicht auch innerlich gebrochen gewesen, hatte sie nicht geschluchzt wie ein Kind, das allein im Dunkeln über sein Elend wehklagt? Warum war ihr Zorn verflogen, so dass sie ihn gleich darauf vergessen, sich beherrschen und mit so unfassbarer Würde verhalten konnte… und man sie liebte? Mariahs Zorn saß in der Tiefe ihres Wesens, schmerzte sie, bis keinerlei Würde mehr übrig war, und nur noch selten bemühte sie sich, die Beherrschung nicht zu verlieren. Was nur hatte bewirkt, dass Alys so tapfer und so vollkommen schien? War sie ein besserer Mensch gewesen? War es das? Woher hatte sie ihren Mut genommen?

»…aber ich möchte noch mehr über Sie alle wissen«, sagte Samuel gerade und sah erst Caroline und dann Mrs. Ellison mit ernstem Ausdruck an. »Sie sind mir wichtig. Wo haben Sie damals gelebt? Was ist mit Ihnen geschehen? Wohin sind Sie gezogen und was haben Sie getan? Worüber haben Sie miteinander gesprochen? Sie sind das einzige Bindeglied zu meinem Vater, den ich nie gekannt habe. Vielleicht muss ich mehr über ihn erfahren, um mich selbst besser zu verstehen.«

Mariah zog scharf die Luft ein. Es würgte sie im Hals. Erst nach einer Weile war es ihr möglich, etwas zu sagen.

»Unsinn!« Sie hustete heftig. Caroline sah sie verwundert an. »Ich meine…« Sie unternahm einen neuen Anlauf. »Man ist, wer man ist, ganz gleich, wer der Vater war.« Es war entsetzlich. Sie musste etwas sagen, was nicht sein Misstrauen erweckte. Ihre Gedanken rasten, kamen zu keinem Ergebnis.

Caroline rettete sie.

»Schwiegerpapa war ganz reizend«, sagte sie so liebenswürdig, als nehme sie an, die alte Dame wolle mit ihrem Husten lediglich ihre Rührung oder eine Art Kummer verdecken. Sie ahnte nicht, dass es in Wahrheit eiskalte Angst war. »Er war hoch gewachsen, etwa so wie Sie, würde ich meinen«, fuhr sie fort. »Er hat immer sehr auf seine Kleidung geachtet und trug eine goldene Uhr an einer Kette, die über der Weste hing. Gutes Schuhwerk war ihm wichtig, und er hat sich die Schuhe immer so putzen lassen, dass man sich darin spiegeln konnte.« Ihr Blick schien in die Ferne gerichtet zu sein. »Er hat nicht oft gelächelt, hat aber anderen sehr aufmerksam zugehört. Bei ihm hatte man nie den Eindruck, als ob er nur darauf wartete, dass man aufhörte zu reden, damit er selbst etwas sagen konnte, ohne unhöflich zu sein.«

All das entsprach der Wahrheit. Während Caroline über Edmund sprach, sah Mariah ihn förmlich vor sich. Fast glaubte sie seine Stimme zu hören. Es überraschte sie, dass nach all den Jahren die Erinnerung noch so lebendig war. Es kam ihr vor, als könnte sie seinen festen und raschen Schritt im Vestibül hören. Wann immer sie Schnupftabak roch oder das leichte Kratzen teuren Tweeds auf der Haut spürte, musste sie unwillkürlich an ihn denken. Er hatte die Angewohnheit gehabt, vor dem Kamin zu stehen, um sich zu wärmen, wodurch er den anderen die Wärme vorenthielt. Edward hatte es genauso gehalten. Sie fragte sich, ob das auch Caroline aufgefallen war und es sie ebenso geärgert hatte wie sie. Sie hatte es nie erwähnt, denn über derlei sprach man nicht.

Unterdessen berichtete Caroline von Edmund und erzählte Samuel einige der Geschichten, an die sie sich gern erinnerte. Mitunter, sagte sie, habe er gesungen und seine Enkelinnen Sarah, Charlotte und Emily sehr gern gehabt, vor allem Emily, weil sie so hübsch war und immer lachte, wenn er sie neckte.

Erinnerte sich Caroline tatsächlich so an ihn, wie sie ihn erlebt hatte, wenn er betrunken war? Und warum auch nicht? Es entsprach der Wirklichkeit, alles entsprach genau der Wirklichkeit. Was wusste man schon von anderen Menschen?

Samuel saß da und hörte zu und hing dabei an Carolines Lippen, als glaube er jedes Wort.

»Ihre Mutter muss doch von ihm gesprochen haben«, rief Caroline aus. »Warum auch immer sie weggegangen ist, ihr musste doch klar sein, dass er Ihr Vater war und Sie daher etwas für ihn empfinden würden.« Sie sagte nicht, dass er seine Mutter sicher nach ihm gefragt hatte, aber es lag unausgesprochen zwischen ihnen in der Luft.

Mariah konnte das Pochen ihres eigenen Herzens hören. Sie hielt den Atem an, als könne sie den Mann auf diese Weise an einer Antwort hindern. Ihre schlimmsten Befürchtungen waren so wirklich geworden wie Tee mit Toast, die Schritte des Dienstmädchens auf der Treppe, der Geruch nach Seife, Lavendel oder der Morgenzeitung. Dieser Wirklichkeit gewordene Albtraum würde Bestandteil ihres Lebens werden, so unausweichlich wie die Vergangenheit, nur schlimmer, da die Wunde bereits vernarbt war. Ein zweites Mal konnte sie sich ihm nicht entziehen, dazu fehlte ihr die Kraft. Beim ersten Mal wusste man nicht, was geschehen würde, da schützte einen die Unwissenheit. Diesmal wusste sie es und die Angst vorher war ebenso schlimm wie das Ereignis und der Morgen danach. Nur würde es kein Danach geben. Es würde nie aufhören. Sobald Caroline davon wusste, würde sie es bei jeder Begegnung in ihren Augen sehen.

Außerdem würde sie bestimmt Emily und Charlotte davon berichten, und das würde das Leben der alten Dame unerträglich machen. Es war sogar möglich, dass Emily es Jack erzählte. Mariah konnte sich das Mitleid in seinen von dunklen Wimpern beschatteten großen Augen gut vorstellen, ein Mitleid, auf das sogleich Abscheu folgen würde.

Wieder sprach Samuel von seiner Mutter Alys. Auf seinem Gesicht lag die gleiche Zärtlichkeit wie zuvor, seine Augen leuchteten.

»... viele Menschen haben irrtümlich angenommen, weil sie sich wie eine Dame benahm, fehle ihr der Mut, offen ihre Meinung zu sagen oder für ihre Überzeugungen einzutreten«, sagte er mit Nachdruck. »Dabei bin ich nie einer furchtloseren Frau begegnet, als sie es war.«

Mariah zuckte innerlich zusammen, als hätte er ihr einen Schlag versetzt. Er wusste also Bescheid! Er musste es wissen. Sie hörte es seinen Worten an. Sicher war ihm klar, dass alles, was für Alys galt, auch auf Mariah zutraf. Es musste jedem klar sein. Menschen ändern sich nicht.

Welcher Teufel hatte Alys geritten, dass sie es ihm verraten hatte? Wie konnte sie nur!

Mariah stellte sich vor, sie hätte es ihrem Sohn Edward gesagt. Ihr Gesicht glühte bei der bloßen Vorstellung. Hätte er ihr überhaupt geglaubt? Falls er die Sache ebenso abstoßend gefunden hätte wie sie, wäre er auf keinen Fall imstande gewesen, sie als gegeben hinzunehmen, und hätte seine Mutter daher nicht nur für verrückt gehalten, sondern auch für gemeingefährlich.

Hätte er aber die gleiche entsetzliche Veranlagung besessen, würde er es geglaubt und sie nie wieder so angesehen haben wie zuvor. Das Mutterbild wäre fortgewischt gewesen und das andere, das grässliche, wäre an seine Stelle getreten.

Und genauso würde es jetzt Caroline gehen. Die alte Dame war nicht bereit, sich diesem Gedanken zu stellen. Sie würde jeglichen Rests von Würde und menschlichem Wert entkleidet und stünde in so grotesker Weise nackt und bloß da, wie man es keinem Menschen antun sollte. Da wäre es schon besser, tot zu sein – dazu aber fehlte ihr der Mut. Das war der Kern des Ganzen: Im Unterschied zu Alys war sie feige.

Samuel schwärmte nach wie vor von Alys, ihrer Schönheit, ihrer Tapferkeit, rühmte, wie alle Menschen sie bewundert hatten und sich gern in ihrer Nähe aufhielten. Sie war in atemberaubender und unerträglicher Weise anders. Dies Bewusstsein schnitt ihr wie ein rot glühendes Messer in die alte Wunde, immer tiefer, bis auf den Knochen.

Immer noch sprachen sie von der Vergangenheit, und Caroline berichtete über etwas, das vor vielen Jahren geschehen war. Es klang in ihrer Erzählung so lebendig, als wäre es gestern gewesen. So durfte es auf keinen Fall weitergehen. Es war nur eine Frage der Zeit, bis die Wahrheit ans Licht kam. Das musste Mariah verhindern – um jeden Preis.

Doch nichts, was sie jetzt sagen konnte, würde das Geringste bewirken. Die einzige Möglichkeit, das Gespräch zu beenden, lag darin, Samuel zum Gehen zu bewegen. Müsste er sich nicht verabschieden, wenn sie den Raum verließe? Er hatte doch selbst gesagt, dass ihm aus lauter Bewunderung für seine Mutter daran liege, sich wie ein Gentleman aufzuführen.

»Entschuldigung«, unterbrach sie das Gespräch ein bisschen lauter, als sie eigentlich beabsichtigt hatte. »Ich fühle mich ein wenig schwach. Caroline, könntest du bitte nach meiner Zofe läuten, damit ich mich zurückziehen kann? Zumindest bis zum Abendessen. Bis dahin werde ich wissen, ob es mir besser geht.« Sie zwang sich, Samuel anzusehen. »Sie entschuldigen bitte, dass ich Ihren Besuch so unvermittelt beende. Ich bin nicht mehr so gesund wie früher.«

Caroline sah betrübt drein. »Das tut mir Leid, Schwiegermama. Soll ich Ihnen einen Kräutertee hinaufschicken?« Sie griff nach dem Klingelzug.

»Nein, vielen Dank. Ich glaube, ein wenig Lavendel wird genügen. Es ist einer der Nachteile des Alters, dass man nicht mehr die Spannkraft besitzt wie in jungen Jahren.«

Samuel erhob sich. »Ich hoffe, ich habe Sie nicht gelangweilt, Mrs. Ellison. Es war sehr gedankenlos von mir, so lange zu bleiben.«

Wortlos sah sie ihn an. Der Mann schien Hinweise überhaupt nicht zur Kenntnis zu nehmen.

Das Mädchen kam herein, und Caroline bat sie, die Zofe der alten Dame herunterzuschicken, damit diese sie nach oben begleiten konnte.

Samuel verabschiedete sich – ihm blieb nichts anderes übrig. Doch noch während Mariah mühselig die Treppe emporstieg, wobei sie weder so zu tun brauchte, als wären ihre Gliedmaßen steif, noch als ergreife ihre Hand das Geländer nur unsicher, denn diese Schwächen waren nur allzu wirklich, hörte sie, wie Caroline ihn erneut einlud, damit sie ihr Gespräch fortsetzen konnten. Als er die Einladung annahm, stand ihr Entschluss fest.

Da sie behauptet hatte, sich unwohl zu fühlen, blieb ihr nichts anderes übrig, als den Rest des Nachmittags in ihrem Zimmer zu bleiben. Das war äußerst ärgerlich, weil sie nichts zu tun hatte. Dennoch musste sie sich entweder hinlegen und so tun, als ruhe sie sich aus, wobei ihre Gedanken sie quälen würden, oder sich mit irgendeiner Aufgabe beschäftigen und den Eindruck erwecken, sich ihr zu widmen. Sie wollte ihre Entscheidung nicht treffen – noch nicht.

Ihre Zofe Mabel hatte es ausschließlich ihrer Tüchtigkeit und ihrem Takt zu verdanken, dass Mariah sie so lange in ihren Diensten behalten hatte. Ohne ein Wort zu sagen, machte sie unaufgefordert einen Kamillentee und brachte ihr ein Lavendelkissen. Beides erfrischte Mariah, und hätte sie in der Tat Kopfschmerzen gehabt, wie sie behauptete, hätte es ihr unendlich geholfen.

Fast eine Stunde lang lag sie auf dem Bett, lange genug, um sich zu erholen. Da sie sich nicht nur einsam und bedrückt fühlte, sondern auch von unergiebigen Gedanken und Erinnerungen bestürmt wurde, suchte sie den kleinen Raum im Obergeschoss auf, wo die Dienstmädchen das Weißzeug flickten und je nach Bedarf kleinere Schneiderarbeiten erledigten. Eine einigermaßen wohlhabende Dame besaß drei oder vier von einer Schneiderin angefertigte Nachmittagskleider und noch einmal die gleiche Anzahl für den Abend – alles andere wurde von den im Haus beschäftigten Mädchen genäht. Das war billiger und, vorausgesetzt, die Mädchen verstanden ihre Sache, ebenso gut wie ein Kleid von einer Schneiderin. Wie immer nähte Mabel gerade an einem Kleidungsstück für sie. Emily stattete sie reichlich mit Stoff, Glasperlen, Borten und anderem Zubehör aus.

»Geht es Ihnen besser, Ma'am?«, fragte Mabel und hob den Blick von ihrer Arbeit. »Kann ich noch etwas für Sie tun?«

»Nein, vielen Dank«, sagte die alte Dame, schloss die Tür hinter sich und nahm auf dem anderen Stuhl im Raum Platz. Mabel nahm ihre Arbeit wieder auf. Da es draußen allmählich dunkel wurde, zündete Mabel die Gaslampen an. Ihr Licht brach sich im Fingerhut und in der silbrig glänzenden Nadel, so dass diese aussah wie ein Lichtstrahl, der im Stoff hin und her fuhr. Sie sah, dass Mabel ebenfalls allmählich alt wurde. Nicht nur waren ihre Fingerknöchel gichtig und angeschwollen, sie ging auch nicht mehr so leichten Schritts wie früher. Das Kleid, an dem sie nähte, war wie immer aus schwarzem Stoff. Seit Edmunds Tod hatte Mariah ausschließlich Schwarz getragen; sie zeigte ihre Trauer ebenso auffällig wie Königin Viktoria. Das war ihr damals richtig erschienen. Jeder begriff, dass sie zu ihrem Kummer stand, und war voll Mitgefühl. Kummer war weit besser als Schuldbewusstsein, auch wenn ein Außenstehender möglicherweise zwischen der Äußerung beider Gefühle keinen Unterschied sah. Mariah konnte weinen, sich in ihre vier Wände zurückziehen, und man ließ ihr so manches durchgehen. Sie stand im Mittelpunkt der Aufmerksamkeit, und niemand stellte Fragen.

Sehr rasch hatte sie sich an die Rolle der ›Hinterbliebenen‹ gewöhnt. Nie schien es einen passenden Augenblick zu geben, die schwarze Trauerkleidung abzulegen, und irgendwann war es zu spät gewesen. Man vermutete, sie sei nie über Edmunds Tod hinweggekommen, und so blieb ihr nichts anderes übrig, als sich dieser Annahme anzuschließen. Sie sagte den Leuten, was diese von ihr glauben sollten, und glaubte es im Laufe der Zeit selbst. Es war besser so.

Dann war mit einem Mal dieser Samuel Ellison von Gott weiß woher aufgetaucht, und alles um sie herum fiel in Stücke.

Mabel fädelte schwarze Stickperlen auf ihre Nadel, mit denen sie den Ausschnitt des neuen Kleides verzieren wollte. Wer zum Teufel verpflichtete eigentlich Mariah dazu, um Edmunds willen für den Rest ihres Lebens Schwarz zu tragen? Wahrscheinlich lachte er sie aus, in welcher Hölle auch immer er gelandet sein mochte. Die Farbe hatte ihr nie gut gestanden, und jetzt im Alter mit ihrer fahlen Haut stand sie ihr erst recht nicht. Hätte sie Rouge aufgelegt, würde sie aussehen wie eine Leiche auf Urlaub. Eine Leiche auf Urlaub! Genauso fühlte sie sich. Lächerlich, innerlich tot und doch zugleich auch voller Schmerz.

Sie wollte Mabel sagen, sie solle das Kleid, an dem sie arbeitete, wegwerfen und ihr eines in einer anderen Farbe anfertigen – vielleicht Lila, der Farbe der Halbtrauer. Aber auch ein Lavendelton würde ihr nicht stehen und eher noch schlimmer aussehen.

Sie fürchtete sich vor einer Veränderung. Alle würden nach dem Grund dafür fragen, und sie wollte auf keinen Fall über Edmund sprechen und schon gar nicht Erklärungen abgeben müssen. So blieb sie schweigend und mit müßigen Fingern sitzen. Ihr Kopf schmerzte.

Zum Abendessen ging sie nicht nach unten, sondern nahm die Mahlzeit in ihrem Zimmer ein. Die Aussicht, sich Carolines Geplapper über Samuel Ellison anhören zu müssen, schreckte sie und – weit schlimmer noch – die Möglichkeit, dass sie auf Edmund zu sprechen käme, Fragen stellte und damit in ihr Erinnerungen wachrufen könnte. Natürlich erinnerte sich Caroline so an ihn, wie ihn jeder gekannt hatte. Dies Bild hatte die alte Dame selbst mit voller Absicht am Leben gehalten – sie konnte über seine Güte sprechen, seinen Charme, seine Fähigkeit, eine Geschichte zu erzählen und mit Leben zu erfüllen. Sie konnte sich erinnern, wie sie jeweils am Heiligen Abend gemeinsam durch den Schnee zur Kirche gestapft waren, wo er mit volltönender Stimme die alten Lieder gesungen hatte.

Ihre Kehle zog sich zusammen. Tränen liefen ihr über die Wangen. Wäre doch nur alles so gewesen!

Wer war im Unrecht? Etwa sie? War sie anders als die anderen, gemütskalt, in einer kindlichen Fantasievorstellung von der Welt befangen, eine Frau, die zwar alt geworden war, aber nie erwachsen?

Dann war sie eben so. Jetzt konnte sie sich nicht mehr ändern.

Aber es war unerträglich. Lieber wäre sie tot.

Mabel kam und räumte schweigend das Tablett mit den nur zur Hälfte geleerten Tellern ab. Was hätte sie auch sagen sollen? Sie diente der alten Dame seit zwanzig Jahren, und die eine wusste so manches Geheimnis der anderen. Obwohl sie ihre körperlichen Schwächen kannte und ihre Gewohnheiten und sie einander am Schritt und am Husten erkannten, waren sie einander im tiefsten Herzen fremd. Nie hatte die alte Dame Mabel gefragt, was sie sich vom Leben erhoffte oder darüber dachte, nicht nach dem, was ihr nachts den Schlaf raubte, und Mabel ahnte nicht in Entferntesten, welches Entsetzen gerade jetzt das innerste Wesen ihrer Herrin wie eine kalte Hand umklammert hielt.

So ging es nicht weiter. Sie musste etwas tun, sofort, bevor es zu spät war. Caroline durfte nie davon erfahren. Ihr blieb keine Wahl. Alle frühere Panik und Verzweiflung meldete sich erneut, die vertraute Düsterkeit in ihr, die an ihrem Herzen fraß, rückte immer näher und bewirkte, dass sie unsagbar allein war.

Warum zum Teufel musste Samuel Ellison nach London kommen, warum konnte er nicht in Amerika bleiben, wo er in sicherer Entfernung von ihrem Leben gewesen war? Warum zum Teufel musste Alys schön und tapfer, souveräne Herrin ihres Lebens sein? Sie hatte sich aus dem Staub gemacht, war einfach auf und davongegangen. Mariah aber konnte nirgendwo hingehen. Sie war weder jung noch gesund und sah auch nicht verlockend aus. Sie war alt, steif, todmüde und verängstigt. Was hätte die so überaus liebreizende und kluge Alys an ihrer Stelle getan?

Auch sie würde etwas tun! Sie war nicht bereit, wie ein hilfloses Kaninchen dazusitzen und zu warten, bis der Metzger das Schlachtbeil auf sie herniederfahren ließ. Dann würden nicht nur andere sie für das verachten, was bekannt wurde, sie würde sich auch selbst verachten, weil sie es hatte geschehen lassen. Diese Verachtung ihrer selbst war das Schlimmste.

Aber wie konnte sie all dem Einhalt gebieten?

Es kostete sie all ihre Entschlusskraft, zum Frühstück nach unten zu gehen. Aber irgendwann musste sie sich unten zeigen – sie konnte keinesfalls den Rest ihres Lebens in ihrem Schlafzimmer verbringen. Um diese Tageszeit würde Joshua wahrscheinlich da sein, dann konnte Caroline nicht endlos über Samuel Ellison reden. Irgendwie würde Mariah es fertigbringen, mit Joshua einige Worte allein zu wechseln. Es blieb ihr nichts anderes übrig. Sie wagte nicht, es länger hinauszuzögern.

Nach der üblichen Begrüßung und den Fragen nach dem Befinden zwang sie sich, ein wenig zu frühstücken: Tee und Toast.

»Hast du eigentlich in letzter Zeit etwas von Thomas gehört?«, fragte Joshua seine Frau.

»Schon über eine Woche nicht«, gab Caroline zurück. »Vermutlich hat er alle Hände voll zu tun mit dem Mord an dem Mann, den man am Fähranleger von Horseferry gefunden hat. Die Sache stand schon wieder in den Zeitungen. Allem Anschein nach war das Opfer ein hochberühmter Gesellschaftsfotograf.«

»Delbert Cathcart«, sagte Joshua, nahm noch eine Scheibe Toast und griff nach der Aprikosenkonfitüre. »Er war brillant.«

»Man fragt sich, was das Motiv gewesen sein kann, ihn umzubringen«, fuhr Caroline fort und schob Joshua die Butter hinüber. »Neid? Vielleicht Eifersucht wegen einer privaten Angelegenheit?«

»Du meinst wohl eine Geliebte?«, fragte er lächelnd. »Warum drückst du dich so zurückhaltend aus?«

Sie errötete ein wenig. »Etwas in der Art«, gab sie zu.

Das nahm die alte Dame als Stichwort, und so sagte sie ohne zu zögern und unüberhörbar: »Unmoralisches Verhalten führt häufig zur Katastrophe. Wenn die Menschen das immer bedenken würden, gäbe es nur halb so viel Elend auf der Welt.« Erstaunt hörte sie die Bitterkeit in ihrer eigenen Stimme. Zwar hatte sie diese Worte an Caroline gerichtet, doch schwangen darin auch Wellen des Abscheus mit und zeugten von einer Leidenschaftlichkeit, die sie lieber nicht gezeigt hätte.

Joshua sah sie überrascht an. Er hatte das offenbar herausgehört und schien nicht zu wissen, was er denken sollte.

Sie sah beiseite.

»Vielleicht war es ja auch nur ein Raubmord«, sagte Caroline ruhig. »Der arme Mann war noch spät unterwegs, und der Versuch, ihn um seine Uhr oder sein Geld zu bringen, geriet gewalttätiger als beabsichtigt. Möglicherweise hat er sich dabei zur Wehr gesetzt.«

»Soll das heißen, er trägt selbst die Schuld daran?«, fragte Mariah. »Er hat sich gewehrt und damit verdient, dass man ihn umbringt?« Ein solcher Gedankengang war ihr alles andere als angenehm. »Mitunter verwirren mich deine Vorstellungen von Recht und Unrecht«, sagte sie in Carolines Richtung.

»Ich spreche nicht von Recht und Unrecht«, entgegnete Caroline ungeduldig, »sondern lediglich von einer Wahrscheinlichkeit.«

»Das würde mich nicht im Geringsten überraschen«, gab die alte Dame zurück, ohne zu erklären, was sie damit meinte. Die verwirrten Blicke der anderen befriedigten sie.

Sie frühstückten eine Weile schweigend weiter.

»Warriner hat seine Gesetzesvorlage zurückgezogen«, sagte Joshua schließlich.

Mariah, die nicht ahnte, wovon er sprach, entnahm seinem Gesichtsausdruck, dass ihm die Sache äußerst zuwider war. Sie fragte nicht.

»Das tut mir Leid«, erwiderte Caroline ruhig. »Vermutlich musste man damit rechnen.«

Joshua verzog das Gesicht. »Ich denke, dass dabei das Schicksal zumindest teilweise seine Hand im Spiel hatte und man besser einen geeigneteren Zeitpunkt abwartet. Andererseits sage ich mir, dass es Feigheit ist und wir den passenden Augenblick selbst wählen müssen, wenn wir nicht unendlich lange warten wollen.«

Mariah war durchaus neugierig. Normalerweise hätte sie sich nun erkundigt, worüber die beiden sprachen, jetzt aber drängten sich in ihrem Kopf andere Fragen in den Vordergrund und verlangten ihre ganze Aufmerksamkeit. Sie musste unbedingt eine Gelegenheit finden, ungestört mit Joshua zu reden. In einem Punkt hatte er Recht – man musste den passenden Augenblick selbst wählen, sonst wartete man unter Umständen ewig und erreichte sein Ziel nicht.

Ihre Gedanken überschlugen sich. Welcher Vorwand ließ sich finden, um mit Joshua allein zu sprechen? Sie kannte Joshua kaum, hatte nie ein Hehl daraus gemacht, dass sie weder von ihm noch von seiner Ehe mit Caroline etwas hielt. Um Rat in finanziellen Dingen konnte sie ihn nicht gut bitten, darum kümmerte sich Jack. In einer Familienangelegenheit hätte sie sich an Caroline gewandt, bei einem Verlust oder irgendeiner Drohung an Pitt, und eine häusliche Aufgabe würde sie einem Dienstboten übertragen. Welchen Vorwand konnte sie nur heranziehen?

Vielleicht ließ sich Caroline dazu bringen, den Raum zu verlassen? Wegen irgendeiner Sache, die im Haushalt zu erledigen war. Aber was nur? Gewiss würde sie alles, was zum normalen Tagesablauf gehörte, hinausschieben, bis Joshua fort war.

Mariah musste selbst hinausgehen und dann Joshua im Vestibül abfangen. Zwar war das keine besonders befriedigende Lösung, aber sie konnte nicht warten, bis ihr eine bessere einfiel. Sie stand auf und legte ihre Serviette auf den Teller. Ihre Teetasse war noch halb voll, doch das ließ sich nicht ändern.

»Entschuldigt bitte«, sagte sie mit ein wenig schrill klingender Stimme. Es war lachhaft. Sie musste sich besser beherrschen. »Ich habe eine Kleinigkeit zu erledigen.« Dann verließ sie den Raum ohne eine weitere Erklärung. Keiner der beiden sagte etwas; sie wollten nicht wissen, was es so Dringendes gab. Als sie das merkte, fühlte sie sich entsetzlich allein.

Sie musste ihre Gedanken beherrschen. Jetzt war der Augenblick zum Handeln gekommen. Schon bald würde Joshua das Haus verlassen, und sie musste die Gelegenheit nutzen, ihn allein zu sprechen. Sofern ihn Caroline ins Vestibül begleitete, um sich von ihm zu verabschieden, gäbe es keine solche Gelegenheit, es sei denn, sie verließe vorher das Haus. Es sähe übertrieben aus, denn sie konnte keinesfalls so tun, als handele es sich um ein zufälliges Zusammentreffen, aber sie konnte es sich nicht leisten, noch einen weiteren Tag zu warten. Es musste unbedingt verhindert werden, dass Samuel Ellison noch einmal ins Haus kam. Sobald er den Mund auftat, wäre es auf immer zu spät. Seine Worte würden sich nicht zurücknehmen lassen. Was ein Mensch einmal erfahren hat, das weiß er – daran lässt sich nichts ändern.

Sie trat zur Haustür und öffnete sie. Ein frischer Wind wehte, die Sonne schien warm, es roch nach Straßenstaub und Pferden. Im etwa hundert Schritt entfernten Park begann sich das Laub an den Bäumen zu verfärben. Das Gras war noch feucht. Ein Botenjunge ging pfeifend vorüber. Eine Frau in äußerst unpassender Kleidung kam auf einem Fahrrad vorbei. Sie fuhr viel zu schnell. Mariah beneidete sie. Sie wirkte so vollständig frei und glücklich.

Dann wandte sie ihre Aufmerksamkeit wieder dem zu, was vor ihr lag. Wie lange würde es dauern, bis er kam? Zwar hatte sie sich nicht erkundigt, ob er an diesem Morgen das Haus verlassen würde, doch normalerweise tat er das jeden Morgen, nur nicht so früh wie die meisten Männer, weil er abends oft spät nach Hause kam. Alle im Haus standen gewöhnlich erst spät auf.

Unruhig schritt sie auf dem Gehweg auf und ab. Sie kam sich vor wie auf dem Präsentierteller. Mit einem Mal tauchte er auf. Sie hatte ihn nicht kommen sehen, da sie ihm den Rücken zugekehrt hatte. Rasch wandte sie sich um und eilte auf ihn zu.

»Mrs. Ellison.« Er sah verblüfft aus. Er schien etwas sagen zu wollen, unterließ es dann aber.

Sie musste die Gelegenheit beim Schopf packen, ganz gleich, wie schwierig es sein mochte, die passenden Worte zu finden, ganz gleich, für wie töricht er sie halten mochte. Ihr Überleben hing davon ab.

»Joshua! Ich… ich muss unbedingt unter vier Augen mit Ihnen sprechen.«

»Stimmt etwas nicht?«, fragte er, denn er spürte ihre Erregung.

»Vermutlich«, sagte sie eifrig. »Aber man kann etwas dagegen tun und größeren Schaden verhüten.«

Er wirkte nicht besonders beunruhigt. Wie konnte sie nur formulieren, was sie zu sagen hatte, damit er ihr glaubte? Zwar hatte sie ihr Anliegen in den schlaflosen Stunden der Nacht in ihrem Kopf durchgespielt, aber die Worte schienen ihr nicht die richtige Überzeugungskraft zu haben.

»Was gibt es denn?«, fragte er sie freundlich ohne den geringsten Anflug von Unruhe.

Da es möglich war, dass Caroline am Fenster stand, wollte sie nicht, dass man sie vom Haus aus sehen konnte, und setzte sich in Bewegung. Er hielt mit ihr Schritt. Ihr blieb nichts anderes übrig als anzufangen.

»Es geht um Samuel Ellison«, stieß sie sonderbar atemlos hervor. »Zweifellos wissen Sie, dass er uns in jüngster Zeit ziemlich regelmäßig aufgesucht hat. Er bleibt sehr viel länger als bei Höflichkeitsbesuchen üblich.«

»Na ja, er gehört zur Familie«, gab Joshua zurück. »Ist das da nicht natürlich?«

»Mag sein, dass es natürlich ist.« Sie hörte die Schärfe in ihrer eigenen Stimme und versuchte sie zu mildern. »Aber er… er verhält sich etwas unglücklich.«

»Ach ja?« Seine Stimme klang unverändert.

Das war schlimmer, als sie erwartet hatte. Der Teufel mochte seine Begriffsstutzigkeit holen. Jetzt musste sie offen sprechen. Warum bemühte der Mann nicht seine Vorstellungskraft? Immerhin war er Schauspieler – konnte er denn nicht denken?

»Er nimmt sich zu viel heraus«, sagte sie scharf.

»Ihnen gegenüber?« Seine Brauen hoben sich, als könne er das nicht glauben. »Wenn Sie den Eindruck haben, dass er unhöflich ist und Sie ihm nicht selbst Einhalt gebieten können, müssten Sie Caroline bitten, das für Sie zu tun.«

»Nicht mir gegenüber«, entgegnete sie und hätte fast »Dummkopf!« hinzugefügt. »Caroline gegenüber! Er findet sie wohl anziehend und gibt sich nicht die geringste Mühe, das zu verbergen. Es ist… es ist… mehr als unschicklich – es liefert Anlass zur Besorgnis.«

Er schien kaum merklich zu erstarren. »Ich bin sicher, dass Caroline durchaus in der Lage ist, ihm den Rahmen angemessenen Verhaltens aufzuzeigen«, sagte er ein wenig kühl. »Er ist Amerikaner. Vielleicht sind die Sitten dort etwas lockerer.«

»Nach seinem Verhalten zu urteilen müssen sie dort äußerst locker sein«, erwiderte sie. In ihrer Stimme lag Verzweiflung. »Ich spreche darüber, weil mir Carolines Ruf und Ihr Wohlergehen am Herzen liegen…« Zum Kuckuck, konnte er denn nicht begreifen, was sie da sagte? War er so schwer von Begriff? Oder war es ihm am Ende gleichgültig? Was für ein entsetzlicher Gedanke… Ihr wurde so kalt, als hätte jemand mitten im Winter die Haustür geöffnet. Vielleicht verhielten sich Theatermenschen so und erwarteten es auch von anderen nicht anders. Womöglich war ihm der Begriff Unmoral völlig fremd.

Nein! Das konnte nicht sein. Das durfte nicht sein.

Mit dem Anflug eines Lächelns, das kaum seine Lippen kräuselte, sagte Joshua: »Ich bin sicher, dass ihn meine Frau freundlich zurechtweisen wird, sofern er zu weit gehen sollte. Aber ich danke Ihnen, dass Sie um Carolines willen mit mir gesprochen haben. Ich bin froh über Ihre Anwesenheit, die dafür sorgen wird, dass niemand die Möglichkeit zu übler Nachrede hat. Guten Morgen.« Mit einem Nicken beschleunigte er den Schritt und setzte seinen Weg ans Ende der Straße fort, wo er wahrscheinlich nach einer Droschke Ausschau halten würde.

Die alte Dame stand allein auf dem Gehweg, wütend, weil ihr Vorhaben misslungen war. Doch sie gab nicht auf. Es musste sein! Sie durfte sich auf keinen Fall geschlagen geben. Samuel Ellison würde wiederkommen und beim nächsten oder übernächsten Mal am Ende noch etwas sagen, was Caroline verstand, was ihr einen Faden in die Hand gab, dem sie folgen konnte, bis sie zur Wahrheit vorstieß. Dann blieb nichts mehr, nichts mehr würde sicher oder rein sein, es gäbe kein Licht mehr, sondern nur noch Finsternis, die alles verschlang.

Im Vestibül kam sie am Hausmädchen vorüber, das eine dieser neumodischen Kehrmaschinen in der Hand hielt. Früher wurde ein Haushalt noch so geführt, wie es sich gehörte! Man beschäftigte ein halbes Dutzend Dienstmädchen, streute feuchte Teeblätter auf Teppiche, die man abkehrte, und zwei- oder dreimal die Woche wurden die Teppiche ausgeklopft.

Sie ging nach oben in ihr Zimmer und schloss die Tür hinter sich. Sie musste allein sein, musste nachdenken. Es gab keine Zeit zu verlieren. Was auch immer sie tat, es musste heute geschehen. Schon der nächste Besuch konnte das Ende bedeuten.

Eine Möglichkeit sah sie noch, dafür zu sorgen, dass Samuel Ellison nie wieder ins Haus kam. Wenn Joshua nicht hören und ihr nicht glauben wollte, musste man ihm die Dinge so vor Augen führen, dass er keine andere Möglichkeit hatte, als zu glauben. Er ließ ihr keine Wahl.

Die Frage war nur, wie sie das bewerkstelligen konnte. Vieles musste äußerst sorgfältig bedacht werden. Einen

Fehler konnte sie sich nicht leisten. Da sie mit ihren Bemühungen am Vormittag gescheitert war, hatte sie nur noch einen Versuch. Er musste gelingen.

Sie saß in der Herbstsonne am Fenster und arbeitete ihren Plan bis in die kleinste Einzelheit aus. Wichtig war vor allem der genaue Zeitablauf. Sie kannte den Preis für ein Gelingen des Plans und bedauerte, dass er so hoch ausfallen würde. Sofern Joshua Caroline verließ, würde sie ohne eigene Mittel und mit zugrunde gerichtetem Ruf allein auf der Welt dastehen, aber Emily würde sicher dafür sorgen, dass sie nicht auf der Straße endete. So weit würde man sich schon um sie kümmern. Falls sie in Ashworth Hall leben müsste, wäre das zwar äußerst unangenehm, aber das Herrenhaus war so groß, dass es Caroline und Mariah die Möglichkeit gab, einander aus dem Weg zu gehen. Im schlimmsten Fall konnte eine von ihnen im Landhaus leben. Wahrscheinlich Caroline, denn sicherlich würde die Gesellschaft sie schneiden. Das wäre schade und entsprach nicht Mariahs Wünschen, aber die Notwendigkeit, selbst zu überleben, ließ ihr keine Wahl. Eine andere Entscheidung war nicht möglich.

Am besten machte sie sich gleich an die Arbeit. Langes Nachdenken würde ihre Entschlusskraft womöglich lähmen. Jetzt, da sie den Zeitablauf für alles genau festgelegt und in ihrer kleinen, unleserlichen Handschrift festgehalten hatte, gab es nichts mehr vorzubereiten. Sie kannte Carolines Pläne für die nächsten beiden Tage. Am Abend würde sie zu Hause und Joshua auf der Probe sein. Das war glänzend; sie hätte es sich nicht besser aussuchen können.

Sie schrieb den ersten Brief.

Lieber Samuel,
Sie können sich kaum vorstellen, wie sehr ich Ihre Gesellschaft und Ihre freundschaftlichen Gefühle mir gegenüber genossen habe. Sie haben vieles in mein Leben gebracht, von

dem ich nicht einmal wusste, dass es mir so sehr fehlte. Nicht nur sind Ihre Berichte über Amerika spannend, Ihre Augen scheinen auch Schönheit an Stellen zu entdecken, wo andere Menschen sie womöglich übersehen. Ich habe den Eindruck, dass Sie auf eine wunderbare Art, die man nur selten findet, die Gefühle anderer teilen, mit ihnen weinen und lachen können, und das weckt in mir ein Lebensgefühl, von dem ich kaum ahnte, dass ich es besitze.

War das zu dick aufgetragen? Oder eventuell nicht deutlich genug? Er würde es doch hoffentlich verstehen? Mariah hatte im Laufe der Jahre Carolines Handschrift so oft auf Haushaltsabrechnungen und Einkaufslisten für die Köchin gesehen, dass sie sie leicht nachahmen konnte. Den Stil allerdings musste sie erfinden, denn Briefe hatten sie einander nie geschrieben, dazu war keine Gelegenheit gewesen. Da Caroline aber auch noch nicht an Samuel Ellison geschrieben hatte, würde er sicherlich nichts merken.

Sie musste unbedingt deutlich machen, was sie sagen wollte, nicht den geringsten Zweifel lassen, sonst würde der ganze Plan fehlschlagen. Sie hatte nur diese eine Möglichkeit. Alles musste aufs Spiel gesetzt werden, und so fuhr sie fort:

Bevor Sie London verlassen und sich im Lande umsehen, würde ich mich freuen, wenn Sie uns so oft besuchten, wie es Ihre Zeit erlaubt. Sie werden mir entsetzlich fehlen, wenn Sie nach New York zurückkehren. Das Leben wird mir dann wieder so alltäglich erscheinen.

Das war doch bestimmt sogar für einen Amerikaner dreist genug.

Bitte besuchen Sie uns heute Nachmittag gegen fünf Uhr, sofern Ihnen das möglich ist. Mir ist klar, dass ich Sie in unschicklicher Weise bedränge, aber mit Ihnen kann ich sprechen wie mit keinem anderen Menschen. Sie gehören zur Familie, sind ein Bindeglied zu einer Vergangenheit, die für mich unzugänglich ist, wohin auch immer ich mich wende. Wir haben so vieles gemeinsam, was niemand außer uns besitzt. Sicher ist Ihnen schon aufgefallen, dass man mit meiner Schwiegermutter außer über Banalitäten über nichts reden kann.

Sollte sie etwas über Einsamkeit hinzufügen? Nein, das wäre zu deutlich. Was sie schrieb, durfte nicht hysterisch klingen, um ihn nicht abzuschrecken, denn das war das Letzte, was sie wollte – außer wenn er dann überhaupt nichts mehr von ihnen wissen wollte. Und dass sie das fertigbrachte, bezweifelte sie. Es war wie beim Würfelspiel: Entweder sie gewann mit einem Wurf oder sie verlor alles.

Ich hoffe, Sie bald zu sehen.

Ihre Caroline

Sollte sie den Brief noch einmal durchlesen? Oder würde sie dann den Mut verlieren und im letzten Augenblick ihr Spiel aufgeben? Nein. Zusammenfalten und auf die Post geben. Jetzt gleich.

Oder lieber doch noch einmal lesen?

Zögernd hielt sie den Brief in den Händen. Wenn er erst einmal auf der Post war, ließ sich nichts rückgängig machen.

Aber anders ließ sich auch nichts rückgängig machen, seit Samuel Ellison über die Schwelle des Hauses getreten war.

Sie faltete den Bogen zusammen, steckte ihn in den Umschlag, adressierte ihn und klebte die Marke auf.

Dann stand sie auf, ging nach unten und trat durch die Haustür in den warmen Sonnenschein. Der Briefkasten am Ende der Straße wurde in einer halben Stunde geleert. Sofern Samuel rechtzeitig in sein Hotel zurückkehrte, würde er den Brief lange vor fünf Uhr bekommen.

Unmittelbar vor dem roten Briefkasten zögerte Mariah noch einmal.

Wenn sie den Brief nicht aufgab, würde Samuel Ellison sie an irgendeinem Nachmittag besuchen, vielleicht gemeinsam mit anderen Leuten, und man würde im Gespräch auf Alys kommen, wie bisher jedes Mal. Caroline würde sich nach ihr erkundigen und alles würde an den Tag kommen, jetzt, morgen oder übermorgen. Mariah fror im hellen Sonnenlicht auf dem heißen Gehweg, während die Erinnerung an ihre Schmerzen sie erfüllte. Der Zorn, die Anstrengung, die sie alles gekostet hatte, überfluteten sie wie eine Gezeitenwelle, die Erinnerung an die Hilflosigkeit, das Bewusstsein, dass sie nicht kämpfen, nicht fliehen, nichts verweigern, ja, sich nicht einmal der Gnade des Vergessens anheim geben konnte. Das hatte sie versucht, hatte sterben wollen, aber an Kummer stirbt man nicht.

Sie ließ den Brief los und hörte, wie er auf die anderen im Kasten fiel. Sie hatte es getan. Jetzt zurück ins Haus und den Rest des Plans ins Werk gesetzt. Bestimmt hätte Alys etwas in der Art unternommen, um sich selbst zu schützen.

Danach blieb ihr nichts, als zu warten. Caroline hatte bereits angekündigt, dass sie nicht ausgehen würde. Vielleicht hoffte sie, dass Samuel Ellison kam. Möglich war das immerhin.

Die alte Dame verbrachte einen schrecklichen Tag. Sie war überzeugt, dass es einer der nervenaufreibendsten und entsetzlichsten Tage ihres Lebens war. Sofern sie nicht krank zu sein behauptete, konnte sie nicht länger oben bleiben, und auf keinen Fall wollte sie sich anders als sonst verhalten, um keinen Argwohn zu erregen. Niemand durfte je erfahren, was sie getan hatte.

Nichtsdestoweniger brachte sie es kaum fertig, Caroline anzusehen. Ihre eigenen Gedanken verzehrten sie. Vielleicht wäre es einfacher, wenn sie einen Besuch machte? Aber sie musste unbedingt im Hause sein, falls Samuel schon früh kam oder Caroline es sich anders überlegte und doch das Haus verließ. Für den Fall einer solchen Änderung in ihren Plänen musste sie ihren ganzen Verstand zusammennehmen.

Dieser Nachmittag würde sie für all die Jahre entschädigen, in denen sie feige alles ertragen hatte. Er würde all das auslöschen, als wäre es nie geschehen, und sie wäre endlich frei davon. Schon bei dieser Vorstellung hatte sie das Gefühl, als würde eine schwere Last von ihr genommen. Sie würde sich nicht mehr selbst verachten und auch nicht mehr das Bewusstsein der Schande wie einen schweren Stein in sich spüren.

Um auf andere Gedanken zu kommen, hätte sie gern über etwas Banales gesprochen, aber ihr fiel nichts ein, und außerdem würde es auffallen, denn es passte nicht zu ihr. Noch nie hatten sie und Caroline sich in freundlicher und unverbindlicher Weise unterhalten. So saßen sie schweigend da, während Caroline an Charlotte in Paris schrieb. Man hörte nichts als das Knistern der Flammen im Kamin, das gelegentliche Niedersinken von Schlackeresten und das Kratzen von Carolines Feder auf dem Papier.

Dann war es so weit. Das Mädchen stand in der Tür.

»Mr. Ellison ist da, Ma'am. Soll ich ihn hereinbitten?«

Caroline hob überrascht den Blick. »Oh! Ja, Sie können ihm sagen, dass wir bereit sind, ihn zu empfangen.« Sie lächelte. In ihrem Nachmittagskleid sah sie sehr elegant aus, und eine leichte Röte lag auf ihren Wangen.

Die Tür öffnete sich erneut und Samuel trat ein. Er richtete den Blick sogleich auf Caroline. Die Freude auf seinen Zügen war unverkennbar. Mariah sah er kaum an.

»Wie schön, Sie zu sehen«, sagte Caroline höflich. »Für Tee ist es ziemlich spät. Möchten Sie eine andere Erfrischung?«

»Danke«, nahm er an und trat weiter ins Zimmer. »Ich hoffe, die Uhrzeit ist nicht unpassend?« Endlich bequemte er sich dazu, die alte Dame zu begrüßen. »Guten Tag, Mrs. Ellison.«

Das ging ja glänzend. Sie hätte es kaum besser einfädeln können. Sie erhob sich.

»Wenn Sie mich bitte entschuldigen«, sagte sie. »Ich bin gleich wieder da.« Sie griff nach ihrem Stock und verließ den Raum ohne weitere Erklärungen. Sie musste sofort den anderen Brief abschicken. Er war bereits geschrieben. Sie würde den Diener schicken, der im Hause alle möglichen Aufgaben erfüllte, und ihm das Geld für die Droschke geben. Sie hatte es schon bereitgelegt.

Sie ging in ihr Zimmer und holte den Brief. Sie kannte ihn auswendig, denn er bestand nur aus wenigen Worten.

Lieber Joshua,
kommen Sie bitte nach Hause zurück, sobald Sie diesen Brief erhalten. Zögern Sie nicht. Die Lage ist ernst und nur Ihre Anwesenheit kann eine Katastrophe verhüten.
Mit dem Ausdruck tiefsten Bedauerns
Mariah Ellison

Sie nahm den Umschlag und gab ihn dem Diener zusammen mit einigen Shilling-Münzen.

Er sah verblüfft drein.

»Bringen Sie das bitte sofort Mr. Fielding«, sagte sie. »Es ist äußerst dringend und von größter Wichtigkeit.«

»Er ist aber in der Probe, Ma'am«, entgegnete der Mann. »Da will er bestimmt nicht gestört werden.«

»Natürlich nicht«, stimmte sie zu. »Doch die Katastrophe, zu der es kommt, wenn Sie ihm den Brief nicht sofort bringen und dafür sorgen, dass er ihn liest, will er noch weniger. Wenn Ihnen überhaupt an ihm liegt, tun Sie, was ich Ihnen sage.«

»Ja, Ma'am.« Verständnislos und mit unglücklicher Miene gehorchte er.

Während Mariah wieder nach oben ging, warf sie einen Blick auf die Uhr auf dem Treppenabsatz und überlegte, wie lange sie wohl warten musste.

Vielleicht sollte sie wieder nach unten gehen, damit sich Samuel nicht zum Gehen verpflichtet fühlte, weil die Anstandsdame nicht zurückgekehrt war.

Nach wie vor unsicher, ob sie das Richtige tat, wollte sie umkehren. Da sah sie von oben, wie das Mädchen mit einem Tablett durch das Vestibül ging, auf dem eine Whisky-Karaffe und ein Glas standen. Glänzend! Zumindest würde er bleiben, bis er seinen Whisky ausgetrunken hatte.

Sie würde in fünf, vielleicht zehn Minuten nach unten gehen. Wie lange es dauern mochte, bis der Diener das Theater erreichte, Joshua die Mitteilung las und zurückkehrte? Er würde doch auf jeden Fall kommen? Wenn nicht, läge es gewiss daran, dass er bereits etwas argwöhnte und es ihm gleichgültig war. Aber das war nicht möglich. Obwohl er Schauspieler war, war er doch ein Ehrenmann und ein außergewöhnlich anständiger Mensch. Das hatte sie durchaus gemerkt. Unglücklicherweise vertrat er freidenkerisches Gedankengut, obgleich er sonst im Großen und Ganzen redlich war und durchaus an Werte wie Treue glaubte. Kalt würde ihn die Sache bestimmt nicht lassen; es schmerzte jeden, wenn er betrogen wurde.

Doch daran wollte sie nicht denken. Es war dumm von ihr, ihre Gedanken in diese Richtung schweifen zu lassen.

Sie sah auf die Uhr. Acht Minuten waren vergangen. Sie ertrug die Anspannung nicht länger und ging langsam wieder nach unten, wobei sie sich am Treppengeländer festhielt. Dann durchquerte sie das Vestibül.

Wenn Samuel Ellison nun von dem Brief gesprochen, ihn gar Caroline gezeigt und sie bestritten hatte, ihn geschrieben zu haben? Wenn sie hinter die Wahrheit gekommen war und er ihr gerade in diesem Augenblick alles über seine Mutter und den Grund ihres Verschwindens berichtete? Das Vestibül drehte sich um die alte Dame. Sie rang nach Atem.

Sie brachte es nicht über sich, den Raum zu betreten. Es war ihr unerträglich. Sie wusste nicht, wohin sie gehen sollte. Ihr Herz hämmerte so heftig, dass sie am ganzen Leibe bebte.

Wie gelähmt stand sie da. Die Sekunden verstrichen. Oder waren es gar Minuten?

Sie musste es wissen. Nicht einmal die Gewissheit konnte schlimmer sein als das, was sie jetzt empfand. Und doch meldete sich in ihr immer wieder die Hoffnung und machte sie ganz benommen, brachte sie an den Rand der Verzweiflung.

Sie ging zum Gesellschaftszimmer und öffnete die Tür. Sie kam sich vor wie in einem Traum, als bewege sie sich unter Wasser.

Samuel saß an Joshuas üblichem Platz und Caroline ihm gegenüber. Sie hielt sich sehr aufrecht. Ihre Wangen waren hoch gerötet, und beide drehten sich rasch um, als sie hörten, wie sich die Tür öffnete.

Mariah hielt den Blick auf Samuel gerichtet. Sie wollte Caroline nicht in die Augen sehen. Er wirkte nicht anders als sonst. Er schien verwirrt zu sein, in seiner Miene aber lagen weder Verachtung noch Zorn. Vor allem sah er nicht wie jemand aus, der Bescheid wusste. Er begriff nicht… noch nicht.

Die alte Dame holte tief Luft und atmete langsam aus.

»Ich habe… ein wenig… Kopfschmerzen«, brachte sie mit Mühe heraus. Es hatte beiläufig und natürlich klingen sollen, aber sie hatte ihre Stimme nicht so unter Kontrolle, wie sie das wollte.

Samuel murmelte etwas.

»Wenn es recht ist«, fuhr sie fort, »werde ich eine Weile in den Garten gehen. Die frische Luft wird mir hoffentlich gut tun. Ich gehe nicht weit, bin gleich um die Ecke.« Ohne auf eine Antwort zu warten, durchquerte sie den Raum, trat durch die Terrassentür auf die kleine Rasenfläche davor und entschwand über die Stufen den Blicken.

Es dauerte eine weitere endlose Viertelstunde, bis sie Stimmen hörte und die Stufen wieder emporschlich, um an der Terrassentür zu lauschen.

Offenbar war Joshua vor kurzem in den Raum getreten. Samuel stand am Kamin und Caroline zwischen ihnen. Sogar auf die Entfernung erkannte Mariah, dass Carolines Nacken und Wangen gerötet waren.

»Bitte lass uns allein, Caroline«, sagte Joshua leise. Dem Ton seiner Stimme und seinen Handbewegungen nach zu urteilen, sagte er das nicht zum ersten Mal.

Caroline erwiderte etwas, das so klang, als begehre sie auf. Sie stand mit dem Rücken zum Fenster, so dass Mariah ihre Worte nicht hören konnte.

Ohne darauf zu antworten, blieb Joshua reglos stehen. Sein Blick wirkte kalt, sein Gesicht war starr.

Caroline ging zur Tür hinaus und schloss sie hinter sich.

»Man hat Sie in meinem Haus willkommen geheißen, Mr. Ellison«, sagte Joshua mit leiser, angespannter Stimme. »Aber es schickt sich nicht, dass Sie so häufig gekommen sind und mit meiner Frau allein waren. Da das dem

Ruf meiner Frau schadet, muss ich Sie zu meinem Bedauern bitten, nicht wiederzukommen. Sie lassen mir keine andere Wahl. Guten Tag, Sir.«

Samuel rührte sich nicht. Sein Gesicht war puterrot. Er setzte zum Sprechen an, zögerte, ging dann an Joshua vorüber zur Tür. Wieder schien er etwas sagen zu wollen.

»Guten Tag, Sir«, sagte Joshua erneut.

»Guten Tag«, antwortete Samuel und öffnete die Tür.

Es war ihr gelungen. Samuel Ellison war fort und würde nicht zurückkehren. Sie hatte verhindert, dass er etwas ausplauderte.

Dennoch empfand sie kein Hochgefühl. Sie fror in der Sonne des Nachmittags und konnte es nicht über sich bringen, ins Gesellschaftszimmer zu gehen. Sie wandte sich ab, ging um das Haus herum und betrat es durch die Spülküche. Ohne nach links und rechts zu sehen, durchquerte sie die Küche und ging nach oben. In ihrem Zimmer setzte sie sich auf das Bett. Tränen liefen ihr über das Gesicht.

Kapitel neun

VERWIRRT UND ZUTIEFST UNGLÜCKLICH stand Caroline oben auf dem Treppenabsatz. Samuels Besuch war durch und durch peinlich gewesen, und sie ahnte nicht, was die Änderung seines Verhaltens bewirkt haben mochte. Er war von Anfang an freundlich und offen gewesen, weit weniger förmlich als ein Engländer unter den gleichen Umständen. Das hatte sie als erfrischend und nicht im Geringsten als unpassend empfunden. Sie hatte darin keine Dreistigkeit gesehen und war überzeugt, auf sein Verhalten in angemessener Weise reagiert zu haben.

Heute aber war er zu einer ungewöhnlichen Stunde gekommen und hatte sich aufgeführt, als hätte sie ihn nicht nur um seinen Besuch gebeten, sondern geradezu so, als hätte es sich dabei um eine dringliche oder gar intime Einladung gehandelt.

Sie zerbrach sich den Kopf. Was mochte sie nur gesagt haben, was er so falsch auslegen konnte? Ihr fiel nichts ein. Gewiss, sie hatte sich seine Berichte mit mehr Interesse angehört, als die Höflichkeit gebot, aber was er zu sagen hatte, war ihr auch außergewöhnlich und fesselnd erschienen. Jedem anderen wäre es ebenso gegangen. Es war weit mehr als das übliche Salongeplauder. Außerdem war er ein Verwandter, ein aus dem Nichts aufgetauchter Schwager, dessen Existenz ihr unbekannt gewesen war. Auf den ersten Blick, noch bevor er den Mund öffnen konnte, war er Edward so ähnlich gewesen, dass sie ihm möglicherweise bereitwilliger als sonst freundschaftlich begegnet war, aber zu etwas, was darüber hinaus ging, hatte sie keinen Anlass gegeben.

Oder doch?

Schuldbewusst wurde sie sich darüber klar, wie sehr sie den Umgang mit ihm genossen hatte. Nein, es war nicht nur das, sondern auch die Art, wie er ihr mit seiner Wertschätzung geschmeichelt, ihr ohne Worte gezeigt hatte, dass er auch sie interessant, bezaubernd und anziehend fand. Sie hatte es genossen, weil es einen so offenkundigen Kontrast zu Cecily Antrims immer etwas herablassender Haltung bildete. Sie hatte sich als Frau gefühlt, wieder den Eindruck gehabt, sich selbst und die Situation in der Hand zu haben.

Jetzt aber war das genaue Gegenteil eingetreten, und sie verstand nicht einmal, was sie falsch gemacht haben sollte.

Was glaubte Joshua eigentlich von ihr? Warum war er am späten Nachmittag aus einer Probe herbeigeeilt, hatte sie in so eiskaltem Zorn aufgefordert, den Raum zu verlassen, und Samuel, wie es aussah, aus dem Haus gewiesen? Glaubte er wirklich, sie habe … was? Etwa, dass sie hier in ihrem eigenen Haus ein Rendezvous mit ihm gehabt hätte? In seinem Haus! Das war lachhaft! Durch einen bloßen Zufall war Mrs. Ellison nicht wie sonst ständig bei ihnen im Zimmer gewesen. Aber auch so entging der alten Dame nichts; sie war flink wie ein Frettchen und doppelt so tückisch.

Ob sie versuchen sollte, Joshua die Situation zu erklären? Zwar war Samuel fort, aber sie hatte nicht den Mut, nach unten zu gehen und Joshua gegenüberzutreten. Sie hatte ihn noch nie wirklich wütend gesehen, und es schmerzte sie mehr, als sie sich hätte vorstellen können. Nein, *schmerzen* war das falsche Wort. Es machte ihr

Angst. Mit einem Mal ging ihr auf, was sie verlieren könnte, nicht an Cecily Antrim, sondern durch ihr eigenes Verhalten, durch etwas Törichtes und Unmoralisches, das sie offenbar ohne jede Absicht getan hatte. Der Grund läge dann nicht darin, dass ihm Cecily verlockender und erregender erschienen war, sondern dass er Caroline verachtete, sie für einen Menschen hielt, von dem man nicht erwarten durfte, dass er sich in moralisch einwandfreier Weise verhielt.

Das schnitt ihr ins Herz.

Zumal es nicht stimmte. Sofern er überhaupt einen Grund hatte, ihr etwas vorzuhalten, war das ein Missverständnis. Es hing mit ihrer Sorglosigkeit zusammen, hatte aber nicht das Geringste mit einem absichtlichen Verhalten ihrerseits zu tun.

Gerade als sie den Fuß auf die oberste Stufe setzte, kam Joshua aus dem Gesellschaftszimmer, durchquerte das Vestibül und verließ das Haus, ohne sich umzusehen. Er hatte nicht einmal versucht, mit ihr zu sprechen – so, als wäre ihm gleichgültig, was sie dachte.

Eine neue Art von Finsternis hatte sich über sie gesenkt. In ihrem Inneren spürte sie einen Schmerz, von dem sie nicht annahm, dass er je nachlassen würde.

Sie wandte sich um und suchte erneut ihr kleines Boudoir auf, in dem sie allein sein konnte. Sie sah sich außerstande, zum Abendessen nach unten zu gehen und sich dem forschenden und triumphierenden Blick der Alten auszusetzen. Sie hatte ihr vorausgesagt, dass es so kommen würde, und sie würde es bis zur Neige auskosten, dass sie damit Recht behalten hatte.

Caroline legte sich kurz nach zehn im ehelichen Schlafzimmer zu Bett. Joshua war noch nicht zurückgekehrt. Einen Augenblick lang hatte sie überlegt, ob sie auf ihn warten sollte, ganz gleich, wie lange es dauern mochte, doch sie fürchtete die Auseinandersetzung mit ihm. Was konnte sie ihm sagen? Womöglich machte sie damit alles nur schlimmer. Er würde müde sein. Keiner von beiden hatte die Möglichkeit, so zu tun, als wäre nichts geschehen.

Normalerweise hätte er oder sie im Gästezimmer schlafen können, doch war das zur Zeit durch Mrs. Ellison belegt.

Die schlimmste Möglichkeit war natürlich, dass er gar nicht nach Hause käme. Die bloße Vorstellung quälte sie, und sie schob sie beiseite. Das konnte das Ende des Vertrauens bedeuten… für eine Weile, sogar für ziemlich lange… aber doch keinesfalls das Ende ihrer Ehe. Denkbar, dass er ihr mangelndes Feingefühl vorwarf, aber etwas Schlimmeres konnte er doch unmöglich von ihr vermuten.

Sie lag im Dunkeln, wartete darauf, dass der Schlaf kam, fuhr bei jedem Geräusch auf und meinte seine Schritte zu hören. Als sie endlich einschlief, war es schon fast Mitternacht.

Beim nächsten Erwachen hatte sie keine Vorstellung davon, wie spät es war, wusste aber sogleich, dass er neben ihr lag. Er war nach Hause gekommen und hatte sich schlafen gelegt, ohne sie zu stören, ohne mit ihr zu sprechen oder sie zu berühren.

Sie lag da und hörte zu, wie er atmete. Er lag am äußersten Rand des Bettes. Kaum spürte sie das Gewicht oder die Wärme seines Leibes. Er war ihr so fern, als wären sie Fremde, die zufällig an einem öffentlichen Ort in der Menge aufeinander gestoßen waren. Noch nie hatte sie sich so niederschmetternd allein gefühlt.

Am liebsten hätte sie ihn geweckt, um der unerträglichen Spannung ein Ende zu bereiten, eine Lösung welcher Art auch immer herbeizuführen. Ihr wurde übel bei der Vorstellung, wie sie schlimmstenfalls aussehen konnte. War es denkbar, dass er das wirklich von ihr glaubte?

Kannte er sie nicht besser? Sie erinnerte sich an die Augenblicke der Zärtlichkeit, das gemeinsame Lachen, die wortlose Verständigung, seine Verletzlichkeit, und heiße Tränen stiegen ihr in die Augen.

Sie würde ihn jetzt nicht wecken. Das wäre kindisch. Sie würde warten. Am Morgen gäbe es sicher eine günstige Gelegenheit; da wäre er sicher bereit, mit ihr zu sprechen und die Situation zu klären. Doch als sie zerschlagen und mit Kopfschmerzen aufwachte, hatte er das Haus bereits verlassen. Sie war allein.

Auch die alte Dame schlief trotz ihres Sieges nur wenig. Nichts konnte die Kälte in ihr vertreiben. Sie glitt von einem Albtraum in den anderen. Sie befand sich allein in einem eisigen Sumpf, rief um Hilfe, aber niemand hörte sie. Augenlose Gesichter sahen auf sie hinab, ohne etwas zu erkennen. Alles war von finsterem Hass getränkt. Vor Schuldbewusstsein brach ihr der Schweiß aus, dann überlief es sie kalt, so dass sie am ganzen Leibe zitternd unter der Decke lag.

Als Mabel schließlich um halb neun heißen Tee brachte, war die alte Dame erneut in einen unruhigen Schlaf gesunken und geradezu dankbar, dass sie geweckt wurde, von Sonnenlicht umgeben war und ihre rundliche Zofe sah, auf deren vertrauten Zügen weder Unruhe noch Vorwurf lag.

Noch nie war ihr Tee so willkommen gewesen. Er war fast noch siedend heiß, war aber genau das, was sie mit ihrem trockenen Mund und schmerzenden Kopf brauchte. Zwar hatte sie nicht das Bedürfnis, aufzustehen und sich für den Vormittag ankleiden zu lassen, doch wäre es ihr unerträglich gewesen, mit ihren Gedanken allein im Bett zu bleiben.

»Fehlt Ihnen auch nichts, Mrs. Ellison?«, fragte Mabel besorgt.

»Ich … habe nicht besonders gut geschlafen. Vielleicht sollte ich oben bleiben.«

»Ach je.« Auf Mabels Gesicht trat der Ausdruck von Mitgefühl.

Mit einem Mal fragte sich die alte Dame, was die Zofe wohl wirklich von ihr hielt. War sie in ihren Augen mehr als jemand, der ihr eine gute Stellung verschaffte, mehr als ein Mensch, um den sie sich bis zu seinem Tod kümmern musste, damit sie in Ashworth Hall bleiben konnte, stets gut zu essen hatte und achtungsvoll behandelt wurde? Brachte sie ihr irgendwelche persönlichen Empfindungen entgegen? Vielleicht war es besser, das nicht zu wissen, denn sie konnten ebenso gut positiv wie negativ sein. Wenn sie sich selbst gegenüber ehrlich war, hatte sie Mabel kaum Anlass gegeben, ihr Zuneigung entgegenzubringen. Man behandelte Dienstboten nicht wie Freunde; sie erwarteten das nicht und wollten es nicht, es wäre ihnen peinlich gewesen. Doch gab es natürlich Abstufungen auf der Skala der Wertschätzung, und ein gelegentliches Wort des Dankes war gewiss nicht unwillkommen. Gewöhnlich durfte eine Zofe außerdem als Teil ihrer Entlohnung damit rechnen, die abgelegten Kleider ihrer Herrin zu bekommen. Da aber Mariah in den letzten fünfundzwanzig Jahren ausschließlich Schwarz getragen hatte, war das für Mabel weniger lohnend gewesen, als sie möglicherweise erwartet hatte. Trotzdem hatte sie sich nie beklagt, jedenfalls nicht, soweit die alte Dame wusste.

»Danke«, sagte sie vernehmlich.

Mabel hob verwirrt den Blick.

»Für Ihre Fürsorge«, sagte die alte Dame scharf. »Sehen Sie mich nicht so an, als hätte ich in einer Fremdsprache mit Ihnen gesprochen!« Voll Ungeduld wollte sie aufstehen, doch ein Schmerz durchfuhr sie so, dass sie keuchte.

»Soll ich einen Arzt rufen, Ma'am?«, fragte Mabel hilfsbereit.

»Nein, danke. Nicht nötig. Geben Sie mir Ihren Arm.« Sie nahm ihn und zog sich daran schwerfällig aus dem Bett, bis sie mühevoll auf die Beine kam. Sie fühlte sich wirklich nicht wohl. Sie hatte nicht geahnt, dass ihr Plan solche Auswirkungen auf sie haben würde. Eigentlich hätte sie den Eindruck haben müssen, dass die Last von ihren Schultern genommen sei; stattdessen hatte sie das Gefühl, eine zusätzliche Last sei hinzugekommen. Immerhin war Samuel Ellison fort, und ihr konnte nichts mehr geschehen. Sie hatte erreicht, was sie wollte – nein, was sie brauchte. Es war eine Frage des Überlebens gewesen.

Von ihm war die Drohung ausgegangen, sie zu vernichten, möglicherweise ohne dass er das wusste, was aber am Ergebnis nichts geändert hätte.

Doch das erhellte die Finsternis um sie herum nicht. Es schien kaum eine Rolle zu spielen.

Sie kleidete sich mit Mabels Hilfe an. Schade, dass ihre Kleider schwarz waren. So würde Mabel nichts Brauchbares erben, wenn es einmal so weit war. Womöglich dauerte es bis dahin gar nicht mehr so lange. Warum klammerte sie sich eigentlich ans Leben? Sie war alt, erschöpft, und niemand liebte sie. Sie erwog, künftig lavendelfarbige oder dunkelblaue Kleider zu tragen.

»Mabel!«

»Ja, Mrs. Ellison?«

»Ich möchte drei neue Kleider haben… oder besser zwei Kleider und ein Kostüm…«

»Ich arbeite gerade an einem, Ma'am. Ist das bereits eingerechnet?«

»Das nicht«, sagte sie ungeduldig. »Noch mal drei. Legen Sie das eine erst einmal beiseite. Ich möchte eines in Dunkelblau, eines in Lavendelblau und… eins in Grün! Ja… Grün.«

»Grün! Haben Sie ›grün‹ gesagt, Ma'am?«

»Hören Sie schlecht, Mabel? Ich möchte ein grünes, ein dunkelblaues und ein lavendelfarbenes Kleid. Wenn Ihnen Lavendel nicht recht ist, können Sie auch eine andere Farbe wählen… vielleicht Burgunderrot.«

»Gewiss, Mrs. Ellison.« Die Ungläubigkeit in ihrer Stimme war nicht zu überhören. »Ich werde einige Schnittmuster holen, die Sie sich ansehen können.«

»Ist nicht der Mühe wert. Machen Sie sie einfach so, wie Sie das für richtig halten. Ich verlasse mich voll und ganz auf Ihr Urteil.« Der Himmel mochte verhüten, dass sie mit etwas Ausgefallenem ankam und die alte Dame so lange lebte, dass sie die Kleider tragen musste! Aber ein Kleid, das ihr nicht stand, war im Augenblick ihre geringste Sorge. Was gestern noch ärgerlich gewesen wäre, hätte vor zwei Wochen eine größere Katastrophe bedeutet. Jetzt aber war es völlig unerheblich. »Kümmern Sie sich darum«, fügte sie entschlossen hinzu. »Ich werde Ihnen das Geld sogleich geben.«

»Ja, Mrs. Ellison«, erwiderte Mabel leise und mit vor Staunen weit aufgerissenen Augen.

Nichtsdestotrotz war es ein elender Vormittag. Mariah konnte sich auf nichts konzentrieren, dabei hatte sie wie immer nichts Wichtiges zu tun. Ihr ganzes Leben drehte sich um häusliche Kleinigkeiten, die nicht die allergeringste Rolle spielten.

Auf keinen Fall wollte sie den Vormittag gemeinsam mit Caroline verbringen. Sie konnte ihren Anblick nicht ertragen, und bestimmt würde sie früher oder später auf den katastrophalen Vorfall vom Vortag zu sprechen kommen. Was könnte sie darauf antworten? Sie hatte geglaubt, dem gewachsen zu sein, ihr ausweichen oder einfach sagen zu können, dass sie sich die Folgen ihres Verhaltens selbst zuzuschreiben habe. Jetzt aber, da alles nach ihrem Wunsch geschehen war, empfand sie nichts als Verzweiflung – und ein Schuldbewusstsein, das sie niederdrückte wie eine körperliche Last.

Also kümmerte sie sich darum, dass die kleinen häuslichen Aufgaben erledigt wurden, und brachte damit das jüngste Dienstmädchen völlig aus der Fassung. Zuerst nahm sie einige Stücke Bindfaden zur Hand, die zum Verschnüren von Paketen gedient hatten.

»Guten Bindfaden wirft man nie weg!«, verkündete sie gebieterisch.

»Da sind doch lauter Knoten drin«, klagte das Mädchen. »Ich krieg die nicht auf. Davon gehen meine Finger kaputt!«

»Weil du nicht weißt, wie man das macht«, wies die alte Dame sie zurecht. »Hier. Hol mir einen Holzlöffel, Kind. Rasch!«

»Einen Holzlöffel?« Das Mädchen, sie mochte dreizehn Jahre alt sein, war völlig verdutzt.

»Bist du taub? Tu, was man dir sagt! Und beeil dich! Steh nicht den ganzen Tag herum.«

Das Mädchen verschwand und tauchte bald darauf mit einem großen Holzlöffel wieder auf, den sie Mrs. Ellison mit dem Stiel voran hinhielt.

»Danke. Jetzt sieh zu, und merk dir, was ich dir zeige.« Die alte Dame nahm ein Stück verknotete Schnur, legte es vor sich auf den Tisch und schlug mehrere Male kräftig mit dem Holzlöffel darauf, wobei sie es zwischendurch immer wieder wendete. Dann holte sie eine winzige Schere aus der Tasche, schob die Spitzen unter die Fäden, die den Knoten bildeten, und öffnete ihn so allmählich. »Na bitte!«, sagte sie triumphierend. »Mach du jetzt mal die nächsten auf.«

Das Mädchen gehorchte willig, schlug auf die Knoten und öffnete sie. Es war ein beachtlicher Erfolg.

Dann zeigte sie ihr, wie man den Stock- und Schirmständer im Vestibül mit Zitronensaft und Salz reinigte, führte ihr als Nächstes vor, wie man das Messing im Gesellschaftszimmer mit Olivenöl blitzblank putzte, und ließ sie schließlich aus dem Aufenthaltsraum der Dienstboten Bier holen, das die Köchin einige Minuten lang anwärmen musste. Anschließend demonstrierte sie ihr, wie man damit das dunkle Holz der Kaminumrandung reinigen konnte.

»Ich würde dir sogar zeigen, wie man Diamanten zum Reinigen in Wacholderschnaps legt, wenn Mrs. Fielding welche hätte«, sagte sie in schneidendem Ton.

»Oder Wacholderschnaps«, fügte das Mädchen hinzu. »Ich hab noch keinen Menschen gesehen, der so viel weiß wie Sie!« Ihr Blick war voller Bewunderung. »Wissen Sie auch, wie man Flecken vom Bügeleisen wegkriegt? Wir haben gestern ein Oberhemd des gnä'gen Herrn schrecklich versengt, und die gnä'ge Frau wird bestimmt toben, wenn sie davon erfährt.«

»Wenn sie etwas taugte, wüsste sie selbst, wie man ihn herausbringt!«, erklärte ihr Mariah voll Befriedigung. Hier im hinteren Teil des Hauses, wo man weder die vorüberfahrenden Kutschen noch die Schritte hörte, die kamen und gingen, würde sie Caroline nicht sehen und auch nicht Joshua, sofern er nach Hause kam. Sie würde sie auch nicht hören und damit auch nichts vom Durcheinander und Schmerz mitbekommen. »Man stellt eine Paste aus Essig, Bleicherde, Waschsoda und einer kleinen fein gehackten Zwiebel her«, fuhr sie fort. »Das müsstest du wissen! Man wirft nicht ein gutes Stück Leinen fort, nur weil es versengt ist. Die Paste streicht man auf den Fleck und lässt sie eintrocknen. Am nächsten Tag kann man das Ganze herausbürsten.«

»Wie viel Essig?«, fragte das Mädchen.

»Was?«

»Wie viel Essig bitte, Ma'am?«

Mariah holte tief Luft und teilte ihr das Mischungsverhältnis mit.

Den Rest des Vormittags verbrachte sie mit anderen kleinen Aufgaben. Es waren lauter Vorwände, um die Zeit totzuschlagen. Zu Mittag aß sie nichts. Sie war überzeugt, nichts hinunterzubekommen.

Um die Mitte des Nachmittags waren ihre Möglichkeiten erschöpft, Caroline aus dem Weg zu gehen. Sie überlegte, ob sie sagen sollte, sie fühle sich unwohl, oder sogar, sie sei auf der Treppe gestürzt und habe so starke Schmerzen, dass sie im Bett bleiben müsse. Dann aber würde Caroline auf jeden Fall nach dem Arzt schicken und damit womöglich allerlei unangenehme Folgen heraufbeschwören. Man würde merken, dass sie die Unwahrheit gesagt hatte. Nein, sie musste sich auf ihren Mut und ihre Selbstzucht verlassen. Ihr würde für den Rest des Lebens ohnehin nichts anderes übrig bleiben. Dieser Nachmittag war ein ausgezeichneter Zeitpunkt, damit zu beginnen.

Sie wählte ein um den Ausschnitt herum mit Jett-Perlen besticktes schwarzes Nachmittagskleid aus Bombasin und steckte eine hübsche Brosche an, die sie seit dreißig Jahren nicht getragen hatte. Es war keine ihrer Trauerbroschen, die eine sorgsam aufbewahrte Haarlocke enthielten, sondern eine hübsche, mit Perlen besetzte Kristallbrosche.

Sie ging nach unten ins Gesellschaftszimmer, doch es war leer.

Für Caroline begann der Vormittag ähnlich unglücklich. Sie suchte etwas, was sie tun konnte, damit ihr nicht immer wieder dieselben schrecklichen Gedanken durch den Kopf gingen. Dann hörte sie zufällig, wie der Diener mit dem Mädchen redete.

»Wann hätte ich das denn erledigen sollen?«, fragte er empört. Sie standen an der Anrichte im Esszimmer, und sie betrachtete voll Abscheu das zu putzende Silber. »Der alte Drache hat mich losgeschickt, als wenn das Haus brennen würde. Sie hat gesagt, es wäre dringend, sozusagen eine Sache auf Leben und Tod.«

»Losgeschickt?«, fragte das Mädchen mit gehobenen Brauen. »Wohin?«

»Na ja, um Mr. Fielding zu holen«, antwortete er. »Er ist dann in aller Eile nach Hause gekommen und hat den Amerikaner auf die Straße gesetzt, der so oft hier war. Danach ist er sofort wieder gegangen.«

»Schade.« Sie schüttelte den Kopf. »Der Amerikaner war wirklich nett, aber wohl ein bisschen oft hier. Aber ich hab keine Zeit, hier rumzustehen und zu plauschen, und Sie auch nicht. Wenn Sie keinen Ärger mit der Köchin kriegen wollen, sollten wir möglichst rasch die Messer putzen. Das müsste längst erledigt sein!«

»Wie konnte ich das denn, wenn ich den ganzen Weg zum Theater und zurück machen musste!«, erwiderte er, nahm die Messer und verließ den Raum, wobei er die Tür offen ließ.

Caroline stand starr. Ihre Gedanken drehten sich im Kreise. Joshua war also nicht zufällig nach Hause gekommen – die alte Dame hatte nach ihm geschickt, weil sie wusste, dass Samuel da war. Warum? Und was hatte sie Joshua mitgeteilt?

Was hatte sie noch getan? Hatte sie auf die eine oder andere Weise dafür gesorgt, dass Samuel uneingeladen um fünf Uhr am Nachmittag vor der Tür stand und sich dann aufführte, als hätte Caroline ihn kommen lassen?

Allmählich kristallisierte sich in ihrem Kopf eine Vorstellung heraus, die sie sich mit aller Kraft zu bekämpfen und zu verdrängen bemühte. Sie musste die Wahrheit erfahren, und zwar von Samuel selbst.

Wäre doch nur Emily oder Charlotte da! Dann hätte sie eine von ihnen mitgenommen. So blieb ihr keine andere Wahl, als allein zu gehen. Davor graute ihr so sehr, dass sie es sofort tun musste, um nicht den Mut zu verlieren. Joshua würde es nie verstehen. Das konnte die Sache nur verschlimmern. Er würde glauben, sie stelle Samuel nach, nachdem er ihm das Haus verboten hatte.

Und was würde Samuel selbst denken? Diese Vorstellung ließ sie im Innersten erstarren.

Doch noch schlimmer wäre es, den Dingen ihren Lauf zu lassen. Die alte Dame zu fragen hatte keinen Sinn. Sie würde nie und nimmer die Wahrheit sagen.

Caroline zog ihren Mantel an, setzte den Hut auf und verließ das Haus, nachdem sie dem Stubenmädchen mitgeteilt hatte, dass sie ausgehen würde.

Der Weg war entsetzlich. Ein halbes Dutzend Mal hätte sie fast den Mut verloren und dem Droschkenkutscher gesagt, er solle umkehren, doch das Bewusstsein, wie viele einsame Tage und Wochen vor ihr liegen würden, ohne dass sie je begriffen hätte, was geschehen war, oder Joshua die Wahrheit sagen könnte, ließ sie durchhalten.

In Samuels Hotel fragte sie am Empfang nach ihm und erfuhr, dass er sich in der Halle aufhalte. Der Page führte sie zu ihm.

Samuel las eine Zeitung. Drei weitere Männer saßen im Raum, ebenfalls in ihre Lektüre vertieft. Sie zwang sich zur Ruhe und trat auf ihn zu.

Er hob den Blick, und als er sie sah, stieg ihm die Röte ins Gesicht.

Es war zu spät davonzulaufen. Einen Augenblick lang bekam sie kaum Luft.

Er erhob sich. »Guten Morgen, Mrs. Fielding«, sagte er förmlich.

Sie spürte, wie ihr eigenes Gesicht von Röte übergossen wurde. »Guten Morgen, Mr. Ellison. Es tut mir Leid, Ihre Zeit auf diese Weise in Anspruch zu nehmen, vor allem nach unserem gestrigen Abschied.« Das war eine geradezu grotesk verzerrte Darstellung der Ereignisse.

»Aber es gibt so vieles, was ich nicht verstehe, und ich fürchte, meine Schwiegermutter hat ihre Finger im Spiel, weil sie Unruhe stiften wollte. Ich weiß nur noch nicht, warum.«

Er sah verwirrt und ziemlich peinlich berührt drein. »Ich... falls... selbstverständlich. Wenn Sie glauben, dass es nützlich ist?«

»Durchaus.« Sie nahm Platz, ohne dass er sie dazu aufgefordert hätte, und strich verlegen ihr Kleid glatt. Seine Nähe war ihr nur allzu bewusst. Sie fragte sich, ob auch er ihre Nähe so empfand.

»Ich bitte um Verzeihung«, entschuldigte er sich für die Unterlassung und ließ sich rasch nieder.

Die ganze Sache war entsetzlich.

Beide begannen gleichzeitig zu sprechen. Sie wollte unbedingt wissen, warum er am Vortag gekommen war. Was er sagen wollte, hörte sie nicht.

Beide hielten inne.

»Entschuldigung...« Sein Gesicht wurde puterrot, aber er löste den Blick nicht von ihrem Gesicht.

Sie sah auf ihre Hände. »Warum sind Sie gestern Nachmittag gekommen? Ich hatte den Eindruck, dass Sie annahmen, ich erwartete Sie.«

»Sie hatten den Eindruck?« Seine Stimme klang ungläubig.

»Ja.« Sie vermied es, ihn anzusehen. »Habe ich mich da geirrt?«

Sie hörte das Knistern von Papier und sah das Blatt vor sich. Er hielt es ihr hin.

Sie las mit wachsendem Entsetzen. Es überlief sie kalt. Als sie zu sprechen versuchte, merkte sie, dass sie kaum einen Ton herausbrachte.

»Das habe ich nicht geschrieben!« Großer Gott, er musste ihr einfach glauben. Dennoch war ihr erster Gedanke, *hoffentlich hat Joshua das nicht gesehen*. Er würde sich so tief verletzt fühlen, so… verraten. »Das habe ich nicht geschrieben.« Sie hob den Blick und sah ihm in die Augen. Jetzt war sie zornig, nicht um ihrer selbst, sondern um Joshuas willen. »Meine Schwiegermutter hat den Diener geschickt, der meinen Mann nach Hause holen sollte. Vermutlich hat sie auch diesen Brief verfasst.« Sie behielt ihn in der Hand und erhob sich. »Es tut mir wirklich Leid. Bitte glauben Sie mir das! Mir geht es wie Ihnen, ich fühle mich in Ihrer Gesellschaft wohl, aber was auch immer meine Empfindungen gewesen sein mögen, nie hätte ich einen solchen Brief geschrieben. Ich bitte um Entschuldigung dafür, dass ein Mitglied meiner Familie Sie so in die Irre geführt hat, wie auch für die Peinlichkeit, die daraus erwachsen ist. Ich werde jetzt nach Hause gehen und die Sache zur Sprache bringen.« Sie fragte nicht, ob sie den Brief behalten dürfe, sie hätte ihn auf keinen Fall hergegeben. »Danke, dass Sie bereit waren, mit mir zu reden«, sagte sie rasch. Sie wollte noch hinzufügen, dass sie ihm einen guten Tag wünsche, verwarf diesen Gedanken aber als absurd. Noch einmal sah sie ihn an, dann wandte sie sich um und ging.

Mariah saß allein im Gesellschaftszimmer. Gerade, als sie sich sagte, dass die Gefahr vorüber sei und sie lediglich getan habe, was nötig war, ging die Tür auf und Caroline kam herein. Sie hatte tiefe Schatten unter den Augen und wirkte sehr bleich. Der Schmerz auf ihren Zügen bedurfte keiner Erklärung.

In diesem Augenblick hätte die alte Dame alles gegeben, was sie besaß, um die Ereignisse des Vortags ungeschehen zu machen, doch war ihr klar, dass das unmöglich war.

»Wir sind für niemanden zu sprechen«, wies Caroline das Stubenmädchen an, das irgendwo hinter ihr stand. »Haben Sie verstanden?«

»Ja, Mrs. Fielding, für niemanden.«

»Gut. Und jetzt sorgen Sie dafür, dass wir nicht gestört werden.«

»Sehr wohl, Ma'am.«

Caroline schloss die Tür und trat der alten Dame gegenüber.

»So«, sagte sie finster. »Das werden Sie mir erklären!« Sie hielt den leicht zerknitterten Brief in der Hand.

Die alte Dame sah sie unnachgiebig und mit harten Augen an.

»Erklären?«, fragte sie mit trockenen Lippen.

»Tun Sie nicht so, als wüssten Sie nichts davon«, erwiderte Caroline entschlossen. »In diesem höchst zweideutig formulierten Brief wurde Samuel aufgefordert, mich gestern zu besuchen, so dass er in der Erwartung kam... weiß der Himmel, was er sich erhofft hat! Dann haben Sie Joseph den Auftrag gegeben, Joshua aus dem Theater zu holen, damit er kam und die Situation falsch verstand.« Sie hielt den Brief hoch. »Jemand hat meinen Namen missbraucht, und das können nur Sie gewesen sein.«

Die alte Dame wollte leugnen, erkannte jedoch an Carolines Gesichtsausdruck, dass sie bei ihr keinen Glauben finden würde. Vor ihr öffnete sich ein schwarzer Abgrund des Hasses. Jetzt gab es nichts mehr zu verlieren. Hier ging es nicht mehr um die Vergangenheit, sondern um die Gegenwart. Schmerzlich wurde ihr bewusst, dass sie alles selbst zerstört hatte.

»Ich erwarte eine Erklärung!«, sagte Caroline scharf. »Warum haben Sie Samuel diesen Brief in meinem Namen geschrieben?«

Konnte sie behaupten, nichts davon zu wissen? Oder sagen, sie habe verhindern wollen, dass sich Caroline in eine Affäre verstrickte und ihre Ehe zugrunde richtete? Würde sie ihr das glauben? Nein. Eine solche Erklärung wäre lachhaft, und das war beiden klar.

Der schlimmste aller Albträume war Wirklichkeit geworden. Jetzt würde die Wahrheit ans Licht kommen. Sie konnte den Augenblick aufschieben, dies und jenes in die Zukunft verlagern, aber schließlich und endlich würde doch alles zutage treten. Es wäre besser, es gleich zu sagen, gnädiger, wie ein rascher Tod. Sie hatte nichts mehr zu verlieren, es ging nur noch um die Art und Weise, wie es geschah.

Caroline sah sie nach wie vor unnachgiebig an.

Die alte Dame holte tief Luft. »Ich habe ihm den Brief in deinem Namen geschickt, damit er herkam. Ich wusste, dass er das dir zuliebe tun würde …«

Zu jedem anderen Zeitpunkt hätte Carolines Erröten die alte Dame tief befriedigt. Jetzt merkte sie es kaum.

»Ich nehme an, Sie werden mir auch den Grund dafür verraten«, sagte Caroline kalt.

»Selbstverständlich.« Die alte Dame holte tief Atem und spürte den Luftstrom schmerzlich in ihrem Inneren. »Ich wollte, dass Joshua euch zusammen findet, ihn hinauswirft und ihm verbietet, je wieder seinen Fuß in dies Haus zu setzen.«

Es kam Caroline so vor, als könnten ihre Beine sie nicht mehr tragen, und sie setzte sich so ungeschickt hin, dass sie ihre Röcke zerknitterte.

»Warum? Was hat er getan, dass Sie ihn so verabscheuen, so etwas tun können … so etwas …« Sie wusste nicht, was sie sagen sollte, und die Stimme versagte ihr. Sie sah aus, als verstehe sie die Welt nicht mehr.

Es gab keine Wahl. Caroline musste es erfahren. Es hinauszuzögern würde die Sache nur verschlimmern. Jetzt war der richtige Zeitpunkt. Ein halbes Jahrhundert geheimer Qual würde ohne Trost oder Erbarmen offenbar werden.

»Weil er alles weiß. Ganz bestimmt!«, sagte die alte Dame mit belegter Stimme. »Ich glaubte, nicht damit leben zu können, muss es jetzt aber wohl oder übel tun.«

»Was weiß er?« Caroline schüttelte den Kopf. »Was könnte ein solches Verhalten rechtfertigen?«

Nun war der Albtraum publik geworden, gehörte nicht mehr ihr allein. Unausweichlich war er aus den finsteren Tiefen ihrer Seele herausgezerrt worden und lag offen da. Selbst wenn die alte Dame es auch nur einen einzigen Tag lang hätte vergessen können, andere würden sich immer daran erinnern. Irgendwie hatte sie die Herrschaft darüber verloren.

Caroline beugte sich auf ihrem Stuhl vor, so dass ihr Rock noch mehr zerknitterte. »Schwiegermama? Was weiß Samuel Ihrer Ansicht nach?« Sie befeuchtete ihre Lippen. »Waren Sie etwa nicht mit Vater Ellison verheiratet?«

Am liebsten hätte die alte Dame laut aufgelacht. So etwas wäre selbstverständlich schändlich, würde es doch bedeuten, dass ihre beiden Kinder unehelich waren, aber irgendwie kam es ihr fast banal vor, verglichen mit dem, was sie Caroline jetzt würde sagen müssen.

»Natürlich war ich mit ihm verheiratet. Er hat sich in aller Form von Alys scheiden lassen, und ich wusste auch von ihrer Existenz. Dafür hat mein Vater gesorgt.«

»Was ist es dann?«, wollte Caroline wissen. »Es muss ja wohl mit Alys zu tun haben, sonst würde Samuel nichts davon wissen.«

»Das stimmt. Es hängt mit dem Grund ihres Verschwindens zusammen. Ist dir nie der Gedanke gekommen, dir zu überlegen, warum sie etwas so Extremes und Gefährliches getan hat, das in den Augen des Gesetzes wie in denen der Gesellschaft völlig unannehmbar war?«

»Doch, selbstverständlich«, entgegnete Caroline sogleich. »Aber ich konnte ja nicht gut fragen. Ich hatte angenommen, dass sie mit einem anderen durchgebrannt ist, der sie hat sitzen lassen. Natürlich wäre sie in dem

Fall nie und nimmer zu ihrem Mann zurückgekehrt. Vermutlich ist sie fortgegangen, bevor sie wusste, dass sie schwanger war.«

»Das könnte man annehmen«, stimmte Mariah ganz ruhig zu. »Aber so war es nicht.«

Irgendetwas in ihrer Stimme ließ Caroline stutzen und berührte sie offenbar. Sie regte sich kaum, aber in ihre Augen trat ein Ausdruck freundlicher, vorurteilsloser Aufmerksamkeit. »Und warum ist sie also gegangen?«, fragte sie. Es war kaum mehr als ein Flüstern.

Das war der entscheidende Augenblick. Es war wie ein Sprung in schwarzes, stinkendes Wasser, so eiskalt, dass es einem den Atem nahm.

»Weil er sie zu widernatürlichen Praktiken gezwungen hat – schmerzvollen und erniedrigenden, die man keinem Menschen zumuten sollte …« Es war, als höre sie die Stimme eines anderen.

Caroline holte so tief Luft, als hätte sie einen Schlag bekommen. Ihr Gesicht war kreidebleich, ihre Augen ausdruckslos. Sie wollte etwas sagen, stockte und brachte nichts heraus. Dann schüttelte sie heftig den Kopf.

»Ich dachte, du würdest es mir nicht glauben«, sagte die alte Dame ruhig. »Das würde niemand glauben. Man kann das keinem Menschen sagen … nie.«

»Aber … Sie haben doch Alys gar nicht gekannt!«, wandte Caroline ein. »Samuel hat es Ihnen nicht gesagt …« Wieder hielt sie inne und sah der alten Dame unverwandt in die Augen. In all den Jahren, die sie einander jetzt kannten, hatten sie einander noch nie so offen angesehen. Caroline holte tief Luft und stieß sie mit einem Seufzer wieder aus. »Sie meinen …« Sie legte ihre Hand vor den Mund, als wolle sie die nächsten Worte ersticken. »Sie wollen damit sagen, er … Sie …«

»Sag es nicht«, flehte Mariah. Es war völlig sinnlos. Sie sehnte sich danach, dass man ihr glaubte, und dennoch flehte sie jetzt Caroline an, die Wahrheit nicht auszusprechen.

»Wider... natürlich?« Es kostete Caroline Mühe, das Wort herauszubringen.

Mariah schloss die Augen. »Ich glaube, Männer tun es miteinander... jedenfalls manche. Man nennt es Analverkehr. Es ist schmerzhafter, als du dir vorstellen kannst... wenn es gegen deinen Willen geschieht. Deine Qual... bereitet ihm Lust.« Wut und Erniedrigung stürmten erneut auf sie ein, Schweiß brach ihr am ganzen Körper aus. »Er hat verlangt, dass ich mich nackt auszog, dann musste ich wie ein Tier auf allen vieren vor ihm niederknien...«

»Aufhören!« Carolines Stimme klang schrill. »Aufhören! Aufhören!« Sie drehte ihre Handflächen nach außen, um alles von sich wegzuschieben.

»So kannst du dir deinen Schwiegervater nicht vorstellen, was?«, flüsterte die alte Dame. »Oder mich? Am Boden, wie die Hunde, wobei ich vor Schmerzen und Erniedrigung geschluchzt habe, am liebsten gestorben wäre, und er immer erregter wurde, aufbrüllte, unfähig, sich zu beherrschen, bis er endlich kam.«

»Aufhören!« Caroline legte sich die Hände vor den Mund. »Bitte nicht!«

»Kannst du es nicht ertragen, es zu hören?« Unter der Wirkung der Erinnerung bebte der Körper der alten Dame so sehr, dass sie fast stotterte. »Ich habe... j-jahrelang... d-damit leben müssen... solange ich mit ihm verheiratet war. Er ist dabei gestorben, an einem Schlaganfall, nackt, auf dem Fußboden. Ich habe gebetet, dass er st-starb... und er ist gestorben! Ich bin von ihm weggekrochen und habe mich gewaschen – oft war es so schlimm, dass es blutete – dann habe ich ihn mir noch einmal angesehen. Er lag tot am Boden, das Gesicht nach unten. Ich habe ihn gewaschen und ihm das Nachthemd angezogen, bevor ich jemanden gerufen habe.«

Entsetzen stand in Carolines Augen, aber an die Stelle ihres Bestrebens, alles zu bestreiten, trat allmählich Mitleid. »Sie haben immer gesagt… Sie haben gesagt, dass Sie ihn geliebt haben…«, begann sie. »Er sei ein… so großartiger Mann gewesen… Sie haben gesagt, Sie seien so glücklich gewesen!«

Die alte Dame spürte, wie ihr die bittere Scham heiß auf den Wangen brannte. »Was hättest du denn gesagt?«, fragte sie. »Etwa die Wahrheit?«

»Nein…«, erwiderte Caroline mit von Tränen erstickter Stimme. »Natürlich nicht. Ich weiß nicht. Ich weiß nicht, was ich getan hätte. Ich kann es mir nicht vorstellen… Ich kann es nicht. Ich weiß nicht. Ich…« Sie sagte nicht, dass sie es nicht glaube, aber die alte Dame merkte es ihrer Stimme an, ihrem Gesicht, der starren Haltung ihrer Schultern.

»Du glaubst es nicht!«, sagte sie herausfordernd und dachte an ihre eigene Demütigung und an die Feigheit, die sie in all den Jahren an den Tag gelegt hatte. Niemand würde glauben, dass Alys fortgegangen war, ihren Mut, ihre Würde mitgenommen hatte, und Mariah geblieben war, um sich benutzen zu lassen wie ein Tier.

»Ich…« Caroline stockte und hob hilflos die Hände.

»Du willst wissen, warum ich nicht fortgegangen bin… wie Alys?« Sie musste sich die Worte aus dem Leib reißen, als wären sie Stacheldraht. »Weil ich feige bin.« Jetzt hatte sie es gesagt, das Hässlichste von allem. Nicht nur hatte sie sich ohne jede menschliche Würde auf die Stufe eines Tieres erniedrigen lassen, sie war auch geblieben und hatte immer wieder zugelassen, dass es geschah. Sie brachte keine Entschuldigungen vor. Es gab keine. Was auch immer Caroline von ihr denken mochte, es kam nicht im Entferntesten der Verachtung und dem Ekel gleich, die Mariah für sich selbst empfand.

Caroline sah auf das von Jahren der Bitterkeit und Qual gezeichnete Gesicht der alten Frau. Der Selbsthass lag ebenso unverhüllt in ihren Augen wie die Verzweiflung.

Sie wies den Gedanken von sich. Es war widerwärtig und ergab dennoch in entsetzlicher Weise einen Sinn. Zum Teil glaubte sie es bereits. Wenn es aber der Wahrheit entsprach, ging damit ein großer Teil ihrer Welt in Trümmer und riss viele der Ideale und Menschen mit sich, denen sie getraut hatte. Sofern Edmund Ellison hinter seiner gefassten Haltung, dem Lächeln und den Sonntagsgebeten ein Sadist gewesen war, der seine Frau in der Verschwiegenheit des ehelichen Schlafgemachs grausam erniedrigt hatte, wer war dann, was er schien, wo auch immer? Wenn sich hinter diesem vertrauten Gesicht eine so entsetzliche Hässlichkeit verbarg, dass ihre Vorstellungskraft nicht bereit war, sich ihr zu stellen, was war dann noch sicher?

Caroline sah die alte Frau an, die ihr gegenübersaß, und begriff, dass sie die Wahrheit nicht von sich zu schieben vermochte. Etwas Entsetzliches war ihr widerfahren, hatte die Wut und Grausamkeit ausgelöst, mit denen sie ihre Familie jahrelang behandelt hatte. Der Hass, den sie der Welt, jedem Menschen gegenüber zu empfinden schien, galt in Wahrheit ihr selbst. Sie sah das Schlimmste in anderen, weil sie in ihr eigenes Herz blickte. Jahrelang hatte sie ihre Unfähigkeit verachtet, etwas zu unternehmen, ihr Menschsein vor Erniedrigung und Qualen zu schützen. Sie war feige, und sie wusste es. Sie hatte sich unterworfen und ertragen, statt wie Alys in eine unbekannte Welt voller Gefahren zu fliehen, allein, ohne Geld in der Tasche, mit nichts als ihrem Mut und ihrer Verzweiflung. Kein Wunder, dass Samuel seine Mutter so rückhaltlos bewunderte.

Mariah war bei ihrem Mann geblieben, hatte Nacht für Nacht damit gelebt, Tag um Tag ein tapferes Gesicht aufgesetzt und war dann abends nach oben ins Schlafzimmer gegangen, im vollen Bewusstsein dessen, was geschehen würde… und das Jahr um Jahr, bis er endlich starb und sie damit befreite. Nur dass sie nicht frei war. Sie war nach wie vor ebenso gefangen wie zu seinen Lebzeiten, denn die Erinnerung und die Verachtung waren immer noch in ihr lebendig.

»Glauben Sie wirklich, Samuel würde das jemandem sagen?«, fragte Caroline sanft, ohne recht zu wissen, warum ihr diese Worte auf die Lippen kamen.

Tränen traten der alten Dame in die Augen, und niemand würde je wissen, ob es Tränen des Kummers, der Wut oder des Selbstmitleids waren.

»Zumindest… hat er es… gewusst.« Mit einem Mal lag Zweifel in ihren Augen. »Ich glaube es jedenfalls. Möglicherweise hätte er es gesagt, und ich konnte nicht mit der Ungewissheit leben… für den Fall, dass er…«

Caroline wartete.

Die alte Dame schneuzte sich. »Was ich dir angetan habe, tut mir Leid. Du hast das nicht verdient. Ich… ich wünschte, ich hätte es nicht getan.«

Caroline griff nach der Hand der alten Dame auf dem schwarzen Kleid und berührte sie ganz zart. Unter ihren Fingern spürte sie, dass sie steif und kalt war.

»Es gibt viele Arten des Mutes«, sagte sie leise. »Davonlaufen ist eine, Dableiben eine andere. Was wäre mit Edmund und Suzannah geschehen, wenn Sie fortgegangen wären? Sie hätten die beiden nicht mit nach Amerika nehmen können, das wäre gegen das Gesetz gewesen. Die Polizei hätte Sie verfolgt.«

»Ich hätte es versuchen können«, entgegnete die alte Dame zornig und mit heiserer Stimme.

»Damit hätten Sie Ihre Lage nur verschlimmert«, machte ihr Caroline klar. »Fortgehen war tapfer – aber auch dazubleiben und das Beste für die Kinder daraus zu machen, war tapfer.«

Ein winziger Hoffnungsfunke glomm in den schwarzen Augen der alten Dame auf.

Sie konnten einander seit Jahren nicht ausstehen, obwohl sie unter demselben Dach gelebt hatten, waren eisig und gelegentlich in offener Feindschaft miteinander umgegangen. All das schien jetzt unwichtig zu sein. Eine alles verzehrende Wirklichkeit fegte die ganze Vergangenheit hinweg. Jetzt zeigte sich alles in einem anderen Licht.

»Nein, das war es nicht. Ich hatte Angst davonzugehen.« Die alte Dame sagte das ganz betont und sah ihre Schwiegertochter dabei an.

Caroline sagte offen, was sie dachte. Es fiel ihr nicht schwer, und das überraschte sie.

»Vielleicht hatte Alys Angst zu bleiben.«

Die alte Dame zögerte. Es war deutlich zu sehen, dass sie noch nicht an diese Möglichkeit gedacht hatte. In ihren Augen war Alys immer die Tapfere gewesen, diejenige, die es richtig gemacht hatte. Nun kam Hoffnung aus einer Richtung, aus der sie das nie erwartet hätte.

Caroline lächelte einen flüchtigen Augenblick lang kaum wahrnehmbar. »Es kostet Kraft, schweigend zu erdulden statt aufzugeben und einfach davonzulaufen. Haben Sie Edward oder Suzannah je etwas davon gesagt?«

Die alte Dame erstarrte. »Natürlich nicht! Was für eine ungeheuerliche Frage.«

»Sie haben es vor ihnen um Ihrer selbst willen verborgen gehalten… aber auch um ihretwillen.«

»Ich… ich habe es verheimlicht.« Die Mühe, die es sie kostete, die Wahrheit zu sagen, war so deutlich zu erkennen, dass es schmerzte. »Ich weiß nicht. Ich habe es um meiner selbst willen getan: Ich hätte es nicht ertragen, wenn meine Kinder gewusst hätten … dass ich … wenn sie mich gesehen hätten, wie …« Tränen liefen ihr über die Wangen. Sie konnte ihr Zittern nicht beherrschen.

Caroline war entsetzt. Einen Augenblick lang war sie wie gelähmt. Dann schwemmte Mitleid alles andere hinweg. Der alten Frau mit Zuneigung zu begegnen, brachte sie nicht fertig – dafür hätte sie zu viele Jahre der Grausamkeit, des Krittelns und des ständigen Jammerns vergessen müssen – aber sie spürte die tiefe Sorge Mariahs, das Schuldgefühl und den Selbstekel, ihre unerträgliche Einsamkeit. Sie beugte sich zu ihr, legte ihr die Arme um die Schultern und hielt sie sacht.

So blieben sie reglos und stumm eine Weile sitzen. Als Caroline merkte, dass sich eine Art Frieden über Mariah senkte, der möglicherweise nicht mehr als eine kurzzeitige seelische Erschöpfung war, ließ sie sie los und lehnte sich wieder zurück.

Sollte sie noch etwas Tröstendes sagen, etwas aufrichtig Empfundenes, das man später nicht würde nachholen können? Sollten sie sich gemeinsam etwas überlegen, was sie Joshua sagen konnten? Er musste es erfahren.

Einen Augenblick lang empfand sie große Angst.

Sie sah auf die alte Frau vor sich, die noch immer mit gesenktem Kopf dasaß, so dass man ihr Gesicht nicht sehen konnte. Wie sollte sie den Brief erklären? Sie musste sagen, dass irgendjemand im Hause ihren Namen missbraucht hatte. Mit Ausnahme jenes Abends im Theater, als sie einander vorgestellt worden waren, hatte niemand sie und Samuel je miteinander in der Öffentlichkeit gesehen. Keine Frau in seinem Leben, immer vorausgesetzt, es gab eine, konnte so eifersüchtig sein, dass sie so etwas tat. Was war natürlicher, als Caroline in der fremden Stadt aufzusuchen? Immerhin war sie die Witwe seines Bruders, den er nicht kannte.

Aber sie musste Joshua den Vorfall vom Vortag erklären. Dieser Gedanke stand in ihrem Kopf an vorderster Stelle.

Sie warf einen Blick zu der alten Dame hinüber und wurde von Mitleid gepackt. Dann aber sagte sie sich, dass sie sich das selbst zuzuschreiben habe, ihr eigenes Tun hatte es unvermeidlich gemacht. Caroline war nicht bereit, Joshua und sich selbst zu verletzen, um Mariah Ellison zu retten. Sie konnte nicht glauben, dass Alys ihrem Sohn etwas so Abscheuliches mitgeteilt haben könnte. Doch selbst wenn er davon wusste, hatte er ihnen gegenüber nicht den Eindruck erweckt, als wisse er davon. Was sollte sie Joshua sagen?

Sie fasste einen Entschluss, stand auf, verließ leise den Raum und schloss die Tür hinter sich. Im Vestibül sah sie das Stubenmädchen.

»Mrs. Ellison möchte gern eine Weile allein sein«, sagte sie. »Sorgen Sie bitte dafür, dass sie mindestens eine halbe Stunde lang nicht gestört wird. Außer wenn sie nach Ihnen läutet.«

»Sehr wohl, Ma'am.«

Tief in Gedanken ging Caroline nach oben. Es würde überaus schwierig sein, Joshua die Zusammenhänge mitzuteilen. Vielleicht konnte sie die Einzelheiten auslassen. Bisher hatte sie ihm nie ein Geheimnis vorenthalten. Während ihrer Ehe mit Edward hatte sie immer Rücksicht nehmen müssen, aber Joshua war anders … oder war es bisher gewesen.

Vielleicht konnte sie ihm sagen, dass es ein quälendes, die alte Dame erniedrigendes Geheimnis gab, ohne es ihm zu enthüllen? Möglicherweise würde er nicht fragen.

Sie ging ins eheliche Schlafzimmer, um allein zu sein. Sie war viel zu aufgewühlt, als dass sie sich mit irgendwelchen Haushaltsdingen hätte beschäftigen können, und sie hatte nichts zu tun, was unaufschiebbar gewesen wäre.

Sie schloss die Tür und setzte sich auf den Hocker vor dem Frisiertisch mit seinem hübschen geblümten Chintzbezug. Der Raum gefiel ihr. So hätte sie ihn schon zu Edwards Zeiten gern gehabt, aber er hätte das nicht gewollt. Er hätte die Blumen zu groß, zu bunt und das Ganze nicht passend gefunden.

Sie versuchte sich deutlich an ihn zu erinnern, stellte ihn sich vor, alles, was an ihm gut und edel war, wie er wirklich empfunden hatte. Wie sehr er um Sarah gelitten hatte. Am Anfang hatte er Pitt nicht im Geringsten leiden können. Dabei hatte er ihn nie richtig kennen gelernt. Doch wie so viele Männer hatte er seine Töchter innig geliebt, auch wenn er es nicht oft gezeigt hatte, und so schien ihm kein Mann als Gatte für sie gut genug, von keinem glaubte er, dass er so für sie sorgen könnte, wie sie es verdienten. Zwar hatte Emilys erster Mann das nötige Geld und den passenden Hintergrund gehabt, aber Edward hatte stets gefürchtet, er werde ihr nicht treu sein.

Und Pitt war natürlich so gut wie mittellos und ohne jeden gesellschaftlichen Hintergrund. Wie konnte er da Charlotte je geben, was sie Edwards Ansicht nach verdiente?

Die Art schließlich, wie Dominic seine geliebte Sarah behandelt hatte, war ein alter Schmerz, den man am besten vergaß. Sarah war tot, und nichts konnte sie ins Leben zurückholen.

Dann glitten Carolines Gedanken zu Edward und zu Mrs. Attwood, deren schönes Gesicht sie trotz all der seither vergangenen Jahre nach wie vor ohne die geringste Mühe vor ihrem inneren Auge heraufbeschwören konnte. Sie wusste noch ganz genau, was sie empfunden hatte, als ihr zum ersten Mal aufging, dass sie Edwards Geliebte und keineswegs die kränkliche Witwe eines alten Freundes war, wie er behauptet hatte. Damals hatte sie einen Teil Edwards kennen gelernt, der ihr bis dahin unbekannt gewesen war. Was mochte es da noch gegeben haben, wovon sie nie etwas erfahren hatte?

Allmählich spürte sie, wie die Kälte in ihr emporkroch. Ihre Hände zitterten. Ihr Schwiegervater hatte sie in jeder Beziehung getäuscht. Sie hatte in ihm nur den würdevollen Herrn gesehen, dem sie im Gesellschaftszimmer begegnete oder der am Esstisch den Vorsitz hatte und das Tischgebet sprach. Der andere, das Geschöpf, von dem Mrs. Ellison gesprochen hatte, war ein Ungeheuer, das im selben Körper hauste, und dennoch hatte sie nie etwas davon gesehen oder gespürt. Wie hatte sie nur so unsäglich blind und unempfänglich sein können?

Gab es noch anderes, dem gegenüber sie blind war? Nicht nur in Bezug auf ihren Schwiegervater hatte sie sich geirrt, sondern auch in Bezug auf sich selbst! All die Grausamkeit, das Elend und die Erniedrigung, sogar körperliche Schmerzen waren hinter den Masken des Alltags da gewesen, und sie hatte nichts davon gesehen.

In wessen Gesicht hatte sie noch lediglich gesehen, was sie sehen wollte? Was hatte Edward von Mrs. Attwood verlangt, was er von Caroline nie erwartet hatte? Wie viel wusste sie wirklich über andere Menschen? Ob etwa auch Joshua…?

Sie hatte an jenem Abend nicht die geringste Lust auszugehen, aber Joshuas neues Stück hatte Premiere. Normalerweise würde sie unter allen Umständen hingehen. Fortzubleiben wäre ein Fehler, der sich nicht wieder gutmachen ließe.

Da die alte Dame oben blieb, nahm Caroline allein ein leichtes Abendessen zu sich und kleidete sich dann sorgfältig an. Zu ihrem königsblauen Abendkleid trug sie einen langen Samtumhang und eine Halskette mit einer Kamee, ein Geschenk Joshuas. Unterwegs in der Droschke fröstelte sie. Sie fühlte sich unsicher. Joshuas Lampenfieber konnte nicht stärker sein als ihres, es war unmöglich, dass er mehr auf Erfolg oder Misserfolg dieses Abends angewiesen war als sie.

Im Theater angekommen, ließ sie sich eine Weile von der Erregung tragen, so dass sie gar nicht dazu kam, an etwas anderes zu denken, während sie Bekannte begrüßte und beste Wünsche für Joshua entgegennahm. Alle fieberten zu sehen, wie das Stück beim Publikum ankommen würde. Während sie dem Stück aus tiefster Seele gute Kritiken wünschte, hoffte sie, dass Joshua keine derart beunruhigende Leidenschaft auf der Bühne darstellen würde wie zuletzt Cecily Antrim.

Endlich erloschen die Lichter im Saal, das Publikum verstummte und der Vorhang hob sich.

Das Stück war ausgezeichnet, nicht nur gut konstruiert, sondern auch scharfsinnig und so witzig, dass sie oft hellauf lachen musste. In der Pause nach dem ersten Akt sah sie zu den beiden Marchands hinüber, denen die Vorstellung zu gefallen schien. Sie saß zu weit entfernt, als dass sie ihren Gesichtsausdruck hätte deuten können, aber ihre Haltung zeigte, dass sie den Abend genossen.

Mit einem Mal verspürte Caroline eine gewisse Angst vor dem, was nun kommen würde. Sie wollte nicht, dass diese Menschen, die sie gut leiden konnte und verstand, aus ihrem Frieden aufgestört wurden. Ihr lag an der gegenseitigen Freundschaft, deren Wert und Grenzen sie durchaus richtig einzuschätzen vermochte. Andererseits war ihr jede Art von Selbstzufriedenheit zuwider. Was nicht die Gedanken anregte, keine neuen Empfindungen weckte oder Vorurteile infrage stellte, war zwar angenehm, aber das war auch schon alles. Ihr war klar, dass sich Joshua zutiefst verachten würde, wenn er seine Aufgabe darin sähe, lediglich zu unterhalten. Das war zumindest einer der Gründe, warum er Cecily Antrim so schrankenlos bewunderte. Sie besaß den Mut zu sagen, wovon sie überzeugt war, ob andere ihrer Meinung zustimmten oder nicht.

Der zweite Akt hatte mehr Tempo, und erst als er schon fast vorüber war, merkte sie, dass er tiefere und komplexere Empfindungen in ihr weckte als der erste. Es war ihr schmerzlich, erleichterte sie jedoch zugleich. Sie musste erneut an Mariah Ellison denken und daran, wie die plötzliche Kenntnis ihres Leidens und Zorns in all den Jahren ihr eigenes Leben verändert hatte.

Noch vor vierundzwanzig Stunden hätte sie nicht geglaubt, dass zivilisierte Menschen an derartige Dinge, wie sie Edmund Ellison den Worten der alten Dame nach in den meisten Nächten ihres Ehelebens von ihr verlangt hatte, auch nur denken könnten. Doch während sie in diesem herrlichen Theater im Halbdunkel saß, von hunderten von Menschen in erlesener Abendgarderobe umgeben, und ein so vollkommen gespieltes, so gekonnt in Szene gesetztes Stück genoss, glaubte sie es. Nie würde sie erfahren, hinter wie vielen jener gelassenen, gepflegten Gesichter diese Art von Finsternis liegen mochte.

Sie stellte sich vor, wie sich das Entsetzen der alten Dame immer mehr gesteigert haben musste, wenn Samuel zu Besuch kam, bis sie schließlich darauf verfiel, ihren entsetzlichen und zerstörerischen Ausweg zu planen. Hatte sie bedacht, was es für Caroline bedeuten würde, wenn Joshua sie verließ, sie wegen ihres angeblich unmoralischen Lebenswandels verstieß? Gewiss. Doch sie hatte in ihrer Ehe nie etwas anderes als Bitterkeit und Erniedrigung kennen gelernt und konnte nicht mit der Vorstellung leben, dass ihre Angehörigen davon erfuhren, vor denen sie die Fassade über so viele Jahre gewahrt hatte.

Wie entsetzlich und einsam sie sich in all den Jahren gefühlt haben musste, in denen Caroline nichts gewusst hatte! Welche Angst und welches Entsetzen sie heimgesucht haben mussten, von denen Caroline nicht die geringste Ahnung hatte!

Vielleicht mussten manche dieser Dinge gesagt, Gefühle geweckt und angesprochen, quälende Fragen gestellt werden, damit eine Verständigung mit Menschen möglich war, die selbst nie erleben würden, was anderen nur wenige Schritte von ihnen entfernt widerfuhr.

Sie beugte sich vor, um sich vom dritten Akt nichts entgehen zu lassen.

Anschließend suchte sie Joshuas Garderobe auf, wie sie es nach wichtigen Vorstellungen immer tat. Sie war so nervös, als müsse sie selbst vor das Publikum treten und könne ihren Text nicht.

Sie hatte genau überlegt, was sie ihm sagen wollte, hatte es sich ein Dutzend Mal vorgesagt. Was aber, wenn er nicht bereit war, mit ihr zu sprechen oder ihr zuzuhören? Sie würde ihn dazu bringen müssen… durfte nicht locker lassen. Auch sie konnte so entschlossen sein wie Cecily Antrim oder irgendein anderer Mensch. Sie liebte Joshua bedingungslos und wollte ihn auf keinen Fall verlieren, ohne mit all ihren Kräften um ihn gekämpft zu haben.

Die Tür seiner Garderobe war geschlossen. Von drinnen ertönte Gelächter. Wie konnte er lachen, wenn er sie am Morgen wortlos verlassen hatte?

Sie klopfte. Unaufgefordert würde sie nicht eintreten, um nicht etwas sehen zu müssen, was sie sich lieber erspart hätte. Sie fühlte sich bei der bloßen Vorstellung elend, ein Eisklumpen schien sich in ihr zu bilden.

Schritte ertönten, und die Tür wurde geöffnet. Joshua stand vor ihr, er hatte das Bühnenkostüm zum Teil abgelegt und einen Morgenrock übergeworfen. Er schien verblüfft, doch dann legte sich Freude auf seine Züge. Wortlos machte er die Tür weit auf. In der Garderobe befanden sich ein Mann und eine Frau.

Erleichterung und Schuldbewusstsein erfüllten Caroline. Es war nicht so, wie sie befürchtet hatte.

Die beiden begrüssten sie; es waren Kollegen Joshuas, die sie aus anderen Stücken kannte. Aufrichtig beglückwünschte sie alle zu ihrer Leistung. Sie konnte kaum glauben, wie normal ihre Stimme klang.

Die Kollegen schienen endlos lange mit Joshua zu reden. Wollten sie denn überhaupt nicht gehen? Gab es etwas, was sie sagen konnte, um ihren Aufbruch zu beschleunigen? Nein… ein solches Verhalten wäre unverzeihlich.

Dann brachte sie heraus: »Ich bin richtig froh, dass ich gekommen bin. Es war viel eindrucksvoller, als ich angenommen hatte. Eine Premiere hat etwas, was sich so nie wiederholen lässt. Dabei wäre ich beinahe nicht gekommen.« Sie vermied es, Joshua anzusehen. »Meine Schwiegermutter wohnt zur Zeit bei uns und ihr ging es heute überhaupt nicht gut. Etwas… hat sie… mehr mitgenommen, als ich für möglich gehalten hätte.«

Die anderen drückten ihre Besorgnis aus.

»Heißt das, Sie müssen früh nach Hause?«, fragte der Mann.

Sie blickte Joshua an.

»Ist sie krank?«, fragte er. Seiner Stimme war nichts anzumerken.

Die beiden anderen entschuldigten sich höflich und gingen.

»Ist sie krank?«, wiederholte Joshua.

»Nein«, gab Caroline zur Antwort. Er war müde, und die Situation war zu delikat, als dass sie sich lange mit Worten hätte aufhalten können. »Sie hat etwas Entsetzliches getan, und ich bin heute dahinter gekommen. Als ich es ihr vorgehalten habe, hat sie mir ihren Beweggrund genannt.« Er machte ein verständnisloses Gesicht. Offenkundig wollte er es nicht wirklich wissen. Er duldete die alte Dame nur, weil er es Caroline schuldig zu sein glaubte.

»Etwas Entsetzliches?«, fragte er zweifelnd.

Sie musste weitersprechen. »Ich finde schon. Sie hat Samuel Ellison mit einem ausgesprochen unpassenden Brief eingeladen, gestern Nachmittag zu uns zu kommen, und ihn mit meinem Namen unterschrieben.« Warum sagte er nichts? Sie sprach rasch weiter. »Als er im Hause war, hat sie den Raum mit voller Absicht verlassen, was nie zuvor der Fall war, und dann Joseph losgeschickt, damit er dich holt.«

»Warum?«, sagte er. »Ich weiß, dass sie mich nicht leiden kann, weil ich Schauspieler und Jude bin, aber geht das so weit?«

Tränen stiegen ihr beißend in die Augen, und sie spürte, wie sich ihre Kehle zusammenzog. »Nein!« Sie sehnte sich danach, ihn zu berühren, aber das wäre in diesem Augenblick nicht richtig gewesen, er hätte es als Geste des Mitleids missdeuten können. »Nein! Mit dir hat das nichts zu tun. Sie hatte Angst, Samuel könnte etwas über seine Mutter wissen, was auch auf sie zutrifft, etwas Ekelhaftes. Sie hat sich dessen so geschämt, dass sie es nicht hätte ertragen können, wenn ein anderer davon erfahren hätte. Sie fürchtete, Samuel könnte es mir sagen, und wollte daher erreichen, dass du ihn vor die Tür setzt, damit er nie zurückkehrt. Dann wäre ihr Geheimnis sicher gewesen. Sie hatte solche Angst, dass es ihr einerlei war, ob sie damit mein Glück aufs Spiel setzte oder nicht. Sie war bereit, alles zu tun, damit weder ich noch sonst ein Angehöriger etwas davon erfuhr. Sie meinte, nicht weiterleben zu können, wenn wir es wüssten.«

Er sah sie fassungslos an. Er war sehr bleich, doch auf seinen Zügen lag nicht Wut, sondern Entsetzen.

»Ich weiß, was es ist«, sagte sie leise. »Und ich glaube, ich kann ihr verzeihen, was sie getan hat. Wenn du einverstanden bist, möchte ich dir lieber nicht sagen, was sie gelitten hat. Aber wenn du darauf bestehst, tue ich es.«

Seine Züge entspannten sich. Er war zu müde, vielleicht auch zu erschüttert, als dass er hätte lächeln können, doch sein zärtliches Empfinden für sie war unübersehbar.

»Nein«, sagte er leise. »Nein, ich möchte es nicht wissen. Sie soll ihr Geheimnis für sich behalten.«

Tränen liefen ihr über die Wangen. Sie musste schniefen und schlucken. »Ich liebe dich«, flüsterte sie und schniefte wieder.

Er stand auf und hielt ihr zögernd die Hand hin. Mit einem Mal begriff sie, wie verletzt er gewesen war. Er hatte gezweifelt… gefürchtet.

Sie legte die Arme um ihn und drückte ihn so fest an sich, dass er zusammenzuckte. »Es tut mir Leid, dass ich mich nicht so verhalten habe, dass du dir sicher sein durftest«, sagte sie.

Seine Arme schlossen sich um sie, bis er sie ebenso fest hielt wie sie ihn. Wortlos fuhr er langsam mit den Lippen über ihr Haar.

Kapitel zehn

PITT UND TELLMAN KÜMMERTEN sich nach wie vor um den Hintergrund des Verschwindens von Henri Bonnard und seiner Auseinandersetzung mit Orlando Antrim. Allerdings war Pitt nicht sicher, dass etwas Brauchbares dabei herauskommen würde, selbst wenn sie die Wahrheit erfahren sollten. Sofern sich Bonnard abgesetzt hatte, mochte das Grund zur Besorgnis bieten und für die französische Botschaft auch äußerst ärgerlich sein, doch ging es die englische Polizei nichts an. Der einzige gemeinsame Nenner im Zusammenhang mit Cathcarts Tod war die Fotografie. Dass die beiden Männer einander ähnelten, war ein reiner Zufall, dem er keine Bedeutung beimaß. Er war sicher, dass es sich bei dem am Anleger von Horseferry gefundenen Toten um Cathcart handelte und dass Bonnard der Mann war, mit dem sich Orlando Antrim gestritten hatte.

»Glauben Sie, dass es wirklich um Fotos ging?«, fragte Tellman zweifelnd, während sie mit einer Droschke nach Kew hinausfuhren, denn man hatte ihnen gesagt, dass der Fotoklub im Tropenhaus des dortigen Botanischen Gartens interessante Blätter aufnehmen wollte. »Würde jemand tatsächlich wegen eines solchen Bildes einen Mord begehen? Ich meine«, fügte er eilig hinzu, »wegen eines Bildes, auf dem nichts zu sehen ist, was irgendwie unerlaubt ist.«

»Das bezweifle ich«, räumte Pitt ein. »Aber es hätte den Streit auslösen können, der dann ausgeufert ist.«

Tellman beugte sich trübselig vor. »Da meint man, allmählich begriffen zu haben, warum die Leute tun, was sie tun, und dann kommt ein Fall wie dieser, und man hat den Eindruck, dass man nichts weiß.«

Ein Blick auf die eckigen Schultern und das mürrische hohlwangige Gesicht seines Mitarbeiters zeigte Pitt, dass Tellman völlig verwirrt war. Seine fest gefügten Ansichten über Gesellschaft und Menschen, über das, was sich gehörte und was nicht, gingen auf eine in bitterer Armut verbrachte Jugend zurück. Ein tief verwurzelter Zorn gab seinem Wunsch Nahrung, die Dinge so zu ändern, dass Leistung belohnt wurde und für eine gewisse Gerechtigkeit gesorgt wurde zwischen denen, die arbeiteten, und denen, die, soweit er sah, nichts dergleichen taten und dennoch überaus wohlhabend waren. Immer wieder wurden seine Vorurteile durch Erkenntnisse erschüttert, die er bei der Untersuchung der privaten Tragödien solcher Menschen gewann, und in manchen Fällen, in denen es ihm weit leichter gefallen und sehr viel lieber gewesen wäre, einfach zu hassen, sah er sich genötigt, mehr Mitgefühl und Verständnis aufzubringen, als er eigentlich wollte.

Die Fotos, an denen diesen privilegierten jungen Männern so viel zu liegen schien, fand er zwar schön, aber zugleich auch unerheblich. Auf keinen Fall konnte er verstehen, warum sie ein Mordmotiv liefern sollten.

Pitt neigte dazu, ihm Recht zu geben, doch hatten sie im Augenblick nichts Wichtigeres zu tun. Niemand in Cathcarts Nachbarschaft hatte etwas beobachtet, was ihnen weitergeholfen hätte, und Lily Monderell schwieg sich über die Fotos aus, die sie an sich genommen und so rasch mit so erstaunlich hohem Gewinn verkauft hatte. Auch hier wieder hatten sie es mit Fotos zu tun. Es sah ganz so aus, als hinge das Motiv der Tat doch damit zusammen.

In Kew Gardens suchten sie das Troparium auf, ein eindrucksvolles riesiges Gewächshaus mit exotischen Farnen, Schlingpflanzen und Ananasgewächsen in üppigen Farben sowie riesigen Palmen, deren Wedel gut und gern einen Meter breit waren.

Die feuchte Hitze und der kräftige Humusgeruch ließen Tellman die Luft scharf einziehen. Etwas Ähnliches hatte er noch nicht erlebt.

Pitt sah die Fotografen als Erster. Sorgfältig stellten sie ihre Stative auf dem unebenen Boden auf, richteten die Kameras auf ein Schlingpflanzengewirr oder ein verwickeltes Muster von Ästen oder versuchten, das Spiel von Licht und Schatten auf der Oberfläche eines Blattes einzufangen. Zwar war ihm klar, dass sie sich über eine Störung ärgern würden, doch nahm er an, er werde bis zum Einbruch der Dunkelheit warten müssen, wenn er sich nicht unüberhörbar bemerkbar machte.

Daher trat er auf einen blonden jungen Mann zu, der gerade eine Hand über die Augen legte und zum Wipfel einer hoch aufragenden Palme emporsah.

Pitt legte den Kopf in den Nacken und erkannte unter dem Glasdach ein Muster von Ranken, die sich anmutig vor dem geometrischen Scheibenmuster wanden. Er unterbrach den jungen Mann nur ungern, sah aber keine andere Möglichkeit. Schönheit und Fantasie würden warten müssen.

»Entschuldigung.«

Der junge Mann machte mit der freien Hand eine abwehrende Bewegung.

»Bitte später, Sir. Kommen Sie in einer halben Stunde, und ich stehe Ihnen ganz und gar zur Verfügung.«

»Leider habe ich keine halbe Stunde Zeit«, entschuldigte sich Pitt. »Ich bin Oberinspektor Pitt von der Polizeiwache Bow Street und untersuche den Mord an einem Fotografen.«

Das veranlasste den jungen Mann dazu, den Blick von der Palme zu lösen und ihn mit großen blauen Augen anzusehen. »Einer aus unserem Klub? Ermordet? Großer Gott… Wer?«

»Keiner aus Ihrem Klub, Mister…?«

»McKellar, David McKellar. Sie sagten doch, ein Fotograf?«

»Delbert Cathcart.«

»Ach so.« Er schien erleichtert zu sein. »Ach natürlich. Davon habe ich gelesen. Anscheinend hat man ihn ausgeraubt und in den Fluss geworfen. Tut mir entsetzlich Leid. Er war brillant.« Er errötete leicht. »Entschuldigung, es sollte nicht so gefühllos klingen. Natürlich ist es immer entsetzlich, wenn jemand umkommt, ganz gleich, wen es trifft. So gesehen ist seine Begabung wohl unerheblich. Aber ich weiß nichts über den Fall. Was könnte ich Ihnen schon sagen?«

»Am Vormittag des Tages, an dem Mr. Cathcart ums Leben kam, gab es einen Wortwechsel zwischen dem Schauspieler Orlando Antrim und Monsieur Henri Bonnard von der französischen Botschaft«, erklärte Pitt.

McKellar sah verständnislos drein.

»Wissen Sie etwas darüber?«, fragte ihn Pitt. »Es ging dabei offensichtlich um Fotos.«

»Tatsächlich?« McKellar war zwar verblüfft, schien jedoch durchaus zu wissen, wovon die Rede war, da er sich wohl auf dem Gebiet auskannte.

»Kommt es vor, dass Menschen über Fotos in Streit geraten?«, wollte Pitt wissen.

»Nun ja… moglich ist das schon. Aber was hat das mit dem armen Cathcart zu tun?«

»Verkaufen Sie Ihre Bilder?«, fragte Tellman unvermittelt. »Ich meine, kann man damit Geld verdienen?« Er warf einen Blick auf die Kameras und die Stative.

McKellar errötete noch ein wenig mehr. »Nun, mitunter. Damit – damit kann man die laufenden Kosten vermindern. Das ganze Zeug ist ziemlich teuer. Andererseits…« Er verstummte und stand ein wenig verlegen da.

Pitt wartete.

»Sehen Sie…« McKellar zögerte. »Vielleicht sollte ich das nicht sagen, aber von Zeit zu Zeit habe ich selbst schon ein Bild verkauft.«

»Aufnahmen von Ranken und Blättern?«, fragte Tellman ungläubig. »Dafür zahlen die Leute?«

McKellar wich seinem Blick aus. »Nein… nein, das glaube ich nicht. Eher schon für eine hübsche Aufnahme von einer jungen Dame, vielleicht ein paar Blumen… was die Leute eben gern sehen, Sie verstehen schon.«

»Eine junge Dame und vielleicht ein paar Blumen«, wiederholte Pitt und hob leicht die Brauen. »Und ein Kleidungsstück, oder etwa nicht?«

McKellar machte ein klägliches Gesicht. »Nun, was soll ich sagen? Gelegentlich… auch nicht.« Er sah Pitt an und sagte mit Nachdruck: »Aber nur, wenn es auch… künstlerisch ist. Nichts Vulgäres.«

Pitt lächelte und vermied betont Tellmans Blick. »Ich verstehe. Und mit diesen Verkäufen bestreiten Sie einen Teil Ihrer Kosten für Filmmaterial und so weiter.«

»Ja.«

»Und bekommen die betreffenden jungen Damen einen Anteil an diesen Einnahmen?«

»Sie bekommen Abzüge von… von einem oder zwei der Bilder.«

»Und ist ihnen klar, dass die übrigen verkauft werden – vermutlich an das breite Publikum?«, fragte Pitt.

McKellar schwieg einen Augenblick. »Ich… ich glaube schon«, sagte er unglücklich. »Ich meine… das ist ja wohl klar, oder?«

»Ganz und gar«, stimmte Pitt zu. »Sie möchten etwas Geld verdienen, um Ihr Steckenpferd zu finanzieren.« Seine Stimme klang kälter, als er gewollt hatte.

McKellars Gesicht wurde tiefrot.

»Und wo werden diese Aufnahmen verkauft?«, fragte Pitt. »Wachtmeister Tellman wird die Namen und Anschriften aller Händler notieren, mit denen Sie in Verbindung stehen.«

»Nun… ich…«

»Falls Sie sich nicht erinnern können, begleiten wir Sie gern dorthin, wo Sie Ihre Unterlagen haben, und lassen es uns dann von Ihnen sagen.«

McKellar gab auf. Er schluckte heftig. »Es ist alles ganz harmlos«, begehrte er auf. »Es sind doch… es sind doch bloß Fotos!«

Am Nachmittag machten sich Pitt und Tellman daran, die Postkartenhändler aufzusuchen.

Zu Anfang sahen sie lediglich nette Bilder verschiedener junger Frauen mit hübschen Gesichtern in eher herkömmlichen Posen. Sie blickten in die Kamera, manche ein wenig befangen, andere mit kühnem, wenn nicht gar herausforderndem Lächeln. Es gab nichts, woran man Anstoß hätte nehmen können, außer vielleicht daran, dass man ihnen unter Umständen jeglichen Anteil am Profit vorenthalten hatte. Die Postkarten wurden für wenige Pennies verkauft und waren von guter Qualität. Angesichts der Kosten für Kameras, Filme, Entwicklung und so weiter war der Gewinn, der dem jeweiligen Fotografen blieb, vermutlich äußerst gering. Es ging wohl in erster Linie um deren Freude an einem schönen Bild.

»Haben Sie sonst nichts?«, fragte Pitt aus reiner Gewohnheit. Er nahm nicht an, dass er noch etwas Bedeutendes erfahren würde. Sie befanden sich in einer kleinen

Tabak- und Buchhandlung in der Half Moon Street unweit von Piccadilly. Die Regale quollen über, die Dielen des Fußbodens knarrten bei jedem Schritt. In der Luft hing der Geruch von Leder und Schnupftabak.

»Nun ja«, sagte der Händler zögernd. »Noch mehr von der gleichen Sorte, sehr ähnlich wie diese, sonst nichts.«

Etwas an der Art, wie er das sagte, erregte Pitts Aufmerksamkeit. Er vermutete, dass der Mann die Unwahrheit sagte.

»Die möchte ich sehen«, sagte er entschlossen.

Der Mann legte ihm mehrere Dutzend weitere Karten vor, die er und Tellman flüchtig durchgingen. Sie zeigten die verschiedensten Motive, teils häusliche Szenen, teils Szenen auf dem Lande – aber immer mit hübschen Mädchen im Vordergrund. Manche wirkten gekünstelt und unnatürlich. Viele machten einen recht unschuldigen Eindruck. Es waren eindeutig Amateuraufnahmen. Pitt sah es an den runden Fotos sowie an den Blattmustern und dem Spiel von Licht und Schatten, dem die jungen Männer des Fotoklubs ihre Aufmerksamkeit gewidmet hatten. Er glaubte sogar, bestimmte Partien von Hampstead Heath zu erkennen.

Andere Aufnahmen waren mit größerer Kunstfertigkeit hergestellt, die Wirkungen von Licht und Schatten waren gekonnter und weniger gekünstelt. Sie stammten vermutlich von Leuten mit mehr Erfahrung und wohl auch bedeutend größeren technischen Fähigkeiten.

»Mir gefallen die runden«, merkte Tellman an, während er die Karten durchging. »Ich meine die Form. Aber es ist Platzverschwendung, und im Großen und Ganzen würde ich sagen, dass die viereckigen besser waren. Irgendwie waren die Modelle anders, nicht wie die jungen Frauen, die man gewöhnlich auf der Straße sieht, sondern eher… ich weiß nicht.«

»Eckige?«, unterbrach ihn Pitt.

»Ja hier. Ein halbes Dutzend oder so.« Tellman gab ihm vier in die Hand.

Pitt sah sie an. Die erste Aufnahme war technisch gut, aber eher konventionell. Die zweite war ausgezeichnet. Einer lachenden dunkelhaarigen Frau hingen einige Locken unordentlich vor dem Gesicht. Im Hintergrund sah man eine Flusslandschaft, Licht tanzte auf dem Wasser, und die Umrisse einiger Gestalten waren zu erkennen, allerdings sehr unscharf. Die Frau sah glücklich aus, als freue sie sich auf etwas. Es war die Art junge Frau, mit der die meisten Männer gern einen Tag oder länger verbracht hätten. Der Fotograf hatte sie genau im richtigen Augenblick eingefangen.

Das nächste Bild war ebenso gut, aber völlig anders. Hier wirkte das blonde Modell fast ätherisch. Die junge Frau sah nicht in die Kamera, das Licht bildete eine Aureole um ihr Haar, und dort, wo ihr Kleid ein wenig herabgeglitten war, schimmerten ihre blassen Schultern wie Satin. Es war eine glänzende Mischung aus Unschuld und erotischer Verlockung. Sie lehnte sich leicht an eine Säule, die aus Stein oder Gips bestehen mochte und um die eine Ranke lag.

Diese Einzelheit rief in Pitt eine Erinnerung wach, doch wusste er nicht so recht, woran.

Das letzte Bild zeigte eine klassische Schönheit, die auf einer Chaiselongue lagerte. Pitt hatte ein Foto der berühmten Schauspielerin und späteren Geliebten des Prinzen von Wales, Lillie Langtry, in einer ähnlichen Pose gesehen. Auf den Lippen der Frau aber, die hier in die Kamera blickte, lag ein spöttisches Lächeln. Je länger er hinsah, desto stärker fühlte er sich von dem Gesicht angezogen, das ausgesprochen klug wirkte.

Dann fiel ihm ein, wo er die Säule auf dem vorigen Bild schon einmal gesehen hatte, denn die Chaiselongue stammte aus demselben Atelier – bei Delbert Cathcart.

»Die sind wirklich gut«, sagte er nachdenklich.

»Gefallen sie Ihnen?«, fragte der Händler, der jetzt einen Kunden in ihm witterte. »Ich mache Ihnen einen ordentlichen Preis.«

»Haben Sie die auf legalem Weg erworben?«, fragte Pitt und verzog das Gesicht ein wenig.

Der Mann war empört. »Was glauben Sie denn! Ich wickle nur ordnungsgemäße Geschäfte ab.«

»Gut. Dann können Sie mir ja sagen, von wem Sie die gekauft haben. Etwa von Miss Monderell?«

»Den Namen habe ich noch nie gehört. Ich hab sie vom Fotografen persönlich gekauft.«

»Tatsächlich? Das wäre also Mr. Delbert Cathcart.«

»Nun…« Er sah Pitt unruhig an.

Pitt lächelte.

»Ich untersuche übrigens den Mord an Mr. Cathcart.«

Der Mann erbleichte sichtlich und schluckte. Er trat unbehaglich von einem Fuß auf den anderen. »Ach ja?«

Pitt lächelte weiter. »Bestimmt ist es Ihr Bestreben, nach Kräften an der Aufklärung mitzuwirken, Mr. Unsworth. Ich nehme an, dass Sie noch weitere Bilder von Mr. Cathcart haben, die möglicherweise noch mehr wert sind. Bevor Sie einen Fehler begehen und das bestreiten, muss ich sagen, dass ich ohne weiteres hierbleiben kann, um mit Ihnen weiter über die Sache zu reden, während Wachtmeister Tellman einen Durchsuchungsbefehl für Ihren Laden holt. Ich könnte auch mit Wachtmeister Tellman gemeinsam gehen und den Beamten von der nächsten Revierwache bitten, solange hier zu warten…«

»Nein… nein!« Die Vorstellung, einen uniformierten Polizisten in seinem Laden zu haben, beunruhigte Mr. Unsworth zutiefst. Das wäre sehr schlecht für das Geschäft, vor allem angesichts der Herren mit exquisitem Geschmack, die er zu seinen Kunden zählte. »Selbstverständlich zeig ich Ihnen gern, was ich noch hab. Ein bisschen Farbe im Leben ist eine Sache, aber bei Mord spiel ich nicht mit. Das ist was ganz und gar anderes. Kommen Sie mit, meine Herren. Hier entlang!« Er ging ihnen über eine wacklige, gewundene Treppe voraus.

Die Aufnahmen, die er oben hatte, waren weit eindeutiger als die unten im Laden. Manche der Frauen hatten ihre Kleidung vollständig abgelegt und posierten mit kaum mehr als einem Fetzen Stoff, einem Federfächer oder einem Blumensträußchen. Es waren gut aussehende junge Frauen mit festen Brüsten und kräftigen Schenkeln. Manche der Posen wirkten ausgesprochen lasziv.

»Alles ziemlich harmlos«, sagte Unsworth, wobei er Pitt vorsichtig ansah.

»Stimmt«, gab ihm Pitt Recht, dem nicht entging, dass Tellman neben ihm geradezu vor Missbilligung platzte. Seiner Ansicht nach bestand zwischen Frauen, die sich für diese Art Bilder hergaben, und denen, die sich als Prostituierte darboten, kein Unterschied, nur dass diese hier jung und wohlgenährt waren und keinerlei äußerliche Anzeichen von Armut oder Verzweiflung erkennen ließen.

Unsworth entspannte sich. »Hab ich doch gleich gesagt.«

Pitt sah aufmerksamer hin. Ein halbes Dutzend der Bilder konnte ohne weiteres von Cathcart sein. Sie waren von ausgezeichneter Qualität, die Verteilung von Licht und Schatten war herrlich ausgewogen, und über dem Ganzen lag etwas, das über das bloß Sinnliche hinausging. Eine der Frauen hielt einen Lilienstrauß in den Händen, der ihre Brüste halb verhüllte, eine wirklich ausgewogene Mischung aus Reinheit und Zügellosigkeit. Eine andere Frau mit üppigem dunklem Haar lag auf einem Orientteppich, eine Wasserpfeife hinter sich, als wolle sie im nächsten Augenblick einen Zug daraus tun. Je länger

Pitt das Bild ansah, desto mehr nahm seine Gewissheit zu, dass er es mit Arbeiten Cathcarts zu tun hatte. Ebenso unverkennbar wie die meisterliche Handhabung der Kamera war die Symbolik und die dezente Andeutung anstelle von grober Sinnlichkeit.

Aber keins dieser Bilder, so gut sie sein mochten, konnte annähernd das wert sein, was Lily Monderells Teekanne gekostet hatte, von dem Aquarell ganz zu schweigen.

»Ja«, sagte er laut. »Und was ist mit den anderen, den teuren? Bringen Sie sie her oder muss ich sie selbst suchen?«

Unsworth zögerte. Offensichtlich hoffte er, mit einem blauen Auge davonzukommen.

Pitt wandte sich an Tellman. »Wachtmeister, gehen Sie doch bitte und…«

»Schon gut!«, sagte Unsworth laut mit finsterem Gesicht. Ärger lag in seiner Stimme. »Ich zeig sie Ihnen ja schon. Sie können einem wirklich den letzten Nerv rauben. Was schaden so ein paar Bilder schon? Man sieht auf denen keine, die das nicht gewollt hat. Außerdem ist das doch alles nur Vorspiegelung.«

»Die Bilder, Mr. Unsworth«, sagte Pitt unnachgiebig. Er war nicht gewillt, mit dem Mann zu diskutieren.

Missgelaunt holte Unsworth die Aufnahmen hervor, warf sie vor Pitt auf den Tisch und trat mit verschränkten Armen zurück.

Diese Fotos waren etwas ganz anderes. Hier war keine Spur von Unschuld mehr zu finden. Pitt hörte, wie Tellman scharf den Atem durch die Zähne einsog. Ohne ihn anzusehen, konnte er sich den Abscheu auf seinen Zügen ebenso vorstellen wie sein innerliches Zusammenzucken. Manche der Bilder zeugten von einer gewissen perversen Kunst. Die ersten vier zeigten lüstern dreinblickende Frauen, deren Körperhaltung Ekstase andeutete. Das Ganze machte einen ausgesprochen ordinären Eindruck, ohne jede Andeutung feinerer Empfindungen. Es war nichts als reine körperliche Lust.

Rasch blätterte Pitt die Bilder durch. Es war besser, sie nicht alle ausführlich zu betrachten. Es war wohl noch nicht besonders lange her, dass all diese jungen Frauen kleine Mädchen gewesen waren, die sich nach Liebe und nicht nach Sinneslust gesehnt hatten. Möglicherweise hatte man sie eher benutzt als fürsorglich behandelt, vielleicht waren sie einsam, verängstigt oder gelangweilt, aber zumindest hatten sie außerhalb der Erwachsenenwelt gelebt, in der Menschen in selbstsüchtiger Weise die Körper anderer zur Befriedigung ihres eigenen Triebes benutzen.

Allerdings galt das nicht für die, die schon lange von genau denen missbraucht wurden, die sie eigentlich schützen sollten. Beim Blick einiger dieser traurigen Augen konnte sich Pitt vorstellen, dass das für die eine oder andere zutraf. In den Augen mancher lag bereits ein Selbstekel, der auf Schlimmeres als bloße körperliche Erniedrigung hinzuweisen schien.

Manche Fotos aber übertrafen diese Bilder noch, zeigten sie doch Qualen, die Lust erzeugen sollten. Es war, als läge darin eine geheime Wonne, die sich ausschließlich dadurch erringen ließ, dass man alle Schranken niederriss. Teils waren die Aufnahmen obszön, teils gotteslästerlich. Manche Frauen waren wie Nonnen gekleidet, allerdings mit zerrissenen Röcken, und lagen auf dem Boden oder waren über ein Treppengeländer gebeugt – als wäre eine Vergewaltigung mit Märtyrertum gleichzusetzen und als erreichte eine Art religiöser Ekstase, wer sich der Gewalt unterwarf.

Pitt spürte, wie ihm übel wurde. Er wünschte, er hätte sich die Bilder gar nicht erst angesehen. Wie konnte man solche Eindrücke aus seiner Erinnerung tilgen? Unwillkürlich würde er beim nächsten Mal, wenn er einer Nonne begegnete, daran denken müssen. Er wäre unfähig, ihr in die Augen zu sehen, weil er fürchtete, sie könne darin lesen, was ihm durch den Kopf ging. Beim Anblick der Aufnahmen kam er sich besudelt vor.

Es gab aber auch noch andere abstoßende Bilder, auf denen Männer und Kinder zu sehen waren. Symbole von Tod und Opfer deuteten satanische Rituale an. Auf zwei oder drei Aufnahmen sah man den Schatten eines Ziegenkopfes, Kelche mit Blut und Wein, einen Lichtblitz auf einer Messerklinge.

Tellman stieß ein kaum vernehmliches Knurren aus, doch Pitt hörte, welche Verzweiflung darin lag, als hätte er sie laut hinausgeschrien. Am liebsten hätte er sie beide von dieser Aufgabe entbunden, aber das war nicht möglich. Eins der Gesichter auf den Bildern kannte er. Es hatte nicht mehr den Liebreiz der unberührten Jugendblüte, sondern war schon etwas älter: Cecily Antrim, als Nonne gekleidet. Unter dem Glanz ihres blonden Haars führte eine herrlich geschwungene Linie vom Hals zur Wange, der kräftige und zugleich feingliedrige Knochenbau wirkte vollkommen. Sie hatte den Kopf zurückgeworfen, ihre Handgelenke waren an ein Rad gefesselt, über dem sich ihr Körper spannte. Vor ihr kniete ein Mann, auf dessen Gesicht sich Ekstase spiegelte. Dies sonderbare Bild schien in der Gestalt des Priesters Pornografie und Blasphemie zu vermengen. Es war verstörend und ließ sich weit weniger einfach vergessen als die bloß erotischen Bilder. Es stellte Fragen zur Praxis der Religion, zu Aufrichtigkeit und Unaufrichtigkeit dessen, was angeblich Dienst an Gott war.

Pitt sah sich ein rundes Dutzend weitere Aufnahmen an. Als er fast ganz unten im Stapel auf eines aufmerksam wurde, merkte er am unterdrückten Keuchen neben sich, dass Tellman es im selben Augenblick gesehen hatte. Wieder war Cecily Antrim abgebildet. Sie lag in einem Samtkleid auf dem Rücken in einem Kahn, von im Wasser treibenden Blumen umgeben. Die Knie hatte sie halb angezogen, Hand- und Fußgelenke waren durch Fesseln mit dem Boot verbunden. Auch hier also die Parodie des Ophelia-Motivs. Es sah so aus, als errege das Angekettetsein sie, und auf ihren Zügen war der Anflug einer Ekstase deutlich zu erkennen.

»Ekelhaft!«, sagte Tellman mit einem unterdrückten Aufstöhnen. »Wie kann eine Frau so was nur machen?« Er warf Pitt einen finsteren Blick zu. »Auf was für Gedanken kommt da ein Mann?« Er stieß mit einem dürren Finger nach dem Hochglanzfoto. »Ein Mann, der so was sucht… denkt doch… Gott weiß was! Und was wird er tun? Können Sie mir das sagen?«

»Ich weiß es nicht«, antwortete Pitt ruhig. »Vielleicht denkt er, dass es die Art Frauen ist, die…«

»Genau!«, sagte Tellman mit sich fast überschlagender Stimme. »Dem muss man Einhalt gebieten! Was würde passieren, wenn hier Halbwüchsige reinkämen und das sehen könnten.«

»Ich verkaufe nichts an Halbwüchsige«, meldete sich Unsworth zu Wort. »So was ist nur für Stammkunden, Leute, die ich kenne.«

Pitt fuhr zu ihm herum und sagte mit blitzenden Augen: »Und Sie wissen auch genau, was die damit tun, nicht wahr? Natürlich sind das lauter besonnene und verantwortungsbewusste Männer, die ihre eigene Frau wie eine wahre Freundin, als Dame und als Mutter ihrer Kinder behandeln und die diese Bilder wegschließen.« Unwillkürlich wurde seine Stimme lauter. »Keiner von denen lebt seine Träume damit aus, nicht wahr? Keiner verkauft sie an neugierige und unwissende junge Burschen weiter, die nicht einmal wissen, wie eine nackte Frau aussieht, und darauf brennen, das zu erfahren?«

Überraschend deutlich erinnerte er sich an das Erwachen seiner eigenen Neugier, an seine Gedanken, seine Vorstellungen von Angst einflößenden und wunderbar grenzenlosen Möglichkeiten.

»Nun ja…«, stieß Unsworth hervor. »Dafür kann man ja wohl nicht mich verantwortlich machen… Ich bin nicht meines Bruders Hüter.«

»Das ist auch besser so! So wie Sie vorgehen, ist der Bruder auf dem besten Weg ins Elend, wo er alles zerstört, was er sieht, weil er an nichts Wahres und Gutes mehr glaubt. Nein, Mr. Unsworth, vielleicht sind Leute wie Wachtmeister Tellman und ich seine Hüter, und genau in diesem Sinne werden wir jetzt handeln. Sie haben die Wahl: Entweder geben Sie uns eine vollständige Liste Ihrer Kunden, die solche Bilder kaufen…«

Unsworth schüttelte heftig den Kopf.

»Oder«, fuhr Pitt fort, »ich werde annehmen, dass Sie die Bilder zu Ihrem eigenen Vergnügen hier haben. Da aber eines davon im Zusammenhang mit einer Mordtat steht, decken Sie den Täter…«

Keuchend machte Unsworth eine abwehrende Handbewegung.

»Es sei denn, Sie hätten den Mord selbst begangen«, endete Pitt. »Wie sieht es also aus?«

»Ich… äh… ich…« Unsworth knirschte mit den Zähnen. »Ich gebe Ihnen die Liste. Aber Sie richten mich zugrunde! Sie bringen mich ins Arbeitshaus!«

»Hoffentlich«, erwiderte Pitt. Zwar warf ihm Unsworth einen giftigen Blick zu, doch holte er Papier, Feder und Tinte und schrieb eine lange Namensliste, ohne allerdings die Adressen hinzuzufügen.

Pitt las die Namen. Er kannte keinen davon. Er würde sich eine Mitgliederliste des Fotoklubs besorgen und sie damit vergleichen, hatte aber nur wenig Hoffnung, dass sich da Gemeinsamkeiten ergaben.

»Erzählen Sie mir etwas über diese Männer«, forderte er Unsworth finster auf.

Dieser schüttelte den Kopf. »Es sind Kunden. Sie kaufen Bilder. Was sollte ich über die wissen?«

»Bestimmt eine ganze Menge«, entgegnete Pitt, ohne den Blick von ihm zu nehmen. »Sonst würden Sie es nicht riskieren, ihnen solche Aufnahmen zu verkaufen. Außerdem möchte ich eine Liste der Männer, die Ihnen diese Bilder liefern.« Er ließ Unsworths Gesicht nicht aus den Augen. »Und bevor Sie das ablehnen, sage ich Ihnen gleich, dass eins davon den Mord an Cathcart angeregt hat. Der Mörder muss es gekannt haben, denn er hat Cathcarts Leiche genau nach dem Vorbild des Fotos arrangiert.« Zu seiner Befriedigung sah er, dass Unsworth erbleichte und Schweißtropfen auf seine Stirn traten. »Ein Zufall ist ausgeschlossen«, fuhr er fort, »zumal die Aufnahme von Cathcart stammt. Ich muss wissen, wer sie noch gesehen hat. Haben Sie verstanden, Mr. Unsworth? Sie haben den Schlüssel zu einem Mordfall in der Hand, den ich zu lösen gedenke. Sie können es mir jetzt sagen … oder ich lasse Ihren Laden schließen, bis Sie es sich überlegt haben. Nun?«

Mit zusammengekniffenen, düsteren Augen sah der Mann ihn hasserfüllt an.

»Sagen Sie mir, welches Bild es ist, und ich sage Ihnen, wer es gebracht hat und wem ich es verkauft habe«, knurrte er.

Pitt wies auf das Foto, das Cecily Antrim im Kahn zeigte.

»Ah. Nun, das hat mir Cathcart gebracht. Wie Sie selbst gesagt haben, ist es von ihm.«

»Haben Sie es exklusiv?«, fragte Pitt.

»Was?«, versuchte sich Unsworth dumm zu stellen.

»Sind Sie der Einzige, der dieses Bild verkaufen darf?«, fragte Pitt schroff.

»Schön wär's! Natürlich nicht.«

Es war eine Lüge. Pitt sah es an seinen Augen.

»Aha. Und Sie kennen nicht zufällig die Namen der anderen Händler, die es auch führen, weil nicht Sie derjenige sind, der es ihnen verkauft hat?«, fragte er.

Unsworth trat von einem Fuß auf den anderen. »So ist es.«

»Dann sagen Sie mir alles über die Leute, an die Sie das Bild verkauft haben.«

»Das würde den ganzen Tag dauern!«, begehrte Unsworth auf.

»Gut möglich«, gab ihm Pitt Recht. »Aber Wachtmeister Tellman und ich haben den ganzen Tag Zeit.«

»Das kann ich mir denken – ich aber nicht. Ich muss meinen Lebensunterhalt verdienen.«

»Dann wäre es das Beste, sie fangen gleich an, statt dass Sie Ihre kostbare Zeit damit vertrödeln, sich mit mir herumzustreiten«, gab Pitt zu bedenken.

Obwohl sie mehrere Stunden in dem kleinen Raum verbrachten, während der Inhaber den Laden geschlossen hielt, erfuhren sie nichts, was sie im Mordfall Cathcart weitergebracht hätte. Bei Einbruch der Dunkelheit verließen sie den Laden und traten mit dem Gefühl tiefer Bedrückung auf den von Gaslaternen erhellten Gehweg hinaus.

Tellman atmete tief ein, als wäre die neblig-feuchte Luft mit dem Geruch nach Pferden, nasser Straße, Rauch und Kaminfeuer sauberer als die im Inneren des Ladens.

»So was vergiftet die Seele der Menschen«, sagte er. In seiner Stimme lagen Bedrückung und Wut. »Warum lassen wir das nur zu?« Er meinte die Frage nicht rhetorisch, sondern wollte und brauchte eine Antwort. »Was bewirken wir, wenn wir Menschen erst festnehmen können, nachdem sie etwas Verbotenes getan haben, statt sie an der Ausübung solcher Taten zu hindern?« Er wies mit dem

Kopf auf den Laden. »Jeden, der Gift in einen Sack Mehl mischt, könnten wir festnehmen.«

»Weil die Leute kein vergiftetes Mehl kaufen wollen«, gab ihm Pitt zur Antwort. »Das Zeug aber schon. Darin liegt der Unterschied.«

Schweigend gingen sie eine Weile nebeneinander her. Sie überquerten die Straße zwischen Fuhrwerken, Brauereiwagen, schnellen Kaleschen, leichten Droschken. An allen brannten Laternen. Deutlich hörten sie den Hufschlag, das Zischen der Räder auf der nassen Fahrbahn. Der Geruch des Nebels, dessen Schwaden die Straßenlaternen einhüllten und deren Schein verdunkelten, stieg ihnen in die Nase, und sie merkten, dass es empfindlich kalt wurde, während sich die Dunkelheit senkte.

»Warum tun die das nur?«, fragte Tellman plötzlich, während er sich bemühte, mit Pitt Schritt zu halten, der in seinem Zorn unwillkürlich immer schneller ging. »Ich meine, warum lässt sich jemand wie Miss Antrim so fotografieren? Auf das Geld ist sie doch bestimmt nicht angewiesen. Sie verhungert nicht, ist nicht verzweifelt, kann ihre Miete bezahlen. Sie kann doch etwas und verdient sicher hunderte von Pfund. Warum macht sie das nur?« Er fuchtelte zum Zeichen seines Nichtverstehens mit den Armen. »Sie müsste doch wissen, dass sich so was nicht gehört.«

Pitt hörte die Verwirrung in seiner Stimme und, mehr noch, die Enttäuschung. Er verstand das durchaus, denn ihm erging es nicht anders als Tellman. Was brachte eine schöne Frau, eine begabte Schauspielerin dazu, sich in so perverser Weise zu erniedrigen?

»Was meinen Sie – hat man sie durch Erpressung dazu gezwungen?«, fragte Tellman und wich einem Laternenpfahl aus.

»Denkbar.« Er würde sich erkundigen müssen. Insgeheim hoffte er, dass das die Lösung war. Seine Enttäuschung war stärker, als er angenommen hätte. Ein Traum war zerstört, eine Illusion zerstoben.

»Anders kann es nicht sein«, sagte Tellman im Bemühen, sich selbst zu überzeugen. »Das ist die einzige Lösung.«

Für Caroline war die Sache mit Samuel Ellison noch nicht zu Ende. Sie hatte ihn sehr gut leiden können, nicht wegen seiner Ähnlichkeit mit Edward oder weil er sie anziehend fand, sondern wegen seiner Begeisterungsfähigkeit und seiner differenzierten Heimatliebe. Sie wollte nicht, dass der Ärger zwischen ihnen stehen blieb.

Sie sah über den Frühstückstisch, an dem sie mit Joshua allein saß. Die alte Dame war in ihrem Zimmer geblieben.

»Meinst du, ich kann Samuel schreiben, ihm sagen, dass wir das Geheimnis des Briefs an ihn gelöst haben und für die Unannehmlichkeit um Entschuldigung bitten? Ich weiß nur nicht recht, wie ich das tun kann, ohne ihm die Hintergründe mitzuteilen, und das möchte ich eigentlich nicht.«

»Ich finde nein«, sagte er mit einem Lächeln. Seine Augen ruhten voll Zärtlichkeit auf ihr. »Er hat sich trotz allem ein wenig ungebührlich benommen. Er bewundert dich, was seinen ausgezeichneten Geschmack beweist, aber er hat sich zu viel herausgenommen…«

»Oh…«

»Ich schreibe ihm selbst«, fuhr er fort, »und teile ihm mit, was vorgefallen ist, so weit ich es weiß. Ich kann ihm das Motiv der alten Dame nicht nennen, da ich es nicht kenne, werde aber für ihr abscheuliches Verhalten um Entschuldigung bitten und ihn zum Abendessen einladen…«

Sie lächelte entzückt.

»...in meinem Klub«, setzte er belustigt und eine Spur selbstgefällig hinzu. »Anschließend gehe ich mit ihm ins Theater, sofern er die Einladung annimmt, und stelle ihn Oscar Wilde vor. Ich kenne Oscar ziemlich gut. Er ist sehr umgänglich. Hier will ich Samuel nicht haben. Zwar stimmt es, dass Mrs. Ellison Unfrieden stiftet, aber er hat sich für meinen Seelenfrieden ein wenig zu sehr in meine Frau verguckt.«

Caroline spürte, wie ihre Wangen brannten, diesmal allerdings vor lauter Freude. »Ein glänzender Einfall«, sagte sie und sah dabei den Toast auf ihrem Teller an. »Bestimmt wird ihm das sehr gefallen. Bitte richte ihm aus, dass ich ihm alles Gute wünsche.«

»Aber natürlich«, gab er zur Antwort und griff nach der Teekanne. »Das tue ich mit dem größten Vergnügen.«

Nachdem Joshua das Haus verlassen hatte, ging Caroline nach oben und erkundigte sich nach Mrs. Ellisons Ergehen. Mabel teilte ihr mit, sie sei noch nicht aufgestanden und es sehe auch nicht so aus, als ob sie das tun werde. Sie mache sich Sorgen und frage sich, ob man vielleicht den Arzt rufen müsse.

»Noch nicht«, gab Caroline entschlossen zurück. »Bestimmt sind es nur Kopfschmerzen, und die gehen auch mit dem vorüber, was Sie ihr verabreichen können.«

»Sind Sie sicher, Ma'am?«, fragte Mabel besorgt.

»Ich glaube schon. Ich sehe einmal nach ihr.«

»Sie hat gesagt, dass sie nicht gestört werden möchte, Ma'am.«

»Ich werde ihr sagen, dass Sie mir das mitgeteilt haben«, beruhigte Caroline sie. »Machen Sie sich keine Sorgen.« Ohne weitere Worte ging sie zur Tür des Zimmers der alten Dame und klopfte an.

Keine Antwort.

Sie klopfte erneut, öffnete die Tür und ging hinein.

Mrs. Ellison saß mit bleichem Gesicht auf ihre Kissen gestützt im Bett. Das grauweiße Haar stand ihr wirr um den Kopf, tiefe Schatten lagen unter ihren Augen, so dass die Augenhöhlen riesig wirkten.

»Bitte geh. Ich habe dir nicht erlaubt hereinzukommen«, sagte sie scharf. »Habe ich nicht einmal das Recht, hier in meinem Zimmer allein zu sein?«

»Nein.« Caroline schloss die Tür hinter sich und trat ans Bett. »Ich bin gekommen, weil ich Ihnen sagen möchte, dass ich gestern Abend mit Joshua gesprochen habe...«

Mariah warf ihr einen gequälten Blick zu.

Eigentlich wollte Caroline ihr sagen, wie wütend sie auf sie war, doch war ihr Mitleid stärker als ihr gerechter Zorn und ihr Rachebedürfnis, das sie hatte befriedigen wollen.

»Ich habe ihm erzählt, dass Sie den Brief an Samuel geschrieben haben...«

Mariah zuckte wie unter einem Schlag zusammen. Sie schien kleiner zu werden, in sich zusammenzuschrumpfen.

»...ohne ihm aber den Grund dafür zu nennen«, fuhr Caroline fort. »Ich habe gesagt, dass es sich um etwas handelt, was Sie sehr verletzt hat, und er hat nicht weiter nachgefragt.«

Im Raum herrschte völlige Stille. Langsam stieß Mrs. Ellison den Atem aus und ihre Schultern senkten sich. »Er hat also nicht...?«, fragte sie ungläubig.

»Nein.«

Wieder trat Stille ein. Caroline suchte nach Worten, um ihr zu versichern, dass die Wunde heilen würde und der angerichtete Schaden sich gutmachen ließe, aber vielleicht war das gar nicht nötig. Mrs. Ellison setzte zum Sprechen an, sagte dann aber doch nichts. Sie sah Caroline unverwandt an. Sie war ihr aus tiefster Seele dankbar, aber wenn sie das in Worte fasste, würde der Dank Wirklichkeit, stünde als etwas Greifbares zwischen ihnen, und dazu war sie noch nicht bereit.

Caroline lächelte ihr flüchtig zu und verließ den Raum.

An jenem Tag sah sie die alte Dame nicht noch einmal.

Am Abend – Joshua war nach einer hastig eingenommenen Mahlzeit ins Theater gegangen – meldete das Mädchen Inspektor Pitt. Caroline war entzückt, ihn zu sehen. Sie musste die Freude, Joshua während mancher Stunden des Tages im Hause zu haben, mit nur allzu vielen einsamen Abenden bezahlen.

»Thomas! Komm herein«, sagte sie freudig. »Wie geht es dir? Du siehst ja fürchterlich müde aus. Nimm Platz.« Sie wies auf den Lehnsessel nahe dem Kamin. »Hast du schon gegessen?« Ihr war bewusst, dass auch er allein war, weil sich Charlotte in Paris aufhielt. Er sah ungepflegter aus als sonst und machte einen recht trübseligen Eindruck. Erst als er sich gesetzt hatte und das Licht der Gaslampe sein Gesicht deutlicher zeigte, erkannte sie, dass er auch zutiefst unglücklich war.

»Was gibt es? Was ist passiert?«

Er lächelte leicht befangen. »Kann man mir das am Gesicht ablesen?«

Es war ein Tag der ehrlichen Antworten. »Ja.«

Er setzte sich bequem zurecht und genoss die Wärme des Kamins.

»Eigentlich wollte ich gern mit Joshua sprechen. Ich hätte mir denken sollen, dass er um diese Zeit nicht zu Hause ist.« Er verstummte.

Sie merkte, dass er etwas auf dem Herzen hatte. Was auch immer das sein mochte, er hatte das Bedürfnis, es jemandem anzuvertrauen, und Charlotte war nicht da.

»Ich kann es ihm ausrichten, wenn er zurückkommt«, gab sie fast beiläufig zur Antwort. »Worum geht es? Vermutlich hat es mit dem Theater zu tun? Geht es um den Mord an dem Fotografen?«

»Ja. Aber es ist nichts, worüber man mit einer Frau reden könnte.«

»Warum nicht? Ist es dir peinlich?«

»Nein.« Er zögerte. »Nun …«

Voll Bitterkeit dachte sie an das, was sie von ihrer Schwiegermutter erfahren hatte. Was auch immer Pitt zu berichten haben mochte, es konnte kaum obszöner oder erniedrigender sein.

»Thomas, mich muss man nicht vor dem Leben beschützen. Falls du fürchtest, dass ich etwas ausplaudere, kann ich natürlich …«

»Darum geht es gar nicht!«, widersprach er und fuhr sich mit der Hand durchs Haar, wobei er seine Frisur noch mehr durcheinander brachte. »Es ist einfach … zutiefst unangenehm.«

»Das seh ich an deinem Gesicht. Glaubst du, dass eine Beziehung zwischen Cathcarts Ermordung und dem Theater besteht?«

»Möglicherweise. Auf jeden Fall hat Cathcart Cecily Antrim gekannt … und zwar sehr gut.«

»Willst du damit sagen, dass sie eine Affäre hatten?« Diese Vorstellung belustigte sie.

»Nicht unbedingt. Außerdem würde das kaum eine Rolle spielen.« Er streckte seine Beine ein wenig bequemer aus. Sein Gesicht war angespannt. Offensichtlich fiel es ihm nach wie vor schwer, ihr mitzuteilen, was ihn beschäftigte. Sie musste daran denken, wie sie noch am Vortag versucht hatte, Worte zu finden, um Samuel die Sache mit Mrs. Ellison zu berichten, und wartete.

Das Feuer knisterte angenehm im Kamin. Abgesehen vom Ticken der Uhr war es das einzige Geräusch.

»Ich habe Fotos von Cecily Antrim in einem Laden gefunden, der Postkarten verkauft«, sagte er schließlich.

»Wir haben der Presse nicht mitgeteilt, unter welchen Umständen man Cathcart aufgefunden hat, lediglich gesagt, dass er in einem Kahn lag.« Er wich ihrem Blick aus, seine Wangen waren leicht gerötet. »Er trug ein stark beschädigtes… grünes Samtkleid… und war an Händen und Füßen gefesselt… in einer Art obszöner Parodie von Millais' Gemälde der Ophelia. Um ihn herum lagen Blumen… künstliche.« Er hielt inne.

Mit Mühe gelang es ihr, ihre Verblüffung zu beherrschen. Sie hatte den törichten Drang zu lachen.

»Und was hat das mit Cecily Antrim zu tun?«

»In dem Laden gab es mehrere obszöne und blasphemische Bilder von ihr«, gab er zur Antwort. »Eins davon war fast genauso, wie ich es gerade beschrieben habe. So etwas kann kein Zufall sein. Das gleiche Kleid, die gleichen Blumengirlanden. Man hätte glauben können, dass es sogar derselbe Kahn war. Man hat Cathcart umgebracht und dann genauso hingelegt wie auf dem Foto. Wer auch immer der Täter war – er muss es kennen.«

Ein kalter Schauer überlief sie. »Und du glaubst, dass sie damit zu tun hat?« Ihr ging durch den Kopf, wie tief das Joshua treffen würde. Er bewunderte Cecily Antrim so sehr, ihren Mut, ihre Leidenschaftlichkeit, ihre Integrität. Wie konnte sich eine solche Frau für Pornografie hergeben? Auf keinen Fall konnte die Triebfeder dafür der Wunsch nach noch mehr Geld sein. Vielleicht entsprach es einer inneren Neigung ihrerseits?

Pitt sah Caroline aufmerksam an, ihr Gesicht, ihre Augen, ihre Hände, die jetzt ineinander verschränkt im Schoß lagen.

»Gab es viele von diesen Bildern?«, fragte sie. »Ich meine, sind die wohl an viele Leute verkauft worden oder hätte man sie dazu benutzen können, jemanden zu erpressen?«

»Manche der dargestellten Szenen verstoßen gegen die Gesetze.« Er führte das nicht näher aus, aber er nahm an, dass sie verstand, was er damit sagen wollte.

»Der Ladeninhaber hat mir eine Liste seiner Kunden gegeben«, fuhr er fort. »Aber natürlich weiß ich nicht, ob sie vollständig ist. Jedenfalls sehen wir uns die Leute einmal näher an.« Sein Gesicht wirkte betrübt und müde. »Manche sind vermutlich Händler, die das Zeug weiterverkaufen. Gott allein weiß, wo all diese Fotos landen.«

Auch sie fühlte sich müde, niedergedrückt von der Grausamkeit und dem Schmutz, die da mit einem Mal in ihre freundliche und angenehme Welt eingebrochen waren, ohne dass sie sie von sich weisen konnte. Vor allem bedrückten sie nach wie vor die Wunden der alten Dame, die so tief gingen, dass sie Bestandteil ihres Wesens geworden waren. Doch was Pitt ihr berichtete, gehörte in dieselbe Kategorie, entsprang der gleichen Art von Perversion, die sich an den Qualen anderer weidete.

»Der Haken ist«, fuhr Pitt leise fort, »dass solche Bilder jedem in die Finger fallen könnten – jungen Leuten, unerfahrenen Jungen, die etwas über Frauen erfahren möchten…«

Caroline erkannte an seinem Blick, dass er an seine eigene Jugend zurückdachte, sich an die ersten Regungen der Neugier erinnerte, die danach strebte, der völligen Unwissenheit etwas entgegenzusetzen. Wie entsetzlich müsste es für einen Jungen sein, ein abstoßendes Verhalten von der Art mit ansehen zu müssen, wie es Mrs. Ellison beschrieben hatte, oder die Bilder Cecily Antrims zu sehen. Er würde dann mit diesem Frauenbild heranwachsen… mit der Vorstellung, dass sich Frauen bereitwillig fesseln ließen – krankhaft und abstoßend in ihrem Verlangen nach Qualen, ihrer Hinnahme von Erniedrigungen.

Unwillkürlich musste Caroline an den jungen Lewis Marchand und sein merkwürdiges Erröten am Ende ihres

Gesprächs denken. Ging diese Röte auf seinem Gesicht auf etwas zurück, woran er im Zusammenhang mit *Hamlet* dachte, auf die Verhöhnung Ophelias in Shakespeares Text… oder auf das von Delbert Cathcart aufgenommene Foto? Ihr blieb nichts anderes übrig, als die Marchands aufzusuchen und sie auf eine solche Möglichkeit hinzuweisen. Angesichts der denkbaren Folgen konnte sie sich den Luxus nicht leisten, sich dieser Pflicht zu entziehen, so peinlich sie auch sein mochte.

»Du musst der Sache ein Ende bereiten, wenn du kannst«, sagte sie laut. »Wirklich, Thomas.«

»Ich weiß«, gab er zur Antwort. »Wir haben natürlich alle Bilder beschlagnahmt, doch hindert das den Händler nicht daran, weitere zu kaufen. Man kann so etwas unter keinen Umständen verhindern. Mit einem Fotoapparat kann man aufnehmen, wonach einem der Sinn steht, so wie man mit einem Pinsel oder Bleistift nach Belieben alles malen oder zeichnen kann.« Mit düsterer Stimme und dem Ausdruck von Ekel auf dem Gesicht fuhr er fort: »Wir können kaum mehr erreichen, als dass man sie nicht öffentlich zeigt. Sollte sich allerdings herausstellen, dass man die Abgebildeten zu ihrem Tun gezwungen hat, können wir selbstverständlich einschreiten.« Seine Stimme klang ausdruckslos, und ihr war klar, dass er sich geschlagen fühlte.

Sie dachte an Daniel und Jemima, die mit ihren unschuldigen Gesichtern in die Welt schauten und keine Vorstellung von Grausamkeit hatten, nichts von der zerstörerischen Macht körperlicher Gelüste wussten, die den Menschen dahin treiben konnten, dass er jedes Gefühl für Anstand oder Mitleid verlor und am Ende nicht einmal mehr auf seine Selbsterhaltung bedacht war.

Sie dachte an Edmund Ellison und Mariah, wie sie in jungen Jahren nachts starr vor Entsetzen in der Dunkelheit gelegen und auf die Schmerzen gewartet hatte, die kommen mussten, wenn nicht heute, dann morgen oder übermorgen und an den Tagen danach, so lange ihr Mann lebte.

Hätte ihren Töchtern jemand das angetan, sie hätte ihn umgebracht. Täte es jemand Jemima oder Daniel an, würde sie ihn umbringen und das sogar ohne die geringste Reue vor Gott verantworten.

Ihr war nicht klar, welche Beziehung zwischen den Fotos und der Tat bestanden, ob sie sie auslösten, entschuldigten, dazu anstachelten – oder sie ersetzten. Sie war verwirrt und müde und wusste nicht, wie sie helfen konnte. Doch war es ihre feste Überzeugung, dass sie vor allem helfen musste.

Schweigend saßen sie und Pitt da. Außer dem Feuer und der Uhr hörte man kein Geräusch, und keiner von beiden sah einen Grund, das zwischen ihnen bestehende Einverständnis mit überflüssigen Worten zu stören. Erst sehr viel später sprachen sie über Charlottes Aufenthalt in Paris, den begeisterten Bericht, den sie über ihren Besuch im Quartier Latin verfasst hatte, ihr Frühstück in Saint-Germain, den Anblick von Dichtern in rosa Hemden und einen weiteren gemütlichen Spaziergang im Schatten der Kastanien an den Champs-Élysées.

Kapitel elf

AUCH AM NÄCHSTEN MORGEN kam die alte Dame nicht zum Frühstück herunter. Caroline hatte keinen Appetit auf Toast mit Aprikosenkonfitüre, obwohl diese köstlich war.

Joshua hob den Blick. »Was hast du? Stimmt etwas nicht?«

Noch hatte sie ihm nichts gesagt. Er hatte genug mit seiner Arbeit zu tun. Inzwischen wusste sie, wie aufreibend die ersten Vorstellungen eines neuen Stücks waren. Jeder machte sich Sorgen über die Aufnahme bei der Kritik, über die Reaktion des Publikums, fragte sich, ob sich die Vorstellungen weiterhin gut verkaufen würden, und natürlich auch, was Kollegen davon hielten. Und selbst wenn alles glatt ging, machte sich jeder Gedanken über seine eigene Leistung, war in beständiger Sorge um seine Gesundheit, vor allem um die Stimme. Eine Halsentzündung, die für die meisten Menschen einfach lästig war, kam für einen Schauspieler einer Katastrophe gleich, denn seine Stimme war das Instrument, mit dem er seine Kunst ausübte.

Zuerst war es Caroline schwer gefallen, all das zu verstehen und zu lernen, auf welche Weise sie Joshua helfen konnte. In ihrer Ehe mit Edward hatte es nichts dergleichen gegeben. Immerhin wusste sie inzwischen, wann sie schweigen musste, wann es angebracht war, ihn zu ermutigen, und wann nicht, und was sie sagen konnte, das nicht allzu töricht klang. Auf diesem Gebiet erwartete er absolute Ehrlichkeit von ihr. Was er auf keinen Fall ertragen konnte, war, herablassend behandelt zu werden. In solchen seltenen Augenblicken erlebte ihn Caroline nicht nur als launisch, sondern sah, dass er auch verletzlich war.

»Gestern Abend war Thomas hier. Natürlich fehlt ihm Charlotte... Der Fall, an dem er arbeitet, macht ihm offenbar Sorgen.«

»Ist das nicht immer so?« Joshua nahm noch eine Scheibe Toast. »Es wäre doch schlimm, wenn es ihm keine Sorgen machte. Vermutlich ist er der Lösung noch keinen Schritt näher gekommen? Wirklich schade um Cathcart. Er war ein glänzender Fotograf.«

Was sollte sie ihm an Einzelheiten mitteilen? Nicht alle – erst, wenn das unausweichlich war.

»Ich glaube, er hat noch keine Lösung. Du hast Cathcart wohl nicht selbst gekannt, oder?«

Er war überrascht. »Nein, nur dem Namen nach. Aber ich habe seine Bilder gesehen. Die kennt jeder... nun, unter Theaterleuten jedenfalls.« Er sah sie aufmerksam an. »Warum fragst du?«

Ihn zu täuschen gelang ihr offensichtlich nicht so leicht, wie sie angenommen hatte. Er spürte, dass sie etwas zurückhielt, was sie wusste. Zwar verabscheute sie es, ihm etwas vorzuenthalten, eine Schranke zwischen ihnen zu errichten, aber wenn sie alles sagte, würde sie ihn um ihres eigenen Seelenfriedens willen unglücklich machen. Das erschien ihr doch recht selbstsüchtig. Es genügte, dass die Geschichte mit Samuel Ellison ihn so tief verletzt hatte, auch wenn das jetzt vorbei war.

Sie gab sich Mühe, ihn aufrichtig anzulächeln.

»Der arme Thomas gibt sich die größte Mühe, Einzelheiten über den Fall herauszubekommen, weil es ganz so aussieht, als hätten bei der Tat Hass und der Wunsch, Cathcart herabzusetzen, eine Rolle gespielt. Wenn du mehr über ihn wüsstest, als man allgemein sagt, könnte das helfen.« Das klang durchaus vernünftig.

Er erwiderte ihr Lächeln und beschäftigte sich wieder mit seinem Frühstück.

Sie entschuldigte sich und ging nach oben, um nach Mrs. Ellison zu sehen. Um die Sache mit Lewis Marchand konnte sie sich auch noch am Nachmittag kümmern.

Wie am Vortag lag Mariah noch im Bett.

»Ich empfange keine Besuche«, sagte sie kalt, als Caroline hereinkam.

»Ich bin kein Besuch«, gab sie zur Antwort und setzte sich auf die Bettkante. »Ich wohne hier.«

Die alte Dame funkelte sie an. »Soll mich das daran erinnern, dass ich kein Zuhause habe?«, fragte sie. »Dass mir lediglich die Barmherzigkeit meiner Verwandten ein Dach über dem Kopf verschafft?«

»Das ist nicht nötig«, erwiderte Caroline gleichmütig. »Darüber haben Sie sich so oft beklagt, dass ich mir kaum vorstellen kann, Sie wüssten das nicht – oder hätten es je vergessen.«

»So etwas vergisst man nicht«, gab Mrs. Ellison zurück. »Es gibt ein Dutzend Möglichkeiten, einen Menschen unauffällig immer wieder mit der Nase darauf zu stoßen. Das wirst du eines Tages selbst merken, wenn du alt und einsam bist und alle Menschen deiner Generation, die du kanntest, tot sind.«

»Da ich einen Mann geheiratet habe, der mein Sohn sein könnte, was Sie mir unermüdlich vorhalten, werde ich ihn kaum überleben, und auf keinen Fall lange«, machte ihr Caroline klar.

Mit halb geschlossenen Augen und verkniffenem Mund sah die alte Dame sie an. Sie war bei ihrem eigenen Spiel geschlagen worden, und das machte ihr sichtlich zu schaffen. Sie wusste nicht, wie sie zurückschlagen sollte.

Caroline seufzte. »Wenn es Ihnen nach wie vor nicht gut genug geht, um aufzustehen, werde ich den Arzt rufen lassen. Wir können ihm sagen, was auch immer Sie wünschen, aber ob er es glaubt, ist eine andere Sache. Es tut Ihnen nicht gut, nur hier zu liegen, denn es macht Sie träge.«

»Ich bin ohne weiteres imstande aufzustehen! Ich will nur nicht!«, funkelte Mrs. Ellison sie an und wartete auf ihren Widerspruch.

»Was hat Wollen damit zu tun?«, fragte Caroline. »Je länger Sie es hinauszögern, desto schwieriger wird es. Wollen Sie, dass man anfängt, Vermutungen anzustellen?«

Die alte Dame hob die Brauen. »Was gibt es da zu vermuten? Wem liegt an dem, was ich tue oder lasse?«

Caroline sagte nichts. Sie konnte nicht umhin, daran zu denken, wie die alte Dame fast das Glück zerstört hätte, das ihr so wichtig war. Die Erinnerung an ihr eigenes Elend und die Angst, die alles in ihr verfinstert hatte, machten ihr nach wie vor zu schaffen.

»Bitte geh. Ich bin erschöpft und möchte allein sein.« Ihr Gesicht war eine Maske der Einsamkeit und Verzweiflung, die Caroline und jeden anderen Menschen ausschloss. »Du verstehst das nicht. Du hast nicht die geringste Ahnung. Zumindest könntest du mir gestatten, allein zu leiden, ohne angestarrt zu werden. Ich möchte dich nicht hier sehen. Tu mir den Gefallen und geh.«

Caroline zögerte. Sie spürte das Leiden der alten Dame, als wäre es ein Lebewesen, das sich zwar im selben Raum befand, zu dem sie aber keinen Zugang hatte. Sie hätte es gern berührt und getröstet, um auf diese Weise einen Heilungsprozess einzuleiten, wusste jedoch nicht, wie. Zum ersten Mal ging ihr das Ausmaß dessen auf, was Mariah Ellison litt. Ihre Verletzungen waren eng mit ihrem Leben verwoben, als Ergebnis nicht nur der Erniedrigung, sondern auch der Art, wie sie im Laufe der Jahre damit umgegangen war. Es hatte nicht nur mit dem zu tun, was ihr

Edmund zugefügt hatte, sondern auch mit dem, was sie sich selbst zugefügt hatte. Sie hatte sich selbst so lange gehasst, dass sie nicht mehr damit aufhören konnte.

»Verlass mein Zimmer!«, stieß die alte Dame zwischen den Zähnen hervor.

Caroline sah sie an, wie sie zusammengekrümmt im Bett lag. Ihre gichtigen Finger umkrallten die Decke, ihr Gesicht war ausdruckslos vor Elend, und die Tränen liefen ihr über die Wangen. Caroline fühlte sich hilflos; sie konnte nicht einmal tröstend die Hand auf sie legen, denn zwischen ihnen stand die Schranke, welche die alte Dame im Laufe von Jahren errichtet und durch tausend tägliche Kränkungen verstärkt hatte, bis sie unüberwindbar war.

Sie wandte sich um und ging hinaus. Als sie die Tür hinter sich schloss, merkte sie verblüfft, dass in ihrer Kehle ein Schluchzen saß.

Caroline suchte die Marchands so früh auf, wie es die Etikette zuließ. Möglicherweise kam sie sogar ein wenig vor der Zeit. Mrs. Marchand war überrascht, sie zu sehen, schien sich aber über ihren Besuch zu freuen. Plaudernd saßen sie eine Weile im gemütlichen Gesellschaftszimmer beisammen, bis Mrs. Marchand merkte, dass Caroline nicht gekommen war, um sich an einem langweiligen Nachmittag ein wenig Abwechslung zu verschaffen. Sie hielt mitten im Satz über irgendein unbedeutendes Ereignis inne und verkniff es sich, ihr ausführlich zu schildern, wie sich andere über eine bestimmte Art Gesellschaft geäußert hatten.

Es fiel Caroline auf, dass sie Mrs. Marchand nicht zugehört hatte. Als sie sich jetzt der selbst gestellten Aufgabe gegenübersah, ihre Befürchtungen in Worte zu fassen, fiel ihr das weit schwerer, als sie angenommen hatte. Mrs. Marchand mit ihren hübschen Gesichtszügen und den blauen Augen, die alles so sicher erfassten, ruhte fest in ihrer Welt mit all ihren Vorschriften und Konventionen. Gewissenhaft hatte sie all diese Werte an ihren Sohn weitergegeben. Caroline war überzeugt, dass es ihr nie in den Sinn kommen würde, er könne sich außerhalb dieses Rahmens bewegen. Mrs. Marchand befürwortete die Zensur beinahe ebenso leidenschaftlich wie ihr Mann, weil sie überzeugt war, dass sich nur auf diese Weise dafür sorgen ließ, unverdorbene Menschen nicht zu gefährden. Am liebsten hätte sie alle bedeutenden Standbilder der klassischen Antike mit Feigenblättern versehen, und ihr wäre die Röte ins Gesicht gestiegen, hätte man ihr zugemutet, in Gegenwart von Männern die Venus von Milo zu betrachten. Sie würde in dieser Skulptur nicht das Inbild unbekleideter Vollkommenheit sehen, sondern die anstößige Zurschaustellung weiblicher Brüste.

»Geht es Ihnen nicht gut, meine Liebe?«, fragte sie jetzt besorgt und beugte sich mit gerunzelter Stirn zu Caroline vor. »Sie scheinen mir etwas bleich zu sein.« In Wahrheit bedeuteten diese Worte: »Sie hören mir nicht zu. Was beunruhigt Sie so sehr, dass Sie Ihre gute Erziehung vergessen haben?«

Ein günstigerer Einstieg würde sich nicht bieten. Caroline musste ihn nutzen.

»Offen gestanden beunruhigen mich in jüngster Zeit verschiedene Dinge«, begann sie unbeholfen. »Es tut mir Leid, dass ich mit den Gedanken nicht ganz bei der Sache war. Es lag nicht in meiner Absicht, so… unhöflich zu sein.«

»Das macht doch nichts«, erklärte Mrs. Marchand sogleich. »Kann ich Ihnen helfen, und sei es nur durch Zuhören? Bisweilen wiegt gemeinsam getragener Kummer nicht ganz so schwer.«

In ihrem ernsten Gesicht erkannte Caroline nichts als Güte. Die Sache würde schwieriger, als sie vermutet hatte. Die Frau war so verletzlich. Caroline erwog, sich etwas aus den Fingern zu saugen und die Sache auf sich beruhen zu lassen. Immerhin war es nicht ausgeschlossen, dass sie sich irrte. Hatte sie womöglich Lewis' Worte über Ophelia und den Blick, den sie in seinen Augen zu sehen gemeint hatte, mit ihrer blühenden Fantasie und unter dem Einfluss dessen, was Mrs. Ellison und Pitt ihr berichtet hatten, überbewertet?

Was aber, wenn nicht? Wenn nun Lewis Unmengen von Cathcarts Fotos besaß, Bilder, die seine Träume verderben und in der Zukunft unsägliche Qual heraufbeschwören konnten – für ihn und eine junge Frau, die so unwissend war wie Mariah Ellison vor einem halben Jahrhundert?

»Wie Sie wissen, arbeitet mein Schwiegersohn bei der Polizei…« Ohne auf den Ausdruck von Missbilligung im Gesicht ihrer Gastgeberin zu achten, fuhr sie fort: »Er untersucht im Augenblick einen Fall, in dem es um Fotoklubs geht…« Das war eine geradezu lachhafte Beschönigung! Sie schluckte und sprach weiter. »Eine Äußerung, die Lewis getan hat, als ich kürzlich hier war, lässt mich vermuten, dass er möglicherweise durch Zufall auf etwas gestoßen ist, das Licht in die Sache bringen könnte. Dürfte ich einmal mit ihm sprechen?«

»Unser Lewis?«, fragte Mrs. Marchand ungläubig. »Wie um Himmels willen sollte er? Er ist erst sechzehn! Wenn er etwas… Unrechtes… gesehen hätte, würde er das mir oder seinem Vater gesagt haben.«

»Er konnte nicht wissen, ob es sich dabei um etwas Unrechtes handelte«, erwiderte Caroline rasch. »Es geht einfach um Informationen. Ich weiß nicht einmal, ob ich mit meiner Vermutung Recht habe. Falls aber doch, würde Ihr Sohn der Gerechtigkeit einen großen Dienst erweisen, indem er mir das sagte. Ich glaube nicht, dass mehr nötig wäre. Darf ich bitte mit ihm sprechen… unter vier Augen, wenn das möglich ist?«

Mrs. Marchand sah unsicher drein.

Fast hätte Caroline weitergesprochen, überlegte es sich dann aber anders. Es könnte verdächtig wirken, wenn sie zu sehr drängte. Sie wartete.

»Nun… selbstverständlich«, sagte Mrs. Marchand und zwinkerte mehrere Male. »Bestimmt entspricht es den Wünschen meines Mannes, dass Lewis hilft, wenn er kann. Das würden wir alle tun. Ein Fotoklub? Ich wusste gar nicht, dass er sich für Fotografie interessiert.«

»Ich weiß nicht, ob er das tut«, gab Caroline rasch zur Antwort. »Ich vermute lediglich, dass er vielleicht eine bestimmte Aufnahme gesehen hat und mir das sagen könnte. Ich würde dann Thomas davon berichten, ohne zu erwähnen, woher ich meine Information habe.«

»Ich verstehe.« Mrs. Marchand erhob sich. »Nun, er ist mit seinem Privatlehrer oben. Bestimmt können wir die beiden wegen einer so wichtigen Angelegenheit unterbrechen.« Sie klingelte nach dem Mädchen und bat sie, Lewis zu holen.

Er kam nach wenigen Minuten und freute sich, für eine Weile von der Beschäftigung mit den unregelmäßigen lateinischen Verben befreit zu sein. Bereitwillig ging er mit Caroline in die Bibliothek und sah sie gespannt an. Bestimmt war alles, was sie sagen mochte, ganz gleich, wie langweilig oder banal es war, besser als die Verschrobenheiten der Vergangenheitsform von Verben, die er zeitlebens nie brauchen würde. Zwar hatte man ihm immer wieder erklärt, dass der Nutzen dieser Übung nicht in irgendeinem praktischen Zweck liege, sondern in der geistigen Disziplin, die er dabei lerne, doch überzeugte ihn das nicht.

»Ja, Mrs. Fielding?«, sagte er höflich.

»Setz dich doch, Lewis«, gab sie zur Antwort und nahm selbst in dem abgewetzten ledernen Ohrensessel am Kamin Platz. »Ich finde es sehr freundlich von dir, mir deine Zeit zur Verfügung zu stellen. Ich hätte dich auch nicht unterbrochen, wenn es nicht um etwas sehr Wichtiges ginge.«

»Gewiss, Mrs. Fielding.« Er setzte sich ihr gegenüber. »Ich bin Ihnen gern behilflich, sofern mir das möglich ist.«

Plötzlich wünschte sie, sie hätte nicht nur Töchter, sondern auch Söhne gehabt. Im Umgang mit sechzehnjährigen Jungen hatte sie keinerlei Erfahrung. Alle ihre Brüder waren älter gewesen als sie, und ihr Heranwachsen war für sie stets ein undurchdringliches Geheimnis geblieben. Jetzt aber gab es kein Zurück mehr, denn Feigheit würde eine vollständige Niederlage bedeuten. Sie konnte nicht gut Pitt herschicken, um diese Aufgabe zu lösen, obwohl er dazu bestimmt besser in der Lage gewesen wäre. Er jedoch hatte weder gehört, was Lewis über Ophelia gesagt hatte, noch den Blick in seinen Augen gesehen.

Sie musste auf irgendeine Weise so offen vorgehen, dass kein Missverständnis möglich war, dem Jungen aber andererseits so gut es ging Peinlichkeiten ersparen. Ihn zu demütigen war auf keinen Fall nötig, und das wollte sie auch nicht. Unter Umständen konnte das ihren Zielen sogar schaden. Noch während sie in sein ernstes, harmloses junges Gesicht mit den glatten Wangen sah, war ihr unklar, wie sie am besten vorgehen sollte.

»Lewis, ich habe deiner Mutter nicht die ganze Wahrheit gesagt. Das kannst du anschließend tun, wenn du das möchtest. Der Fall, an dem mein Schwiegersohn gerade arbeitet, ist äußerst schwer wiegend… Es handelt sich um Mord.«

»Tatsächlich?« Er fragte das höflich, wirkte weder interessiert noch entsetzt oder beunruhigt. Vermutlich hatte er keine wirkliche Vorstellung davon, was ›Mord‹ bedeutete, konnte sich wohl weder das Entsetzen noch die Angst vorstellen, die damit verbunden waren, und auch nicht das alles einhüllende Gefühl von Finsternis und Verlust.

»Leider.«

Er richtete sich ein wenig auf und sagte etwas lauter und mit einer Spur Interesse in den blauen Augen: »Und was kann ich tun, um zu helfen, Mrs. Fielding?«

Sie empfand einen Anflug von Schuldgefühl wegen der Dinge, die zu tun sie im Begriff stand, war aber zugleich sicher, dass sie ihm den Geschmack am Abenteuer austreiben musste, den er zu empfinden schien.

»Als ich vor einigen Tagen hier war und wir miteinander sprachen, hast du etwas gesagt, was mich annehmen lässt, du könntest etwas wissen, das uns weiterhilft«, sagte sie.

Er nickte zum Zeichen, dass er zuhörte.

»Dazu muss ich dir einige Einzelheiten über das Verbrechen mitteilen«, fuhr sie fort, »etwas, was außer der Polizei und dem Täter niemand weiß… nur ich, weil der Beamte es mir gesagt hat. Es ist vertraulich, verstehst du?«

Er nickte noch bereitwilliger. »Ja, ja, natürlich. Ich sage es keinem weiter, ich schwöre.«

»Danke. Die Sache ist leider äußerst schrecklich…«

»Schon in Ordnung«, versicherte er ihr, holte tief Luft und setzte sich aufrecht hin. »Machen Sie sich darum keine Sorgen.«

Sie hätte beinahe gelächelt, aber das hätte er missverstehen können. Er war noch so jung und unerfahren.

»Man hat dem Opfer einen Schlag auf den Kopf versetzt«, begann sie und sah ihn dabei an. »Dann hat man dem Mann ein Samtkleid angezogen… ein grünes Kleid, wie Frauen es tragen.« Sie sah, wie er zusammenzuckte. Er blickte verständnislos drein. »Anschließend hat man ihn in einen kleinen, flachbödigen Kahn gelegt und seine Hand- und Fußgelenke an der Bordwand festgekettet.«

Sein Gesicht wurde bleich. Sein Atem ging keuchend.

»Alles war mit Blumen bedeckt«, sagte sie abschließend, »und seine Knie waren ein wenig angezogen, als mache ihm das Ganze Freude.« Sie brauchte nicht weiterzusprechen. Das tiefe Rot seiner Wangen und die Qual in seinen Augen zeigten ihr mit schmerzhafter Deutlichkeit, dass er das Bild gesehen und es sich seiner Erinnerung unauslöschlich eingeprägt hatte.

»Wo hast du das Bild gesehen, Lewis?«, fragte sie leise. »Ich muss es wissen. Dir ist bestimmt klar, dass auch der Mörder es gesehen hat, und es ist nicht die Art Bild, die man überall findet.«

Er schluckte, bewegte ruckartig den Kopf.

»Ich denke, das ist dir klar«, fuhr sie fort. »So etwas wird ganz sorgfältig arrangiert. Gewöhnlich verhält sich keine Frau so, das wird gestellt, für Menschen, denen es Freude bereitet, andere zu quälen, ihnen Schmerzen zuzufügen…« Sie sah, wie er zusammenzuckte, doch sie sprach weiter. »Solche Menschen sind krank, sie können nicht auf die übliche Weise Befriedigung erlangen und tun solch grausame, entsetzliche Dinge ohne Rücksicht auf die anderen, die sie damit quälen.« Sie hielt inne, weil sie merkte, dass sie mehr an Mariah und Edmund Ellison als an das Bild dachte, das Cecily Antrim zeigte. All das war in ihrer Vorstellung eng miteinander verflochten. »Wo hast du es gesehen, Lewis?«

Er schüttelte den Kopf. Es fiel ihm schwer, seine Stimme zu beherrschen, er wollte sich aber auf keinen Fall die Blöße geben, vor einer Frau zu weinen, die er kaum kannte. Er fühlte sich in die Enge getrieben, sah keinen Ausweg.

»Ich würde dich das nicht fragen, wenn es nicht um Mord ginge«, sagte sie sanft. »Der Tote ist der Mann, der die Aufnahme gemacht hat. Du siehst also, warum es so wichtig ist zu erfahren, wer alles das Bild gesehen hat.«

Er schluckte. »Ja. Ich… hab es in einem Laden gekauft. Ich kann Ihnen sagen, wo der ist… wenn Sie wollen.«

»Ja bitte.«

»In der Half Moon Street, einer Nebenstraße etwa in der Mitte von Piccadilly. Man bekommt dort Bücher, Tabakwaren und dergleichen. Wie der Laden heißt, weiß ich nicht mehr.«

Fast hätte sie ihn gefragt, wie er auf den Laden gekommen war. Bestimmt wurden solche Bilder nicht im Schaufenster gezeigt. Aber sie fürchtete, zu weit zu gehen und ihn dadurch abzuschrecken. Es war nicht so wichtig.

»Ja«, erwiderte sie. »Bestimmt findet die Polizei den Laden.«

Er hielt den Blick gesenkt, schien noch etwas sagen zu wollen. Es ging ihr nicht nur darum, die Angaben für Pitt in Erfahrung zu bringen. Ihr war fast ebenso wichtig, an den Jungen heranzukommen und ihm klar zu machen, dass es sich bei dem, was er gesehen hatte, um eine Perversion handelte und nicht etwa um Dinge, die Menschen normalerweise dachten oder empfanden. Er hatte das Ophelia-Bild und möglicherweise noch andere gesehen. Wie aber konnte sie nun vorgehen, ohne dass er das Vertrauen in seine Eltern verlor, deren starre Ansichten ihn wohl dazu veranlasst hatten, das Wenige in Erfahrung zu bringen, was er über Frauen und deren Beziehungen zu Männern wusste?

»Vermutlich gab es in dem Laden auch noch andere Bilder?«, fragte sie.

Er wich ihrem Blick aus. »Ja.«

»Ähnlich wie das, von dem wir gesprochen haben – Bilder von Frauen?«

»Nun ja... mehr oder weniger.« Sein Gesicht war puterrot. »Auf manchen... haben auch Männer...« Er brachte es nicht heraus.

In ihrer beider Interesse ging sie der Sache nicht weiter nach. »Würdest du lieber etwas... Angenehmeres sehen?«, fragte sie. »Etwas, das mehr der Art Frau ähnelt, die du selbst eines Tages gern kennen lernen möchtest?«

Er riss die Augen auf und sah sie verwirrt an. »Sie … Sie meinen … anständige Frauen?« Sein Gesicht war glühend rot, und er war außerstande, zusammenhängend zu sprechen.

»Nein, das meine ich nicht«, sagte sie, bemüht, die Peinlichkeit der Situation zu überspielen. »Ich meine … ich bin nicht sicher, was ich meine. Anständige Frauen lassen sich auf keinen Fall so fotografieren. Aber jeder von uns sollte bestimmte Dinge über Mann und Frau wissen.« Sie wusste nicht recht, wie sie fortfahren sollte. »Was du da gesehen hast, ist sehr abstoßend … und es hat mehr mit Hass als mit Liebe zu tun. Ich denke, du solltest am Anfang und nicht am Ende beginnen.«

»Das würden meine Eltern nie erlauben.« Es klang völlig überzeugt. »Mein Vater verabscheut …« Er schluckte. »… Pornografie. Er hat sie sein Leben lang bekämpft. Er sagt, Menschen, die so etwas machen und verkaufen, müssten aufgehängt werden.«

Sie entgegnete nichts. Sie wusste, dass der Junge die Wahrheit sagte.

»Wenn du mir gestattest, dass ich von diesen Bildern spreche, kann ich deine Eltern vielleicht überreden.«

»Nein!« Seine Stimme klang schrill vor Verzweiflung. »Bitte nicht! Sie haben versprochen, dass Sie nichts verraten.«

»Das tue ich auch nicht«, sagte sie sofort, »wenn du das nicht möchtest.« Sie beugte sich mit ernstem Gesicht zu ihm vor. »Aber glaubst du nicht, dass es auf lange Sicht besser wäre? Eines Tages wird dir dein Vater bestimmte Dinge erklären müssen. Bist du nicht schon bald dazu bereit?«

»Nun ja …« Er fühlte sich sichtlich unbehaglich und ließ seinen Blick wandern, um sie nicht ansehen zu müssen. Gerade noch war sie wie ein guter Freund gewesen; jetzt war sie in überwältigender Weise eine Frau.

»Du weißt ja wohl Bescheid«, schloss sie und wünschte dann, sie hätte es nicht gesagt. Was, wenn er nicht Bescheid wusste? Wenn ihn seine überreizte Fantasie zum Kauf solcher Bilder veranlasst hatte? Als sie sein gequältes Gesicht sah, merkte sie, dass er es nicht wusste. Er war verwirrt, seine Unwissenheit und Neugier waren ihm entsetzlich peinlich, und vor Verlegenheit war er bis über beide Ohren errötet.

»Ich denke, du solltest selbst mit deinem Vater reden«, sagte sie freundlich. »Alle Menschen empfinden dasselbe wie du. Er wird es verstehen.« Sie hoffte, dass sie damit Recht hatte. Inzwischen war sie Ralph Marchands weniger sicher als noch vor einer Stunde. Sie erhob sich und verließ den Raum ohne ein weiteres Wort. Die Frage der Fotografien hatte sie so gut wie möglich gelöst. Sobald sie die Angabe über den Händler an Pitt in die Bow Street geschickt hatte, würde sie sich erneut Mrs. Ellison stellen müssen. Die Sache konnte nicht auf alle Zeiten ungelöst bleiben.

Aber was konnte sie tun? Die Verletzung der alten Dame ging sehr tief. Sie war schon vor so vielen Jahren Bestandteil ihres Wesens geworden, dass ihr der Zorn den Blick auf alles verstellte. Schon so lange hasste sie sich und alle anderen Menschen, dass sie nicht gewusst hätte, wie sie damit aufhören sollte. Würde etwas bleiben, wenn der Hass verschwand?

Es war ein klarer, kühler Herbsttag. Die Sonne drang durch den Dunst, und abgesehen von gelegentlichen Stockungen an Kreuzungen, an denen jeder nach seinen eigenen Vorstellungen zu fahren schien, lief der Verkehr flüssig. Sie sah, dass viele Menschen gleich ihr zu Fuß gingen, einfach, weil es ihnen Freude bereitete. Noch wollte sie nach keiner Droschke Ausschau halten. Das lag vielleicht ebenso sehr am Wetter wie daran, dass sie die Rückkehr nach Hause möglichst hinausschieben wollte.

So wie jetzt konnte es nicht Tag für Tag weitergehen. Emily würde in einer guten Woche zurückkehren, da musste die Situation vorher bereinigt sein. Damit erhob sich eine andere Frage, der sie bisher ausgewichen war: Was sollte sie Emily oder Charlotte sagen?

Lächelnd nickte sie zwei jungen Frauen zu, die an ihr vorübergingen. Sie war sicher, ihnen schon einmal begegnet zu sein, wusste aber nicht, wo. Auf ihren Gesichtern lag der gleiche höfliche und leicht verwirrte Ausdruck wie auf ihrem eigenen. Vermutlich ging es ihnen ebenso wie ihr.

Sie konnte die Dinge kaum vor Emily geheim halten. Sie musste ihr irgendeine Erklärung für die Veränderung liefern, die mit der alten Dame vorgegangen war. Was auch immer sie Emily mitteilte, würde sie auch Charlotte sagen müssen.

Sie sah ihren Schwiegervater Edmund Ellison so vor sich, wie sie sich an ihn erinnerte. Für sie war er angeheiratete Verwandtschaft, aber für ihre Töchter war er der Großvater gewesen, ein Blutsverwandter, in gewissem Sinne Teil ihrer Identität. Das machte die Situation für sie anders, ihnen würde es schwerer fallen, sich damit abzufinden.

Und was für Gedanken würden ihnen in Bezug auf Edward kommen? Caroline hatte ihn sehr gut gekannt und sich dennoch bereits veranlasst gesehen, bestimmte Erinnerungen neu zu bewerten.

Gewiss war Ehrlichkeit nicht alles, worauf es ankam.

Gäbe es doch jemanden, mit dem sie sprechen, jemanden, den sie um Rat fragen konnte, ohne diesem Menschen damit eine Last aufzubürden, die man ihm nicht zumuten durfte. Keinesfalls konnte sie Joshua fragen, schon gar nicht jetzt, wo gerade das neue Stück Premiere gehabt hatte. Doch auch ein anderer Zeitpunkt würde an der Sache nichts ändern. Er war auf solche Dinge nicht eingestellt, hatte keine Erfahrung mit dieser Art von

Geschehen in der Familie, mit all den dazugehörigen Schmerzen und Widerwärtigkeiten.

Sie konnte nicht einmal Charlotte fragen und Pitt erst recht nicht. Keinesfalls wollte sie mit einem Mann über solche Dinge sprechen, schon gar nicht mit einem, der eine ganze Generation jünger war als sie und ihrer Familie angehörte.

Eine vierspännige Kalesche mit einem Wappen auf dem Schlag, einem livrierten Kutscher und einem Lakaien auf dem Trittbrett zwischen den Hinterrädern fuhr vorüber. Es war ein herrlicher Anblick.

Lady Vespasia Cumming-Gould – das war die Lösung! Zwar war es möglich, dass sie nicht zu Hause war, Carolines Ansinnen für unverschämt hielt und annahm, sie maße sich eine Vertrautheit an, die durch ihre flüchtige Bekanntschaft nicht gerechtfertigt war. Auf der anderen Seite war es denkbar, dass sie auch Caroline half, wie sie Charlotte schon so oft geholfen hatte.

Sie winkte der nächsten Droschke und nannte dem Kutscher Vespasias Adresse. Um diese Stunde des Nachmittags konnte man einen Besuch wagen.

Vespasia empfing Caroline erfreut und voll Interesse und tat gar nicht erst so, als gehe es um einen üblichen Höflichkeitsbesuch.

»Bestimmt bist du nicht gekommen, um über Gesellschaftsklatsch oder das Wetter mit mir zu reden. Man sieht dir an der Nasenspitze an, dass du dir um etwas Sorgen machst«, sagte sie, als sie miteinander in dem freundlichen Salon saßen, der auf den Garten hinausging. Es war einer der friedlichsten Räume, in denen sich Caroline je aufgehalten hatte. Die gedämpften Farben der geschmackvollen Einrichtung wirkten beruhigend, und sie merkte, dass sie sehr bequem saß. »Charlotte ist doch hoffentlich nichts zugestoßen?«

»Ganz und gar nicht«, versicherte ihr Caroline. »Soweit ich weiß, amüsiert sie sich königlich.«

Vespasia lächelte. Das Licht spielte silbern auf ihrem Haar und ihrem Gesicht, das durch sein Alter mindestens ebenso schön war wie trotz desselben. Sie hatte keine herabgezogenen Mundwinkel, ihren Fältchen sah man an, dass sie gern lachte, und alles wurde überstrahlt von einer offensichtlichen Entschlusskraft, die noch nie jemand hatte wanken sehen.

»Dann also heraus mit der Sprache«, ermunterte sie die Besucherin. »Was hast du auf dem Herzen? Ich habe dem Mädchen zwar gesagt, dass ich heute für sonst niemanden zu sprechen bin, möchte mich aber nicht lange mit der Vorrede aufhalten. In meinem Alter kommt einem das Leben so kurz vor, wie es ist, und so will ich nichts davon vergeuden… außer mit Dingen, die Freude machen. Dein Gesichtsausdruck lässt aber nichts in der Richtung erhoffen.«

»Bedauerlicherweise nein. Aber es wäre mir sehr lieb, wenn du mir raten könntest«, gab Caroline zu. »Ich weiß nicht recht, wie ich mich verhalten soll.«

Vespasia sah sie ruhig an. »Was ist denn überhaupt passiert?«

So knapp wie möglich berichtete Caroline von der Begegnung mit Samuel Ellison im Theater, seinen Besuchen im Hause und Mrs. Ellisons zunehmender Unruhe.

Vespasia hörte ihr zu, ohne sie zu unterbrechen. Als sie an die Stelle kam, an der sie sich den Brief hatte zurückgeben lassen und Mrs. Ellison damit gegenübergetreten war, um von ihr die Wahrheit zu erfahren, stockte Caroline, weil es ihr unerwartet schwierig erschien, die Perversion zu wiederholen, die ihr die alte Dame schließlich gestanden hatte.

»Du solltest es mir besser erzählen«, sagte Vespasia gelassen. »Vermutlich war es etwas äußerst Unerquickliches, sonst hätte sie sich kaum so große Mühe gegeben, es für sich zu behalten.«

Caroline sah auf ihre Hände hinab, die sie im Schoß verschränkt hielt.

»Ich wusste nicht, dass Menschen sich so verhalten. Ich habe meine Schwiegermutter nie besonders gut leiden können. Das habe ich noch niemandem gegenüber zugegeben, aber so ist es nun einmal.« Es war ihr peinlich, das zu beichten. »Sie ist verbittert und grausam. Während all meiner Ehejahre habe ich mitbekommen, wie sie nach Möglichkeiten gesucht hat, andere zu verletzen. Jetzt aber tut sie mir Leid... und ich ärgere mich über mich selbst, weil mir nichts einfallen will, womit ich ihr helfen könnte. Sie stirbt vor Wut und Erniedrigung, und ich weiß nicht, wie ich an sie herankommen soll. Sie hält mich von sich fern, und ich kann die Schranke zwischen uns nicht überwinden.« Sie hob den Blick. »Ich müsste das doch können! Ich bin doch nicht diejenige, die man missbraucht und erniedrigt hat.«

Vespasia schwieg so lange, dass Caroline schon annahm, sie werde nicht antworten. Vielleicht war sie zu alt, um sich mit solchen Fragen abzugeben, und sie hätte sie nicht damit belästigen sollen.

»Meine Liebe«, sagte Vespasia nach einer Weile, »manchmal lassen sich Wunden wie die, von denen du sprichst, heilen, vorausgesetzt, sie werden früh genug behandelt. Ein liebevoller und zärtlicher Mann hätte sie dazu gebracht, sich anders zu verhalten, und dann hätte sie auch gelernt, was es heißt, einen Menschen zu lieben. Auf diese Weise wäre es ihr unter Umständen im Laufe der Zeit möglich gewesen, die Vergangenheit zu verdrängen, so dass sie keinen Schaden mehr hätte anrichten können. Ich glaube aber, dass es für deine Schwiegermutter zu spät ist. Sie hat sich so lange selbst gehasst, dass sie keinen Weg zurück findet.«

Caroline spürte, wie sie erstarrte, ihre Hände kalt und steif wurden. Das hatte sie nicht hören wollen.

»Es ist sinnlos, dir dafür Vorwürfe zu machen, dass du ihren Schmerz nicht lindern kannst«, fuhr Vespasia fort. »Es ist weder deine Schuld, noch hilft es einer von euch beiden, wenn du dir Vorwürfe machst. Das Äußerste, was du für sie tun kannst, besteht darin, dass du sie mit einer gewissen Achtung behandelst und dafür sorgst, dass das neue Wissen, das du über sie hast, nicht das Wenige an Würde zerstört, das sie noch besitzt.«

»Das ist nicht besonders viel«, sagte Caroline ärgerlich, »und klingt mir recht selbstsüchtig.«

»Meine Liebe«, erwiderte Vespasia freundlich, »ich bin zu der Erkenntnis gelangt, dass man in Fällen, in denen etwas ganz Entsetzliches geschieht, dem man sich stellen muss, die Dinge am besten vom praktischen Standpunkt aus betrachtet. In einer solchen Situation kommt es nicht mehr darauf an, was sich gehört oder nicht, sondern lediglich darauf, wie die Dinge sind oder nicht sind. Du vergeudest Energien, die du dringend brauchst, wenn du gegen eine Wut oder eine Ungerechtigkeit ankämpfst, an der du nichts ändern kannst. Konzentriere dich auf die Schmerzen, die du erreichen kannst, und überlege äußerst gewissenhaft, was bei deinem Handeln höchstwahrscheinlich herauskommt und ob es das ist, was du möchtest. Nachdem du die klügste Entscheidung getroffen hast, zu der du fähig bist, handele danach und überlass alles andere sich selbst.«

Es war Caroline klar, dass sie Recht hatte, trotzdem begehrte sie noch einmal auf. »Ist das wirklich alles? Ich habe das Gefühl… es muss doch…«

Vespasia schüttelte ganz leicht den Kopf. »Du kannst sie nicht heilen, aber du kannst ihr Zeit und Gelegenheit dazu geben, das selbst zu tun… jedenfalls ein wenig… vorausgesetzt, sie wünscht es. Nach all diesen Jahren der aufgestauten Wut wäre dazu ein Wunder nötig… aber Wunder geschehen durchaus von Zeit zu Zeit.« Der Anflug eines Lächelns trat auf ihre Züge. »Ich habe selbst das eine oder andere miterlebt. Gib nie die Hoffnung auf. Wenn sie glauben kann, dass du Hoffnung hast, lernt sie vielleicht auch zu hoffen.«

»Das scheint mir recht wenig«, sagte Caroline zögernd.

Vespasia machte eine leichte Bewegung, bei der das Licht silbern auf ihrem Haar tanzte.

»Was durch diese Art Missbrauch angerichtet wird, geht sehr tief. Verglichen damit sind Verletzungen des Leibes gar nichts, denn was dem Vertrauen und der Selbstachtung angetan wurde, kann irreparabel sein. Wer sich nicht selbst lieben kann und nicht überzeugt ist, dass er es wert ist, geliebt zu werden, kann nie und nimmer einen anderen Menschen lieben.« Sie zuckte die Achseln, so dass das Sonnenlicht schimmernd über die Seide ihres Kleides lief. »Als uns Christus auftrug, wir sollen unseren Nächsten lieben wie uns selbst, war das ›selbst‹ ebenso wichtig wie der Nächste. Wir vergessen das um einen hohen Preis.«

Caroline sann eine Weile darüber nach. Sie dachte auch an Pitt, an die Fotos von Cecily Antrim und das Gesicht des jungen Lewis Marchand. In umständlichen Worten berichtete sie Vespasia auch davon.

Als sie endete, lächelte Vespasia.

»Das muss dir sehr schwer gefallen sein«, sagte sie mit einer Stimme, in der eindeutig Anerkennung lag. »Quäl dich nicht mit Dingen herum, die du nicht ändern kannst. Es gibt eine Grenze für das, was jeder von uns zu bewirken vermag, und bisweilen übernehmen wir die Schuld für etwas, auf das wir nicht den geringsten Einfluss haben. Jeder muss sich selbst entscheiden, wie er auf die Umstände seines Lebens reagiert. Wir können das anderen nicht abnehmen und sollten es auch nicht einmal dann versuchen, wenn wir so überheblich sind anzunehmen, dass wir besser wissen als sie, wie sie sich verhalten oder urteilen sollten. Wir dürfen bitten, argumentieren, vielleicht auch in sie dringen oder beten – und das sollten wir auch tun –, aber letzen Endes kann ein Mensch niemanden ändern als sich selbst. Gib dich bitte damit zufrieden. Mehr bekommst du nicht, das versichere ich dir, und mehr brauchst du auch nicht. Es genügt.«

»Und was ist mit den Bildern?«, wollte Caroline wissen. »Da schwingen die Leute großartige Reden, man dürfe Kunst nicht zensieren, denken jedoch nicht daran, welchen Schaden das anrichten kann. Wenn sie das Gesicht des jungen Lewis Marchand gesehen hätten, würden sie wohl ihre Freiheit nicht so hoch einschätzen. Diese Leute haben keine Kinder… sie…« Sie hielt inne, weil ihr aufging, dass sie sich irrte. »Doch… zumindest Cecily Antrim hat einen Sohn.« Sie runzelte die Stirn. »Bin ich altmodisch, verklemmt, rückwärts gewandt? Sie würde wahrscheinlich sagen, dass ich langweilig bin und allmählich alt werde!« Die Worte schmerzten sie, noch während sie sie sagte. Laut ausgesprochen taten sie ihr noch mehr weh als in ihren Gedanken.

»Ich werde nicht alt«, erklärte Vespasia mit Nachdruck, »sondern bin es mit Sicherheit bereits. Das Alter ist nicht so schlimm, wie du zu befürchten scheinst… es hält ganz im Gegenteil unbestreitbare Freuden bereit. Lies deinen Robert Browning und hab etwas mehr Vertrauen ins Leben, meine Liebe. Was aber den Vorwurf ›langweilig‹ betrifft – Güte und Aufrichtigkeit langweilen nie. Grausamkeit, Heuchelei und Anmaßung hingegen tun das immer… und zwar in geradezu unerträglicher Weise. Ein Dummkopf mag nicht besonders interessant sein, wenn er aber großmütig ist und Anteil an dir nimmt, wird er dir interessant erscheinen, obgleich er nicht besonders geistreich ist.«

»Was könnte der Grund dafür sein, dass sich Cecily Antrim für solche Bilder hergibt?«, sagte Caroline laut, was ihr durch den Kopf ging. »Wenn Joshua davon erfährt, wird ihn das furchtbar aufstören … glaube ich …«

Dann hatte sie mit einem Mal entsetzliche Angst, dass das nicht der Fall sein würde, sondern er sie für rückschrittlich, kritiksüchtig und im alten Denken befangen hielte.

Vespasia sah sie sehr aufmerksam an. Ihre Augen leuchteten silbrig im Licht des hellen, zurückhaltend möblierten Raumes. Die Sonne lag auf der Rasenfläche vor den Fenstern, reglos ragten die Bäume vor dem blauen Himmel auf.

Es kam Caroline vor, als sei sie durchsichtig, als lägen all ihre Gedanken und Befürchtungen bloß und offen da.

»Ich glaube, du bist ihm gegenüber ein wenig ungerecht«, sagte Vespasia. »Natürlich wird er verletzt sein und möchte wahrscheinlich gütiger über sie urteilen, als die Umstände erlauben. Enttäuschungen treffen uns immer sehr tief. Er wird dann darauf angewiesen sein, dass du in dir selbst ruhst. Ich denke, du solltest lange und gründlich überlegen, was dir das Wichtigste ist, und daran auf jeden Fall festhalten.«

Caroline erwiderte nichts. Sie wusste, dass Vespasia Recht hatte – das hatte sie von Samuel Ellison gelernt.

Vespasia beugte sich leicht vor. Obwohl sie sich dabei kaum bewegte, vermittelte sie damit den Eindruck großer Nähe. »Du bist älter als sie, und das macht dir Sorgen.« Das war eine Aussage, keine Frage. »Meine Liebe, das warst du auch vorher schon. Er hat sich für die Frau entschieden, die du bist. Zerstöre diese Beziehung zwischen euch nicht, indem du versuchst, eine andere zu sein. Sollte er eine gute Freundin verlieren, die er in diesem schwierigen Beruf bewundert hat, ist er auf deine Stärke angewiesen, auf deine unverbrüchliche Ehrlichkeit und darauf, dass du für die Werte kämpfst, die er in dir gesehen hat. Jahre sind Zufälle der Natur; Reife ist etwas ausgesprochen Kostbares. Vielleicht ist er sehr darauf angewiesen, dass du älter bist als er… jedenfalls eine Weile.« Ein leichtes Lächeln trat auf ihre Lippen. »Die Zeit wird kommen, dass du die Rollen vertauschen und ihm gestatten kannst, stärker, klüger oder gar beides zu sein! Verhalte dich einfach vorsichtig; das ist alles. Bisweilen erkennen wir Hilfe gerade dann nicht, wenn wir sie am dringendsten brauchen. Lass deine eigenen Zweifel eine Weile beiseite. Kämpfe so, wie du für deine Kinder kämpfen würdest, ohne an dich selbst zu denken. Nur verlier nicht die Nerven, das ist schrecklich unschicklich.«

Unwillkürlich musste Caroline lachen.

Vespasia stimmte ein. »Darf ich dir Stift und Papier geben? Wenn du für Thomas die Adresse dieses Händlers aufschreibst, wird mein Kutscher das Blatt in die Bow Street bringen. Ich gestehe, dass ich Charlottes Abwesenheit äußerst ärgerlich finde. Ich langweile mich tödlich und habe nicht die geringste Ahnung, was Thomas treibt!« Sie zuckte die Achseln, als sei sie mit sich selbst unzufrieden, und strich ihr taubengraues Seidenkleid glatt. »Ich finde die feine Gesellschaft unendlich fade und bin geradezu süchtig nach dem, was Charlotte mir über die Polizeiarbeit erzählt. Es ist nichts als eine neue Generation, die haargenau dasselbe tut, was wir getan haben, aber überzeugt ist, auf all das selbst verfallen zu sein. Was glauben die eigentlich, wie sie auf die Welt gekommen sind?«

Caroline musste herzlich lachen. Sie genoss die Erleichterung, die das mit sich brachte. Tränen liefen ihr über die Wangen, und sie bemühte sich nicht im Geringsten, ihnen Einhalt zu gebieten. Mit einem Mal durchflutete sie wieder Wärme. Sie merkte überrascht, dass sie Hunger hatte. Jetzt hätte sie gern eine Tasse Tee… und Gebäck!

Während sich Caroline um Mariah Ellison Sorgen machte und vergeblich überlegte, wie sie sie trösten könnte, saß Pitt am Küchentisch und las Charlottes jüngsten Brief. Er war so davon gefesselt, dass sein Tee kalt wurde.

Liebster Thomas!

Ich genieße meine letzten Tage hier in Paris in ganz einzigartiger Weise. Es waren wunderbare Ferien, und zweifellos werde ich im Augenblick meiner Abreise wünschen, ich könnte sie besser in meinem Gedächtnis verwahren. Daher betrachte ich alles besonders aufmerksam, um es mir einzuprägen: die Art, wie das Licht auf die Seine fällt, der Sonnenschein auf den alten Steinen… Manche der Gebäude sind von geradezu erschreckender Schönheit und atmen den Hauch der Geschichte. Ich denke an alles, was hier geschehen ist, die Menschen, die hier gelebt haben und gestorben sind, die großen Kämpfe für die Freiheit, das Entsetzen, den Glanz… und natürlich auch das Elend.

Ich frage mich, ob Menschen, die nach London kommen, dort einen ähnlichen Zauber suchen. Sieht ein Ausländer, der dort hinreist, die großen Geister der Vergangenheit vor sich? Karl I., der nach Jahren des Bürgerkriegs gelassen seinem Tod entgegengeht, Königin Elisabeth, die aufbricht, um die Truppen zum Kampf gegen die spanische Armada um sich zu scharen, Anne Boleyn… Warum müssen es eigentlich immer Hinrichtungen sein? Was ist nur mit uns los? Aufruhr, Blutvergießen und ruhmvoller Tod… Vermutlich ist es das größte Opfer, das uns imponiert.

Da ich gerade vom größten Opfer spreche, na ja, es ist vielleicht nicht wirklich das größte… Kürzlich hat ein junger französischer Diplomat namens Henri Bonnard mit der Art und Weise Aufsehen erregt, wie er einem Freund ein Opfer gebracht hat. Es steht in allen Zeitungen, sagt Madame. Wie es aussieht, ist er in London tätig und nach Paris zurückgekehrt, um in dem Fall auszusagen, von dem ich dir berichtet habe – der Mann, der behauptet, er könne die Frau nicht getötet haben, weil er zu dem Zeitpunkt in einem Nachtklub war. Es stimmte tatsächlich; er hat sich im Moulin Rouge *aufgehalten, und der Diplomat war vom ersten bis zum letzten Augenblick bei ihm. Wie es aussieht, sind sie in ganz achtbarer Weise dort hingegangen, wie jeder andere, sind auch geblieben, als La Goulue, die verrufenste der Tänzerinnen, den Cancan tanzte – wie üblich ohne Unterwäsche –, und haben sich dann noch anrüchigeren Vergnügungen hingegeben. Und zwar gemeinsam! Er beschwört das – zugegebenermaßen nach langem Zögern. Seinem Botschafter wird das nicht gefallen. Ganz Paris lacht über den Fall – vermutlich wird er sich auch in London herumgesprochen haben, bis Du meinen Brief bekommst. Jedenfalls unter den Leuten, die dem Botschafter wichtig sind. Der arme Monsieur Bonnard: ein hoher Preis, um einem Freund aus der Patsche zu helfen. Ich hoffe nur, dass er seine Anstellung nicht verliert.*

Heute Abend gehen wir in die Oper. Das wird sicher sehr schön. Alle werden nach der letzten Mode gekleidet sein. Es ist ganz wie in London, die Edelkurtisanen flanieren auf und ab und suchen nach Kunden – nur nimmt natürlich niemand an, dass ich davon weiß!

All das ist herrlich zu beobachten, aber nichts auf der Welt könnte mich dazu veranlassen, ständig so zu leben. Das Schönste von allem ist das Bewusstsein, dass ich in wenigen Tagen wieder zu Hause und bei Dir sein werde.

Vermutlich hast Du nichts von Gracie gehört? Ich nehme an, dass sie ihren Schreibkünsten noch nicht recht traut, und Daniel und Jemima kommen natürlich nicht auf den Gedanken, dass sie schreiben könnten. Ich hoffe, dass sie Sandburgen bauen, Krebse und kleine Fische fangen, Süßigkeiten essen, nass und schmutzig werden und es ihnen einfach blendend geht.

Ich nehme an, dass Du schrecklich viel zu tun hast. Der Fall, den Du in Deinem Brief beschreibst, klingt makaber. Bestimmt steckt eine Tragödie dahinter. Ich hoffe, Du isst vernünftig und findest alles, was Du brauchst, in meiner Ordnung. Ist es im Haus ohne uns alle furchtbar still? Oder wunderbar friedlich? Ich hoffe, Du vernachlässigst Archie und Angus nicht. Aber vermutlich sorgen die beiden schon selbst dafür, dass sie nicht zu kurz kommen.

Ich sehne mich nach Dir und freue mich, bald wieder zu Hause zu sein.

Deine Charlotte

Er las den Brief noch einmal. Zwar war ihm nicht das Geringste entgangen, aber er fühlte sich Charlotte durch die erneute Lektüre nahe. Fast glaubte er ihre flinken Schritte im Gang hören zu können und rechnete beinahe damit, dass sie die Tür öffnete und hereinkam.

Endlich wusste er, was mit Henri Bonnard geschehen war. Er musste unwillkürlich lächeln. Ein angenehmer Gedanke angesichts all dieser entsetzlichen Dinge, dass der Mann aus einem so ehrenhaften Grund auf und davon gegangen war. Er hoffte, dass der französische Botschafter in London die Freundestreue hoch genug einschätzte, um ihm nachzusehen, dass er einen Nachtklub mit äußerst zweifelhaftem Ruf aufgesucht hatte. Selbst wenn es dort so verrufen zuging, wie man tuschelte, junge Männer gingen nun einmal dorthin, und sei es nur aus Neugier und gespielter Tapferkeit.

Ob er sich mit Orlando Antrim darüber gestritten hatte? Wollte Orlando ihn überreden, dass er nach Paris fuhr? Dann hatte er wohl schließlich nachgegeben.

Pitt trank seinen Tee aus und verzog das Gesicht, weil er inzwischen kalt war, denn Tee konnte ihm nicht heiß genug sein. Dann stand er auf, ohne daran zu denken, dass Archie auf seinem Schoß saß.

»Tut mir Leid«, entschuldigte er sich gedankenverloren. »Hier, Archie, frühstück noch was! Dir ist hoffentlich klar, dass Schluss mit der Fettlebe ist, wenn die Herrin nach Hause kommt? Dann gibt es keine Extras mehr. Außerdem musst du wieder ins eigene Bett gehen... du und Angus.«

Der Kater strich ihm schnurrend um die Hosenbeine, an denen weiße und rötliche Haare hängen blieben.

Pitt sah keine andere Möglichkeit, als Cecily Antrim mit den Fotos zu konfrontieren. Er hätte sich das lieber erspart, um das Bild, das er von ihr hatte, nicht zu gefährden. Gern hätte er sich eingeredet, sie könne gewiss eine verständliche Erklärung liefern und zeigen, dass sie so recht keine Schuld an der Sache hatte. Vielleicht hatte man sie erpresst, weil sie einen anderen decken wollte – ihm war jede Erklärung recht, die darauf hinauslief, dass sie nicht bereitwillig mitgemacht hatte. Zu all dem war keine besonders blühende Fantasie nötig. Manche der anderen Fotos hätten sich bestimmt zu Erpressungszwecken geeignet, wenn die auf ihnen Abgebildeten eine höhere Stellung bekleidet hätten. Das Geld, das Cathcart auf diese Weise eingenommen hatte, würde sowohl seinen Lebensstil wie auch den Lily Monderells erklären.

Es fiel Pitt jedoch ausgesprochen schwer, sich Cecily Antrim als Opfer vorzustellen. Sie war zu lebenssprühend, zu mutig, zu sehr darauf bedacht, entsprechend ihren Überzeugungen zu handeln, und wenn das ihren Untergang bedeutete.

Er fand sie am frühen Nachmittag im Theater bei der Probe zu *Hamlet*. Tellman begleitete ihn, bis zum letzten Augenblick widerstrebend.

»Shakespeare!«, stieß er zwischen den Zähnen hervor. Weiter sagte er nichts, aber sein Gesichtsausdruck sprach Bände.

Wie beim vorigen Mal ließ man sie nur widerwillig ein und wies sie an, hinter der Bühne zu warten, bis diejenigen frei waren, mit denen sie sprechen wollten. Man probte den fünften Akt, dessen erste Szene auf dem Kirchhof spielt. Zwei Totengräber unterhielten sich darüber, dass sie auf geweihtem Boden ein Grab für eine Selbstmörderin ausheben sollten. Nach einigen Späßen ging einer von ihnen davon, während der andere leise vor sich hinsingend zurückblieb.

Hamlet und Horatio traten auf. Da es eine der letzten Proben vor der Premiere war, trugen beide ihr Rollenkostüm. Es fiel Pitt sogleich auf, dass alles deutlich glatter ablief als beim vorigen Mal. Die Schauspieler bewegten sich so sicher, als seien sie in die Leidenschaften der Handlung eingesponnen und merkten nichts mehr von der Regie, ganz zu schweigen von der Welt um sie herum.

Bei einem Blick auf Tellmans Gesicht, in dem sich die Bühnenlichter spiegelten, sah er, dass dieser mit gespannter Aufmerksamkeit zuhörte. Im Gegensatz zu vielen anderen, zu denen auch Pitt gehörte, war ihm der Text nicht vertraut. Er hörte diese Worte zum ersten Mal.

»Ach, armer Yorick! – Ich kannte ihn, Horatio; ein Bursch von unendlichem Humor, voll von den herrlichsten Einfällen...«

Tellman, der Pitts Gegenwart vergessen zu haben schien, hatte die Augen weit aufgerissen. Er sah auf den Totenschädel aus Gips in Orlando Antrims Hand und ließ sich von den Empfindungen des Schauspielers mitreißen.

»Nun begib dich in die Kammer der gnädigen Frau«, sagte Orlando mit einem Spott in der Stimme, dem der Schmerz anzuhören war, »...und sage ihr, wenn sie auch einen Fingerdick auflegt: So'n Gesicht muss sie endlich bekommen; mach sie damit lachen! – Sei so gut, Horatio, sage mir dies eine.«

»Und was, mein Prinz?«, fragte der andere Schauspieler.

Tellman beugte sich leicht vor. Sein Gesicht war wie eine Maske, kein Muskel regte sich, er löste den Blick keine Sekunde von dem kleinen Lichtkegel auf der Bühne. Er schien von den Worten wie gebannt.

»Zu was für schnöden Bestimmungen wir kommen, Horatio! Warum sollte die Einbildungskraft nicht den edlen Staub Alexanders verfolgen können, bis sie ihn findet, wo er ein Spundloch verstopft?«

Jemand bewegte sich in den Kulissen. Ärger trat auf Tellmans Züge, doch wandte er nicht den Kopf, um zu sehen, wer dort war.

»Der große Cäsar, tot und Lehm geworden«, sagte Orlando leise die Worte, in denen der musikalische Zauber von Jahrhunderten lag.

»... verstopft ein Loch wohl vor dem rauen Norden.
O, dass die Erde, der die Welt gebebt,
Vor Wind und Wetter eine Wand verklebt!
Doch still! Doch still! Beiseit! Hier kommt der König!«

Aus der Kulisse näherte sich langsam ein Trauerzug. Alle trugen prächtige Gewänder, die sehr düster wirkten. Ophelias Sarg voran schritten die Priester, ihm folgten ihr Bruder, der König und zum Schluss die schöne Cecily Antrim als Königin Gertrude. Es war erstaunlich, wie sehr sie sogar dann die Aufmerksamkeit aller auf sich lenkte, wenn sie nicht im Mittelpunkt einer Szene stand. Ein Leuchten, eine unübersehbare innere Kraft, ging von ihrem Gesicht aus.

Weder Pitt noch Tellman rührten sich, bis das Stück zu Ende war. Dann trat Pitt vor.

Tellman war nach wie vor wie verzaubert. Weniger als eine Viertelstunde hatte genügt, ihm das Tor zu einer neuen Welt aufzustoßen, wobei er die alte völlig vergessen hatte. Eine Welle, deren Ausläufer bis an die äußersten Ränder reichten, hatte die ruhigen Wasser seiner vorgefassten Meinungen aufgewühlt, und er spürte bereits die Auswirkungen davon.

Pitt ging allein über die Bühne zu Cecily Antrim.

»Ich bitte um Entschuldigung für die Störung, aber ich muss unbedingt über eine Sache mit Ihnen reden, die keinen Aufschub duldet.«

»Gott im Himmel!«, rief Bellmaine aufgebracht. In seiner Stimme schwang höchste Anspannung mit. »Haben Sie eigentlich keine Seele, keinerlei Einfühlungsvermögen? In zwei Tagen ist Premiere! Was Sie von uns wollen, kann warten.«

Pitt rührte sich nicht. »Nein, Mr. Bellmaine, das kann es nicht. Ich werde Miss Antrims Zeit nicht lange beanspruchen, und es geht noch schneller, wenn Sie mir ermöglichen, gleich anzufangen, statt dass wir uns erst darüber streiten.«

Bellmaine stieß eine eindrucksvolle Reihe von Flüchen aus, ohne sich dabei ein einziges Mal zu wiederholen, erklärte aber zugleich mit einer Handbewegung zu den Garderoben hinüber, dass er einverstanden war. Tellman blieb wie angewurzelt stehen. Er wartete offenbar gespannt auf die nächste Szene.

Auf mehreren Kleiderstangen in Cecily Antrims Garderobe hingen Gewänder aus Samt und besticktem Satin. Unter dem Spiegel sah man auf einem langen Tisch eine zweite Perücke und eine Unzahl von Schminktöpfchen, Pinseln, Puderquasten und weiteren Utensilien.

»Nun?«, fragte sie mit leicht spöttischem Lächeln. »Was ist so dringend, dass Sie es wagen, den Zorn Anton Bellmaines herauszufordern? Ich platze vor Neugier. Nicht einmal, wenn der Zuschauerraum voller Menschen wäre, hätte ich mich davon abhalten lassen, mit Ihnen zu kommen und festzustellen, worum es geht. Ich versichere Ihnen, ich weiß nach wie vor nicht, wer den armen Delbert Cathcart umgebracht hat, oder warum er sterben musste.«

»Mir geht es ebenso, Miss Antrim«, gab er zur Antwort und stieß die Hände tief in die Taschen seines Jacketts. »Aber ich weiß, dass der Täter, wer auch immer es war, ein bestimmtes Foto von Ihnen gesehen hat, das nur ganz wenigen Menschen zugänglich ist und für ihn offenbar große Bedeutung hatte.«

Damit schien er ihre Neugier geweckt zu haben. Ihr Lächeln, das bis zu ihren hellen himmelblauen Augen reichte, war so belustigt, dass er nicht annahm, sie könne sich vorstellen, was er ihr zeigen wollte.

»Von mir gibt es Dutzende von Fotos, Oberinspektor. Meine Laufbahn ist länger, als ich zuzugeben bereit bin. Ich könnte Ihnen wirklich nicht sagen, wer welche Fotos gesehen hat.« Zwar sagte sie nicht, dass sie ihn für naiv halte, doch schwang diese Annahme unüberhörbar in ihrer Stimme mit, und die Vorstellung schien sie zu erheitern.

Was er als Nächstes zu tun hatte, war ihm selbst nicht recht. Er zog die Postkarte mit dem Ophelia-Motiv aus der Tasche und hielt sie ihr hin.

Ihre Augen weiteten sich.

»Grundgütiger! Woher haben Sie das?« Sie sah ihn an. »Sie haben völlig Recht… die Aufnahme stammt von Delbert. Sie wollen doch nicht sagen, dass man ihn deswegen umgebracht hat. Das wäre absurd. Wahrscheinlich können Sie die in einem halben Dutzend Hinterhofläden kaufen. Ich hoffe es jedenfalls, sonst hätte ich mir viel Unbequemlichkeit für nichts aufgehalst. Der nasse Samt war schrecklich kalt und widerlich auf der Haut.«

Pitt war verblüfft. Einen Augenblick lang wusste er nicht, was er sagen sollte.

»Aber es ist wirkungsvoll, finden Sie nicht?«

»Wirkungsvoll.« Er wiederholte das Wort, als gehöre es einer ihm unbekannten Sprache an. Er sah ihr in das ausdrucksstarke Gesicht mit den fein geschwungenen Lippen. »Ja, Miss Antrim. Ich habe noch nie erlebt, dass ein Bild eine stärkere Wirkung gehabt hätte.«

Sie hörte die innere Aufgewühltheit in seiner Stimme.

»Sie missbilligen es, Oberinspektor. Daran kann ich Sie nicht hindern. Zumindest werden Sie es nicht vergessen, und vielleicht bringt es Sie sogar zum Nachdenken. Ein Bild, das nicht die Kraft hat, Menschen aufzustören, hat wahrscheinlich auch nicht die Kraft, etwas zu verändern.«

»Zu verändern?«, fragte er mit leicht heiserer Stimme. »Was soll es verändern, Miss Antrim?«

Sie sah ihn unverwandt an. »Die Art, wie die Menschen denken, Oberinspektor. Was würde es sich sonst zu ändern lohnen?« Auf ihrem Gesicht lag Abscheu. »Hätte der Lordkämmerer das Stück nicht verboten, das Sie sich angesehen haben, hätte Freddie Warriner möglicherweise nicht den Mut verloren, und wir hätten einen Gesetzesantrag mit dem Ziel eingebracht, mehr Gleichheit in das Scheidungsrecht zu bringen. Es wäre uns wohl nicht im ersten Anlauf gelungen, aber vielleicht im nächsten oder übernächsten. Zuerst einmal muss man die Leute dazu bringen, dass sie sich überhaupt für etwas interessieren.«

Er holte Luft, um ein Dutzend Antworten zu geben, dann sah er ihr Lächeln und begriff, was sie meinte.

»Wer das Denken der Menschen zu ändern vermag, kann die Welt ändern«, sagte sie leise.

Er schob seine geballten Fäuste tiefer in die Taschen. »Und welches Denken wollten Sie mit diesem Bild ändern, Miss Antrim?«

Sie schien leicht belustigt zu sein. Er sah das Aufblitzen ihrer Augen.

»Die Auffassung, dass sich Frauen in der Liebe mit einer passiven Rolle zufrieden geben«, antwortete sie. »Wir sind Gefangene der Vorstellungen, die sich andere von unserem Wesen, unseren Empfindungen und dem machen, was uns beglückt... oder uns kränkt, und wir lassen das zu. Von den eigenen Überzeugungen geknebelt zu werden ist weiß Gott schlimm genug, doch sich von denen anderer knebeln zu lassen ist ungeheuerlich.« Ihr Gesicht leuchtete, während sie das sagte. Eine tiefe Schönheit strahlte aus ihr, als könne sie weit über das verletzende Bild auf dem Papier hinaus in die seelische Freiheit blicken, für die sie sich einsetzte, weniger aus Eigennutz als für andere. Es war ein einsamer Kreuzzug, sie war dazu bereit und hatte mehr als genug Mut dafür.

»Verstehen Sie nicht?«, fragte sie eindringlich in sein Schweigen hinein. »Niemand hat das Recht zu entscheiden, was andere wünschen oder empfinden sollen! Genau das aber tun wir ständig, weil wir gar nicht anders können.« Sie stand so dicht bei ihm, dass er die Wärme ihres Leibes spürte, den feinen Flaum auf ihrer Wange sah. »Dann fühlen wir uns wohler, es entspricht unseren vorgefassten Meinungen, unseren Vorstellungen darüber, wer wir sind«, fuhr sie mit Nachdruck fort. »Es ist auch möglich, dass wir den anderen nichts weiter geben können und daher beschließen, dass sie genau das brauchen und dankbar dafür sein sollten. Wir glauben, es sei zu ihrem Besten. So muss es unserer Ansicht nach sein, so halten wir es für natürlich … oder, noch krasser, wir halten es für Gottes Willen! Was für eine unglaubliche Überheblichkeit von uns zu behaupten, dass der Allmächtige genau das wünscht, was uns in den Kram passt, und es dann auch so einzurichten.«

»Gilt das für alle Bilder?«, fragte Pitt mit einem Anflug von Sarkasmus, der ihm recht schwer fiel. »Manche kamen mir ziemlich lästerlich vor.«

»Ihnen?« Ihre herrlichen Augen öffneten sich weit. »Mein lieber prosaischer Oberinspektor. Ihnen kamen sie lästerlich vor? Was heißt denn lästern?«

Er stieß die Hände noch tiefer in die Taschen und streckte die Arme. Er konnte nicht zulassen, dass sie ihn einschüchterte, nur weil sie schön war, sich ausdrücken konnte und so unglaublich selbstsicher war.

»Ich würde sagen, sich über den Glauben anderer Menschen lustig machen«, gab er ruhig zur Antwort. »Sie dazu bringen, am Guten zu zweifeln und Ehrfurcht ins Lächerliche zu ziehen. Wessen Gott es ist, spielt keine Rolle. Es geht dabei nicht um die religiöse Lehre, sondern um den Versuch, die uns angeborene Vorstellung des Göttlichen zu zerstören, die Vorstellung von etwas, das besser und heiliger ist als wir.«

»Ach… Oberinspektor.« Seufzend stieß sie die Luft aus. »Ich habe den Eindruck, dass mir ein Polizist eine Lehre erteilt hat. Sagen Sie das bitte niemandem weiter… ich würde es nie verwinden. Ich bitte um Entschuldigung. Ja, das ist Lästerung… und das lag nicht in meiner Absicht. Ich wollte die Menschen dazu bringen, dass sie Klischees infrage stellen und den Menschen als Individuum sehen: Jeder ist anders als der andere. Sie sollten nie wieder sagen: ›Sie ist eine Frau, also empfindet sie so… oder so. Falls sie es aber nicht tut, müsste sie es zumindest tun.‹ Oder: ›Er ist Priester, er muss ein guter Mensch sein, was er sagt, muss zutreffen, er hat weder diese Schwäche noch jene Leidenschaft… Falls aber doch, ist er ein schlechter Mensch.‹« Sie öffnete die Augen weit. »Verstehen Sie?«

»Durchaus, Miss Antrim.«

»Aber Sie teilen meine Ansicht nicht. Das sehe ich an Ihrem Gesicht. Sie glauben, dass ich die Menschen schockiere und dass ihnen das Schmerzen verursacht. Ich zerbreche etwas, und das ist Ihnen nicht recht. Es ist Ihre Aufgabe, auf die Einhaltung der Ordnung zu achten, die Schwachen zu schützen, umwälzende Veränderungen zu verhindern oder solche, die nicht von den Massen gebilligt werden.« Sie spreizte ihre Hände – kräftige, schöne Hände. »Die Kunst hingegen muss den anderen den Weg zeigen, Oberinspektor, darf ihnen nicht hinterherhinken. Meine Aufgabe besteht darin, überkommene Meinungen infrage zu stellen, die Menschen zu provozieren, die Art von Unordnung zu stiften, aus der Fortschritt entsteht. Wenn Sie mit Ihren Bemühungen durchweg Erfolg hätten, besäße die Menschheit nicht einmal das Feuer, geschweige denn das Rad.«

»Ich bin durchaus für das Feuer, Miss Antrim, aber nicht dafür, dass Menschen verbrannt werden. Feuer kann ebenso zerstören wie Neues schaffen.«

»Das gilt für alles, dem eine Macht innewohnt«, gab sie zur Antwort. »Haben Sie *Ein Puppenheim* gesehen?«

»Wie bitte?«

»Ibsens Stück – *Nora oder Ein Puppenheim*!«, wiederholte sie ungeduldig.

Er hatte es nicht gesehen, wusste aber, wovon sie sprach. Der Autor hatte es gewagt, eine Frau auf die Bühne zu stellen, die gegen alles aufbegehrte, was von ihr erwartet wurde, vor allem gegen das, was sie von sich selbst erwartete, so dass sie zum Schluss ihren Mann und ihr Heim aufgab und gegen eine gefährliche und einsame Freiheit eintauschte. Das Schauspiel hatte einen Skandal hervorgerufen. Manche verdammten es in Grund und Boden, weil es ihrer Ansicht nach Moral und Zivilisation untergrub und zerstörte, andere hingegen priesen es als aufrichtig und sahen darin den Beginn einer neuen Ära der Freiheit. Einige hielten es einfach für ein glänzendes und scharfsinniges Kunstwerk, vor allem, weil es einem Mann gelungen war, sich so sehr in die Seele einer Frau einzufühlen. Pitt hatte gehört, wie Joshua es mit fast der gleichen Begeisterung gelobt hatte, die er jetzt an Cecily Antrim wahrnahm.

»Nun?«, fragte sie. Ihr leuchtendes Gesicht verfinsterte sich vor Verzweiflung, wohl weil sie annahm, er sei von all dem verwirrt.

»Da gibt es gewisse Unterschiede«, sagte er zögernd. »Ins Theater geht man freiwillig. Diese Bilder aber werden öffentlich verkauft. Wenn nun junge Männer sie sehen… Halbwüchsige, die es noch nicht besser wissen…«

Sie wischte seine Bedenken beiseite. »Nichts im Leben ist ohne Gefahr, Oberinspektor. Wer nicht wagt, der nicht gewinnt. Schon allein damit, dass wir auf die Welt kommen, müssen wir das Risiko des Lebens eingehen. Haben Sie den Mut, sich ihm zu stellen! Beschämen Sie den Satan des wahren Todes… des Todes, der Geist und Willen dahinmordet! Ach… und fragen Sie mich nicht, wer alles das Bild gesehen hat. Ich würde es Ihnen sagen, wenn ich es wüsste… Ich bedaure aufrichtig, dass Delbert Cathcart tot ist – er war ein bedeutender Künstler –, aber ich kann es Ihnen nicht sagen, weil ich nicht die geringste Ahnung habe!« Mit diesen Worten wandte sie sich um und ging hinaus. Da sie die Tür weit offen ließ, hörte er ihre Schritte im Gang verhallen.

Er stand allein in ihrer Garderobe und sah sich unter all den Dingen um, die dazu beitrugen, den Zuschauer in andere Welten zu entführen – Schminke und Kostüme, welche die Fantasie unterstützen sollten. Trotz aller Kunstfertigkeit, die man auf ihre Herstellung verwendet hatte, trugen sie nur in geringem Maße zum eigentlichen Zauber bei, der seinen Ursprung in der Seele und dem Willen hatte, der inneren Welt voll Leidenschaft, die sich äußerte und keine Hilfsmittel brauchte, um auf das Publikum überzuspringen. Dazu genügten Worte, Gestik, Mimik, das innere Feuer des Schauspielers.

Wieder sah er auf das Foto. Wie viele Menschen waren gleichsam dadurch in Ketten gelegt, dass andere sie auf eine bestimmte Weise sahen? Erwartete er von Charlotte, dass sie sich anders verhielt, als es ihrem wahren Wesen entsprach, anders, als sie sein wollte? Ihm kam die erste

Begegnung mit seiner Schwiegermutter Caroline in Erinnerung. In gewisser Hinsicht hatte sie eingekerkert gewirkt, aber durch wen? Stand die Familie dahinter, die Gesellschaft, ihr Mann – oder sie selbst? Ein Gefangener, der seine Fesseln liebt, musste doch wohl für die Fortdauer seiner Knechtschaft selbst verantwortlich sein.

Auf keinen Fall wollte Pitt, dass die wissensdurstige Jemima mit ihrem forschenden Geist je ein solches Bild zu sehen bekam… jedenfalls nicht, bevor sie mindestens so alt war wie jetzt ihre Mutter Charlotte.

Was für einen Mann würde sie wohl einmal heiraten? Ein aberwitziger Gedanke! Sie war ein Kind. Es fiel ihm leicht, sich ihr lebhaftes kleines Gesicht vorzustellen, ihren schlanken Kinderkörper, der zu wachsen begann, dessen Beine länger wurden. Eines Tages würde sie heiraten. Wäre dieser Mann zärtlich zu ihr? Würde er ihr Freiheiten einräumen und sie trotzdem beschützen? Wäre er stark genug zu wünschen, dass sie das Glück dort fand, wo es auf sie wartete? Oder würde er versuchen, ihr seine Ansichten von dem aufzuzwingen, was richtig war und was falsch? Würde er sie sehen, wie sie war, oder nur so, wie er sie brauchte?

Sosehr er mit vielem von dem übereinstimmte, was Cecily Antrim zu tun versuchte, war ihm das Bild dennoch zuwider – nicht nur, weil er es im Mord an Cathcart parodiert gesehen hatte, sondern auch wegen der ihm innewohnenden Gewalttätigkeit.

War so etwas wirklich nötig, um der Selbstgefälligkeit den Boden zu entziehen? Er wusste es nicht.

Aber er würde Tellman den Auftrag geben müssen festzustellen, wo sich Cecily Antrim am Abend von Cathcarts Tod aufgehalten hatte, auch wenn er nicht annahm, dass sie ihn getötet hatte. Weder hatte sie ängstlich oder verschreckt gewirkt, noch schien sie in irgendeiner Weise persönlich Anteil zu nehmen.

Außerdem würde er durch Tellman ermitteln lassen, wo sich Lord Warriner an jenem Abend befunden hatte, einfach für den Fall, dass seine Liebe zu ihr weniger oberflächlich war, als sie zu sein schien. Das war eine reine Formsache, etwas, was man nicht übersehen durfte. Sie hatte freiwillig zu dem Bild Modell gestanden; nach allem, was sie gesagt hatte, ging der Einfall sogar auf sie zurück. Sie wollte, dass diese Aufnahmen verkauft wurden. Das Letzte, was sie von einer solchen Vorstellung erwarten würde, war, dass sie kein Publikum fand.

Er steckte das Foto wieder in die Tasche, verließ die Garderobe und ging an verschiedenen Kulissen mit gemalten Bäumen und Mauern sowie einigen herrlichen Schnitzwerken vorüber zum Bühneneingang.

Kapitel zwölf

Caroline kehrte mit neuem Mut nach Hause zurück und ging gleich nach oben, bevor sie es sich anders überlegte. Sie klopfte an die Tür der alten Dame und trat ein, als keine Antwort kam.

Die Vorhänge waren zugezogen, damit kein Tageslicht hereinkam. Halb aufgerichtet saß Mrs. Ellison im Bett. Hätte Caroline nicht ihre Augenlider zucken sehen, hätte sie angenommen, dass sie schlief.

»Wie geht es Ihnen?«, fragte sie im Plauderton und setzte sich auf die Bettkante.

»Ich habe geschlafen«, gab Mrs. Ellison kalt zurück.

»Das stimmt nicht«, widersprach Caroline. »Vermutlich werden Sie erst spät am Abend einschlafen können. Wollen Sie nicht mit uns ins Theater kommen?«

Die alte Dame riss die Augen auf. »Was sollte ich da? Du weißt genau, dass ich schon seit Jahren nicht mehr im Theater war.«

»Vielleicht sich das Stück ansehen?«, fragte Caroline lächelnd. »Und das Publikum beobachten. Das ist manchmal recht unterhaltsam. Das Drama, das auf der Bühne abläuft, ist selten das Einzige.«

Mariah zögerte einen kurzen Augenblick. »Nein, ich gehe nicht«, sagte sie mürrisch. »Meistens lohnt es sich sowieso nicht, denn die spielen da nur billigen modernen Schund!«

»Es ist *Hamlet*.«

»Ach.«

Caroline versuchte an Vespasias Worte zu denken und sagte: »Auf jeden Fall ist die Darstellerin der Königin sehr schön, begabt und unvorstellbar freimütig. Ich habe richtig Angst vor ihr. Wenn ich sie nach der Vorstellung sehe, kommt es mir immer so vor, als würde ich etwas Dummes oder Einfältiges sagen. Wir werden sie auf jeden Fall sehen, denn Joshua wird es sich nicht nehmen lassen, zu ihr zu gehen, um sie zu ihrer Leistung zu beglückwünschen. Sie sind eng miteinander befreundet.«

Mit einem Mal schien das Interesse der alten Dame geweckt zu sein. »Ach ja? Ich dachte, die Königin in diesem *Hamlet* ist im wirklichen Leben die Mutter des Prinzen. Da kann sie doch auf keinen Fall die jugendliche Heldin sein.«

»Joshua hat eine Schwäche für ältere Frauen. Ich dachte, das wüssten Sie inzwischen«, erwiderte Caroline trocken.

Unwillkürlich musste Mrs. Ellison lächeln. »Und du bist eifersüchtig auf sie.«

Sie sagte das ohne die übliche Schärfe; es klang eher, als hätte sie Mitgefühl mit ihr.

Caroline beschloss, mit offenen Karten zu spielen. »Na ja, ein bisschen. Sie wirkt so selbstsicher… nicht nur, was ihre Person betrifft, sondern auch bei allem, woran sie glaubt.«

»Ach, glaubt sie an etwas? Ich dachte, sie ist Schauspielerin?« Mariah schob sich ein wenig höher. »Woran kann sie da schon glauben?«

»An alles Mögliche.« Caroline musste an Cecilys vor Leidenschaft glühendes Gesicht denken, ihre lebhaften Augen und die Begeisterung in ihrer Stimme. »Daran, dass die Zensur von Übel ist, an die Freiheit des Geistes und des Willens, an den hohen Wert der Kunst… Ihr gegenüber komme ich mir grässlich altmodisch vor und... glanzlos...«

»Unsinn!«, sagte Mrs. Ellison mit Nachdruck. »Steh zu deinen Überzeugungen. Weißt du nicht mehr, woran du glaubst?«

»Eigentlich nicht.«

»Sei nicht so schlapp! Bestimmt gibt es etwas, wovon du überzeugt bist. Du kannst doch nicht so alt geworden sein, wie du bist, ohne unverbrüchlich an etwas Bestimmtes zu glauben. Was ist das?«

Caroline lächelte. »Das weiß ich nicht mehr so sicher, wie ich früher angenommen hatte. Ich sehe mir die Menschen und die Dinge an, urteile über sie und merke immer wieder, dass mir die eine oder andere Einzelheit fehlt und ich zu einem anderen Ergebnis gekommen wäre, wenn ich sie vorher gewusst hätte.« Sie dachte an die alte Dame und Edmund Ellison... aber auch an viele andere Dinge aus den vergangenen Jahren: Schwierigkeiten, Entscheidungen, Zusammenhänge, die sie nur zur Hälfte durchschaut hatte.

Mrs. Ellison knurrte etwas, schien aber weniger brummig zu sein als bisher.

»Dann bist du klüger als diese Frau, die sich einbildet, so viel zu wissen«, sagte sie widerwillig. »Geh einfach hin und sag ihr das.«

Caroline fragte sie nicht noch einmal, ob sie mitkommen wolle. Beiden war klar, dass die alte Dame es nicht tun würde, und mit einer Wiederholung des Angebots hätte Caroline den zerbrechlichen Ansatz eines Einverständnisses zwischen ihnen zerstört.

Sie stand auf und ging zur Tür. Gerade, als sie sie öffnen wollte, sagte die alte Dame: »Caroline!«

»Ja?«

»Viel Vergnügen.«

»Danke.« Sie wandte sich um.

»Caroline!«

»Ja?«

»Zieh das rote Kleid an. Es steht dir.«

Ohne sich noch einmal umzudrehen, antwortete sie: »Danke.« Dann wünschte sie ihr eine gute Nacht und verließ den Raum.

Caroline kleidete sich für die *Hamlet*-Premiere sehr sorgfältig an. Sie zögerte eine Weile, ließ sich aber dann doch das Kleid herauslegen, von dem die alte Dame gesprochen hatte. Obwohl das Rot ein tiefdunkler, warmer Bordeauxton war, wirkte das Kleid sehr auffällig, und sie war nicht sicher, ob sie sich damit zeigen wollte. Vor dem Spiegel betrachtete sie aufmerksam ihr Gesicht, während sie sich von ihrer Zofe frisieren ließ. Obwohl sie noch schlank war und nach wie vor eine ansehnliche Figur hatte, waren die Hinweise auf das einsetzende Alter unübersehbar. Sie war sich bewusst, wie sehr sich ihre Haut gegenüber der Zeit vor einigen Jahren verändert hatte, merkte, dass die glatte Linie ihres Kiefers allmählich zu verschwimmen begann, nahm die feinen Fältchen am Hals und vor allem im Gesicht wahr.

Sie besaß nicht Cecily Antrims sprühende Lebenskraft, die unerschütterliche Zuversicht, die sie so anmutig erscheinen ließ. Das hatte nicht nur damit zu tun, dass die andere jünger war, sondern war Bestandteil ihres Wesens. Sie würde immer im Mittelpunkt der Aufmerksamkeit stehen, Bewunderung hervorrufen, Eindruck machen, weil ihr ein gewisser Zauber innewohnte.

Verglichen mit ihr kam sich Caroline immer noch glanzlos vor, während ihr die andere wie leuchtendes Gold erschien.

Sie dachte an Vespasias Worte und an Mariah Ellison. Der Gedanke an deren Verzweiflung veranlasste sie schließlich, sich aufrecht hinzusetzen, wobei sie der Zofe fast die Haarnadeln aus der Hand geschlagen hätte.

»Entschuldigung«, murmelte sie und zuckte zusammen.

»Hab ich Ihnen wehgetan, Ma'am?«

»Meine Schuld. Ich halt jetzt still.«

Das tat sie auch, aber ihre Gedanken jagten sich. Sie überlegte, wie sie sich verhalten sollte, was sie sagen sollte, um zwar bei der Wahrheit zu bleiben, aber auch freundlich zu sein, doch nicht überschwänglich. Die bloße Vorstellung, sie versuche sich mit übertriebenem Lob bei jemandem einzuschmeicheln, wo allen klar war, dass sie es nicht ernst meinen konnte, weil sie nichts von der Sache verstand, ließ sie erschauern. Zwar würden ihr die anderen zuhören, weil der Anstand es verlangte, aber insgeheim würden sie wünschen, sie höre auf, bevor es ihnen noch peinlicher wurde. Sie lief rot an, während sie nur daran dachte.

Am liebsten hätte sie sich auf eine stille innere Würde zurückgezogen und möglichst wenig gesagt, doch dann würde man glauben, sie sei eingeschnappt, womit sie sich von den anderen noch mehr ausschlösse.

So oder so würde sich Joshua ihrer schämen. Mit einem Mal ging es überhaupt nicht mehr darum, wie sie sich fühlte, sondern darum, wie schlecht das für ihn sein würde und wie sich eine solche Veränderung auf ihr ganzes späteres gemeinsames Leben auswirken mochte.

Die Zofe war fertig. Ihre Frisur war herrlich; Caroline hatte schon immer schönes Haar gehabt.

»Vielen Dank«, sagte sie anerkennend. Jetzt konnte sie das Kleid anziehen. Zwar ging sie ungern allein, aber das Stück, in dem Joshua auftrat, würde erst kurz vor dem Finale von *Hamlet* zu Ende sein. Da der Shakespeare zum Glück recht lang war, würde er noch rechtzeitig zum letzten Akt kommen.

Das Theater war so voll, dass Caroline sich durch die Menge drängen musste, wobei sie hierhin und dorthin nickte, um Leute zu grüßen, die sie kannte oder zu kennen glaubte. Ihr war klar, dass sie das eine oder andere Mal völlig Unbekannten zugelächelt hatte, die dann pflichtschuldig zurückgelächelt hatten, nachdem ihr Blick einen Moment lang verwirrt auf ihr geruht hatte. Sie versuchte, sich davon nicht einschüchtern zu lassen.

Sie suchte die Loge auf, die Joshua für sie reserviert hatte. Es war viel besser, frühzeitig da zu sein, um andere nicht zu stören, selbst wenn sie sich ziemlich einsam fühlte, wie sie so für alle sichtbar allein dasaß. Zum Zeitvertreib beobachtete sie das Eintreffen der anderen Besucher. Man konnte ihr Wesen an den Äußerlichkeiten erkennen und auf den ersten Blick gesellschaftliche Stellung, Einkommen, Geschmack, Sicherheit oder Unsicherheit erkennen und in vielen Fällen auch, was eine Frau von sich selbst hielt. Manche waren zurückhaltend, trugen gut geschneiderte unauffällige Kleider in gedecktem Blau oder Grün. Sie überlegte, ob diese Frauen wohl auch lieber etwas mutiger gewesen wären, wenn sie sich dazu hätten aufraffen können. War diese nüchterne Bescheidenheit Ergebnis ihrer eigenen Entscheidung, oder wollten sie vermeiden, ihren Männern zu missfallen, wenn nicht gar den Schwiegermüttern? In welchem Maße hing die Art, wie sich jemand kleidete, von dem ab, was seine Mitmenschen von ihm erwarteten?

Andere trugen leuchtende Farben, wollten unbedingt, dass man sie sah. War etwa auch ihr auffälliges rotes Kleid nichts als die Verkleidung einer unscheinbaren Frau?

Nein. Wie Vespasia gesagt hatte, konnte sie frei entscheiden, durfte sein, was sie wollte. Falls sie unauffällig in Cecily Antrims Schatten stand, ging das auf ihre eigene Entscheidung zurück, auf ihren Wunsch, ihre Vorstellungen anderen zuliebe zu verbergen und sich dem anzupassen, was von ihr erwartet wurde. Sie hatte keinen Grund, verletzend zu sein oder sich in den Vordergrund zu drängen, aber sie konnte ihren eigenen Werten treu bleiben.

Außerdem gefiel ihr das rote Kleid. Es stand ihr und färbte mit seinem Schimmer gewissermaßen auf sie ab.

Fast jeder, den sie sah, spielte eine Rolle, jeder auf seine Weise, so wie es die Schauspieler im Stück tun würden, nur dass man hier nicht wusste, welche Geschichte dahinter steckte. Als Zuschauer sah man nur eine einzige Szene.

Endlich wurde es dunkel im Saal und atemlose Spannung trat ein.

Der Vorhang hob sich vor der Terrasse des Schlosses von Helsingör. Caroline merkte, dass sie um Orlando Antrim zitterte. *Hamlet* war die bei weitem bedeutendste Rolle, die er je gespielt hatte. War es nicht ohnehin überhaupt die bedeutendste Rolle für einen Schauspieler, von der jeder träumte?

Als Orlando in der zweiten Szene auftrat, beugte sie sich leicht vor. Sie wünschte ihm Erfolg, hoffte, dass er seinen Text nicht vergaß, ihn mit aller Leidenschaft, allem Kummer und aller Verwirrung anfüllte, welche die Rolle verlangte.

Anfangs schien er zu zögern. Ihr Herz sank. Würde ihn seine Mutter, die jede Bühne, die sie betrat, zu beherrschen schien, auch hier wieder an die Wand spielen?

Dann verließen die anderen die Bühne. Orlando war allein. Er trat ins Rampenlicht. Sein Gesicht war bleich, wirkte abgezehrt. Sicher ging das auf die Schminke zurück, doch die Qual, die aus jeder seiner Bewegungen wie aus seiner Stimme sprach, kam ganz aus seinem Inneren.

»›Oh schmölze doch dies allzu feste Fleisch,
Zerging' und löst' in einen Tau sich auf!

Oder hätte nicht der Ew'ge sein Gebot
Gerichtet gegen Selbstmord!‹«

Ohne das geringste Stocken sprach er den Monolog so natürlich, als wäre er der Erste, der diese Worte sagte. Es klang weder gelernt noch geprobt, wirkte nicht wie glänzende Schauspielkunst, sondern so, als komme es unmittelbar aus der Zerrissenheit der Seele eines jungen Mannes.

»›Doch brich, mein Herz!
Denn schweigen muss mein Mund.‹«

Als der Vorhang fiel, herrschte einen Augenblick lang Stille. Die Menschen im Parkett vergaßen, dass sie Zuschauer waren; es hatte eher den Anschein, als wäre jeder Einzelne von ihnen ungesehen in die Tragödie eines anderen Menschen eingedrungen.

Dann fiel ihnen mit einem Mal ein, wo sie waren, und donnernder Applaus stieg bis zur hohen Decke des gewaltigen Raumes empor.

Danach wirkte die Atmosphäre so von Gefühlen aufgeladen, dass die ganze Vorstellung davon mitgerissen wurde. Unerbittlich nahm die Tragödie ihren Lauf; die zum Untergang führenden Verwicklungen liefen Schritt für Schritt ab, als könnte sich ihnen nichts und niemand in den Weg stellen. Hamlets Qual schien ebenso greifbar zu sein wie das Ränkespiel des Königs, Polonius' weiser Rat fiel auf taube Ohren, aber seine Worte waren den Menschen durch die Jahrhunderte vertraut geworden, und so füllte Bellmaines herrliche Stimme Herz und Sinn. Einige Augenblicke lang beherrschte er die Bühne, und selbst Hamlet war vergessen.

»›Dies über alles: sei Dir selber treu,
Und daraus folgt, so wie die Nacht dem Tage,
Du kannst nicht falsch sein gegen irgendwen.‹«

Hilflos glitt Ophelia in Wahnsinn und Tod, ein unschuldiges Opfer des Ehrgeizes, der Habgier oder der Besessenheit anderer. Joshua kam auf Zehenspitzen herein und setzte sich wortlos neben Caroline, berührte sie nur leicht an der Schulter. Königin Gertrude bereitete sich den eigenen Untergang, blind bis zu dem Augenblick, da sie den Giftbecher leerte.

Trotz aller künstlerischen Vollendung der anderen Schauspieler überragte Hamlet mit seinem Schmerz sie alle, und als am Ende das Licht erlosch, waren alle Anwesenden in Finsternis versunken. Der Vorhang fiel zum letzten Mal.

Als sich Joshua und Caroline erhoben, um Beifall zu spenden, liefen ihr Tränen über die Wangen, und sie war so bewegt, dass sie nicht das Bedürfnis hatte zu sprechen.

Nachdem der Applaus verhallt war, das Licht im Zuschauerraum anging und die Menschen allmählich hinauszuströmen begannen, wandte sie sich Joshua zu.

Auf seinem Gesicht lag eine Mischung aus Begeisterung und Betrübnis. Die Begeisterung, die Erregung und die Bewunderung überwogen bei weitem, doch sie sah auch den leichten Schatten und begriff, dass er selbst gern den Hamlet gespielt, selbst gern die Gabe besessen hätte, über das bloße Talent hinausgehen und die Höhen des Genialen erklimmen zu können. Er wusste, dass ihm das nicht gegeben war. Seine Kunst beschrankte sich darauf, geistreich und einfühlsam zu sein, er konnte Menschen zum Lachen bringen, oft über sich selbst, sie dazu veranlassen, anderen gegenüber menschlicher zu sein. In späteren Jahren mochte er den Polonius spielen können, aber Hamlet würde er nie sein.

Sie überlegte, was sie ehrlicherweise sagen konnte, ohne herablassend zu wirken. Das könnte er ebenso wenig ertragen wie sie.

Das Schweigen verlangte nach Worten, doch sie fand keine.

»Es kommt mir vor, als hätte ich *Hamlet* noch nie zuvor gesehen«, gab sie zu. »Ich hätte nie geglaubt, dass ein so junger Mensch in so unglaublicher Weise zu erfassen vermag, was Verrat bedeutet. Sein Zorn auf die Königin war so vehement… und zugleich der Liebe so nah. Enttäuschung kann einen Menschen zerstören.« Sie dachte an Mariah und Edmund Ellison. Wie machte man mit seinem Leben weiter, wenn Träume so vollständig in Trümmer gingen, dass nichts blieb, worauf man aufbauen konnte? Wie lebte man weiter, wenn alles unrettbar verdorben war?

Gern hätte sie Joshua diese Gedanken mitgeteilt. Während sie ihn ansah, ging ihr auf, dass er für Mrs. Ellison nichts als Güte empfinden würde – er würde sie weder verabscheuen noch verurteilen.

Aber war es nicht ein Vertrauensbruch, darüber zu sprechen? Zweifellos würde die alte Dame das merken, es ihm an den Augen ansehen, in seiner Stimme hören. Sie würde bestimmt aufmerksam darauf achten, denn sicher rechnete sie damit, dass Caroline ihr Geheimnis verriet.

Daher musste sie schweigen. Vielleicht würde die alte Dame eines Tages gestatten, dass sie darüber sprach – dann konnte sie es ihm sagen.

»Wirst du zu Cecily gehen?«, fragte sie.

Er lächelte. »Aber ja! Auf jeden Fall. Sie war gut, aber er war besser! Zum ersten Mal hat sie im Schatten eines anderen gestanden – vielleicht abgesehen von Bellmaine. Aber das ist lange her, damals stand sie noch am Anfang. Ich kann mir gut vorstellen, wie ihr zumute sein muss…« Er hob eine Schulter ein wenig. »Es werden gemischte Gefühle sein. Bestimmt ist sie auf Orlando stolz… immerhin ist er ihr Sohn.«

Es gab Caroline einen Stich, als sie daran dachte, dass er keine Kinder hatte und zu jung war, um ihre Töchter als Kinder zu betrachten. Hätte er eine jüngere Frau geheiratet, hätte er wohl selbst Kinder haben können. Sie gab sich Mühe, diesen Gedanken zu verdrängen. Dies war nicht der richtige Zeitpunkt für Mitleid welcher Art auch immer und schon gar nicht für Selbstmitleid oder Zweifel im Zusammenhang mit einer Angelegenheit, im Hinblick auf die er ihr keinen Anlass zu Zweifeln gegeben hatte.

»Man hat es nicht immer leicht«, erwiderte sie. »Man kann seine Kinder um ihre Jugend beneiden und daran verzweifeln. Man kann unter ihren Fehlern leiden, vor allem, wenn man sie bereits als solche erkennt, während sie begangen werden. Und natürlich kann man ein Schuldbewusstsein für jedes negative Merkmal entwickeln, das sie an den Tag legen. Jeder Charaktermangel lässt sich unmittelbar auf etwas zurückführen, das man selbst getan oder unterlassen, falsch oder zum falschen Zeitpunkt getan hat.«

Er legte den Arm um sie. »Komm! Lass uns zu Cecily gehen, um ihr zu gratulieren… und ihr unser Mitgefühl auszusprechen – oder was auch immer angebracht ist.« Bei diesen Worten lächelte er, und die feinen Linien um seinen Mund waren verschwunden.

Als sie eintrafen, war Cecilys Garderobe bereits voller Menschen, aber Orlando war nicht da. Diesmal stand er im Mittelpunkt, musste sich nicht damit begnügen, einen Schimmer vom Glanz seiner Mutter aufzufangen.

Sie trug noch das prächtige Kleid aus dem letzten Akt und stand mit dem Rücken zum Schminktisch und dem Spiegel darüber. Ihr Gesicht strahlte, das blonde Haar lag wie eine Aureole um ihren Kopf. Auf den ersten Blick schien sie Caroline als Hamlets Mutter fehlbesetzt; sie wirkte zu jung, zu lebendig. Dann aber fiel ihr ein, dass sie Orlandos Mutter war. Also musste dieser Eindruck auf einer Täuschung beruhen.

Diesmal war Lord Warriner nicht da. Man hätte glauben können, er halte sich absichtlich eine Weile vom Theater oder zumindest von Cecily fern. Zwei Darsteller von Nebenrollen standen erschöpft und glücklich ein wenig abseits. Eine Frau in einem schwarzen Kleid mit einem herrlichen Diamantenhalsband äußerte sich begeistert über die Vorstellung, und ein Mann in mittleren Jahren, der Ordensbänder auf der Brust trug, pflichtete ihr bei.

Cecily sah Joshua, kaum dass er hereinkam. »Ach mein Lieber!« Mit weit geöffneten Armen trat sie auf ihn zu. »Ich bin so froh, dass du kommen konntest. Hast du den Schluss noch gesehen?« Er küsste sie auf beide Wangen, dann trat sie zurück und begrüßte Caroline. »Und Mrs. Fielding… Caroline, nicht wahr? Wie freundlich von Ihnen, gleichfalls zu kommen.«

»Das hat mit Freundlichkeit nichts zu tun«, gab Caroline mit einem Lächeln zurück, von dem sie hoffte, dass es wärmer wirkte, als es ihr selbst vorkam. »Ich wollte die Vorstellung sehen… von Anfang an. Und ich bin glücklich, dass ich es getan habe. Es ist bei weitem der beste *Hamlet*, den ich je gesehen habe.«

Cecilys Augen weiteten sich. Sie zögerte nur einen kurzen Augenblick. »Ach ja? Und haben Sie das Stück schon oft gesehen?«

Es gelang Caroline, ihr Lächeln beizubehalten. »Bestimmt zwanzig Mal oder öfter. Gewiss, schon als Schulmädchen habe ich das Stück gesehen. Fast jeder Schauspieler, der auch nur im Entferntesten dafür infrage kommt, hat irgendwann Hamlet gespielt, und darunter war manch einer, der es nicht konnte. Ihr Sohn hat die Gestalt mit neuem Leben und einer neuen Wahrheit erfüllt. Bestimmt sind Sie sehr stolz auf ihn.«

»Natürlich. Wie lieb von Ihnen, das zu sagen.« Cecily wandte sich wieder Joshua zu. »War er nicht großartig? Es ist ein ganz sonderbares Gefühl zu sehen, wie das eigene Kind zum ersten Mal etwas spielt, dann kleinere Rollen auf der Bühne übernimmt und ihm schließlich das ganze Theater zu Füßen liegt.« Sie lachte leise. »Kannst du dir vorstellen, wie ich mich fühle?«

Caroline sah einen flüchtigen Schatten auf Joshuas Gesicht. Vor einer Woche hätte es sie zutiefst bedrückt, ihm keine Kinder schenken zu können. Jetzt empfand sie nichts als Zorn darüber, dass sich Cecily verteidigte, indem sie ihn auf diese Weise verletzte.

Bevor er etwas sagen konnte, ergriff sie das Wort.

»Es ist immer wieder überraschend zu sehen, dass die eigenen Kinder erwachsen werden«, sagte sie mit zuckersüßer Stimme, »und einen mit einem Mal auf dem Gebiet übertreffen können, auf dem man sich immer für überlegen hielt…«

Cecilys Züge erstarrten.

»Aber natürlich findet man das wunderbar«, fuhr Caroline munter fort. »Wie auch nicht? Abgesehen von *Macbeth* scheint ja im Mittelpunkt aller Shakespeare-Tragödien ein Mann zu stehen. Doch ich denke mir, dass niemand Sie in manchen der großen Rollen des klassischen griechischen Theaters übertreffen würde. Ich jedenfalls würde die ganze Nacht für eine Karte anstehen, um Sie als Klytämnestra oder Medea zu sehen.«

Völlige Stille war eingetreten. Alle Augen ruhten auf Caroline.

Niemand hatte gehört, dass sich die Tür öffnete und Orlando hereingekommen war.

»Klytämnestra«, sagte er laut und deutlich. »Was für ein glänzender Einfall. Wie außerordentlich scharfblickend von Ihnen, Mrs. Fielding. Mama hat die griechischen Tragödien nie gespielt. Das wären völlig neue Aussichten, einfach fantastisch. Dann gibt es da auch noch Phädra!« Er wandte sich an Cecily. »Für die Antigone bist du zu alt, aber die Jokaste könntest du immer noch spielen... Doch Mrs. Fielding hat Recht, Klytämnestra wäre für dich das Allerbeste. Warum solltest du danach noch Gertrude spielen?«

Den Kopf hoch erhoben und mit sprühenden Augen sah Cecily auf Caroline.

»Vielleicht sollte ich Ihnen dankbar sein, Mrs. Fielding. Ich gebe zu, dass ich überrascht bin. Ich hätte Ihnen so... eigenständige Ansichten in Fragen der Kunst nie und nimmer zugetraut. Sie müssen mir unbedingt sagen, warum Sie vermuten, dass ich eine gute Klytämnestra wäre.« Sie lachte. »Hoffentlich nicht nur deshalb, weil sie erwachsene Kinder hat?«

Caroline sah ihr mit der gleichen Offenheit in die Augen.

»Natürlich nicht, obwohl das im Leben eines Menschen durchaus einen Unterschied macht. Ich dachte nur daran, dass sie die Zentralfigur des Stücks ist und keine Nebenrolle. Ihre Leidenschaft treibt die Handlung voran. Außerdem wurde ihr dadurch, dass man ihre Tochter Iphigenie geopfert hat, schreckliches Unrecht angetan. Auch wenn man den von ihr begangenen Mord an ihrem Gatten nicht unbedingt billigen kann, dürften ihn wohl die meisten Mütter verstehen. Eine Schauspielerin muss schon eine unglaubliche Überzeugungskraft besitzen, um das Publikum mitzureißen und dabei weder ihre Würde zu verlieren, indem sie um Mitleid buhlt, noch Widerwillen hervorzurufen wegen ihrer machtvollen Persönlichkeit und ihrer Bereitschaft, den letzten Schritt zu tun.« Sie holte tief Luft. Niemand hatte sie unterbrochen.

Sie fuhr fort: »Eine solche Darstellung würde tiefe Empfindungen im Publikum wecken und es möglicherweise zu mehr Mitgefühl und Verständnis führen.« Unwillkürlich kam ihr die alte Dame wieder in den Sinn. Das Entsetzen im Angesicht endloser Qual konnte das eigene

Leben in unvorstellbarer Weise verändern. Es zeigte so vieles in einem anderen Licht.

Zum ersten Mal sah Cecily sie ernst an, ohne sich hinter irgendwelchen Masken zu verstecken, und sagte: »Wirklich, Sie überraschen mich. Ich hätte schwören können, dass es in Ihrem Kopf nicht einen einzigen revolutionären Gedanken gibt, und schon gar nicht in Ihrem Herzen. Und jetzt kommen Sie her und legen mir nahe, die selbstgefällige Gesellschaft da draußen damit aufzustören, dass wir ihr Klytämnestras Leidenschaften vermitteln!« Sie lächelte. »Wenn Sie durchblicken lassen, dass Sie Gattenmord auch nur für annehmbar halten, werden Sie Leserbriefe an die *Times* provozieren, die Missbilligung des Erzbischofs und die Ungnade der Königin auf sich lenken!« In ihrer Stimme lag der frühere Spott.

Dann wandte sie sich um. »Liebster Joshua, du solltest besser Acht geben, wie du die Töchter deiner Frau behandelst!« Sie wies auf Caroline. »Sie haben doch Töchter, nicht wahr? Natürlich – eine von ihnen ist ja mit dem wuschelköpfigen Polizisten verheiratet. Opfere diese Töchter bloß nicht den Göttern, sonst beendest du dein Leben womöglich mit einem Messer im Herzen. In dieser Frau, die allem Anschein nach so ruhig und würdevoll dasteht, schlummert eine Tigerin.«

»Das ist mir bekannt«, sagte Joshua blasiert. Flüchtig, doch mit besitzergreifender Geste, legte er Caroline eine Hand auf den Arm. Sie spürte, wie Wärme sie durchlief. Die Tür öffnete sich, und Bellmaine kam herein, nach wie vor im Kostüm des Polonius, wobei ihm die Schminke im Gesicht einen Anstrich von Größe verlieh.

»Hinreißend«, sagte er mit strahlendem Lächeln. Er sprach zu allen, aber seine Augen ruhten auf Orlando. »Hinreißend, ihr Lieben. Ihr habt euch selbst übertroffen. Cecily, deine Gertrude war vollkommen! Ich hatte sie noch nie in so sympathischem Licht gesehen. Ich habe dir geglaubt, dass sie nicht wusste, was sie tat, bis es zu spät war. Eine Frau in den Fängen ihrer Leidenschaft. Ich habe um sie geweint.«

»Danke«, nahm sie das Kompliment anmutig entgegen und lächelte ihm zu, doch lag in ihrem Blick eine sonderbare Sprödigkeit. »Wenn ich es fertig bringe, dich als Gertrude zu Tränen zu rühren, habe ich den Eindruck, alles zu können.«

Dann wandte Bellmaine sich an Orlando. »Und du, mein lieber Junge, warst überragend. Ich weiß kaum noch, was ich sagen soll. Es kommt mir vor, als hätte ich *Hamlet* heute Abend zum ersten Mal gesehen. Du hast mich auf einen neuen Weg geführt, mir einen Wahnsinn und ein Leiden am Verrat gezeigt, die über den Zauber von Shakespeares Worten hinausgehen und mich in eine andere Welt der Empfindung führen. Es hat mich völlig erschöpft; ich bin ein anderer Mann als zuvor.« Er breitete die Hände aus, als könne er nichts weiter sagen.

Caroline wusste genau, was er meinte. Auch sie hatte neue und in die Tiefe gehende Einsichten gewonnen. Sie merkte, dass sie zustimmend nickte. Sie meinte es ehrlich. Sie konnte nicht anders.

Cecily wandte sich ihr zu und sagte nicht ohne Schärfe in der Stimme: »Es macht Sie also glücklich, so aufgewühlt zu werden, Mrs. Fielding? Bei Ihrem vorigen Besuch hatte ich den Eindruck, dass Sie für ein gewisses Maß an Zensur eintreten. Stimmen Sie wenigstens dahin gehend mit mir überein, dass es ein Erzübel ist, die Gedankenfreiheit einzuschränken, selbstverständlich davon abgesehen, dass es verantwortungslos ist, Verbrechen zu befürworten oder zu Unrecht Menschen einer Tat zu bezichtigen, die sie nicht begangen haben? Die Kunst muss frei sein, wenn der Mensch frei sein soll. Was nicht wächst, fängt an zu sterben, auch wenn es ein langsamer Tod ist, der möglicherweise eine Generation oder länger dauert.« Sie sah Caroline in die Augen. Jeder in dem Raum voller Menschen verstand die Herausforderung. Vielleicht hatte sie mit Orlandos Erfolg zu tun, vielleicht brauchte Cecily das, um sich selbst zu bestätigen. Niemand lässt sich gern aus dem Mittelpunkt der Aufmerksamkeit verdrängen.

Alle warteten auf Carolines Antwort.

Sie sah zu Joshua hin. Er lächelte. Er würde nicht dazwischentreten und ihr damit die Möglichkeit zu einer Antwort nehmen. Sie musste aufrichtig sagen, was sie dachte. Sie hoffte, ihn nicht zu enttäuschen, nichts zu sagen, was ihm peinlich war. Doch wenn sie etwas anderes als das sagte, was sie glaubte, würde sich das später nachteilig auswirken. Sie dachte an ihre Töchter, an ihre Enkelin Jemima, an die alte Dame, die zu Hause halb aufgerichtet im Bett saß.

»Natürlich ist zum Tode verurteilt, was nicht wächst.« Sie suchte nach den richtigen Worten. »Aber jeder wächst mit einer anderen Geschwindigkeit und mitunter auch auf unterschiedliche Weise. Man sollte nicht versuchen, den Eindruck zu erwecken, als müssten andere das, was man selbst auf eine besondere Weise zu tun wünscht, ebenso tun.«

»Sie haben sich vorbereitet!«, sagte Cecily rasch. »Sie sind bereit, mir für mein Geld etwas zu bieten. Was also wollen Sie der Zensur unterwerfen… im Allgemeinen wie im Besonderen? Sie haben bereits gesagt, dass Sie den Gattenmord Klytämnestras sowie einen Kindermord in *Medea* zulassen und sich auch nicht dagegen aussprechen, dass in *Ödipus* ein Mann seine Mutter heiratet und mit ihr Kinder zeugt. Gott im Himmel, meine Liebe, was können Sie da noch missbilligen?«

Caroline fühlte, wie ihr Gesicht flammend rot wurde.

»All das sind Tragödien, und jeder weiß das. Man hat großes Mitgefühl mit ihren jeweiligen Helden, man begreift, wie es zu derlei Dingen kommen konnte, und bewundert vielleicht auch den Mut und die aufrechte Haltung, mit denen sie am Schluss ihrem Ende entgegengehen – sei es gut oder böse.«

»Das heißt, alles ist in Ordnung, solange man die Werte gelten lässt?«, fragte Cecily mit weit offenen Augen.

Caroline erkannte die Falle. »Wessen Werte?«, entgegnete sie. »Auf diese Frage wollen Sie doch wohl hinaus?«

Cecily entspannte sich und lächelte. »Genau. Wenn Sie mir jetzt sagen, dass es sich dabei um Gesellschaft, Zivilisation oder Gott handelt, werde ich Sie fragen, wessen Gott Sie meinen. Und welchen Teil der Gesellschaft? Meinen? Ihren? Den des Bettlers auf der Straße? Die alte Königin, Gott schütze sie? Oder Mr. Wilde… dessen Gesellschaft sich nun wirklich von der der meisten Menschen unterscheidet!«

»So sehen Sie das«, gab Caroline zur Antwort. »Aber die Werte, für die wir uns entscheiden, sind die, nach denen die nächste Generation leben wird. Ich bin nicht sicher, ob jemand an Ihrer Stelle entscheiden kann. Aber niemand kann Sie der Verantwortung für das entbinden, was Sie sagen. Und je besser Sie es sagen, je schöner und machtvoller Ihre Stimme ist, desto größer ist Ihre Verantwortung, das mit Weisheit und großer Umsicht zu tun.«

»Großer Gott«, sagte Cecily eine Spur zu laut.

»Bravo«, sagte Orlando und winkte ihr lobend zu.

Caroline wandte sich zu ihm hin. Sein Gesicht erstaunte sie. Es war voller Gemütsbewegung, während sein Körper starr wirkte. Er sah sie mit leicht geöffneten Lippen und großen Augen an.

Joshua war verblüfft.

Bellmaine stand reglos da, doch auf seinen Zügen lag Staunen und eine Art schmerzlicher Erleichterung, die sich nur schwer deuten ließ. Caroline sah bewegt, dass sich seine Augen mit Tränen füllten.

»Manchmal liegt die größte Macht darin, etwas nicht zu tun«, endete sie. Mit einem Mal sank ihre Stimme, doch sie wollte auch das Letzte noch sagen: »Es fällt so leicht, etwas zu tun, nur weil man es kann, und nicht zwei, drei Schritte nach vorn zu blicken, um zu sehen, was dabei herauskommt. Die Menschen hören auf Sie, Miss Antrim. Sie besitzen die Gabe, uns in unseren Gefühlen zu erschüttern, können uns dazu veranlassen, alle möglichen Ansichten neu zu überdenken. Das ist eine ganz besondere Kunst, aber sie einzusetzen ist nicht immer klug…«

Cecily holte Luft, als wolle sie etwas dagegen sagen, sah dann zu Joshua hin und überlegte es sich anders. Sie wandte sich mit einem strahlenden Lächeln an Caroline.

»Ich bitte um Entschuldigung, dass ich Sie unterschätzt habe«, sagte sie mit äußerster Aufrichtigkeit. Es konnte keinen Zweifel geben, dass es ihr mit diesen Worten ernst war. »Vermutlich hätte ich besser auf Sie hören sollen. Ich verspreche, das künftig zu tun.« Dann wandte sie sich den anderen im Raum zu. »Wollen wir jetzt Champagner kommen lassen und mit Orlando anstoßen? Er hat jedes Lob verdient, das wir ihm geben können… und jeden Jubel. Morgen wird ihm alle Welt gratulieren. Wir wollen die Ersten sein und es heute tun!«

»Mehr als alle!«, stimmte Bellmaine begeistert zu. Er hob die Hand. »Auf Orlando!«

»Hoch Orlando!«, stimmten alle eifrig ein. Nur Orlando selbst wirkte nachdenklich. Caroline sah zu ihm hinüber und überlegte, ob er sehr erschöpft sein mochte. Sein junges Gesicht war bleich und in seinen Augen sah sie nach wie vor Hamlets Ruhelosigkeit und Wahnsinn. Es war wohl keine Rolle, in die man einfach hineinschlüpfte, ihre Leidenschaften auslebte, sich von ihnen zerstören ließ und sie anschließend wieder abstreifte wie ein flüchtig umgelegtes Kleidungsstück – vermutlich war es eher wie die eigene Haut.

Gern hätte sie ihn getröstet, wusste aber nicht, wie. Das war nicht ihre Welt, sondern seine. Vielleicht fühlten sich alle großen Schauspieler so? Konnte man eine solche Vorstellung ausschließlich auf Handwerk und Können gestützt abliefern, oder musste man dabei einen Teil von sich selbst aufgeben, bis sich die Bühnenwirklichkeit für eine gewisse Zeit mit der eigenen deckte?

Sie sah zu Joshua hinüber, doch er sprach mit einem der anderen Schauspieler, und sie konnte ihn nicht unterbrechen.

Es klopfte an die Tür. Jemand brachte Champagner und ein Tablett mit Gläsern.

Während die Droschke sie und Joshua durch die stillen Straßen nach Hause fuhr, merkte Caroline, wie müde sie war. Zugleich aber stellte sie überrascht fest, dass ein innerer Friede sie erfüllte, wie sie ihn schon lange nicht mehr empfunden hatte. Sie hatte viel zu viel Zeit mit Selbstbespiegelung verbracht, hatte über Dinge nachgegrübelt, die ihr missfielen und Angst machten, und hatte die Empfindungen, die auf diese Angst zurückgingen, auf Joshua projiziert.

All das hatte er mit großer Geduld ertragen. Oder war es ihm womöglich gar nicht aufgefallen? Das wäre viel schlimmer. War es möglich, dass er nicht gemerkt hatte, wie sehr sie litt?

Natürlich! Warum nicht? Auch sie hatte nicht mitbekommen, was in ihm vorgegangen war. Hatte sie sich auch nur einen Augenblick gefragt, wie schwer er es als neues Mitglied ihrer Familie gehabt haben mochte, wie sehr es ihn bedrücken musste, ihre Kinder und Enkel zu sehen und zu wissen, dass er selbst nie welche haben würde? Vielleicht würden sie ihn im Laufe der Zeit zu lieben lernen, doch war das nicht dasselbe wie das Gefühl, wirklich zusammenzugehören. Und Mariah Ellison gehörte zwar dazu, doch hatte sie ihr ganzes Erwachsenenleben eingesperrt in einer Hölle der Einsamkeit verbracht, die alles weit übertraf, was Caroline sich vorstellen konnte. Die Dimension der Zeit ließ sich nicht im Kopf reproduzieren; sie war Veränderung, Erschöpfung, das langsame Absterben der Hoffnung.

Inzwischen verstand Caroline weit besser, warum die alte Dame zu dem Menschen geworden war, den sie kannte. Was aber hatte Edmund Ellison dazu gebracht, seine Lust in Akten der Grausamkeit zu suchen? Welche Teufel waren in die Seele dieses Menschen eingedrungen und hatten sie so entstellt?

Sie würde es nie erfahren. Die Antwort auf diese Frage war mit ihm zu Grabe getragen worden, und so war es am besten, nicht weiter darüber nachzudenken, sie der Vergangenheit zu überlassen, wo andere Erinnerungen sie überlagern würden.

»Er war glänzend, nicht wahr?«, kam Joshuas Stimme leise aus dem Dunkel neben ihr.

»Oh ja«, stimmte sie zu. »Ich frage mich nur, ob ihn das glücklich macht.«

Er schwieg eine Weile und fragte dann: »Wie meinst du das?«

Ihr war klar, dass sie jetzt sorgfältig und genau formulieren musste, um nicht falsch verstanden zu werden.

»Er hat eine unglaubliche Einfühlungsgabe für Hamlets Qualen gezeigt«, begann sie. »Man könnte annehmen, er wäre einer Art Wahnsinn begegnet und hätte ihm ins Gesicht gesehen. Ich kann mir eigentlich nicht denken, dass man so etwas einfach aus seiner Vorstellung hervorzaubern kann. Möglicherweise kann man einen Schrecken in das Abbild eines anderen verwandeln, aber so etwas lässt sich wohl nicht darstellen, ohne dass man vorher eine vergleichbare Erfahrung gemacht hat. Und Orlando schien mir auch, lange nachdem der Vorhang gefallen war, noch ausgesprochen verstört.«

Sie fuhren rasch durch die Dunkelheit. Gelegentlich sah man die Lichter anderer Kutschen vorüberhuschen.

»Findest du?«

Es war eine Frage, nicht der Versuch, ihre Aussage zu bestreiten.

Sie drängte sich ein wenig näher an ihn, kaum spürbar, so dass nur sie selbst es merkte.

»Nach allem, was mir meine Schwiegermutter gesagt hat, sehe ich vieles in neuem Licht, was ich vorher nicht verstanden habe. Dazu gehört die Erkenntnis, wie viel Schaden Grausamkeit anrichten kann, vor allem, wenn man sie geheim hält, so dass die Wunden nicht zu heilen vermögen. Klugheit ist eine einzigartige Gabe, und gewiss braucht die Welt kluge Menschen, wichtiger aber ist Güte. Ein kluger oder begabter Mensch kann andere zum Lachen und zum Nachdenken bringen, vielleicht auch in gewisser Hinsicht zum Wachsen; aber Glück bedarf der Großmut. Ich würde niemandem, den ich liebe, Erfolg als Künstler wünschen, wenn der Preis dafür wäre, dass er als Mensch versagen müsste.«

Er legte seine Hand sacht auf die ihre und umschloss sie.

Die Droschke bog um eine Kurve. Er wandte sich ihr zu und drückte ihr einen leichten Kuss auf die Lippen. Sie spürte seinen Atem warm auf der Wange und strich ihm mit der behandschuhten Hand über das Haar.

Er küsste sie erneut und sie drängte sich dichter an ihn.

Kapitel dreizehn

PITT BEKAM CAROLINES BRIEF mit der Adresse des zweiten Postkartenverkäufers, der seinen Laden ebenfalls in der Half Moon Street hatte, und suchte ihn gemeinsam mit Tellman auf. Tiefer Zorn erfüllte den Ladeninhaber. »Nein!«, protestierte er empört. Er stand hinter seiner Theke und sah auf die beiden Polizeibeamten, die in sein Geschäft eingedrungen waren und ihn bereits jetzt daran hinderten, Umsatz zu machen. »Nein, ich verkauf nur anständige Bilder, wie man sie einer Dame zeigen würde.«

»Das glaube ich nicht«, sagte Pitt kurz angebunden. »Aber es lässt sich ganz leicht in Erfahrung bringen. Ich stelle einen Beamten hier an die Tür, der sich jede einzelne Aufnahme ansieht, die Sie verkaufen. Wenn es sich so verhält, wie Sie sagen, werden wir das in vier bis sechs Wochen wissen.«

Der Mann erbleichte. Seine Augen funkelten.

»Und dann werde ich mich auch bei Ihnen entschuldigen«, endete Pitt.

Der Mann stieß eine Kette von Flüchen aus, aber so leise, dass man die Wörter kaum hörte.

»So«, sagte Pitt munter. »Vielleicht sehen Sie sich jetzt das Foto noch einmal an. Bestimmt können Sie mir dann sagen, wann Sie es hereinbekommen haben, wie viele Sie davon verkauft haben und an wen, Mr....?«

»Hadfield. Ich hab keine Ahnung, an wen ich die verkauft hab!« Seine Stimme überschlug sich vor Entrüstung.

»Doch, natürlich«, ließ Pitt nicht locker. »Solche Bilder verkauft man nur an Stammkunden, an Leute, die man kennt. Aber wenn Sie sich wirklich nicht erinnern können, wer so etwas zu schätzen weiß, brauchen Sie mir nur die Liste all Ihrer Kunden zu geben, und ich frage jeden einzelnen…«

»Ist ja schon gut.« In Hadfields Augen brannte blanke Wut. »Sie sind richtig bösartig, Inspektor.«

»Oberinspektor«, korrigierte ihn Pitt gelassen. »Mord ist eine bösartige Angelegenheit. Ich möchte wissen, wer von Ihren Kunden diese Art Bilder zu schätzen weiß. Falls Sie mir den einen oder anderen unterschlagen sollten, würde ich annehmen, dass Sie es tun, um ihn zu schützen, weil Sie wissen, dass er in die Sache verwickelt ist. Haben Sie mich verstanden?«

»Selbstverständlich! Glauben Sie, ich bin blöd?«

»Wenn ich überhaupt etwas glaube, Mr. Hadfield, dann, dass Sie Beihilfe zum Mord geleistet haben«, gab Pitt zur Antwort. »Während Sie die Liste anfertigen, sehe ich mir mal Ihre Bestände an, um festzustellen, ob es da noch etwas anderes gibt, was mir einen Hinweis auf den Mörder Cathcarts oder irgendwelche Mitwisser liefern könnte… wenn nicht sogar auf das Motiv.«

Ärgerlich breitete der Mann die Arme aus. »Da haben wir es! Ich kann es Ihnen nicht mal verbieten. Also machen Sie schon! Wenn Sie mich fragen, sind Sie ja bloß scharf drauf, sich Bilder für umsonst anzusehen!«

Ohne weiter auf ihn zu achten, ging Pitt die in Schubladen und Regalen aufbewahrten Bilder, Postkarten und Bände mit Zeichnungen durch. Tellman fing am anderen Ende an.

Auf vielen sah Pitt die üblichen mehr oder weniger leicht bekleideten Schönheiten in den Posen, die ihnen in der vergangenen Woche schon hunderte von Malen vor Augen gekommen waren.

Er sah zu Tellman hin und erkannte die Konzentration auf dessen Gesicht. Von Zeit zu Zeit wurde sie durch ein Lächeln abgelöst – dann hatte er wohl eine junge Frau gesehen, die ihm gefallen würde. Er wäre sicherlich zu schüchtern, sich einer von ihnen zu nähern, würde sie aber aus der Ferne bewundern und sie für anziehend und anständig halten.

Pitt wandte sich wieder seiner Aufgabe zu und zog eine weitere Schublade heraus. Sie enthielt kleine Hefte. Er schlug das erste auf, eigentlich eher aus Neugier als in der Annahme, es könne etwas mit Cathcarts Tod zu tun haben. Den Schwarz-Weiß-Zeichnungen, die es enthielt, sah man auf den ersten Blick an, dass der Künstler sein Handwerk verstand. Sie waren von einer üppigen, fantasievollen Schönheit, aber zugleich obszön. Die Gesichter waren lüsterne Fratzen und die männlichen und weiblichen Geschlechtsorgane waren unübersehbar.

Rasch schloss er es wieder. Wären sie gröber gezeichnet gewesen, hätten sie eine weniger beunruhigende Wirkung ausgeübt. Ihm war klar, dass körperliche Entstellung sich so äußern konnte, aber um dies tragische Geschick ging es hier nicht, sondern um die schlüpfrigen Darstellungen eines Zeichners, der Sinnenkitzel hervorrufen sollte, und davon fühlte er sich besudelt. Er verstand, warum Männer wie Marchand so leidenschaftlich gegen Pornografie zu Felde zogen – nicht, weil sie selbst sich davon beleidigt fühlten, sondern weil sie so stark auf andere wirkte und alle Gefühlswerte infrage stellte. In gewisser Weise nahm sie allen Menschen die Würde, weil sie das Menschliche verleugnete.

Er machte sich gar nicht erst die Mühe, auch die anderen Hefte zu öffnen. Cathcart hatte ausschließlich mit Fotos zu tun gehabt. Er trat an die nächste Schublade.

Knurrend schloss Tellman eine Schublade voll Postkarten.

Pitt hob den Blick und sah, wie bedrückt er war. Tellmans Gesicht wirkte von Schmerz verzerrt. Er hatte schon so manches gesehen, doch das hier machte ihm zu schaffen. Von Künstlern erwartete er etwas Besseres. Genau wie viele andere einfache Menschen bewunderte er Bildung. Er war überzeugt, sie hebe den Menschen über seinesgleichen hinaus und biete einen Weg aus der Falle der Unwissenheit und all der Hässlichkeit, die damit zusammenhängt. Diese Art von Desillusionierung hatte er weder erwartet, noch verstand er sie.

Pitt hätte nicht gewusst, was er ihm sagen sollte. Es war ein ganz privater Kummer, und zumindest im Augenblick war es besser zu schweigen. Wahrscheinlich fiele es Tellman leichter, damit fertig zu werden, wenn er nicht wusste, dass Pitt etwas gemerkt hatte.

In der nächsten Schublade sah es mehr oder weniger wie in der vorigen aus. Die Bilder waren nicht weiter aufregend, das eine oder andere ein wenig gewagt, doch ging es nicht über das hinaus, was junge Männer tun, die ausprobieren wollen, wie weit sie gehen dürfen, wenn sie ihren Fantasien Ausdruck verleihen. Unter ihnen waren einige rechteckige Fotos als das Werk von Berufsfotografen erkennbar, das Spiel von Licht und Schatten wiederholte sich immer wieder, und der jeweilige Unterschied bestand ausschließlich im Blickwinkel oder in Details.

Außerdem fanden sich einige runde Bilder, die deutlich individueller waren, allerdings auch weniger gekonnt. Bisweilen waren sie nicht so scharf und nicht so ausgewogen – Liebhaberaufnahmen von Männern wie den Mitgliedern des Fotoklubs, mit denen er gesprochen hatte.

Die eine oder andere war recht gut, wenn auch ein wenig theatralisch. Manche Posen hätte man auf einer

Bühne vermutet. Es gab eine unverkennbare Ophelia, zwar nicht wie Cecily Antrim, aber doch lebendig und von verstörender Verzweiflung, am Rande des Wahnsinns. Das Bild, das eine höchstens zwanzigjährige dunkelhaarige Frau mit großen Augen zeigte, faszinierte Pitt. Auf ihren leicht geöffneten Lippen lag ein Anflug von erotischer Verlockung.

Andere Bilder entstammten eher der Welt der Ritterromantik und erinnerten ihn an die Gemälde der Präraffaeliten. Auf einem erregte der Hintergrund seine Aufmerksamkeit, die besondere Art der Beleuchtung. In der Mitte verharrte ein junges Mädchen kniend im Gebet. Auf dem Altar vor ihr lag ein Ritterschwert neben einem Kelch. Pitt musste an die Jungfrau von Orleans denken.

Auf einem anderen Bild sprang eine verzweifelte Frau auf die Füße, als fliehe sie vor einem Spiegel – es sollte vermutlich die tragische Gestalt der zauberkundigen Lady of Shalott darstellen.

Ein drittes entstammte der Theaterwelt der griechischen Antike und zeigte ein junges Mädchen, das geopfert werden sollte. Auf allen dreien sah man als Dekoration das gleiche hölzerne Schnitzwerk, das den Eindruck der Bilder durch sein vielfältiges Muster verstärkte.

Pitt hatte dieses Schnitzwerk schon einmal gesehen, doch dauerte es einen Augenblick, bis ihm einfiel, wo. Er war auf dem Weg von Cecily Antrims Garderobe zum Ausgang daran vorbeigekommen.

»Woher haben Sie die Bilder?«, fragte er.

Ohne den Blick von der Liste zu heben, an der er schrieb, sagte Hadfield mürrisch: »Was gibt's denn jetzt schon wieder? Mit was für Verbrechen wollen Sie die in Zusammenhang bringen?«

»Woher haben Sie die?«, fragte Pitt. »Wer hat sie gebracht?«

Fluchend legte Hadfield die Feder hin, wobei er einen Klecks auf das Blatt machte. Ärgerlich trat er zu Pitt und sah über dessen Schulter auf die Fotos.

»Keine Ahnung. Irgend 'n junger Knipser, der meint, dass er damit was verdienen kann. Warum?« Seine Stimme troff vor Sarkasmus. »Was für entsetzliche Verstöße gegen die Menschheit und die Zivilisation sehen Sie denn da? Sie scheinen mir 'ne ganz schön dreckige Fantasie zu haben. Für mich sieht das so harmlos aus wie 'ne Tasse Tee.«

»Wer hat sie gebracht?«, wiederholte Pitt mit harter Stimme. In Wahrheit fühlte er sich elend. Die Antwort, die ihm der Mann höchstwahrscheinlich geben würde, hätte er am liebsten nicht gehört.

»Was weiß ich? Glauben Sie, ich frag jeden Amateurfotograf, der mit 'ner Hand voll Bildern hier auftaucht, nach seiner Adresse? Die Aufnahmen sind gut. Mit denen ist alles in Ordnung. Ich hab sie gekauft und anständig dafür bezahlt. Mehr gibt's da nich zu sagen.«

»Beschreiben Sie ihn.«

»Beschreiben Sie ihn! Sind Sie verrückt oder was?« Er war erkennbar gekränkt. »'n junger Mann, der 'n bisschen fotografiert und das nich mal schlecht.«

»Groß oder klein? Dunkel oder hell? Beschreiben Sie ihn!«, stieß Pitt zwischen den Zähnen hervor.

»Groß! Blond! Aber mit dem is alles in Ordnung! So was finden Sie in ganz London… ach, was sag ich – in ganz England! Was passt Ihnen eigentlich nich?«

»Hat er Ihre anderen Bilder gesehen? Beispielsweise das von der ans Boot geketteten Ophelia?«

Der Mann zögerte. Im selben Moment war Pitt klar, dass die Fotos von Orlando stammten und dieser Cathcarts Bild seiner Mutter gesehen hatte. Bis zu diesem Augenblick hatte er sich verzweifelt an die Hoffnung geklammert, Bellmaine könnte dahinter stecken oder, durch irgendeinen Zufall, Ralph Marchand auf seinem Kreuzzug gegen die Pornografie.

»Sergeant Tellman!« Pitt wandte sich ihm zu und seine Stimme klang scharf.

Tellman richtete sich auf und ließ die Postkarten, die er in den Händen hielt, zu Boden fallen.

»Ja, Sir.«

»Holen Sie den nächsten Streifenpolizisten und sagen Sie ihm, er soll hier Posten beziehen. Ich denke, wir unterhalten uns in der Bow Street weiter.«

»Is ja schon gut«, knurrte Hadfield. »Woher soll ich das wissen?«

»Wie heißt er?«

»Da muss ich erst nachsehen.«

»Tun Sie das.«

Vor sich hinbrummelnd kehrte Hadfield zur Theke zurück und kam nach einigen Minuten quälenden Wartens mit einem Blatt Papier zurück. Es war eine Quittung. Ein Name stand nicht darauf, lediglich ein Betrag, eine kurze Beschreibung des Fotos und das Datum – zwei Tage vor Cathcarts Tod.

»Danke«, sagte Pitt ruhig.

Auf Hadfields Gesicht waren Worte zu lesen, die er nicht zu sagen wagte.

Pitt gab ihm eine Empfangsbescheinigung für die Quittung sowie für die Fotos, von denen er sicher war, dass Orlando Antrim sie aufgenommen hatte.

Draußen kam es ihm kalt vor.

Tellman sah ihn fragend an.

»Orlando Antrim«, sagte Pitt. »Er war zwei Tage vor Cathcarts Tod hier. Wenn er das Bild von seiner Mutter gesehen hat und vielleicht auch noch einige andere – was glauben Sie, wie er sich gefühlt hat?«

Tellmans verzog gequält das Gesicht. Ihm war der Konflikt, der in ihm tobte, nur allzu deutlich anzusehen. »Ich weiß nicht«, sagte er und stolperte, als er vom Gehweg auf die Fahrbahn trat, um die Straße zu überqueren. »Ich weiß nicht.«

Pitt versuchte sich an Orlandos Stelle zu versetzen. Cecily war Schauspielerin. Es war ihr Beruf, Gefühle in der Öffentlichkeit darzustellen und sich so zu verhalten, dass im Publikum diese oder jene Leidenschaft erregt wurde. Daran war er wohl gewöhnt. Aber konnte es sein, dass er *das* nicht hinnehmen mochte?

Pitt sah das groteske Bild Ophelias so deutlich vor seinem inneren Auge, dass er es nicht aus der Tasche zu holen brauchte, um sich daran zu erinnern. Es zeigte eine Frau, die mit gespreizten Knien und hochgeschobenem Rock in einem Kahn lag. Trotz der Ketten, die sie trug, schien sie sich auf dem Höhepunkt lustvoller Verzückung zu befinden, so als errege die Unterjochung sie stärker als es jede Form von Freiheit vermochte. Wollust glühte auf ihren Zügen. Sie erweckte geradezu den Eindruck als giere sie danach, überwältigt und zur Unterwerfung gezwungen zu werden. Das Bild zeigte keine Andeutung von Zärtlichkeit, nichts, das man für Liebe halten konnte.

Hätte Pitt seine eigene Mutter so gesehen, aus welchen Gründen auch immer, der Anblick hätte ihn unsäglich abgestoßen. Nicht einmal jetzt, während er immer rascher über den Gehweg voranstürmte, brachte er es fertig, den Gedanken zu Ende zu denken. Die bloße Vorstellung besudelte den Ursprung seines Lebens. Seine Mutter war keine solche Frau. Sein Verstand sagte ihm, dass sie seinen Vater geliebt hatte. Er hatte sie vor langer Zeit oft genug miteinander lachen hören, gesehen, wie sie einander küssten, einander ansahen. Er wusste, wie Liebe aussah.

Das Bild aber hatte nichts mit Liebe zu tun und auch nichts mit dem, was Männer und Frauen in der Abgeschlossenheit ihres Schlafzimmers einander gewähren. Es war ein Spottbild all dessen.

Natürlich war die Welt voller Menschen, deren Vorstellungen sich von den seinen unterschieden. Aber innerhalb der eigenen Familie ließ sich so etwas schlecht akzeptieren.

Hätte er Charlotte auf diese Weise dargestellt gesehen… Er spürte, wie ihm das Blut heiß ins Gesicht stieg und sich seine Muskeln verkrampften, seine Fäuste sich ballten. Wenn je ein Mann etwas Unanständiges zu ihr sagte, würde ihm die Galle überlaufen. Falls jemand sie anrührte, würde er vermutlich zuschlagen und erst später über die Folgen nachdenken.

Das Herz würde ihm brechen, wenn jemand sich seine Tochter Jemima so vorstellte oder sie auf diese Weise missbrauchte.

Wie war es möglich, dass Cecily Antrim, die so viele Dinge und Umstände im Zusammenhang mit Menschen so gut verstand, nicht begriff, welche Verzweiflung ein Mann empfinden musste, wenn er seine eigene Mutter so sah? Konnte sie sich den Kummer und die Verwirrung nicht ausmalen, die das auslösen musste?

Er dachte an Orlando. Sofern er dies Bild oder eines der anderen gesehen hatte, hätte er den Laden wie ein Blinder verlassen. Die Welt aus Gehweg, Steinen, Himmel, Ruß in der Luft, Lärm von Menschen, Geruch nach Abwässern, Schornsteinrauch und Pferden hätte nicht den geringsten Eindruck auf ihn gemacht, denn er wäre von seiner inneren Qual und vielleicht auch von Hass bis zum Bersten erfüllt gewesen.

Vor allem aber hätte er sich dieselbe Frage gestellt wie jetzt Pitt – warum? War eine Sache es wert, dass man sich auf diese Weise für sie einsetzte? Pitt litt unter der Enttäuschung, die ihm diese Frau bereitet hatte, deren einzigartige Begabung er bewunderte, die ihn zum Nachdenken veranlasst und ihn vor allem dazu gebracht hatte, ihr auf der Bühne zuzujubeln. Wie unendlich mehr musste Orlando da gelitten haben?

Pitt war von Anfang an überzeugt gewesen, dass jemand Cathcart im Affekt getötet hatte und nicht, weil er sich einer Entdeckung oder Erpressung entziehen wollte. Zwar hätte auch dazu Angst und Hass gehört, aber in der Art, wie man Cathcart in spöttischer Nachahmung des Millais-Gemäldes drapiert hatte, lag mehr. Darin zeigte sich die tiefe Kränkung einer Seele, die sich durch nichts wieder gutmachen ließ.

»Meinen Sie, ihm war sofort klar, wer die Aufnahme gemacht hat?«, unterbrach Tellmans Stimme seine Gedanken. Bei aller Schärfe war die Frage so leise, dass er sie kaum hörte.

»Nein«, sagte Pitt, während sie am Bordstein stehen blieben und warteten, bis ein schweres Fuhrwerk vorübergerollt war, dessen Pferde sich gehörig ins Geschirr legen mussten um es voranzubringen. »Nein. Er hat das Bild zwei Tage vor Cathcarts Tod gesehen, und ich nehme an, dass er diese Zeit gebraucht hat, um das herauszufinden.« Er machte sich daran, die Straße zu überqueren, ohne zu wissen, wohin er ging. Er brauchte im Augenblick einfach die körperliche Bewegung, weil es ihm unerträglich gewesen wäre stillzuhalten.

»Und wie hätte er das herausfinden können?«, wollte Tellman wissen und machte rasch einige schnelle Schritte, um ihn einzuholen. »Wie hätte er dabei vorgehen sollen? Er konnte seine Mutter ja nicht gut fragen. Ehrlich gesagt hätte ich an seiner Stelle kein Wort mit ihr gesprochen.«

»Als Schauspieler kann er seine Gefühle vermutlich besser verbergen als Sie oder ich«, gab Pitt zur Antwort und fuhr nach kurzem Schweigen fort: »Bestimmt war ihm aufgrund des viereckigen Formats klar, dass es sich um die Aufnahme eines Berufsfotografen handelte. Die verwenden das runde Format nicht, weil diese Filme ausschließlich bei Tageslicht brauchbare Aufnahmen liefern.

Außerdem hätte er die Entwicklung wohl kaum wie die Amateure dem Filmhersteller überlassen.«

Tellman knurrte vor Abscheu. Er fand keine Worte. Mit angespannten Schultern und gesenktem Kopf schritt er aus.

»Vermutlich hat er einfach die verschiedenen Berufsfotografen abgeklappert«, führte Pitt seine Überlegungen weiter. »Natürlich ganz unauffällig. Wahrscheinlich dachte er bereits an Mord… oder zumindest an eine handfeste Auseinandersetzung. Wie wäre er dabei vorgegangen?«

»Nun, wenn er es geheim halten wollte, hat er wohl niemanden gefragt«, gab Tellman zurück. »Nach solchen Bildern würde sowieso kein Mensch fragen.«

»Er hätte seine Suche auf Berufsfotografen beschränkt, die mit dieser Art von Kulisse arbeiten«, beantwortete Pitt seine Frage selbst. »Er hätte auf stilistische Ähnlichkeiten geachtet. Er fotografiert selbst und weiß, wie ein Künstler auf die eine oder andere Weise bestimmte Wirkungen erreicht. Das ist so ähnlich wie eine Unterschrift.«

»Und woran sollte er den Stil von Cathcarts Fotos erkennen?« Tellman wandte sich ihm zu. »Da gibt es doch bestimmt Dutzende! Wie hätte er wissen sollen, in welche Richtung er suchen musste?«

»Auf jeden Fall hat er es getan!«, entgegnete Pitt. »Er hat ihn in weniger als zwei Tagen gefunden, also war er sehr tüchtig, ganz gleich, wie er es angestellt hat.«

»Oder er hatte Glück.«

Pitt warf ihm einen Seitenblick zu.

Tellman zuckte die Achseln.

»Ausstellungen«, sagte Pitt unvermittelt. »Wahrscheinlich hat er sich umgehört, ob es irgendwo eine Fotoausstellung gab, wo man eine Ansammlung von Bildern verschiedener Leute zu sehen bekommt.«

Tellman beschleunigte den Schritt ein wenig. »Das krieg ich raus. Geben Sie mir eine halbe Stunde Zeit, und ich weiß, wo es solche Ausstellungen gibt.«

Knapp zwei Stunden später standen Pitt und Tellman nebeneinander in einer großen Galerie in Kensington und betrachteten Aufnahmen von herrlichen Landschaften, hübschen Frauen, prunkvoll gekleideten Männern, Tieren und Kindern mit großen Augen. Manche der Bilder waren von ergreifender Schönheit, eine auf Sepiatöne reduzierte Welt, für alle Zeit eingefrorene Augenblicke des Lebens, eine Bewegung, ein Lächeln.

Pitt blieb vor einem der Bilder stehen. In einem Gässchen drängten sich zerlumpte Kinder in einem Hauseingang. Zwar gingen sie barfuß, wurden ihre Hosen mit Bindfaden festgehalten und hatten ihre Kleider Löcher, doch lag im Schwung ihrer Kinderwangen eine zeitlose Unschuld.

Auf einem anderen Bild fielen Sonnenstrahlen schräg auf einen gepflügten Acker, zeichneten sich kahle Bäume wie filigrane Silhouetten vor dem Himmel ab. Ein Vogelschwarm trieb im Wind gleich in die Luft geworfenem Laub.

Pitt versuchte den Stil des jeweiligen Fotografen zu erkennen, achtete darauf, ob auf dem Bild Wasser eine Rolle spielte, suchte nach einem Fotografen, der in Alltagsgegenständen verschlüsselte Symbole sah. Letztlich hielt er Ausschau nach Aufnahmen Delbert Cathcarts. Orlando hatte keine Vorstellung gehabt, wen er finden musste oder zu welchem Zweck sich der Mann seiner Mutter bedient hatte. Hatte er angenommen, dass Erpressung im Spiel war, irgendeine Art Zwang, dem er sie unterworfen hatte? Etwas in der Richtung musste er wohl vermutet haben, alles andere wäre unerträglich gewesen.

Pitt sah zu Tellman hinüber, der einige Schritte von ihm entfernt stand und nicht merkte, dass er einer in

Lavendelblau und Schwarz gekleideten korpulenten Dame den Blick versperrte. Ihre Tochter war von der Ausstellung unübersehbar gelangweilt und wäre wohl liebend gern woanders gewesen. Tellman konnte den Blick nicht von der Momentaufnahme eines jungen Dienstmädchens lösen, das vor einem über eine Leine gehängten Teppich stand und offenbar beim Ausklopfen eine Pause machte. Die junge Frau war klein und zierlich und hatte ein fröhliches Gesicht. Es war Pitt klar, dass sie Tellman an Gracie erinnerte. Ihn schien zu verblüffen, dass jemand gewöhnliche Menschen und ihr Alltagsleben für so einzigartig und wichtig hielt, dass er sie auf einem solchen Kunstwerk darstellte. Es schien ihn zu verwirren, weil er nicht mit einer solchen Möglichkeit gerechnet hatte, und es machte ihn verlegen, da er darin auch sein eigenes Leben stellvertretend mit einbezogen sah.

Tellman machte auf dem Absatz so abrupt kehrt, dass er die korpulente Dame fast umgerannt hätte. Er murmelte eine Entschuldigung und trat wieder zu Pitt. »Das bringt uns nicht weiter«, sagte er ruhig. »Hier erfahren wir nichts.«

Pitt unterließ jeden Kommentar.

Was sie im nächsten Raum sahen, kam dem, was sie suchten, schon näher, und im übernächsten stießen sie auf einige Bilder, die Pitt sofort als Arbeiten Cathcarts erkannte. Die Lichtführung, die Verteilung von Schärfe und Unschärfe, alles ähnelte ziemlich stark dem, was er auf den Fotos in Cathcarts Haus und bei dessen Kunden gesehen hatte. Auf zwei Aufnahmen diente sogar die Themse als Hintergrund.

»Das ist er«, sagte Tellman ohne Umschweife. »Aber woher würde Antrim das wissen? Es beweist lediglich, dass Cathcarts Arbeiten hier ausgestellt sind, und damit war ohnehin zu rechnen.«

»Wir müssen die Verbindung beweisen«, sagte Pitt überflüssigerweise. »Orlando hat festgestellt, wer der Urheber der Aufnahme war, und zwar vermutlich hier.«

Tellman schwieg.

Aufmerksam betrachtete Pitt die anderen Fotos der Ausstellung, bis er noch einige gefunden hatte, die mit Wasser zu tun hatten. Eins zeigte kleine Boote, eins einen Garten, ein drittes ein halbes Dutzend künstliche Blumen und ein weiteres ein langes Samtkleid.

»Wer hat die gemacht?«

»Auf der Karte hier steht Geoffrey Lyneham.«

»Ich wüsste gern, ob Antrim auch bei dem war«, überlegte Tellman laut. »Oder ist er gleich zu Cathcart gegangen? In dem Fall dürfte der Beweis schwerer fallen, weil uns Cathcart nichts mehr verraten kann. Mrs. Geddes aber weiß nichts davon, sonst hätte sie es uns gesagt.«

»Er war zuerst bei Lyneham«, vermutete Pitt. »Und wahrscheinlich auch noch bei anderen. Es hat ihn zwei Tage gekostet, Cathcart zu finden. Ich glaube nicht, dass er mit der Tat länger gewartet hat, als unbedingt nötig war.«

»Ich jedenfalls hätte es nicht getan«, stieß Tellman durch die Zähne hervor. »Wo finden wir diesen Lyneham?«

Es war Spätnachmittag, als sie in der Nähe von Greenwich die Treppe zu Geoffrey Lynehams Haus emporstiegen. Die Dunkelheit sank herab, die Gaslaternen auf den Straßen wurden angezündet. Erde und Laub rochen angenehm. In der kühlen und feuchten Luft lag der Geruch von Holzrauch. Jemand schien in seinem Garten etwas zu verbrennen.

Lyneham war ein zierlicher Mann mit einem scharfgeschnittenen, klugen Gesicht. Er war mindestens fünfzig Jahre alt, wahrscheinlich älter, an den Schläfen bereits weiß. Als Pitt sich vorstellte, war er erstaunt.

»Von der Polizei sind Sie? Was wollen Sie von mir? Soweit ich weiß, habe ich gegen kein Gesetz verstoßen.«

Pitt zwang sich zu einem Lächeln. Lyneham hatte nichts mit all diesem Entsetzen zu tun, und Pitt wollte die Angelegenheit lieber in dessen Wohnzimmer verhandeln als auf der Treppe vor der Haustür.

»Es geht um eine wichtige Angelegenheit«, sagte er. »Es hat mit Fotografie zu tun.«

»Ach so!« Sogleich legte sich ein Ausdruck von Begeisterung auf Lynehams Züge. Er öffnete die Tür weit und trat beiseite. »Kommen Sie herein, meine Herren, nur herein! Ich sage Ihnen gern alles, was Sie wissen wollen.« Mit einer einladenden Handbewegung ging er ihnen ins Wohnzimmer voraus, in dessen Kamin ein gemütliches Feuer brannte. Tellman schloss die Tür hinter sich und folgte den beiden.

»Ich habe mehrere Ihrer Fotos in der Ausstellung in Kensington gesehen«, begann Pitt höflich.

»So, so…«, erwiderte Lyneham nickend und wartete auf die Kommentare, die sicher nicht ausbleiben würden.

»Herrliche Lichtspiegelungen auf dem Wasser«, sagte Pitt.

Lyneham sah erstaunt drein. »Gefällt Ihnen das? Ich arbeite ausgesprochen gern damit. Das gibt der ganzen Sache eine zusätzliche Dimension, finden Sie nicht auch?«

»Ja…«

»Sonderbar, dass Sie das sagen«, fuhr Lyneham fort. Er stand mit dem Rücken zum Kamin. »Ein junger Bursche, der vor ein paar Wochen hier war, hat fast genau dasselbe gesagt.«

Pitt spürte, wie sich etwas in seiner Magengrube zusammenzog, doch bemühte er sich, nicht zu zeigen, was er empfand.

»Ach ja? Wer war das? Kenne ich ihn vielleicht?«

»Er hat gesagt, er heißt Harris.«

»Ein hoch gewachsener, blonder junger Mann von etwa fünfundzwanzig?«, fragte Pitt. »Tiefblaue Augen?«

»Ja, genau! Sie kennen ihn tatsächlich«, sagte Lyneham eifrig. »Er war unglaublich interessiert. Fotografiert selbst leidenschaftlich. Nach dem zu urteilen, was er sagt, hat er ein sehr gutes Auge. Ist natürlich Amateur.« Er machte eine wegwerfende Handbewegung. »Aber wirklich interessiert. Wollte wissen, was für Örtlichkeiten mir am besten gefielen und dergleichen. Hat nach der Verwendung von Booten auf Fotos gefragt. Das ist eine kniffflige Angelegenheit, weil die sich dauernd bewegen. Kaum regt sich das leiseste Lüftchen, schon ist Schluss mit der Aufnahme. Die drei Eckpfeiler eines guten Fotos sind Licht, Schärfe und Anordnung im Raum.«

»Ich verstehe. Und was für Örtlichkeiten haben Sie empfohlen? Oder ist das ein Berufsgeheimnis?«

»Überhaupt nicht! Ich selbst arbeite am liebsten in den Norfolk Broads. In East Anglia gibt es herrliches Licht. Es hat schon seinen Grund, dass da so viele Maler sind.«

»Arbeiten Sie immer in den Broads?«, fragte Pitt, obwohl er sicher war, dass er die Antwort schon kannte.

»Unbedingt«, sagte Lyneham. »Ich hab da ein Haus und kann auf diese Weise gutes Wetter ausnutzen. Ich bin sofort zur Stelle, wenn das Licht richtig ist. Es ist doch recht ärgerlich, wenn man lange Strecken zurücklegen muss in der Hoffnung, dass man es gut trifft. Hat man Pech, fängt es an zu regnen, kaum dass man da ist. Stative und anderes schweres Zubehör durch die Gegend zu schleppen ist ziemlich mühselig. Es ist viel besser, wenn man alles an Ort und Stelle hat, da, wo man es braucht. Mir sind ein paar großartige Aufnahmen von Schwänen gelungen. Herrliche Geschöpfe. Licht auf weißen Schwingen.«

»Kann ich mir vorstellen«, stimmte Pitt zu. »Und an der Themse fotografieren Sie nie?«

Lyneham schob die Unterlippe vor und schüttelte den Kopf. »Nein, eigentlich nicht. Manche tun das ja – ist auch sehr schön. Ein gewisser John Lawless macht erstklassige Sachen. Spezialisiert sich auf Kinder und arme Leute. Waschfrauen, Leute beim Spiel, Vergnügungsdampfer und so weiter.« Sein Gesicht verdüsterte sich. »Und dann natürlich der arme Cathcart. Der hatte sogar ein Haus direkt am Wasser – günstiger geht es überhaupt nicht.« Er runzelte die Stirn. »Warum wollen Sie das wissen, Sir? Hat es mit Cathcarts Tod zu tun?«

»Bedauerlicherweise ja«, räumte Pitt ein. Er holte ein Theaterplakat mit Orlandos Bild aus der Tasche und zeigte es Lyneham.

Dieser warf nur einen kurzen Blick darauf und sah dann Pitt wieder an. »Ja«, sagte er ruhig. »Das ist der junge Mann. Ich hoffe nicht, dass er ernsthaft in die Sache verwickelt ist. Er machte so einen… so einen anständigen Eindruck.«

»Wie war seine Stimmung? Überlegen Sie sich Ihre Antwort bitte gründlich.«

»Er wirkte schrecklich aufgeregt«, sagte Lyneham ohne das geringste Zögern. »Er hat es zwar gut verborgen, aber offensichtlich machte ihm irgendetwas schwer zu schaffen. Natürlich hat er nicht gesagt, was. Ich kann mir aber wirklich nicht vorstellen, dass ein Fotograf jemanden wegen des Fotografierens umbringt, und wenn er noch so leidenschaftlich ist. Er wollte etwas über Stil und dergleichen wissen… nichts weiter. Den Namen Cathcart hat er nicht ein einziges Mal in den Mund genommen.«

»Das kann ich mir denken. Ich vermute, dass er ihn zu dem Zeitpunkt noch gar nicht kannte. Wohin haben Sie ihn geschickt, Mr. Lyneham?«

Lyneham sah ihn unverwandt an. In seinen Augen lag Betrübnis, sein Mund war ein wenig zusammengekniffen.

»Zur Ausstellung am Warwick Square«, erwiderte er. »Da kann man ein paar sehr gute Arbeiten sehen. Ich nahm an, dass er da einen Eindruck bekommen würde, wie man mit Wasser, Licht und dergleichen Wirkungen erzielt. Habe ich etwa in irgendeiner Weise… zu dem Verbrechen… beigetragen, Sir? Das würde ich außerordentlich bedauern.«

»Nein«, versicherte ihm Pitt. »Wenn nicht von Ihnen, hätte er es von einem anderen erfahren. Sie brauchen sich keine Vorwürfe zu machen, weil Sie höflich waren.«

»Ach je.« Lyneham schüttelte den Kopf. »Ach je. Er schien ein so angenehmer junger Mann zu sein. Wie Leid mir das tut.«

Pitt und Tellman betraten die Ausstellung am Warwick Square kurz vor der abendlichen Schließung, brauchten aber nur zwanzig Minuten, um sich die Fotos in dem halben Dutzend Räume anzusehen. Wichtig waren Aufnahmen, auf denen sich Frauen, Wasser, Symbole und romantische Elemente erkennen ließen.

»Das ist doch wie ein Gemälde von, wie heißt er noch?«, sagte Tellman mit einem Mal und nickte zu einem Bild, auf dem ein Mädchen, dem die langen Haare über die Schultern fielen, in einem Ruderboot saß, um das herum Blumen im Wasser trieben.

»Millais«, half ihm Pitt aus. »Ja.«

»Nur dass sie lebendig ist und sitzt«, fügte Tellman hinzu. »Aber im selben Stil.« Pitt ging weiter. Es dürfte Orlando Antrim nicht schwer gefallen sein, hier Cathcarts Namen zu finden. Er stand auf sauber geschriebenen Täfelchen unter einem halben Dutzend der Fotos, zusammen mit der Adresse für den Fall, dass sich jemand seiner Dienste versichern wollte. Alle Bilder waren eindrucksvoll und typisch. Auf einem von ihnen fand sich sogar das Samtkleid mit seiner auffälligen Stickerei, nur dass es hier nicht zerrissen war und von einem schlanken jungen Mädchen mit langem dunklem Haar getragen wurde.

Pitt versuchte sich vorzustellen, wie sich Orlando gefühlt haben musste, als er endlich nicht nur den Namen des Fotografen, sondern sogar dessen Anschrift in Erfahrung gebracht hatte. Nachdem er das Kleid gesehen hatte, konnte es für ihn wohl keinen Zweifel mehr geben. Was hatte er wohl als Nächstes getan?

»Das wär's dann ja wohl«, fasste Tellman zusammen. »Der arme Kerl!« Unüberhörbar lag Mitgefühl in seiner Stimme.

»Ja«, stimmte Pitt zu.

»Müssen wir uns erkundigen, ob ihn jemand gesehen hat?«

Pitt schob die Hände tief in die Taschen. »Ja.«

Ein Wärter, dessen Aufgabe es wohl war, darauf zu achten, dass niemand die Ausstellungsstücke beschädigte oder stahl, konnte sich an Orlando Antrim erinnern. Natürlich wusste er seinen Namen nicht, aber das genügte.

Während Pitt draußen in der Kälte die Straße entlangging und Ausschau nach einer Droschke hielt, um nach Hause zurückzukehren, versuchte er sich an Orlandos Stelle zu versetzen. Was hätte er getan? Gewiss wäre er aufgewühlt gewesen, das Bewusstsein, verraten worden zu sein, hätte ihn unerträglich geschmerzt. Möglicherweise hätte er Cecily keine Vorwürfe gemacht. Sicherlich suchte er noch nach Entschuldigungsgründen für sie. Bestimmt war sie durch Drohungen dazu gedrängt oder gar gezwungen worden. Ihre Schuld war es sicher nicht. Es konnte nur die Cathcarts sein.

Jetzt, da er wusste, wo er den Mann finden konnte, musste er sich entscheiden, was er tun wollte. Bestimmt hatte er sich entschlossen, ihm einen Denkzettel zu verpassen, vielleicht sogar, ihn zu töten. Dabei würde er mit Umsicht zu Werke gehen.

Er würde versuchen, möglichst viel über Cathcart in Erfahrung zu bringen – aber unauffällig. Vielleicht hatte er aus Zeitungen und Werbeanzeigen von Fotografen zusammengetragen, was mehr oder weniger öffentlich bekannt war. Möglicherweise hatte er sich sogar bei ihm angemeldet, um sicher zu sein, dass er ihn zu Hause antraf. Sofern sich das so verhielt, hatte er alle Spuren getilgt, die darauf hinwiesen.

»Morgen werden wir feststellen müssen, ob er sich in der Nachbarschaft nach Cathcart und dessen Gewohnheiten erkundigt hat«, sagte Pitt.

»Und woher er das Tatwerkzeug hatte«, fügte Tellman hinzu. »Jemand könnte ihn gesehen haben. Wahrscheinlich müssen wir nur gründlich genug vorgehen.«

»Ja… vermutlich.« In diesen Worten lag keine Befriedigung über die Lösung, lediglich Trauer über eine Tragödie.

Tellman antwortete nicht darauf.

Pitt schlief unruhig. Ohne Charlotte und die Kinder kam ihm das Haus kalt vor, obwohl er den Küchenherd nicht hatte ausgehen lassen. Eine düstere Stimmung umgab ihn. Er erwartete keine weiteren Briefe von Charlotte, weil sie in wenigen Tagen zurück sein würde, sofern das Wetter die Kanalüberquerung zuließ. Er hatte noch nicht bewusst daran gedacht, aber er würde sich sehr freuen, wenn sie sicher wieder auf englischem Boden war. Zwei Tage später würde Gracie mit den Kindern zurückkommen. Im Haus würde es wieder hell und warm sein, es wäre erfüllt von Stimmen und Schritten, Gelächter, Geplauder, dem Geruch nach Bohnerwachs, frischer Wäsche und frisch Gebackenem.

Bis dahin musste er Orlando Antrims Spuren folgen und den Beweis dafür finden, auf welche Weise er den Mord an Cathcart begangen hatte. Sobald das erledigt war, musste er ihn festnehmen. Ein heftiger Zorn auf Cecily Antrim fraß an ihm, lag ihm wie ein schwerer Stein im Leibe. Mit ihrer überheblichen Selbstgewissheit, die sie handeln ließ, ohne dass sie über die Folgen nachdachte, hatte sie ihren Sohn zerstört. Doch neben seiner Wut wegen ihres unverzeihlichen Verhaltens empfand Pitt zu seinem Ärger auch Mitleid mit ihr. Wäre er fähig, ohne es zu wissen und zu wollen, seinen Kindern etwas Vergleichbares anzutun, indem er der Gerechtigkeit oder der Wahrheit zu dienen glaubte? Seine Empfindungen waren so stark wie die ihren, und vielleicht waren ihre Folgen ebenso tief greifend.

Er traf unmittelbar nach neun Uhr am Südufer der Themse vor der Brücke von Battersea mit Tellman zusammen, der als einsame Gestalt im frühmorgendlichen Dunst dastand, den Mantelkragen hochgeschlagen und den Hut tief in die Stirn gedrückt. Pitt fragte sich, ob er wohl schon gefrühstückt hatte.

»Ich hab mir die Sache durch den Kopf gehen lassen«, sagte Tellman, als er Pitts Schritte hörte und den Blick hob. »Nach Cathcarts Adresse brauchte er nicht zu fragen, die kannte er schon. Und er wollte bestimmt nicht allzu offen versuchen, Einzelheiten über den Haushalt herauszubekommen.«

»Den Haushalt?«, fragte Pitt.

»Ja!«, gab Tellman ungeduldig zurück. Er fröstelte ein wenig. »Man geht nicht her und überfällt jemanden, wenn man annehmen muss, dass es im Hause einen Butler gibt, der ihm zu Hilfe kommt, oder auch nur ein Dienstmädchen, das sich an einen erinnern könnte und das ganze Haus zusammenschreit. Als Erstes musste er also sehen, ob es Nachbarn in der Nähe gab und wie er in das Haus kommen und wieder verschwinden konnte.«

»Stimmt«, gab ihm Pitt rasch Recht und beschleunigte den Schritt. Er überlegte, ob Orlando von Anfang an die

Absicht gehabt hatte, das Kleid und die Ketten zu verwenden, oder ob ihm dieser Gedanke erst gekommen war, als er sah, dass diese Gegenstände noch da waren, behielt diese Überlegung aber vorerst für sich.

»Und womit wollte er ihn töten?«, fuhr Tellman missmutig fort, während sie Cathcarts Haus entgegenstrebten. »Oder ist er weiter gegangen, als er wollte, und hat ihn aus Versehen umgebracht?«

Pitt hatte sich dieser Frage nicht stellen wollen, konnte ihr aber nicht ausweichen. »Das hängt davon ab, zu welchem Zeitpunkt er seine Waffe ausgewählt hat.«

»Aber wir wissen nicht einmal, was es war«, erinnerte ihn Tellman. »Wahrscheinlich liegt sie inzwischen am Grund der Themse. Jedenfalls hätte ich sie an seiner Stelle ins Wasser geworfen. Sie etwa nicht?«

»Außer, sie ist ihm im Dunkeln versehentlich hineingefallen«, gab Pitt zur Antwort. »Ich hätte Mrs. Geddes fragen sollen, ob irgendetwas fehlt.« Er machte sich Vorwürfe, weil er nicht daran gedacht hatte.

»Das können wir immer noch tun. Wir wissen, wo sie wohnt«, sagte Tellman.

Pitt gab ihm Recht und straffte die Schultern. »Ich komm dann um eins in den Gasthof *Crown and Anchor.*« Tellman stakste mit langen Schritten davon und überließ es Pitt, der Frage nachzugehen, auf welche Weise sich Orlando Einblick in Cathcarts Alltagsleben und häusliche Gewohnheiten verschafft hatte.

Pitt kehrte um und entfernte sich von der Themse, so dass der leichte Dunst und die auflaufende Flut hinter ihm zurückblieben. Es wurde unübersehbar Herbst, der Geruch nach umgegrabener Erde, Holzrauch, Chrysanthemen und zweitem Heuschnitt lag in der Luft. Hatte Orlando, als er hier entlanggegangen war, lediglich die Absicht gehabt, Cathcart zur Rede zu stellen und dann wieder zu gehen? Warum? Er konnte ihm mit nichts drohen, hatte keine Möglichkeit, ihn daran zu hindern, das, was er getan hatte, so oft zu wiederholen, wie er wollte, bis es sich nicht mehr lohnte, Cecily zu fotografieren, sofern dieser Zeitpunkt jemals kam.

Er würde sich bestimmt nicht darauf verlassen haben, an Ort und Stelle etwas zu finden, was sich als Waffe verwenden ließ, sondern es sich vorher besorgt haben. Pitt erreichte die Ortsmitte mit den Läden und Gasthäusern. Hier konnte Orlando Erkundigungen eingezogen oder etwas gekauft haben, das ihm als Waffe dienen mochte.

Es musste ein ziemlich schwerer Gegenstand sein, wenn er damit einen Schlag führen wollte, der imstande war, einen Mann zu töten – ein kurzes Stück Bleirohr oder vielleicht der Stiel eines Gartengeräts.

Pitt kam am Schaufenster einer Apotheke vorüber, in dem blaue Glasflaschen standen, dann an einer Kolonialwarenhandlung. Dort überquerte er die Straße. Gegenüber einem Putzmacher- und Handschuhgeschäft standen einige Häuser. Daneben eine Weinhandlung. Ob Orlando dort gefragt hatte? Eine Flasche eignete sich glänzend als Waffe.

Orlando brauchte lediglich in Erfahrung zu bringen, ob Cathcart Dienstboten hatte, die im Hause lebten. Die Wäsche konnte ohne weiteres eine Zugehfrau erledigen, aber mit dem Kochen war es etwas anderes.

Pitt hatte den Vorteil, die Antwort bereits zu wissen. Ausschließlich Mrs. Geddes hielt sich gewöhnlich im Hause auf. Es war möglich, dass es Orlando viel Zeit gekostet hatte, das herauszubekommen. Außerdem brauchte Pitt nicht vorsichtig zu sein.

Er versuchte es in der Wäscherei, dem Milchgeschäft, beim Gemüsehändler und beim Metzger. Keiner konnte sich an jemanden erinnern, auf den Orlandos Beschreibung passte. Es war denkbar, dass er dort gewesen war, aber mit Sicherheit konnte ihm das niemand sagen.

Pitt traf schon vor ein Uhr im *Crown and Anchor* ein. Als Tellman kam, stand bereits ein Glas Apfelwein für ihn auf dem Tisch.

»Es fehlt nichts«, sagte Tellman, nickte dankend und nahm einen tiefen Schluck. Dabei sah er auf die offene Küchentür, durch die der Geruch nach Fleischpastete mit Nierchen drang. Er hatte großen Appetit darauf, genau wie Pitt. »Wollen wir?« Es war nicht nötig zu sagen, was damit gemeint war.

Nach der Mittagspause überlegten sie, wo Orlando etwas gefunden oder gekauft haben könnte, das sich als Waffe eignete.

»Wahrscheinlich war es keine richtige Waffe«, vermutete Tellman kopfschüttelnd. Trotz des ausgezeichneten Mittagessens schien er zutiefst unglücklich zu sein. »Wer hätte gedacht, dass ein so kluger Mensch jemanden umbringt«, sagte er betrübt. »Von solchen Leuten geht so eine Art… Zauber aus. Ich hatte wirklich…« Er suchte nach Worten, um auszudrücken, was er empfunden hatte, zu sagen, auf welche Weise ihn die Welt, in die er einen Blick hatte werfen dürfen, in ihren Bann geschlagen hatte. Es hatte ihm im Theater ausnehmend gut gefallen. Bestimmt würde er es auf der Wache niemandem gegenüber zugeben, aber es war durchaus möglich, dass er eines Tages hingehen und sich ein ganzes Shakespearestück von vorn bis hinten ansehen würde. Es übte auf ihn einen gewissen Zauber aus. Die Könige, Königinnen und Prinzen, die dort auftraten, hatten ebenso wirkliche Gefühle wie die Menschen, die er aus seinem Alltag kannte. Der einzige Unterschied bestand darin, dass sie diese in herrliche Worte zu fassen vermochten.

Pitt begriff, dass keine Antwort nötig war, denn er verstand nicht nur, was Tellman empfand, es ging ihm ebenso.

Als Erstes suchten sie nach dem Essen die Eisenwarenhandlung auf. Das schien ihnen am naheliegendsten zu sein. Der Laden war vollgestopft mit allerlei Dingen, die man im Haushalt brauchen konnte: Gießkannen, Backformen, Fußwärmer, Gaslampen, Korkenzieher, Tischgongs, Toastständer, Gebäckkörbchen und Butterkühler. Neben Gartengeräten wie Spaten, Harken und Sensen gab es auch ein ›Schnellwaschgerät‹, von dem behauptet wurde, dass Leinen darin sauberer würde als auf die übliche Weise. Man sah Kinderwagen, Zinkbadewannen, Tischlerwerkzeug und eine Vielzahl von Messern für jeden nur denkbaren Zweck. Stricknadeln, Schöpflöffel, Schneebesen, Fleischersägen und eine schwere Teigrolle aus Porzellan.

Die Worte waren heraus, bevor Pitt Zeit hatte zu überlegen.

»Ein schönes Stück. Haben Sie so etwas in letzter Zeit verkauft?« Er nahm sie zur Hand und wog sie prüfend. Es war eine vollkommene Waffe, rund, hart, schwer und leicht zu handhaben.

»Da haben Sie Recht, Sir, ein gutes Stück. Neun Pence für Sie, Sir«, erwiderte der Haushaltswarenhändler. »Es ist meine letzte – ich warte auf eine neue Lieferung.«

Pitt war ganz sicher, dass auch jeder andere neun Pence würde zahlen müssen, sagte es jedoch nicht. Gern hätte er für Charlotte eine neue Teigrolle gekauft, aber nicht diese.

»Haben Sie vor etwa zwei Wochen eine davon verkauft?«, fragte er.

»Schon möglich. Der Artikel geht gut. Er ist von ausgezeichneter Qualität.« Der Mann war entschlossen, sein Geschäft zu machen.

»Das glaube ich gern«, sagte Pitt, plötzlich ärgerlich und unglücklich. »Aber ich bin Polizeibeamter und untersuche den Mord an Mr. Cathcart, der etwa zwei Kilometer von hier gelebt hat, und ich brauche eine Antwort auf meine Frage. Haben Sie eine solche Rolle vor genau zwei

Wochen an einen hoch gewachsenen jungen Mann verkauft? Vermutlich war er blond.«

Der Händler erbleichte sichtlich. »Ich – ich wusste nicht, dass da was nicht stimmte! Er hat einen… einen sehr ruhigen Eindruck gemacht, hat sehr gepflegt gesprochen. Aber blond war er eigentlich nicht, eher… ich würde sagen…«

»Die Haarfarbe ist unerheblich«, sagte Pitt ungeduldig. »War er groß, schlank, jung… etwa fünfundzwanzig?« Natürlich konnte Orlando sein Aussehen durch eine Verkleidung verändern, sofern er daran gedacht hatte.

»Ich… ich kann mich nicht erinnern. Aber an dem Tag hab ich tatsächlich eine verkauft. Das weiß ich deshalb, weil ich über meine Warenbestände genau Buch führe. Ich sorge immer dafür, dass mir möglichst kein Artikel ausgeht. Wenn es etwas auf dem Markt gibt, ist es auch hier bei Foster und Söhne erhältlich.«

»Vielen Dank. Möglicherweise müssen Sie Ihre Aussage bestätigen, Sie sollten also Ihre Unterlagen gut aufbewahren.«

»Das tu ich bestimmt!«

Auf dem Gehweg blieb Tellman stehen und sah Pitt mit düsterer Miene an.

»Viel kann man da wohl nicht machen.« Das klang wie eine Kapitulation. »Er hätte in irgendeinem der umliegenden Gasthäuser die Dunkelheit abwarten können. Wenn Sie wollen, frage ich mal herum, aber ich nehme an, dass das nicht wichtig ist, weil wir jetzt die Teigrolle haben.«

»Nein… eigentlich brauchen wir das nicht zu wissen«, stimmte Pitt zu. Lächelnd straffte er die Schultern ein wenig. »Wir sollten zusehen, ob wir sie finden können, auch wenn sie wahrscheinlich nicht im Fluss liegt. Das wäre der Beweis. Wir wollen die Tat einmal von vorn bis hinten durchgehen und uns überlegen, wie sie abgelaufen sein muss.«

Tellman schlug den Mantelkragen hoch, und schweigend machten sie sich auf den Weg zum Haus an der Themse. Sie mussten ihre Aufgabe vor Eintritt der Dunkelheit erledigen, und bis dahin waren es nur noch gut zwei Stunden.

Sie hatten nach Mrs. Geddes geschickt. Sie wartete bereits im Hause. Voll Misstrauen sah sie ihnen zu, wie sie im Vorraum den Mord nachzustellen begannen, wobei Pitt die Rolle Orlandos und Tellman die Cathcarts übernahm.

Selbstverständlich hatten sie keine Vorstellung davon, worüber die beiden gesprochen hatten oder welchen Grund Orlando für seinen Besuch angegeben hatte. Sie begannen an einer Stelle, von der einwandfrei feststand, dass sie wichtig war.

»Hier muss er gestanden haben«, sagte Tellman mit zusammengepressten Lippen und stellte sich in die Nähe des Blumenständers, auf dem eine andere Vase statt der heruntergefallenen und zerbrochenen platziert war.

»Warum nur?«, fragte Pitt nachdenklich. »Er hat mit dem Rücken zu Orlando gestanden, als er niedergeschlagen wurde, da muss der doch eigentlich die Rolle versteckt gehalten haben. Kein Mensch geht mit einer Teigrolle unter dem Arm auf Besuch, auch nicht, wenn sie in Packpapier eingewickelt ist.«

»Sagen wir mal, er hatte sie gerade gekauft… auf dem Weg hierher?«, schlug Tellman vor und verzog dabei das Gesicht vor Widerwillen.

»Ein junger Schauspieler?« Pitt hob die Brauen. »Ich glaube nicht, dass er sich als Konditor verkleidet hat – Sie etwa?«

»Ein Geschenk?«

»Für wen? Eine junge Dame? Seine Mutter? Können Sie sich vorstellen, wie Cecily Antrim Gebäckteig ausrollt?«

Tellman warf ihm einen säuerlichen Blick zu. »Dann muss er sie eben irgendwie versteckt haben. Vielleicht in einer Bilderrolle oder dergleichen?«

»Das könnte sein. Wenn also Cathcart da gestanden hat, wo Sie jetzt sind, und Orlando hier…«, Pitt machte die entsprechenden Bewegungen, »hat er sich zweifellos auf etwas anderes konzentriert, sonst hätte er merken müssen, dass Orlando seine Bilderrolle geöffnet und die Teigrolle herausgeholt hat. Das hätte ihn mit Sicherheit in Unruhe versetzt, denn für eine solche Handlungsweise gibt es keine vernünftige Erklärung.«

»Also hat er es nicht gesehen«, befand Tellman. »Er war auf dem Weg irgendwohin und ging Orlando voraus. Der hat dann Cathcart von hinten niedergeschlagen… Das wissen wir.«

Pitt hob den Arm und tat so, als wolle er Tellman schlagen. Dieser ging vorsichtig in die Knie, um nicht auf den blanken Holzfußboden aufzuschlagen. Dann legte er sich etwa so, wie Cathcart dort gelegen haben mochte.

»Und jetzt?«

Pitt hatte darüber nachgedacht. Sie wussten nicht, wie lange Orlando sich im Haus aufgehalten hatte, aber angesichts seiner Tat dürften es nur wenige Minuten gewesen sein.

»Wenn Sie glauben, dass Sie mir jetzt ein Kleid anziehen können…«, setzte Tellman an.

»Ruhe!«, knurrte Pitt.

»Ich…« Tellman begann sich aufzurichten.

»Hinlegen!«, befahl ihm Pitt. »Ich bin Ihr Vorgesetzter!«, fügte er spöttisch hinzu. »Wollen wir lieber die Rollen tauschen?«

Gehorsam legte sich Tellman wieder auf den Boden.

»Wo mag er nur das grüne Kleid und die Ketten aufbewahrt haben?«, sagte Pitt nachdenklich. »Bestimmt nicht hier unten.«

»Höchstwahrscheinlich oben im Atelier«, erwiderte Tellman, mit dem Gesicht zum Boden. »Wo er all das andere Zeug hat, das er für seine Bilder benutzt hat. Ich wüsste nur gern, wieso Orlando wusste, dass der Kahn hier war und nicht woanders. Der hätte doch sonstwo sein können, auf irgendeinem Teich, See oder Fluss, kilometerweit entfernt – wenn nicht gar in einem anderen Land.«

Pitt gab keine Antwort. Er erprobte in Gedanken eine neue Theorie.

»Glauben Sie, dass er zuerst nach oben gegangen ist?«, fuhr Tellman fort. »Vielleicht hat er die Ketten und das Kleid im Atelier gesehen?« Es klang nicht so, als ob er selbst daran glaubte.

»Und dann ist er heruntergekommen, Cathcart ist ihm voraus wieder nach oben gegangen, und Orlando hat ihn umgebracht?«, fragte Pitt. Er wirkte geistesabwesend.

Tellman drehte sich auf den Rücken und setzte sich mit finsterer Miene auf. »Und was meinen Sie also?«

»Dass er bestimmt nicht im Dunkeln durch den Garten zum Fluss gegangen ist, um zu sehen, ob da ein Kahn lag«, gab Pitt zur Antwort. »Ich nehme an, dass er schon vorher hier war, jedenfalls oft genug, um zu wissen, dass es diese Gegenstände gab und wo er sie finden konnte …«

»Aber das stimmt nicht«, widersprach Tellman mit Nachdruck. »Er hatte sich beim Gastwirt erkundigen müssen, wo das Haus ist. Das wissen wir doch.«

»Oder es hat noch einen Dritten gegeben«, sagte Pitt. »Jemanden, der Bescheid wusste … und der das von Orlando Begonnene zu Ende geführt hat.«

»Aber er ist allein gekommen!« Tellman stand auf. »Wollen Sie etwa behaupten, dass am selben Abend noch jemand hier war … der ebenfalls Cathcart umbringen wollte?« Der Klang seiner Stimme zeigte deutlich, was er von dieser Möglichkeit hielt.

»Ich weiß nicht, was ich denken soll«, gab Pitt zu. »Aber ich glaube nicht, dass Orlando Antrim den Fotografen erst in einem Wutanfall umgebracht hat, um sich für die Art und Weise zu rächen, in der Cathcart seine Mutter benutzt hatte, und anschließend das ganze Haus und das Grundstück auf der Suche nach dem Kleid, den Ketten und dem Kahn auf den Kopf gestellt hat, um damit ein Spottbild der Fotografie zu schaffen. Zum einen gab es keinerlei Hinweis auf einen Kampf, als Mrs. Geddes am Morgen ins Haus kam. Dann hätte er also nach der Suche alles wieder ordentlich an Ort und Stelle tun müssen... genau dorthin, wo es gewesen war. Tut das Ihrer Meinung nach jemand, der so wütend ist, dass er einen anderen umbringt?«

»Nein, aber Cathcart ist tot«, wandte Tellman ein. »Und irgendjemand muss ihm das Kleid angezogen, ihn angekettet, in den Kahn gelegt und dann die Blumen verstreut haben... Ich wette jeden Betrag, dass es jemand war, der ihn gehasst hat – und zwar wegen Cecily Antrim.«

Pitt schwieg. Er konnte nichts dagegen sagen.

»Außerdem wissen wir, dass Orlando hier war und die Teigrolle gekauft hat«, fuhr Tellman fort.

»Wir sollten besser danach suchen«, sagte Pitt kläglich. »In einer guten Stunde wird es dunkel.«

Sie gingen über den Gartenweg hinab zum Fluss, von Mrs. Geddes aus dem Seiteneingang beobachtet.

Es begann bereits zu dämmern, und sie waren völlig durchnässt und mit Schlamm bedeckt, als Tellman dicht am Ufer auf der Rolle ausglitt, fluchte, sie aus dem Wasser holte, abwusch und in wütendem Triumph hochhob. »Er hat sie also tatsächlich nicht weggeworfen«, sagte er verblüfft. »Vielleicht wollte er das tun und sie ist ihm dabei aus der Hand gefallen.«

Sie mussten den Haushaltswarenhändler beim Abendessen stören, damit er die Rolle identifizierte. Die Serviette im Westenausschnitt, kam er zögernd an die Tür und beäugte die Rolle angewidert.

»Ja, das ist eine von meinen. Sie trägt mein Zeichen, in Blau. Sehen Sie?« Er wies auf eine winzige blaue Marke an einem Ende nahe dem Griff. »Ist das die, mit der er…« Er brachte es nicht heraus.

»Ja. Sie haben sie am Nachmittag von Cathcarts Tod einem hoch gewachsenen jungen Mann verkauft?«

»Ja.«

»Sind Sie sicher?«

»Natürlich. Sonst würde ich es nicht sagen. Sie können es in meinen Büchern nachlesen.«

»Vielen Dank. Entschuldigen Sie, dass wir Sie beim Essen gestört haben.«

»Und jetzt?«, fragte Tellman, als sie wieder draußen im Dunkeln standen. »Genügt das, um ihn festzunehmen?« Seine Stimme klang müde und zweifelnd.

Pitt hatte ebenfalls seine Zweifel. Zwar war er überzeugt, dass Orlando das Foto seiner Mutter gesehen und mit äußerster Verzweiflung darauf reagiert hatte. Auch hatte Orlando sich die Fotos in der Ausstellung angesehen und Cathcart in seinem Hause aufgesucht. Zweifellos war er der Käufer der Teigrolle. Doch aus all dem ließ sich nicht ohne weiteres schließen, dass er der Leiche das grüne Samtkleid angezogen, sie im Kahn angekettet und die Blumen rings um sie her ausgestreut hatte.

Aber hatte denn außer Cathcart und Orlando noch jemand im Haus sein können? Und falls ja, wer? Es war Pitt klar, dass man Zufälle nie ausschließen darf, aber diese Vorstellung gefiel ihm nicht. Für die meisten Dinge gab es eine Ursache, eine Kette von Umständen, die in nachvollziehbarer Weise miteinander in Verbindung standen, wenn man sie alle kannte und lange genug darüber nachdachte.

»Können wir ihn festnehmen?«, meldete sich Tellman erneut.

»Ich weiß nicht«, sagte Pitt kopfschüttelnd.

»Er muss es aber doch gewesen sein«, gab Tellman zu bedenken. »Wir wissen, dass er da war. Er hatte ein einleuchtendes Motiv, Cathcart umzubringen. Er hat die Waffe gekauft, und wir haben sie. Was fehlt denn noch – außer, dass man feststellen muss, woher er wusste, wo sich das Kleid und die Ketten befanden?«

»Und der Kahn«, fügte Pitt hinzu.

»Jedenfalls hat es irgendjemand getan«, sagte Tellman aufgebracht. »Das können Sie nicht bestreiten! Wenn er es nicht war, wer dann? Und warum? Warum sollte ein anderer den ganzen Zauber mit dem Boot und den Blumen aufführen? Würde ein Täter nicht bestrebt sein, so schnell wie möglich zu verschwinden? Ihn einfach liegen lassen, wo er war. Warum einen Toten… den jemand anders umgebracht hat… groß umziehen und dabei riskieren, dass man geschnappt wird?«

»Groß war die Gefahr nicht«, wandte Pitt ein. »Der Kahn war am unteren Ende eines Gartens an der Themse angebunden, und es war spät an einem nebligen Abend. Trotzdem muss ihm etwas gewaltig gegen den Strich gegangen sein, dass er sich diese Mühe gegeben hat.«

Langsam überquerten sie die Straße, strebten wieder der Brücke von Battersea entgegen.

»Vielleicht war der Täter doch jemand, den er erpresst hat?«, sagte Tellman. »Oder, noch wahrscheinlicher, jemand, der diese Art von Bildern und das verabscheut, was die Menschen dabei denken.«

Pitt kam Ralph Marchand in den Sinn. Zwar war das ohne weiteres vorstellbar, doch regte sich in ihm ein anderer Gedanke, der noch keine klare Gestalt angenommen hatte. Er mochte töricht sein, wurde aber jeden Augenblick deutlicher.

Als er eine Droschke sah, hielt er sie an und nannte dem Kutscher zu Tellmans Verblüffung nicht die Adresse des Theaters, sondern die des Polizeiarztes.

»Was wollen Sie denn von dem?«, fragte Tellman ungläubig. »Wir kennen doch die Todesursache.«

Pitt gab keine Antwort.

Als sie ankamen, bat er den Kutscher zu warten und eilte die Stufen zum Eingang empor. Zu Pitts großer Erleichterung war der Arzt da. Ihm ging es um eine ganz bestimmte Frage.

»Hatte Cathcart Wasser in der Lunge?«, wollte er wissen.

Der Arzt sah ihn verblüfft an. »Ja, ein wenig. Ich hatte Ihnen das bei nächster Gelegenheit noch sagen wollen.« Seine Augen verengten sich. »Das ist aber für Ihren Fall doch ohne Bedeutung.«

»War der Schlag auf den Kopf die Todesursache oder ist er ertrunken?«, beharrte Pitt ungeduldig.

Tellman machte ein Gesicht, als dämmere ihm allmählich etwas. Reglos stand er in dem ungeheizten Raum; seine Nasenflügel weiteten sich vor Ekel über den durchdringenden Geruch, den er wahrnahm oder wahrzunehmen glaubte.

Der Arzt sah Pitt an und trat von einem Fuß auf den anderen. »Ich würde sagen, dass der Tod eher auf Ertrinken als auf die Einwirkung des Schlages zurückging, aber das ist eine rein akademische Erwägung, Pitt. Früher oder später wäre er an den Folgen des Schlages gestorben… oder an Unterkühlung, wenn er nur lange genug verletzt und durchnässt da draußen am Fluss gelegen hätte. Es ist und bleibt Mord, ganz gleich, wie Sie es drehen und wenden. Worauf wollen Sie hinaus?«

»Ich weiß es nicht genau«, sagte Pitt aufrichtig. »Vielen Dank. Kommen Sie, Tellman.« Er wandte sich auf dem Absatz um.

»Und jetzt zum Theater?«, fragte Tellman und eilte ihm nach.

Die Droschke rumpelte durch die nur von Gaslaternen erleuchteten dunklen Straßen. Keiner der beiden Männer sprach. Pitt beugte sich vor, als könnte er dadurch die Pferde zu einer schnelleren Gangart veranlassen.

Die Droschke stand noch nicht richtig, als er schon hinaussprang. Er überließ es Tellman, den Kutscher zu entlohnen, und eilte voraus. Seine Karte hochhaltend, stürmte er die Treppe empor und ins Foyer, rief dem Türsteher zu, wer er war, und eilte an ihm vorüber in den Zuschauerraum.

Erleichtert sah er, dass die Bühne noch erleuchtet war. Es war kurz vor dem Ende des letzten Aktes. Gertrude und der König waren, wie Laertes, bereits tot; Polonius und Ophelia waren schon lange nicht mehr im Spiel, er von Hamlet erstochen, sie ins Wasser gegangen. Auf der Bühne befanden sich Hamlet, Horatio und Osric inmitten eines Leichenbergs.

Man hörte einen Schuss.

»Welch kriegerischer Lärm?«, fragte Hamlet und wandte sich in die Richtung, aus der das Geräusch kam. Er wirkte aufs Äußerste angespannt und ungeheuer nervös.

Osric gab ihm Antwort.

Hamlet wandte sich wieder den Zuschauern zu, die Augen vor Qual weit geöffnet, und sah genau dorthin, wo Pitt in der Mitte des Ganges stand.

> »Oh, ich sterbe, Horatio!
> Das starke Gift bewältigt meinen Geist,
> Ich kann von England nicht die Zeitung hören,
> Doch prophezei ich, die Erwählung fällt
> Auf Fortinbras: Er hat mein sterbend Wort;
> Das sagt ihm, samt den Fügungen des Zufalls,
> Die es dahin gebracht.«

Seine Stimme klang rau und heiser, schnitt ins Herz. »Der Rest ist Schweigen.« Er sank zu Boden.

Im Publikum herrschte so völlige Stille, als wäre der Saal menschenleer, doch war die Atmosphäre aufgeladen wie vor einem Gewitter.

»Da bricht ein edles Herz«, sagte Horatio mit von Tränen erstickter Stimme.

»Gute Nacht, mein Fürst!
Und Engelscharen singen Dich zur Ruh'!«

Fortinbras und die englischen Gesandten traten auf die Bühne, die letzten Worte der Tragödie wurden gesprochen. Schließlich trugen Krieger die Leichen unter den Klängen eines Trauermarsches fort. Der Vorhang senkte sich.

Die Stille im Saal war angespannt. Dann brach donnernder Beifall los. Wie von einer unsichtbaren Macht gedrängt, sprangen alle Zuschauer auf. Über dem Applaus hörte man immer wieder Bravorufe.

Der Vorhang hob sich, und alle Schauspieler stellten sich nebeneinander auf, um den Beifall entgegenzunehmen, Orlando in der Mitte und strahlend neben ihm Cecily. Bellmaine sah aschfahl aus, als wäre Polonius aus dem Grab auferstanden, um sich seinen Anteil am Beifall abzuholen.

Pitt schritt durch den Gang bis zum Orchestergraben und ging durch die Seitentür auf die Hinterbühne. Tellman folgte ihm, doch sie mussten noch warten. Das Publikum forderte Vorhang auf Vorhang, und im Lärm des Beifalls ging jedes andere Geräusch unter. Fast eine Viertelstunde lang war es völlig unmöglich, sich verständlich zu machen.

Schließlich fiel der Vorhang zum letzten Mal, und die Schauspieler wandten sich zum Gehen.

Pitt trat auf die Bühne. Er konnte auf keinen Fall noch länger warten. Tellman folgte ihm auf den Fersen.

Orlando sah ihn an. Er wirkte abgezehrt und völlig ausgelaugt. Als er einen Schritt vortrat, sah man, dass er zitterte.

»Sie sind gekommen, um mich zu holen«, sagte er leise, aber deutlich. »Danke, dass Sie das Ende des Stücks abgewartet haben.«

»Ich bin Polizeibeamter, aber kein Barbar«, entgegnete Pitt ebenso leise.

Ohne einen Blick zu seiner Mutter ging Orlando auf ihn zu und hob dabei die Hände, als erwarte er, dass man ihm Handschellen anlegte.

»Was geht hier vor?«, wollte Cecily wissen und sah vom einen zum anderen. »Was tun Sie hier, Oberinspektor? Das ist wohl ein ausgesprochen ungeeigneter Zeitpunkt. Orlando hat gerade den Hamlet gespielt, und zwar so brillant wie wahrscheinlich noch niemand vor ihm. Falls Sie nach wie vor der Ansicht sind, dass Sie uns etwas fragen müssen, kommen Sie morgen… gegen Mittag.«

»Du verstehst das nicht, Mutter«, sagte Orlando, nach wie vor ohne sie anzusehen. »Du hast es nie verstanden.«

Sie setzte zum Sprechen an, aber er schnitt ihr das Wort ab: »Mr. Pitt ist gekommen, um mich wegen Mordes an Cathcart festzunehmen. Allerdings hab ich ihn nicht in den Kahn gelegt. Ich schwöre, dass ich keine Ahnung habe, wie das passiert ist.«

»Das ist ja lachhaft!« Cecily trat vor und wandte sich an Pitt. »Er ist erschöpft. Ich weiß nicht, warum er so etwas sagt. Das ist einfach lächerlich. Warum hätte er Cathcart umbringen sollen? Er hat ihn ja nicht einmal gekannt!«

Orlando wandte sich langsam zu ihr um. Sein Gesicht war blutleer, dunkle Ringe lagen unter seinen Augen, es war, als sei er völlig am Ende.

»Ich habe ihn aus Hass auf das getötet, was er aus dir gemacht hat. Damit, dass du dich erniedrigst, erniedrigst du auch mich…«

»Ich weiß nicht, wovon du redest!«, begehrte sie auf. Nach dem offenen Blick ihrer großen Augen zu urteilen, war Pitt überzeugt, dass sie nach wie vor nicht begriff, was sie getan hatte.

Bellmaine sagte es ihr. Ganz in Pitts Nähe drängte er sich an Orlando vorbei und wandte sich ihr zu. »Du hast deinen Kreuzzug geführt, ohne darüber nachzudenken, was du denen damit antun könntest, die dich lieben, Cecily«, sagte er mit einer Stimme, die leise und gequält klang. »Du hast Aufnahmen von dir machen lassen, um die Menschen zu schockieren; du wolltest sie auf diese Weise dazu bringen, das zu denken, was sie deiner Ansicht nach denken sollten. Du hast neue und mächtige Empfindungen geweckt, die Menschen aus ihrer Gemütsruhe herausgerissen, weil du glaubtest, das sei gut für sie. Du hast nicht bedacht, vielleicht schien es dir auch unerheblich, dass du ihnen damit etwas genommen hast, was ihnen wichtig war, bei dessen Verlust ihnen das Herz bluten würde.« In seiner Stimme schwang tiefer Kummer mit, und er schien den Tränen nahe zu sein. »Du hast deinen Sohn zerbrochen, Cecily. Auch wenn ihm sein Verstand möglicherweise sagt, dass nichts gegen Pornografie einzuwenden ist, wenn sie dazu dient, tief verwurzelte Vorurteile zu überwinden, kann das Herz so etwas nicht hinnehmen.« Seine Stimme brach. »Das Herz sagt lediglich: ›Das ist meine Mutter, der Ursprung meiner selbst!‹«

Endlich drang das Entsetzen zu ihr durch und sie begriff. Unaussprechlicher Schmerz erfasste sie. Als wäre sie innerlich verkrüppelt, sah sie zu Orlando hin.

Er sagte nichts. Sein Gesicht sagte alles; auf seinen verhärmten Zügen ließen sich der Verlust, der Schmerz und die Wut ablesen, die er empfand. Er wandte sich von ihr ab und hielt Pitt die Handgelenke hin.

»Nein.« Bellmaine berührte ihn unendlich sacht. »Du hast ihn zwar niedergeschlagen, aber nicht getötet. Das war ich.«

»Du?«, fragte Cecily. »Warum?« Ihrem Gesicht war anzumerken, dass sie zu verstehen begann.

»Weil ich es nicht mehr ertrug, dass er mich erpresste«, sagte Bellmaine unendlich müde. »Wegen eines Fotos, für das ich ihm vor Jahren Modell gestanden habe… als ich das Geld brauchte. Hätte man es jetzt gezeigt, es würde mich zu Grunde richten. Ein Schauspieler ist auf den Eindruck angewiesen, den er in der Öffentlichkeit macht. Außerdem wollte ich meinen Sohn schützen…«

»Ihren Sohn…«, setzte Pitt an. Dann sah er Cecily, Bellmaine und Orlando an und fand die Antwort auf ihren Gesichtern. Zwar hatte Orlando die Haare und Augen seiner Mutter, aber eine gewisse Ähnlichkeit mit Bellmaine war unverkennbar. Cecilys Schweigen genügte als Bestätigung.

Orlando hatte nichts davon gewusst, das war nur allzu deutlich zu sehen.

»Woher wussten Sie, dass Orlando zu ihm gegangen war?«, fragte Pitt.

Bellmaine zuckte die Achseln. »Ist das jetzt noch wichtig? Ich habe am Vorabend gemerkt, dass Orlando etwas entsetzlich quälte. Ich wusste nicht, was es war. Am Tag von Cathcarts Tod bekam ich die Mitteilung, ich solle ihn nicht wie sonst in seinem Hause aufsuchen, um dort den üblichen monatlichen Betrag zu zahlen, weil er sich mit einem neuen Kunden verabredet habe, einem jungen Mann namens Richard Larch.«

»Wer ist Richard Larch?«, fragte Cecily mit völlig ausdrucksloser Stimme. Das Feuer in ihr war erloschen.

»Die erste Rolle, die Orlando gespielt hat«, gab Bellmaine zur Antwort. »Hast du das etwa vergessen? In dem Augenblick war mir alles klar – zumindest befürchtete ich es. Auch ich habe das Ophelia-Bild gesehen. Deswegen habe ich ihm das Kleid…« Er schluckte und schien ein wenig zu schwanken. Er konnte sich nur mit Mühe auf den Beinen halten. »Deswegen habe ich ihn so angezogen und ins Boot gelegt. Er lebte noch, und mir war klar, dass ihm die Kälte und das Wasser… den Rest geben würden. Darin lag…« Er keuchte. »Darin lag eine Art Symmetrie. Ich war vor dreißig Jahren selbst ein guter Hamlet. Nicht so gut wie Orlando. Damals war Cecily meine Ophelia.«

Pitt sah die Schweißtropfen auf Bellmaines grauem Gesicht und wusste, was sie bedeuteten. Er war froh, nicht früher gekommen zu sein.

Bellmaine stürzte auf die Knie. »Oh, ich sterbe, Horatio!«, sagte er mit rauer Stimme. »Das starke Gift bewältigt meinen Geist… der Rest ist… ist…« Er beendete den Satz nicht.

Cecily schloss die Augen, und Tränen liefen ihr über die bleichen Wangen.

Orlando ging nicht zu ihr. Er sah einen Augenblick zu Pitt hin, dann beugte er sich über den reglosen Körper seines Vaters.

»Gute Nacht, mein Fürst!«, flüsterte er. »Und Engelscharen…«

Seine Stimme versagte. Es schnitt ihm zu tief ins Herz.

Schweigend wandte sich Pitt um und ging. Tellman folgte ihm. Auch ihm liefen Tränen über das Gesicht.